La
Ciudad
Perdida

James Rollins
La
Ciudad
Perdida

ⵉⵄⵂⵓⵢⵎⴾⵄⵂⵏⵜⵙⵛⵂⵢⵂⵄ

Traducción de Mari Luz Ponce

 nausícaä MURCIA

1.ª edición Nausícaä octubre de 2006
Azarbe del Papel, 16 · 30007 Murcia
www.nausicaa.es
www.nausicaaedicion.com

Título original: *Sandstorm*

ISBN 13: 978-84-96633-08-7
ISBN 10: 84-96633-08-X
DEPÓSITO LEGAL: CO-1147-2006

Impreso en España - Printed in Spain

Impreso y encuadernado por Taller de Libros, S.L.

Visite la página del libro en:

http://www.nausicaa.es/ubar.html

A Katherine, Adrienne y RJ,
la próxima generación

AGRADECIMIENTOS

HE ABUSADO DE la ayuda de muchos. En primer lugar, debo agradecer y rendir culto a Carolyn McCray por su amistad sempiterna y por su orientación desde la primera hasta la última palabra... y más allá. Y a Steve Prey por su ardua y minuciosa ayuda con los esquemas, la logística, el material gráfico, además de sus sensatas aportaciones de naturaleza crítica. A su esposa, Judy Prey, por soportarnos a Steve y a mí, y por el tiempo que le he robado con mis numerosas y desesperadas peticiones de último minuto. Estos mismos esfuerzos, y muchos otros, son los que tuvo que soportar, aceptar e incluso superar Penny Hill (con ayuda de Bernie y Kurt, por supuesto). Por la colaboración con los detalles de la novela debo dar las gracias a Jason R. Manzini, investigador superior del Museo Mashantucket Pequot, y por la asistencia con los idiomas, a Diane Daigle y David Evans. Cabe destacar que el libro no sería lo que es sin mis asesores principales, que me arrastran por las ascuas con cierta regularidad y sin un orden concreto: Chris Crowe, Michael Gallowglas, Lee Garrett, David Murria, Dennis Grayson, Dave Meek, Royale Adams, Jane O'Riva, Kathy Duarte, Steve Cooper, Susan Tunis y Carolina Williams. Por el mapa utilizado en la obra, debo dar las gracias a su fuente: el *CIA World Factbook 2000*. Por último, quiero citar a las cuatro personas que continúan siendo mis más leales seguidores: mi editora, Lyssa Keusch, mis agentes, Russ Galen y Danny Baror, y mi publicista, Jim Davis. Y, como siempre, acepto sobre mis hombros el peso de todo posible error, dato o detalle inexacto.

MAPAS

ORIENTE MEDIO

OMÁN

Mascate

Sultanato

de

Omán

Shisur

Salalah

MUSEO BRITÁNICO

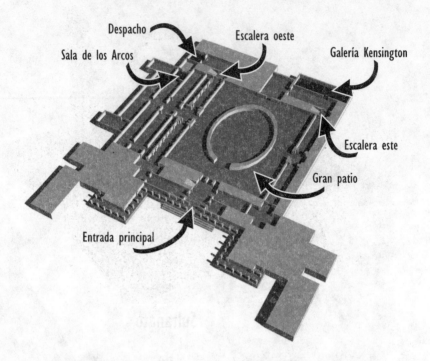

Despacho

Sala de los Arcos

Escalera oeste

Galería Kensington

Escalera este

Gran patio

Entrada principal

TUMBA DE NABI IMRAN

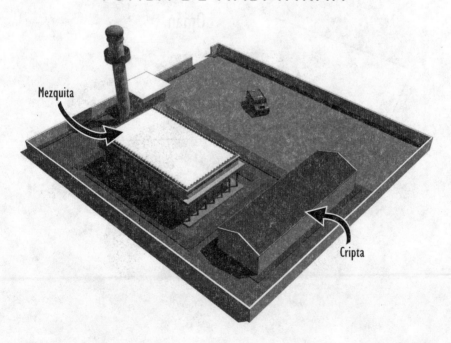

Mezquita

Cripta

TUMBA DE JOB

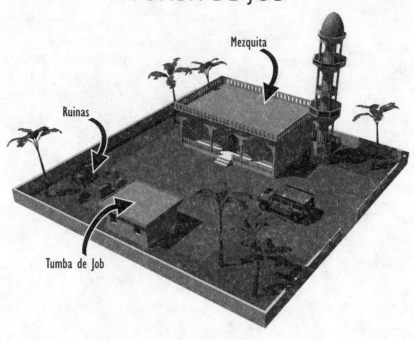

Mezquita

Ruinas

Tumba de Job

RUINAS DE UBAR

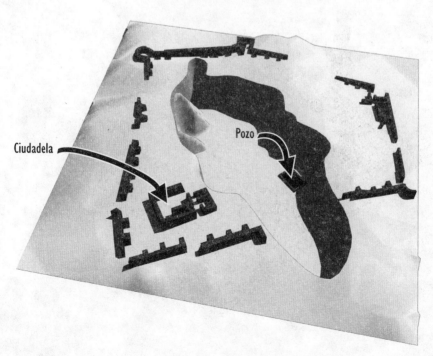

Ciudadela

Pozo

PRIMERA PARTE
TORMENTA ELÉCTRICA

ⵅⵔⵛⴱⴻⵏⵅⵀⵙⵉⵛⴱⵅⵛⵢⴱⵏ

I

FUEGO Y LLUVIA

◇⊞Σ⌐°𐌠11⊞𐤏Υ𐌙

14 de noviembre, 01:33 am
Museo Británico. Londres, Inglaterra

A HARRY MASTERSON LE quedaban treinta minutos de vida.

Si lo hubiera sabido, habría apurado el último pitillo hasta el filtro. Pero en lugar de hacerlo, tiró el cigarro tras sólo tres caladas y deshizo con la mano la nubecilla de humo que flotaba ante su cara. Si le pillaran fumando fuera de la sala de descanso de los guardias, ese desgraciado de Fleming, el encargado de la seguridad del museo, le metería un marrón de cuidado. Y él ya estaba en periodo de prueba por haber llegado dos horas tarde a su turno la semana anterior.

Harry maldijo en voz baja y se guardó en el bolsillo la colilla. Ya se lo terminaría en el siguiente descanso… si es que conseguían descansar esa noche.

El estrépito de un trueno resonó en las paredes de mampostería. La tormenta invernal había empezado justo al llegar la medianoche, comenzando con una desenfrenada descarga de granizo a la que siguió un diluvio, que amenazaba con engullir a Londres bajo el Támesis. Los rayos bailoteaban en zigzag, atravesando toda la amplitud del horizonte. Según la sección meteorológica de la página web de la BBC, se trataba de una de las tormentas eléctricas más feroces de la última década. La mitad de la ciudad sufría un apagón total, que no hacía más que realzar la espectacular descarga de relámpagos.

Y para colmo de Harry, la mala suerte quiso que *esa* mitad de la ciudad sumida en la oscuridad fuera la que incluía el Museo Británico, en Great Russell Street. Aunque contaban con generadores de emergencia, se había convocado a la totalidad de la plantilla de seguridad para que prestaran apoyo de protección adicional en las propiedades del museo. No tardarían más de media hora en llegar. Pero Harry, que tenía asignado el turno de noche, ya se encontraba en su puesto cuando se produjo el apagón. Y a pesar de que las cámaras de vigilancia continuaban operativas en el panel de operaciones, Fleming ordenó a todos los guardias que procedieran de inmediato a realizar un barrido de seguridad a lo largo de los cuatro kilómetros de vestíbulos del museo.

Y eso significaba dividirse.

Harry tomó su linterna y la enfocó hacia el fondo del pasillo. Odiaba las rondas nocturnas, cuando el museo se encontraba en penumbra. La única iluminación existente se colaba a través de las ventanas, procedente de las farolas de la calle. Pero con el corte eléctrico, hasta las farolas se habían apagado. El museo se había sumido en una oscuridad plagada de sombras macabras, únicamente interrumpida por el carmesí de las luces de emergencia.

Harry hubiera necesitado otra mínima inyección de nicotina para templar sus nervios, pero ya no podía demorar más sus obligaciones. Al encontrarse en lo más bajo de la jerarquía de guardias nocturnos, se le había asignado la inspección de los pasillos del ala norte, el punto más alejado del centro de vigilancia subterránea. Pero nadie le había prohibido que tomara un atajo. Dando la espalda al largo pasillo que tenía ante él, cruzó hacia la puerta que conducía al Gran Atrio de la reina Isabel II.

Este patio central, de casi una hectárea, se encontraba justo en medio del Museo Británico. En el centro del atrio, con su espléndida cúpula de cobre, se elevaba la Sala de Lectura, de forma redonda, una de las más selectas bibliotecas del mundo. En lo más alto, la totalidad del patio había sido cercada por un descomunal techo geodésico, obra de Foster & Partners, creando así la mayor plaza cubierta de Europa.

Tras utilizar su llave maestra, Harry se introdujo en el espacio cavernoso. Al igual que el resto del museo, el patio también se hallaba sumido en la oscuridad. La lluvia tamborileaba sobre el elevado techo de cristal.

Aún así, los pasos de Harry producían un eco sordo en el espacio abierto. Otro rayo rasgó la negrura del cielo, y el techo, dividido en un millar de vidrios triangulares, se iluminó un instante con su luz cegadora. La oscuridad regresó después al museo, y con ella, el repiqueteo de la lluvia.

Le siguió el rugido del trueno, que retumbó en el pecho de Harry y en los cristales del techo. El guardia se agachó unos centímetros, temiendo que la inmensa estructura se viniera abajo.

Enfocando el haz de su linterna hacia el frente, cruzó el patio, en dirección al ala norte. Rodeó la Sala de Lectura central, justo antes de que cayera un nuevo rayo e iluminara el espacio durante unos instantes. Las gigantescas estatuas, engullidas por la oscuridad, aparecieron como salidas de la nada. El *León de Cnidos* erguía sus patas junto a la enorme cabeza de una estatua procedente de la Isla de Pascua. Al momento, la oscuridad volvió a devorar a estos guardianes, mientras el rayo se desvanecía en el firmamento.

Harry sintió un escalofrío que le puso la carne de gallina.

Aligeró la marcha, maldiciendo a cada paso.

—Malditos armatostes de mierda... —Su letanía le ayudó a tranquilizarse.

Llegó a las puertas del ala norte y las atravesó, siendo recibido por la familiar mezcla de moho y amoníaco. Se alegraba de volver a estar rodeado por paredes sólidas. Paseó el haz de su linterna a lo largo del vestíbulo. Todo parecía estar en orden, pero se le había ordenado que comprobara cada una de las galerías del ala. Realizó un cálculo mental rápido. Si se daba prisa, podría completar el circuito a tiempo para otro cigarrito rápido. Con aquella atrayente promesa de nicotina, inició el recorrido por la sala, siempre precedido de la luz de su linterna.

El ala norte había acogido en sus salas la exposición del aniversario del museo, una colección etnográfica que representaba un recorrido completo de los logros de la humanidad, a lo largo de las diversas eras y culturas. Atravesó la galería egipcia, con sus momias y sarcófagos. Se apresuró a través de las otras galerías culturales: celta, bizantina, rusa y china. La entrada a cada conjunto de salas se encontraba protegida por una reja de seguridad, pero debido a la falta de electricidad, todas las rejas se habían bajado automáticamente.

Harry divisó por fin el fondo del vestíbulo.

La mayoría de las colecciones de las galerías, transferidas desde el Museo de la Humanidad para la celebración del aniversario, se exponían allí de manera temporal. Pero las piezas de arte del fondo de la galería llevaban en el museo desde siempre, por lo que recordaba Harry. Se trataba de la exposición árabe, una colección de valor incalculable que contaba con antigüedades procedentes de todos los rincones de la península arábiga. La galería había sido encargada y sufragada por una sola familia, una familia que se hizo rica gracias a sus operaciones petrolíferas en la región. Se decía que las donaciones para mantener una galería así de forma permanente en el Museo Británico superaban los cinco millones de libras anuales.

Uno tenía que respetar ese tipo de dedicación.

O tal vez no.

Con un bufido ante tal desperdicio de jugoso dinero, Harry pasó el haz de su linterna por la placa conmemorativa grabada que se encontraba sobre la puerta de entrada: GALERÍA KENSINGTON. También conocida como "El ático de la arpía".

Aunque Harry no se había encontrado nunca con Lady Kensington, por lo que había oído decir a los empleados, quedaba claro que el más mínimo desaire a su galería, como polvo en una vitrina, una mancha en una cartulina informativa o una antigüedad que no estuviese colocada en la posición exacta, recibía la más dura reprimenda. La galería era su proyecto personal, y nadie resultaba inmune a su cólera. El huracán de su ira ocasionaba despidos, incluyendo la destitución de un antiguo director.

Esa preocupación fue la que hizo que Harry permaneciera en su puesto ante la reja de seguridad de la galería unos segundos más de lo normal. Con la linterna revisó el vestíbulo con una meticulosidad no habitual en él, pero todo parecía en orden.

Al darse la vuelta para marcharse, linterna en mano, un movimiento atrajo su atención por el rabillo del ojo.

Se quedó helado, con la linterna apuntando hacia el suelo.

En las profundidades de la Galería Kensington, en una de las salas principales, un resplandor azulado deambulaba lentamente, haciendo que las sombras se desplazaran a su paso.

Otra linterna... había alguien en la galería...

Harry sintió que el corazón se le salía por la garganta. Un robo. Se apoyó contra la pared de al lado, mientras sus dedos buscaban con dificultad la radio. Un trueno retumbó con oquedad sonora a lo largo de las paredes.

Consiguió pulsar el botón de su radio.

—Tengo un posible intruso en el ala norte. Solicito órdenes.

Esperó a que su jefe de turno respondiera. Puede que Gene Johnson fuera un imbécil, pero había trabajado como oficial en las Fuerzas Aéreas, y conocía muy bien su trabajo.

La voz respondió a su llamada, pero los fallos de señal se comieron la mayoría de las palabras, posiblemente a causa de la interferencia de la tormenta eléctrica.

—... posible... seguro?... y espera a que... las rejas forzadas?

Harry desvió la mirada a las rejas de seguridad bajadas. Obviamente, debería haber comprobado si las habían forzado. Cada galería tenía una sola puerta al pasillo. La otra forma de entrar a las salas selladas era a través de las elevadas ventanas, pero estaban protegidas contra intrusión o robo. Y aunque la tormenta hubiera cortado el suministro eléctrico, los generadores de emergencia mantenían la red de seguridad en funcionamiento. No se había disparado ninguna alarma en el puesto de mando central.

Harry imaginó que Johnson ya habría conectado las cámaras de su ala, centrándose en las de la Galería Kensington. Se atrevió a echar un vistazo al interior de las cinco salas. El resplandor continuaba moviéndose en el interior de la galería. Su ruta parecía casual, no como el rumbo decidido de un ladrón. Comprobó la reja de seguridad. La lucecita verde del bloqueo electrónico confirmaba que no había sido forzada.

Volvió a fijarse en el resplandor. Tal vez no fuera más que la luz del faro de algún coche, que se hubiera colado a través de las ventanas de la galería.

La entrecortada voz de Johnson por la radio le sobresaltó.

—No registro nada en el vid... la cámara cinco no funciona. Quédate quieto... otros de camino. —El resto de palabras desapareció con las interferencias de la tormenta eléctrica.

Harry permaneció junto a la reja. Otros guardias de apoyo venían en su ayuda. ¿Y si no se tratara de un intruso? ¿Y si no fuera más que el barrido de unos faros? Ya se encontraba en la cuerda floja con Fleming, lo último que necesitaba era quedar como un idiota.

Se arriesgó y levantó la linterna.

—¡Eh, tú! —gritó.

No se produjo ninguna retirada precipitada, tan sólo la continuación de su lento divagar. Ningún ladrón podía tener tanta sangre fría.

Harry cruzó al otro lado de las rejas electrónicas y utilizó su llave maestra para desconectarla. Los sellos magnéticos quedaron abiertos. Levantó la reja lo suficiente como para colarse por debajo y entró en la primera sala. Se puso en pie y levantó la linterna de nuevo. Se negaba a que un instante de pánico momentáneo pudiera causarle el bochorno posterior. Debería haber investigado antes de hacer saltar la alarma.

Pero el daño ya estaba hecho, y lo mejor sería intentar ahorrarse más problemas resolviendo el misterio por sí mismo.

Por si acaso, volvió a apelar a un posible intruso.

—¡Seguridad! ¡No se mueva!

Pero su grito no produjo ningún efecto. El resplandor siguió su camino, serpenteante pero continuado, a través de la galería.

Echó una mirada al otro lado de la reja. Los demás llegarían en un minuto.

—Maldita sea —murmuró en voz baja.

Se apresuró hacia el interior de la galería, en busca de la luz, y decidido a averiguar la causa antes de que llegaran los demás.

Con apenas un rápido vistazo, pasó junto a tesoros de importancia imperecedera y valor incalculable: vitrinas de cristal que contenían tablillas de arcilla del rey asirio Asurbanipal; descomunales estatuas de arenisca que databan de antes de los persas; espadas y armas de todas las eras; objetos de marfil fenicio que representaban vetustos reyes y reinas; incluso un ejemplar de la primera edición de *Las mil y una noches*, todavía con su título original, *Hazar Afsanah*.

Harry barrió con la linterna las salas, avanzando de una dinastía a otra, de los tiempos de las cruzadas al nacimiento de Cristo, de las glorias de Alejandro Magno a la era del rey Salomón y la reina de Saba.

Por fin llegó a la sala más alejada, y una de las de mayor tamaño. Ésta contenía objetos de más interés para un naturalista, procedentes de la misma región: piedras y joyas excepcionales, restos fosilizados y herramientas del Neolítico.

La fuente del resplandor se hizo más clara. Cerca del centro de la cámara abovedada, una esfera de luz azul, de medio metro de altura, flotaba perezosamente por la habitación. Su brillante superficie parecía estar cubierta por una llama de queroseno azul centelleante.

Mientras Harry la observaba, el globo atravesó una vitrina de cristal como si fuese aire. Se quedó atónito. Percibió cierto olor a azufre, proveniente de la bola de luz azulina.

A continuación, el globo rodó sobre una de las luces de seguridad rojas, apagándola con un ligero crepitar que hizo a Harry retroceder un paso. Seguramente, la cámara cinco habría corrido la misma suerte en la sala que había dejado atrás. Miró hacia la cámara de esa sala, todavía en funcionamiento.

Como si percibiera su atención, Johnson volvió a hablar por la radio, pero esta vez, por alguna razón, sin interferencia alguna.

—Harry, creo que deberías salir de ahí.

Pero el guardia permaneció inmóvil, en parte por miedo y en parte por asombro. Además, fuese lo que fuese aquel fenómeno, se estaba alejando de él, flotando hacia la esquina oscura de la sala.

El resplandor del globo iluminó un trozo de metal contenido en una vitrina. Se trataba de un fragmento de hierro rojizo, del tamaño de un ternero, un ternero recostado. La cartulina informativa lo describía como un camello. El parecido quedaba un poco turbio, pero Harry comprendió la supuesta representación. El objeto había sido encontrado en el desierto.

El resplandor se mantuvo inmóvil en el aire sobre el camello de hierro.

Harry retrocedió un paso y levantó la radio.

—¡Dios mío!

La brillante bola de luz cayó, atravesando el cristal y aterrizando sobre el camello. Su resplandor se apagó tan rápido como una vela extinguida.

La repentina oscuridad cegó a Harry durante un instante. Apuntó con la linterna. El camello de hierro continuaba allí, en el interior de su vitrina, intacto.

—Se ha ido.

—¿Estás bien?

—Sí. ¿Qué diablos era eso?

Johnson respondió con matices de incredulidad en su voz.

—Una puñetera bola de luz, tal vez procedente de la tormenta, no tengo ni idea. He oído historias de tipos que han visto cosas similares al atravesar los truenos de una tormenta a bordo de aviones de combate. La tormenta debe haberlo enviado hasta ahí. ¡Pero diablos, cómo brillaba!

Pues ya no brilla más, pensó Harry con un suspiro, mientras sacudía la cabeza. Fuese lo que fuese, al menos le había ahorrado el bochorno y las burlas de los compañeros.

Bajó la linterna, pero aunque había apartado la luz, el camello de hierro continuaba resplandeciendo en la oscuridad, con un color rojizo intenso.

—¿Y ahora qué diablos pasa? —murmuró Harry, levantando de nuevo la radio. En su dedo sintió una fuerte descarga de electricidad estática. Maldiciendo entre dientes, sacudió el dedo y se acercó el aparato a la boca—. Aquí pasa algo raro. No creo que...

El resplandor del hierro comenzó a brillar con fuerza. Harry cayó hacia atrás, mientras el hierro empezaba a fluir por la superficie del camello, como si una lluvia ácida lo estuviese derritiendo. Y no fue el único en darse cuenta.

La radio rugió en su mano.

—¡Harry, sal de ahí corriendo!

No protestó. Giró sobre sus talones, pero ya era demasiado tarde.

La vitrina saltó en pedazos. Varios fragmentos de cristal, cortantes como cuchillos, se le clavaron en el costado izquierdo, mientras otro afilado pedazo le cortaba en la mejilla. Pero no llegó a sentir el dolor de los cortes, ya que una onda de calor descomunal y abrasadora le golpeó por detrás, quemándole y consumiendo todo el oxígeno.

Un grito jamás pronunciado se ahogó entre sus labios.

La explosión que se produjo a continuación arrancó el cuerpo de Harry del suelo y lo lanzó a través de toda la galería. Pero sólo huesos en llamas alcanzaron la reja de seguridad, fundiéndose sobre la parrilla de acero.

01:53 am

Safia al-Maaz se despertó con un ataque de pánico. Se oían sirenas por todas las direcciones, y el resplandor de las luces rojas de emergencia iluminaba intermitentemente las paredes de su habitación. El terror se apoderó de ella, impidiéndole respirar; un sudor frío que transpiraba a través de su piel tensa comenzó a perlarle la frente. Sus dedos agarrotados oprimían las sábanas contra la garganta. Incapaz de pestañear, se encontró atrapada un instante entre el pasado y el presente.

Sirenas estridentes, sirenas que retumban en la distancia... y aún más cercanos, los gritos de los heridos, los moribundos, su propia voz fundida en el coro de dolor y desconcierto...

El sonido de los megáfonos inundaba las calles cercanas a su casa.

—¡Llamad a los bomberos! ¡Que se aleje todo el mundo!

Voces en inglés... ni en árabe ni en hebreo...

El estruendo de abajo pasó de largo ante su edificio y se alejó en la distancia.

Las voces de los equipos de emergencia la hicieron regresar a su cama, al presente. Se encontraba en Londres, no en Tel Aviv. Un suspiro largo y ahogado se escapó de sus labios, mientras las lágrimas le inundaban los ojos. Se las enjugó con dedos temblorosos.

Un ataque de pánico.

Se incorporó y permaneció sentada bajo el edredón unos segundos más. Todavía sentía ganas de llorar. Todas las veces ocurría lo mismo, se dijo a sí misma, pero las palabras no servían de nada. Se cubrió los hombros con el edredón de lana, sin abrir los ojos, escuchando el latido desbocado de su corazón en los oídos. Practicó los ejercicios de respiración y relajación que le había enseñado su terapeuta, e inspiró en dos tiempos y expiró en cuatro, dejando que la tensión se disipara con cada exhalación. Su piel fue recuperando lentamente el calor.

Un pesado bulto aterrizó en su cama, acompañado de un ligero sonido, como el de una bisagra oxidada; extendió la mano y recibió a cambio un ronroneo.

—Ven aquí, Billie —susurró a su gato persa, negro y rollizo.

Billie apoyó la cabeza sobre la palma de la mano y frotó la parte inferior de la barbilla contra los dedos de Safia, antes de dejarse caer pesadamente sobre sus muslos, como si alguien cortara de repente los hilos invisibles que sujetaran al gato. Las sirenas debían haber interrumpido su ronda nocturna por el piso.

El animal continuó ronroneando encantado sobre el regazo de Safia, y aquello, más que los ejercicios de respiración, sí que conseguía relajar los músculos de sus hombros. Sólo entonces se dio cuenta de que se encontraba encogida, como si temiera la acometida de un puñetazo que no llegara nunca. Se obligó a mantener una postura vertical y estiró el cuello.

Todavía se escuchaban las sirenas y la conmoción a media manzana de su edificio. Necesitaba ponerse en pie, averiguar qué estaba ocurriendo. Sencillamente, necesitaba moverse; el pánico se había transformado en energía nerviosa.

Movió las piernas hacia un lado, deslizando a Billie con cuidado sobre el edredón. El ronroneo cesó un instante, antes de ser retomado al quedar claro que no le estaban echando de la cama. Billie había nacido en las calles de Londres. Cuando lo encontró no era más que un gatito callejero, una maraña de pelo y saliva, y a pesar de su ayuda, le había mordido en la yema del pulgar. Sus amigos le dijeron que llevara al animal a un refugio para gatos, pero Safia sabía que un sitio así no era mejor que un orfanato. Así que lo colocó sobre la funda de un almohadón y lo llevó a la clínica veterinaria de la zona.

Habría sido muy sencillo abandonarlo aquella noche, pero a ella también la abandonaron una vez, como al gato. Y también alguien se había hecho cargo de ella. Al igual que Billie, había sido domesticada, aunque no por completo, por lo que sentía preferencia por los lugares salvajes y las esquinas perdidas del mundo.

Pero todo terminó con una explosión durante un luminoso día de primavera.

Todo fue culpa mía... Los gritos y el llanto volvieron a llenar su cabeza, mezclándose con las sirenas del presente.

Con dificultad para respirar, Safia alcanzó la lamparita de noche, una pequeña imitación de Tiffany con forma de libélulas de vidrios de colores. Pulsó el interruptor varias veces, pero la bombilla no se encendió. Se había ido la luz. La tormenta debía haber cortado la corriente eléctrica.

28

Tal vez fuera ésa la causa de tanta conmoción, ¿por qué no iba a ser algo tan sencillo como eso?

Se levantó de la cama, descalza pero cubierta con un cálido camisón de franela hasta las rodillas. Cruzó el cuarto hacia la ventana y separó las hojas de la persiana veneciana para ver las calles. Su piso se encontraba en la cuarta planta.

Abajo, la habitual tranquilidad de su circunspecta calle, decorada con farolas de hierro y amplias aceras, parecía más bien un campo de batalla surrealista. Los coches de policía y de bomberos abarrotaban la avenida, y las nubes de humo desafiaban a la lluvia, que al menos había pasado de feroz tormenta a la llovizna rutinaria de Londres. Dado que las farolas estaban apagadas, la única iluminación procedía de las sirenas de los vehículos de emergencia. No obstante, un resplandor rojizo, más profundo, centelleaba a través del humo y la oscuridad.

¡Fuego!

El corazón de Safia volvió a desbocarse; se le cortó la respiración, no por los antiguos temores, sino por los nuevos miedos del presente. ¡El museo! Tiró de las cuerdas de la persiana con fuerza, rompiéndolas, y forcejeó con la cerradura de la ventana de guillotina. La subió con fuerza y se inclinó para asomarse a la lluvia, sin notar apenas las gotas heladas.

El Museo Británico se encontraba a un corto paseo de su piso. La visión la dejó boquiabierta. La esquina noreste del museo se había desmoronado, convertida ahora en ruinas abrasadas. Las llamas titilaban al otro lado de las destrozadas ventanas superiores, a través del denso humo. Los bomberos, protegidos con mascarillas respiratorias, tiraban de las mangueras y apuntaban con sus chorros a lo más alto, mientras otros comenzaban a desplegar escaleras desde la parte posterior de sus vehículos.

Aún así, lo peor de todo era la nube de humo que se elevaba desde un agujero en la segunda planta de la esquina noroeste. Los escombros y los bloques de cemento ennegrecido cubrían el suelo de la calle. No había oído la explosión, o tal vez la hubiese confundido con un trueno de la tormenta. Pero aquello no lo podía haber causado el azote de un rayo.

Parecía más bien la explosión de una bomba... quizás fuese un ataque terrorista. *No... otra vez no.*

Sintió que le flaqueaban las rodillas. El ala norte... su ala. Sabía que el humo procedía de la galería del fondo. Todo su trabajo, toda una vida de investigación, la colección, un millar de antigüedades de su tierra natal. No alcanzaba a comprender, y esa incredulidad volvía aún más irreal la visión, como un mal sueño del que despertaría de un momento a otro.

Regresó a la seguridad y la cordura de su cuarto. Le dio la espalda a los gritos y a las luces. En la oscuridad, las libélulas de colores volvieron a la vida; se quedó mirándolas, incapaz de comprender lo que ocurría por un instante, hasta que se dio cuenta de que había vuelto la luz.

En ese momento sonó el teléfono de su mesilla de noche, sobresaltándola con el timbre.

Billie levantó la cabeza del edredón, con las orejas alerta por el sonido.

Safia se apresuró hacia el teléfono y cogió el auricular.

—¿Sí?

La voz sonaba adusta, profesional.

—¿Dra. al-Maaz?

—S-sí.

—Le habla el Capitán Hogan. Ha ocurrido un accidente en el museo.

—¿Un accidente? —Fuese lo que fuese lo ocurrido, no se trataba de un simple *accidente*.

—Sí. El director del museo me ha pedido que la llame para que se persone aquí de inmediato. ¿Podría estar en el museo en menos de una hora?

—Sí, Capitán. Acudiré de inmediato.

—De acuerdo. Daré su nombre al personal de seguridad para que le dejen atravesar el bloqueo.

Escuchó un pequeño chasquido cuando el capitán colgó al otro lado de la línea.

Safia echó un vistazo a su habitación. Billie aporreaba la cama con la cola, en evidente irritación felina por las interrupciones de la noche.

—No tardaré mucho —murmuró, insegura de que fuera a ser cierto.

Las sirenas seguían ululando en el exterior.

El pánico que la había despertado se negaba a desvanecerse por completo. Su visión del mundo, la seguridad de su puesto de trabajo en las sobrias salas de un museo se habían venido abajo. Cuatro años antes había huido de un mundo en el que las mujeres se ataban explosivos al pecho. Había huido a la seguridad y el orden de la vida académica, cambiando el trabajo de campo por el de oficina, sustituyendo picos y palas por ordenadores y hojas de cálculo. Había excavado su pequeño nicho en el museo, desde el que se sentía segura. Se había convertido en su hogar.

Pero el desastre había logrado encontrarla.

Le temblaban las manos. Tuvo que sujetarse una con la otra para evitar un nuevo ataque. Nada le apetecía más que volver a meterse en la cama y cobijarse bajo el edredón.

Billie la miraba fijamente, y en sus ojos se reflejaba la luz de la lamparita.

—No pasa nada. Todo va bien —dijo Safia en voz baja, más para sí misma que para el gato.

Pero ninguno de los dos se quedó convencido.

02:13 am GMT (09:13 pm en la Costa Este)
Fort Meade, Maryland

THOMAS HARDEY odiaba ser molestado mientras trabajaba en los crucigramas del *New York Times*. Formaba parte de su ritual dominical, que también incluía una copa generosa de whisky escocés de cuarenta años y un puro de excelente calidad. El fuego crepitaba en la chimenea.

Se recostó en su sillón orejero de cuero y se quedó mirando el crucigrama a medio terminar, mientras apretaba una y otra vez el pulsador de su bolígrafo Montblanc.

Enarcó una ceja al fijarse en la casilla 19 vertical, una palabra de cinco letras.

—Diecinueve. La suma de todo.

Mientras sopesaba la respuesta, el teléfono de su escritorio sonó. Suspiró y se subió las gafas de lectura de la punta de la nariz hasta el nacimiento del pelo. Seguramente se trataría de algún amigo de sus hijas, que llamaría para contarle cómo le había ido la cita del fin de semana.

Al inclinarse hacia el aparato, percibió que la luz de la línea cinco parpadeaba. Sólo tres personas tenían ese número: el presidente, el director de la Jefatura Conjunta del Estado Mayor y el segundo al mando en la Agencia Nacional de Seguridad, su subdirector.

Dejó caer el periódico sobre su regazo y pulsó el botón rojo de la línea. Con este simple movimiento, un código algorítmico variable cifraría la comunicación.

Levantó el auricular.

—Al habla Hardey.

—Director.

Se incorporó, cauteloso. No reconocía la voz, y conocía las voces de las tres personas que tenían su número privado como si fueran las de sus propios hijos.

—¿Quién es usted?

—Tony Vicar. Lamento molestarle a estas horas.

Thomas revisó en marcha su Rolodex mental. Almirante Anthony Vicar. Al instante conectó el nombre a cinco letras: DARPA. *La Agencia de Proyectos de Investigación Avanzada para la Defensa.* El departamento supervisaba la rama de investigación y desarrollo para el Departamento de Defensa. Su lema era *Ser los primeros en llegar.* En lo referente a avances tecnológicos, Estados Unidos no aceptaba un segundo puesto.

Nunca.

Percibió una creciente sensación de temor.

—¿En qué puedo ayudarle, Almirante?

—Se ha producido una explosión en el Museo Británico de Londres.

Vicar continuó explicando la situación detalladamente. Thomas comprobó su reloj, habían pasado treinta minutos desde la explosión. La capacidad organizativa de Vicar para recopilar tanta información en un periodo de tiempo tan corto resultaba abrumadora.

Una vez que el almirante finalizó, Thomas le planteó la pregunta más evidente.

—¿Y qué interés tiene DARPA en la explosión?

Vicar le respondió.

Thomas sintió que la temperatura del cuarto descendía diez grados.

—¿Está seguro?

—Ya tengo un equipo asignado en la zona, que se encargará de responder a ello. Pero necesitaré la colaboración del MI5 británico... o mejor aún...

La alternativa quedó pendida en el aire, jamás pronunciada en una comunicación encriptada.

Thomas comprendía ahora el carácter clandestino de la llamada. El MI5 era el equivalente británico a su propia organización. Vicar quería que los suyos lanzaran una cortina de humo para que el equipo de DARPA lograra entrar y salir como una exhalación, antes de que nadie sospechara del descubrimiento. Y eso incluía a la agencia de inteligencia británica.

—Comprendo —respondió finalmente Thomas. *Ser los primeros en llegar.* Rezó para estar a la altura de aquella misión—. ¿Ya tiene un equipo preparado?

—Lo estará a primera hora de la mañana.

Dada la falta de información más detallada, Thomas supo de inmediato quién se haría cargo de aquello. Dibujó un símbolo griego en el margen del periódico.

$$\Sigma$$

—Les dejaré el camino despejado —respondió al teléfono.

—Muy bien.

La línea se cortó.

Thomas colgó el auricular, planeando ya lo que debía hacer. Tendría que trabajar con rapidez. Bajó la vista al crucigrama inacabado: *19 vertical.*

Una palabra de cinco letras para *la suma de todo.*

Qué apropiado.

Tomó el bolígrafo y rellenó lo huecos con la respuesta en mayúsculas.

Sigma.

02:22 am GMT
Londres, Inglaterra

Safia se detuvo ante la barricada, una especie de armazón amarillo y negro con forma de A. Se mantuvo cruzada de brazos, ansiosa, helada. El humo invadía el aire. ¿Qué había ocurrido? Tras la barricada, un policía sujetaba en la mano su cartera y comparaba la foto con la mujer que tenía ante él.

Sabía que le estaba costando reconocerla. En la mano, la identificación del museo le devolvía la imagen de una aplicada mujer de treinta años, de piel de caramelo, melena de ébano recogida en una perfecta trenza sobre la nuca y ojos verdes tras unas gafas de lectura de montura negra. En contrate, ante el joven guardia aparecía una mujer empapada, desaliñada, con el pelo suelto aplastado en largos mechones contra la cara. Tenía la mirada perdida y confundida, centrada más allá de las barreras, más allá de la histeria del personal y los equipos de emergencia.

Los periodistas salpicaban la zona, identificables por la aureola de sus cámaras. Varias furgonetas de equipos televisivos habían aparcado entre la acera y la calzada, y también divisó dos vehículos militares británicos entre los equipos de emergencia, junto con el personal que montaba guardia, rifle en mano.

No se descartaba la posibilidad de un ataque terrorista, por lo que había oído rumorear a la multitud y a un reportero al que tuvo que esquivar para llegar a la barricada. Además, no pocos le dedicaban miradas de sospecha, al ser la única árabe en la calle. Contaba con experiencia de primera mano sobre terrorismo, pero no de la manera que aquellos tipos sospechaban. Tal vez estuviera malinterpretando las reacciones a su alrededor; cierto tipo de paranoia, denominado hiperansiedad, era una secuela muy común tras un ataque de pánico.

Safia continuó avanzando a través de la multitud, respirando profundamente y centrándose en su propósito. Lamentó haber olvidado el paraguas. Había salido del piso inmediatamente después de la llamada, con el tiempo justo de ponerse unos pantalones caqui y una blusa blanca con detalles florales. Se puso un abrigo Burberry que le llegaba hasta las rodillas, pero con las prisas, el paraguas a juego se quedó en el perchero junto a la puerta. Al llegar a la planta baja del edificio y salir apresuradamente a la lluvia, cayó en la cuenta de su olvido. Pero la ansiedad no le permitió volver a subir a la cuarta planta a buscarlo.

Necesitaba saber qué había ocurrido en el museo. Había pasado los últimos diez años creando la colección, y los pasados cuatro años al cargo de proyectos de investigación para el museo. ¿Cuánto de todo aquello había quedado reducido a cenizas? ¿Qué podría salvarse?

En el exterior, la lluvia arreció hasta convertirse en un aguacero constante, pero al menos el cielo nocturno había perdido su furia. Para cuando llegó al punto de control de seguridad improvisado, se había empapado hasta los huesos.

Sintió un escalofrío mientras el guardia quedaba satisfecho con su identificación.

—Puede proceder. El inspector Samuelson la espera.

Otro policía la acompañó a la entrada sur del museo. Safia levantó la vista hacia la fachada de pilares. Mostraba la solidez de la cámara acorazada de un banco, algo de lo que jamás se había dudado.

Hasta esa noche...

La condujeron a través de la entrada y bajaron una serie de escaleras. Atravesaron varias puertas que rezaban SÓLO PERSONAL DEL MUSEO. Sabía adónde la conducían. A la sala de seguridad subterránea.

Un agente armado hacía guardia ante la puerta. Asintió al verles aproximarse, claramente esperando su llegada, y les abrió la puerta.

Su escolta la llevó hasta otro compañero suyo: un hombre de raza negra vestido de civil, con un corriente traje azul. Era varios dedos más alto que Safia, con el pelo completamente gris y un rostro que se asemejaba al cuero gastado. Percibió en sus mejillas la sombra gris de una barba sin afeitar; seguramente le habían sacado de la cama.

Le extendió la mano con firmeza.

—Inspector Geoffrey Samuelson —se presentó con la misma rigidez de su mano—. Gracias por haber venido tan pronto.

Safia asintió, demasiado nerviosa para mediar palabra.

—Le ruego que me siga, Dra. al-Maaz, necesitamos su ayuda en la investigación de la causa de la explosión.

—¿Mi ayuda? —logró pronunciar.

Atravesó la sala de descanso, atestada de personal de seguridad. Parecía que la plantilla al completo, incluyendo a los miembros de todos los turnos, se encontrara reunida allí. Reconoció a varios hombres y mujeres, pero ahora la miraban como si fuera una desconocida. Sus conversaciones entre murmullos quedaron silenciadas a su paso. Debían saber por qué la habían hecho llamar, pero no parecía que tuvieran más datos que ella. Aún así, el silencio denotaba cierta sospecha.

Enderezó la espalda, mientras la irritación teñía su ansiedad. Esas personas eran sus colegas, trabajaban con ella, si bien estaban al tanto de su pasado.

Dejó caer los hombros cuando el inspector la condujo por el pasillo hasta la sala del fondo. Sabía que en ella se encontraba el "nido", como lo llamaba la plantilla, un cuarto con forma oval cuyas paredes se hallaban completamente cubiertas por los monitores de las cámaras de seguridad. En el interior, la sala se hallaba casi vacía.

Reconoció al encargado de seguridad, Ryan Fleming, un hombre bajito pero fornido, de edad media. Se le distinguía con facilidad por su calva pelada y su nariz aguileña, que le había hecho ganarse el apodo de "el águila calva". Se encontraba de pie junto a un hombre larguirucho, vestido con un inmaculado uniforme militar y un arma en el costado. Ambos aparecían inclinados sobre los hombros de un técnico sentado ante un banco de monitores. El grupo se giró hacia ella al entrar.

—La Dra. Safia al-Maaz, conservadora de la Galería Kensington —presentó Fleming. Se incorporó y le hizo un gesto con la mano para que se acercase.

Fleming formaba parte de la plantilla desde que Safia asumió su puesto. Como guardia por aquel entonces, había ido ascendiendo hasta convertirse en el jefe de seguridad. Cuatro años antes, había frustrado el robo de una escultura preislámica de su galería. Gracias a su diligencia, se había ganado su puesto actual. Los Kensington sabían cómo recompensar a los que hacían un buen trabajo. Desde entonces, se había mostrado especialmente protector de Safia y de su galería.

Se unió al grupo ante el banco de monitores, seguida por el inspector Samuelson. Fleming le puso la mano en el hombro, con ojos dolidos.

—Lo siento mucho. Su galería, su trabajo...

—¿Cuánto se ha perdido?

Fleming parecía angustiado. Sin más, señaló uno de los monitores. Safia se inclinó hacia la pantalla, que transmitía en directo. En blanco y negro, observó la imagen de la sala principal del ala norte. El humo enturbiaba la visión, y unos hombres, protegidos con mascarillas, trabajaban en el ala. Había unos cuantos reunidos en torno a la reja de seguridad que conducía a la Galería Kensington, y parecían estar observando una figura adherida al metal, una forma esquelética y descarnada, como un espantapájaros consumido.

Fleming sacudió la cabeza.

—En breve el coronel obtendrá autorización para identificar los restos, pero estamos convencidos de que se trata de Harry Masterson, uno de mis hombres.

La estructura de huesos todavía humeaba. ¿Y eso había sido antes un hombre? Safia sintió que el mundo se estremecía a su alrededor, y dio un paso atrás. Fleming la sujetó. Una deflagración de una magnitud tan potente como para quemar la carne humana y no dejar más que los huesos era algo que escapaba a su comprensión.

—No lo entiendo —farfulló—. ¿Qué ha ocurrido aquí?

El hombre vestido de azul militar le respondió.

—Esperamos que usted pueda arrojar cierta luz al respecto —se giró hacia el técnico de imagen—. Rebobine a cero cien.

El técnico asintió.

El militar, con rostro serio e inhóspito, se volvió hacia Safia mientras el otro obedecía la orden.

—Soy el Comandante Randolph, representante de la división antiterrorista del Ministerio de Defensa.

—¿Antiterrorista? —Safia miró a los demás a su alrededor—. ¿Esto lo ha causado una bomba?

—Eso todavía está por determinar, señorita —explicó el comandante.

El técnico se movió en su asiento.

—Preparado, señor.

Randolph le hizo un gesto para que mirase al monitor.

—Nos gustaría que echara un vistazo a esto. Lo que está a punto de ver es material clasificado, ¿entiende lo que le digo?

Safia no lo entendía, pero asintió.

—Adelante —ordenó Randolph.

En la pantalla, una cámara mostró la parte trasera de la Galería Kensington. Todo se encontraba en orden, aunque el espacio aparecía sumido en la oscuridad, únicamente iluminado por las luces de emergencia.

—Esta grabación se tomó minutos después de la una de la madrugada —añadió el comandante.

Safia distinguió una nueva luz, que flotaba en una de las salas contiguas. Al principio parecía que hubiese entrado alguien con una linterna en la mano. Pero pronto quedó claro que la luz se movía sola.

—¿Qué es eso? —preguntó.

El técnico le respondió.

—Hemos estudiado la cinta con distintos filtros. Parece ser un fenómeno llamado rayo globular. Se trata de una especie de globo de plasma, que flota por sí solo, proyectado por la tormenta. Es la primera vez en la historia que se logra grabar esta maldita rareza.

Safia había oído hablar de tales anomalías atmosféricas. Bolas de aire cargado, luminiscente, que viajaban con trayectoria horizontal por encima de la tierra. Aparecían en llanuras amplias, en los interiores de las casas, a bordo de los aviones, incluso en los submarinos. Pero raramente causaban daños. Volvió la mirada al monitor en directo y al osario humeante. Aquélla no podía ser la causa de la explosión.

Mientras reflexionaba al respecto, una nueva figura apareció en la grabación, un guardia.

—Harry Masterson —dijo Fleming.

Safia respiró profundamente. Si Fleming estaba en lo cierto, era el mismo hombre cuyos huesos aparecían calcinados en el otro monitor. Deseaba cerrar los ojos, pero no podía.

El guardia siguió el resplandor del rayo globular, con expresión tan desconcertada como la de los presentes en la sala. Levantó la radio hacia su boca para informar, pero la grabación no tenía audio.

En ese instante, la descarga esférica se detuvo sobre una vitrina que descansaba sobre un pedestal, y que contenía una figura de hierro. La figura cayó, atravesando el vidrio, y desapareció. Safia parpadeó, sin que ocurriera nada en la imagen.

El guardia siguió hablando por la radio... hasta que, de repente, algo le alarmó. Se dio la vuelta a la vez que la vitrina explotaba hacia el exterior, y un instante después, una segunda explosión lo tiñó todo de una luminosidad cegadora, antes de que la pantalla se apagara.

—Rebobine cuatro segundos —ordenó el comandante Randolph.

La imagen se congeló y los fotogramas fueron retrocediendo. La sala volvió a aparecer, justo antes de la explosión, y la vitrina retomó su forma entorno a la figura de hierro.

—Congele la imagen.

La grabación se detuvo, vibrando ligeramente en la pantalla. El artefacto de hierro se veía con claridad dentro de su expositor. De hecho, con *demasiada* claridad. Parecía brillar con luz propia.

—¿Qué diablos es eso? —preguntó el comandante.

Safia miró fijamente el antiquísimo artefacto. Ahora comprendía por qué la habían hecho llamar a esa reunión. Ninguno de los presentes comprendía lo que había ocurrido. Nada tenía sentido alguno para ellos.

—¿Es una escultura? —preguntó el comandante—. ¿Cuánto tiempo llevaba ahí?

Safia leía en su mente una acusación encubierta. ¿Habría introducido alguien en el museo una bomba oculta en una escultura? Y de ser así, ¿quién sería el principal sospechoso de cooperación en tal artimaña? ¿Quién, sino alguien de dentro? Alguien relacionado con una explosión en el pasado.

Sacudió la cabeza ante las preguntas y acusaciones mudas.

—No... no es una escultura.

—¿Qué es, entonces?

—Esa figura de hierro es un fragmento de *meteorito*... descubierto en el desierto omaní a finales del siglo xix.

Safia sabía que la historia del artefacto databa de mucho antes. Durante siglos, los mitos árabes hablaban de una ciudad perdida, cuya entrada estaba guardada por un camello de hierro. La riqueza de dicha ciudad se suponía más allá de todo entendimiento. Tal era su opulencia, que se decía que la entrada estaba cubierta de perlas negras, como si fueran guijarros sin mayor importancia. Mucho más tarde, en el siglo xix, un guía beduino condujo a un explorador británico hasta ese lugar, pero no encontró la ciudad perdida, sino un fragmento de meteorito medio enterrado en la arena, que se parecía vagamente a un camello. De hecho, las perlas negras resultaron ser no más que fragmentos de simple cristal, que se formaron con el impacto calorífico del meteorito en aquellas tierras.

39

—Este meteorito con forma de camello ha pertenecido a la colección del Museo Británico desde su fundación... aunque había estado olvidado en los sótanos de seguridad hasta que lo encontré en el catálogo y lo añadí a la colección.

El inspector Samuelson rompió el silencio.

—¿Cuándo se produjo esta inclusión?

—Hace dos años.

—Así que lleva aquí bastante tiempo —señaló el inspector, con una rápida mirada al comandante, como si la respuesta sentenciase alguna discrepancia anterior.

—¿Un meteorito? —masculló el comandante sacudiendo la cabeza, como descontento de que su teoría conspiratoria quedase descartada—. No tiene sentido.

Cierta conmoción llamó la atención de todos hacia la puerta. Safia vio al director del museo, Edgar Tyson, irrumpir en la sala de seguridad. Este hombre, de habitual imagen pulcra, llevaba esa noche un traje arrugado, que combinaba con su expresión preocupada. Se mesaba su pequeña perilla canosa. Safia no se había percatado hasta ese momento de su evidente ausencia. El museo era la vida y el sustento de aquel hombre.

Pero la razón de su ausencia pronto se hizo evidente. De hecho, venía pisándole los talones. Una mujer irrumpió en la sala, su empaque casi precediendo su figura, como la calma que precede a la tempestad. Alta, de casi un metro noventa, vestía un abrigo de cuadros escoceses hasta los pies que goteaba agua, pero aún así, su melena rubia rojiza, cortada a la altura de los hombros, se veía seca y perfectamente peinada en suaves rizos que parecían oscilar con vida propia. Por lo visto, ella no había olvidado el paraguas.

El comandante Randolph se enderezó, dando un paso al frente y presentándola, con un tono de voz repentinamente respetuoso.

—Lady Kensington.

La mujer le ignoró y registró con la vista la habitación, hasta que sus ojos se encontraron con los de Safia. Un destello de alivio.

—Safi... ¡Gracias a Dios! —Se apresuró a su lado y la envolvió con un fuerte abrazo, murmurando entrecortadamente a su oído—. Cuando me enteré... tú trabajas hasta tarde tantas noches. Y no lograba localizarte por teléfono...

Safia respondió a su abrazo, sintiendo cierto temblor en los hombros de su amiga. Se conocían desde que eran niñas, y habían estado más unidas que si hubieran sido hermanas.

—Estoy bien, Kara —respondió abrazada a ella.

Le sorprendió la profundidad del auténtico miedo que percibió en ella, generalmente tan fuerte. No había sentido una demostración así de cariño por su parte desde hacía mucho, desde la muerte del padre de Kara, cuando aún eran niñas.

Kara seguía temblando.

—No sé qué habría hecho si te hubiera perdido. —Sus brazos se aferraron alrededor de Safia, tanto por necesidad como por consuelo.

A Safia se le empañó de lágrimas la mirada. Recordó otro abrazo similar, otras palabras similares. *No voy a perderte.*

A los cuatro años, la madre de Safia había fallecido en un accidente de autobús. Al ser ya huérfana de padre, fue internada en un orfanato, un lugar horrible para una niña mestiza. Un año después la corporación Kensington sacó a Safia de allí para que se convirtiera en la compañera de juego de Kara, con quien incluso compartía habitación. Apenas recordaba aquel día, sólo que un señor alto llegó a recogerla.

Se trataba de Reginald Kensington, el padre de Kara.

Dado su parecido en edad y en naturaleza alocada, Kara y Safia se convirtieron en las mejores amigas en cuestión de días, compartiendo sus secretos por la noche y jugando entre las palmeras, escapándose al cine, contándose sus sueños entre susurros bajo las sábanas. Fue una época maravillosa, como un verano dulce y eterno.

Después, a los diez años, la devastadora noticia: Lord Kensington anunció que Kara viajaría a Inglaterra a estudiar durante dos años. Angustiada, Safia no pudo ni excusarse de la mesa. Echó a correr hacia su habitación, presa del pánico y con el corazón destrozado por tener que regresar al orfanato, como un juguete que vuelven a guardar en su caja. Pero Kara la encontró. *No voy a perderte*, le prometió entre lágrimas y abrazos. *Convenceré a papá para que vengas conmigo.*

Y Kara se mantuvo fiel a su promesa.

Safia pasó dos años en Inglaterra con Kara. Estudiaron juntas, como hermanas, como buenas amigas. Cuando regresaron a Omán, se habían hecho inseparables. Terminaron su educación juntas en Mascate, y todo fue maravilloso hasta que un día Kara regresó de un viaje de caza, regalo de cumpleaños, quemada por el sol y delirando.

Su padre no había regresado con ella.

Muerto en una sima en la arena, había sido la versión oficial, pero el cuerpo de Reginald Kensington no fue hallado jamás.

Desde ese día, Kara nunca fue la misma. Seguía manteniendo a Safia a su lado, pero más por deseo familiar que por verdadera amistad. Kara se enfrascó en los estudios para terminar su educación y hacerse cargo de las numerosas empresas y operaciones de su padre. A los diecinueve años, se graduó en Oxford.

La jovencita demostró ser una experta en finanzas, triplicando el valor de la red de propiedades de su padre mientras finalizaba la universidad. La Kensington Wells Incorporated continuó creciendo, extendiéndose a otros campos: aplicaciones informáticas, patentes de desalinización, emisiones televisivas. Aún así, Kara jamás desatendió el manantial del que emanaba toda la riqueza de su familia: *el petróleo*. En tan sólo el último año, la Kensington Wells superó a la Halliburton Corporation en la obtención de contratos petrolíferos.

Y al igual que las operaciones petrolíferas de la familia Kensington, tampoco descuidó a Safia. Kara continuó sufragando su educación, incluyendo sus seis años en Oxford, donde Safia se doctoró en arqueología. Al graduarse, trabajó para la Kensington Wells Inc., y finalmente se hizo cargo de la supervisión del mimado proyecto de Kara en el museo, una colección de antigüedades de la Península arábiga, empezada por su padre. E igual que con lo demás, el proyecto también prosperó bajo el auspicio de Kara, llegando a convertirse en la mayor colección monotemática de todo el mundo. Hacía dos meses, la familia real de Arabia Saudí había intentado comprarla para devolverla a tierras árabes, y según el rumor, la oferta había sido de cientos de millones.

Pero Kara la rechazó. La colección significaba mucho más que dinero. Constituía un memorial a su padre. Aunque su cuerpo no fue hallado nunca, ésa era su tumba, esa ala entera en el Museo Británico, rodeada de las riquezas y la historia de Arabia.

Por encima del hombro de su amiga, Safia fijó la mirada en el monitor que mostraba en directo lo que quedaba de su duro trabajo: ruinas humeantes. Ella era la única capaz de imaginar lo que esa pérdida significaba para Kara. Lo tomaría como una profanación a la tumba de su padre.

—Kara —comenzó Safia, intentando suavizar el golpe que iba a sufrir al oírlo de boca de alguien que había compartido su pasado—. La galería... ha desaparecido.

—Lo sé. Edgar ya me lo ha dicho —la voz de Kara perdió el timbre vacilante.

Se separó de Safia, como si de repente se sintiera atontada. Miró al resto de personas en el cuarto, y el familiar tono de mando regresó a su boca.

—¿Qué ha ocurrido? ¿Quién ha provocado todo esto?

El hecho de perder la colección poco después de rechazar la oferta de los árabes despertó una clarísima sospecha en Kara.

Sin dudarlo, el técnico mostró la grabación a Lady Kensington. Safia recordó la advertencia anterior sobre la confidencialidad de lo que revelaba la cinta. Nadie pronunció una palabra al respecto ante Kara: el dinero tenía sus privilegios.

Safia ignoró las imágenes del monitor y se dedicó a estudiar a Kara, temiendo el alcance devastador que el suceso podría tener en ella. Por el rabillo del ojo percibió la explosión final, antes de que el monitor se quedara en blanco. Durante el visionado, la expresión de Kara se había mantenido imperturbable, una pura máscara de concentración marmórea, Atenea con semblante pensativo.

Pero al final, los ojos de Kara se cerraron lentamente. No por horror, ni por angustia, pues Safia conocía a la perfección cada una de las expresiones de Kara, sino por puro y profundo alivio. Los labios de su amiga se movieron en un suspiro entrecortado, una única palabra, captada tan sólo por sus oídos.

—Por fin...

2
LA CAZA DEL ZORRO

𐌕𐌄𐌁𐌄𐌗𐌄𐌄𐌔𐌕𐌗∘⊂⊂∘

14 de noviembre, 07:04 am en la Costa Este
Ledyard, Connecticut

La paciencia es la clave de toda caza exitosa.

Painter Crowe se encontraba en su tierra natal, las tierras que la tribu de su padre llamara Mashantucket, la "tierra de los bosques". Pero en el lugar donde esperaba Painter no había árboles, ni cantaban los pájaros, ni susurraba la brisa al oído. Allí se escuchaba el repique de las máquinas tragaperras y el tintineo de las monedas, se aspiraba el hedor denso del tabaco y el aire sin vida continuamente reciclado del ambiente.

El Casino y centro vacacional Foxwoods era el complejo recreativo más grande del mundo; superaba todos los de Las Vegas e incluso los de Monte Carlo. Situado en las afueras de la sencilla aldea de Ledyard, Connecticut, el imponente complejo se alzaba de manera espectacular por encima de los espesos bosques de la reserva de Mashantucket. Además de las instalaciones de juegos, con sus seis mil máquinas tragaperras y cientos de mesas de apuestas, el complejo albergaba tres hoteles de talla internacional. La totalidad del complejo pertenecía a la tribu Pequot, quienes habían cazado en aquellas mismas tierras desde hacía más de diez mil años.

Pero por el momento, la cacería no apuntaba a un ciervo, ni a un zorro.

La presa de Painter era un científico informático chino, Xin Zhang.

Zhang, más conocido como *Kaos*, era un pirata informático y un descifrador de códigos de talento prodigioso, uno de los mejores de toda China. Tras la lectura de su informe, aquel exiguo hombre vestido de Ralph Lauren se había ganado el respeto de Painter. Durante los últimos tres años había orquestado una exitosa oleada de espionaje informático en tierras estadounidenses. Sus últimas adquisiciones: tecnología armamentística de plasma, robada de Los Álamos.

El objetivo de Painter se levantó por fin de la mesa de póquer Pai Gow.

—¿Desea retirarse ya, Dr. Zhang? —preguntó el jefe de mesa, de pie junto al tablero, como un capitán sobre la proa de su navío. Eran las siete de la mañana, y sólo quedaba aquel jugador... y sus guardaespaldas.

Dado el vacío del local a aquellas horas, Painter se veía obligado a espiar a su presa desde una distancia segura. No podía levantar sospechas, sobre todo a aquellas alturas del juego.

Zhang desplazó la montaña de fichas negras hacia la crupier, una mujer de mirada aburrida. Mientras ésta apilaba las ganancias de la noche, Painter estudió a su objetivo.

Zhang parecía ser el estereotipo del chino *inescrutable*. Su cara de póquer no daba la más mínima pista, ni un solo gesto idiosincrásico que revelara si jugaba una mano buena o mala. Sencillamente, se dedicaba a jugar.

Como en ese momento.

Nadie diría por su apariencia que ese hombre era un maestro del crimen, buscado en quince países. Vestía como el típico hombre de negocios occidental: un sobrio traje de raya diplomática hecho a medida, corbata de seda y Rolex de platino. Aún así, desprendía cierto aire de austeridad. Llevaba el pelo afeitado alrededor de las orejas y por la nuca, dejando sólo una escueta coronilla negra, al estilo de los monjes. Las gafas pequeñas, de lentes circulares ligeramente tintadas de azul, infundían a su rostro una expresión escrupulosa.

Por fin la crupier pasó las manos sobre la pila de fichas, mostrando dedos y palmas a las cámaras de seguridad ocultas tras los espejos de la cúpula acristalada del techo.

—Cincuenta mil dólares exactos —anunció.

El jefe de mesa asintió. La crupier dividió la cantidad en grupos de fichas por valor de mil dólares.

—Excelente suerte, señor —saludó el jefe de mesa.

Sin tan siquiera un asentimiento de cabeza, Zhang se marchó con sus dos guardaespaldas. Había pasado toda la noche apostando, y ya empezaba a despuntar el alba. El foro del Ciber Crimen comenzaría en tres horas. La conferencia cubría las tendencias más actuales sobre robos de identidad, protección de la infraestructura y muchos otros tópicos sobre seguridad.

Y en dos horas comenzaría el desayuno del simposio, organizado por Hewlett Packard, durante el cual Zhang realizaría la transferencia. Todavía desconocían quién era su contacto americano, y averiguarlo era uno de los objetivos principales de aquella operación. Además de conseguir los datos sobre seguridad, intentarían deshacerse del contacto estadounidense de Zhang, alguien relacionado con una oscura red que comerciaba con tecnología y secretos militares.

La misión no podía fallar.

Painter siguió al grupo. Sus superiores de DARPA le habían seleccionado especialmente para aquel servicio, en parte por su experiencia en cuanto a microvigilancia e ingeniería informática, pero sobre todo por su capacidad de pasar inadvertido en Foxwoods.

Aunque era mestizo, Painter había heredado suficientes rasgos de su padre como para simular ser indio Pequot. No necesitó más que someterse a unas cuantas sesiones de rayos UVA para enriquecer su color y ponerse lentillas de color marrón para ocultar los ojos azules de su madre. Por lo demás, con su melena de color negro azabache hasta los hombros, en ese momento recogida en una coleta, se parecía mucho a su padre. Para terminar de completar su disfraz, vestía el uniforme del casino, con un bordado de la tribu Pequot en el bolsillo delantero, que representaba un árbol en la cima de una loma sobre un cielo despejado. Y además, ¿quién mira más allá del uniforme?

Desde su posición, Painter seguía a Zhang con cautela. En ningún momento miraba directamente al grupo, sino que les observaba periféricamente y utilizaba los obstáculos naturales en beneficio propio. Acechaba a su presa a través de las luces intermitentes de la selva de máquinas tragaperras y los amplios claros de las mesas de fieltro verde. Guardó la distancia y varió de ritmo y dirección.

El pequeño auricular del oído le zumbaba en idioma mandarín. Era la voz de Zhang, captada a través del microtransmisor. Zhang se dirigía a su habitación.

Painter se tocó el laringófono, el micro que llevaba en la garganta, con los dedos y subvocalizó en la radio.

—Sánchez, ¿me recibes bien?

—Alto y claro, comandante.

Su compañera en aquella misión, Cassandra Sánchez, se hallaba oculta en una suite al otro lado del pasillo de la de Zhang, desde donde dirigía el despliegue de vigilancia.

—¿Cómo va el dispositivo subdérmico? —le preguntó.

—Más nos vale que acceda a su ordenador pronto, el bicho se está quedando seco.

Painter frunció el ceño. El "bicho" era un micro que se le había implantado a Zhang el día anterior durante un masaje. La tez latina de Sánchez fue suficiente para hacerla pasar por india. Le había implantado el transmisor subdérmico la noche anterior, durante un masaje profundo, gracias al cual el pinchazo quedó encubierto por la presión de los pulgares en la piel de Zhang. Cubrió la pequeña marca del pinchazo con una fina capa anestésica de cemento quirúrgico. Para cuando finalizó el masaje, ya se había secado y sellado. El microtransmisor digital tenía una vida útil de doce horas.

—¿Cuánto tiempo nos queda?

—En el mejor de los casos... dieciocho minutos.

—¡Demonios!

Painter volvió a centrar su atención en la conversación de su presa.

El hombre hablaba en voz baja, para que sólo le oyeran sus guardaespaldas. Painter, que dominaba el mandarín, escuchaba con atención. Esperaba que Zhang diese alguna indicación sobre cuando iba a realizar la recuperación de los datos de las armas de plasma, pero no tardó en desengañarse.

—Que la chica esté preparada cuando yo salga de la ducha —ordenó Zhang.

Painter apretó el puño. La "chica" tenía trece años y era una esclava procedente de Corea del Norte. *Su hija*, había explicado a quienes se les ocurrió preguntar. De haber sido cierto, el *incesto* se habría añadido a la interminable lista de cargos de los que era culpable Zhang.

Para seguirles, Painter bordeó un puesto de cambio y recorrió una larga fila de máquinas tragaperras, paralelas al recorrido de su objetivo. La campana de una de las máquinas de un dólar anunció su premio gordo. El ganador, un hombre de mediana edad y vestido con un chándal, sonrió y miró a su alrededor, en busca de alguien con quien compartir su afortunado momento, pero sólo encontró a Painter.

—¡He ganado! —gritó jubiloso, con los ojos enrojecidos de llevar toda la noche jugando.

Painter asintió.

—Excelente suerte, señor —le respondió, repitiendo las palabras anteriores del jefe de mesa, y continuó su camino.

En aquel lugar no había verdaderos ganadores, a excepción del casino. Tan sólo con las máquinas tragaperras habían sacado ochocientos millones de dólares netos el año anterior. Por lo que parecía, la tribu de los Pequot había recorrido un largo camino desde sus negocios de arena y gravilla de los años 80.

Por desgracia, el padre de Painter se perdió aquel auge, al abandonar la reserva a principios de los 80 en busca de fortuna en la ciudad de Nueva York. Allí conoció a su madre, una ardiente italiana que terminaría por apuñalar hasta la muerte a su marido, tras siete años de matrimonio y el nacimiento de un hijo. Con su madre en el corredor de la muerte, Painter creció en distintos hogares de adopción, donde aprendió que lo mejor era guardar silencio y pasar desapercibido.

Aquella fue su primera formación en las artes del sigilo... pero no la última.

El grupo de Zhang entró en el ascensor del vestíbulo de la Torre Grand Pequot, tras mostrar la llave de su habitación al guardia de seguridad.

Painter cruzó el vestíbulo. Ocultaba la funda de su Glock 9mm en la parte baja de la espalda, bajo la chaqueta del casino, y tuvo que resistir la tentación de sacarla y meterle un tiro a Zhang en la nuca, como si fuera una ejecución.

Pero eso no le permitiría lograr su objetivo: recuperar los datos esquemáticos y de investigación del cañón orbital de plasma. Zhang había conseguido robar la información de un servidor federal de seguridad, dejando a su paso un *gusano*. A la mañana siguiente, un técnico de Los

Álamos llamado Harry Klein accedió al archivo, liberando sin saberlo al gusano, que procedió a devorar todas las referencias sobre el armamento, a la vez que defecaba una pista falsa que implicaba a Klein. Ese pequeño truco de prestidigitación informática costó a los investigadores dos semanas de seguimiento de una pista falsa.

Hizo falta que una docena de agentes de DARPA escudriñara en los rastros del gusano para descubrir la verdadera identidad del ladrón: Xin Zhang, un espía que trabajaba como técnico para Changnet, una empresa de telecomunicaciones de Shanghai que había logrado elevarse hasta lo más alto. Según los servicios de inteligencia de la CIA, los datos robados se encontraban en el ordenador portátil que había en la habitación de Zhang. El disco duro había sido conectado a un dispositivo en cadena, con un elaborado sistema de defensa mediante encriptación. El más mínimo error al intentar acceder al ordenador provocaría el borrado de todos los datos, un riesgo demasiado grande, ya que al gusano de Los Álamos no había logrado sobrevivir ni un solo dato.

Las peores consecuencias eran que los datos robados avanzarían el programa de China ni más ni menos que cinco años. Los archivos contenían varios avances extraordinarios, así como innovaciones punteras en su campo. Evitar todo aquello quedaba en manos de DARPA. Su objetivo, obtener la contraseña de Zhang y recuperar los datos.

Y el tiempo se estaba agotando.

Painter observó en el reflejo de una rueda de la fortuna cómo Zhan y sus guardaespaldas entraban en el ascensor exprés que les conduciría hasta sus suites privadas, en lo más alto de la torre.

Painter activó el laringófono al tocarlo con los dedos y susurró:

—Van hacia arriba.

—Oído. Preparada y a tus órdenes, comandante.

Tan pronto como las puertas se cerraron, Painter se apresuró a entrar en el ascensor contiguo, que habían inutilizado precintando la entrada con varias bandas amarillas de plástico, sobre las que se leía en letras negras: FUERA DE SERVICIO. Painter se coló entre ellas, a la vez que pulsaba con energía el botón de subida. Mientras las puertas se cerraban, entró veloz en el receptáculo y se tocó la garganta.

—¡Todo en orden! ¡Adelante!

Sánchez le advirtió como respuesta:

—¡Sujétate bien!

Se apoyó contra el panel de caoba, con las piernas abiertas, a la vez que las puertas terminaban su silencioso cierre. En ese momento, el ascensor salió disparado hacia las alturas. Sus músculos se tensaron. Vio los números de las plantas iluminarse en sucesión cada vez más rápida. Sánchez había modificado el cableado para obtener la máxima aceleración en aquella máquina, además de ralentizar el ascensor de Zhang un veinticuatro por ciento, lo suficiente como para que nadie lo percibiera.

Cuando el ascensor de Painter llegó a la planta treinta y dos, deceleró con una sacudida, dejando a Painter en el aire un segundo, antes de que sus pies volvieran a tocar el suelo. Las puertas comenzaron a abrirse y él salió, con cuidado de no arrancar las cintas que bloqueaban también esa entrada. Comprobó el ascensor de Zhang. Le quedaban tres plantas para llegar a la suya. Debía actuar con rapidez.

Se apresuró por el pasillo hacia las habitaciones, hasta encontrar el número de la de Zhang.

—¿Posiciones? —susurró.

—La chica está esposada a la cama, y hay dos guardias jugando a las cartas en el salón.

—Recibido —Sánchez había colocado cámaras lápiz en los conductos de calefacción de las habitaciones. Painter cruzó el pasillo y utilizó su llave para entrar en la suite opuesta.

Cassandra Sánchez permanecía acurrucada entre equipos de vigilancia electrónica y monitores, como una araña en su red. Vestida totalmente de negro, desde las botas hasta la blusa, incluyendo la funda y el cinturón de su 45 Sig automática, todo hacía juego con la vestimenta. Había personalizado su pistola con cachas antideslizantes Hogue y la había preparado para manipular la retenida del cargador con el pulgar derecho, de manera que pudiera acomodar la mano izquierda en el arma. Era una tiradora de puntería mortífera, entrenada, al igual que Painter, en las Fuerzas Especiales, antes de ser reclutada por Sigma.

Sus ojos le saludaron con el destello característico del final del juego.

Se le aceleró la respiración al verla, al observar aquellos pechos apretados bajo la fina blusa de seda, que se le ajustaba al cuerpo a causa de la pistolera del hombro. Tuvo que obligarse a levantar la vista para mantener el contacto adecuado. Habían sido compañeros durante los últimos cinco años, pero últimamente sus sentimientos hacia ella habían aumentado. Las comidas de negocios se convirtieron en copas después del trabajo, y finalmente en largas cenas privadas. Aún así, todavía no habían cruzado ciertas líneas, una distancia que mantenían tentadoramente.

Ella pareció leerle la mente, y apartó la mirada con tranquilidad.

—Ya era hora de que ese cabrón subiera —espetó, dirigiendo de nuevo su atención a los monitores—. Y más vale que abra esos archivos en el próximo cuarto de hora, o... ¡Mierda!

—¿Qué? —Painter se acercó a ella.

Cassandra señaló uno de los monitores, que mostraba una sección transversal tridimensional de los niveles superiores de la Torre Grand Pequot. Una pequeña × roja brillaba en la estructura.

—¡Está bajando!

La × marcaba la trayectoria del microtransmisor insertado en Zhang, y estaba descendiendo las distintas plantas de la torre.

Painter apretó el puño.

—Algo debe haberle alertado. ¿Se ha producido alguna comunicación con su habitación desde que entró en el ascensor?

—Ni un silbido.

—¿El ordenador continúa allí?

La chica señaló otro monitor, que mostraba una imagen en blanco y negro de la suite de Zhang. El maletín del ordenador continuaba sobre la mesita de café. De no haber sido por la encriptación, habría sido sencillo entrar en el cuarto y arrebatarles el ordenador. Pero necesitaban los códigos de Zhang. El dispositivo que habían instalado registraría cada una de las teclas que pulsara, obteniendo así la totalidad del código. Una vez conseguido, podrían capturar al chino y a sus hombres.

—Tengo que volver a bajar —decidió Painter. El dispositivo de localización había sido construido a tan pequeña escala que sólo alcanzaba un radio de doscientos metros, lo que hacía necesario que hubiese alguien cerca de él en todo momento—. No podemos perderle.

—Si sabe lo que intentamos...

—Lo sé.

Corrió hacia la puerta. Zhang tendría que ser eliminado. Perderían los archivos, pero al menos los datos armamentísticos no llegarían a China. Aquél era el segundo plan. Habían pensado en todas las opciones. Incluso habían instalado una pequeña granada electromagnética en el interior de una de las rejillas de ventilación de la suite. Si llegara el momento, la activarían, y el dispositivo desencadenaría un impulso electromagnético que activaría las autodefensas del ordenador, que a su vez borrarían todos los datos. China no debía hacerse con aquella información.

Painter se apresuró por el pasillo y entró en el ascensor precintado mientras hablaba por el laringófono.

—¿Puedes bajarme antes que él?

—Más vale que te sujetes los huevos —obtuvo por respuesta.

Antes de poder siquiera seguir su consejo, el aparato se dejó caer hacia abajo. Sintió la ingravidez durante un largo trecho, con el estómago casi en la boca. El ascensor descendía en caída libre, y Painter intentaba a la vez evitar el pánico y contener la bilis. A continuación, el receptáculo alcanzó el suelo repentinamente. Sin forma alguna de mantenerse en pie, Painter cayó de rodillas, a la vez que la máquina completaba la parada final con un suave deslizamiento para encajar en su lugar.

Las puertas se abrieron de inmediato y Painter se puso en pie con dificultad. Treinta plantas en menos de cinco segundos, aquello debía ser todo un récord. Salió al vestíbulo y dirigió la mirada a los números de la parte superior del ascensor exprés en el que había entrado Zhang. Se encontraba a una planta de distancia.

Painter dio varios pasos hacia atrás, quedando lo suficientemente cerca como para cubrir la puerta, pero no demasiado como para despertar sospechas en su papel de guardia de seguridad del casino.

Las puertas se abrieron al llegar a la planta baja.

Painter echó un vistazo indirectamente, a través del reflejo en las puertas metálicas del ascensor de enfrente. *Oh no...* Se giró y se acercó al ascensor. El ascensor estaba vacío.

¿Se habría bajado Zhang en otra planta? Entró en el espacio vacío. Imposible. Éste era uno de los ascensores exprés, sin paradas entre la planta baja y las suites superiores. A menos que hubiese realizado una parada de emergencia y forzado las puertas para escapar.

En ese instante Painter descubrió pegado al panel del fondo un pequeño fragmento brillante de plástico y metal. ¡El microtransmisor!

Painter sintió que el corazón le palpitaba con fuerza en su pecho. Centró la vista en el pequeño dispositivo electrónico adherido al panel. Lo despegó y lo examinó de cerca. Zhang se la había jugado.

¡Dios mío!

Se llevó la mano al micro de la garganta.

—¡Sánchez!

Su corazón continuaba latiendo desbocado. No obtuvo respuesta alguna.

Se dio la vuelta y pulsó de un puñetazo el botón del ascensor, en el que únicamente se leía SUITES. Las puertas se cerraron con suavidad. Painter se movía en el diminuto compartimiento como si fuese un león enjaulado. Probó otra vez la radio, de nuevo sin obtener respuesta.

—¡Maldita sea!

La maquinaria comenzó su ascenso. Painter estrelló el puño contra la pared de caoba, que se agrietó bajo sus nudillos.

—¡Múevete, hijo de puta!

Pero sabía que ya era demasiado tarde.

02:38 pm GMT
Londres, Inglaterra

DE PIE EN el vestíbulo, a varios pasos de la entrada a la Galería Kensington, Safia sintió que no podía respirar. La dificultad no provenía de la fetidez del humo, del aislamiento quemado ni de las pequeñas llamas que todavía ardían en algunos mazos de cables. Provenía de la espera. Llevaba toda la mañana observando la entrada y salida de inspectores de todas las agencias y departamentos británicos. Ella tenía denegado el acceso.

Sólo personal autorizado.

Los civiles no podían atravesar las cintas amarillas ni los cordones de barricadas, y mucho menos las miradas de desconfianza de la policía militar.

Pasado medio día le permitieron por fin entrar, ver en persona los restos de la catástrofe. En aquel instante sintió que una gigantesca mano de piedra se aferraba en torno a su pecho, que una jaula aprisionaba la paloma presa del pánico en que se había convertido su corazón.

¿Qué encontraría? ¿Qué se habría salvado?

Se sentía afligida hasta lo más profundo, desconsolada, tan devastada como la propia galería. Su trabajo en el museo constituía mucho más que su vida académica. Después de Tel Aviv, había logrado restablecer su corazón en aquel lugar. A pesar de haber salido de Arabia, todavía no la había abandonado. Seguía siendo la hija de su madre. Había reconstruido Arabia en Londres, una Arabia anterior a los terroristas, un relato tangible de la historia de su tierra, sus maravillas, su época antigua y sus misterios milenarios. Rodeada de aquellas antigüedades, atravesando las galerías, seguía escuchando el crujir de la arena bajo sus pies, sintiendo la quemazón del sol en su rostro, saboreando la dulzura de los dátiles recién cogidos de las palmeras. Aquélla era su casa, un lugar seguro.

Pero había mucho más; su dolor era más profundo. Allí había construido su hogar, no sólo para sí misma, sino también para la madre que apenas recordaba. A veces, cuando trabajaba hasta altas horas de la noche, Safia percibía un vaguísimo aroma a jazmín en el aire, recuerdo de su infancia, de su madre. Aunque no podían compartir la vida, al menos disfrutaban de aquel lugar común, de su trocito de hogar.

Y ahora no quedaba nada.

—Ya podemos entrar.

Safia se estremeció. Miró a Ryan Fleming. El jefe de seguridad se había mantenido en vela con ella, aunque tenía pinta de haber echado una cabezadita.

—Me quedo contigo —le había dicho.

Safia se obligó a respirar profundamente y asintió. Fue lo único que logró hacer para demostrar agradecimiento por su amabilidad y su compañía. Siguió al resto del personal del museo al interior. Habían accedido a ayudar con la catalogación y documentación de los contenidos de la galería, algo que les llevaría semanas.

Safia avanzaba hacia delante, a la vez atraída y asustada por lo que encontraría. Rodeó la segunda barricada. El juez de instrucción había ordenado que quitasen la reja de seguridad, algo que Safia agradeció; no tenía ningún deseo de ver los restos de Harry Masterson.

Al llegar a la entrada dio un paso hacia el interior y miró a su alrededor.

A pesar de la preparación mental a la que se había auto sometido, y a pesar de la visión del lugar que proporcionaban las cámaras de seguridad, no estaba preparada para lo que encontró.

La luminosa galería se había convertido en un ennegrecido sistema cavernoso, en cinco cámaras de piedra carbonizada. Se le cortó la respiración, a la vez que escuchó gritos ahogados a su espalda.

La explosión había reducido todo a la nada. Las placas de los tabiques se habían incinerado hasta los mismísimos bloques de la base. No quedaba nada en pie, excepto un único jarrón babilónico en el centro de la galería. Intacto hasta la altura de la cintura, a pesar de estar chamuscado, permanecía en posición vertical. Safia había leído informes de tornados en los que había ocurrido lo mismo: pese a la devastación total, a veces quedaba una bicicleta en pie, descansando sobre su apoyo, intacta en medio de la catástrofe.

No tenía sentido. Nada de aquello lo tenía.

El lugar todavía apestaba a humo, y un par de dedos de agua cubrían el suelo, los restos del aluvión de las mangueras.

—Vas a necesitar unas botas —le dijo Fleming, cogiéndola por el brazo y guiándola hasta una fila de botas de agua. Ella le siguió, como atontada—. Y un casco.

—¿Por dónde empezamos? —masculló alguien.

Una vez debidamente equipada, Safia atravesó la galería, moviéndose en una especie de sueño, de forma mecánica, sin pestañear. Cruzó las diferentes salas, y al llegar a la galería más alejada, algo crujió bajo el tacón de su bota. Se agachó, rebuscó en el agua y encontró una piedra en el suelo. En su superficie se distinguía el grabado de varias líneas de escritura cuneiforme. Se trataba de un fragmento de una tablilla asiria, que databa de la antigua Mesopotamia. Se irguió de nuevo y contempló las ruinas de la Galería Kensington.

Sólo entonces se percató de la presencia de los demás. Extraños en su propio hogar. Sus compañeros trabajaban en grupitos, hablando entre murmullos, como si se encontraran en un cementerio.

Los inspectores de construcción examinaban la infraestructura, mientras que los investigadores del incendio tomaban lecturas con extraños dispositivos de mano. Un grupo de ingenieros municipales discutía en una esquina sobre presupuestos y ofertas, y varios policías montaban guardia junto a la sección de la pared exterior que se había venido abajo. Los obreros ya estaban bloqueando la apertura con puntales y tablones.

A través del boquete, Safia veía los rostros asombrados de los curiosos que se amontonaban en la calle, tras el cordón de seguridad. Demostraban una insistencia increíble, considerando que la llovizna de la mañana se había convertido con el paso de las horas en aguanieve. Los destellos de las cámaras centelleaban a través de la penumbra. Turistas.

Un arrebato de ira la despertó de su letargo. Quería echarlos a todos de allí. Aquella era su ala, su hogar. La rabia le ayudó a centrarse, devolviéndola a la realidad. Ahora tenía un deber, una obligación.

Safia volvió su atención hacia los eruditos y estudiantes del museo, que habían comenzado a cribar los restos. Resultaba alentador verles dejar a un lado su celo profesional y ponerse a trabajar codo con codo.

Safia regresó a la entrada, dispuesta a organizar a aquéllos que se habían prestado voluntarios. Pero al alcanzar la primera galería, un grupo mayor apareció en la entrada. Al frente divisó a Kara, vestida con ropa de trabajo y con un casco rojo que mostraba la insignia de la Kensington Wells. Dirigía a un equipo de unos veinte hombres y mujeres hacia el interior de la galería, todos vestidos igual y con cascos idénticos al suyo.

Safia se detuvo ante ella.

—¿Kara?

No la había visto en todo el día. Se había desvanecido con el director del museo, supuestamente para coordinar los distintos equipos de investigación de los bomberos y la policía. Al parecer, unos cuantos cientos de millones de libras le otorgaban cierta autoridad.

Kara hizo una señal a los hombres y mujeres en la galería.

—¡Todo el mundo a trabajar! —Se volvió hacia Safia—. He contratado a mi propio equipo forense.

Safia vio al grupo dividirse, como un pequeño ejército, entre las distintas salas. En lugar de armas, iban cargados con herramientas científicas.

—¿Qué está pasando? ¿Por qué haces todo esto?

—Para averiguar lo que ha ocurrido —Kara observó cómo su equipo se disponía a trabajar.

Los ojos le brillaban con un resplandor febril, con una determinación feroz. Safia no había visto aquella mirada en su rostro desde hacía mucho tiempo. Algo había despertado en Kara el ímpetu antiguo que le había faltado todos estos años. Sólo existía una razón para desatar en ella aquella determinación exaltada.

Su padre.

Safia recordaba la mirada en los ojos de Kara después de contemplar la grabación de la explosión. Aquel alivio final. La única frase pronunciada. *Por fin...*

Kara avanzó por la galería. Su equipo ya había comenzado a extraer muestras de distintas superficies: plástico, cristal, madera, piedra. Kara se cruzó con un par de hombres cargados con detectores de metal, con los que barrían el suelo en busca de lecturas. Uno de ellos sacó un fragmento de bronce derretido de entre los escombros. Lo colocó a un lado.

—Quiero que encontréis hasta el último pedazo de meteorito —les ordenó.

Los trabajadores asintieron y continuaron con la búsqueda.

Safia se unió a Kara.

—¿Qué estás *de verdad* buscando aquí?

Kara se giró hacia ella, con los ojos inyectados de determinación.

—Respuestas.

Safia leyó cierta esperanza tras la mueca en la boca de su amiga.

—¿Sobre tu padre?

—Sobre su muerte.

4:20 pm

Kara se dejó caer sobre una silla plegable en el vestíbulo. El trabajo continuaba en la galería. Los extractores ronroneaban con su vibración incesante. Los murmullos y las conversaciones de los trabajadores del ala apenas alcanzaban sus oídos. Había salido a fumarse un cigarrillo. Ya hacía mucho que lo había dejado, pero necesitaba mantener las manos ocupadas en algo. Le temblaban los dedos.

¿Tenía fuerzas para seguir adelante con todo aquello? Tenía la fuerza de la esperanza. Safia apareció en la entrada, la vio y caminó en dirección a ella, pero Kara le hizo un gesto de alejamiento, señalando el cigarrillo.

—Sólo necesito un momento.

Safia se detuvo, la miró con detenimiento y terminó por asentir y regresar al interior de la galería.

Kara dio otra calada, llenándose los pulmones de humo frío, que no sirvió para tranquilizarla demasiado. Ella también se sentía trastornada, la adrenalina de toda la noche comenzaba a hacer estragos. Se quedó mirando la placa de bronce colocada junto a la galería; mantenía cierto parecido con su padre, el fundador de la galería.

Kara expiró una nube de humo que le empañó la visión. *Papá...*

En algún sitio de la galería, algo cayó con un golpe sonoro, un ruido similar al de un balazo, un recuerdo del pasado, de una caza a través de las arenas del desierto.

Kara se sumergió en el pasado.

Era el día que había cumplido dieciséis años.

La caza había sido el regalo de su padre.

El oryx de Arabia huía a toda velocidad, subiendo la duna empinada. El pelaje blanco del antílope destacaba crudamente sobre las rojas arenas. Las únicas dos imperfecciones en su nívea piel eran una mancha negra en la punta de su cola y una máscara del mismo color en los ojos y el hocico. Una estela de color carmesí le goteaba desde el anca herida.

Mientras luchaba por escapar, las pezuñas del oryx se hundían en las profundidades de las arenas sueltas. La sangre fluía con más rapidez cuando alcanzó de una patada la cresta del montículo, y un par de finos cuernos cortaron el aire inmóvil, a la vez que los músculos del cuello se le desgarraban con cada doloroso metro ganado.

Cuatrocientos metros más atrás, Kara escuchó el eco de un grito por encima del rugido de su moto de arena, un todo terreno con tracción a las cuatro ruedas y gruesos neumáticos. Con frustración, agarró el manillar del vehículo, que volaba sobre la cumbre de la duna monstruosa, quedándose un instante en el aire, levantada del sillín, mientras la moto rebasaba la cresta del montículo.

La rabia con que sellaba los labios quedaba oculta bajo el pañuelo que la protegía de la arena, a juego con su conjunto de safari de color caqui. La melena rubia, trenzada en la parte posterior, ondeaba al aire como la cola de una yegua salvaje.

Su padre la seguía en otra moto, con el rifle cargado a la espalda y con el pañuelo dejado caer alrededor del cuello. Tenía la piel tostada, del color del cuero de una silla de montar, y los cabellos de un tono gris arenoso. Cruzó su mirada con la de Kara.

—¡Estamos cerca! —le gritó, por encima del rugido de los motores. Aceleró su vehículo y tomó velocidad, descendiendo la duna a barlovento.

La niña se apresuró tras él, inclinada sobre el manillar de la moto, y seguida de cerca por su joven guía beduino. Había sido Habib quien les guió hasta su presa, y también había sido su tiro habilidoso el que hirió al oryx. Aunque impactada por su precisión al disparar a un antílope a la carrera, Kara se había enfurecido al saber que el objetivo del disparo había sido herir al animal, no matarlo.

—Para que pierda velocidad... por la niña —había explicado Habib.

Kara se sintió herida por la crueldad... y por el insulto. Desde que tenía seis años había ido de caza con su padre. No le faltaba habilidad en aquella labor, y prefería un tiro limpio. Herir al animal a propósito resultaba innecesariamente despiadado.

Pisó el acelerador, escupiendo una nube de arena a su paso.

Algunos, sobre todo en Inglaterra, se escandalizaban al enterarse de cómo la estaban educando, como si fuera un chico, sobre todo al no tener madre. Pero Kara sabía que su educación iba mucho más allá. Al haber recorrido medio mundo, había sido criada sin pretensiones de diferenciación entre hombres y mujeres. Había aprendido a defenderse a sí misma, a luchar con puños o puñal.

Al llegar a la base de la duna, Kara y su guía dieron alcance a su padre, cuya moto se había atascado en una ciénaga de arena suelta donde se revolcaban los camellos, una zona que succionaba como si se tratara de arenas movedizas. Le adelantaron con una nube de polvo.

Su padre aceleró el vehículo, logrando salir de la ciénaga, y ascendió la siguiente duna, una descomunal montaña de arena roja de doscientos metros de altura.

Kara alcanzó la cresta justo antes que Habib, disminuyendo ligeramente la velocidad para observar lo que había abajo. Y tuvo suerte. El otro lado de la duna se precipitaba hacia la parte inferior abruptamente, como un precipicio, terminando en una amplia planicie de arena. Podría haber rodado cuesta abajo sin darse cuenta.

Habib le hizo un gesto para que se parase, y ella obedeció, sabiendo que sería mejor detenerse que seguir. Dejó el motor a ralentí. Ahora que se había detenido sentía que el calor se desplomaba sobre sus hombros como una pesada carga, pero apenas reparó en ello, ya que la imagen que se extendía ante ella la dejó sin aliento.

El paisaje más allá de la duna resultaba espectacular. El sol, cercano a su puesta, templaba la arena, convirtiéndola en un puro cristal. Los espejismos del calor resplandecían en charcas luminosas, produciendo la ilusión de encontrarse ante inmensos lagos de agua, falsa promesa de un paisaje implacable.

Aún así, fue otra visión la que dejó a Kara petrificada. En el centro de la planicie, un embudo de arena se levantaba en espiral desde lo más profundo, desvaneciéndose en una nube de polvo en las alturas.

Un diablo de arena.

Kara había visto ese fenómeno otras veces, incluyendo tempestades de arena mucho más violentas, capaces de aparecer de la nada y desvanecerse con la misma rapidez. Pero, por alguna razón, aquella visión la marcó profundamente. La naturaleza solitaria de la tempestad, su quietud imperturbable en medio de la planicie, había algo misterioso y extraño en ello.

Escuchó a Habib mascullar a su lado, con la cabeza agachada, como en situación de oración.

Su padre se unió a ellos, llamando de nuevo la atención de Kara hacia él.

—¡Allí está! —dijo, jadeando y señalando hacia la base de la empinada cuesta.

El oryx luchaba por atravesar la llanura de arena, cojeando ahora con gran dificultad.

Habib levantó la mano, interrumpiendo su rezo.

—No, no vamos a continuar.

El padre de Kara frunció el ceño.

—¿De qué hablas?

El guía mantuvo la vista fija en el paisaje, ocultando sus pensamientos tras unas gafas de sol del Afrika Korps y un shamag, pañuelo omaní que servía para protegerle la cabeza.

—*No vamos a continuar* —*repitió Habib con voz sorda*—. *Ésta es la tierra de los nisnases, las arenas prohibidas. Debemos regresar.*

Su padre se echó a reír.

—*Tonterías, Habib.*

—*¿Papá?* —*preguntó Kara.*

Él negó con la cabeza y procedió a explicarle.

—*Los nisnases son los monstruos de las profundidades del desierto. Genios malignos que acechan en las arenas.*

Kara volvió a mirar el rostro ilegible de su guía. El "Sector Vacío" de Arabia, el desierto de Rub al-Khali, era la mayor masa arenosa del mundo, empequeñeciendo incluso al soberbio Sahara, y las historias fantásticas que se extendían por la región eran tan numerosas como descabelladas. Pero algunas gentes aseguraban que eran ciertas, incluyendo, al parecer, a su propio guía.

Su padre aceleró el motor del vehículo.

—*Te prometí ir de caza, Kara, y no pienso decepcionarte. Pero si prefieres regresar...*

Kara dudó un instante, mirando a Habib y a su padre alternativamente, sopesando miedo y determinación, mitología y realidad. En las profundidades del desierto feroz, todo parecía posible.

Miró al animal, que huía cojeando a través de las tórridas arenas, sufriendo a cada paso, recorriendo un trayecto marcado por el dolor. Kara sabía lo que tenía que hacer. Toda aquella sangre y agonía habían empezado por ella, y era ella quien pondría fin a la angustia.

Se recolocó el pañuelo para protegerse de la arena y aceleró.

—*Hay un camino más sencillo para bajar, ve por la izquierda* —*Kara recorrió la cresta del montículo hacia una sección más suavizada de la pared de la duna.*

No le hacía falta mirar por encima de su hombro para ver la amplia sonrisa de satisfacción y orgullo de su padre. Brillaba tras ella con tanta fuerza como el propio sol, y sin embargo, en aquel momento no le proporcionaba calor alguno.

Fijó la mirada en la planicie, más allá del oryx solitario, en la amenazante espiral arenosa. Aunque esos diablos de arena eran comunes en aquellas tierras, su visión la desconcertaba por extraña; no se había movido ni un centímetro.

Al llegar a la suave pendiente, Kara inclinó la moto cuesta abajo, hacia la llanura. Era bastante empinada, y tanto ella como el vehículo patinaron hacia abajo, pero la niña consiguió mantener la estabilidad de la moto sobre la arena suelta. Al llegar a la base, las ruedas ganaron tracción y aceleró hacia el animal.

Escuchaba la moto de su padre pisándole los talones, y ese ruido también llegó a su presa, que apuró el paso, zarandeando la cabeza en agonía.

No quedaban más de trescientos metros, pronto le darían caza. En aquella superficie plana, sus motos alcanzarían al animal, y un tiro rápido y limpio pondría fin a su miseria, dando la caza por terminada.

—¡Intenta ponerse a cubierto! —le indicó su padre, señalando con un brazo—. ¡Quiere llegar a la tempestad de arena!

Su padre la adelantó, y Kara le siguió, con la cabeza agachada. Perseguían a una criatura herida a la que la desesperación otorgaba una rapidez inusual. El oryx trotaba hacia la tormenta, en dirección al mismísimo centro.

Maldijo en voz baja y continuó acelerando con Kara tras él, arrastrada por la estela de su padre.

Al acercarse a la tormenta de arena, descubrieron una depresión profunda en el suelo. Las dos motos se detuvieron justo al borde. El diablo de arena se alzaba desde el centro de la fosa, como si escarbara en el desierto, arrastrando la arena hasta lo más alto. La columna de polvo debía tener casi cincuenta metros de altura, y el hueco de la base, casi cuatrocientos.

Un volcán humeante en medio de la arena.

Los rastros de energía azul que atravesaban al diablo crepitaban con un silencio desconcertante. Kara percibió un olor parecido al del ozono. Se encontraban ante un fenómeno exclusivo de las tempestades de arena en los desiertos secos: la electricidad estática.

Ignorando lo que veía, su padre se dirigió hacia lo más bajo de la depresión.

—¡Allí está!

Kara miró hacia abajo. Cojeando por las arenas de la fosa, el oryx alcanzó la zona de polvo más denso, el ciclón centrífugo cercano al centro.

—¡Prepara el rifle! —le indicó su padre.

Kara permaneció inmóvil, incapaz de moverse.

El oryx alcanzó el borde del diablo, con patas temblorosas y rodillas flaqueantes, pero luchó por llegar al refugio más denso de la espiral de arena.

Su padre maldijo de nuevo pero ccondujo la moto cuesta abajo.

Temerosa, Kara se mordió el labio inferior y empujó su moto hacia abajo, en dirección a él. Tan pronto como se aventuró hacia las profundidades, sintió la tensión de la energía estática atrapada en la fosa. Se le erizó el vello de la piel bajo la ropa, incrementando su miedo. Disminuyó la velocidad y las ruedas traseras se hundieron en la arenosa cuesta.

Su padre alcanzó la parte inferior y detuvo la moto con un giro lateral, que casi le cuesta una caída. Pero se mantuvo sobre su asiento, girándose para coger el rifle que llevaba al hombro.

Kara escuchó el estampido del fusil Marlin, y buscó con la mirada el oryx, pero ya había desaparecido en la nube de arena, y sólo divisó su silueta, una sombra que se sacudió y terminó por caer.

Un disparo certero. ¡Su padre lo había logrado!

Kara sintió una repentina oleada de insensatez. Había dejado que el miedo se apoderase de ella, lo que le había costado perder su lugar en la caza.

—¡Papá! —le llamó, dispuesta a deshacerse en elogios, orgullosa de su obstinado pragmatismo en aquella caza.

Pero un grito repentino estranguló todas sus palabras. Procedía del diablo de arena, como si saliera de algún profundo infierno, un terrible grito de agonía. La oscura sombra del oryx se retorció en el corazón del diablo, empañada por el remolino de arena, antes de que la garganta del animal se desgarrara en un gemido agonizante. Lo estaban asesinando.

Su padre, todavía a horcajadas sobre la moto, intentó darle la vuelta al vehículo. Levantó la vista hacia ella.

—¡Kara! ¡Sal de aquí corriendo!

Pero no podía moverse. ¿Qué estaba pasando?

El grito desgarrado se cortó, y le siguió un olor apestoso a carne y pelo quemado que salía de la fosa y se elevaba sobre ella, produciéndole náuseas. Vio a su padre luchar con la moto, pero las ruedas derrapaban, atascadas en la arena.

Sus ojos repararon en Kara, petrificada todavía en el mismo lugar.

—¡Kara! ¡Vete! —Agitó un brazo en el aire para enfatizar sus palabras—. ¡Cielo, corre!

Y entonces la niña sintió el movimiento bajo la arena. Al principio no fue más que un suave tirón, como si la gravedad hubiera aumentado de repente. Las partículas de arena comenzaron a bailotear y a rodar hacia abajo, formando al instante riachuelos, pequeñas sendas ondulantes en dirección al diablo de arena.

Su padre también lo sintió. Le dio más puño a la moto, pero las ruedas resbalaban, levantando nubes de polvo. Volvió a gritar a su hija.

—¡Maldita sea, corre!

Aquel grito la sobresaltó. En raras ocasiones gritaba su padre, y desde luego, nunca presa del pánico. Arrancó a toda potencia, ahogando el acelerador. Horrorizada, contempló cómo la columna de polvo se ensanchaba, alimentada por inexplicables corrientes de arena y acercándose peligrosamente hacia el lugar donde su padre continuaba clavado.

—¡Papá! —gritó para avisarle.

—¡Vete, hija! —Terminó por abandonar la moto, por pura fuerza de voluntad, y trató de rodear el ciclón, tragando arenal.

Kara siguió su ejemplo. Dio la vuelta, aceleró e intentó subir la cuesta en diagonal. Bajo la moto, la arena tiraba de ella hacia el agujero, como si se encontrase en un remolino que quisiera tragársela. Kara necesitó poner en práctica todas sus habilidades para luchar contra la arena.

Cuando alcanzaba el reborde de la depresión, miró hacia atrás por encima del hombro. Su padre seguía en el fondo, con la cara embarrada por el sudor y la arena y concentrado en salvarse. Sobre él, el remolino se iba aproximando, como una torre salpicada de chispas de electricidad estática. Cubría ya todo el suelo.

Kara fue incapaz de apartar la mirada. En el centro del diablo de arena, la oscuridad incrementaba y se extendía, creando una masa negra e inmensa, únicamente iluminada por las partículas de electricidad estática. El olor a carne quemada todavía impregnaba el aire. La advertencia anterior de su guía tiñó su corazón de un terror repentino.

Los fantasmas negros... los nisnases.

—¡Papá!

Pero su padre se hallaba rodeado por las corrientes del remolino, cada vez más fuertes, cada vez más profundas, que le impedían esca-

par. El borde de la columna terminó por barrerle en su crecida. En ese instante, la mirada de Kara se cruzó con la de su padre, desesperado, no por él, sino por ella.

Corre, articuló justo antes de desaparecer, de desvanecerse en el interior oscuro del diablo.

—¡Papá...!

Se escuchó un grito terrorífico.

Antes de poder reaccionar, la columna de arena explotó hacia fuera con una fuerza cegadora. Kara se vio arrancada de su sitio y arrastrada por los aires. Cayó al suelo, dando una voltereta tras otra. El tiempo parecía no transcurrir, hasta que de pronto el suelo se elevó y la detuvo. Algo le golpeó el brazo, pero apenas sintió el latigazo de dolor. Fue dando vueltas sobre la arena, hasta detenerse boca abajo.

Permaneció así durante varios segundos, incapaz de moverse, pero el miedo por su padre la hizo ponerse de lado. Volvió la vista atrás, hacia el volcán humeante que se abría en la arena.

El diablo había desaparecido. Se había esfumado, dejando el aire impregnado de polvo sucio. Con gran esfuerzo logró sentarse, jadeando y sujetándose el brazo herido. Nada tenía sentido. Miraba en todas direcciones.

La arena reposaba inmóvil a su alrededor, sin rastros, sin huella, intacta. Había desaparecido todo: la fosa de arena, el oryx herido, la moto de cross.

Contempló las arenas vacías.

—Papá...

Un grito procedente de la galería devolvió a Kara al presente. El cigarrillo, olvidado entre sus dedos, se había consumido hasta el filtro. Se levantó y lo aplastó.

—¡Aquí! —repitió el grito. Era uno de sus técnicos—. ¡He encontrado algo!

08:02 am en la Costa Este
Ledyard, Connecticut

Painter crowe se mantuvo agachado sobre el suelo del ascensor mientras las puertas se abrían en la planta superior de la Torre Grand Pequot. A la espera de una emboscada, apuntaba con su Glock, cargada y con el dedo puesto en el gatillo.

El exterior del ascensor estaba vacío. Permaneció a la escucha, conteniendo la respiración durante varios segundos. Nada, ni una voz, ni un paso. A lo lejos se oía una televisión que bramaba con el tema de apertura de *Buenos días América*. No era un día particularmente bueno para él.

Poco a poco se levantó, arriesgándose a mirar al exterior y cubriéndose con el arma. Nada. Se quitó los zapatos y colocó uno perpendicular a la puerta para mantenerla abierta, en caso de una retirada precipitada. Dio tres pasos, descalzo, hasta alcanzar la pared opuesta, y comprobó la zona.

Todo en orden.

Maldijo la falta de personal. Pese a que contaba con la ayuda de los guardias de seguridad del hotel y de la policía local, que controlaba ya todas las salidas, se había prescindido de más agentes federales como medida de respeto a la soberanía india.

Además, se suponía que la misión no sería más que una simple operación de pesca. En el peor de los casos, tendrían que destruir los datos de la investigación para que no cayesen en manos de China.

Y ahora todo se había ido al infierno. Sus equipos no habían servido de nada. Pero en ese momento sentía un miedo mucho mayor.

Cassandra.

Rezó por estar equivocado, pero no guardaba muchas esperanzas de encontrarla con vida.

Se deslizó a lo largo del vestíbulo del ascensor, que se abría en mitad del pasillo. Las habitaciones numeradas se extendían a ambos lados. En posición agachada, comprobó la izquierda y la derecha. Vacío. Ni rastro de Zhang y sus guardaespaldas.

Avanzó pasillo adelante, con todos los sentidos aguzados. Al escuchar el chasquido de una puerta, se dio la vuelta, apoyó una rodilla en el suelo y apuntó con el arma. No era más que uno de los huéspedes del hotel. Al otro lado del pasillo apareció una señora mayor, vestida con un albornoz. Recogió del suelo su ejemplar del *USA Today* y volvió a entrar, sin tan siquiera reparar en la presencia de aquel hombre, pistola en mano.

Painter se giró de nuevo. Dio una docena de pasos hasta llegar a la puerta de la suite y comprobó el pomo. Cerrado. Buscó con una mano la llave, mientras con la otra apuntaba a la puerta de Zhang, al otro lado del pasillo. Pasó la tarjeta de apertura por el cierre electrónico. La luz verde parpadeó.

Abrió la puerta de par en par, ocultándose al mismo tiempo en la pared del pasillo. Ni un disparo. Ni un grito.

De un salto, cruzó el quicio de la puerta y se detuvo a un metro de la entrada, con las piernas separadas y en posición de disparo. Tenía una visión clara del salón y de la habitación. Vacíos.

Se apresuró a comprobar la habitación y el baño. Ni un rehén... ni rastro de Cassandra. Regresó al equipo electrónico y comprobó los monitores, que aún mostraban varias imágenes del interior de la suite de Zhang. Los guardaespaldas se habían marchado, llevándose el ordenador. Sólo quedaba un ocupante en la suite.

—Dios mío... no...

Corrió hacia la puerta dejando a un lado toda precaución. Recorrió el pasillo a gran velocidad y utilizó la llave maestra que abría todas las puertas de aquella torre, irrumpiendo en la suite y dirigiéndose con prisa hacia la habitación.

Ella colgaba desnuda de una cuerda, atada al ventilador del techo. La cara ya se le había amoratado por encima del nudo, y los pies, que luchaban por soltarse en la pantalla, pendían ahora con flaccidez.

Guardándose el arma y con un solo movimiento, Painter saltó sobre una silla y brincó en el aire. En un abrir y cerrar de ojos, sacó un cuchillo de una funda que llevaba en la muñeca y sesgó la cuerda de un solo tajo. Aterrizó en el suelo con pesadez, tiró el cuchillo y atrapó el cuerpo desfallecido. Con un rápido giro de cadera, la dejó caer sobre la cama, mientras él se desplomaba de rodillas a su lado y se apresuraba a desatar el nudo.

—¡Maldita sea!

La cuerda se le había clavado en la carne del cuello, pero el nudo terminó por ceder. Abrió la lazada y comprobó el cuello con dedos cautelosos. No estaba roto.

¿Seguiría aún con vida?

Como respuesta, una sacudida y un grito ahogado recorrieron su pequeño cuerpo hasta alcanzar la boca.

Painter agachó la cabeza, aliviado.

La niña abrió los ojos de par en par, perdida y presa del pánico. Varios accesos de tos se apoderaron de ella, e intentó apartar con los brazos a un enemigo invisible.

Él intentó tranquilizarla, hablando en mandarín.

—Estás a salvo; quédate tumbada, estás a salvo.

La niña parecía incluso menor de trece años. Su cuerpo desnudo mostraba magulladuras en lugares donde una niña no debería estar lastimada.

Zhang había abusado toscamente de ella, antes de colgarla de aquella soga para hacerle perder tiempo y distraerle durante su huída.

Se sentó sobre los talones. La niña comenzó a sollozar y se acurrucó en una bola. No la tocó; sabía que eso era lo mejor que podía hacer.

El sensor del comunicador que llevaba en el oído le pitó.

—Comandante Crowe —era el jefe de seguridad del hotel—, hay un tiroteo en la salida de la torre norte.

—¿Zhang? —se puso en pie y se apresuró hacia el balcón.

—Sí, señor. Me informan de que lleva a su compañera como escudo. Tal vez esté herida. Varios hombres están de camino.

Abrió los ventanales, pero eran ventanas de seguridad, y sólo se abrieron lo suficiente como para que pudiera asomar la cabeza.

—Necesitamos levantar controles de carretera.

—Espere.

Escuchó el chirrido de unas ruedas. Una limusina Lincoln apareció a toda velocidad por el aparcamiento de servicio, en dirección a la torre. Era el coche privado de Zhang, y acudía a recogerle.

La voz del jefe de seguridad irrumpió de nuevo.

—Acaba de aparecer en la salida norte. Todavía lleva a su compañera.

La Lincoln alcanzó la esquina de la torre. Painter regresó al interior.

—¡Levanten el maldito control de carretera!

Pero no les daría tiempo. Había avisado hacía menos de cuatro minutos, y además, los equipos de seguridad del casino trataban principalmente con alborotadores borrachos, conductores ebrios o colocados y ladrones de poca monta, nada relacionado con asuntos de seguridad nacional.

Sólo él tenía alguna oportunidad de detenerles.

Se agachó a recoger el cuchillo del suelo.

—Quédate aquí —le dijo amablemente en mandarín.

Salió corriendo hasta el salón y con la punta del cuchillo forzó la rejilla de ventilación, que saltó, haciendo caer varios tornillos al suelo. Metió la mano y alcanzó el dispositivo negro del interior. La granada electromagnética tenía el tamaño y la forma aproximada de un balón de fútbol.

Sujetando el dispositivo con seguridad, corrió hacia la puerta de la suite y salió al exterior. Todavía descalzo, aceleró pasillo abajo sobre el suelo enmoquetado, a la vez que analizaba en su cabeza un esquema de coordenadas, tratando de averiguar dónde quedaba la salida norte en relación con aquella planta.

Hizo un cálculo aproximado y se decidió por ocho puertas más adelante. Sacó la tarjeta de apertura de seguridad e irrumpió en el cuarto tan pronto como la luz verde parpadeó.

—¡Seguridad! —gritó, cruzando la habitación.

Una señora mayor, la misma que se asomara antes al pasillo, leía el *USA Today* sentada tranquilamente. Lanzó el periódico por los aires y se aferró el albornoz a la garganta.

—*Was ist los?* —preguntó en alemán.

Painter llegó junto a la ventana a la vez que le respondía que no se preocupara.

—*Nichts, sich ungefähr zu sorgen, fraulein* —contestó.

Abrió la ventana, pero al igual que antes, sólo logró asomar la cabeza por la apertura. Miró hacia abajo.

La limusina esperaba abajo, en punto muerto. La puerta trasera del sedán se cerró de repente, a la vez que sonaban varios tiros. Las balas alcanzaron el lateral del coche, que salió rechinando ruedas y dejando una estela de humo, pero el vehículo estaba blindado, era todo un tanque de construcción americana.

Painter se echó hacia atrás y sacó el dispositivo similar a un balón por la ventana. Pulsó el botón de activación y lanzó la granada hacia abajo con todas sus fuerzas, esperando un milagro.

Metió corriendo el brazo. Las ruedas del sedán dejaron de chirriar y cogieron tracción. Painter pidió ayuda a los espíritus de sus ancestros. El alcance del impulso electromagnético era de sólo veinte metros. Contuvo la respiración. ¿Cómo era ese dicho? La distancia sólo cuenta en el juego de la herradura y con las granadas de mano.

Aún con la respiración contenida, escuchó por fin la explosión sorda de la granada. ¿Habría estado suficientemente cerca?

Volvió a asomar la cabeza por la ventana.

La limusina se encontraba cerca de la esquina de la torre, pero en lugar de girar, viró bruscamente, perdió el control y se estrelló contra una fila de coches aparcados de frente. El morro del vehículo saltó sobre el capó de un Volkswagen Passat y se detuvo en esa posición.

Painter suspiró.

Eso era lo bueno de los impulsos electromagnéticos. No hacían ninguna discriminación a la hora de freír un sistema informático u otro. Como por ejemplo el de la limusina.

Más abajo, el personal de seguridad uniformado hizo su aparición por la salida norte y en un instante rodeó el coche inutilizado.

—*Was ist los?* —repitió la señora alemana tras él.

Se dio la vuelta y cruzó con brío la habitación.

—*Etwas Abfall gerlade entleeren* —le respondió, señalando que sólo había salido a tirar la basura.

Atravesó corriendo el pasillo hasta llegar al recibidor del ascensor. Recogió los zapatos de entre las puertas y pulsó el botón de la planta baja.

Su proeza había detenido la huída de Zhang, pero sin duda también habría borrado los datos del ordenador, aunque aquélla no fuese su principal preocupación.

Cassandra.

Tenía que llegar hasta ella.

En cuanto se abrieron las puertas, atravesó apresurado la planta de la sala de juego, donde en ese momento reinaba un caos total. El tiroteo no había pasado desapercibido, a pesar de que algunos jugadores no se habían levantado de sus máquinas y seguían pulsando los botones de las tragaperras con obstinada decisión.

Cruzó hacia la salida norte y atravesó una serie de barricadas, enseñando su identificación y frustrado por que no le permitieran pasar. Por fin localizó a John Fenton, jefe de seguridad, y le llamó. Fenton indicó a Painter que se dirigiera hacia la salida destrozada. Los cristales rotos crujían bajo sus pies, y el aire aún estaba impregnado de pólvora.

—No entiendo cómo ha podido chocarse el coche —dijo Fenton—, hemos tenido suerte.

—No ha sido suerte —respondió Painter, y le habló de los impulsos electromagnéticos y de su alcance de veinte metros—. Algún que otro huésped tendrá problemas para arrancar el coche esta mañana. Y seguro que en las primeras plantas me he cargado los aparatos de televisión.

Painter observó cómo el personal de seguridad local se hacía cargo de todo. Además, una fila de coches de policía de color gris marengo, con las luces de las sirenas encendidas, atestaban las plazas de aparcamiento, rodeando el lugar de los hechos. La Policía Tribal.

Painter revisó la zona. Los guardaespaldas de Zhang se encontraban de rodillas, con las manos detrás de la cabeza. Dos cuerpos yacían en el suelo, con los rostros cubiertos por las chaquetas del personal de seguridad. Los dos eran hombres. Painter se acercó a ellos y levantó una de las chaquetas. Otro guardaespaldas, al que le faltaba media cara. No hizo falta que comprobara la identidad del segundo. Reconoció los pulidos zapatos de cuero de Zhang.

—Se pegó un tiro —le dijo una voz familiar de entre un grupo de guardias de seguridad y médicos de urgencias—, para evitar ser capturado.

Painter se dio la vuelta y vio a Cassandra dar un paso al frente. Se la veía pálida, con la sonrisa apagada. Sólo llevaba puesto el sujetador, y mostraba un vendaje en el hombro izquierdo.

Con un gesto de barbilla, la chica señaló un maletín negro a un par de metros de distancia. El ordenador de Zhang.

—Así que hemos perdido los datos —asumió—. El impulso electromagnético los ha borrado.

—Tal vez no —respondió Cassandra con una sonrisa burlona—. El interior del maletín está recubierto con una pantalla electrostática. Debería haber quedado aislado de los impulsos.

Suspiró con alivio. *Los datos estaban a salvo. No se había perdido todo... eso, claro, si es que lograban averiguar el código de acceso.* Caminó hacia Cassandra. Ella le sonrió con picardía, con los ojos todavía centelleantes, pero él sacó su Glock y la apretó contra la frente de la chica.

—Painter, ¿qué diablos...? —Dio un paso atrás.

Él la siguió, sin bajar el arma ni un solo instante.

—Dime el código.

Fenton apareció a un lado.

—¿Comandante?

—No se meta en esto —interrumpió al jefe de seguridad y centró toda su atención en Sánchez—. Cuatro guardaespaldas y Zhang. Todo el mundo tiene cartas en el asunto. Si Zhang sabía que se encontraba bajo nuestra vigilancia, es muy posible que alertara a su contacto en la conferencia, de modo que pudieran huir juntos y completar el intercambio.

Cassandra intentó mirar los cuerpos, pero él se lo impidió con el arma.

—¿No pensarás que he sido yo? —preguntó, con una sonrisa a medias.

Él señaló con la mano libre hacia los cuerpos, sin bajar el arma.

—Sé reconocer el artesano trabajo de una cuarenta y cinco, como esa Sig Saber que llevas.

—Zhang me la arrebató. Painter, te estás confundiendo. Yo...

Se metió la mano libre en el bolsillo y sacó el dispositivo que encontró adherido a la pared del ascensor. Lo sostuvo ante los ojos de Sánchez, pero ella se irguió y se negó a mirarlo.

—No hay sangre, Cassandra, ni el menor rastro. Lo que significa que no se lo implantaste, como era tu misión.

De repente, el rostro de la chica se endureció.

—El código del ordenador.

Cassandra le miró fijamente, con una frialdad totalmente imparcial.

—Sabes que no puedo.

Buscó en la cara de aquella desconocida algún rastro de la compañera que conocía, pero había desaparecido. No advirtió remordimiento, ni tampoco culpa, únicamente determinación. No tenía ni el tiempo ni el estómago para hacerla hablar. Hizo un gesto a Fenton.

—Que sus hombres la esposen y la mantengan bajo vigilancia constante.

Mientras la esposaban, Cassandra le llamó. Habló con palabras muy claras.

—Painter, vigila bien tu espalda. No tienes ni idea del suplicio en el que acabas de entrar.

Él cogió el maletín del ordenador y se alejó caminando.

—Estás nadando en aguas profundas, Painter, justo en medio de los tiburones, y acabarán por darte caza.

Ignorándola, cruzó hacia la entrada norte. La verdad es que tenía que admitir una cosa: no había manera de entender a las mujeres.

Antes de desaparecer en el interior, una figura alta, con sombrero de sheriff, le bloqueó el paso. Se trataba de uno de los miembros de la Policía Tribal.

—¿Comandante Crowe?

—Sí.

—Tiene una llamada urgente a la espera, señor, nos la han pasado de nuestras oficinas.

Frunció el ceño.

—¿De quién?

—Del almirante Vicar, señor. Puede hablar con él en una de nuestras radios.

A Painter le resultó muy extraño. El almirante Toni "el Tigre" Vicar era el director de DARPA, su comandante en jefe. No había hablado nunca con él, tan sólo había leído su nombre en las cartas y los memorandos. ¿Acaso habrían llegado hasta Washington las noticias de lo ocurrido allí?

Se dejó guiar hasta uno de los vehículos grises aparcados, con las luces de emergencia aún en marcha, y aceptó la radio.

—Comandante Crowe al habla. ¿En qué puedo ayudarle, señor?

—Comandante, le necesitamos de vuelta en Arlington de inmediato. Un helicóptero se encuentra de camino para recogerle.

En ese mismo momento, escuchó el repiqueteo del helicóptero en la distancia.

El almirante Vicar continuó.

—Será sustituido por el comandante Giles. Póngale al tanto de la situación actual de su operación y persónese aquí tan pronto como aterrice en Dulles. Encontrará un coche esperándole.

—Sí, señor —respondió, pero la conexión ya se había cortado.

Salió del coche y se quedó mirando al helicóptero gris verdoso que batía los cielos sobre los bosques cercanos, sobre la tierra de sus ancestros. Percibió cierta sensación de recelo, lo que su padre solía llamar "la desconfianza de los ojos de los blancos". ¿Para qué le habría llamado el almirante Vicar tan repentinamente? ¿Cuál sería la urgencia? No pudo evitar recordar las palabras de Cassandra. *Estás nadando en aguas profundas, Painter, justo en medio de los tiburones, y acabarán por darte caza.*

3
ASUNTOS DEL CORAZÓN

ⵀⵀⵣⵙⵝⵀⵀⵓⵣ1ⴱⵔⵛⵀⵝⵔⵙ

14 de noviembre, 05:55 pm GMT
Londres, Inglaterra

—¡Aquí! ¡he encontrado algo!

Safia se giró y se encontró con un hombre armado con un detector de metales que llamaba a su compañero. *¿Y ahora qué?* La pareja había estado sacando de entre las ruinas fragmentos de estatuas de bronce, quemadores de incienso de hierro y monedas de cobre. Safia chapoteó por la sala para ver lo que habían descubierto. Tal vez fuese importante.

Kara, que también había oído el grito, apareció en la entrada del ala, al otro lado de la galería, y se unió a ellos.

—¿Qué has encontrado? —le preguntó con férrea autoridad.

—No estoy seguro —respondió el hombre mientras señalaba con la cabeza hacia el detector—, pero capto una lectura muy fuerte.

—¿Un fragmento de meteorito?

—Ni idea, está bajo este bloque de piedra.

Safia vio el bloque que una vez formara el torso y los miembros inferiores de una estatua de arenisca, volcada de espaldas. A pesar de que los miembros superiores y la cabeza hubiesen desaparecido en la explosión, reconoció la figura. La estatua, de tamaño natural, mantuvo una vez guardia en una tumba de Salalah. Databa del año 200 a. de C., y describía a un hombre con un objeto alargado, levantado a la altura de su hombro. Algunos pensaban que se trataba de un rifle, pero en realidad era una lámpara funeraria de incienso, que sostenía sobre el hombro.

La destrucción de la estatua constituía una trágica pérdida. Lo único que quedaba de ella era el torso y las dos piernas rotas, y aún así, éstas estaban tan dañadas por la explosión de calor que la arenisca se había derretido, solidificándose después en una capa de cristal sobre la superficie.

En ese momento, otros miembros del equipo forense de Kara, armados con sus cascos rojos, se reunieron alrededor de la figura.

El hombre que había realizado el descubrimiento señaló con el detector de metales la deteriorada estatua.

—Tendremos que levantar el bloque para ver lo que hay debajo.

—Adelante —asintió Kara—. Necesitaremos palancas.

Dos hombres se alejaron hacia el alijo de herramientas de trabajo, a la vez que Safia daba un paso al frente de manera protectora.

—Kara, espera, ¿no reconoces esta estatua?

—¿A qué te refieres?

—Fíjate bien. Es la estatua que descubrió tu padre. La que encontró enterrada en aquella tumba de Salalah. Tenemos que intentar conservar todo lo que podamos.

—No me importa —Kara la apartó a un lado por el codo—. ¿Qué hay más importante que una posible pista sobre lo que le ocurrió a mi padre *aquí debajo*?

Safia intentó atraerla hacia ella y bajó el tono de voz.

—Kara... ¿de veras crees que esto tiene algo que ver con la muerte de tu padre?

Kara hizo una señal con el brazo a los hombres, armados con palancas.

—Dadme una.

Safia se quedó donde estaba. Con la mirada perdida recorrió las otras salas de la galería, contemplándolo todo con una nueva luz. Su trabajo, la colección, los años que había pasado inmersa en el estudio... ¿acaso para Kara constituía mucho más que una galería en memoria de Reginald Kensington? ¿Acaso había sido a la vez una búsqueda? Una forma de reunir material de investigación en un solo lugar, de determinar lo que verdaderamente le ocurrió a su padre en el desierto muchos años atrás.

Safia recordó la historia de su niñez junto a Kara, cuando ésta le contó, entre lágrimas, que creía que algún poder sobrenatural había matado a su padre. Safia conocía los detalles.

Los *nisnases*... los fantasmas de las profundidades del desierto.

Incluso de niñas, Kara y ella habían investigado aquellas historias, habían averiguado todo lo posible sobre la mitología de los *nisnases*. La leyenda contaba que eran los únicos restos de un pueblo que una vez habitó una inmensa ciudad en medio del desierto. Se la conocía por muchos nombres: Iram, Wabar, Ubar, la ciudad de los mil pilares. Incluso podían encontrarse referencias a su derrumbamiento en el Corán, en los cuentos de *Las mil y una noches* y en la Biblia. Fundada por los bisnietos de Noé, Ubar era una ciudad rica pero decadente, poblada de habitantes malignos involucrados en prácticas oscuras. Su rey desafió las advertencias de un profeta llamado Hud, y el puño de Dios golpeó la ciudad, haciéndola desaparecer bajo las arenas, para no volver a ser vista jamás, convertida en una verdadera Atlántida del desierto. Posteriormente, las leyendas narraban que la ciudad continuaba oculta bajo las arenas, vigilada por los muertos, que todos los ciudadanos se habían convertido en piedra y que los límites de la ciudad se hallaban plagados de genios demoníacos y, aún peor, de los *nisnases*, criaturas salvajes dotadas de un poder mágico y perverso.

Safia pensaba que Kara habría descartado aquellos mitos como meras fábulas, especialmente cuando los investigadores habían atribuido el fallecimiento de su padre a la repentina apertura de una sima en medio del desierto. No era extraño que por esas tierras aparecieran aquellas depresiones en la arena, aquellas trampas mortales que se tragaban al caminante desprevenido y a los camiones solitarios. El lecho de roca de las profundidades del desierto era en su mayoría de piedra caliza, una roca porosa poblada de cavernas, desgastes causados por la bajada del nivel freático. Con frecuencia, estas cavernas se venían abajo, a menudo acompañadas del fenómeno descrito por Kara: una columna densa y turbia de polvo sobre un remolino de arena.

A unos pasos de ella, Kara agarró una de las palancas, dispuesta a añadir su esfuerzo al de los demás. Al parecer, la explicación de los geólogos no la había terminado de convencer.

Safia debería habérselo imaginado, sobre todo dada la pertinaz insistencia de Kara en la antigua Arabia, el uso de sus millones para hurgar en el pasado, para acumular objetos de todas las épocas, y contratar a los mejores expertos, incluyéndola a ella.

Cerró los ojos, preguntándose cuánto de su propia vida habría estado guiada por una búsqueda infructuosa, qué influencia habría tenido Kara en la elección de sus estudios, en sus proyectos de investigación en el museo. Sacudió la cabeza, era demasiado en lo que pensar en aquel momento. Ya lo resolvería más tarde.

Abrió los ojos y caminó hacia la estatua, bloqueando el paso de los demás.

—No puedo dejar que sigáis adelante.

Kara la apartó a un lado, hablándole con un tono de voz calmado y lógico.

—Si hay aquí un fragmento de meteorito, su obtención es más importante que unos cuantos arañazos en una estatua rota.

—¿Importante para quién? —Safia intentó mantener el mismo comportamiento imperturbable de Kara, pero de su pregunta se desprendió sin querer una acusación—. Esta estatua es uno de los pocos objetos que quedan de su era en Arabia. Aún destrozada, su valor sigue siendo incalculable.

—El meteorito...

—... puede esperar —Safia interrumpió a su benefactora—. Al menos hasta que hayamos apartado la estatua a un lugar seguro.

Kara fijó en ella una mirada férrea que derrotaba a la mayoría de hombres. Pero Safia supo resistir al desafío, conocía a la niña que hubo antes de aquella mujer. Dio un paso hacia ella y le quitó la palanca, sorprendida del ligero temblor en los dedos de la otra.

—Sé lo que esperas encontrar —le susurró.

Ambas conocían la historia del meteorito con forma de camello, del explorador británico que lo descubrió, de cómo vigilaba, supuestamente, la entrada a una ciudad perdida, enterrada bajo la arena.

Una ciudad llamada Ubar.

Y ahora había explotado bajo las más extrañas circunstancias.

—Debe haber alguna conexión —murmuró Kara, repitiendo sus palabras de momentos antes.

Safia conocía una forma de disipar aquella esperanza.

—Sabes muy bien que Ubar ya ha sido encontrada. —Dejó que las palabras se asentaran.

En 1992, Nicolas Clapp, un arqueólogo aficionado, descubrió la ciudad utilizando un radar por satélite que conseguía penetrar en el suelo. Fundada en el año 900 a. de C. y ubicada en uno de los escasos abrevaderos, la antigua ciudad había sido un importante punto comercial en la Ruta del Incienso, sirviendo de enlace entre las arboledas de incienso de las montañas omaníes costeras y las ricas ciudades del norte. Con el paso de los siglos, Ubar fue creciendo y prosperando. Hasta que, un día sin más, la mitad de la ciudad se derrumbó hacia el fondo de una sima, y quedó abandonada a las arenas a causa de las supersticiones de sus habitantes.

—Aquello no era más que un punto comercial —continuó.

Kara sacudió la cabeza, pero Safia no supo si interpretarlo como la negación a su última afirmación o como la resignación a la realidad. Safia recordaba la excitación de Kara al enterarse del descubrimiento de Clapp. Ocupó la portada de numerosos periódicos de todo el mundo: SE DESCUBRE UNA LEGENDARIA CIUDAD PERDIDA EN ARABIA. Kara se apresuró a acudir a aquel terreno para ayudar en las excavaciones. Pero tal como Safia le había recordado, tras dos años de trabajos, en los que no hallaron más que unos cuantos utensilios y restos de rebaños, el yacimiento quedó declarado como un simple enclave comercial.

Ni tesoros inconmensurables, ni mil pilares, ni fantasmas malignos... lo único que quedaba era el recuerdo doloroso que perseguía a los vivos.

—Lady Kensington —interrumpió el hombre que portaba el detector de metales—, tal vez la Dra. al-Maaz esté en lo correcto sobre no mover este armatoste.

Ambas mujeres desviaron su atención hacia la abatida estatua. La rodeaban dos miembros del equipo con detectores, sosteniéndolos a los lados del cuerpo de la figura. Los detectores de metal pitaban al unísono.

—Estaba equivocado —continuó el primer hombre—, sea lo que sea lo que detectan los sensores, no se encuentra *debajo* de la piedra.

—¿Y entonces dónde se encuentra? —preguntó Kara, irritada.

—*Dentro* de la piedra —respondió el hombre.

Se produjo un momento de silencio, que terminó por romper Kara.

—¿Dentro?

—Sí, señora. Lo siento, debería haber pensado en triangular desde el principio, pero no se me ocurrió que pudiera haber algo dentro de la piedra.

Safia dio un paso hacia la figura.

—Tal vez sea algún depósito de hierro casual.

—No lo creo, las lecturas que recibimos son muy fuertes.

—Tenemos que romperla —decidió Kara.

Safia le frunció el ceño. *Maldita sea.* Cayó de rodillas junto a la escultura, empapándose los pantalones.

—Necesito una linterna.

Uno de los miembros del equipo le alcanzó una.

—¿Qué vas a hacer? —preguntó Kara.

—Echar un vistazo en el interior.

Safia pasó la mano sobre la superficie de la estatua, destrozada por la onda de calor. La superficie arenosa se había convertido en vidrio. Colocó el haz de la linterna boca abajo sobre el voluminoso torso de la figura y la encendió.

La totalidad de la superficie vítrea de la estatua se iluminó. Los detalles se veían turbios a través de la capa de cristal. Safia no parecía encontrar nada inusual, pero el grosor del vidrio era de tan sólo cinco centímetros.

Por lo visto, lo que estaban buscando se encontraba en la profundidad de la piedra.

Kara ahogó un grito tras ella, mirando por encima del hombro de su amiga.

—¿Qué? —preguntó Safia mientras quitaba la linterna.

—No, espera —la detuvo Kara—. Muévela hacia el centro.

Safia acercó la luz de la linterna hacia la parte media del torso.

De pronto apareció una sombra, como un bulto alojado en el centro de la estatua, en el punto donde el cristal se convertía en roca. Su forma resultaba inconfundible, sobre todo dada su posición en el cuerpo de la figura.

—Es un corazón —susurró Kara.

Safia se apartó y se sentó, aturdida.

—Un corazón humano.

8:05 pm

Horas más tarde, Kara Kensington se encontraba en el lavabo del departamento de Oriente Próximo Antiguo.

Sólo una más...

Sacudió en la palma de su mano una píldora naranja. *Adderall, una anfetamina de venta con receta, veinte miligramos.* Sopesó el comprimido en la mano. Un chute brutal en un comprimido tan pequeño. Aunque tal vez no fuese suficiente. Añadió otra píldora. Después de todo, la noche anterior apenas había dormido, y todavía quedaba mucho por hacer.

Echando la cabeza atrás, se metió las dos anfetaminas en la boca y se las tragó a secas; a continuación, se quedó mirando su imagen en el espejo. Tenía la piel algo enrojecida, y los ojos un poco más abiertos de lo normal. Se pasó una mano por la melena, intentando darle un poco de volumen, sin conseguirlo.

Se agachó hacia el grifo, abrió la llave del agua fría, se mojó las manos y las apretó contra sus mejillas. Inspiró profundamente varias veces. Parecía que hubiesen transcurrido días, en lugar de horas, desde que la despertaran en la finca familiar de Blackheath. Las noticias de la explosión obligaron a su conductor a llevarla en la limusina a una velocidad de vértigo a través de las calles, en medio de la tormenta, hasta llegar al museo.

¿Y ahora qué?

A lo largo de todo el día, varios equipos forenses habían recogido las muestras necesarias de la galería: madera carbonizada, plástico, metales, incluso huesos. Finalmente habían logrado encontrar varios fragmentos de meteorito entre los escombros. Todas las pruebas iniciales sugerían que una descarga eléctrica había prendido fuego a algún componente volátil del interior del fragmento de hierro meteórico. Pero nadie podía establecer aún de qué componente se trataba. A partir de ahí, la investigación seguiría adelante en laboratorios tanto de Inglaterra como del extranjero.

Kara no podía ocultar su desilusión. La visión de la bola de luz azulada en la grabación de la cinta de vídeo la había hecho retroceder hasta el día en que su padre se desvaneció junto con la nube de polvo, una

83

espiral de arena que resplandecía con descargas eléctricas de una luz azulada similar. Y luego se produjo la explosión... y otra muerte. Debía haber alguna conexión entre pasado y presente.

¿Pero cuál? ¿Acaso había dado con otro callejón sin salida, como tantas veces en el pasado?

Alguien llamó a la puerta con los nudillos, desviando su atención de la imagen del espejo.

—Kara, estamos preparados para proceder al examen.

Era Safia, y en su voz percibió preocupación. Sólo ella comprendía la carga que soportaba en ese momento el corazón de Kara.

—Salgo en un instante.

Introdujo el frasco de píldoras de nuevo en su bolso y lo cerró. El subidón inicial de energía inducido por el fármaco borró de un plumazo su desesperación. Ahuecándose el pelo una vez más, cruzó el baño hacia la puerta, abrió el pestillo y salió a una de las más hermosas dependencias de investigación: la famosa Sala de los Arcos del Museo Británico.

Construida en 1839, la cámara abovedada de varias plantas, ubicada en la sección oeste del museo, mantenía su diseño victoriano: galerías dobles de estanterías repletas de libros, pasarelas y escaleras de hierro labrado, pilares arqueados que creaban hornacinas. La estructura ósea del lugar había sido testigo de la presencia de eminencias como Charles Darwin, Stanley o Livingston, de científicos de la Real Academia de las Ciencias británica, en la época en que los investigadores llevaban chaqués de cola y se reunían afanosos entre pilas de libros y tablillas antiguas. El departamento del Oriente Próximo Antiguo utilizaba esta sala, jamás abierta al público, como centro de estudio y archivo reservado.

Pero ese día, vacía de las presencias habituales, a excepción de un selecto puñado de investigadores, la sala servía de depósito provisional. Desde el otro lado de la sala, Kara contempló el cadáver de piedra, decapitado y sin brazos, apoyado sobre unas parihuelas con ruedas. Eran los restos de la antigua escultura hallada en el ala este. Safia había insistido en que se rescatase de los escombros y se llevara allí, lejos de posibles daños.

Dos lámparas de halógeno iluminaban el cuerpo, y sobre un banco cercano de la biblioteca descansaba todo un despliegue de herramientas, organizado como la mesa de un cirujano, con escalpelos, pinzas y fórceps, junto con martillos y pinceles de distintos tamaños.

Lo único que faltaba era el cirujano.

Safia se coló unos ajustados guantes de látex, unas gafas protectoras y un ceñido mandil.

—¿Preparada?

Kara asintió.

—Vamos a abrirle el pecho a la vieja —manifestó un joven, con el habitual entusiasmo burdo de un americano.

Kara, familiarizada con todo el personal que trabajaba en la galería, conocía a Clay Bishop, un estudiante graduado por la Universidad de Northwestern que jugueteaba con una cámara de vídeo digital colocada sobre un trípode, como si fuera el cámara del grupo.

—Un poco de respeto, Sr. Bishop —le advirtió Safia.

—Perdón —se disculpó con una mueca, que no ocultaba ningún verdadero remordimiento. Para ser un demacrado espécimen de la Generación x, no le faltaba encanto. Vestía tejanos, una camiseta de estilo *vintage* del grupo The Clash y unas Reebok, que en su día debieron ser blancas, aunque puede que ese dato no fuera más que un rumor. Se enderezó y estiró los brazos, dejando al aire una franja de barriga desnuda, y se pasó una mano por la barba rojiza de varios días. El único atisbo de diligencia estudiosa en el chico era un par de gruesas gafas de montura negra, lo suficientemente poco actuales como para resultar modernas.

—Todo preparado, Dra. al-Maaz.

—Muy bien —Safia dio un paso bajo los halógenos, colocándose junto a la mesa de las herramientas.

Kara dio la vuelta para ver desde el otro lado, uniéndose a la otra persona presente en aquella autopsia: Ryan Fleming, el jefe de seguridad. Debía haber llegado cuando ella fue al baño. La saludó con un ligero movimiento de la cabeza, pero se tensó al tener cerca a Kara, como la mayor parte del personal del museo.

Fleming se aclaró la garganta mientras Safia realizaba unas mediciones.

—He bajado en cuanto me he enterado del descubrimiento —murmuró a Kara.

—¿Por qué? —preguntó ésta—. ¿Es acaso una cuestión preocupante para la seguridad del museo?

—No, es simple curiosidad —señaló la escultura con la cabeza—. No todos los días encontramos una estatua con un corazón oculto en su interior.

En eso tenía toda la razón, aunque Kara sospechaba que era un asunto del corazón *diferente* el que había atraído a Fleming hasta allí.

Sus ojos examinaban con más detenimiento a Safia que a la estatua.

Kara ignoró aquel enamoramiento de cachorro y centró su atención en la estatua. Bajo la capa de cristal, un resplandor carmesí más profundo atraía la luz de las lámparas.

Se inclinó para mirar más de cerca. Aunque el corazón parecía tener un tamaño natural y anatómico correcto, debía estar esculpido en algún tipo de mineral, ya que los detectores del equipo forense habían revelado su presencia. Aún así, Kara casi creía que lo vería latir si esperaba lo suficiente.

Safia se agachó hacia la estatua con una herramienta de punta de diamante. Con sumo cuidado, marcó en el cristal un cuadrado perfecto alrededor del corazón oculto.

—Quiero fragmentar la estatua lo menos posible.

A continuación adhirió un dispositivo de base succionadora sobre el cristal y agarró con fuerza el asa del aparato.

—Espero que la fase intermedia entre el cristal y la piedra de arenisca sea frágil.

Safia tomó una maza de goma y golpeó con firmeza los lados internos del cuadro de vidrio que había marcado, y sobre las líneas trazadas fueron apareciendo pequeñas grietas. Cada pequeño golpe hacía estremecer ligeramente a los presentes; incluso Kara se dio cuenta de repente de que tenía los puños apretados.

Sólo Safia era capaz de mantener la calma. Kara conocía la propensión de su amiga a sufrir ataques de pánico en situaciones estresantes, pero cuando Safia trabajaba en su elemento, se mostraba más dura que los diamantes del corta vidrios... e igual de incisiva. Trabajaba con una tranquilidad casi budista, y con una concentración extraordinaria. Pero no escapaba a su percepción ese brillo en los ojos de Safia. Entusiasmo. Hacía mucho tiempo que Kara no le veía aquella chispa en la mirada, aquel recuerdo de la mujer que una vez fuera Safia.

Tal vez todavía quedara esperanza.

—Con esto creo que basta —dijo Safia.

Dejó la maza en su sitio y utilizó un pequeño pincel para limpiar las astillas y mantener la superficie de trabajo inmaculada. Una vez satisfecha con el proceso, agarró el asa del dispositivo de succión y aplicó un poco de presión, primero en una dirección, después en la otra, meciendo suavemente el cuadrado, antes de levantarlo, con sumo cuidado, extrayendo el bloque limpio de vidrio.

Kara se acercó más y miró hacia el interior del pecho abierto de la estatua. El corazón se veía incluso más detallado de lo que imaginaba. Todas las formas aparecían bien definidas, incluyendo pequeñas arterias y venas de la superficie. Descansaba en un lecho de arenisca, como si la escultura se hubiera formado alrededor del corazón, como una perla en el interior de una ostra.

Safia liberó cuidadosamente el vidrio del succionador y le dio la vuelta. En la superficie se percibía la huella perfecta de la parte superior del corazón. Se giró hacia la cámara.

—Clay, ¿estás grabando bien todo esto?

Agachado tras la cámara, Clay daba mínimos saltitos sobre sus talones.

—¡Colega, esto es una pasada!

—Lo interpretaré como un sí —Safia colocó el vidrio sobre la mesa de la biblioteca.

—¿Y qué hay del corazón?

Safia se dio la vuelta miró en el interior del pecho abierto. Introdujo un pequeño pincel de mango metálico y lo golpeó contra el corazón. Todos oyeron el tintineo.

—Metal, sin duda alguna. Yo diría que bronce, por el color rojizo.

—Suena casi hueco —comentó Clay, girando el trípode de la cámara para obtener un mejor plano de la cavidad del pecho—. Vuelve a golpearlo.

Safia negó con la cabeza.

—Más vale que lo deje. Fíjate en cómo la arenisca recubre el corazón en algunas zonas. Está bien encajado, y creo que deberíamos dejarlo así para que lo vean otros investigadores *in situ* antes de continuar.

Kara no se había atrevido a respirar en el último minuto. El pulso le martilleaba en los oídos, y no era por las anfetaminas. *¿Acaso nadie se había percatado?*

Antes de abrir siquiera la boca, se escuchó una puerta abrirse en el extremo más alejado de la Sala Arqueada. Todos se sobresaltaron con el ruido. Los pasos se fueron acercando. Dos hombres.

Safia enfocó la lámpara halógena hacia el fondo del pasillo.

—Director Tyson.

—Edgar —Kara dio un paso al frente—. ¿Qué haces aquí?

El director del museo se hizo a un lado para revelar la identidad de su acompañante, el inspector de homicidios de la Oficina Central de Londres.

—El inspector Samuelson se encontraba conmigo cuando me llegó la noticia del asombroso descubrimiento. Como casi habíamos terminado, me preguntó si podía acompañarme para ver por sí mismo el increíble hallazgo. Por supuesto, cómo negarme a tal petición, teniendo en cuenta toda la ayuda que nos ha prestado.

—Indudablemente —Kara asintió con su tono más diplomático, ocultando un fogonazo de irritación—. Justo a tiempo.

Les hizo un gesto para que se aproximaran al depósito improvisado, dejándoles su espacio vacío. Su descubrimiento tendría que esperar un poco más.

Fleming saludó con un gesto a su jefe.

—Creo que ya he visto suficiente, más vale que vaya a comprobar el turno de noche —dio un paso para alejarse, no sin antes volverse hacia Safia—. Gracias por haberme permitido observar.

—Siempre que quieras —respondió ella con tono distante, distraída por el corazón al descubierto.

Kara notó cómo el jefe de seguridad contemplaba a Safia un instante más, antes de darse la vuelta y marcharse, herido. Como siempre, Safia sólo tenía ojos para su trabajo, razón por la que había dejado escapar a hombres mucho mejores que Fleming.

El inspector Samuelson dio un paso para ocupar el lugar dejado por el jefe de seguridad. Llevaba la chaqueta colgada de un brazo y las mangas de la camisa arremangadas.

—Espero que esto no constituya ningún tipo de intrusismo.

—En absoluto —aseguró Safia—, se trata de un afortunado descubrimiento.

—Tanto mejor.

El inspector se agachó sobre la estatua. Kara estaba convencida de que la razón de su presencia no era la mera curiosidad. Las coincidencias son siempre causas de investigación.

Edgar observaba por detrás del inspector.

—Sencillamente extraordinario, ¿verdad? Este descubrimiento atraerá la atención del mundo entero.

Samuelson se incorporó.

—¿De dónde procede esta estatua?

—La descubrió mi padre —explicó Kara.

Samuelson la miró, enarcando una ceja.

Kara percibió que Edgar daba un paso atrás, con los ojos clavados en el suelo; se trataba de un tema muy delicado.

Safia se quitó las gafas de protección y continuó con la explicación, aliviando a Kara de aquella necesidad.

—Reginald Kensington había financiado un equipo de investigación para que supervisara las excavaciones para la construcción de un nuevo mausoleo en una tumba, en la ciudad costera omaní de Salalah. Descubrió esta estatua enterrada junto a la vieja tumba. Se trataba de un descubrimiento extraño: una estatua preislámica datada del año 200 a. de C. en un estado tan impecable. La tumba había sido venerada durante dos milenios, y aún así, el emplazamiento no había sido arrollado ni profanado. En fin, es una verdadera tragedia que un artefacto tan extraordinariamente conservado haya quedado destruido.

Samuelson no se inmutó.

—Pero su destrucción queda justificada con este descubrimiento. No se puede decir lo mismo del pobre Harry Masterson.

—Por supuesto —asintió Safia apurada—, no pretendía implicar que... que su muerte no haya sido una *verdadera* tragedia. Tiene usted toda la razón.

Samuelson echó un vistazo a las personas reunidas, pasando la mirada de uno a otro, y entreteniéndose algo más en estudiar al estudiante, Clay Bishop. Viese lo que viese en él, lo consideró irrelevante y volvió a mirar la estatua.

—Ha mencionado una tumba cercana al lugar donde se encontró esta estatua.

—Sí, la tumba de Nabi Imra.

89

—¿Quién era, un faraón?

Safia sonrió.

—No se trataba de una tumba egipcia. —Al igual que Kara, Safia sabía que el inspector se estaba haciendo el tonto—. En Arabia, la mayoría de las tumbas famosas son las que señalan las sepulturas de personajes importantes de la Biblia o del Corán. En este caso, la de un personaje que aparece en *ambos*.

—¿Nabi Imran? No recuerdo haber escuchado ese nombre en mis clases de religión.

—En realidad era bastante importante. Seguro que ha oído hablar de la Virgen María.

—No mucho —respondió el inspector, con un tono tan sincero que arrancó otra sonrisa a Safia, que había intentado alargar intencionadamente la revelación.

—Nabi Imran era el padre de María.

01:54 pm en la Costa Este
Arlington, Virginia

Painter Crowe se encontraba sentado en la parte trasera de un Mercedes s500 plateado, que se deslizaba con suavidad por la carretera interestatal 66, procedente del aeropuerto internacional de Dulles y en dirección a Washington. Pero el objetivo no se encontraba tan lejos. El conductor, un tipo taciturno del tamaño de un defensa de fútbol americano, accionó el intermitente y se desvió por la salida de Glebe, en Arlington. A menos de un kilómetro de distancia se hallaba el cuartel general de DARPA.

Comprobó su reloj. Tan sólo un par de horas antes se encontraba en Connecticut, enfrentándose a la compañera en quien había confiado durante los cinco últimos años. Intentaba alejar sus pensamientos de Cassandra, pero su cabeza no dejaba de darle vueltas al tema.

Ambos habían sido reclutados a la vez de las Fuerzas Especiales: él, de los SEALS, un cuerpo de élite de la marina, y ella, de las Tropas de Asalto del ejército de tierra. DARPA les había elegido para formar un nuevo equipo, altamente secreto, dentro de la organización, cuyo nombre en código era Sigma. La mayor parte de los miembros de DARPA desconocían su existencia. Los objetivos de Sigma eran la investigación y el ataque, un equipo encubierto y militarizado de agentes técnicamente entrenados y enviados a situaciones de alto riesgo, para obtener, o proteger, nuevas tecnologías e investigaciones. Mientras que la Fuerza Delta había sido creada como un escuadrón antiterrorista, Sigma surgió para proteger y mantener la superioridad tecnológica de Estados Unidos.

A cualquier precio.

Y ahora él recibía aquella llamada desde el cuartel general.

Debía ser una nueva misión, ¿pero por qué tanta urgencia?

El sedán continuó por North Fairfax Drive y se detuvo en la entrada del aparcamiento. Tras toda una serie de comprobaciones de seguridad por parte del personal del centro, se dirigieron a una plaza vacía. Otro hombre, un tipo fornido e inexpresivo, dio un paso al frente y abrió la puerta.

—Comandante Crowe, por favor, sígame.

Painter fue conducido hasta el edificio principal y escoltado hasta las dependencias oficiales del director, donde se le pidió que esperase a que un ayudante anunciara su llegara. Painter fijó la mirada en la puerta cerrada.

El almirante Tony Vicar había sido director de DARPA todo el tiempo que Painter llevaba de servicio allí. Antes de ocupar aquel cargo, había sido director de la Agencia de Alerta Informativa, el ala encargada de la recopilación de información e inteligencia de DARPA, de importancia crítica tras los atentados del 11-S y dedicada al control del flujo de datos entre redes informáticas, en busca de tramas, actividades y transacciones económicas terroristas. La habilidad del almirante, su experiencia y su gestión ecuánime le habían llevado hasta la dirección de DARPA.

Se abrió la puerta. Su escolta le hizo un gesto para que entrara, apartándose a un lado para dejarle libre el trayecto. Una vez en el interior, la puerta se cerró tras él.

La sala estaba cubierta de paneles de madera de caoba oscuros, y olía ligeramente a tabaco de pipa. En el centro destacaba un escritorio también de caoba. Tras él, Tony Vicar "El Tigre" se levantó para darle la mano. Era un hombre enorme; no es que estuviese obeso, sino que parecía que los músculos que una vez perfilaran su fornido cuerpo se hubieran ablandado un poco al superar la barrera de los sesenta. Aún así, lo único blando en aquel hombre era la carne. Sus ojos simulaban dos diamantes azules, y tenía el pelo lacio y plateado. Su férrea garra sorprendió a Painter al estrecharle la mano. Le hizo una seña para que se sentara en una de las dos sillas de cuero.

—Tome asiento. He llamado a McKnight, no tardará en llegar.

Sean McKnight era el fundador y director de Sigma, superior inmediato de Painter y ex miembro de los SEALS, doctorado además tanto en física como en tecnología de la información. Si Vicar había llamado a McKnight, en esa partida sólo jugaban los mejores. Ocurriera lo que ocurriera, debía ser algo importante.

—¿Puedo preguntar la razón de esta reunión, señor?

El almirante se recostó en su sillón.

—Me he enterado de ciertos hechos desagradables ocurridos en Connecticut —respondió, evitando la pregunta—. Los chicos de la Agencia de Tecnología Avanzada esperan con impaciencia la llegada del ordenador del espía. Con suerte, tal vez podamos recuperar los datos sobre el armamento de plasma.

—Siento que no lográramos... que no lograra obtener la contraseña.

El almirante se encogió de hombros.

—Al menos ese chino no meterá la mano en los datos; ha realizado usted un buen trabajo.

Painter se guardó la pregunta sobre su antigua compañera. Lo más probable es que Cassandra fuera de camino a un emplazamiento de seguridad donde sería sometida a interrogatorio. Y de ahí en adelante, a saber. Tal vez Guantánamo, Fort Leavenworth u otra cárcel militar. Pero aquello ya no era de su incumbencia, a pesar de que todavía sentía cierta punzada. En realidad, no tenía por qué sentir remordimientos sobre el destino de Cassandra.

—Y con respecto a su pregunta —continuó el almirante, haciéndole regresar al presente—, la Oficina de Ciencias de la Defensa nos ha informado de cierto suceso. Anoche se produjo una explosión en el Museo Británico de Londres.

Painter asintió, pues había escuchado las noticias de la CNN de camino allí.

—Un rayo.

—Eso es lo que se ha comunicado.

Painter sintió la negación y se estiró en su asiento. Pero antes de recibir más información, la puerta se abrió, y Sean McKnight entró en la sala como un vendaval. Tenía el rostro sonrojado y una ceja humedecida, como si hubiera llegado corriendo.

—Lo hemos confirmado —le dijo al almirante.

Vicar asintió con un gesto mínimo.

—Tome asiento. En tal caso, no disponemos de mucho tiempo.

Mientras su jefe se sentaba en la silla de cuero que quedaba libre, Painter le miró de reojo. McKnight llevaba veintidós años trabajando con DARPA, incluyendo un periodo como director de la Agencia de Proyectos Especiales. Uno de esos "proyectos especiales" había sido la creación de Sigma. Había reunido a un equipo de operativos especializados en tecnología y con intensa formación militar, "músculos y cerebro", como solían decir, capaces de trabajar con precisión quirúrgica en temas de tecnologías clasificadas sobre seguridad y protección.

El resultado fue Sigma.

Painter había sido uno de los primeros miembros reclutados, elegido por McKnight tras haber llevado a cabo una misión en Irak con una pierna rota. Durante la recuperación, McKnight le enseñó la importancia de afinar su mente tanto como su cuerpo, sometiéndole a una formación académica intensiva más dura que su formación en demolición submarina, necesaria para convertirse en un miembro de los SEALS. No había una sola persona en el planeta a quien Painter tuviera en más estima.

Y verle allí, tan agitado...

McKnight se sentó en el borde de la silla, con la espalda recta. Parecía que hubiera dormido con su traje negro antracita puesto, aparentando totalmente los cincuenta y cinco años que tenía: ojos arrugados por la preocupación, labios apretados y cabello entre rubio y canoso despeinado.

Sin duda, algo no iba bien.

El almirante Vicar giró el monitor de plasma de su escritorio hacia Painter.

—Comandante Crowe, primero debería ver esta grabación.

Painter se acercó al monitor, preparado para hallar respuesta a sus preguntas. En la pantalla se abrió la imagen de una grabación de vídeo en blanco y negro.

—Es la cámara de seguridad del Museo Británico.

Permaneció inmóvil mientras visionaba las imágenes. En pantalla apareció un guardia que entraba en una galería del museo. No duró mucho. En cuanto la explosión puso fin a la grabación, Painter se incorporó en su asiento. Sus dos superiores le estudiaban.

—Esa esfera luminosa —comenzó, despacio—, si no me equivoco, es un rayo globular.

—En efecto —confirmó Vicar—. Es la misma evaluación que llamó la atención de un par de investigadores del Instituto de Ciencias para la Defensa, que se encontraban en Londres. Los rayos globulares no han sido grabados nunca.

—Ni han resultado ser tan destructivos —añadió McKnight.

Painter recordó una charla a la que asistió durante su periodo de formación en Sigma sobre ingeniería eléctrica. Se conocía la existencia de los rayos globulares desde la época de los griegos clásicos; mucha gente los habían visto, en lugares distintos. Las teorías de su formación barajaban que se tratara de plasma en flotación libre, causado por la ionización del aire durante las tormentas eléctricas, o tal vez fuera la vaporización de dióxido de silicio de la tierra, producido por la explosión del rayo en el suelo.

—¿Y qué ha ocurrido en el Museo Británico? —preguntó.

—Esto. —El almirante Vicar extrajo un objeto de debajo de su escritorio y lo colocó sobre su carpeta. Parecía un fragmento de roca ennegrecido, del tamaño de una pelota de béisbol—. Lo hemos recibido esta misma mañana, enviado con urgencia en un reactor militar.

—¿Qué es?

El almirante le hizo un gesto, concediéndole permiso para cogerlo. Al tomarla entre las manos, encontró el objeto inusualmente pesado. No era una roca, pero parecía lo suficientemente denso como para estar hecho de acero.

—Hierro meteórico —explicó McKnight—. Una muestra procedente de la explosión que acaba de visionar.

Painter dejó el fragmento de nuevo sobre el escritorio.

—No lo entiendo. ¿Me está diciendo que el meteorito fue el causante de la explosión, y no un rayo globular?

—Sí y no —respondió misteriosamente McKnight.

—¿Qué sabe de la explosión de Tunguska, en Rusia? —le preguntó Vicar.

El repentino cambio de tema cogió a Painter fuera de guardia. Enarcó una ceja mientras desempolvaba sus conocimientos de historia.

—No mucho. La caída de un meteorito en el año 1908, en algún punto de Siberia, provocó una gran explosión.

Vicar se acomodó en su asiento.

—"Grande" es un término insignificante. La explosión arrancó de raíz una masa forestal con un radio de sesenta y cinco kilómetros, un área superior a la mitad de Rhode Island. La energía liberada fue equivalente a dos mil bombas atómicas. Los caballos cayeron muertos a más de seiscientos cincuenta kilómetros de distancia. *Grande* es un término que no termina de abarcar el alcance de la explosión.

—Evidentemente, hubo muchos otros efectos secundarios —continuó McKnight—. Una tormenta magnética creó un vórtice de mil kilómetros de diámetro. Días después, el cielo nocturno todavía resplandecía a causa de la cantidad de polvo en el aire, lo suficientemente luminoso como para leer el periódico. El impulso electromagnético producido recorrió medio mundo.

—Dios mío —murmuró Painter.

—Los que presenciaron la explosión, a una distancia de cientos de kilómetros, informaron haber visto una especie de rayo de luz brillante en el cielo, tan brillante como el sol, que dejaba un rastro de colores irisados a su paso.

—El meteorito —dijo Painter.

El almirante Vicar sacudió la cabeza en gesto negativo.

—Ésa era una de las teorías. Un asteroide rocoso o un cometa. Pero esa teoría presenta varios problemas. En primer lugar, nunca se encontraron rastros del supuesto meteorito, ni siquiera rastros de polvo de iridio.

—Los meteoritos de tipo planetario suelen dejar un rastro de iridio —explicó McKnight—. Pero jamás se descubrió nada así en Tunguska.

—Ni tampoco cráter alguno —añadió el almirante.

McKnight asintió.

—La fuerza de la explosión fue de cuarenta megatones. Antes de aquel incidente, el último meteorito en acercarse siquiera a una fuerza así golpeó Arizona hace cincuenta mil años, y fue de tan sólo de tres megatones, un minucia en comparación con Tunguska, pero que dejó un cráter impresionante de kilómetro y medio de ancho por ciento cincuenta metros de profundidad. En tal caso, ¿por qué no se encontró allí ningún cráter, sobre todo cuando conocemos con toda certeza el epicentro de la explosión, dada la caída radial de los árboles a partir de la zona cero?

Painter no tenía respuesta a aquella pregunta... ni a la otra más inmediata en su mente: *¿Qué tenía que ver todo aquello con el Museo Británico?*

McKnight continuó.

—Desde la época de la explosión, se han venido percibiendo interesantes consecuencias biológicas en la zona: un crecimiento acelerado de ciertos tipos de helecho, un aumento en el índice de mutaciones, incluyendo anomalías genéticas en las semillas y las agujas de los pinos, e incluso en las poblaciones de hormigas. Y los humanos no han escapado a sus efectos. Las tribus nativas de Evenk de la zona manifestaron anomalías en el factor Rh sanguíneo, clara indicación de una exposición a la radiación, casi con toda certeza de origen gamma.

Painter intentó centrar su pensamiento en una explosión sin cráter, con efectos atmosféricos inusuales y radiación residual de rayos gamma.

—¿Y qué causó todo eso?

La respuesta se la dio el almirante Vicar.

—Algo bastante pequeño. De unos tres kilos de peso.

—Eso es imposible —espetó.

El almirante se encogió de hombros.

—Si se tratara de un material ordinario...

El misterio pendió en el aire durante un instante interminable, hasta que McKnight rompió el silencio.

—Las investigaciones más recientes, de 1995, sugieren que lo que cayó en Tunguska fue, efectivamente, un meteorito. Pero un meteorito de *antimateria*.

Painter abrió los ojos desmesuradamente.

—¿Antimateria?

Ahora comprendía por qué le habían citado. Aunque la mayoría de la gente consideraba la antimateria como una invención de ciencia-ficción, en la pasada década se había hecho realidad, gracias a la producción de partículas de antimateria en laboratorio. A la cabeza de tales investigaciones destacaban los laboratorios del CERN en Ginebra, Suiza. Su laboratorio había estado produciendo antimateria durante casi dos décadas mediante el uso de un Anillo de Antiprotones de Baja Energía. Pero hasta la fecha, la producción de todo un año de antiprotones por parte de CERN sólo creaba la cantidad suficiente para hacer titilar una bombilla durante unos segundos.

Aún así, el tema de la antimateria resultaba intrigante. Un único gramo de antimateria podría producir una cantidad de energía equivalente a la de una bomba atómica. Por supuesto, primero habría que descubrir una fuente de antimateria barata y de gran disponibilidad. Y eso resultaba imposible.

Painter clavó los ojos en el fragmento de hierro meteórico que descansaba sobre el escritorio del almirante Vicar. Sabía que la capa superior de la atmósfera de la tierra se hallaba bajo el bombardeo constante de las partículas de antimateria de los rayos cósmicos, pero éstas quedaban inmediatamente aniquiladas al entrar en contacto con la materia atmosférica. Se había postulado que podría haber asteroides o cometas en el vacío del espacio, compuestos de antimateria y procedentes de la explosión del Big Bang.

Comenzó a atar cabos en su cabeza.

—¿Y la explosión en el Museo Británico...?

—Hemos examinado restos encontrados en la galería destrozada —explicó McKnight—, metales y maderas.

Painter recordó la afirmación de su jefe al entrar en el despacho. *Lo hemos confirmado.* De repente sintió un nudo en la boca del estómago.

—Los restos contienen indicios de radiación de bajo nivel que coincide con la de Tunguska.

—¿Me está diciendo que la explosión en el Museo Británico fue producida por una aniquilación de antimateria? ¿Que *este* meteorito es, en realidad, antimateria?

El almirante Vicar empujó el fragmento destrozado con un dedo.

—Por supuesto que no. Esto no es más que un fragmento de hierro meteórico sin mayor importancia.

—En tal caso, no lo entiendo.

McKnight habló.

—No podemos ignorar los indicios de radiación. Son demasiado exactos como para considerarlos simple casualidad. Ha tenido que ocurrir algo, y la única explicación es que, de alguna forma, el meteorito contenía antimateria en su interior, estabilizada de una manera que desconocemos. La descarga eléctrica del rayo globular la desestabilizó, creando un efecto dominó que desembocó en la explosión. La antimateria que hubiese presente, fuera cual fuera, se consumió en la deflagración.

—Y dejó esta estructura entre los escombros —finalizó el almirante, empujando suavemente el objeto metálico.

El silencio se adueñó de la habitación. Las implicaciones eran colosales.

El almirante Vicar tomó el fragmento de hierro.

—¿Se imagina el significado de todo ello, si se demostrase cierto? Una fuente de poder prácticamente ilimitada. Y si existe la más mínima pista, o mejor aún, *muestra*, que indique cómo lograrlo, es imperativo que no caiga en otras manos.

Painter se descubrió a sí mismo asintiendo.

—¿Y cuál es el siguiente paso?

El almirante le miró fijamente.

—No podemos permitir la filtración de una sola palabra sobre el tema, ni siquiera a nuestros propios aliados. Demasiados oídos equivalen a demasiadas bocas —hizo una señal para que McKnight continuara.

Su jefe respiró profundamente antes de hablar.

—Comandante, queremos que dirija un pequeño equipo en el museo. Su tapadera ha sido establecida como científico estadounidense especializado en la investigación de tormentas eléctricas. Deberá hacer todos los contactos posibles. Mientras se encuentre allí, su único objetivo será el de mantener los ojos abiertos y tomar nota de cualquier descubrimiento que pudiera realizarse. Desde aquí seguiremos investigando, y mantendremos a todos los departamentos movilizados. Si hiciera falta cualquier otro tipo de investigación en el museo, ese equipo estará formado por nuestros miembros.

—Sí, señor.

Painter atisbó un mínimo y significativo contacto visual entre el almirante Vicar y McKnight, una cuestión tácita entre ambos.

Sintió que un escalofrío le recorría la espalda.

El almirante volvió a asentir, y McKnight se giró hacia Painter.

—Existe un factor más a tener en cuenta. Tal vez no seamos los únicos trabajando desde este enfoque.

—¿A qué se refiere?

—Si recuerda, el director mencionó un par de investigadores del Instituto Científico para la Defensa, allí en Londres.

—Los que investigaban la aparición del rayo globular.

—Correcto. —Otra vez el contacto visual entre los dos superiores de Painter antes de que su jefe clavara la mirada en él—. Hace cuatro horas les encontraron muertos, como si hubieran sido ejecutados, en sus habitaciones. El lugar había sido saqueado, y varios objetos, robados. La Policía Metropolitana lo está barajando como homicidio por robo.

El almirante Vicar se movió en su silla.

—Nunca he podido tragarme las coincidencias, me producen acidez.

McKnight asintió.

—No sabemos si los asesinos están relacionados con nuestra línea de investigación, pero queremos que usted y su equipo procedan como si así fuese. Vigilen sus espaldas y manténgase alerta.

Painter asintió.

—Entretanto —continuó el almirante—, esperemos que no descubran nada significativo hasta que usted haya cruzado el charco.

09:48 pm GMT
Londres, Inglaterra

—Tienes que extraer el corazón.

Safia levantó la mirada de las mediciones que estaba realizando con un pequeño calibrador plateado. La Sala de los Arcos del museo permanecía inmersa en una penumbra total y en ella tan sólo quedaban tres personas: Kara, Clay y ella misma. Edgar y el inspector se habían marchado veinte minutos antes, al parecer, las mediciones de precisión y las anotaciones de minucias no despertaban su interés, sino que disminuían el asombro momentáneo sobre el origen de la estatua como escultura funeraria procedente de la tumba del padre de la Virgen María.

Safia regresó a sus mediciones.

—Lo extraeré al final.

—No, *esta noche*.

Safia estudió a su amiga con detenimiento. Los halógenos iluminaban el rostro de Kara, exudando todo su color, pero Safia percibió el brillo metálico de su piel, las pupilas dilatadas: estaba colocada, otra vez las anfetaminas. Tres años antes, Safia era una de las pocas personas que sabía que el "mes vacacional"de Lady Kensington era en realidad una estancia en una exclusiva clínica de rehabilitación privada en Kent. ¿Cuánto tiempo llevaría consumiéndolas de nuevo? Echó una mirada rápida a Clay. No, no era un buen momento para enfrentarse a ella.

—¿Qué prisa hay? —insistió.

Los ojos de Kara escrutaron la habitación.

—Antes de que el inspector llegara, me di cuenta de algo —comenzó a explicar en voz más baja—. Me sorprende que aún no te hayas dado cuenta.

—¿El qué?

Kara se inclinó y señaló una de las secciones expuestas del corazón, en concreto, el ventrículo derecho.

—Fíjate en esta línea en relieve —la siguió con la punta del calibrador.

—Es una de las venas o arterias coronarias —explicó Safia, admirada por la maestría del trabajo.

—¿Seguro? —Kara volvió a señalar—. Observa lo perfectamente horizontal que es la sección superior, que desciende después en vertical a ambos lados, con un ángulo de noventa grados.

Siguió el curso del vaso sanguíneo, con los dedos temblorosos, como consecuencia de las anfetaminas.

Kara continuó.

—Todo en este corazón resulta tan extremadamente natural que incluso a Da Vinci le habría resultado difícil ser tan anatómicamente preciso —desvió la mirada hacia Safia—. A la naturaleza no le gustan los ángulos de noventa grados.

Safia se inclinó hacia el corazón, y recorrió con los dedos las líneas, como si tratase de leer en Braille. Las dudas se desvanecieron, dejando paso al asombro.

—Los extremos... terminan de manera abrupta... no giran para descender.

—Es una letra —dijo Kara.

—Árabe meridional epigráfico —coincidió, citando la antigua caligrafía de la región, la escritura que precedió al hebreo y al arameo—. Es la letra в.

—Y fíjate en lo que se ve en el ventrículo superior del corazón.

—La aurícula derecha —dijo Clay a sus espaldas.

Las dos le miraron.

—Empecé medicina sin saber que la visión de la sangre tenía efectos tan... negativos, digamos, en la comida de mediodía.

Kara volvió a mirar la escultura y señaló con el calibrador de nuevo.

—Una buena parte de la aurícula superior aún está recubierta de arenisca, pero creo que debajo se oculta otra letra.

Safia se agachó de nuevo y lo palpó con las yemas de los dedos. El extremo final de los vasos que se veían terminaba tan abruptamente como el primero.

—Tendré que trabajar con extremo cuidado.

Alargó la mano hacia las piochas, cinceles y pequeños martillos. Con las herramientas adecuadas en la mano, procedió a trabajar con la precisión de un cirujano. Con el martillo y el cincel rompió los fragmentos más grandes de la quebradiza arenisca, y a continuación tomó la piocha y el pincel para limpiar la zona. En cuestión de minutos, la aurícula derecha quedó al descubierto.

Safia clavó la vista en el entramado de lo que parecían ser vasos coronarios, que en realizad trazaban una letra perfecta.

Demasiado complejo como para considerarlo fruto de la casualidad.

—¿Qué letra es? —preguntó Clay.

—No tiene correspondencia directa en nuestro idioma —respondió Safia—, pero se pronuncia más o menos como *wa*... por lo que a menudo, en las traducciones aparece como w-a, o incluso como u, dado que ése es el sonido de su pronunciación. Aunque en realidad, el árabe meridional epigráfico no tiene vocales.

Las miradas de Kara y Safia se cruzaron.

—Tenemos que extraer el corazón —repitió—. Si hay más letras, seguramente se encontrarán en la cara opuesta.

Safia asintió. La cara izquierda aún se encontraba encerrada en el pecho pétreo de la estatua. Odiaba tener que volver a molestarla, pero la curiosidad la llevó a tomar de nuevo las herramientas sin discutir. Se puso a trabajar. Le costó cerca de media hora eliminar la capa de arenisca que retenía el corazón, pero por fin colocó el dispositivo de succión y sujetó el asa con ambas manos. Entonando una muda oración a los dioses de Arabia, tiró hacia arriba de modo constante, utilizando todos los músculos de los hombros.

Al principio parecía estar atascado, pero en realidad resultó que era más pesado de lo que creía. Con una decidida mueca de esfuerzo, levantó el corazón y lo liberó del pecho, derramando una lluvia de arenisca y fragmentos sueltos. Con los brazos totalmente estirados, giró el corazón hacia un lado y lo colocó sobre la mesa de la biblioteca.

Kara se acercó a su lado, mientras Safia acomodaba el corazón sobre una gamuza blanda para protegerlo, antes de soltar la prensa de succión. El corazón se movió ligeramente para acomodarse a su nueva posición, acompañado de un pequeño sonido de chapoteo.

Safia miró a los demás. ¿Lo habrían oído también?

—Ya te dije que creía que esa cosa estaba hueca —susurró Clay.

Safia acercó las manos y meció el corazón sobre la gamuza. Su centro de gravedad se balanceó con el movimiento, recordándole a una de esas bolas negras de billar que se utilizaban para predecir el futuro.

—Contiene algún tipo de fluido en el centro.

Clay dio un paso atrás.

—Fantástico. Más vale que no sea sangre, los únicos cadáveres que tolero son los que están disecados y amortajados como las momias.

—Está completamente sellado —le aseguró Safia mientras examinaba el corazón—. Ni siquiera encuentro manera de abrirlo, es como si el corazón de bronce estuviese forjado alrededor del líquido.

—Un acertijo dentro de otro —resolvió Kara, cambiando el sitio a Safia para comprobar el corazón por sí misma—. ¿Alguna letra más?

Safia se unió a ella para comprobarlo. Les costó tan sólo un momento orientarse y encontrar los dos ventrículos restantes. Pasó los dedos por el ventrículo más grande, el izquierdo. Parecía suave y limpio.

—Nada —resolvió Kara, tan sorprendida como frustrada—. Tal vez se haya desgastado hasta desaparecer.

Safia lo comprobó rigurosamente y limpió la superficie con un poco de alcohol isopropílico.

—No observo ninguna marca, ninguna huella, es demasiado suave.

—¿Qué hay de la aurícula izquierda? —preguntó Clay.

Safia asintió y le dio la vuelta al corazón. No tardó en ver una línea arqueada sobre la superficie de la aurícula.

(

—Es la letra R —susurró Kara, con un tono extrañamente asustado, antes de dejarse caer sobre una silla—. No puede ser.

Clay frunció el ceño.

—No lo entiendo. Las letras B, WA ó U, y R. ¿Qué palabra forman?

—Esas tres letras del alfabeto árabe meridional epigráfico deberían sonarle de algo, Sr. Bishop —intervino Safia—. Tal vez no en ese orden.

Tomó un lápiz y las dibujó, tal como deberían pronunciarse.

Clay arrugó la cara.

—El alfabeto árabe meridional se lee como el hebreo y el árabe, de derecha a izquierda, al contrario que en nuestra lengua. WABR... UBR. Pero las vocales interconsonánticas no se pronuncian.

El joven abrió unos ojos como platos.

—¡U-B-A-R! La ciudad perdida de Arabia, la Atlántida de las arenas.

Kara asintió.

—Primero explota un fragmento de meteorito que se suponía que guardaba las puertas de Ubar... y ahora encontramos ese nombre escrito en un corazón de bronce.

—Si es que es bronce —añadió Safia, aún inclinada sobre el corazón.

Kara salió de su sorpresa.

—¿A qué te refieres?

Safia levantó el objeto.

—Al sacar el corazón de la estatua me ha parecido demasiado pesado, sobre todo si está hueco y lleno de líquido. Observa la superficie del ventrículo que he limpiado con alcohol, el metal de la base es mucho más rojo.

Kara se incorporó, a la vez que la nueva posibilidad se asentaba en sus ojos.

—Crees que es hierro. Como el fragmento de meteorito.

Safia asintió.

—Y es posible que proceda del mismo hierro meteórico. Tendré que comprobarlo, pero en cualquier caso tampoco tiene sentido. En la época en que se esculpió la escultura, el pueblo árabe no sabía fundir y trabajar un hierro de esta calidad, ni mucho menos una obra de arte como ésta. Hay tantos misterios que no sé por dónde empezar.

—Tienes razón; en tal caso, ese aburrido puesto comercial excavado en el desierto en 1992 no tiene nada que ver con la realidad. Todavía queda algo por descubrir —exclamó Kara con ferocidad mientras señalaba el artefacto—. Como el verdadero corazón de Ubar.

—¿Y ahora qué hacemos? ¿Cuál es el paso siguiente? No nos encontramos más cerca de averiguar algo nuevo sobre Ubar.

Clay continuaba examinando el corazón.

—Es un poco extraño que el ventrículo izquierdo no muestre ninguna letra.

—Ubar se deletrea con sólo tres letras —le explicó Safia.

—Entonces, ¿para qué utilizar un corazón con cuatro ventrículos y apuntar las letras en la dirección del flujo sanguíneo?

Safia se giró hacia él.

—Explícate.

—La sangre llega al corazón a través de la vena cava, en la aurícula derecha. La letra U —introdujo un dedo en el enorme vaso seccionado que conducía a la cámara superior derecha, y continuó trazando el recorrido en su lección de anatomía—. A continuación atraviesa la válvula auriculoventricular hasta el ventrículo derecho. La letra B. Desde ahí, la sangre sale hacia los pulmones a través de la arteria pulmonar, antes de regresar enriquecida con oxígeno a través de la vena pulmonar hasta la aurícula izquierda. La letra R. De esa forma se deletrea Ubar. ¿Pero por qué se detiene ahí?

—Tienes razón, por qué... —masculló Safia arrugando la frente.

Sopesó el misterio. El nombre de Ubar se deletreaba en la dirección en que viajaba la sangre, lo que parecía implicar un trayecto, un flujo hacia algo. De repente se le ocurrió una idea.

—¿Adónde llega la sangre una vez que sale del corazón?

Clay señaló un grueso vaso arqueado en la parte superior.

—A través de la aorta se dirige hacia el cerebro y hacia el resto del cuerpo.

Safia hizo rodar el pesado corazón, siguiendo la aorta hacia el punto en que terminaba, y mirando en el interior de aquel cabo, bloqueado por un tapón de arenisca. No se le había ocurrido limpiarlo porque estaba demasiado concentrada en la superficie de las cámaras.

—¿Qué estás pensando? —preguntó Kara.

—Es como si la escritura apuntara hacia algún lugar —volvió a colocar el corazón en la mesa y comenzó a limpiar la arenisca del extremo final de la aorta, que se deshizo con facilidad. Se sentó al comprobar lo que había más allá de la arenisca.

—¿Qué es? —preguntó Clay, que miraba por encima del hombro de Safia.

—Algo más preciado que la propia sangre para los antiguos pobladores de Arabia —utilizó una piocha para extraer unos trozos cristalinos de resina seca, que cayeron sobre la mesa. Percibió el aroma dulzón que se desprendía de los cristales, conservado durante siglos en el interior del corazón, un aroma anterior a la época de Cristo.

—Incienso —exclamó Kara con asombro—. ¿Qué significa esto?

—Es una pista —respondió Safia volviéndose hacia su amiga—. Al igual que la sangre, la riquezas de Ubar, el incienso, también fluía en una dirección. La clave debe señalar hacia Ubar, hacia el siguiente paso en la ruta hacia su entrada.

—¿Y adónde apunta? —preguntó Kara.

Safia sacudió la cabeza.

—No estoy segura, pero el pueblo de Salalah es el inicio de la famosa Ruta del Incienso —jugueteó con los fragmentos de incienso—, y la tumba de Nabi Imran se encuentra allí.

Kara se incorporó.

—En tal caso, por ahí es por donde debemos empezar la búsqueda.

—¿Búsqueda?

—Debemos partir con una expedición de inmediato —Kara habló con rapidez, con los ojos extremadamente abiertos, pero no a causa de las anfetaminas, sino del entusiasmo. Tal vez todavía quedaba esperanza—. En una semana, como máximo. Mis contactos en Omán dispondrán todo lo necesario. Y necesitaremos a los mejores. Tú, por supuesto, y todo aquél lo suficientemente bueno.

—¿Yo? —preguntó Safia mientras el corazón le daba un vuelco—. Yo... yo no... No he hecho trabajo de campo en años.

—Tú vas a venir —aseguró Kara con firmeza—. Ya es hora de que dejes de esconderte entre estas viejas paredes y salgas al mundo.

—Yo puedo coordinar todos los datos desde aquí, no hago falta sobre el terreno.

Kara la miró fijamente, como a punto de ablandarse, al igual que en otras ocasiones. Y entonces habló, bajando la voz hasta un suspiro ronco.

—Safi, *te necesito*. Si de veras hay algo allí... una respuesta... —sacudió la cabeza, a punto de echarse a llorar—. Te necesito conmigo, yo no puedo hacer esto sola.

Safia tragó saliva, en evidente lucha interior. ¿Cómo iba a negarse a ayudar a su amiga? Fijó la mirada en el miedo y la esperanza que reflejaban los ojos de Kara, pero en su cabeza todavía resonaban los viejos gritos, y se sentía incapaz de silenciarlos. Aún tenía las manos manchadas con la sangre de los niños.

—Yo... no puedo.

En su rostro debió romperse algo, porque Kara terminó por ceder.

—Entiendo —pero por su tono de voz, no entendía nada. Nadie entendía nada.

Kara continuó.

—Pero tienes razón en una cosa. Necesitaremos a un arqueólogo de campo con experiencia. Y si tú no vienes, conozco a la persona adecuada.

Safia comprendió a quién se refería. *No...*

Kara fingió ignorar su angustia.

—Tú sabes quién es la persona con más experiencia en esa región —rebuscó en su bolso hasta dar con el teléfono móvil—. Si queremos que la misión sea un éxito, necesitamos a Indiana Jones.

4
LOS RÁPIDOS
ⵜⵓⵃⵛⴰⵏⵢⴽⵓⵃ

15 de noviembre, 07:02 am
Río Yangtsé, China

—¡No me llames Indiana Jones! —gritó al micrófono de su teléfono por satélite para que hacerse oír por encima del ruido del motor de su lancha—. Kara, sabes que me llamo Omaha... ¡Doctor Omaha Dunn!

Un suspiro de desesperación respondió a sus gritos.

—¿Omaha? ¿Indiana? ¿Qué diablos importa? Todos esos nombres americanos vuestros suenan igual.

Se agachó tras el timón, navegando a toda velocidad por el sinuoso cañón del río. Ambas orillas del cenagoso Yangtsé estaban rodeadas por acantilados, y sus aguas corrían veloces y zigzagueantes por el tramo que se conoce, no en vano, como los Desfiladeros. En pocos años, la presa de las Tres Gargantas inundaría toda la región, hasta una profundidad de sesenta metros, pero por el momento, las rocas sumergidas y los peligrosos rápidos constituían un riesgo constante al atropellarse las aguas entre las estrechas paredes.

Pero las rocas y los rápidos no eran el único peligro.

Una bala resonó en el casco de la embarcación, un tiro de aviso. Sus perseguidores acortaban la distancia desde un par de lanchas Scimitar 170 negras, condenadamente rápidas.

—A ver, Kara, ¿qué quieres? —su embarcación golpeó una gran ola y saltó por los aires un instante. Omaha saltó de su asiento, agarrándose con fuerza al timón de su lancha con la mano.

Detrás de él se escuchó un grito de sorpresa, a lo que respondió:

—¡Agárrate bien!

Un quejido dio respuesta a su aviso.

—¡Ahora me lo dices!

Echó un rápido vistazo atrás, para comprobar si su hermano menor, Danny, se encontraba bien. Le vio en el suelo de popa, con la cabeza empotrada en un pequeño armario de suministros detrás del asiento trasero. Más allá, las dos motoras negras continuaban su persecución.

Omaha tapó el auricular del teléfono con la mano.

—Saca la escopeta.

Su hermano logró sacar la cabeza del cajón, además del arma, y se subió las gafas con el dorso de la muñeca.

—¡La tengo!

—¿Y las balas?

—Ah, sí —Danny volvió a meter la cabeza tras el asiento, mientras Omaha sacudía la suya con gesto desaprobador.

Su hermano era un conocido paleontólogo, que había logrado aprobar el doctorado con tan sólo veinticuatro años, pero con frecuencia demostraba ser un cabeza de chorlito. Omaha volvió a llevarse el auricular al oído.

—Kara, ¿de qué va todo esto?

—¿Qué ocurre ahí? —preguntó, por toda respuesta.

—Nada, pero estamos un poco ocupados. ¿Para qué has llamado?

Se produjo una larga pausa, que no supo si atribuir a la comunicación por satélite entre Londres y China o a un mero silencio por parte de Kara. No había visto a Kara Kensington en cuatro años. No desde que rompiese su compromiso con Safia al-Maaz. Sabía que no se trataba de una llamada sin más; Kara sonaba seria y cortada, lo que le hizo preocuparse por Safia. No podía terminar la llamada hasta saber si estaba bien.

Kara habló por fin.

—Estoy preparando una expedición a Omán, y me gustaría que dirigieras el equipo de campo, ¿te interesa?

Por poco cuelga el teléfono; no era más que una llamada de negocios.

—No, gracias.

—Escucha, es importante... —percibió tensión en su voz.

—A ver, cuéntame de qué va —gruñó.

—Nos reuniremos en Mascate en una semana. No puedo darte más datos por teléfono, pero se trata de un descubrimiento trascendental, que podría reescribir la historia de toda la Península Arábiga.

Antes de poder responder, Danny se presentó a su lado.

—He cargado los dos cañones —le ofreció el arma a Omaha—. Pero no sé cómo vas a detenerles únicamente con balas de sal.

—Yo no, tú —señaló el teléfono—. Apunta al casco, haznos ganar un poco de tiempo, ahora tengo las manos ocupadas.

Danny asintió y se dio la vuelta, a la vez que Omaha volvía a acercarse el auricular para escuchar a Kara refunfuñar.

—... pasa? ¿Qué es todo eso de los tiros?

—Tranquila, estamos cazando ratas de río y...

La explosión del tiro le interrumpió.

—¡Mierda! —maldijo Danny al fallar.

Kara continuó.

—¿Qué me dices de la expedición?

Danny volvió a cargar el arma.

—¿Disparo otra vez?

—¡Sí, maldita sea!

—Fantástico —decidió Kara, malinterpretando su arrebato—. Nos vemos en Mascate en una semana, ya sabes dónde.

—¡Espera! Yo no...

Pero ya se había cortado la comunicación. Tiró al suelo el auricular, Kara sabía muy bien que no había aceptado participar en la expedición, pero como siempre, había sacado ventaja de la situación.

—¡Le he dado a un timonel en la cara! —gritó Danny sorprendido—. Se dirige a la orilla, pero ten cuidado, la otra lancha se acerca por estribor.

Omaha miró a su derecha, la elegante Scimitar negra se aproximaba a toda velocidad paralela a ellos. Cuatro tipos con uniformes grises, antiguos soldados, se mantenían agachados en la borda. Levantaron un megáfono, que empezó a farfullar en mandarín, con un tono impositivo, algo que venía a decir "disminuya la velocidad... o es hombre muerto".

Para enfatizar su petición, asomaron un lanzacohetes que apuntaba en dirección a su lancha.

—Me parece que esta vez no van a servir de nada las balas de sal —avisó Danny, hundiéndose en el otro asiento.

Como no le quedaba otra opción, Omaha disminuyó la velocidad y agitó un brazo en señal de derrota.

Danny abrió la guantera de la embarcación, donde guardaban tres huevos de tiranosaurio fosilizados y perfectamente conservados, que valían su peso en oro. Descubiertos en el Desierto del Gobi, su supuesto destino era un museo de Pekín, pero por desgracia, a aquel tesoro no le faltaban admiradores. Muchos eran los coleccionistas que vendían ese tipo de artículos en el mercado negro por sumas exorbitantes.

—Espera —susurró Omaha a su hermano.

Danny cerró la guantera.

—No, por favor, no hagas lo que creo que estás pensando.

—A mí no me roba nadie, y por estas tierras no hay más asaltatumbas que yo.

Activó el gatillo que protegía la carga de nitrógeno de los pulsorreactores incorporados en el turbopropulsor Hamilton 212. Había rescatado aquella motora de un vendedor de confecciones de Nueva Zelanda, una lancha que había paseado a los turistas a través de río Black Rock hasta las afueras de Auckland.

Fijó los ojos en el siguiente meandro del retorcido río. Treinta metros. Con un poco de suerte...

Pulsó el botón, y el gas nitroso se filtró hasta el turbopropulsor, prendiendo los pulsorreactores. Los tubos de escape gemelos comenzaron a escupir llamaradas, acompañadas por el ruido ronco de los reactores. La proa de la embarcación se levantó, sumergiendo en el agua la popa.

Todo aquello provocó los gritos de los ocupantes de la otra lancha que, cogidos por sorpresa, no fueron lo suficientemente rápidos como para disparar el lanzacohetes.

Omaha aceleró a toda potencia, disparando la lancha a través del agua como un torpedo de cromo y aluminio.

Danny corrió a abrocharse el cinturón de su asiento.

—¡Ay Dios mío!

Omaha permaneció en su posición, ante el timón y con las rodillas semi flexionadas, para sentir el equilibro de la lancha bajo sus pies. Alcanzaron la curva del río, y se arriesgó a echar un vistazo a sus perseguidores.

La otra embarcación aceleraba hacia ellos, con claras dificultades para darles alcance. Pero el enemigo contaba con una ventaja, y una llamarada indicó que el lanzacohetes acababa de escupirles una granada, una RPG 69, comprada en el mercado negro chino y con un radio letal de veinte metros. No hacía falta que se encontraran cerca.

Omaha giró abruptamente hacia la derecha, inclinando el bote hacia arriba por babor. Apenas rozaban la superficie del agua cuando consiguieron surcar el recodo del río.

La granada propulsada por cohete pasó de largo, a punto de rozar la popa.

Tan pronto como atravesó el ángulo del río, Omaha enderezó la lancha y se lanzó hacia el centro del río, mientras la explosión abría un boquete en la pared del acantilado del lado opuesto, provocando el derrumbamiento de rocas de todos los tamaños, entre una nube de humo y polvo.

A duras penas consiguió incrementar la velocidad de los propulsores, rozando el agua como si la lancha se deslizara sobre una superficie de hielo.

Tras él, no tardó en salir del recodo humeante la embarcación perseguidora, en la que se preparaban para disparar de nuevo el lanzacohetes.

Omaha no podía concederles otra oportunidad de dar en el blanco, y por suerte, los Desfiladeros estaban por la labor de ayudarles. Los recovecos del río les mantenía fuera de la mira del dispositivo de lanzamiento, pero también obligaba a Omaha a cortar la alimentación de los turbopropulsores y a disminuir la velocidad de su propia motora.

—¿Crees que podremos dejarles atrás? —preguntó Danny.

—Me parece que no tenemos elección.

—¿Y por qué no les entregamos los huevos? No valen tanto como nuestras vidas.

Omaha sacudió la cabeza ante la ingenuidad de su hermano. Los dos medían casi un metro noventa, y ambos tenían el pelo rubio rojizo, pero parecía que a Danny le hubieran unido los huesos con alambre, mientras que Omaha era de complexión ancha y de carácter más duro, curtido por los avatares del mundo, con la piel tostada por el sol de los siete continentes; los diez años que les separaban habían hecho mella en su rostro: el contorno de sus ojos arrugado por el sol, la frente cubierta de surcos por fruncir el entrecejo mucho y sonreír poco.

Su hermano, sin embargo, seguía pareciendo una tablilla en blanco sobre la que escribir, impecable, suave, sin una sola marca. Había terminado su programa doctoral hacía sólo un año, devorando sus años de estudios en Columbia como si fuesen una carrera contra reloj, y Omaha sospechaba que parte de las prisas de Danny por terminar los estudios tenían que ver con el deseo de unirse a su hermano mayor en sus andanzas por el ancho mundo.

Pues bien, ahí lo tenía: días interminables, pocas duchas, tiendas de campaña apestosas, suciedad y sudor en cada rincón de su cuerpo. ¿Y todo para qué? ¿Para permitir que unos ladrones hurtaran su descubrimiento?

—Pero si les damos los huevos...

—Danny, nos matarían de todos modos —sentenció Omaha, maniobrando para salvar otra curva del río—. Estos tipos no dejan rastro tras ellos.

Danny miró hacia la popa.

—Entonces nos toca correr.

—Tan rápido como podamos.

Volvieron a escuchar el gemido del motor de la Scimitar cuando salió del recodo y empezó a acortar distancias. Necesitaba más velocidad, y esperaba poder llegar a un tramo recto en el río lo suficientemente largo como para accionar al máximo los turbopropulsores, pero no *demasiado* largo como para que sus perseguidores tuviesen ocasión de apuntarles con el lanzagranadas.

Peleó con la lancha hacia un lado y hacia el otro para atravesar una zona estrecha y de curvas muy pronunciadas, pero la preocupación evitó que viera una roca oculta en el agua. La lancha chocó contra ella, se quedó detenida por un instante y finalmente se liberó de nuevo, con un estruendoso chirrido del aluminio.

—Eso no puede haber sido bueno —comentó Danny.

En efecto, no lo era. Los surcos de la frente de Omaha se pronunciaron aún más al sentir en los pies un temblor persistente en la lancha. Incluso en aguas calmadas. Algo no iba bien.

De nuevo se escuchó el motor de la Scimitar. Cuando Omaha salió de otra curva, divisó a sus perseguidores a tan sólo setenta metros de ellos. Volvió a girarse y escuchó a Danny gruñir. Delante de ellos, el río hervía, cubierto de una revuelta espuma blanca. Un tramo del río entre elevadas paredes de roca, un tramo recto, *demasiado* recto. Si hubiera tenido la oportunidad de virar hacia la orilla, lo habría hecho, pero no les quedaba más opción que continuar garganta abajo, estudiar las corrientes y permanecer alerta a las rocas. Dibujó el plano del río en su cabeza.

—Danny, no te va a gustar esto.

—¿El qué?

A un cuarto de camino de los rápidos, giró la lancha en círculo cerrado como un torbellino, hasta apuntar con la proa río arriba.

—¿Qué estás haciendo?

—La lancha está hecha polvo —espetó—, y no hay forma de dejarles atrás. Así que vamos a tener que enfrentarnos a ellos.

Danny echó un vistazo al rifle.

—¿Balas de sal contra un lanzacohetes?

—Lo único que necesitamos es el elemento sorpresa.

Eso, y una sincronización perfecta. Acelerando la lancha, se dirigió río arriba, siguiendo su mapa mental: bordear esa bajada, rodear la zona de aguas turbulentas, mantenerse alejado de la roca que divide la corriente, permanecer en la parte tranquila. Se dirigió hacia una ola permanente y obstinada que lamía una roca erosionada por la constante corriente de agua.

El ruido del motor de la otra lancha se hacía cada vez más audible.

—Aquí vienen —Danny se recolocó las gafas.

Por encima de una ola, Omaha divisó la popa de la Scimitar saliendo del recodo. Movió el pulgar, levantó la cubierta del alimentador de gas nitroso y giró el inyector a su posición máxima. Era en ese momento o nunca.

La Scimitar terminó la curva y los vio. Debieron creer que luchaban por mantenerse a flote, con la embarcación girada corriente arriba a causa de los rápidos o de algún remolino.

La otra lancha disminuyó la velocidad, pero el impulso y la corriente arrastraron a la Scimitar hasta los rápidos. Ahora se encontraban a tan sólo diez metros de ellos, demasiado cerca como para utilizar el lanza-cohetes, porque eso pondría en riesgo el barco y sus propias vidas.

Un callejón sin salida momentáneo. O eso parecía.

—¡Agárrate bien! —le avisó Omaha mientras pulsaba con todas sus fuerzas el inyector de gas.

Fue como si alguien hubiese hecho estallar una caja de TNT bajo la popa. La lancha se lanzó hacia delante, chocando contra la ola obstinada y golpeando la roca oculta debajo. La proa saltó sobre la roca plana, hundiendo la popa en el agua, mientras los pulsorreactores despedían el armazón aluminizado hacia arriba. Volaron por encima de la ola, a toda velocidad y escupiendo fuego.

Danny empezó a gritar, al igual que Omaha.

La lancha voló sobre la Scimitar, pero como ésa no es la condición natural de las embarcaciones, el gas nitroso se cortó en el aire, las llamas se apagaron y la motora se vino abajo, aterrizando sobre la fibra de vidrio del bote enemigo.

La sacudida golpeó a Omaha en el trasero con fuerza, el agua saltó por la borda y le empapó por completo, pero enseguida, la lancha volvió a subir a flote.

—¡Danny!

—Estoy bien —Danny seguía amarrado a su asiento, y con gesto perplejo.

Arrastrándose hacia el frente, Omaha echó un vistazo por encima de la baranda.

La lancha enemiga yacía deshecha en pedazos que flotaban en distintas direcciones, y entre ellos, divisó un cuerpo boca abajo. La sangre manchaba de regueros rojizos las aguas cenagosas, y un olor a combustible invadía el aire. Pero al menos, la corriente les alejaba del siniestro hacia aguas más seguras, en caso de que la barca explotara.

Omaha descubrió a dos hombres agarrados a unos restos de la lancha, dirigiéndose hacia los rápidos furiosos, con sus flotadores improvisados. Parecían haber perdido el interés en los huevos de dinosaurio.

Al volver a su asiento, comprobó el motor, que se ahogó un par de veces hasta dejar de funcionar por completo. Nada que hacer. El armazón estaba retorcido, la quilla agujereada, pero al menos se mantenían a flote, así que sacó los remos.

Danny se desabrochó el cinturón y tomó uno de ellos.

—¿Y ahora qué?

—Ahora a llamar para que nos ayuden antes de que la otra lancha venga a investigar.

—¿Y a quién piensas llamar?

12:05 am GMT

SAFIA ENVOLVÍA CUIDADOSAMENTE el corazón en un papel libre de ácidos cuando sonó el teléfono que había sobre el banco. Era el móvil de Kara, lo había dejado allí antes de volver a ir al baño. Para refrescarse, había dicho a Safia y a Clay. Pero Safia sabía la verdadera razón: más pastillas.

El teléfono continuaba sonando.

—¿Quieres que responda? —se ofreció Clay, mientras plegaba el trípode.

Safia suspiró y lo cogió; tal vez fuera importante.

—¿Sí? —respondió al abrir la tapa.

Se produjo una larga pausa.

—¿Sí? —repitió—. ¿Dígame?

Alguien, desde muy lejos, se aclaró la garganta.

—¿Safia? —le preguntó con tono suave y sorprendido una voz que ella conocía muy bien.

Se quedó pálida como si hubiera oído un fantasma.

—¿Omaha?

—Yo... yo quería hablar con Kara... No sabía que también estabas ahí.

Safia se esforzó por liberar su lengua de la sorpresa y pronunciar unas palabras que sonaron duras.

—Kara se encuentra... indispuesta, en este momento. Si esperas un poco, te la...

—¡Espera! Safia...

Ella se detuvo, a punto de bajar el teléfono, y sujetándolo como si hubiese olvidado cómo usarlo. Con el teléfono alejado del oído, la voz de Omaha sonaba diminuta.

—Yo... tal vez... —intentaba elegir las palabras, hasta que logró plantear una pregunta neutral—. Si estás ahí con ella, seguro que sabes de qué va todo esto. ¿En qué tipo de expedición me ha metido a la fuerza?

Safia se acercó el auricular al oído; podría soportar hablar de trabajo.

—Es una larga historia, pero puede que hayamos dado con algo. Algo extraordinario, y parece apuntar a un posible cambio en la historia de Ubar.

—¿Ubar?

—Exacto.

De nuevo, otra pausa más o menos larga.

—Así que esto tiene que ver con el padre de Kara.

—Sí, y por una vez, puede que Kara haya dado con algo importante.

—¿Te unirás a la expedición? —le preguntó con tono inexpresivo.

—No, seré de más ayuda desde aquí.

—¡Tonterías! —las siguientes palabras se desbordaron por el auricular con fuerza, y Safia tuvo que volver a alejarse el auricular del oído—. Tú sabes más de Ubar y su historia que ninguna otra persona de este mundo. ¡Tienes que venir! Si no por Kara, al menos por ti.

Una voz la sorprendió a sus espaldas, una voz que había escuchado las súplicas de Omaha.

—Tiene toda la razón —aseguró Kara, bordeándola para ponerse delante de ella—. Si vamos a resolver este jeroglífico, y muchos otros que podamos encontrarnos, te necesitamos allí.

Safia se sintió atrapada entre su amiga y el teléfono. Kara le arrebató el móvil.

—Omaha, Safia viene con nosotros.

Ella abrió la boca para protestar, pero Kara la interrumpió.

—Esto es demasiado importante —dijo, hablando tanto para Omaha como para Safia, con un brillo vidrioso en la mirada, a causa del subidón de adrenalina provocado por los fármacos—. Y no pienso aceptar un no por respuesta... de ninguno de los dos.

—Cuenta conmigo —accedió Omaha en un suspiro electrónico—. De hecho, no me vendría mal un poco de ayuda para salir de ésta.

Kara levantó el auricular, convirtiendo la conversación en privada. Escuchó durante un momento, y a continuación asintió a la vez que hablaba.

—¿Pero alguna vez *no* estás en problemas, Indiana? De acuerdo, tengo las coordenadas de tu GPS. En menos de una hora os recogerá un helicóptero —cerró la tapa del teléfono de golpe—. De verdad que estás mucho mejor sin él.

—Kara...

—Tú vienes. Dentro de una semana. Me lo debes. —Y se marchó como un torbellino.

Tras un momento un tanto extraño, Clay se atrevió a romper el silencio.

—A mí no me importaría ir.

Safia frunció el entrecejo. Ese estudiante no tenía ni la menor idea de lo que ocurría en el mundo real. Aunque tal vez eso fuera bueno. De repente, tuvo la sensación de haber empezado a hurgar en algo que más valdría dejar encerrado para siempre.

5
EN LA CUERDA FLOJA
ƐↃ1Ꙡ⊟ⵎƐ⊂ꓘꙠ◇1○∏Ꙡ

15 de noviembre, 02:12 am GMT
Londres, Inglaterra

Horas después de que Kara desapareciera como un vendaval, Safia se sentó en la oscuridad de su oficina. La única luz del cuarto procedía de una lampara de mesa con la pantalla verde, que emitía una luz color lima sobre su escritorio de nogal, iluminando un mar de papel y periódicos manoseados. ¿Cómo podía esperar Kara que estuviese preparada para partir hacia Omán en una semana? Sobre todo después de la explosión en el museo. Había tantas cosas que atender...

No podía marcharse y punto. Kara tendría que entenderlo, sin más. Y si no lo hacía, no era problema suyo. Ella tenía que hacer lo que fuera mejor para sí misma, se lo había repetido su terapeuta en incontables ocasiones. Le había costado cuatro años recuperar una especie de normalidad en su vida, seguridad en sus días, poder dormir sin pesadillas. Aquélla era su casa, y no pensaba renunciar a ello tan sólo para perder el tiempo en el interior de Omán.

Y luego estaba el espinoso tema de Omaha Dunn...

Safia masticaba inconscientemente la goma de borrar de su lapicero, su única comida en las últimas doce horas. Sabía que debería irse, picar alguna cosa en algún bar de la esquina e intentar dormir unas horas. Además, había dejado solo a Billie durante todo el día, y haría falta mucha atención y una lata de atún para aliviar sus sentimientos heridos.

Sin embargo, Safia no podía moverse.

No conseguía dejar de darle vueltas a su conversación con Omaha, y un antiguo dolor le latía con fuerza en la boca del estómago. Ojalá no hubiera respondido a aquella llamada...

Conoció a Omaha diez años atrás en Sojar, cuando ella tenía veintidós años, acababa de terminar su carrera en Oxford y llevaba a cabo una disertación sobre la influencia del Imperio Parto en el sur de Arabia. Él se encontraba retenido en la misma ciudad costera, en espera de que el gobierno omaní le diese la aprobación para entrar en una sección remota de un territorio en disputa.

—¿Hablas inglés? —fueron las primeras palabras que dedicó a Safia.

Ella trabajaba sentada ante una pequeña mesa, en la terraza de una posada con vistas al Mar de Omán. Era un lugar frecuentado por numerosos estudiantes que realizaban investigaciones en aquella zona, porque era barato y servía el único café decente de los alrededores.

Irritada por la interrupción, le respondió cortante.

—Como ciudadana británica, espero hablar inglés mejor que usted, señor.

Al levantar la vista descubrió a un joven, de pelo rubio rojizo, ojos de un azul intenso y barba de varios días, vestido con unos pantalones caquis, el típico pañuelo omaní a la cabeza y una sonrisa avergonzada.

—Perdóname —respondió—. Pero me he dado cuenta de que tienes un ejemplar de *Arqueología y epigrafía árabe*. Me preguntaba si me permitirías echar un vistazo a un artículo.

Safia tomó el libro.

—¿Qué artículo?

—Omán y los Emiratos, en el mapa de Tolomeo. Voy de camino a la zona fronteriza.

—¿Ah, sí? Pensaba que esa región estaba prohibida a los extranjeros.

De nuevo, una sonrisa, sólo que esta vez con cierto punto de picardía.

—Me has cazado. Debería haber dicho que *espero* poder dirigirme a la zona fronteriza, estoy esperando la respuesta del consulado.

Safia se acomodó en la silla y le miró con detenimiento, dirigiéndose a él en árabe.

—¿Y qué piensas hacer allí?

Sin inmutarse, Omaha le respondió también en árabe.

—Espero poder poner fin a las disputas demostrando las antiguas rutas tribales de los Duru y confirmar así un precedente histórico.

Ella continuó en árabe e intentó comprobar su conocimiento de la geografía de la región.

—Deberás tener cuidado en Umm al-Samim.

—Sí, las arenas movedizas —afirmó con un asentimiento de cabeza—. He leído que es una zona muy traicionera.

Sus ojos resplandecieron con entusiasmo. Safia terminó por ceder y prestarle el ejemplar de la publicación.

—Es el único del Instituto de Estudios Árabes, tengo que pedirte que lo consultes aquí.

—¿Del IEA? —Omaha dio un paso hacia ella—. Es la organización sin ánimo de lucro de Kara Kensington, ¿verdad?

—Sí, ¿por qué?

—Llevo mucho tiempo intentando ponerme en contacto con alguna autoridad del centro. Para lubricar los engranajes con el gobierno omaní, ya sabes. Pero ese lugar es más duro que una piedra, como su patrocinadora, Lady Kensington, la mujer más rara y más seca de la tierra.

—Ajá —respondió Safia con una evasiva.

Tras realizar las presentaciones, él le preguntó si podía compartir la mesa con ella para leer el artículo; ella empujó una silla en su dirección.

—He oído que el café es muy bueno aquí —comentó mientras tomaba asiento.

—El té es mucho mejor —le refutó—. Pero claro, yo soy británica.

Continuaron en silencio un buen rato, mientras leían sus respectivas publicaciones, mirándose furtivamente de vez en cuando y tomando a pequeños sorbos sus bebidas. Finalmente, Safia observó que se abría la puerta de la terraza para dejar paso a su invitada. Le hizo un gesto con el brazo.

Él se volvió cuando ésta llegó a la mesa, y no pudo evitar abrir los ojos de par en par.

—Dr. Dunn —comentó Safia—, permíteme presentarte a Lady Kara Kensington. Te alegrará saber que también habla inglés.

Safia percibió que las mejillas del chico se enrojecían; le había pillado con la guardia bajada, y sospechaba que eso no era algo frecuente en él.

Los tres pasaron el resto de la tarde charlando, debatiendo los acontecimientos del momento en Arabia, y más tarde, la historia del país. Kara se fue al atardecer, porque tenía una cena de negocios temprana con la cámara de comercio de la región, pero no se marchó sin antes comprometerse a ayudar al Dr. Dunn en su expedición.

—Supongo que al menos te debo una cena —señaló Omaha.

—Y supongo que yo debo aceptar.

Esa noche disfrutaron de una cena deliciosa, compuesta de pescado a las ascuas y un pan especiado llamado *rukhal*. Hablaron hasta que el sol desapareció y el cielo se cubrió de estrellas.

Ésa fue su primera cita. La segunda no tendría lugar hasta seis meses más tarde, después de que Omaha saliera por fin de una cárcel yemení en la que fue recluido por entrar en un emplazamiento musulmán sagrado sin permiso. A pesar del contratiempo penal, continuaron viéndose de vez en cuando, en cuatro de los siete continentes. Un día de Nochebuena, de vuelta en Lincoln, Nebraska, en casa de los padres de él, Omaha se había arrodillado junto al sofá para pedirle que se casara con él, y ella jamás se había sentido más feliz.

Pero un mes más tarde, todo cambió en un abrir y cerrar de ojos.

Eludió ese último recuerdo y se levantó del escritorio para despejarse un poco. Su oficina estaba demasiado cargada, y necesitaba caminar, estar en movimiento. Le sentaría bien notar el aire en la cara, aunque fuera el frío húmedo del invierno londinense. Buscó su abrigo y cerró con llave la puerta de la oficina.

El despacho de Safia se encontraba en la segunda planta, y las escaleras para bajar se encontraban en el otro extremo del ala, cerca de la galería Kensington, lo que significaba que tendría que volver a pasar por la zona de la explosión. No era algo que le apeteciera especialmente, pero no le quedaba elección.

Se encaminó por el oscuro pasillo, iluminado únicamente por ocasionales luces rojas de seguridad. Solía gustarle pasear por el museo vacío, resultaba un lugar tan pacífico después del bullicio diario de visitantes. A menudo recorría las galerías, deteniéndose ante las vitrinas y los expositores, sopesando la historia que contenían.

Pero ya no era así. Esa noche no.

Habían colocado extractores por todo el ala norte, como torretas de guardia sobre postes elevados, que ronroneaban ruidosamente en su intento en vano por deshacerse del hedor de la madera y el plástico quemados. Otros tantos radiadores se esparcían por el suelo, con sus cables naranjas serpenteantes, para secar las paredes y las galerías, una vez que las bombas habían logrado extraer las aguas hollinadas y sucias. El pasillo resultaba sofocante, como el calor húmedo de los trópicos. La tira de ventiladores removía el aire con una lentitud agobiante.

Sus tacones resonaban sobre el suelo de mármol a su paso por las galerías que contenían las colecciones etnográficas del museo: celta, rusa, china. El daño provocado por la explosión aumentaba con la aproximación a su galería: paredes ahumadas, cintas policiales, pilas de yeso y cristales rotos.

Al pasar la apertura que daba a la exposición egipcia, escuchó un tintineo apagado tras ella, como si alguien caminara sobre vidrios rotos. Se detuvo y miró por encima de su hombro. Por un momento le pareció percibir un haz de luz en la galería bizantina. Fijó la mirada en la zona durante un momento, pero todo se encontraba sumido en la oscuridad.

Intentó contener el pánico creciente. Desde que comenzaran los ataques, tenía verdaderas dificultades para distinguir lo real de lo falso. El corazón le latía en la garganta, y el vello de los brazos se le erizó cuando uno de los ventiladores giratorios pasó su corriente de aire sobre ella, gruñendo asmáticamente.

Habrían sido los faros de algún coche al pasar por el exterior, intentó creer.

Tragándose la ansiedad, se dio la vuelta y se encontró de repente con una figura oscura acercándose por el pasillo exterior a la Galería Kensington.

Safia saltó hacia atrás.

—¿Safia? —la figura levantó una linterna de mano y la apuntó hacia ella, cegándola con su haz luminoso—. Dra. al-Maaz.

Ella soltó un suspiro de alivio y se adelantó unos pasos, protegiéndose los ojos con la mano.

—¿Ryan...? —Era el jefe de seguridad, Ryan Fleming—. Pensaba que te habías ido a casa.

Él sonrió y apartó la luz de la linterna.

—Iba a hacerlo cuando recibí un mensaje del Director Tyson. Parece que un par de científicos estadounidenses ha insistido en revisar el lugar de la explosión. —La acompañó hacia la entrada de la galería.

En el interior, dos personas vestidas con monos de trabajo azules e idénticos se movían por la oscura galería. La única iluminación con la que contaban procedía de un par de lámparas de pie situadas en cada sala, arrojando una luz débil. Los instrumentos de los investigadores resplandecían en la penumbra. Parecían contadores Geiger. En una mano, cada uno de ellos llevaba una unidad base compacta con una pequeña pantalla de ordenador iluminada, y en la otra, unos lectores negros de varilla, de un metro de longitud, conectados a la unidad base mediante un cable enroscado. Trabajaban despacio y al unísono en una de las salas de la galería, pasando sus instrumentos sobre las paredes chamuscadas y los escombros.

—Físicos del ITM —explicó Fleming—. Llegaron en el vuelo de esta noche, y vinieron directamente aquí desde el aeropuerto. Deben tener alguna influencia, porque Tyson insistió en que les recibiera y me encargara de cualquier cosa que necesitaran. *De inmediato*, me ordenó nuestro querido director. Venga, se los presentaré.

Safia, todavía algo asustada, intentó irse.

—La verdad es que tengo que volver a casa.

Pero Fleming ya había entrado en la galería, y uno de los investigadores, un hombre alto y de complexión rubicunda, le dirigió la mirada, antes de mirarla a ella.

Bajó su lector y se apresuró hacia Safia.

—Dra. al-Maaz, qué buena suerte —le ofreció una mano—. Esperaba tener ocasión de hablar con usted.

Safia le estrechó la mano.

—Soy el Dr. Crowe —se presentó—. Painter Crowe.

Percibió su mirada, atenta y penetrante, de color lapislázuli, y su melena negra como el ébano que le llegaba hasta los hombros. Nativo americano, adivinó Safia, aunque esos ojos azules la desorientaban un poco. Tal vez sólo fuese por el apellido. Crowe. Quizás fuese hispano. Tenía una sonrisa generosa, a la vez que reservada.

—Le presento a mi colega, la Dra. Coral Novak.

La mujer estrechó la mano de Safia como por obligación, con un mínimo asentimiento de cabeza. Parecía ansiosa por volver al trabajo.

Ambos científicos no podían ser más distintos. A diferencia de su compañero, moreno y atractivo, la mujer parecía carecer de pigmentación en la piel, como si fuera una sombra pálida y resplandeciente bajo la luz, como la nieve recién caída. Tenía los labios delgados y la mirada gris metálica. Llevaba el pelo, de un color rubio claro natural, bastante largo. De la misma altura que Safia, se la veía ágil y ligera, a pesar de cierta solidez en su cuerpo, que pudo sentir en aquel firme apretón de manos.

—¿Qué es lo que buscan? —preguntó Safia, dando un paso atrás.

Painter levantó de nuevo el lector.

—Comprobamos las lecturas de radiación.

—¿Radiación? —No pudo ocultar su sorpresa.

Crowe se echó a reír, pero no con tono condescendiente, sino afectuoso.

—No se preocupe. Buscamos una lectura específica, una que suelen dejar los rayos al caer sobre tierra firme.

Safia asintió.

—Perdonen, no quería entretenerles. Un placer conocerles. Si puedo facilitarles en algo su investigación, no duden en decírmelo —se volvió para alejarse, pero Painter dio un paso hacia ella.

—Dra. al-Maaz, en realidad yo quería hablar con usted. Tengo unas cuantas preguntas que tal vez podamos discutir durante la comida, si le parece bien.

—Me temo que estoy muy ocupada —sus ojos se cruzaron con los de él y se sintió atrapada, incapaz de mirar hacia otro lado. Leyó la decepción en su ceño fruncido—. Tal... tal vez podamos organizar algo. Búsqueme por la mañana en mi despacho, Dr. Crowe.

Painter asintió.

—De acuerdo.

Safia apartó la mirada, a la vez que Ryan Fleming le ahorraba una situación más embarazosa.

—La acompañaré a la salida.

Safia le siguió hasta el pasillo, evitando mirar atrás. Hacía mucho tiempo que no se sentía tan ridícula, tan aturullada... por un hombre. Debían ser los efectos de su conversación con Omaha.

—Tendremos que usar las escaleras, los ascensores no funcionan.

Se mantuvo a corta distancia de Fleming.

—Qué tipos tan raros, estos americanos —continuó descendiendo los peldaños hasta el primer piso—. Siempre tienen prisa. Ya ve, tenían que venir a estas horas de la noche; insistían en que las lecturas podrían deteriorarse, que tenían que tomarlas esta misma noche.

Safia se encogió de hombros al llegar al piso inferior, y atravesó un corto pasillo hasta la puerta de salida de los empleados.

—No creo que sea tan idiosincrásico de los americanos como de los científicos en general. Somos una panda de neuróticos.

Él asintió con una sonrisa.

—Ya me he dado cuenta.

Utilizó su llave maestra para desbloquear la puerta, de forma que no saltara la alarma. Empujó la puerta con el hombro, salió y la mantuvo abierta para que Safia pasara.

Tenía los ojos fijos en ella, con timidez.

—Yo me preguntaba, Safia... Que si tuviera un rato libre... tal vez...

El disparo sonó poco más que una nuez al partirse, y la parte derecha de la cabeza de Ryan explotó contra la puerta, salpicándola de sangre y materia gris. Varios trozos de hueso rebotaron en la puerta metálica y en el suelo del pasillo.

Tres enmascarados se abalanzaron hacia el interior antes siquiera de que el cuerpo de Ryan golpeara el suelo. Empujaron a Safia contra la pared, sujetándola por el cuello y casi ahogándola, mientras una mano le tapaba la boca.

De repente, una pistola le oprimía en el centro de la frente.

—¿Dónde está el corazón?

Painter estudiaba la aguja roja de su escáner, que se había disparado hasta la sección naranja de la escala al pasar la varilla detectora por una de las vitrinas destrozadas de la exposición. Una lectura importante.

El dispositivo estaba diseñado por los laboratorios nucleares de White Sands. Los escáneres de radar x eran capaces de detectar un nivel muy bajo de radiación, y esos dispositivos en concreto estaban especialmente calibrados para detectar una lectura única sobre la descomposición de aniquilación de antimateria. Cuando un átomo de materia y otro de antimateria colisionaban y se destruían, la reacción liberaba energía pura. Y eso era lo que sus detectores eran capaces de olisquear.

—Estoy captando una lectura especialmente fuerte —le dijo su compañera con un tono práctico que se ceñía al trabajo.

Painter cruzó la sala hasta llegar a su lado. Coral Novak era nueva en Sigma, reclutada desde la CIA hacía sólo tres años. Aún así, en aquel corto periodo de tiempo había obtenido un doctorado en física nuclear y ya era cinturón negro en seis disciplinas de artes marciales. Su coeficiente se salía de los gráficos, y poseía un conocimiento casi enciclopédico sobre una amplísima variedad de temas.

Había oído hablar de Novak, por supuesto, e incluso la había conocido en una reunión de distrito, pero sólo dispusieron del corto trayecto desde Washington a Londres para conocerse un poco mejor, y eso no era tiempo suficiente para que dos personas reservadas entablaran una relación más allá de la estrictamente profesional. No podía evitar compararla con Cassandra, lo que aumentaba sus reticencias. Ciertas características similares en ambas mujeres habían despertado en él ligeras sospechas, aunque por otro lado, unas cuantas diferencias le hacían plantearse la competencia de su nueva compañera. No tenía sentido, y lo sabía.

El tiempo acabaría resolviéndolo todo.

Al colocarse a su lado, Novak señaló con su varilla de detección una urna de bronce derretida.

—Comandante, más vale que compruebes esto, la lectura llega hasta la zona roja.

Painter lo confirmó con su propio escáner.

—Caliente, caliente, no cabe duda.

Coral se arrodilló y examinó la urna con los guantes puestos, girándola con cuidado. Algo sonó en el interior, y levantó la vista hacia él.

Él le dio permiso para que investigara. Coral introdujo la mano por la boca de la urna, rebuscó y sacó un fragmento de roca del tamaño de un dedal. Lo movió sobre la palma de su mano. Uno de los lados estaba ennegrecido por la explosión, y el otro mostraba un color rojo metálico. No era roca… era *hierro*.

—Un fragmento de meteorito —afirmó Coral, manteniéndolo en el aire para que Painter le pasara el escáner. La señal indicaba que ese objeto era la fuente de las fuertes lecturas—. Y fíjate en mi lectura secundaria. Además de bosones z, como es de esperar a causa de la aniquilación de antimateria, esta muestra emite unos niveles muy bajos de radiaciones alfa y beta.

Painter arrugó la frente; no estaba demasiado puesto en física.

Coral colocó la muestra en un recipiente de plomo.

—El mismo esquema de radiación que se encuentra en el uranio en descomposición.

—¿Uranio? ¿Cómo el utilizado en las centrales nucleares?

Coral asintió.

—Sin purificar. Tal vez haya algunos átomos atrapados en el hierro meteórico —continuó estudiando las lecturas, mientras se dibujaba un pliegue en la frente, algo espectacular en aquella mujer estoica.

—¿Qué es? —preguntó él, mientras la chica toqueteaba su escáner.

—En el vuelo hasta aquí he revisado los resultados de las investigaciones de DARPA, y me preocupaba algo referente a sus teorías sobre una forma estabilizada de antimateria atrapada en el meteorito.

—¿No crees que eso sea posible?

Resultaba plausible, sin lugar a dudas. La antimateria se aniquilaba siempre y de manera instantánea al entrar en contacto con cualquier forma de materia, incluso con el oxígeno del aire. ¿Cómo podría existir en algún estado natural?

Coral se encogió de hombros sin levantar la vista.

—Incluso aunque aceptara esa teoría, me planteo *por qué* la antimateria llegó a estallar en ese momento. ¿Por qué esa tormenta eléctrica en particular desencadenó la explosión? ¿Por pura casualidad? ¿O tal vez haya alguna otra razón?

—¿Qué opinas?

Novak señaló hacia su escáner.

—El uranio en descomposición es como un reloj, libera la energía de forma establecida, predecible, a lo largo de milenios. Tal vez algún umbral crítico de radiación del uranio provocara que la antimateria empezase a desestabilizarse, y esa inestabilidad podría haber propiciado que el golpe de la descarga eléctrica desencadenara la explosión.

—Como una especie de temporizador en una bomba.

—Un temporizador nuclear establecido hace milenios.

Una idea bastante perturbadora. Pero la arruga de la frente de Coral no desapareció; le preocupaba otra cosa.

—¿Qué más? —preguntó Painter.

Se sentó en cuclillas y le miró por vez primera.

—Si hay alguna otra fuente de antimateria, algún tipo de filón madre, podría encontrarse también en proceso de desestabilización. Si esperamos poder encontrarlo algún día, más vale que no arrastremos los pies. Ese mismo temporizador nuclear podría avanzar cuenta atrás en este momento.

Painter fijó la mirada en el recipiente de plomo.

—Y si no encontramos ese filón madre, perderemos toda posibilidad de descubrir esa nueva fuente de energía.

—O peor aún —Coral desvió la mirada hacia la estructura chamuscada de la galería—, esto podría repetirse, pero en una escala masiva.

Painter se permitió un tiempo para asumir ese pensamiento aleccionador.

En el denso silencio, se escuchó una escaramuza de pies, procedente de las escaleras cercanas. Se giró. Le llegó el sonido de una voz, unas palabras sordas que reconoció como las de la Dra. al-Maaz.

Una sensación de advertencia se apoderó de él. ¿Para qué regresaría la conservadora del museo?

En ese instante escuchó unas palabras más graves, en tono de orden, y de una persona desconocida.

—Tu despacho, llévanos de inmediato.

Algo no iba bien. Recordó el destino de los dos funcionarios de Ciencias de la Defensa, ejecutados en las habitaciones de su hotel, y miró rápidamente a Coral, que escuchaba con los ojos entornados.

—¿Armas? —susurró Painter.

No habían tenido tiempo de conseguir pistoleras para el costado, en ese país británico tan asustadizo. Coral se agachó y se levantó el camal del pantalón para revelar la vaina de un cuchillo. No tenía ni idea de que lo tuviera. Habían llegado en un vuelo comercial para mantener sus tapaderas. Seguramente habría ocultado el arma en la maleta, recuperándola al ir al baño en Heathrow.

Extrajo el puñal de dieciocho centímetros, una belleza de acero y titanio, alemana, a juzgar por su aspecto. Se la ofreció.

—Guárdala tú —le susurró, antes de tomar una pala de mango largo, que descansaba en una pila cercana de herramientas utilizadas por el equipo forense.

Los pasos se aproximaron a la entrada. Ignoraba si se trataría simplemente de la seguridad del museo, pero no pensaba correr ningún riesgo.

Painter explicó su plan a Coral mediante señas, antes de apagar la lámpara cercana, sumiendo la entrada en la oscuridad. La pareja tomó posiciones a ambos lados de la entrada al ala devastada. Painter se colocó en el punto más cercano a la escalera, oculto tras unos palés de madera. Entre los listones podía observar sin ser visto. Al otro lado de la entrada, Coral se escondía agachada tras un trío de pedestales de mármol.

Painter mantenía una mano en el aire. *A mi señal.*

Desde su escondite, mantenía la vista fija en la puerta. No tuvo que esperar demasiado. Una figura se deslizó con rapidez a través de ella y tomó posición flanqueando la escalera. Llevaba una máscara y un rifle de asalto en el hombro.

Definitivamente, *no* era un guardia de seguridad del museo.

¿Cuántos otros habría?

Apareció una segunda figura, vestida y armada igual.

Revisaron el vestíbulo. El único sonido perceptible era el zumbido de los ventiladores. Entre ellos dos apareció un tercer enmascarado, que llevaba a Safia sujeta por el brazo y con una pistola clavada en sus costillas.

Las lágrimas corrían por el rostro pálido de Safia, que temblaba a cada paso, mientras tiraban de ella hacia delante. Se esforzaba por respirar, jadeando.

—Está... está guardado en mi oficina —señaló con la mano libre hacia el fondo del vestíbulo.

Su captor hizo un gesto a sus compañeros para que continuaran.

Painter se deslizó hacia atrás, realizó contacto visual con su compañera y le señaló en silencio sus posiciones. Ella asintió y cambió de posición con un movimiento suave.

En el vestíbulo, los ojos de la conservadora del museo miraban hacia la entrada de la Galería Kensington, sabiendo que los científicos americanos se encontraban allí. ¿Haría algo que pasara inadvertido para avisarles?

Redujo el paso y suplicó bruscamente:

—¡Por favor, no me dispare!

Su captor la empujó hacia el frente.

—Pues haz lo que te decimos —le respondió.

Tropezó pero consiguió mantenerse en pie, mientras sus ojos seguían escudriñando la entrada a la galería. Los dos enmascarados se acercaban a ella.

Painter comprendió que su repentina súplica había sido un intento de avisar a los científicos, de hacer que se ocultaran, y eso aumentó su respeto por la conservadora.

El par de enmascarados armados continuó su camino, pasando ante el escondite de Painter y revisando, arma en mano, el interior de la galería destrozada. Al no descubrir nada, continuaron por el vestíbulo.

Un par de metros por detrás de los atacantes, el tercer hombre tiraba de Safia al-Maaz. La mujer echó un rápido vistazo a la galería, y Painter percibió el alivio en su rostro al encontrar las salas cercanas desiertas.

Cuando la pareja pasó ante sus puestos, Painter hizo una señal a su compañera. *¡Adelante!*

Coral saltó más allá de las columnas de mármol, rodando por el suelo sobre su hombro y aterrizando de cuclillas entre los guardias y el captor de Safia.

Su repentina aparición sorprendió al hombre que sujetaba a Safia. Desvió el arma de las costillas de su cautiva: justo lo que Painter esperaba. No quería que a causa de un reflejo la conservadora resultara herida, algo que había ocurrido a veces al volarle la cabeza a alguien.

Painter se deslizó en las sombras y balanceó la pala en el aire con habilidad. La cabeza del delincuente se dejó caer hacia un lado, con los huesos rotos. Su cuerpo sin vida se desplomó, arrastrando a Safia al suelo con él.

—Quédate ahí —gritó Painter y dio un paso hacia Coral para ayudarle.

Pero no era necesario, su compañera ya estaba en movimiento. Pivotando sobre su brazo libre, Coral le soltó una brutal patada con las piernas al guardia más cercano en las rodillas, sacando de inmediato las piernas de debajo de él, a la vez que lanzaba el puñal, con una precisión asombrosa, para clavarlo en la base del cráneo del segundo guardia, sesgándole el tronco encefálico. El hombre cayó hacia el frente con un grito ahogado. Con una gracia fluida, Coral continuó su movimiento como una gimnasta que lleva a cabo una rutina mortal. Usando el grueso tacón de sus botas golpeó en la cara al primer hombre, que intentaba ponerse en pie, e hizo volar su cabeza hacia atrás, rebotando de nuevo hacia arriba al golpear el suelo de mármol.

Rodó hasta saltar sobre él, preparada para continuar con el daño físico, pero el tipo ya se encontraba inconsciente. Aún así, Coral se mantuvo alerta. El otro enmascarado se hallaba boca abajo. El único movimiento que procedía de él era el creciente charco de sangre sobre el suelo. Muerto.

Safia intentó liberarse de los brazos de su captor sin vida. Painter se apresuró a ayudarla, arrodillándose a su lado.

—¿Estás herida?

Se sentó, libre ya del cuerpo inerte, y también de Painter.

—N-no... Creo que no —pasó la mirada por la masacre, sin detenerse en ningún punto concreto, y una nota de lamento tiñó su voz— ¡Dios mío, Ryan! Le dispararon... junto a la puerta de abajo.

Painter clavó la mirada en las escaleras.

—¿Hay más atacantes?

Safia sacudió la cabeza.

—Yo... no lo sé.

Painter se acercó a ella.

—Dra. al-Maaz —le dijo con dureza para llamar su atención dispersa—. Escúcheme. ¿Había *alguien* más?

Safia respiró profundamente varias veces; le brillaba el rostro de temor. Con un escalofrío final, logró hablar en tono firme.

—Abajo no. Pero Ryan...

—Iré a comprobarlo —se volvió hacia Coral—. Quédate con la doctora, yo bajaré a ver lo que le ha ocurrido al guardia de seguridad.

Se agachó y recuperó la pistola de uno de los atacantes, una Walther P38. No era un arma que habría elegido de poder hacerlo, él prefería su Glock, pero en ese instante, el peso de la pistola resultaba perfecto entre sus manos.

Coral se acercó a él y tomó un rollo de cuerda que había apilado sobre los escombros para atar al prisionero que seguía con vida.

—¿Qué hay de nuestra tapadera? —susurró a Painter, echando un vistazo a la conservadora.

—Somos dos científicos con muchos recursos —le respondió.

—En otras palabras, la verdad —una levísima chispa de diversión asomó a los ojos de Coral cuando se daba la vuelta.

Painter se dirigió hacia las escaleras. Seguro que podría acostumbrarse a tenerla de compañera.

✳

Safia le observó desvanecerse escaleras abajo; se movía en silencio, como si se deslizara sobre hielo. *¿Quién era ese hombre?*

Un gruñido desvió su atención hacia la mujer, que tenía una rodilla clavada en la parte baja del último atacante. Para atarle las manos, había tirado de sus brazos hacia atrás con brutalidad, lo que provocó la queja del aún medio atontado enmascarado. Lo inmovilizó con rapidez y habilidad. O había trabajado en algo que incluía atar ganado, o aquella mujer no era una simple física. La curiosidad de Safia no fue más allá de esa sencilla observación.

Se concentró en su propia respiración; todavía parecía faltarle el oxígeno, a pesar del funcionamiento de todos los ventiladores. Tenía el cuerpo y la cara empapados de sudor.

Mantuvo su posición, apoyada contra la pared, con las rodillas levantadas y juntas, los brazos alrededor del pecho. Tuvo que forzarse a no mecerse, no quería parecer *tan* desquiciada, y ese pensamiento pareció calmarla. También se obligó a no mirar los cuerpos. Seguro que habría saltado la alarma, y pronto llegarían los de seguridad con sus porras, sus linternas y la confortante presencia de más gente.

Entretanto, el vestíbulo permanecía demasiado vacío, demasiado oscuro, demasiado húmedo. Se descubrió mirando hacia el hueco de la escalera. *Ryan...* Su mente volvió a recordar el momento pasado, como una película de cine mudo. Los atacantes buscaban el corazón de hierro, su propio descubrimiento, del que tan orgullosa se encontraba, y Ryan había perdido la vida por ello. Por ella.

Otra vez no...

Un sollozo la hizo estremecer. Intentó contenerse, llevándose las manos a la boca y sintiendo un intenso ahogo.

—¿Se encuentra bien? —preguntó la mujer a un paso de ella.

Safia se hizo una bola, temblorosa.

—Está a salvo. El Dr. Crowe regresará con los de seguridad en cualquier momento.

Safia permaneció en su posición, encogida, intentando encontrar así un lugar seguro.

—Tal vez deba traer... —La voz de la científica se cortó con un grito ahogado.

Safia levantó la cara. La mujer dio un paso a un lado, totalmente recta, con los brazos paralelos al cuerpo y la cabeza hacia atrás. Parecía temblar de la cabeza a los pies, como en un ataque, como si se asfixiara.

Safia se movió hacia el otro lado, insegura, con las manos en las rodillas. ¿Qué estaba ocurriendo?

El cuerpo de la mujer se desplomó de repente sobre el suelo. En la penumbra del pasillo, una pequeña luz azulada crepitó en la base de su columna vertebral, produciendo que un hilito de humo saliera de su ropa. Se quedó totalmente inmóvil.

Aquello no tenía sentido. Pero tan pronto como la llama se desvaneció, Safia observó un fino cable, que se extendía desde la mujer boca abajo hasta una figura a unos tres metros en el fondo del vestíbulo.

Otro enmascarado. Empuñaba una extraña pistola en una mano, algo que Safia había visto en las películas... pero no en la vida real. Una Tazer. Un dispositivo silencioso y letal.

Safia continuó retrocediendo, mientras sus talones resbalaban sobre el suelo de mármol. Recordó su miedo inicial, al salir de la oficina. Le pareció oír a alguien, y luego vio una luz en la galería bizantina. No había sido fruto de su imaginación ansiosa.

La figura bajó la Tazer descargada y avanzó a zancadas hacia ella.

Safia se puso en pie mediante un impulso de pánico y adrenalina. Tenía la escalera ante ella. Si pudiera llegar hasta allí, bajar a la zona de seguridad...

Algo estalló en el suelo de mármol, justo a la derecha de los dedos de sus pies, algo que siseaba y emitía chispas azules. Un segundo disparo con la Tazer.

Safia se alejó de un salto y corrió hacia la escalera. La Tazer tardaría unos segundos en cargarse... a menos que el atacante tuviera otra arma. Al llegar a la boca de la escalera, esperaba recibir una descarga por la espalda. O simplemente un tiro. Pero no ocurrió nada, y desapareció en la oscuridad de aquel hueco.

Oyó unas voces abajo, unos gritos, un tiro ensordecedor en ese pequeño espacio. Lo único que podía hacer era escapar, seguir corriendo. Así que se dirigió hacia arriba, subiendo los escalones de dos en dos. Esa parte del museo no tenía una tercera planta; esas escaleras conducían al tejado.

Rodeó el primer rellano, agarrándose a la baranda para girar más rápido. En el siguiente descanso encontró una puerta, una salida de emergencia. Desde afuera no se podía abrir, pero desde dentro se abriría automáticamente, haciendo saltar la alarma, algo que podría beneficiarle en ese preciso instante. Rezó para que las puertas no estuvieran bloqueadas fuera de los horarios de apertura al público.

Tras ella escuchó unos pasos, en la entrada al hueco de la escalera.

Embistió contra la puerta, extendió los brazos y empujó la barra de emergencia.

Bloqueada.

Siguió golpeando en vano el acero de la puerta, sollozando. *No...*

Painter levantó las manos; la Walther P38 yacía a sus pies. Había estado muy cerca de recibir un tiro en la cabeza; de hecho, la bala le había quemado la piel de la mejilla al rozarle, con un silbido demasiado próximo. Pero por suerte consiguió esquivarla al tirarse al suelo rodando.

Intentó imaginar lo que la situación habría parecido. Él, arrodillado junto al cadáver de Ryan Fleming en la puerta de salida, arma en mano. Un trío de guardias de seguridad se le acercó y entonces comenzó el caos. Le costó un momento de desesperada negociación hasta llegar a ese punto muerto: el arma en el suelo y los brazos en alto.

—Han atacado a la Dra. al-Maaz —explicó de nuevo al guardia armado, mientras otro comprobaba el cuerpo y el tercero llamaba por la radio.

—Mi compañera y yo conseguimos contener a los atacantes arriba.

Ni una sola reacción del guardia armado, como si estuviese sordo. Sencillamente, le apuntaba con el arma, con la frente perlada de sudor.

El guardia que llevaba la radio se giró y habló a sus compañeros.

—Vamos dejarle atado en el nido hasta que llegue la policía, que viene de camino.

Painter miró hacia el hueco de la escalera y sintió una punzada de preocupación. Seguro que el tiro se había escuchado arriba, ¿se habrían escondido Coral y la conservadora del museo?

—Eh, tú —le increpó el guardia armado—, las manos en la cabeza. Muévete, por aquí.

El guardia giró la pistola hacia el pasillo, lejos de las escaleras. Era la única arma que portaban entre los tres, y el que la llevaba parecía no estar muy familiarizado con esos artilugios. La sujetaba sin fuerza, demasiado baja. Seguramente, era la única que tenían, y raramente llegarían a desenfundarla. Pero la reciente explosión tenía a todos nerviosos, demasiado alerta.

Painter entrelazó los dedos sobre su cabeza y se movió en la dirección indicada. Era necesario restablecer el control. Con las manos bien visibles, giró sobre sus talones, acercándose al guardia inexperimentado, y volviéndose a la vez, volcó su peso sobre la pierna derecha. Los ojos del guardia se alejaron de él medio segundo. Tiempo de sobra. Painter levantó la pierna izquierda y propinó una patada al guardia en la muñeca.

El arma cayó resbalando por el pasillo.

En un rápido movimiento, Painter retomó la Walther abandonada en el suelo y apuntó con ella al trío asombrado.

—Ahora vamos a hacer las cosas a mi manera.

Desesperada, Safia empujó de nuevo la barra de seguridad de la puerta que daba al tejado, pero ésta se negaba a abrirse. Aporreaba débilmente con un puño la jamba cuando observó un pequeño teclado de seguridad en la pared, cerca de la puerta. Uno bastante viejo, no un escáner de tarjeta electrónica que solían utilizar; éste necesitaba un código. El pánico le zumbaba en los oídos como un mosquito inquieto.

Cada empleado tenía asignado un código por defecto, que podían cambiar a su antojo. El código era la fecha de nacimiento y Safia nunca se había molestado en cambiar el suyo. El sonido de unos pies le hizo darse la vuelta.

Su perseguidor apareció en el rellano inferior y se detuvo. Los dos se miraron a los ojos. El atacante ahora tenía una pistola en la mano, en lugar de la Tazer.

Con la espalda contra la puerta, Safia intentó con un dedo pulsar su fecha de nacimiento sobre el pequeño teclado. Tras muchos años de trabajo en el museo, estaba acostumbrada a teclear a ciegas en la calculadora para sacar cuentas.

Una vez hecho, empujó la barra de seguridad, que emitió un chasquido, pero no se abrió.

—Callejón sin salida —avisó el atacante, con la voz apagada—. Baja de ahí... o muere.

Apoyada contra la puerta, Safia cayó en el error que había cometido. Los códigos de seguridad se habían actualizado con el cambio de milenio, y los años ya no se definían con dos dígitos, sino con cuatro. Abriendo el puño, tecleó con rapidez los ocho números: dos para el día, dos para el mes y cuatro para el año.

El atacante dio un paso hacia ella, alargando el brazo con el que sujetaba la pistola en dirección de Safia.

Safia empujó la barra de emergencia con la espalda y, por fin, la puerta se abrió de par en par. El aire frío le golpeó en la cara al salir al tejado y lanzarse a un lado. Un tiro rebotó en la puerta de acero. Con desesperación, Safia cerró la puerta en las narices del hombre armado que arremetía contra ella.

No esperó. Insegura de si la puerta estaría de nuevo bloqueada, se apresuró a girar la esquina de la pequeña caseta de la salida de emergencia. La noche era demasiado clara, ¿dónde estaba la famosa niebla londinense cuando una la necesitaba? Buscó un lugar para esconderse.

Unas secciones de metal le ofrecieron cierta protección: conductos de ventilación, tubos de calefacción, sistemas eléctricos. Pero estaban aislados, y constituían protección escasa. El resto del techo del Museo Británico parecía el parapeto de un castillo, alrededor de un patio central de techo acristalado.

Un tiro sordo explotó tras ella, y la puerta cedió con un crujido. El atacante la había logrado abrir.

Safia corrió hacia la cubierta más cercana, un muro bajo que remataba el patio central, rodeando el techo de acero y cristal del Gran Atrio. Saltó por encima de él y se ocultó al otro lado. Sus pies descansaban sobre un borde metálico del techo geodésico de casi una hectárea, que se extendía desde su posición como una inmensa superficie de cristal, dividida en inmensidad de paneles de vidrio triangulares. Faltaban unos cuantos, sin duda destrozados con la explosión de la noche anterior, cuyos huecos habían tapado con láminas de plástico. El resto de paneles relucía como espejos a la luz de la luna, todos señalando hacia el centro, punto en el que la cúpula de cobre de la Sala de Lectura se elevaba desde el patio, como una isla en un mar de cristal.

Safia permaneció agachada, consciente de lo expuesta que estaba. Si el atacante buscaba al otro lado del muro, no habría lugar donde esconderse.

Escuchó el crujido de unos pasos sobre el suelo de gravilla. Dieron varias vueltas durante un momento, a continuación se detuvieron otro instante y finalmente continuaron. Sin lugar a dudas, al final se dirigirían al punto donde ella se encontraba.

No le quedaba elección. Se arrastró hasta colocarse en el tejado, y avanzó como un cangrejo por los paneles de cristal, esperando que pudiesen sujetar su peso. La caída de doce metros al duro suelo de mármol inferior podría resultar tan mortal como un disparo en la cabeza.

Si lograra llegar hasta la cúpula aislada de la Sala de Lectura, y esconderse detrás...

Uno de los paneles se agrietó bajo su rodilla como si fuera hielo quebradizo; debía haberse debilitado por la explosión. Rodó hacia un lado, a la vez que cedía debajo de ella, soltándose del marco de acero. Un momento más tarde, un estrepitoso ruido de cristales rotos retumbó en la cúpula, cuando el panel se destrozó sobre el suelo de mármol.

Necesitaba un escondite, un agujero en el que colarse. Miró hacia la derecha; ése era el único agujero.

Se giró de nuevo sobre el vacío marco metálico y, sin otro pensamiento que el de esconderse, coló las piernas por el hueco y se contoneó hasta colar también la barriga. Agarrándose a los bordes de acero, se dejó caer, colgada ahora de sus manos, a doce metros de altura.

Safia pendía con un suave balanceo, de cara al punto donde antes se ocultara tras el muro bajo. A través del cristal, la noche iluminada por las estrellas se veía clara y brillante. Vio al enmascarado echar un vistazo sobre el murete, revisando el techo geodésico.

Contuvo la respiración. Visto desde el exterior, el techo era un espejo plateado a la luz de la luna, lo que la hacía a ella invisible. Pero empezaba a sentir calambres en los músculos, y el afilado acero le cortaba en los dedos. Además, necesitaría cierta fuerza para volver a subir al tejado.

Bajó la vista hacia el patio oscuro: gran error. La altura era enorme, y la única iluminación de abajo provenía de un puñado de luces de seguridad cercanas a las paredes. Aún así, divisó los fragmentos rotos del panel de vidrio bajo sus pies; lo mismo ocurriría con sus huesos si se caía. Se aferró con más fuerza mientras el corazón le latía desbocado.

Despegó la mirada del suelo y miró hacia arriba, en el instante exacto en que el atacante saltaba el muro. ¿Qué estaba haciendo? Una vez superado el obstáculo, continuó por el tejado, manteniendo su peso sobre la estructura metálica. No cabía duda, iba a por ella. Pero, ¿cómo sabía que estaba allí?

Y entonces cayó en la cuenta. Todos los paneles rotos habían sido tapados con láminas de plástico, como dientes que faltaran en una sonrisa resplandeciente. Sólo quedaba un hueco al descubierto, por lo que el atacante debió suponer que su objetivo habría caído por él, y querría asegurarse de ello. Se movía con rapidez, a diferencia de Safia, cuyo miedo no le había permitido más que arrastrarse con pánico. Se acercaba al hueco donde se ocultaba Safia, con la pistola en la mano.

¿Qué podía hacer? No podía escapar a ninguna parte. Consideró la simple opción de dejarse caer, al menos tendría cierto control sobre su muerte. Las lágrimas comenzaron a rodarle mejilla abajo. Le dolían tanto los dedos... Lo único que tenía que hacer era soltarse, pero sus dedos se negaban a hacerlo, el pánico la hacía aferrarse al metal. Colgaba de la estructura, indefensa, mientras ese hombre atravesaba el último panel.

Por fin la divisó, dio un pequeño paso atrás y la miró fijamente, mientras una carcajada oscura y grave se le escapaba entre los labios.

En ese momento, Safia se dio cuenta de su error.

Un arma apuntaba a su cabeza.

—Dime la combinación...

Se escuchó el estruendo de un disparo, y el ruido de un cristal al romperse.

Safia gritó, perdió el equilibrio y quedó colgada de una sola mano. En ese momento divisó a la persona que había disparado desde el suelo. Una figura familiar. El americano.

Permanecía inmóvil, con los pies plantados en el mármol, apuntándola a ella.

Giró la cara hacia arriba. El panel de cristal donde su atacante se encontrara antes se había roto, pero la capa de seguridad impedía que los pedazos se cayeran. El ladrón había retrocedido con torpeza, lo que le hizo perder la pistola, que cayó por los aires y aterrizó sobre el panel destrozado. Corrió por el tejado, huyendo en dirección al muro.

Desde abajo, el americano disparaba una y otra vez, persiguiendo al enemigo por el techo de cristal. Pero éste andaba siempre un paso por delante. Por fin llegó al muro, lo saltó y se desvaneció.

El americano maldijo en voz alta. Se apresuró hacia donde Safia colgaba de un brazo, como un murciélago en las vigas del techo. Solo que ella no tenía alas.

—¿Puedes resistir? —le preguntó preocupado desde abajo.

—Me parece que no tengo elección —respondió Safia con vehemencia—. ¿Y ahora qué?

—Si balanceas los pies, tal vez logres colarlos por encima del siguiente marco metálico.

Comprendió lo que le decía. De repente comenzó a hablar para evitar echarse a llorar.

—Tu compañera... ¿está...

—Está bien. Se ha llevado un buen susto, la blusa se ha echado a perder, pero se recuperará.

Cerró los ojos con alivio. *Gracias a Dios...* No habría podido soportar una muerte más. No después de la de Ryan. Respiró varias veces profundamente.

—¿Estás bien? —le preguntó el americano, mirándola fijamente.

—Sí, pero... Dr. Crowe...

—Llámame Painter, me parece que esta noche ya hemos superado las formalidades.

—Creo que te debo la vida por segunda vez esta noche.

—Eso te pasa por andar tonteando conmigo.

Aunque no la veía, imaginaba una sonrisa irónica en su rostro.

—No me hace gracia.

—Pero te hará, más tarde —cruzó hacia el panel roto en el suelo y cogió la pistola.

Eso hizo que Safia recordara algo.

—Esa persona a la que disparabas... era una *mujer.*

Painter continuó examinando el arma.

—Lo sé.

Estudió el arma en la mano. Era una Sig Saber de 45 mm, con cachas antideslizantes Hogue. *No puede ser,* pensó Painter. Contuvo la respiración mientras le daba la vuelta al arma. La retenida del cargador se accionaba con el pulgar derecho, una característica para delincuentes zurdos muy poco comunes.

Conocía el arma, y conocía a quien la empuñaba en el tejado.

Clavó la vista en el rastro de paneles quebrados.

Cassandra.

SEGUNDA PARTE
MAR Y ARENA

ᗷᛦᑕᏏᛦᑕᐁᑌᛦ

6
REGRESO A CASA
ⵛⵉⵛⵀⴽⴰⵀⴱⵀⵀⵀ

Kara le encontró a los pies de la escalera que conducía a la puerta de su jet privado. Se detuvo ante él, bloqueándole el paso y señalándole con el dedo índice rígido por la rabia que sentía.

—Quiero que quede clara una cosa, Dr. Crowe —le dijo con voz cortante—, una vez embarque en este avión usted no tendrá ninguna autoridad. Puede que se las haya arreglado para unirse a la expedición, pero sabe de sobra que yo no le he invitado.

—Eso deduje por la cálida recepción de la caterva de abogados que me envió —respondió el americano, acomodándose en el hombro su petate—. ¿Quién me iba a decir que unos señores tan bien trajeados podrían armar una discusión así de encarnizada?

—Pues no sirvió de mucho, por lo que veo.

Crowe ofreció una sonrisa torcida por toda respuesta, y se encogió de hombros. Seguía sin dar explicaciones de por qué el gobierno estadounidense quería que él y su colega acompañaran a Kara en la expedición a Omán, pero de repente aparecieron todo tipo de impedimentos insalvables: financieros, legales e incluso diplomáticos. Y se complicaba aún más a causa del circo mediático que cubría el fallido intento de robo.

Kara siempre había considerado sus influencias como todopoderosas, pero parecían palidecer ante la presión que Washington ejercía sobre la expedición. Estados Unidos tenía intereses estratégicos en Omán, y a pesar de que ella había pasado semanas intentando encontrar una forma de saltarse aquellos controles, le impedían realizar el viaje a menos que cooperara.

Eso no significaba que no hubiese obtenido ciertas concesiones.

—De aquí en adelante —le aseguró con firmeza—, estará bajo mis órdenes.

—Comprendido.

Esa única palabra irritó aún más a Kara. Sin otra elección, se acercó a la escalerilla del avión. Él la miró desde el asfalto de la pista.

—Las cosas no tienen por qué ser así, Lady Kensington. Los dos buscamos lo mismo.

Ella le respondió con las cejas enarcadas.

—¿Ah, sí? ¿Y qué buscamos, en concreto?

—Respuestas. Respuestas a misterios —la miró fijamente con sus ojos azules y taladrantes, insondables pero cálidos.

Por vez primera, Kara se dio cuenta de lo atractivo que era Painter. No tenía la belleza de un modelo, sino una masculinidad deslavazada que arrastraba con facilidad. Llevaba el pelo desarreglado, como una sombra trasnochadora, y con la cercanía, Kara percibía el almizcle de su loción de afeitado, con cierto aroma balsámico. ¿O acaso era su aroma corporal?

Le sostuvo la mirada, imperturbable, como el tono de su voz.

—¿Y qué *misterio* intenta descubrir, Dr. Crowe?

Él ni siquiera parpadeó.

—Esa misma pregunta podría hacerle yo, Lady Kensington. ¿Qué misterio intenta descubrir? Estoy seguro de que va más allá del interés meramente académico en viejas tumbas.

Kara arrugó la frente, con la mirada emborronada de rabia. Los presidentes de numerosas empresas multinacionales se desarmaban ante su presencia, pero Painter Crowe permanecía impertérrito.

Finalmente dio un paso al frente y se dispuso a subir la escalerilla del Learjet, no sin antes añadir un último comentario críptico.

—Parece que los dos tenemos secretos que no deseamos desvelar... al menos por el momento.

Kara le observó subir.

Tras Painter Crowe subió su compañera, la Dra. Coral Novak. Era una mujer alta, de músculos tonificados y vestida con un cómodo traje gris. Llevaba un petate a juego, con sus objetos personales. Las maletas y el equipo de los científicos ya habían sido cargados. Los ojos de la mujer inspeccionaron con atención la longitud de la aeronave.

Kara les siguió con la mirada mientras desaparecían en el interior. Aunque aseguraban ser un par de científicos contratados por el gobierno estadounidense, reconoció en ellos el sello militar: complexión atlética, mirada dura, marcadas arrugas en sus trajes. Se movían al unísono, con tranquilidad, uno de ellos a la cabeza, el otro vigilando las espaldas. Seguramente ni siquiera eran conscientes de ello.

Y también había que considerar la pelea del museo. Kara había escuchado el informe completo: el asesinato de Ryan Fleming, el intento de robo del corazón... De no ser por la intervención de aquella pareja, lo habrían perdido todo. A pesar del claro disimulo del Dr. Crowe, Kara le debía mucho, no sólo la seguridad del artefacto hallado. Miró hacia el otro lado del asfalto de la pista mientras se abría la puerta de la terminal.

Safia se apresuraba hacia el Learjet, arrastrando tras ella una maleta. Si los dos americanos no hubiesen estado en el museo aquella noche, no le cabía duda de que Safia no habría sobrevivido.

Aún así, su amiga no había salido indemne de aquella experiencia. El terror, el derramamiento de sangre y la muerte habían quebrado algo en su interior. Sus protestas sobre la expedición se disiparon de repente, pero se negaba a hablar sobre el cambio de opinión. Su única explicación fue una respuesta lacónica. *Ya no importa.*

Safia llegó hasta el avión.

—¿Soy la última en llegar?

—Ya están todos abordo —Kara alargó la mano para ayudarle con la maleta.

Safia bajó de golpe el asa extensible y la levantó ella misma.

—Ya la llevo yo.

Kara no dijo nada. Sabía lo que contenía la maleta: el corazón de hierro sobre un molde de poliestireno a medida. Safia no permitía que nadie se aproximara a él, no por protegerlo, sino más bien como si se tratara de una carga que sólo ella debiera soportar. La deuda de sangre le correspondía sólo a ella. Era su descubrimiento y su responsabilidad.

La culpabilidad la envolvía como una mortaja de duelo. Ryan Fleming era su amigo, y había muerto ante sus ojos, y todo por un fragmento de hierro que ella había desenterrado.

Kara suspiró y siguió a Safia escaleras arriba.

La historia de Tel Aviv volvía a reproducirse.

Nadie pudo entonces consolar a Safia... y las cosas no eran distintas ahora.

Kara se detuvo en la parte superior de las escaleras y echó un último vistazo hacia las alturas neblinosas y distantes de Londres, mientras el sol se elevaba sobre el Támesis. Buscó en su corazón algún sentimiento de pérdida y, sin embargo, lo único que encontró fue arena. Aquel no era su verdadero hogar, ni nunca lo había sido.

Le dio la espalda a Londres y se introdujo en el avión. Un hombre uniformado se asomó a la puerta de la cabina de mando.

—Señora, acabamos de recibir autorización de la torre de control. Despegamos cuando usted diga.

Kara asintió.

—De acuerdo, Benjamin.

Entró en la cabina principal a la vez que se cerraba la puerta de la nave. El Learjet estaba totalmente personalizado a sus necesidades. El interior de la cabina se encontraba recubierto de cuero y raíz de nogal, dividido en cuatro grupos de asientos. Sobre las mesitas laterales de éstos, y bien sujetos para que no se movieran, destacaban varios jarrones de cristal de Waterford con flores frescas. Una antigua barra de caoba, procedente de algún bar de Liverpool, decoraba la parte trasera de la cabina, y tras ella, un par de puertas abatibles marcaban la entrada al estudio privado y a la habitación de Kara.

Se permitió dibujar en su rostro una sonrisa de auto satisfacción al ver que Painter Crowe enarcaba una ceja mientras contemplaba el espacio. Claramente, no estaba acostumbrado a ese tipo de lujos con su sueldo de físico, a pesar de que trabajase para el gobierno. El camarero del avión le sirvió una bebida. Soda con hielo, al parecer. Los cubitos del vaso tintinearon al moverse.

—¿No hay cacahuetes ni almendras tostadas? —murmuró mientras el camarero pasaba—. Creí que viajábamos en primera.

A Kara se le amargó la sonrisa mientras le veía avanzar y sentarse junto a la Dra. Novak. *Será desgraciado...*

Los pasajeros fueron tomando asiento cuando el piloto anunció el despegue. Safia se sentó sola. Su estudiante, Clay Bishop, ya se había abrochado el cinturón al otro lado de la cabina, junto a una ventana. Escuchaba música a través de los auriculares del iPod que descansaba en su regazo, ignorando al resto de viajeros.

Preparada para el despegue, Kara cruzó hasta la barra, donde le esperaba su bebida habitual: una copa bien fría de Chardonnay, procedente de la bodega francesa llamada St. Sebastian. La primera vez que Kara degustó un sorbo de aquel vino fue el día que cumplió dieciséis años, la mañana de la caza. Desde entonces, todos los días levantaba una copa de aquel licor en honor a su padre. Hizo oscilar la copa de vino e inhaló su fresco aroma, con notas de melocotón y roble. Incluso después de tantos años, el aroma la devolvía inmediatamente a aquella mañana, tan llena de promesas. Oía la risa de su padre, el aullido de los camellos en la distancia, el susurro del viento con el sol del amanecer. *Tan cercano ahora... después de tanto tiempo...*

Tomó un lento sorbo, ahogando la acuciante sequedad del vino en la boca. Le zumbaba la cabeza con intensidad por las dos píldoras que había tomado al despertar, hacía un par de horas. Sintió en los labios el temblor mínimo de sus dedos sobre el cristal de la copa. No se debía mezclar el alcohol con los fármacos, pero sólo era un poco de Chardonnay, y se lo debía a su padre.

Bajó la copa y encontró a Safia estudiándola. En su rostro ilegible, sus ojos resplandecían con preocupación. Kara afrontó con fijeza aquella mirada, hasta que Safia terminó por apartar los ojos y desviarlos hacia la ventanilla.

Ninguna de las dos tenía palabras para consolar a la otra. Ya no...

El desierto había robado una parte de sus vidas, una parte de sus corazones que sólo podrían recuperar regresando a sus arenas.

11:42 am
Mascate, Omán

Omaha atravesó como un torbellino la puerta batiente del Ministerio de Patrimonio Nacional, casi golpeando en las narices a su hermano Danny, que le seguía detrás.

—Omaha, tranquilízate.

—Malditos burócratas... —Continuó su diatriba calle adelante—. Aquí necesitas un puñetero permiso hasta para limpiarte el culo.

—Pero has conseguido lo que querías —contrarrestó Danny en tono conciliador.

—Claro, y me ha llevado toda la condenada mañana. Además, la única razón por la que finalmente conseguimos el permiso para transportar gasolina en los Land Rovers, ¡para transportar gasolina, maldita sea!, es porque Adolf Caraculo quería irse a comer.

—Cálmate —Danny le cogió por el hombro y le arrastró hacia el bordillo para evitar que más caras se volvieran a mirarles.

—Y el avión de Safia... de Kara aterrizará —Omaha comprobó su reloj— en poco más de una hora.

Danny levantó una mano para llamar a un taxi, y un Mercedes blanco se acercó a ellos desde una parada cercana, deteniéndose junto al bordillo. Danny abrió la puerta y empujó a su hermano al interior. Afortunadamente tenía aire acondicionado. El mediodía de Mascate ya se acercaba a los cuarenta grados.

El frescor agradable del vehículo logró disminuir su irritación. Se inclinó hacia el cristal de Plexiglás entre los asientos traseros y el conductor para dar unos golpecitos.

—Al aeropuerto de Seeb.

El taxista asintió y se incorporó al tráfico sin señalizar, abriéndose paso entre el denso tráfico de esas horas.

Omaha se recostó en el asiento, junto a su hermano.

—Nunca te he visto así de nervioso —le dijo Danny.

—¿De qué hablas? ¿Nervioso? Estoy furioso.

Danny miró por la ventanilla.

—Claro... como si volver a ver a tu antigua prometida cara a cara no te hubiera hecho saltar los fusibles esta mañana.

—Safia no tiene nada que ver con esto.

—Ajá.

—No tengo ninguna razón para estar nervioso.

—Sigue repitiéndote eso, Omaha.

—Cierra la boca.

—Ciérrala tú.

Omaha sacudió la cabeza. Habían dormido poquísimo desde su llegada hacía dos semanas. Tenían mil y un detalles que resolver para organizar una expedición en tan poco tiempo: permisos y papeleo; contratación de guardias, trabajo manual y medios de transporte; acceso a la base aérea de Thumrait; compra de agua potable, combustible, armas, sal y retretes móviles; organización del personal. Y todas esas tareas recaían sobre los hombros de los hermanos Dunn.

Los problemas en Londres habían atrasado la llegada de Kara; de no ser así, los preparativos habrían ido mucho más rápido. Lady Kensington era una persona reverenciada en Omán, la Madre Teresa de la filantropía. A lo largo de todo el país se podía encontrar su nombre en las placas de museos, hospitales, colegios y orfanatos, y su corporación ayudaba a conseguir contratos muy lucrativos, como los referentes a petróleo, minerales y agua dulce para el país y para su pueblo.

Pero tras el incidente del museo, Kara había pedido a los hermanos que trataran de pasar desapercibidos, que mantuviesen su implicación en la expedición tan en secreto como fuese posible.

Así que Omaha se había gastado un sueldo en aspirinas.

El taxi cruzó el distrito empresarial de Mascate y continuó a través de las estrechas calles que bordeaban los muros de piedra de la ciudad vieja, siguiendo a un camión cargado de pinos que dejaba tras él una estela de finas hojas.

Árboles de Navidad. En Omán.

Tal era la apertura del país a occidente, un país musulmán que celebraba el nacimiento de Cristo. La actitud omaní podía atribuirse al actual jefe de estado, el sultán Qaboos bin Said. Educado en Inglaterra, el sultán había abierto su país a un mundo más amplio, otorgando numerosos derechos civiles a su pueblo y modernizando la infraestructura de la nación.

El taxista encendió la radio, y una melodía de Bach se derramó por los altavoces Bose. La música favorita del sultán. Por decreto real, a mediodía sólo podría emitirse música clásica. Omaha comprobó su reloj. Era casi la una.

Miró por la ventanilla. No debía estar mal eso de ser sultán.

Danny habló de repente.

—Creo que nos siguen.

Omaha le miró para comprobar si bromeaba, pero Danny seguía mirando por encima de su hombro.

—El BMW gris, cuatro coches detrás de éste.

—¿Estás seguro?

—Es un BMW —respondió Danny con firmeza. Su hermano, deseoso de convertirse en yuppi, sentía fascinación por los coches de ingeniería alemana y los conocía a la perfección—. He visto ese mismo coche aparcado más abajo en la calle de nuestro hotel, y luego de nuevo en la entrada del aparcamiento del museo de historia natural.

Omaha entrecerró los ojos.

—Podría ser una coincidencia... tal vez un coche de la misma marca.

—Cinco cuarenta-i. Llantas cromadas, cristales tintados, incluso...

Omaha le interrumpió.

—Vale, vale, te creo.

Pero si verdaderamente les estaban siguiendo, una pregunta quedaba en el aire. *¿Por qué?*

Recordó la sangre y la violencia en el Museo Británico. Incluso los periódicos del país hablaban del incidente. Además, Kara le había pedido que fuese tan precavido como pudiera, que pasara desapercibido. Se inclinó hacia el cristal.

—Gire a la derecha por la próxima —ordenó al taxista en árabe, esperando perder al otro coche o confirmar que les seguía.

Pero el taxista le ignoró y continuó recto. Omaha sintió una punzada de pánico repentina. Probó a abrir la puerta. Bloqueada.

Pasaron de largo la salida hacia el aeropuerto mientras Bach continuaba manando de los altavoces.

Tiró de nuevo de la manivela para abrir la puerta.

Mierda.

12:04 pm
Volando sobre el Mediterráneo

Safia miraba fijamente el libro que descansaba sobre su regazo, ciega a las palabras escritas en él. No había pasado de página en la última media hora. La tensión le tenía los nervios a flor de piel, los músculos agarrotados y un sordo dolor de cabeza que hacía que también le dolieran los dientes.

Miró al cielo azulado y bañado por el sol. Ni una sola nube. Un lienzo en blanco. Como si dejara una vida de camino a otra.

Y en muchos aspectos, así era.

Abandonaba Londres, su piso, las paredes de piedra del Museo Británico, todo lo que había considerado seguro durante los últimos años. Pero esa seguridad había demostrado ser una ilusión, tan frágil que en una sola noche se hizo añicos.

La sangre volvió a teñir sus manos a causa de *su* trabajo.

Ryan...

Safia no lograba borrar de su mente el brillo momentáneo de sorpresa en los ojos del guardia cuando la bala le arrebató la vida. Aún semanas más tarde, a veces sentía la necesidad de lavarse la cara varias veces, incluso en mitad de la noche. La pastilla de jabón y el agua fría no conseguían limpiarle el recuerdo de la sangre.

Y aunque Safia reconocía la naturaleza ilusoria de la seguridad londinense, la ciudad se había convertido en su casa. Había hecho amigos y colegas, tenía una librería favorita, un teatro donde proyectaban películas antiguas, incluso una cafetería donde se servía el mejor capuccino al caramelo. Su vida estaba definida por las calles y los trenes de Londres.

Y también estaba Billie. Safia se había visto obligada a dejar el gato con Julia, una botánica paquistaní que vivía de alquiler en el piso de debajo del suyo. Antes de irse, Safia le había susurrado promesas en su oreja de felino, promesas que esperaba poder cumplir.

Aún así, Safia sentía que la preocupación le calaba hasta la médula. Parte de aquella ansiedad resultaba inexplicable, como una abrumadora sensación de fatalidad. Pero no era así. Miró a su alrededor. ¿Y si todos terminaban como Ryan, amortajado en la morgue de la ciudad, y enterrado más tarde en un frío cementerio mientras caían las primeras nieves del invierno?

Sencillamente, sería incapaz de soportarlo.

La remota posibilidad le helaba las entrañas, y le dolía hasta respirar cuando pensaba en ello. Le temblaban las manos. Safia intentaba combatir la oleada de pánico, sentía su familiar proximidad y se esforzaba por respirar, se centraba en el exterior, lejos de su propio centro de terror.

Al otro lado de la cabina, el zumbido de los motores había hecho que todos reclinaran los asientos e intentaran dormir unas horas mientras volaban hacia el sur. Incluso Kara se había retirado a su habitación, pero no a dormir, porque oía un mudo susurro a través de la puerta; debía estar preparando la llegada y solucionando los últimos detalles. ¿Dormía alguna vez esa mujer?

Un ruido llamó la atención de Safia hacia el otro lado. Como por arte de magia, Painter Crowe apareció junto a su asiento. Llevaba un vaso bajo de agua helada en una mano, y en la otra, una copita de cristal rebosante de un líquido rojizo. Bourbon, a juzgar por el aroma que desprendía.

—Bébete esto.

—Yo no...

—Bébetelo. Pero no a tragos pequeños, sino de golpe.

Levantó la mano y tomó el vaso, más preocupada por derramar el whisky que por deseo de aceptar la oferta. No habían hablado desde aquella noche maldita, a excepción de un breve comentario para darle las gracias por rescatarla.

Se sentó junto a Safia y señaló la bebida.

—Venga.

En lugar de discutir, Safia levantó la pequeña copa y se bebió de un trago su contenido, que le quemó garganta abajo, despejándole la nariz y asentándose con ferocidad en su estómago. Le pasó la copa, y él se la cambió por el vaso de agua.

—Soda con limón, bébelo a sorbos.

Safia obedeció, sujetando el vaso con ambas manos.

—¿Mejor?

Asintió con la cabeza.

—Estoy bien.

Él la miró fijamente, medio apoyado en un hombro para verla de frente. Ella mantuvo la mirada apartada, intentando centrarse en la longitud de sus piernas extendidas. Él cruzó las suyas, exponiendo los tobillos. Calcetines negros de rombos.

—No es culpa tuya —le dijo.

Ella se incorporó en el asiento. ¿Era tan evidente que se sentía culpable? Sintió que el rubor le subía a las mejillas.

—No lo es —le repitió, con un tono de voz que no intentaba sosegarla, como habían hecho colegas, amigos, incluso el psicólogo policial.

La voz de Painter estaba teñida de una naturalidad sencilla y sobria.

—Ryan Fleming se encontraba en el lugar equivocado, en el momento equivocado. Nada más.

Safia le miró un instante, antes de volver a apartar la mirada. Sintió su calor, como el del bourbon, cálido y masculino. Y sintió la fuerza necesaria para hablar, para objetar.

—Ryan no habría estado allí... si... si yo no me hubiera quedado a trabajar hasta tan tarde.

—Una mierda.

Aquella irreverencia la sobresaltó. Painter continuó.

—El Sr. Fleming estaba en el museo para controlarnos a nosotros. A Coral y a mí. Su presencia aquella noche no tuvo nada que ver contigo ni con tu descubrimiento del artefacto. ¿Nos culpas a nosotros?

Una pequeña parte de ella sí lo hacía. Sin embargo, Safia negó con la cabeza, sabiendo a quién debía culpar en última instancia.

—Los ladrones iban tras el corazón, mi descubrimiento.

—Estoy seguro de que no es el primer intento de robo en el museo. Creo recordar un hurto de media noche de un busto etrusco hace unos meses. Los ladrones se colaron por el tejado.

Safia mantuvo la cabeza agachada.

—Ryan era un jefe de seguridad que hacía su trabajo. Y del mismo modo, conocía bien los riesgos.

A pesar de que no quedó completamente convencida, al menos el nudo del estómago empezó a ceder. Aunque tal vez fuera por el alcohol.

La mano de Painter tocó la de Safia.

Ella se estremeció, pero él no retiró la suya. Tomó la mano de Safia entre las suyas; ella sintió su tacto cálido, frente al frescor del vaso de agua.

—Puede que Lady Kensington no esté de acuerdo con nuestra presencia en la expedición, pero quería decirte que no estás sola. Estamos juntos en esto.

Safia asintió lentamente, antes de deslizar la mano de entre las suyas, incómoda por la intimidad y las atenciones de un hombre al que apenas conocía. Aún así, descansó su mano sobre la otra, sintiendo su calor.

Él se recostó en el asiento, tal vez adivinando su incomodidad. Le brillaban los ojos con una chispa de diversión.

—Tú mantente ahí... Sé de buena mano que eres muy buena en eso.

Safia se recordó colgada del techo del museo. ¡Qué pinta debía tener! Una sonrisa espontánea se le dibujó en las comisuras de los labios, la primera desde aquella horrible noche.

Painter la estudió con una expresión que parecía decir: *Así me gusta.* Se puso en pie.

—Debería intentar dormir un poco... y tú también.

Pensando en cómo podría siquiera cerrar los ojos en ese momento, Safia le observó cruzar a zancadas el suelo enmoquetado de la cabina hasta llegar a su asiento. Levantó un dedo y se tocó la mejilla mientras se desvanecía su sonrisa. Aún sentía la calidez del bourbon en su interior, como ayudándole a buscar su propio centro. ¿Cómo podía algo tan sencillo aportarle tanto alivio?

Pero Safia intuía que la razón no era tanto el alcohol como su amabilidad. Casi había olvidado lo que era aquello. Había pasado tanto tiempo desde... desde...

12:13 pm

Omaha se agachó, apoyando la espalda en su asiento, y la emprendió a patadas con la sección divisora del taxi. Pero sus talones no lograron romperla. Era como si le diese patadas a una plancha de acero. Debía ser cristal a prueba de balas. Con frustración, estampó el codo sobre la ventanilla lateral.

Atrapados. Secuestrados.

—Todavía nos siguen —confirmó Danny, señalando con la cabeza al BMW, cincuenta metros detrás de ellos, en el que se veían varias figuras oscuras en los asientos delanteros y traseros.

El taxi atravesó una zona residencial de casas de estuco y piedra, todas pintadas en distintos tonos de blanco. El reflejo del sol resultaba cegador.

El otro coche mantuvo el ritmo tras ellos.

Omaha giró la cara hacia el frente.

—*Leyh?* —espetó en árabe. "¿Por qué?".

El taxista siguió ignorando sus palabras, estoico y mudo, abriéndose camino entre las estrechas callejuelas con una habilidad asombrosa.

—Tenemos que salir de aquí —decidió Omaha—. Hay que probar suerte en estas calles.

Danny había desviado su atención hacia la puerta y miraba fijamente el panel lateral.

—*Ton coup-ongles,* Omaha? —Su hermano le hablaba en francés, en un claro intento de evitar que el conductor les entendiese.

Danny le extendió la mano por lo bajo, para que el taxista no le viera, y Omaha rebuscó en su bolsillo. ¿Para qué querría Danny su *couple-ongles,* su cortaúñas? Decidió preguntarle también en francés.

—¿Tienes pensado salir cortando de aquí o qué?

Danny no le miró, sólo inclinó la cabeza hacia el frente.

—Ese malnacido nos ha encerrado utilizando el bloqueo de puertas para niños, que evita que se puedan abrir desde atrás.

—¿Y qué?

—Que vamos a utilizar ese mismo dispositivo de seguridad para salir del coche.

Omaha encontró el cortaúñas, que llevaba enganchado al llavero, y se lo pasó a Danny.

—¿Qué piensas…

Danny le hizo un gesto para que callara, abrió el cortaúñas y extrajo la pequeña lima.

—Todas las revistas hablan de la gran sensibilidad de los sistemas de seguridad de los Mercedes. Hay que tener cuidado incluso al extraer el panel de acceso.

¿El panel de acceso?

Antes de que pudiera preguntar, Danny se giró hacia él.

—¿Cuándo quieres salir de aquí?

Ahora mismo no estaría mal, pensó Omaha, pero miró hacia delante y vio un enorme zoco, o mercado al aire libre, que hervía de compradores. Miró hacia abajo para hablar.

—El mercado de delante sería perfecto, podríamos perdernos entre los puestos, y librarnos también del BMW que nos sigue.

Danny asintió.

—Pues prepárate.

Se sentó en posición erguida e introdujo la pequeña lima por debajo de tres letras impresas en el alféizar de la ventana lateral trasera: SRS. *Safety Restraint System*. El doble sistema de inflado.

—¿Airbag? —preguntó Omaha, olvidando hablar en francés esa vez.

—Airbags laterales —explicó Danny—. Cuando alguno de los airbags se despliega, por seguridad, todos los bloqueos se desactivan para permitir que el personal de rescate de urgencia pueda acceder al vehículo.

—Así que vas a…

—Casi hemos llegado al zoco —susurró Danny.

El conductor disminuyó la velocidad al atravesar la entrada al mercado, debido al bullicio de comerciantes y compradores de mediodía.

—Ahora —murmuró Omaha.

Danny introdujo la lima por debajo del panel SRS y lo removió en el interior, como un dentista que tuviera dificultades para extraer una muela.

Pero no ocurrió nada.

El sedán pasó el zoco y comenzó a ganar velocidad.

Danny se acercó más al panel, perjurando en voz baja. Error. Con un reventón similar al estallido de un cohete, el airbag lateral se accionó, golpeando a Danny en la cara y derrumbándole hacia atrás con un soberano revés a traición.

Se disparó la alarma del coche, y el conductor frenó.

Danny se llevó la mano a la nariz, que empezaba a sangrarle, pero Omaha no le dejó tiempo para comprobar si se había roto algo; alcanzó la manivela de la portezuela al otro lado de su hermano y probó a abrirla. El bloqueo se había desactivado. Dando gracias a Dios por la tecnología alemana, le empujó fuera del coche.

—¡Fuera! —gritó.

Danny cayó al exterior, lanzado por Omaha, y los dos aterrizaron en el alquitrán de la calle, rodando varios pasos hacia un lado. El coche derrapó ligeramente delante de ellos y terminó por detenerse.

Omaha logró ponerse en pie y tiró de Danny con un brazo, impulsado por el miedo. Se encontraban a tan sólo unos pasos del mercado.

Pero el BMW aceleró a toda potencia, y a continuación se detuvo al llegar al mercado.

Omaha esprintó hacia los puestos, remolcando a Danny.

Se abrieron tres puertas, y varias figuras oscuras y enmascaradas salieron del vehículo, armados con relucientes pistolas de platino. De repente, un rifle giró en el aire para apuntarles.

Omaha llegó al límite del zoco y no logró esquivar por completo a una mujer con una cesta de pan y dátiles, que saltaron por los aires.

—Perdón —murmuró mientras se introducía en el mercado.

Danny le venía pisando los talones, manchado de sangre desde la nariz hacia abajo. ¿Se la habría roto? Avanzaron por la callecilla central del laberíntico mercado. Los tejados de junco resguardaban carros y casetas, cargados de rollos de seda y algodón de Cachemira, fanegas de granadas y pistachos, cubos de hielo llenos de cangrejos y pescado blanco, barriles de encurtidos y granos de café, manojos de flores recién cortadas, losas cubiertas de pan y cecina. El aire olía a cocinas de aceite, que chisporroteaban con especias que quemaban en los ojos. Los callejones apestaban a cabra y sudor, otros desprendían un dulzor empalagoso. Incienso y miel.

Y en aquel alboroto se abarrotaban una muchedumbre de árabes y visitantes de otros países. Pasaban junto a rostros de todos los colores, con los ojos bien abiertos, unos cubiertos por los velos, otros no. Escuchaban voces que les hablaban en árabe, hindú e inglés.

Omaha se apresuraba con Danny por el arco iris de tenderetes y ruidos, serpenteando para abrirse paso, rápido como una flecha. ¿Les seguirían los perseguidores? ¿Les esperarían delante? No había forma de saberlo. Lo único que podía hacer era continuar corriendo.

En la distancia, el aullido de las sirenas de la policía omaní se elevaban sobre la cacofonía de la muchedumbre. Llegaba el apoyo... ¿pero resistirían lo suficiente como para sacar partido de ello?

Omaha echó la vista atrás mientras descendían por un estrecho y recto bazar. En el otro extremo apareció un enmascarado, moviendo la cabeza como un radar en busca de los hermanos. Era fácil verle, porque la gente se apartaba de él, dejándole el espacio abierto. Pareció oír las sirenas; a él también se le estaba acabando el tiempo.

Omaha no pensaba ponérselo fácil. Arrastró a Danny con la riada de gente. Giraron una esquina y se toparon con un puesto de cestas de junco y vasijas de arcilla. El dueño, vestido con una túnica, echó una ojeada al rostro sangrante de Danny y les hizo un gesto para que se acercaran, hablándoles en árabe.

Había que tener una capacidad de comunicación colosal para encontrar refugio allí.

Omaha sacó la cartera y contó un puñado de billetes de cincuenta riales omaníes. Diez en total. El vendedor miró el puñado de billetes, con un ojo entornado. ¿Aceptaba o no aquel trueque? Omaha se disponía a guardarlos cuando la mano del hombre le detuvo.

—*Khalas!* —declaró el tendero, cerrando el trato.

Omaha se ocultó tras una pila de cestas, y Danny tomó posición a la sombra de una enorme vasija de barro. Era lo suficientemente grande como para haber escondido a su hermano en el interior. Danny se sujetó la nariz, intentado detener el chorro de sangre, mientras Omaha echaba un vistazo hacia el callejón. El golpeteo de las sandalias y el rozar de las túnicas disminuyeron en unos segundos. Un hombre se acercó a la esquina, escudriñando con su rostro enmascarado en las cuatro direcciones. Las sirenas de policía se acercaban al zoco, y el atacante giró la cabeza hacia ellas. Tendría que abandonar la búsqueda o arriesgarse a ser detenido.

Omaha sintió una oleada de confianza.

Hasta que su hermano estornudó.

12:45 pm
El aterrizaje

EL LEARJET DESCENDIÓ en círculo sobre el agua, preparándose para aterrizar en el Aeropuerto Internacional de Seeb. Safia miraba por la ventanilla.

La ciudad de Mascate se extendía ante ella, aunque en realidad eran tres ciudades, separadas por las colinas en distintos barrios.

El más antiguo, llamado sencillamente la Ciudad Vieja, apareció a la derecha mientras el avión avanzaba en su giro. Los muros de piedra y los antiguos edificios yacían anidados al borde de una bahía de aguas azuladas y arenas blancas salpicadas de palmeras. Rodeada por los antiguos muros de la ciudadela, el lugar albergaba el Palacio Alam y las impresionantes y elevadísimas fortalezas de Mirani y Jalai.

Los recuerdos tapizaban todo lo que veía, tan tenues como los reflejos en las tranquilas aguas de la bahía. Acontecimientos olvidados hacía mucho que ahora volvían a tomar vida: los paseos por las callejuelas con Kara, su primer beso a la sombra de los muros de la ciudad, el sabor de los caramelos de cardamomo, la visita al palacio del sultán, toda temblorosa, con su *thob* nuevo hasta los pies.

Safia sintió un escalofrío que nada tenía que ver con el aire acondicionado de la cabina. Su hogar y su tierra natal se le emborronaban en la mente. Tragedia y alegría.

El avión descendió en ángulo hacia el aeropuerto y la Ciudad Vieja se desvaneció, remplazada por el barrio de Mascate llamado Matrah, y el puerto de la ciudad. Un lado de los muelles hacía alarde de embarcaciones inmensas y modernas, mientras que el otro sólo exhibía *dhows*, los antiguos barcos de vela árabes con un solo mástil.

Safia fijó la mirada en la orgullosa hilera de mástiles de madera y velas plegadas, en marcado contraste con las monstruosidades de acero y diesel. Era aquello lo que describía, más que ninguna otra cosa, su país natal: lo antiguo y lo moderno, unidos, pero separados para siempre.

Ruwi, el tercer barrio de Mascate, era el menos interesante. Alejándose del puerto y de la ciudad hacia el interior, y apilada contra la cordillera, se elevaba el moderno centro empresarial, las oficinas comerciales de Omán. De hecho, era allí donde se encontraba la corporación de Kara.

El curso del avión acababa de trazar las vidas de Safia y Kara, desde la Ciudad Vieja hasta Ruwi, desde las niñas bulliciosas que jugaban en las calles a las vidas confinadas en oficinas empresariales y museos polvorientos.

Y ahora, el presente.

El avión se encaminó hacia la pista de aterrizaje y Safia se sentó en posición vertical. El resto de pasajeros continuaba observando el paisaje con asombro a través de la ventanilla.

Clay Bishop se encontraba al otro lado de la cabina, moviendo la cabeza en sincronía con las melodías de su iPod. Las gafas de montura negra se le deslizaban en el tabique nasal, y se las subía continuamente. Ese día vestía su uniforme habitual: tejanos y camiseta.

Delante de Clay se encontraban Painter y Coral, ambos mirando por la misma ventanilla lateral. Hablaban en voz baja. Ella señalaba y él asentía y se atusaba un remolino que se le había hecho al quedarse dormido.

Kara abrió las puertas plegables de su habitación privada y se detuvo en el umbral.

—Estamos aterrizando —le avisó Safia—, deberías sentarte.

Kara tamborileó los dedos con preocupación, pero cruzó hasta sentarse en el asiento vacío junto a Safia, dejándose caer con pesadez. No se molestó en abrocharse el cinturón.

—No consigo hacerme con Omaha —le dijo como introducción.

—¿Cómo?

—No responde al teléfono. Seguramente lo hace a propósito.

Eso no era lo habitual en Omaha, pensó Safia. Cierto era que en ocasiones se mostraba esquivo, pero cuando se trataba de trabajo, siempre actuaba con seriedad.

—Supongo que estará muy ocupado. Le has dejado colgado, solucionando un montón de problemas, y ya sabes lo territoriales y susceptibles que son los agregados culturales en Mascate.

Kara resopló su irritación.

—Más le vale que nos esté esperando en el aeropuerto.

Safia percibió el gran tamaño de sus pupilas a la luz del sol. Las dos mujeres se sentían agotadas e irritables al mismo tiempo.

—Si te dijo que estaría aquí, estará.

Kara enarcó una ceja como respuesta a aquella afirmación.

—¿Mister fiabilidad?

Safia sintió una punzada y el estómago se le retorció en dos direcciones. Cierto comportamiento reflejo le hacía querer defender a Omaha, como había hecho en el pasado. Pero el recuerdo del anillo que le devolvió en la palma de la mano le hizo un nudo en la garganta. Él jamás comprendió la intensidad de su dolor.

En realidad, ¿quién podría entenderla?

Tuvo que hacer un esfuerzo por no mirar hacia Painter.

—Más vale que te abroches el cinturón —aconsejó a Kara.

12:53 pm

EL ESTORNUDO DE Danny resonó como un tiro, asustando a un par de palomas enjauladas de un tenderete cercano, que agitaron las alas contra los barrotes de bambú.

Omaha vio al enmascarado girarse y avanzar hacia su puesto. A un metro de distancia, Danny se tapó la nariz y la boca, y se agachó aún más tras la tinaja. La sangre le brotaba barbilla abajo. Omaha se puso en cuclillas, tenso, preparado para saltar. Su única esperanza se encontraba en el elemento sorpresa.

Las sirenas de policía aullaron de nuevo, taladrando las proximidades del mercado. Ojalá Danny hubiera podido contenerse un minuto más.

El tipo levantó el rifle, lo apoyó en el hombro y apuntó hacia el frente, avanzando en posición semi flexionada. Omaha cerró los puños; primero tendría que darle al rifle y levantarlo para después golpear al hombre por debajo.

Antes siquiera de moverse, el propietario del tenderete se arrastró hacia delante y entró en el campo de visión del tirador, con un ventilador en una mano y con la otra sonándose la nariz.

—*Hasaseeya* —murmuró mientras recolocaba varios cestos de mimbre sobre la pila que ocultaba a Omaha, maldiciendo su alergia al polen. Fingió sorprenderse al ver al atacante armado, levantó las manos, tiró por los aires el ventilador y cayó al suelo asustado.

El enmascarado maldijo en voz baja y le hizo un gesto con el arma para que se metiera detrás de su tenderete. El comerciante obedeció, ocultándose en la parte posterior y cubriéndose la cabeza con las manos.

En dirección a la entrada al mercado, un chirrido de frenazos anunciaba la llegada de la policía omaní, con las sirenas bramando ruidosamente.

El hombre armado giró la cabeza en aquella dirección e hizo lo único que podía hacer. Dio un paso hacia la enorme vasija que ocultaba a Danny e introdujo en ella el rifle. Tras echar un vistazo rápido a su alrededor, se quitó la máscara y la metió en el mismo sitio, antes de desaparecer con un giro de la capa color arena hacia las profundidades del mercado, con el claro objetivo de mezclarse con la masa humana.

Anónimo.

A excepción de un pequeño detalle: Omaha había visto la cara de *aquella mujer*. Piel de color moca, profundos ojos castaños, y el tatuaje de una lágrima debajo del ojo izquierdo.

Beduina.

Cuando consideró que había discurrido un periodo de tiempo seguro, salió de su escondite. Danny se arrastró hacia él, y Omaha ayudó a su hermano a levantarse.

En ese momento apareció el propietario, alisándose la túnica con unas palmaditas.

—*Shuk ran* —murmuró Danny con el rostro ensangrentado para darles las gracias.

Con la típica costumbre de auto inadvertencia entre el pueblo omaní, el hombre se encogió de hombros sin más.

Omaha sacó otro billete de cincuenta riales omaníes y se lo ofreció, pero el tendero cruzó los brazos, con las palmas hacia abajo.

—*Khalas* —el trato estaba cerrado, sería un insulto renegociarlo.

En su lugar, el viejo cruzó hacia la pila de cestas y eligió una.

—Para tú —le dijo—. Regalo mujer bonita.

—*Bi kam?* —Omaha preguntó el precio, mientras el tendero esbozaba una sonrisa.

—Para tú, sincuenta rial.

Omaha le devolvió la sonrisa, consciente de que el precio era abusivo, y le entregó el billete sin más.

—*Khalas*.

Mientras se alejaban del mercado y se encaminaban hacia la entrada, Danny preguntó con voz gangosa:

—¿Por qué diablos querían secuestrarnos esos tíos?

Omaha se encogió de hombros. No tenía la menor idea. Al parecer, Danny no había visto el rostro del perseguidor. No eran *tíos*, sino *tías*. Y ahora que se paraba a pensarlo, por la forma de moverse de los demás, era posible que todas fueran mujeres.

Omaha recordó de nuevo el rostro de la atacante, que resplandecía a la luz del sol.

El parecido era innegable. Podría haber sido hermana de Safia.

7

LA CIUDAD VIEJA

ⵜⵃⴱⵢⵐⴽⵃⴽⵝⵢⵉⵏⵃ

2 de diciembre, 05:34 pm
Aeropuerto Internacional de Seeb

Painter mantenía el paso trás el traqueteo del carrito que transportaba el equipo y el resto de equipaje. El calor que desprendía la pista de aterrizaje parecía evaporar el oxígeno del aire, dejando únicamente una humedad pesada que abrasaba los pulmones. Se abanicaba con la mano, no para intentar refrescarse, algo imposible en aquel clima, sino únicamente para remover el aire lo suficiente como para que se volviera respirable.

Por fin podían salir del avión, después de cuatro horas confinados en el interior como resultado de las elevadas medidas de seguridad tras el intento de secuestro de uno de los miembros del equipo de Kara Kensington. Al parecer, el asunto se había resuelto lo suficiente como para permitirles desembarcar.

Coral caminaba tras él, inspeccionándolo todo con mirada recelosa. El único efecto que parecía tener en su compañera aquel calor de media tarde era el rastro perlado de sudor en una de sus perfiladas cejas. Se había cubierto la melena rubia con un pañuelo crema que le había proporcionado Safia, una prenda típicamente omaní llamada *lihaf*.

Painter entornaba los ojos para poder ver.

El sol arrojaba espejismos deslumbrantes sobre el aeródromo y se reflejaba en todas las superficies, incluso en el monótono edificio gris al que se dirigía aquel desfile. La guardia aduanera omaní, uniformada de azul, escoltaba al grupo, mientras que una pequeña delegación enviada por el sultán flanqueaba los laterales.

Éstos resplandecían con sus impolutos vestidos tradicionales omaníes: una túnica blanca sin cuello y de mangas largas, llamada *dishdasha*, cubierta por una capa negra, ribeteada con bordados de oro y plata. También llevaban turbantes de algodón de distintos tonos y diseños, y cinturones de cuero con adornos plateados. De cada cinturón colgaba una *khanjar* envainada, la daga tradicional del país. En ese caso eran dagas Saidi de plata u oro puro, una marca del rango, los Rolex de la cuchillería omaní.

Kara, seguida por Safia y su alumno, mantenía una acalorada discusión con los guardias. Al parecer, la avanzadilla de su expedición en el país, formada por el Dr. Omaha Dunn y su hermano, se encontraba detenida por la policía. Pero de momento, los detalles sobre el frustrado secuestro eran los básicos.

—¿Y Danny se encuentra bien? —preguntó Safia en árabe.

—Sí, está bien, señora —le aseguró uno de los guardias—. La nariz ensangrentada, nada más. Ya ha sido atendido, confíe en nosotros.

Kara habló directamente al oficial jefe.

—¿Y cuánto tardaremos en ponernos de camino?

—Su majestad, el sultán Qaboos, ha dispuesto personalmente su transporte a Salalah. No habrá más contratiempos. De haber sabido antes que usted les acompañaría en persona...

Kara interrumpió su frase.

—*Kif, kif.* Eso me da igual ya. Siempre y cuando no suframos más retrasos, claro.

El oficial le hizo una reverencia por toda respuesta. El respeto que le mostraban era muestra más que evidente de la influencia que Lady Kensington tenía en Omán. Esto es lo que se llama pasar desapercibidos, pensó Painter.

Volvió la mirada hacia la compañera de Kara. La preocupación afloraba en los ojos de Safia. El momento de paz que había disfrutado hacia el final del vuelo se desvaneció nada más escuchar las complicaciones que habían tenido Omaha y su hermano. Se aferraba a su bolsa de mano con ambas manos, rehusando dejar su precioso contenido en el carrito de los equipajes.

Aún así, una chispa de determinación resplandecía en sus ojos esmeralda, o tal vez fuera el reflejo de las motas doradas en ellos. Painter la recordó colgada del tejado de cristal del museo. En ese instante percibió un pozo de fortaleza en ella, oculto en las profundidades de su persona, pero presente. Incluso la tierra parecía reconocerlo. El sol, que brillaba con dureza sobre casi todo lo existente en Omán, la inundaba con un halo de luminosidad, como si le diese la bienvenida, bañando en bronce cada uno de sus rasgos. Su belleza, antes muda, resplandecía ahora como una joya sobre el engaste adecuado.

Por fin llegaron al edificio privado de la terminal, y las puertas se abrieron para darles la bienvenida a un oasis de comodidades y aire acondicionado. La sala VIP. No obstante, su estancia en el oasis pareció breve. Las rutinas aduaneras se resolvieron con apremio a causa de la comitiva del sultán. Un rápido vistazo a los pasaportes, los visados sellados y sin más los cinco se dividieron para subir a las dos limusinas negras: Safia, su estudiante y Kara en una, Coral y Painter en la otra.

—Parece que no aprecian mucho nuestra compañía —comentó Painter mientras subía al inmenso vehículo con su compañera.

Se acomodó en el asiento de atrás. Coral se sentó a su lado.

En la parte delantera, junto al conductor de la limusina, un irlandés fornido hacía guardia, con un arma prominente en una pistolera del hombro. Painter observó también un par de vehículos de escolta, uno delante de la limusina de Kara y otro detrás de la suya. Evidentemente, tras el intento de secuestro, no escatimaban en seguridad.

Painter se sacó un teléfono móvil del bolsillo. El teléfono contenía un chip de conexión satélite con acceso a la red de seguridad DOD, equipado con una cámara fotográfica de dieciséis megapíxeles de carga y descarga instantánea.

Imposible salir de casa sin él.

Extrajo el pequeño auricular y se lo colocó, mientras el micrófono pendía de la línea a la altura de sus labios. Esperó a que el teléfono por satélite transmitiera una señal de protocolo de intercambio codificada que atravesaba el planeta entero hasta llegar a una sola persona.

—Comandante Crowe —respondió por fin la voz de Sean McKnight, su superior inmediato y director de Sigma.

—Señor, hemos aterrizado en Mascate y nos dirigimos al complejo

Kensington. Querría saber si ha recibido más información con respecto al ataque a la avanzadilla de la expedición.

—Disponemos ya del informe preliminar de la policía. Al parecer fueron raptados en plena calle, con un taxi falso. Parece el típico secuestro al azar, una forma muy común de exigir dinero en esa parte del mundo.

Aún así, Painter distinguió una nota de sospecha en la voz de McKnight. Primero los problemas en el museo... y después aquello.

—¿Cree que tiene algo que ver con Londres?

—Es demasiado pronto para saberlo.

Painter recordó la ágil figura esfumándose tras el muro del museo. Aún sentía el peso de la Sig Sauer de Cassandra en la mano. Dos días después de su arresto en Connecticut, había desaparecido. La furgoneta policial que la transfería al aeropuerto sufrió una emboscada, dos hombres fallecieron y Cassandra Sánchez se desvaneció. Painter pensó que nunca la volvería a ver. ¿Qué conexión tendría con todo aquello? ¿Y por qué?

McKnight continuó.

—El almirante Vicar se ha coordinado con la Agencia de Seguridad Nacional para reunir más información. Dispondremos de más datos en un par de horas.

—Muy bien, señor.

—Comandante, ¿está la Dra. Novak con usted?

Painter miró a Coral, que contemplaba el paisaje exterior. Sus ojos impasibles no dejaban entreverlo, pero estaba seguro de que trataba de memorizar la ruta. Por si acaso.

—Sí, señor, está aquí.

—Hágale saber que los investigadores de Los Álamos descubrieron partículas de uranio en descomposición en esa muestra de hierro meteórico que hallaron en el museo.

Painter recordó la preocupación de su compañera por las lecturas del escáner sobre la muestra.

—También apoyan su hipótesis de que la radiación de la descomposición del uranio podría haber actuado como una especie de reloj nuclear, desestabilizando lentamente la antimateria hasta que se hizo susceptible a la descarga eléctrica.

Painter se incorporó en su asiento y habló por el receptor del teléfono.

—La Dra. Novak también propuso que esa misma desestabilización podría estar ocurriendo en la fuente principal de antimateria, si es que existe.

—Exacto, los investigadores de Los Álamos han expresado por su parte la misma preocupación. De ahí que su misión se haya vuelto crítica. Se han asignado recursos adicionales. Si existe esa fuente principal, es imprescindible descubrirla pronto, o tal vez todo podría estar perdido.

—Entendido, señor —Painter recordó las ruinas de la galería del museo, los huesos del guardia derretidos en la rejilla de acero. Si había un filón madre de esa antimateria, la pérdida podría superar con creces lo estrictamente científico.

—Lo que me lleva al último punto, comandante. Sí que disponemos de información vital que concierne a su operación. De la Oficina Nacional de Administración Oceánica y Atmosférica. Advierten de que un sistema tormentoso grave se está desarrollando en el sur de Irak, y que sopla hacia Arabia.

—¿Una tormenta eléctrica?

—De arena. Con vientos de casi cien kilómetros por hora. Una tormenta devastadora que destruye de todo lo que encuentre a su paso. Ha ido dejando incomunicadas ciudad tras ciudad, enterrando las carreteras que encuentra en su camino. La NASA confirma su ruta hacia Omán.

Painter parpadeó.

—¿La NASA? ¿Qué tamaño...

—El suficiente para ser visto desde el espacio. Le envío una imagen por satélite.

Painter miró la pantalla digital del teléfono, que fue llenándose, línea a línea, desde la parte superior. Se trataba de un mapa climático a tiempo real de Oriente Medio y la Península Arábiga. Los detalles eran asombrosos: la costa, los mares azules cubiertos de nubes salteadas, las ciudades diminutas. Y una mancha nebulosa inmensa que bordeaba el Golfo Pérsico. Parecía un huracán, pero sobre la tierra. Una oleada de color marrón rojizo se extendía más allá del golfo.

—Las previsiones meteorológicas esperan que la tormenta aumente en gravedad y tamaño en su trayecto hacia el sur —McKnight seguía hablando mientras la imagen se actualizaba en la pantalla. La mancha de la tempestad de arena se había extendido sobre una ciudad costera, arrasándola—. Se dice que se trata de la tormenta del siglo por esas tierras. Un sistema de alta presión en el Mar de Omán está provocando vientos monzónicos terribles, atraído por una zona de bajas presiones en el desierto de Rub al Khali. La tempestad de arena llegará a los desiertos del sur como un tren de mercancías, donde se alimentará de las mareas monzónicas para crear un mega sistema tormentoso.

—Dios mío.

—Será peor que el infierno.

—¿Para cuándo se espera?

—La tormenta llegará a la frontera omaní hacia mediodía de mañana, y según los cálculos, el sistema tormentoso durará de dos a tres días.

—Eso atrasará la expedición.

—Lo menos posible.

Painter percibió el tono de orden en las palabras del director. Levantó la cabeza y miró hacia la otra limusina. Un retraso. A Kara Kensington no le iba a hacer ninguna gracia.

7:48 pm

—Cálmate —insistía Safia.

Se encontraban todos reunidos en el patio de los jardines de la finca Kensington. Los elevados muros de piedra caliza, con el enlucido algo desconchado, databan del siglo XVI, al igual que los frescos idílicos de parras trepadoras que enmarcaban marinas y paisajes arqueados. Tres años antes, el trabajo de restauración mostró los frescos en todo su esplendor, y ésa era la primera vez que Safia contemplaba con sus propios ojos el resultado final. Varios restauradores del Museo Británico habían supervisado los detalles en el terreno, mientras Safia lo controlaba desde Londres a través de cámaras digitales e Internet.

Los píxeles de las fotografías no habían hecho justicia a la riqueza de los colores. Los pigmentos azulados procedían de cáscaras de moluscos machacadas, y los rojos, de raíz de rubia prensada, como se hiciera tradicionalmente en el siglo XVI.

Safia contempló el resto de los jardines, el lugar donde había jugado de niña. Líneas de baldosas rojas cocidas al sol delimitaban los espacios, entre lechos de rosas arqueados, setos recortados y plantas perennes artísticamente dispuestas. Un jardín inglés, vestigios de Gran Bretaña en el centro de Mascate. En contraste, cuatro enormes palmeras combadas decoraban las esquinas, refrescando con su sombra una buena parte de los jardines.

Los recuerdos se montaban sobre la realidad, desencadenados por el intenso perfume del jazmín y la profunda fragancia arenosa de la ciudad vieja. Los fantasmas se deslizaban sobre las baldosas moteadas, sombras de un pasado distante.

En el centro del patio, una fuente tradicional omaní, revestida de azulejos y con una pila octogonal borboteaba y reflejaba los rayos tardíos del sol. Safia y Kara solían nadar en la piscina de la fuente, especialmente los días de polvo y calor, una práctica no muy bien acogida por su padre. Safia escuchaba aún su bravata divertida, haciendo eco en las paredes del jardín, cuando regresaba de trabajar y las encontraba chapoteando en la fuente. *Parecéis un par de focas encalladas.* A veces incluso se quitaba los zapatos y se metía con ellas en el agua.

Kara pasó ante la fuente casi sin mirarla, y la amargura de sus palabras volvió a centrar la atención de Safia en el presente.

—Primero, la aventurita de Omaha... y ahora la maldita tormenta. Para cuando nos pongamos de camino, media Arabia sabrá de nuestra expedición, y no tendremos ni un solo momento de tranquilidad.

Safia la siguió, dejando que los demás se encargasen de descargar el equipaje. Painter Crowe había anunciado las nefastas noticias climatológicas a su llegada, manteniendo una expresión neutral.

—Lástima que no pueda comprar el buen tiempo —había comentado autosuficiente. Parecía disfrutar aguijoneando a Kara. Pero después de todos los muros que Kara había levantado para impedir que los dos americanos tomaran parte en la expedición, Safia no podía reprocharle su comportamiento.

Continuó con Kara hacia los arcos de la entrada al antiguo palacio, una estructura de tres plantas de piedra caliza tallada y embaldosada. Las plantas superiores estaban adornadas por balcones resguardados del sol, y soportados por elaboradas columnas. Las superficies interiores de los balcones estaban cubiertas de azulejos de color azul mar, produciendo un efecto refrescante tras el cegador reflejo del sol.

Kara no parecía encontrar bienestar alguno en el regreso a casa; tenía el rostro tenso y las mandíbulas apretadas.

Safia le tocó el brazo, preguntándose hasta qué punto la brusquedad de su enfado se debería a la frustración y hasta dónde estaría producido por los fármacos.

—La tormenta no es ningún problema —le aseguró su amiga—. Tenemos planeado viajar hasta Salalah para examinar la tumba de Nabi Imran primero, y se encuentra en la costa, lejos de la tempestad de arena. Estoy segura de que pasaremos allí al menos una semana.

Kara respiró profundamente.

—Aún así, el problema con Omaha... Yo esperaba poder pasar desapercibida y...

Cierto alboroto en la puerta distrajo su atención. Las dos se giraron para ver lo que ocurría.

Un coche de policía omaní, con las luces giratorias encendidas pero en silencio, se detuvo junto a las limusinas. Se abrieron las puertas traseras y salieron dos hombres.

—Hablando del rey de Roma... —murmuró Kara.

De repente, Safia sintió que se le cortaba la respiración, que el aire se volvía pesado.

Omaha...

El tiempo comenzó a discurrir a cámara lenta, al ritmo de los latidos apagados de su corazón. Había esperado tener un poco más de tiempo para prepararse, para adaptarse, para templarse antes de verle. Sintió la urgencia de huir, y dio un paso atrás.

Kara le puso la mano en la parte baja de la espalda, a modo de apoyo.

—Todo irá bien —le susurró.

Omaha esperó a su hermano antes de cruzar juntos entre la fila de limusinas. La cara de Danny lucía dos ojos amoratados, y la nariz entablillada y vendada. Omaha sujetaba a su hermano por el codo. Llevaba un traje azul, con la chaqueta colgada del brazo libre, la camisa blanca arremangada hasta los codos, manchada de suciedad y sangre seca. Detuvo la mirada un instante en Painter Crowe, observándole de arriba a abajo y dedicándole un cauteloso saludo con la cabeza.

Luego se giró en dirección a Safia. Al verla, abrió los ojos de par en par y disminuyó el paso. Se le congeló la expresión una décima de segundo, antes de que una sonrisa empezara a dibujársele, primero titubeante, después firme. Se apartó unos mechones desgarbados de la cara, como si no se creyera lo que veían sus ojos.

Sus labios se movieron en silencio pronunciando su nombre, y en el segundo intento logró vocalizar la palabra.

—Safia... ¡Dios mío! —Se aclaró la garganta y se apresuró hacia ella, abandonando por un momento a su hermano.

Antes de que ella pudiera detenerle, él llegó a su lado y la abrazó con fuerza. Omaha olía a sal y sudor, una mezcla tan familiar como el desierto. Su abrazo la rodeaba con fuerza.

—Me alegro tanto de verte —le susurró en el oído.

Los brazos de Safia dudaron en devolverle el abrazo.

Él se enderezó y dio un paso atrás antes de que llegara a decidirse, mostrando sus mejillas ligeramente sonrojadas.

Safia no logró articular una sola palabra en ese momento, y desvió la mirada hacia el otro lado de Omaha. Danny rodeó a su hermano y ofreció una sonrisa dolorida. Parecía que le hubieran atracado.

Safia señaló con la mano su nariz entablillada, agradecida por el momento de distracción.

—Creía... creía que no te la habías roto.

—No ha llegado a fracturarse —aseguró Danny, con un ligero acento de Nebraska en la voz, a causa de su reciente estancia en la granja de la familia—. La tablilla es sólo de apoyo.

Paseó la mirada entre Safia y Omaha, guardándose para sí una sonrisa.

Se produjo un momento extraño e incómodo, y en ese instante apareció Painter, con la mano extendida. Se presentó, estrechando la mano de los dos hermanos, y mirando tan sólo unas décimas de segundo hacia Safia para asegurarse de que estaba bien. Ella se dio cuenta de que su propósito era darle un poco de tiempo para recuperarse.

—Ésta es mi compañera, la Dra. Coral Novak, física, licenciada por Columbia.

Danny se enderezó, tragando saliva visiblemente mientras disimuladamente se fijaba en el cuerpo de la mujer.

—Yo me gradué allí. En Columbia, sí, eso es —farfulló.

Coral miró a Painter, como pidiendo permiso para hablar, y aunque él no le dio confirmación alguna, respondió, de todas formas.

—¡Qué pequeño es el mundo!

Danny abrió la boca para decir algo, pero lo pensó mejor y volvió a cerrarla. Sus ojos siguieron a la física, que se hacía a un lado.

A continuación se les unió Clay Bishop. Safia hizo las presentaciones pertinentes encontrando cierto solaz en las rutinas de la etiqueta.

—Y éste es mi alumno en prácticas, Clay Bishop.

El chico estrechó la mano de Omaha entre las suyas, con gran efusividad.

—Señor, he leído su tratado sobre las rutas comerciales persas durante la época de Alejandro Magno. Espero poder tener oportunidad de discutir sus investigaciones sobre la frontera entre Irán y Afganistán.

Omaha se giró hacia Safia y Kara.

—¿Me ha llamado "señor"?

Kara interrumpió las presentaciones, haciéndoles un gesto para que se dirigieran hacia el palacio, mientras sus modernos tacones de Fendi resonaban sobre las viejas baldosas.

—No os acomodéis demasiado aquí. Nos iremos en cuatro horas.

—¿Otro vuelo? —preguntó Clay Bishop, acallando un quejido.

Omaha le dio una palmadita en el hombro.

—No exactamente. Algo bueno tenía que salir del embrollo de esta tarde —señaló a Kara con la cabeza—. Es bueno tener amigos en los altos cargos, sobre todo amigos con lindos juguetitos.

Kara frunció el entrecejo.

—¿Todo preparado?

—Los equipos y los suministros ya han sido desviados hacia allí.

Safia miró a ambos. De camino al palacio, Kara había realizado varias llamadas furiosas a Omaha, al Consulado británico y al personal del sultán Qaboos. Fuera cual fuera el resultado, no parecía complacer a Kara tanto como a Omaha.

—¿Y qué hay de los Fantasmas? —preguntó Kara.

—Se reunirán con nosotros allí —respondió Omaha con un asentimiento de cabeza.

—¿Fantasmas? —preguntó Clay.

Antes de que ninguno pudiera responder, llegaron al vestíbulo que conducía hacia el ala sur, el ala de los invitados.

Kara saludó al mayordomo que les esperaba, un británico de pura cepa con el cabello gris aceitado, las manos a la espalda y un uniforme blanco y negro.

—Henry, por favor, conduzca a los invitados a las habitaciones.

Un asentimiento rígido y leve.

—Sí, señora —sus ojos se desviaron un instante hacia Safia, pero mantuvo un gesto impasible. Henry era el mayordomo de palacio cuando Safia vivía allí de niña—. Acompáñenme, por favor.

El grupo le siguió, pero Kara interrumpió un instante.

—La cena se servirá en la terraza en treinta minutos. —Sonó más a orden que a invitación.

Safia dio un paso hacia los demás.

—¿Adónde vas? —preguntó Kara, cogiéndola por el brazo—. Tu antigua estancia está aireada y preparada.

Se giró y caminó hacia la parte principal de la casa.

Safia miró a su alrededor cuando los demás se hubieron ido. Poco había cambiado. Durante muchos años, aquella propiedad había hecho las veces tanto de museo como de residencia. Viejos cuadros colgaban en las paredes, herencia de los Kensington que databan del siglo XIV. En el centro de la sala destacaba una enorme mesa antigua de caoba, importada de Francia, al igual que el candelabro de Baccarat de seis brazos que colgaba sobre ésta. Safia celebró allí su decimosegundo cumpleaños. Recordaba las velas, la música, la alegría de la fiesta. Y la risa. En aquella casa siempre se escuchaban risas. Sus pasos resonaron al rodear la larga mesa.

Kara la guió hacia el ala privada de la familia.

A los cinco años, Safia fue trasladada del orfanato a la propiedad para que fuese la compañera de juegos de Kara. Era la primera vez que disfrutaba de un cuarto para ella sola… y con baño propio. Aún así, la mayoría de las noches las pasaba acurrucada con Kara en la habitación de ésta, susurrando sueños de futuro que jamás se cumplirían.

Se detuvieron ante la puerta. De repente, Kara la abrazó con fuerza.

—Es fantástico volver a tenerte en casa.

Safia le devolvió aquel cálido y genuino abrazo, sintiendo de nuevo a la niña que se ocultaba en aquella mujer, su querida y vieja amiga. *En casa*. En ese instante preciso, casi se lo creía.

Kara se apartó de ella, con la mirada vidriosa al reflejo de los apliques de la pared.

—Omaha...

Safia respiró profundamente.

—Estoy bien. Pensaba que estaría preparada. Pero al verle... Él no ha cambiado nada.

—Eso es cierto —respondió Kara frunciendo la frente.

Safia sonrió y le dio otro abrazo rápido.

—Estoy bien, de veras.

Kara le abrió la puerta.

—Pedí que te prepararan la bañera, y encontrarás ropa limpia en el armario. Te veo en la cena. —Se alejó caminando pasillo adelante. Pasó su cuarto y continuó hacia las puertas dobles y talladas de nogal al final del pasillo, hacia el cuarto que perteneciera al dueño de la finca, a su padre.

Safia se dio la vuelta y entró en su propia habitación. Ante ella, el pequeño vestíbulo, aunque de techo elevado, daba a la sala de juegos que hizo también las veces de estudio. Allí preparó sus exámenes del doctorado. Olía a jazmín, su flor y su perfume favoritos.

Cruzó la sala hacia el dormitorio. La cama con su baldaquín de seda parecía haber permanecido intacta desde que dejó Tel Aviv hacía tantos años. Aquel recuerdo doloroso se suavizó cuando sus dedos acariciaron uno de los pliegues de la seda de Cachemira. En el lado opuesto se encontraba el armario, cercano a la ventana que se abría a un jardín interior sombreado, lúgubre con la luz del sol poniente. Los helechos plantados habían crecido bastante desde la última vez que se asomó a la ventana. Incluso había unos cuantos hierbajos, que tocaron un pozo de sensaciones de pérdida que Safia no creía tan profundo.

—¿Por qué había regresado? ¿Por qué se había marchado?

No parecía lograr conectar el pasado y el presente.

Un leve tintineo de agua desvió su atención hacia el baño contiguo. No quedaba mucho tiempo antes de la cena. Se despojó de la ropa, dejándola caer en el suelo y se aproximó hacia la bañera de azulejos, estrecha pero profunda. El vapor del agua se elevaba como un susurro inaudible. O tal vez fuesen los pétalos de jazmín blanco que flotaban en la superficie, perfumando toda la cámara.

Aquella visión le arrancó una sonrisa cansada.

Cruzó hasta la bañera, y aunque no se veía el escalón oculto en el agua, pisó sobre él con decisión, instinto de un pasado que tal vez no se hubiera perdido por completo. Se acomodó en el agua tibia, hundida en ella hasta la barbilla y apoyada contra los azulejos, mientras su melena se enredaba con los pétalos de jazmín.

Algo más allá de los músculos doloridos se relajó y terminó por soltarse.

Cerró los ojos.

Estaba en casa...

8:02 pm

EL GUARDIA PATRULLABA el callejón, linterna en mano, iluminando con su haz el camino adoquinado. Con su otra mano encendió una cerilla contra el muro de piedra caliza de la finca Kensington. La pequeña llama se encendió con un siseo. En las densas sombras que proyectaba una palmera sobre el muro, una figura vestida de negro trepaba con sigilo a tan sólo unos pocos metros.

La luz de la linterna devoró las sombras y amenazó con exponer a la misteriosa escaladora. Cassandra oprimió el gatillo de la pistola lanza garfios. El leve sonido de su engrasado mecanismo pasó desapercibido entre los ladridos de un perro callejero, uno de tantos en Mascate. Sus pies, enfundados en unas silenciosas zapatillas, volaron por encima del muro cuando el cable de acero tiró de su cuerpo hacia delante, al rebobinarse en la pistola que llevaba en la mano. Cuando llegó a la parte superior, utilizó su impulso para lanzarse sobre el muro, tendiéndose rápidamente sobre él.

Los fragmentos afilados de vidrio que ribeteaban el muro para evitar la presencia de intrusos no lograron penetrar el traje ni los guantes negros ultra ligeros de Kevlar, pero sí que le presionaban sobre la sien derecha. La máscara le protegía todo el rostro, a excepción de la franja abierta de los ojos. En la frente llevaba amarradas unas gafas antirreflejantes de visión nocturna, preparadas para su uso. Sus lentes eran capaces de grabar toda una hora de retransmisión digital, y estaban conectadas a un microrreceptor parabólico de escucha oculta.

Diseño del propio Crowe.

Eso arrancó a Cassandra una sonrisa. Le encantaba aquella ironía. *Utilizar las propias herramientas de ese bastardo en contra suya.*

Cassandra observó al guardia desvanecerse tras una esquina de la finca. Soltó el garfio y lo bloqueó en la boca del arma. Rodó sobre su espalda, extrajo el cartucho de aire comprimido utilizado del mango del arma e introdujo uno nuevo, que sacó de su cinturón. Una vez preparada, se dio la vuelta y se arrastró a lo largo del parapeto recortado del muro, en dirección al edificio principal.

El muro exterior no estaba unido a la residencia, sino que daba la vuelta a todo el edificio a una distancia de diez metros. El estrecho espacio estaba decorado con jardines más pequeños, algunos separados por setos para formar zonas más íntimas, salpicadas de fuentes. El eco del borboteo del agua la acompañó a lo largo del parapeto.

Momentos antes había estudiado los esquemas de seguridad proporcionados por el Gremio para asegurarse de que fuesen precisos. Sabía que no debía fiarse del papel y la tinta. Había comprobado personalmente la posición de cada cámara, los horarios de los guardias y la distribución del palacio.

Oculta de nuevo bajo las hojas de otra palmera, avanzó lentamente hacia una sección del palacio iluminada. Un pequeño patio rodeado de columnas encuadraba unas ventanas arqueadas que daban a un comedor alargado. Las velas, delicadamente talladas con forma de flor, flotaban en unos cuencos de plata sobre la mesa, mientras otras cuantas decoraban la mesa sobre unos elaborados candelabros. Sus luces se reflejaban en el cristal y la porcelana fina. Varias figuras se entremezclaban ante la mesa cubierta con un mantel de hilo, y los sirvientes iban y venían llenando los vasos de agua y las copas de vino.

Totalmente paralela al suelo para ocultar su silueta, Cassandra se colocó las gafas digitales sobre los ojos. No necesitó activar la visión nocturna, sencillamente ajustó el amplificador telescópico para ver las imágenes más de cerca. Su pequeño auricular bullía con la conversación amplificada, de volumen minúsculo a causa de la digitalización. Tenía que mantener la cabeza muy quieta para fijar el receptor parabólico en la conversación.

Conocía a todos los presentes.

El desarreglado estudiante, Clay Bishop, tomaba tranquilamente un vino junto a una de las ventanas. Una sirvienta se ofreció a llenarle la copa, y él se negó con un gesto agradecido.

—*La, shuk-ran* —murmuró. No, gracias.

Detrás de él, dos hombres atacaban una bandeja de entrantes tradicionales omaníes, pedazos de carne en su jugo, queso de cabra, olivas y dátiles en tajadas. El Dr. Omaha Dunn y su hermano, Daniel. Cassandra sabía que habían logrado escapar antes por los pelos. Un trabajo bastante descuidado por parte de los secuestradores.

Aún así, fijó en ellos la mirada. Sabía que no debía desestimar jamás a un oponente; el camino estaba plagado de posibles derrotas. Tal vez esa pareja pudiera representar alguna amenaza a tener en cuenta.

Omaha mordisqueaba un hueso de aceituna.

—Mientras estabas en la ducha —comentó, chupando el hueso—, comprobé el parte meteorológico en las noticias locales.

La tempestad de arena se había cerrado sobre la ciudad de Kuwait, descargando una duna sobre la avenida principal. El hermano pequeño articuló un sonido evasivo, no parecía estar interesado en prestarle atención. Su mirada seguía a una rubia esbelta que entraba por el lado opuesto de la habitación.

Coral Novak, miembro de Sigma, su sustituta.

Cassandra centró la atención en su adversaria. La frialdad de la mujer parecía demasiado ensayada, sobre todo considerando lo fácil que le había resultado cogerla desprevenida en el museo. Cassandra entornó los ojos con disgusto.

¿Y ésta es la elegida para sustituirme junto a Painter? ¿Alguien con tan poca experiencia para Sigma? Con razón había muchas cosas que cambiar.

Painter apareció detrás de la mujer. Esbelto, vestido con pantalones negros y camisa también negra, elegante, pero informal. Incluso desde su puesto en el muro, Cassandra le vio estudiar la sala, circunspecto, por el rabillo del ojo. Se fijaba en todos los detalles, analizándolos, haciendo sus cálculos.

Apretó los dedos sobre los fragmentos de vidrio del muro.

Era él quien la había descubierto, quien había amenazado su puesto en el Gremio, quien la había hecho caer de nuevo. Llevaba años preparándose a la perfección, cultivando su papel como jefe, ganándose la confianza de su compañero... y puede que al final algo más allá de la lealtad.

La rabia se fue acumulando en su pecho, removiendo la bilis. Él le había costado todo, la había hecho desaparecer del punto de mira, limitando su papel a operaciones que requerían del anonimato total. Se levantó de su puesto de vigilancia y continuó recorriendo el muro. Tenía una misión. Una antes desbaratada por Painter, en el museo. Sabía cuánto había en juego.

Pero esa noche no fallaría.

Nada podía detenerla.

Cassandra siguió hacia el ala más alejada del palacio, hacia una luz solitaria en la oscuridad de la parte posterior del edificio. Se puso en pie y corrió el tramo final; no podía arriesgarse a perder su objetivo.

Por fin se detuvo ante una ventana que miraba a un jardín descuidado. A través del cristal empañado de vapor, una mujer sola descansaba en la bañera. Cassandra escudriñó el resto de habitaciones. Vacías. Prestó atención al ruido. Silencio total.

Satisfecha, apuntó con el garfio a un balcón superior. Por el oído izquierdo, escuchó a la mujer murmurar. Sonaba como adormilada, disgustada: *"No... otra vez no"*.

Cassandra accionó el gatillo del arma. Los garfios volaron en el aire hacia la lejanía, enroscando un fino cable de acero a su paso con un leve siseo. Los garfios traspasaron la balaustrada del balcón del tercer piso. Tras bloquearlos con un pequeño tirón, Cassandra se balanceó desde el muro hasta el jardín de abajo. El viento silbaba a su paso, y los perros del vecindario ladraban en un callejón cercano. Aterrizó sin romper ni una sola hoja y se apoyó en la pared junto a la ventana, con la cabeza ligeramente inclinada para escuchar si saltaba la alarma.

Silencio.

Comprobó la ventana. La habían dejado abierta un par de dedos, y al otro lado vio a la mujer murmurar entre sueños.

Perfecto.

8:18 pm

Safia se encuentra *en la sala de espera de un enorme hospital. Sabe lo que está a punto de suceder. Al otro lado divisa a una mujer que camina con cierta cojera y entra en la planta. Lleva la cara y el cuerpo cubiertos con un burka. El bulto es ahora evidente bajo la túnica de la mujer.*

... no como antes.

Safia trata de cruzar la sala de espera, desesperada por evitar lo que está a punto de ocurrir. Pero los niños se arremolinan a sus pies, trepando por ellas, agarrándose a sus brazos. Ella intenta apartarlos, pero se echan a llorar.

Se detiene, sin saber si consolar a los pequeños o seguir adelante.

Al otro lado, la mujer desaparece entre la multitud más allá del mostrador. Safia ya no la ve, pero una de las enfermeras levanta el brazo y señala en dirección a Safia. Escucha su nombre.

... como antes.

La multitud se separa. La mujer aparece iluminada con luz propia, angelical, con la túnica hinchada a modo de alas.

No, murmura Safia *en silencio. No encuentra el aire suficiente para hablar, para avisar.*

Y entonces, una explosión cegadora, toda luz, sin sonido.

La visión regresa en un instante, pero no la audición.

Se encuentra de espaldas, contemplando las llamaradas que se extienden por el techo. Oculta su rostro al calor, pero éste lo cubre todo. Gira la cabeza y ve a los niños esparcidos por el suelo, en llamas, o aplastados bajo bloques de piedra. Uno está sentado de espaldas a una mesa boca abajo, pero le falta la cara. Otro estira el brazo hacia ella, pero sin mano, tan sólo un muñón sangrante.

Safia se da cuenta ahora de por qué no puede oír. Porque el mundo se ha convertido en un grito que se extiende hacia el infinito. El grito no sale de los niños, sino de su propia boca.

Y entonces algo...

... le toca.

Safia se despertó sobresaltada en la bañera, ahogándose con el mismo grito. Un grito que siempre había estado en su interior, intentando salir. Se tapó la boca, temblando y sollozando, guardándoselo todo dentro. Tiritaba en el agua fría, abrazada a su cuerpo. Con fuerza. Esperando que el ataque de pánico pasara.

Sólo ha sido un sueño...

Ojalá pudiera creerlo. Había resultado demasiado convincente, demasiado vívido. Todavía tenía el sabor a sangre en la boca. Se limpió una ceja pero continuó temblando. Quería culpar al cansancio por su reacción, por la pesadilla, pero era mentira. Era ese lugar, esa tierra, el volver a casa. Eso, y Omaha...

Cerró los ojos, pero el sueño la esperaba a tan sólo un latido de distancia. No era una simple pesadilla. Todo aquello *había* ocurrido. Todo aquello había sido culpa suya. El imán local, un dirigente musulmán, había intentado evitar que Safia excavara unas tumbas en las colinas de las afueras de Qumran. Pero ella no le había escuchado, demasiado confiada en el pretexto de la pura investigación.

El año anterior, Safia había pasado seis meses descifrando una única tablilla de arcilla, que sugería que había un alijo de pergaminos ocultos en ese emplazamiento, tal vez otro sepulcro de los famosos Manuscritos del Mar Muerto. Dos meses de excavaciones le dieron la razón. Descubrió cuarenta urnas, que contenían una amplia biblioteca de escrituras en arameo, el gran descubrimiento del año.

Pero tuvo que pagar por ello un precio muy alto.

Un grupo fundamentalista fanático se ofendió ante la profanación de un lugar sagrado para los musulmanes, especialmente por una mujer, una mestiza, una con lazos con Occidente. Sin saberlo en ese momento, Safia se convirtió en su blanco.

Pero fueron las vidas y la sangre de niños inocentes los que pagaron el precio de su rabia y su orgullo desmedido.

Ella fue una de los tres únicos supervivientes. Un milagro, decían los periódicos, era un milagro que no perdiera la vida en el ataque.

Safia rezó para que no hubiera más milagros de ese tipo en su vida. El precio a pagar era demasiado alto.

Safia abrió los ojos, con los puños aún cerrados. Una sensación tibia de rabia fue dejando paso a la culpa y el dolor. Su terapeuta le había dicho que aquélla era una respuesta perfectamente natural. Se permitiría sentir aquella furia. Aún así, se sentía avergonzada por su rabia, tan indigna.

Se enderezó en la bañera, desbordando el agua, que salpicó el suelo de gotas y pétalos de jazmín. Los pétalos restantes chapotearon alrededor de su cuerpo desnudo.

Bajo el agua, algo le rozó la rodilla, algo suave como una flor, pero más pesado. Safia tensó el cuerpo, como un conejillo en alerta.

Las aguas se asentaron, pero la capa de pétalos de jazmín ocultaba las profundidades de la bañera. Hasta que observó que la lenta forma de una s deshacía la superficie floral.

Safia se quedó de piedra.

La serpiente asomó la cabeza entre los pétalos, con unos cuantos pegados a su piel marrón. Los ojos grises del reptil se volvieron negros al bajar el párpado protector interno. Parecía mirarla directamente a la cara.

Safia conocía ese tipo de serpientes por la reveladora cruz blanca sobre la cabeza. *Echis pyramidum*. La víbora de la alfombra. Todos los niños de Omán la conocían. La señal de la cruz significaba allí muerte, en lugar de la salvación cristiana. La serpiente era un reptil omnipresente en la región, se la encontraba en lugares arenosos o colgada de las ramas de los árboles. Su veneno era tanto hemotóxico como neurotóxico, una combinación fatídica que hacía que la picadura resultara mortal en menos de diez minutos. Y la capacidad de la víbora para picar era tan inmensa y rápida que uno no tenía ni tiempo de alejarse.

La serpiente de un metro de longitud se arrastraba por la bañera en dirección a Safia, que no se atrevía a moverse, por riesgo a provocarla. Debía haberse deslizado en el agua al quedarse dormida, buscando humedad para hidratar su piel.

El animal llegó hasta su vientre, se elevó un poco más sobre el agua y le enseñó su lengua viperina. Safia sintió un cosquilleo en la piel mientras se deslizaba aún más cerca. Se le puso la carne de gallina, pero se obligó a no temblar.

Al no sentirse amenazada, la víbora encalló en su vientre, se deslizó sobre él y lentamente subió hasta su pecho izquierdo. Se detuvo para volver a sacarle la lengua. Su piel escamada era tibia, no fría, y sus movimientos musculares y duros.

Safia se obligó a mantener sus propios músculos tensos, rígidos. No se atrevía a respirar, pero... ¿cuánto tiempo podría contener el aliento?

La serpiente parecía disfrutar en su nueva ubicación, inmóvil sobre el pecho. Su comportamiento también parecía extraño. ¿Por qué no notaba la presencia de Safia, el latido de su corazón?

Vete... deseó con todas sus fuerzas. Si pudiera correr hasta una esquina de la habitación, esconderse, si tuviera oportunidad de salir de la bañera...

Sintió que la aguda necesidad de respirar empezaba a dolerle con fuerza en el pecho, a presionarle en el interior de los ojos.

Por favor, vete...

La víbora probó el aire con su lengua roja. Sintiera lo que sintiera, pareció contentarla, y se apoyó sobre la piel de Safia a descansar.

La visión de Safia empezó a cubrirse de pequeñas estrellas, tanto por la falta de oxígeno como por la tensión. Si se movía, moriría. Y si se atrevía a respirar...

En ese momento un leve movimiento en las sombras desvió su mirada hacia la ventana. La condensación del vapor empañaba la ventana, enturbiando la visión del exterior. Pero no le cabía la menor duda.

Había alguien al otro lado del cristal.

8
JUEGO DE SERPIENTES
ΠꙄƩ�167ᴏⱤƐꓧƐ(ⴖ𝖸Ɛ𝖿Ⴟ𝖤ꓧ

2 de diciembre, 08:24 pm
Ciudad Vieja, Mascate

—¿Dónde diablos está Safia? —preguntó Omaha al comprobar su reloj.

Habían pasado diez minutos de la hora en que se suponía que debían reunirse para la cena. La mujer que conoció en el pasado era dolorosamente puntual, tal como la aleccionaran en Oxford. Su extremada atención a los detalles era lo que hacía de ella una conservadora del Museo Británico tan consumada.

—¿No debería estar ya aquí? —insistió.

—Ordené que le preparasen un baño —anunció Kara mientras entraba en la sala—. Una de las sirvientas acaba de subirle ropa limpia.

Kara entró vestida con un resplandeciente *thob* omaní, un vestido tradicional de seda roja suelta, con bordados de oro en los dobladillos. Llevaba la melena castaña suelta y calzaba unas sandalias de Prada. Como siempre, con Kara había que diferenciar entre lo tradicional y las tendencias de moda más actuales.

—¿Un baño? —gruñó Omaha—. Entonces no se molestará en aparecer.

Safia adoraba el agua en todas sus formas: duchas, fuentes, grifos abiertos, lagos y corrientes, pero sobre todo, adoraba los baños. Omaha solía meterse con ella, atribuyendo su fijación a su pasado en el desierto.

Puedes sacar a una chica del desierto, pero no puedes sacar el desierto de la chica.

Ese recuerdo arrastró otros cuantos, que llegaron sin invitación alguna, como los largos baños compartidos, las piernas entrelazadas, la risa, los leves quejidos, el vapor en el agua y en la piel.

—Bajará en cuanto esté preparada —aseguró Kara, volviendo a centrar la atención de Omaha en la sala. Hizo un gesto de asentimiento al mayordomo—. Tomaremos una ligera cena omaní antes de marcharnos, en unas horas. Sentaos, por favor.

Cada cual encontró su asiento, dividido en líneas bien marcadas. Painter y Coral se sentaron en un lateral de la mesa, junto con el alumno de Safia, Clay. Danny y Omaha tomaron asiento en el otro lado. Por último, Kara se sentó en la silla que precedía la cabecera de la mesa.

Tras una señal imperceptible, los sirvientes comenzaron su desfile a través de las puertas de vaivén que daban al pasillo de la cocina. Llevaban consigo bandejas cubiertas, y algunos incluso las acarreaban con una sola mano por encima de la cabeza. Otros usaban los dos brazos para sujetar su peso.

Cuando todas las bandejas se encontraron alrededor de la mesa, a la altura de los comensales, un sirviente dio un pequeño paso atrás y los demás levantaron las tapas de las bandejas para mostrar los manjares que se servirían. Una coreografía perfecta.

Kara nombró cada plato.

—*Maqbous*... arroz sazonado con azafrán sobre un lecho de cordero. *Shuwa*... cerdo cocinado en hornos de arcilla. *Mashuai*... pescado a la brasa servido con arroz al limón.

Nombró un puñado de otros platos preparados al curry. Entre el delicioso festín también había bandejas repletas de unos delgados panes ovalados que Omaha conocía. El omnipresente pan *rukhal* de Omán, horneado sobre hojas de palmera quemadas.

Kara terminó con la presentación.

—Y por último, pastellillos de miel, uno de mis favoritos, con jarabe de los árboles nativos.

—¿Cómo? ¿No hay ojos de cordero? —musitó Omaha.

Kara le oyó.

—Esa exquisitez se puede preparar a petición de cada uno.

Omaha levantó una mano en signo conciliador.

—Esta vez pasaré.

Kara extendió la mano hacia los manjares.

—La tradición omaní dicta que cada uno se sirva lo que quiera. Buen provecho.

Sus invitados le tomaron la palabra y procedieron a servirse con las cucharas, los cucharones, los pinchos o las manos. Omaha llenó su taza de *Kahwa*, un tipo de café omaní cargado a rabiar. Los árabes no tomaban alcohol, pero desde luego no tenían ningún reparo con respecto a su adicción a la cafeína. Tomó un buen trago y suspiró. El sabor amargo del café estaba suavizado con cardamomo, que le confería un agradable y particular regusto.

La conversación se centró al principio en la calidad de los platos, sobre todo en forma de murmullos de sorpresa ante la ternura de la carne o el picante de las especias. Clay parecía contentarse con los pastelillos de miel. Kara apenas probó la comida, se mantenía atenta a los criados, guiándoles con un asentimiento o un giro de cabeza.

Omaha la estudió mientras bebía su *kahwa*.

Estaba más delgada, más consumida que la última vez que la vio. Todavía le brillaban los ojos, pero ahora parecían más febriles. Omaha sabía cuánto esfuerzo había invertido en aquel viaje. Y también sabía por qué. Safia y él habían compartido ciertos secretos... al menos por aquella época. Conocía la historia de Reginald Kensington. Su retrato colgaba de la pared, detrás de Kara. ¿Sentiría aún los ojos de su padre clavados en ella?

Omaha imaginó que no le habría ido mucho mejor si su propio padre se hubiese desvanecido en el desierto, tragado por las arenas hasta desaparecer de este mundo. Pero gracias a Dios, tenía que imaginar mucho para entender una pérdida así. Su padre, a los ochenta y dos años, aún trabajaba en la granja de la familia en Nebraska, y para desayunar tomaba cuatro huevos con bacon y una montaña de tostadas con mantequilla. Además, cada noche se fumaba un puro. Su madre estaba incluso más sana. *Buen ganado*, solía bromear su padre. *Como mis chicos.*

Mientras pensaba en su familia, la profunda voz de su hermano desvió su atención de Kara. Danny narraba su escapada de mediodía, utilizando el tenedor tanto como su propia voz para contar la historia.

Omaha reconoció su tono de excitación al recordar los sucesos del día. Sacudió la cabeza mientras escuchaba las fanfarronadas y la bravuconería de su hermano pequeño. Omaha había sido igualito a él en el pasado. Inmortal. Armado con el escudo de la juventud.

Pero ya no.

Se quedó mirando sus propias manos, surcadas de arrugas y cicatrices, las manos de su padre. Prestó atención a la narración de Danny. En realidad no había sido una aventura tan grandiosa como éste relataba, sino un asunto peligrosamente serio.

Una voz le interrumpió.

—¿Una mujer? —preguntó Painter Crowe enarcando una ceja—. ¿Uno de los secuestradores era mujer?

Danny asintió.

—Yo no le vi la cara, pero mi hermano sí.

Omaha se encontró con los ojos del otro hombre mirándole fijamente, taladrándole con su color azulado. Concentraba la atención en él como un rayo láser infalible, con el entrecejo fruncido.

—¿Es eso cierto? —preguntó Crowe.

Omaha se encogió de hombros, desconcertado por su intensidad.

—¿Cómo era? —inquirió con rapidez.

Omaha respondió despacio, observando a aquella pareja.

—Era alta, de mi peso. Y por su forma de moverse, creo que tenía formación militar.

Painter miró a su compañera un instante, en el que parecieron intercambiar un mensaje mudo. Sabían algo que no habían contado a los demás. El científico volvió a mirar a Omaha.

—¿Y su apariencia?

—Morena, con ojos verdes. De descendencia beduina. Ah, y llevaba una pequeña lágrima tatuada a la altura de un ojo... el izquierdo.

—Beduina —repitió Painter—. ¿Estás seguro?

—He trabajado en esta región durante quince años, sé distinguir bien a los miembros de las tribus y los clanes.

—¿De qué tribu era la mujer?

—Eso es difícil de decir, no la vi más que un segundo.

Painter se recostó en la silla, claramente menos tenso tras las respuestas. Su compañera tomó uno de los pastelillos, lo colocó en su plato y se olvidó de él. No intercambiaron ninguna mirada entre ambos, pero parecía que algo había quedado zanjado.

—¿A qué viene ese interés? —preguntó Kara, poniendo voz a los pensamientos de Omaha.

Painter se encogió de hombros.

—Si se tratara de un secuestro al azar para exigir dinero, seguramente no tiene importancia. Pero si de alguna forma tuviese conexión con el atraco del museo, creo que todos deberíamos estar atentos a lo que ocurra.

Sus palabras sonaron bastante razonables, prácticas y científicas, pero Omaha percibió una razón más profunda tras el interés expresado.

Kara cambió de tema al mirar su Rolex de diamantes.

—¿Dónde está Safia? No puede estar todavía en la bañera.

09:12 pm

SAFIA INTENTABA QUE su respiración fuera lo más leve posible.

No tenía fobia a las serpientes, pero había aprendido a respetarlas durante sus exploraciones en las polvorientas ruinas. Pertenecían al desierto tanto como la arena y el viento. Así que permaneció sentada en la bañera, inmóvil, mientras el agua se iba enfriando... o tal vez lo que sentía era el frío de su propio miedo.

La víbora de la alfombra enroscada alrededor de su pecho parecía haber encontrado un buen lugar donde descansar a remojo. Safia reconoció la rugosidad de su piel exterior. Era un espécimen extraño, y eso le creaba dificultades durante el cambio de piel.

De nuevo, un movimiento captó su atención al otro lado de la ventana. Pero cuando miró, sólo encontró oscuridad y quietud.

La paranoia solía preceder a los ataques de pánico, una ansiedad que consumía toda su energía y que veía peligro y amenaza donde no existía. Pero en ella, estos ataques solían estar provocados por estrés o tensión, no por una amenaza física. De hecho, la subida de adrenalina provocada por un peligro inminente solía funcionar como un excelente tapón para detener la cascada eléctrica de los episodios epilépticos. Aún así, la tensión de la espera había empezado a desgastar el revestimiento de ese tapón en Safia.

Los síntomas de la mordedura de esa víbora eran inmediatos y graves: ennegrecimiento de la piel, fuego en la sangre, convulsiones capaces de romper los huesos. No existía antídoto alguno.

Sus manos comenzaron a temblar ligeramente.

Ningún antídoto conocido.

Se obligó a tranquilizarse. Exhaló lentamente, observando de nuevo la serpiente. Inspiró otra vez, aún más despacio, percibiendo la dulzura del aire fresco. El aroma del jazmín, antes tan placentero, resultaba empalagoso en ese momento.

Unos golpecitos en la puerta la sobresaltaron, haciendo que se moviera ligeramente y creando varias ondas en el agua. La víbora levantó la cabeza, y Safia sintió que el cuerpo del animal se tensaba contra su cuerpo desnudo, alerta, recelosa.

—Señorita al-Maaz —escuchó una voz que la llamaba desde el pasillo.

No respondió.

La serpiente probó el aire con la lengua y levantó el cuerpo, acercando su cabeza triangular a la garganta de Safia.

—¿Señorita?

Era Henry, el mayordomo de la casa. Debía haber subido para comprobar si se había quedado dormida; los demás ya estarían en el comedor. No había reloj en el cuarto de baño, pero parecía que hubiese transcurrido toda la noche.

En medio del silencio, se escuchó el sonido de una llave introducida en la cerradura, seguido del crujido de la puerta exterior.

—¿Señorita al-Maaz...? —La voz sonó menos apagada—. He dicho a Liza que entre.

Para Henry, el siempre correcto mayordomo inglés, sería impensable entrar en el cuarto de una dama, sobre todo si ésta se encontraba en la bañera. Safia escuchó unos pasos apresurados en dirección al baño.

La conmoción agitó a la serpiente, que se elevó entre sus pechos como una adversaria ponzoñosa. Las víboras de la alfombra eran conocidas por su agresividad, y se decía que eran capaces de perseguir a un hombre hasta un kilómetro de distancia si éste las amenazaba.

Pero la serpiente, aletargada en el agua, no hizo ningún gesto de ataque.

—Hola —dijo una vocecilla tímida desde el otro lado de la puerta.

Safia no tenía forma de avisar a la sirvienta. Una chica joven asomó con la cabeza vergonzosamente agachada y la melena trenzada bajo un gorrito de encaje. A dos pasos de la bañera, murmuró:

—Siento interrumpir su baño, señorita.

Por fin levantó la mirada y se encontró con los ojos de Safia y con la serpiente, que se irguió sobre su cuerpo resbaladizo, siseando amenazante y enroscándose con anticipación. Cerró las escamas mojadas con un sonido similar al del papel de lija.

La sirvienta se llevó la mano a la boca, pero no logró sofocar un grito.

Asustada por el movimiento y el ruido, la serpiente saltó del agua y todo su cuerpo voló por encima del borde alicatado de la bañera, en dirección a la joven, demasiado asustada como para moverse.

Pero Safia sí que reaccionó.

Instintivamente, agarró a la víbora por la cola mientras saltaba, tiró de ella hacia atrás para alejarla de la chica y la hizo girar con toda su longitud. Pero no era un pedazo de cuerda sin vida.

En su mano, que agarraba con fuerza al reptil, notó que éste retorcía los músculos, y más que verla, sintió que la víbora se enroscaba para atacar a aquello que la sujetaba. Safia dio una patada, intentando incorporarse para ganar ventaja, pero los azulejos mojados del interior no ayudaban. El agua rebasó la bañera e inundó el suelo.

La víbora atacó hacia su muñeca, pero con un giro fugaz y un azote de brazo, consiguió que los colmillos no le llegaran a la carne. Aún así, la habilidosa combatiente se contorsionó para atacar de nuevo.

Safia logró ponerse en pie, y empezó a girar sobre la bañera, batiendo su brazo completamente estirado; utilizó la fuerza centrífuga para mantener la cabeza de la serpiente alejada de ella. El instinto le decía que la soltara en uno de los giros para que cayera lejos, pero eso no aseguraba el fin de la batalla. El baño era pequeño, y la agresividad de la víbora, notoria.

Así que restalló el brazo hacia el suelo. Una vez había utilizado un látigo. Se lo había regalado a Omaha de broma en Navidad, dada la insistencia de Kara en llamarle Indiana. En ese momento utilizó la misma técnica, chasqueando la muñeca con un ensayado giro.

La víbora, sorprendida por el movimiento, no logró reaccionar a tiempo. La longitud del animal respondió a las leyes de la vieja física y restalló por completo hacia adelante. La cabeza del reptil golpeó la pared de baldosas con un impacto tan poderoso que desportilló la cerámica, a la vez que salpicaba el cuarto de gotas de color carmesí.

El cuerpo se convulsionó un segundo en la mano de Safia, antes de caer sin fuerzas hacia abajo, con un mudo chapoteo en el agua de la bañera, a la altura de los muslos de Safia.

—¡Señorita al-Maaz!

Safia giró la cabeza y encontró al mayordomo, Henry, en la entrada del baño, asustado por el grito de la sirvienta y con una mano sobre el hombro de la aterrorizada chica.

Safia miró el cuerpo muerto de la serpiente y fue consciente de su propia desnudez. Debería haber sentido vergüenza e intentado taparse, pero en su lugar, sus dedos dejaron resbalar el cuerpo escamoso de la víbora y sus pies dieron un paso para salir de la bañera.

Sólo el temblor de los dedos la delataba.

Henry tomó una enorme toalla de algodón que colgaba de una rejilla caliente, la desdobló, dejó que Safia se acercara a ella y la envolvió en la tela con un abrazo.

A Safia empezaron a caérsele las lágrimas, y sintió que se le dificultaba dolorosamente la respiración.

A través de la ventana, la luna se había elevado, asomándose sobre el muro del palacio. Por una décima de segundo le pareció que algo oscuro revoloteaba por su superficie. Safia se asustó, pero ya había desaparecido.

Sería un murciélago, un depredador nocturno del desierto.

Aún así, su temblor aumentó mientras Henry la cogía en brazos con fuerza y la llevaba hasta la cama de la habitación contigua.

—Ya se encuentra a salvo —le susurró con un anticuado tono paternal.

Safia sabía que aquellas palabras no podían estar más lejos de la realidad.

09:22 pm

En el exterior, Cassandra se ocultaba entre los arbustos. Había observado a la conservadora del museo enfrentarse a la serpiente, moverse con agilidad y despacharla con presteza. Tenía la intención de esperar a que la mujer desapareciera, y luego huir con la maleta que contenía el corazón de hierro. La víbora había resultado ser una visita inesperada para ambas.

Pero a diferencia de la conservadora, Cassandra sabía que la presencia de la serpiente era deliberada, planeada.

Había observado una leve figura ante la ventana, bañada en plata por el reflejo de la luna. Otra presencia. Una que trepaba muros.

Cassandra había descendido y se había alejado, con la espalda pegada a la pared y una pistola en cada mano, dos Glocks negras gemelas que sacó de las pistoleras de los hombros. Vio una figura cubierta con una capa que se alejaba por encima del muro exterior.

Desapareció.

¿Un asesino?

Alguien más se había internado en el jardín con ella... sin que se enterase.

¿Cómo podía haber sido tan estúpida?

La rabia aceleró su pensamiento, y en un instante reorganizó los planes de la noche. Con la conmoción en el cuarto de la conservadora, las posibilidades de huir con el artefacto se reducían visiblemente.

Pero el ladrón de la capa... eso era un asunto totalmente distinto. Ya la habían informado sobre el intento de secuestro de Omaha y Daniel Dunn, aunque no estaba muy claro si el ataque había sido simplemente cuestión de mala suerte: el momento equivocado, el lugar equivocado. O si tal vez se trataba de algo con más significado, un ataque calculado, un intento de pedir rescate a la Corporación Kensington.

Y ahora, la amenaza de muerte a la conservadora.

No podía ser pura casualidad, debía haber alguna conexión, algo que el Gremio desconociera, una tercera parte implicada en todo aquello. ¿Pero cómo y por qué?

Su cabeza pensaba a una velocidad de vértigo.

Cassandra apretó las manos alrededor de las pistolas. Sólo había una forma de saberlo.

Cruzó los brazos, guardó las armas en las pistoleras y desenganchó la pistola de garfio de su cinturón. Apuntó a un objetivo, apretó el gatillo y escuchó el silbido del cable de acero disparado hacia el frente. Ya se encontraba en movimiento cuanto el garfio de arpeo se clavó en el reborde del muro. Se agarró al cabrestante retráctil, y para cuando llegó a la pared, el cable de acero se había tensado y tiró de su peso hacia arriba. Sus zapatos de suela blanda escalaron la pared mientras el motor del arma rebobinaba el cabrestante.

Al llegar a la parte superior, se sentó a horcajadas y se guardó el garfio de arpeo de nuevo en el cinturón. Mientras miraba hacia abajo, se colocó las gafas de visión nocturna. El oscuro callejón se inundó de verdes y blancos luminosos.

Al otro lado, una figura encapuchada escapaba sigilosamente por el muro más alejado, en dirección a una calle vecina.

El asesino.

Cassandra se puso en pie sobre el parapeto de cristales rotos y corrió en dirección al ladrón, que debió oírla, ya que apretó el paso entre las sombras.

¡Demonios...!

Cassandra llegó a un punto de la pared donde se elevaba otra palmera del jardín por encima del muro. Sus hojas frondosas se movían ampliamente con el viento, ocultando ambos lados del muro y bloqueándole el paso.

Sin disminuir el ritmo, Cassandra mantuvo un ojo en su presa, y al llegar al árbol, arremetió contra él, se agarró a unas hojas y saltó los seis metros de muro. La rama cedió ante su peso, y las hojas se rompieron entre sus manos enguantadas, pero la contención temporal bastó para amortiguar la caída. Aterrizó en el callejón flexionando las rodillas para que absorbieran el impacto y salió disparada tras la presa, que se desvaneció en el cruce de una calle.

Cassandra subvocalizó en sus controles, y en sus gafas apareció de repente un mapa superpuesto de la ciudad. Sólo un ojo entrenado podía interpretar aquella mezcolanza de callejuelas. En la Ciudad Vieja, las calles se trazaban sin ton ni son, convirtiendo el entorno en un laberinto de callejones y vías adoquinadas.

Si el ladrón lograba escapar de aquella maraña...

Cassandra apretó el paso. Tenía que aminorar la marcha del otro. Su pantalla digital le mostraba una calle lateral a menos de treinta metros, antes de que apareciera toda una nueva maraña de callejuelas. Sólo tenía una posibilidad.

Apretó el gatillo.

El siseo del cable acompañó al garfio en su bajo arco a lo largo del callejón, y pasó justo sobre el hombro de su objetivo.

Cassandra accionó el retractor para rebobinar el cabrestante a la vez que tiraba hacia atrás con su propio brazo, como si hubiera pescado un pez.

Los garfios se engancharon en el hombro de la figura, haciendo que girara a la vez que sacudía las piernas.

Cassandra se permitió una sonrisa de satisfacción. Pero saboreó la victoria demasiado pronto. Su adversario continuó girando, desliando la capa, hasta que se liberó de ella con una habilidad que sorprendería al propio Houdini. La luz de la luna bañó la figura como el sol de mediodía bajo las gafas de visión nocturna.

Una mujer.

Aterrizó con gracia felina sobre una mano, dio un salto y se quedó en cuclillas. Haciendo volar su melena morena, corrió calle abajo.

Cassandra perjuró y siguió corriendo. Una parte de ella admiraba la habilidad de su objetivo, el desafío. La otra quería meterle un tiro en la espalda por alargar su tarea nocturna. Pero necesitaba respuestas.

Persiguió a la mujer, de movimientos ágiles y seguros. En el instituto, Cassandra había sido campeona de esprínter, algo que no hizo más que mejorar durante su riguroso entrenamiento en las Fuerzas Especiales. Al ser la primera mujer en las tropas del ejército, necesitaba ser rápida.

Su objetivo huyó tras otra esquina.

A esas horas de la noche, las calles estaban vacías, a excepción de unos cuantos perros, que dormitaban en la oscuridad, y otros cuantos gatos, que paseaban a la luz de la luna. Una vez que el sol se ponía, la Ciudad Vieja cerraba sus puertas y ventanas a cal y canto, sumiendo las calles en la oscuridad. Ocasionalmente se escuchaba el eco de fragmentos de música o risas, procedentes de los patios interiores. Varias luces asomaban por los balcones superiores, protegidos de cualquier intrusión mediante barrotes.

Cassandra comprobó la lámina digital y esbozó una delgada sonrisa. La madriguera de callejones hacia la que su presa había huido era complicada, pero terminaba, sin salida alguna, en la torre que flanqueaba el antiguo fuerte de Jalai. Y la fortaleza amurallada no tenía ninguna entrada por ese lateral.

Cassandra mantuvo el ritmo, mientras su mente planeaba el asalto. Extrajo una de las Glocks, y con la otra mano accionó la radio.

—Necesito evacuación en diez minutos —subvocalizó—, localizadme por GPS.

La respuesta fue lacónica.

—Afirmativo. Evacuación en diez minutos.

Tal como habían planeado, el subcomandante del equipo enviaría un trío de viejas motos, equipadas con silenciadores, neumáticos de caucho duro y motores trucados. Los automóviles tenían poca movilidad en los estrechos pasos de la Ciudad Vieja, por lo que las motocicletas se adaptaban mucho más a la región. Ésa era la mejor de las competencias de Cassandra: adaptar la herramienta adecuada para el trabajo adecuado. Para cuando tuviera a su presa acorralada, el equipo de apoyo andaría pisándole los talones. Sólo tenía que mantener a la mujer a raya. Si mostrara resistencia, una bala en la rodilla acallaría su espíritu.

Por delante, un flash de piernas blanquecinas en sus gafas de visión nocturna alertaron a Cassandra de que su objetivo disminuía el paso, que las distancias se acortaban. Seguramente se había dado cuenta de que había caído en una trampa.

Cassandra la siguió sin perderla de vista.

Por fin, tras un último recodo, un estrecho callejón reveló la torre de la fortaleza de Jalai. Las fachadas de ambos lados se elevaban formando un cañón cuadrangular.

La mujer, que se había desprendido de la capa, llevaba tan sólo un vestido suelto blanco. Permaneció de pie en la base del muro vertical de arenisca del fuerte, mirando hacia arriba. La apertura más cercana se encontraba a diez metros de altura. Si la mujer intentaba escalar por las fachadas y tejados contiguos, Cassandra le quitaría la idea con un par de tiros certeros de su Glock. Dio un paso hacia el callejón, bloqueando la salida.

La mujer sintió su presencia y se dio la vuelta para mirarla cara a cara. Cassandra se levantó las gafas; con la luz de la luna le bastaba, y además, en los lugares cerrados prefería la visión natural.

Con la Glock claramente apuntando hacia el frente, fue disminuyendo distancias.

—No te muevas —le dijo en árabe.

Ignorando la orden, la mujer relajó un hombro, y el vestido se deslizó por su cuerpo, hasta descansar en los tobillos, mostrando su desnudez en plena calle. Tenía las piernas largas, los pechos del tamaño de una manzana y el cuello esbelto, pero no parecía intimidada por su desnudez, algo muy extraño en Arabia. Su pose desprendía cierto aire de nobleza, como la estatua griega de una princesa árabe. El único elemento decorativo que llevaba era un diminuto rubí debajo del ojo izquierdo. Una lágrima.

La mujer habló por vez primera, con lentitud y en tono de aviso. Pero sus palabras no eran árabes. Dado su extenso conocimiento lingüístico, Cassandra hablaba con fluidez una docena de idiomas, y entendía bastante bien otro puñado. Giró levemente la cabeza para escuchar sus palabras, reconociendo cierta familiaridad, pero sin lograr identificar el idioma.

Antes de que Cassandra pudiera hacer nada, la mujer desnuda sacó los pies descalzos del vestido y retrocedió hasta las sombras del muro. Al pasar de la luz de la luna a la oscuridad, su forma se desvaneció en un suspiro.

Cassandra dio un paso al frente, manteniendo la distancia entre las dos, y fijó la vista en el muro.

Nada.

Se bajó las gafas de visión nocturna. Las sombras se deshicieron, dejando paso al muro de arenisca. Miró a un lado y a otro.

La mujer no se encontraba allí.

Cassandra se acercó al muro, pistola en mano, y lo registró en siete pasos, con un brazo extendido para tocar la pared y asegurarse de que era real, sólida. Con la espalda pegada contra la pared, observó a continuación el callejón con sus gafas especiales. Ni un movimiento, ni rastro de la mujer.

Imposible.

Era como si se hubiese desvanecido, como si se hubiese convertido en una sombra, en un verdadero genio del desierto. Cassandra miró de nuevo la ropa en el suelo. ¿Desde cuándo llevaban capa los fantasmas?

El sonido de la gravilla y el leve rugido de un motor llamaron su atención hacia la entrada del callejón, y al instante apareció una motocicleta, flanqueada por otras dos. El equipo de apoyo.

Tras una comprobación final, Cassandra se acercó hasta ellos. Dio varias vueltas más en círculos y al llegar a la moto principal preguntó a su piloto:

—¿Has visto a una mujer desnuda de camino aquí?

La mirada del conductor enmascarado expresaba confusión.

—¿Desnuda?

Cassandra percibió la negación en su voz.

—No importa.

Se subió a la moto, detrás del piloto. La noche había sido todo un descalabro. Sabía que algo extraño se estaba tramando ahí afuera, y necesitaba tiempo para averiguarlo.

Dio un par de palmaditas en el hombro del conductor, que giró en círculo la moto y partió, seguido de las otras dos, por el mismo camino que había venido, en dirección al almacén vacío que habían alquilado en el muelle como base de operaciones en Mascate. Era hora de finalizar la misión asignada, y habría sido más fácil con el corazón de hierro en las manos. Pero contaban con un plan de emergencia para las eventualidades, y pronto eliminarían al equipo de expedición de Crowe.

Su mente acelerada repasaba todos los detalles que quedaban por solucionar, a pesar de que le costaba concentrarse. ¿Qué había sido de aquella mujer? ¿Acaso existía una puerta secreta en el fuerte, una que desconociera su servicio de inteligencia? Ésa era la única explicación posible.

Mientras reflexionaba sobre los extraños acontecimientos, las palabras de la desconocida continuaban sonando en su cabeza, y las revoluciones apagadas de la moto le ayudaron a centrarse.

¿Dónde había escuchado aquel idioma antes?

Echó la vista atrás, hacia la antigua fortaleza de Jalai, con sus torres elevadas hacia la luna por encima de las bajas construcciones de la ciudad. Una estructura del pasado, de una era perdida.

En ese instante lo recordó. La familiaridad del lenguaje no era moderna, sino *antigua*.

En su cabeza repitió las palabras, poderosas y cargadas de advertencia. Aunque no las comprendía, sabía qué era lo que había escuchado. Una lengua muerta.

Arameo.

El idioma de Jesucristo.

10:28 pm

—¿CÓMO HA PODIDO colarse? —preguntó Painter. Se encontraba en pie ante la entrada al baño, mirando fijamente el cuerpo flotante de la serpiente muerta entre los pétalos de jazmín.

Todos los comensales habían oído el grito de la sirvienta y habían subido corriendo, pero el mayordomo les detuvo hasta que Kara ayudó a Safia a vestirse.

Kara respondió a su pregunta sentada en la cama, junto a su amiga.

—Esas malditas se cuelan por todas partes, incluso por las instalaciones de la fontanería. La habitación de Safia ha estado cerrada muchos años, tal vez hubiera anidado dentro, y al airear el cuarto y limpiarlo, debe haberse inquietado, y después el agua de la bañera la habrá atraído.

—Es la muda —susurró Safia con voz quebrada.

Kara le había dado un tranquilizante, y aunque sus efectos trababan la lengua de Safia, parecía más calmada que cuando llegó el grupo. La melena aún húmeda se le pegaba a la piel, y ya empezaba a volverle el color a la cara.

—Cuando las serpientes mudan de piel, buscan el agua.

—Entonces lo más probable es que viniera del exterior —añadió Omaha.

El arqueólogo se encontraba bajo el arco que daba al estudio, mientras que el resto esperaba aún en el pasillo.

Kara dio una palmada a Safia en la rodilla y se levantó.

—En cualquier caso, ya ha pasado todo. Más vale que nos preparemos para partir.

—Seguro que podemos atrasarlo un día más —sugirió Omaha, echando un vistazo a Safia.

—No —Safia se esforzó por desenredar su lengua del efecto sedante—. Estoy bien.

Kara asintió.

—Nos esperan en el puerto a medianoche.

Painter levantó una mano.

—No nos has dicho cómo vamos a viajar —comentó, tuteándola ya, en tono más pacífico.

Kara ignoró sus palabras haciendo un gesto con la mano, como aireando su mal olor.

—Ya lo veréis cuando lleguemos; tengo mil detalles de última hora que atender. —Pasó con rapidez junto a Omaha y salió de las habitaciones. Sus palabras parecieron seguirla mientras se dirigía a los demás en el pasillo—. Nos reuniremos en el patio en una hora.

Omaha y Painter quedaron frente a frente en el cuarto, uno a cada lado de Safia. Ninguno de los dos se movió, inseguro de si sería correcto acercarse a Safia para confortarla. El asunto quedó zanjado por Henry cuando apareció bajo el arco, cargado de ropa doblada.

Henry asintió ligeramente ante los dos hombres.

—Señores, he llamado a una criada para que ayude a la señorita al-Maaz a vestirse y a preparar sus cosas. Si son ustedes tan amables... —Hizo un gesto hacia la puerta, indicando que salieran.

Painter dio un paso hacia Safia.

—¿Seguro que estás bien para viajar?

Ella asintió con un esfuerzo.

—Gracias, estaré bien.

—De todas formas, me quedaré en el pasillo, por si me necesitas.

Aquello arrancó a Safia una mínima sonrisa, que Painter agradeció con otra idéntica.

—No es necesario —agradeció de nuevo.

Painter se giró para salir.

—Lo sé, pero de todas formas me quedaré en la puerta.

Painter encontró el rostro de Omaha estudiándole, con los ojos ligeramente entornados y la expresión tensa. Tenía ciertas sospechas, no cabía duda, pero también se percibía cierta rabia bajo su superficie.

Cuando Painter cruzó el cuarto hacia la salida, Omaha no le dejó espacio para pasar, por lo que tuvo que esquivarle y salir de lado.

A la vez, Omaha se dirigió a Safia.

—Has sido muy valiente, cielo.

—Sólo era una serpiente —respondió ella mientras se ponía en pie para coger la ropa que le ofrecía el mayordomo—. Y ahora tengo mucho que hacer antes de irnos.

Omaha suspiró.

—De acuerdo, entiendo —siguió a Painter hacia la puerta.

Los demás ya se habían marchado, y el pasillo estaba vacío.

Painter salió y se quedó montando guardia junto a la puerta. Cuando Omaha pasó ante él, se aclaró la garganta y le habló.

—Omaha...

El arqueólogo se detuvo y le miró de reojo.

—Esa serpiente —comenzó Painter, siguiendo el hilo de una conversación inacabada—, has dicho que venía del exterior, ¿por qué?

Omaha se encogió de hombros y retrocedió un pequeño paso.

—Pues no estoy seguro, pero a las víboras egipcias les gusta el sol de la tarde, sobre todo cuando están mudando de piel, así que no creo que haya estado todo el día en el interior.

Painter fijó la mirada en la puerta cerrada. Ese cuarto daba al este, por lo que sólo recibía la luz de la mañana. Si el arqueólogo estaba en lo cierto, la serpiente había tenido que recorrer un tramo enorme desde su escondrijo al sol hasta la bañera.

Omaha le leyó el pensamiento.

—¿Crees que alguien la ha metido en el cuarto?

—Tal vez me esté volviendo paranoico, pero no es la primera vez que alguien intenta acabar con Safia, ¿no es así?

Omaha frunció el entrecejo, y las arrugas de su frente traslucieron una expresión cansada.

—Aquello fue hace cinco años, en Tel Aviv. Además, si alguien ha metido la serpiente, no pueden haber sido esos mismos hijos de perra.

—¿Por qué no?

Omaha sacudió negativamente la cabeza.

—Ese grupo extremista fue erradicado por los comandos israelíes un año después. *Borrado del mapa*, para ser exactos.

Painter conocía los detalles, sabía que el mismo Omaha había ayudado a los israelíes a dar caza a los extremistas, gracias a sus contactos en la zona.

Omaha murmuró más para sí que para Painter, con tono amargo.

—Después pensé que Safia se sentiría aliviada... que regresaría...

No es tan fácil, amiguito. Painter ya había calado bastante bien a Omaha. Imaginaba que abordaba los problemas de frente, que se echaba sobre ellos sin mirar atrás. Y eso no era lo que Safia necesitaba. Dudaba incluso de que Omaha lograra comprenderlo alguna vez. Sin embargo, Painter percibió un pozo de soledad dentro de aquel hombre, un pozo que los años pasados habían llenado de arena. Así que intentó ayudar.

—Ese tipo de traumas no se superan con...

Omaha le interrumpió con brusquedad.

—Sí, claro, eso ya lo he oído antes. Muchas gracias, pero no eres mi terapeuta. Ni el *suyo* —se alejó por el pasillo con paso decidido, mientras le dedicaba una última advertencia burlona—. A veces, *amigo doctor*, una serpiente no es más que una serpiente.

Painter suspiró.

Una figura salió de las sombras de una arcada cercana. Coral Novak.

—Ese hombre tiene algo pendiente.

—Como todos.

—He escuchado sin querer vuestra conversación —le dijo—. ¿Hablabas por hablar o de veras crees que hay una tercera parte involucrada en esto?

—No me cabe duda de que alguien más quiere tomar parte en el juego.

—¿Cassandra?

Painter bajó la cabeza lentamente.

—No, una variable desconocida.

Coral puso mala cara, lo que consistió en apretar la comisura de los labios de la manera más imperceptible.

—Eso no es bueno.

—No... no lo es.

—Y en cuanto a la conservadora —Coral continuó, señalando con la barbilla hacia la puerta—, parece que te has metido muy bien en el papel del atento científico *civil*.

Painter percibió un sutil aviso en su voz, la preocupación de que tal vez estuviese cruzando la línea entre la profesionalidad y lo personal.

Coral continuó.

—Si alguien más está metiendo las narices en esto, ¿no deberíamos estar buscando pruebas en el exterior?

—Exacto, por eso vas a salir al jardín ahora mismo.

Coral enarcó una ceja.

—Yo tengo que montar vigilancia aquí —respondió a la pregunta no planteada.

—Entiendo —Coral dio la vuelta para marcharse—. ¿Pero tu guardia es por el bien de la misión o de la mujer?

Painter endureció la voz con su tono de comando.

—En este caso en concreto, las dos son lo mismo.

11:35 pm

SAFIA MIRABA DESCUIDADAMENTE el paisaje por la ventanilla. Los dos comprimidos de diazepam le embotaban la cabeza, y las luces de las farolas de las calles no eran más que borrones fosforosos, retazos de luz sobre el cielo de medianoche. Los edificios se ocultaban en la oscuridad, pero por delante, un halo de luz señalaba los muelles de Mascate. El puerto comercial era un lugar activo veinticuatro horas al día, iluminado por los focos exteriores y las lámparas de sodio de los almacenes.

Tras doblar una esquina, el puerto apareció en su campo de visión. La bahía estaba casi vacía, la mayoría de las lanchas de aceite y los buques portacontenedores habían atracado antes de la puesta de sol. Durante la noche se llevaba a cabo su descarga del contenido y la carga de la nueva mercancía. Incluso en ese momento, varias grúas hidráulicas y contenedores tan grandes como un coche se movían de un lado al otro por el aire, como un mecano de tamaño gigantesco. Más allá, cerca del horizonte, un crucero mastodóntico flotaba en las aguas oscuras como un pastel de cumpleaños con las velas encendidas, sobre un telón de fondo cubierto de estrellas.

La limusina se alejó de la conmoción de los muelles hacia el lado más alejado del puerto, donde atracaban los buques de vela árabes más tradicionales. Durante miles de años, los omaníes habían surcados los mares, desde África hasta la India, a bordo de aquellos *dhows*, navíos con un sencillo casco de planchas de madera y su distintiva vela triangular. Sus formas variaban desde las poco profundas *badan* hasta las *baghlah* para la pesca de altura. El orgulloso despliegue de antiguos navíos se alineaba en lo más alejado del puerto, apilados uno junto a otro, con las velas plegadas y los mástiles apuntando al cielo, entre marañas de cuerda.

—Casi hemos llegado —murmuró Kara a Safia desde el otro lado de la limusina. El único ocupante, además del conductor y un guardaespaldas, era Clay Bishop, que resopló levemente al oír las palabras de Kara, medio adormilado.

Tras ellos venía la segunda limusina con todos los americanos: Painter y su compañera, Omaha y su hermano.

Safia se incorporó. Kara no le había dicho aún cómo viajarían a Salalah, sólo que se dirigían al puerto, por lo que dedujo que navegarían en alguna embarcación. Salalah era una ciudad costera, como Mascate, y el trayecto entre ambas ciudades resultaba casi más sencillo por mar que por aire. El transporte, tanto de cargamento como de pasajeros, se realizaba de día y de noche, y tanto en ferrys de motor diesel como en hidroplanos veloces como un rayo. Considerando la urgencia de Kara por ponerse de camino, Safia supuso que utilizarían la embarcación más rápida posible.

La limusina giró al atravesar las puertas de la entrada, seguida del otro vehículo, y continuó muelle abajo, desfilando ante la tira interminable de *dhows*. Safia conocía la terminal habitual de pasajeros. Pero se dirigían a un muelle diferente.

—Kara... —se dirigió a su amiga.

La limusina atravesó el tramo final del muelle. Ante ellos, iluminada por las farolas y entre una barahúnda efervescente de transportistas y trabajadores del puerto, se elevaba una visión majestuosa. Por el alboroto y las velas desplegadas dedujo que aquél sería su medio de transporte.

—No... —murmuró Safia.

—Sí —aseguró Kara, con un tono de muy poco agrado.

—¡Madre de Dios! —exclamó Clay, pegando la cara a la ventanilla para ver mejor.

Kara comprobó el reloj.

—No pude negarme al ofrecimiento del sultán.

La limusina se detuvo transversalmente al final del embarcadero. Se abrieron las puertas. Cuando Safia salió, se mareó ligeramente al contemplar aquellos mástiles de cien metros de altura. La longitud del navío doblaba la de los mástiles.

—El *Shabab Oman* —susurró sobrecogida.

Aquel clíper de elevadísimos palos era el orgullo del sultán, el embajador marítimo del país por todo el mundo, el recuerdo de su pasado náutico. Guardaba el diseño tradicional inglés de un trinquete con aparejos de cruz; tanto del mástil principal como del de popa ondeaban velas cuadradas y de balandro. Construido en 1971 con pino uruguayo y roble escocés, presumía de ser el velero más grande de su era en el mundo de la navegación, y todavía estaba en servicio. Durante los pasados treinta años había dado la vuelta al mundo con su participación en carreras y regatas.

Presidentes, primeros ministros, reyes y reinas se habían paseado por su cubierta. Y ahora el sultán se lo prestaba a Kara para su transporte personal a Salalah. Ese detalle, más que ningún otro, demostraba la altísima estima que el sultán sentía por la familia Kensington.

Safia comprendía bien por qué no había podido negarse. Incluso tuvo que contener un pequeño arranque de júbilo, sorprendida por cierto burbujeo que sentía en la barriga. La preocupación por las serpientes y las dudas insidiosas parecieron atenuarse. Tal vez sólo fuera el efecto de las pastillas, pero prefería creer que se trataba del olor salado de la brisa del mar, que conseguía aclararle tanto la cabeza como el alma. ¿Cuándo fue la última vez que se había sentido así?

Para entonces, la otra limusina había aparcado también. Los americanos abrieron los ojos de par en par al salir.

Sólo Omaha se mostró impasible, ya que Kara le había informado del cambio de medio de transporte. Aún así, ver la embarcación en persona le afectó un poco, a pesar de que intentara ocultarlo.

—Genial, esta expedición va a convertirse en la película de Simbad el marino.

—Ya sabes, adonde vayas de los tuyos haya... —murmuró Kara.

11:48 pm

CASSANDRA CONTEMPLABA LA embarcación desde el otro lado del puerto. El Gremio había conseguido aquel almacén mediante sus contactos con un traficante de vídeos pirateados en el mercado negro. La mitad posterior de la oxidada estructura estaba repleta de pilas de DVD y cintas de vídeo VHS de contrabando.

No obstante, el resto del almacén cumplía con todos sus requisitos. Aquel antiguo taller mecánico todavía tenía su propio atracadero y muelle seco interior. El agua golpeaba rítmicamente las pilas cercanas, perturbada únicamente por la estela de las barcas de pesca que pasaban en dirección al mar.

El movimiento hacía oscilar los navíos atracados que habían entrado la semana anterior. Algunos habían llegado desarmados, y habían sido armados allí mismo; los otros arribaron de noche por mar. En el atracadero se mecían tres balleneros de Boston, y atadas a cada uno de ellos había un grupo de resplandecientes motos acuáticas negras, armadas con rifles de asalto, montados sobre plataformas giratorias, por deseo expreso del Gremio. Además, el embarcadero contaba con la lancha de mando de Cassandra, un hidroplano capaz de salir disparado a velocidades superiores a los cien nudos.

Su equipo de doce hombres se afanaba con los últimos preparativos. Todos eran antiguos miembros de las Fuerzas Especiales, como ella misma, pero aquellos hombres duros y decididos jamás habían sido contratados por Sigma. No porque les faltase inteligencia. Tras ser expulsados de las Fuerzas, la mayoría había terminado en grupos mercenarios o paramilitares de todo el mundo, donde aprendieron nuevas habilidades y se volvieron incluso más duros y astutos. De entre todos ellos, el Gremio había elegido a los más adaptables, a los que demostraban una inteligencia más afilada y la mayor de las lealtades a su equipo, características que Sigma apreciaba. Solo que en el caso del Gremio, existía otro criterio fundamental: aquellos hombres no tenían el menor reparo en matar, independientemente de cuál fuese su objetivo.

El segundo al cargo se acercó a Cassandra.

—Mi capitán.

Ella mantuvo la atención fija en la imagen de las cámaras del exterior.

Contaba las personas a bordo, mientras el equipo de Painter subía a la embarcación y saludaba a los oficiales omaníes. Todos parecían estar ya en la nave. Se incorporó y respondió.

—Sí, Kane.

John Kane era el único no estadounidense del equipo. Había servido en la élite de las SAS australianas, las Fuerzas Aéreas Especiales. El Gremio no limitaba su talento al interior de las fronteras americanas, dado que operaba a escala internacional. Con su metro noventa y cinco de altura, Kane era un tipo de musculatura sólida. Llevaba siempre la cabeza rapada, a excepción de una pequeña perilla negra.

En realidad, el equipo estaba formado por hombres de Kane, que se encontraban en el Golfo en el momento en que el Gremio solicitó sus servicios. La organización contaba con personal esparcido por todo el mundo, células independientes que ignoraban la más mínima información sobre los demás, y que estaban preparados para obedecer al Gremio en el momento en que su ayuda fuese requerida.

Cassandra había sido enviada para activar aquella célula particular y para dirigir la misión, asignación que había obtenido dado su conocimiento de Sigma, el adversario del Gremio en aquella operación. Sabía cómo operaba Sigma, conocía sus estrategias y procedimientos, y además, poseía un conocimiento íntimo de su jefe, Painter Crowe.

—Estamos preparados, todo cargado y a punto —le informó Kane.

Cassandra asintió y comprobó su reloj. El *Shabab Oman* tenía planeado zarpar en cuanto llegara la medianoche. Esperarían una hora entera antes de comenzar la persecución. Volvió a mirar al monitor y realizó varios cálculos en su cabeza.

—¿La *Argus*? —preguntó.

—Se comunicó por radio hace unos minutos. Preparada y en posición. Patrulla nuestra zona de ataque para asegurarse de que no haya intrusos.

La *Argus* era un submarino de cuatro plazas, capaz de depositar a los buzos en el agua sin salir a la superficie. Sus motores de propulsión mediante peróxido y sus lanzadores de minitorpedos la convertían en una nave increíblemente rápida.

Cassandra volvió a asentir. Todo estaba en su lugar.

Ningún miembro del *Shabab* viviría para ver amanecer.

Medianoche

Henry se encontraba en medio del cuarto de baño, observando el gorjeo del desagüe. Se arremangó la camisa y se enfundó un par de guantes de goma amarillos.

Suspiró. Cualquiera de las mujeres podría haber realizado aquella tarea sin dificultad, pero estaban tan estremecidas por la conmoción de la noche que se sintió en la obligación de sacar los restos de la víbora de la mansión. En última instancia, el bienestar de los invitados del palacio recaía sobre sus hombros, y ya tenía bastante con sentir que había fallado en la ejecución de su deber aquella noche. A pesar de que el grupo de Lady Kensington había partido, consideraba responsabilidad suya el deshacerse de la serpiente para corregir su error.

Dio un paso al frente, se agachó y con cautela alargó el brazo hacia el cuerpo del reptil, que flotaba formando una ese sobre el agua. Se diría incluso que se retorcía ligeramente con la fuerza que ejercía el agua al colarse por el desagüe.

A Henry le temblaban los dedos; aquel maldito bicho parecía estar vivo.

Apretó la mano enguantada.

—Un poco de compostura, viejo miedoso.

Tras respirar profundamente, agarró la víbora por la parte central del cuerpo, a la vez que rechinaba los dientes y se retorcía en una mueca de disgusto.

—Menudo pastel... —exclamó con el acento irlandés de su juventud.

Rezó una muda oración a San Patricio para dar gracias por que aquellos bichos no existieran en Irlanda.

Sacó la forma inerte de la bañera para introducirla en un cubo con una bolsa de plástico en su interior. Se giró, sujetando la serpiente con el brazo estirado, colocó la cola sobre el recipiente e introdujo el cuerpo del animal, que se fue enrollando en su espiral natural.

Al depositar la cabeza sobre el cuerpo, volvió a sorprenderle el aspecto de vida de la criatura. Sólo la relajación de su boca abierta delataba su estado.

Henry comenzó a levantarse, pero giró de nuevo la cabeza, al ver algo que no tenía sentido.

—¿Qué es esto?

Se giró y alcanzó un peine de plástico del tocador. Tomó con cuidado el cráneo del reptil, utilizó el peine para abrir más aún su boca y confirmó lo que había observado.

—¡Qué extraño! —murmuró.

Hurgó de nuevo con el peine para asegurarse.

Aquella serpiente no tenía colmillos.

9
SANGRE EN EL AGUA

ᚻᚻᚱᚳᚳᛋᛋᚱᛋᚦᚻᚳᛥᚻ

3 de diciembre, 1:02 am
Mar de Omán

Safia contemplaba desde la barandilla la costa oscura mientras emprendían el trayecto. El navío emitía crujidos por todas partes, y las velas chasqueaban con el viraje de los vientos que soplaban sobre el mar de medianoche.

Parecía que hubiesen sido transportados a otra era, cuando el mundo sólo consistía en viento, arena y agua. El aroma de la sal y el susurro de las olas que lamían el casco de la embarcación desdibujaban el bullicio de Mascate. Las estrellas asomaban entre las nubes que se aproximaban por el horizonte. Llovería antes de llegar a Salalah.

El capitán del barco ya les había transmitido el parte meteorológico. La borrasca elevaría un oleaje de hasta diez metros.

—Nada que el *Shabab* no sepa controlar —les dijo con una sonrisa—. Aunque notaremos algún que otro bandazo. Les sugiero que permanezcan en sus camarotes cuando estalle la tormenta.

De ahí que Safia se decidiera a disfrutar del cielo despejado mientras durara. Después de toda la agitación del día, lo que menos le apetecía era confinarse en el camarote. Sobre todo cuando los sedantes dejaran de hacer efecto.

Observó cómo se iban alejando de la costa nocturna, tan apacible, tan dócil. El último oasis de luz, un complejo industrial a las afueras más alejadas de Mascate, comenzaba a desaparecer tras un espolón de tierra.

Escuchó una voz detrás de ella, impregnada de una fingida indiferencia.

—Ahí va el último vestigio de lo que conocemos como civilización.

Clay Bishop se acercó a la barandilla, la agarró con una mano y con la otra se llevó un cigarrillo a los labios. Todavía llevaba sus Levis y una camiseta negra en la que se leía ¿QUIERES LECHE? Durante los dos años que había trabajado con ella como estudiante de postgrado, no había llevado más que camisetas, normalmente con nombres de grupos de rock en colores estridentes. La negra y blanca que llevaba ese día constituía su atuendo más formal.

Algo irritada por la intrusión, Safia le habló con tono severo y académico.

—Esas luces —explicó mientras señalaba el complejo que se desvanecía— marcan el emplazamiento industrial más importante de la ciudad. ¿Podría decirme de qué se trata, Sr. Bishop?

El chico se encogió de hombros, y tras meditar un momento, sugirió una respuesta.

—¿Una refinería petrolífera?

Era la respuesta que Safia esperaba, pero no por ello, la correcta.

—No, se trata de la planta desalinizadora que abastece de agua potable a la ciudad.

—¿Agua?

—Puede que el petróleo sea la riqueza de Arabia, pero el agua es la sangre que le da vida.

Dejó que su alumno reflexionara sobre aquella información. Pocos occidentales conocían la importancia de los proyectos de desalinización en Arabia. Los derechos sobre el agua y los recursos de agua dulce ya habían comenzado a sustituir al petróleo como caldo de cultivo de Oriente Medio y el norte de África. De hecho, algunos de los más sangrientos conflictos entre Israel y sus vecinos, como Líbano, Jordania y Siria, no trataban de ideología o religión, sino del control sobre el suministro de agua del Valle del Jordán.

Clay sentenció el tema.

—El whisky es para beber y el agua para pelear.

Safia arrugó la frente.

—Mark Twain —explicó Clay.

Una vez más, le sorprendió la astuta intuición del chico, y asintió con aprobación.

—Muy bien.

A pesar de su apariencia indisciplinada, tras aquel par de gruesas lentes había una mente avispada. Era una de las razones por las que le había permitido unirse a la expedición. Algún día se convertiría en un investigador de primera.

Volvió a llevarse el cigarrillo a la boca. Al estudiarle, Safia observó un ligero temblor en el extremo encendido, y se fijó, por primera vez, en la fuerza con que la otra mano de blancos nudillos se aferraba a la barandilla.

—¿Te encuentras bien? —le preguntó.

—No soy un gran amante del mar abierto. Si Dios hubiera querido que el hombre naciera para navegar, no habría convertido los restos de los dinosaurios en combustible para los motores a reacción.

—Anda, vete a la cama, Clay.

La planta de desalinización se desvaneció por completo tras la lengua de tierra, y todo quedó sumido en la oscuridad, excepto por las luces del barco que se reflejaban en el agua.

Tras Safia, un puñado de linternas y cables de luces iluminaban la cubierta, ayudando a la tripulación que trabajaba con las cuerdas y las jarcias, preparándose para la llegada de la tormenta y el rugido del mar. La tripulación estaba formada principalmente por reclutas jóvenes de la Marina Real de Omán, que practicaban cuando la embarcación se encontraba en casa realizando trayectos cortos o siguiendo la costa. En otros dos meses, el *Shabab* participaría en la regata de la Copa del Sultán.

Un repentino grito desde el centro de la cubierta interrumpió el murmullo de los jóvenes, maldiciendo nerviosamente en árabe. Se escuchó un gran estruendo y Safia se giró para ver cómo se abría de par en par una escotilla de cubierta, que lanzó a un hombre al suelo, mientras otro salía despedido a través de la apertura y se echaba a un lado asustado.

La razón por la que el marinero había volado por los aires apareció pisándole los talones y clavando las pezuñas en los tablones. Sobre la rampa del cargamento apareció un semental blanco, agitando las crines al viento y bañado en plata a la luz de la luna. Sus ojos parecían dos ascuas de carbón encendidas. De repente se escucharon gritos alrededor.

—¡Dios mío! —exclamó Clay junto a Safia.

El caballo se encabritó, relinchó amenazante y se echó hacia atrás, danzando a dos patas sobre la cubierta. Llevaba un ronzal al cuello, pero el extremo se veía desgastado.

Los marineros corrían en círculos, agitando las manos para acorralar al semental y hacer que retrocediera hacia la escotilla, pero el animal se negaba a moverse, y pataleaba con una pezuña, embistiendo con la cabeza o chasqueando los dientes.

Safia sabía que el animal era uno de los cuatro que transportaban en el establo inferior, dos sementales y dos hembras, y que iban dirigidos a la cuadra real que había a las afueras de Salalah. Alguien no había sido muy cuidadoso al atarlos.

Todavía agarrada a la barandilla, Safia observó a la tripulación batallar con el caballo. Un hombre había tomado una cuerda e intentaba echarle un lazo, pero debió romperse un pie, porque empezó a cojear hacia atrás entre gritos de dolor.

El semental topó con una maraña de cuerdas y arremetió contra ellas, provocando que uno de los cables de luces golpeara la cubierta y rompiera varias bombillas.

De nuevo, más gritos, y de repente apareció uno de los marineros con un rifle en las manos.

—¡*La*! ¡No!

Un destello de piel desnuda llamó la atención de Safia en dirección contraria. Entre los marineros vestidos, una figura medio desnuda apareció corriendo desde una puerta de proa. Vestido únicamente con unos boxers, Painter parecía un salvaje. Llevaba el pelo enredado, como si acabara de despertarse; los gritos y los relinchos debían haberle sacado de su camarote.

Tomó una lona de encima de un rollo de cuerda y corrió descalzo entre los marineros.

—¡*Wa ra*! —gritó en árabe—. ¡Atrás!

Una vez despejado el corro de hombres, Painter agitó la lona delante del animal para atraer su atención. El caballo se encabritó sobre las patas y avanzó hacia atrás, en posición amenazante y con los ojos de carbón fijos en el hombre y la lona. Toro y torero.

—¡Ye-ahh! —gritó Painter a la vez que agitaba un brazo.

El semental dio un paso atrás y agachó la cabeza.

El americano dio un paso lateral hacia el caballo y le lanzó la lona sobre la cabeza, tapándola por completo.

El animal corcoveó una vez y sacudió la cabeza sin lograr deshacerse de la enorme lona que le cubría. Terminó por bajar las patas y quedarse quieto, ciego e inseguro. Su piel sudorosa resplandecía a la luz de la luna.

Painter se mantuvo a un paso de distancia y comenzó a hablarle en voz baja. Safia no entendía las palabras desde allí, pero sí reconoció el tono: el mismo que había escuchado en el avión, un tono tranquilizador.

Por fin se acercó cautelosamente al caballo y colocó una mano en la piel palpitante del equino. El animal cabeceó de nuevo, pero esta vez más despacio.

Painter continuó acercándose y dando palmaditas al semental en el cuello, sin dejar de murmurarle. Con la otra mano alcanzó la cuerda con la que estaba atado, y lentamente lo guió para que diera la vuelta.

Safia le observó un momento. Su piel brillaba tanto como la del animal. Se pasó una mano por el pelo. ¿Acaso percibía un ligero temblor?

Habló con uno de los marineros, que asintió con la cabeza antes de dirigirse hacia la bodega, seguido de Painter y el caballo.

—¡Increíble! —aseguró Clay con aprobación mientras aplastaba la colilla.

Una vez que el ajetreo finalizó, la tripulación regresó a sus obligaciones. Safia miró a su alrededor y vio que casi todos los miembros del equipo de Kara se encontraban en la popa: la compañera de Painter envuelta en una bata, Danny en camiseta y pantalón corto, Kara y Omaha con la misma ropa de antes. Debían estar revisando aún los últimos detalles. Tras ellos, cuatro hombres altos de mirada severa y atuendos militares que Safia no conocía.

Painter regresó de la bodega, doblando la lona entre las manos, y la tripulación le dedicó una pequeña aclamación. Unos cuantos le dieron una palmadita en la espalda. Se sorprendió ante aquellas atenciones, y volvió a pasarse una mano por el pelo, con un gesto de modestia.

Safia se encaminó hacia él.

—Bien hecho —le dijo cuando llegó a su lado—. Si hubieran tenido que dispararle...

—No lo habría permitido, el animal sólo estaba asustado.

En ese instante apareció Kara, con los brazos cruzados sobre el pecho. Su rostro impenetrable no mostraba ahora la mala cara habitual.

—Ése era el semental campeón del sultán. Lo ocurrido llegará a sus oídos, y no dudes, acabas de conseguirte un buen amigo.

Painter se encogió de hombros.

—Yo lo he hecho por el caballo.

Omaha apareció tras Kara, con el rostro evidentemente enrojecido de irritación.

—¿Dónde diablos has aprendido a manejar caballos, llanero solitario?

—Omaha... —le advirtió Safia.

Painter respondió con toda tranquilidad.

—En los establos Claremont de Nueva York. Solía limpiar las cuadras de niño —se dio cuenta de su estado de desnudez mientras hablaba—. Creo que más vale que vuelva a mi camarote.

Kara volvió a dirigirse a él, con frialdad.

—Crowe, antes de que te retires, me gustaría que pasaras por mi camarote un momento, para revisar el itinerario una vez que lleguemos a puerto.

Painter abrió los ojos de par en par, sorprendido por la oferta.

—Por supuesto.

Aquél era el primer signo de cooperación por parte de Kara. Pero la que no se sorprendió fue Safia, que conocía la adoración de su amiga por los caballos, una ternura que no había sentido por ningún hombre. Kara había obtenido varios premios como jinete adiestrador, y la intervención de Painter para proteger al semental no le había conferido sólo el aprecio del sultán.

Painter dedicó un leve asentimiento de cabeza a Safia, con los ojos resplandecientes a la luz de las linternas, y ella se quedó sin aliento para darle las buenas noches.

Al marcharse, Painter pasó ante los cuatro hombres que acompañaban a Kara. Los demás le siguieron, cada uno en dirección de su camarote.

Omaha se quedó junto a Safia.

Kara se giró y habló en árabe con uno de los hombres, un tipo alto y de cabello negro que llevaba la cabeza cubierta con el *shamag* omaní y vestía unos pantalones de color caqui. Beduino. Todos iban vestidos de manera similar. Safia observó que llevaban pistoleras en el cinturón, y el hombre con quien Kara hablaba al oído también portaba una daga curvada que colgaba del cinturón. No era un cuchillo ceremonial, sino un arma afilada que parecía haber sido utilizada en más de una ocasión. Se notaba que él era el jefe, y una cicatriz pálida y burda en la garganta le distinguía de los demás. Asintió a lo que Kara le dijo, y a continuación habló a sus hombres, antes de marcharse con ellos.

—¿Quién es ése? —preguntó Safia.

—El Capitán al-Haffi —explicó Kara—. De la patrulla fronteriza militar de Omán.

—Los Fantasmas del desierto —murmuró Omaha, utilizando el mote de dicha patrulla.

Los Fantasmas eran las Fuerzas Especiales de Omán, en guerra continua contra los traficantes de droga y los contrabandistas de las profundidades del desierto, en cuyas arenas pasaban años enteros. No existían hombres más duros en todo el mundo. Los equipos de las Fuerzas Especiales británicas y estadounidenses aprendieron tácticas de guerra y supervivencia de antiguos miembros de los Fantasmas.

—Él y su escuadrón se han prestado voluntarios como guardaespaldas de la expedición, con el permiso del Sultán Qaboos —explicó Kara.

Omaha estiró los brazos y bostezó.

—Me voy a tumbarme unas horas antes de que salga el sol —echó un vistazo a Safia y percibió sus párpados caídos—. Y tú deberías intentar dormir algo, tenemos días muy largos por delante.

Safia se encogió de hombros con una evasiva. Odiaba tener que estar de acuerdo con él en algo tan sencillo.

Él retiró la mirada. Por vez primera, Safia percibió el paso de los años en su rostro, las arrugas más alargadas y profundas que el sol había forzado en el contorno de sus ojos, e incluso una magulladura en un lado. Tenía unas cuantas cicatrices finas como un hilo, pero no podía negar su tosco atractivo. Cabello rubio rojizo, rostro endurecido, ojos de un azul intenso. Pero el encanto juvenil había desaparecido. Ahora parecía cansado, desteñido por el sol.

Aún así, algo se agitó en su interior cuando él apartó la mirada, un viejo dolor tan familiar como cálido. Cuando se marchó, percibió un levísimo aroma de almizcle, un recordatorio del hombre que una vez durmiera y roncara a su lado en una tienda de campaña. Tuvo que hacer un esfuerzo por no correr hacia él, por no sujetarle un momento más. ¿Para qué? Ya no les quedaban palabras que compartir, únicamente silencios.

Se marchó.

Safia se dio la vuelta y encontró a Kara mirándola fijamente.

Kara sacudió la cabeza.

—Deja que los muertos descansen en paz.

1:38 am

El monitor de vídeo visualizaba al equipo de submarinistas. Cassandra se agachó hacia la pantalla, como intentando escuchar por encima del aullido de los motores del hidroplano. La imagen procedía del sumergible del equipo, el *Argus*, a ocho kilómetros de distancia y a veinte brazas de profundidad.

El *Argus* se dividía en dos cámaras. A proa se encontraban el piloto y el copiloto de la nave, y la cámara de popa, que en ese momento se estaba llenando de agua salada, contenía a los dos submarinistas de asalto. Cuando el agua inundó la cámara, igualando la presión interior con la exterior, la bóveda de popa se abrió como la concha de un mejillón. Los dos submarinistas salieron a las aguas iluminadas por las luces del submarino. Sujetos con una correa a la cintura colgaban los pulsorreactores, dispositivos creados por DARPA para propulsarles a velocidades increíbles. En una red que pendía por debajo de ellos transportaban un arsenal de demolición.

Escucharon unas palabras en voz baja por el dispositivo del oído.

—Contacto con el objetivo mediante sónar establecido —informó el piloto de la *Argus*—. Preparando equipo. Contacto estimado en siete minutos.

—De acuerdo —respondió ella entre dientes. En ese momento sintió a alguien a su espalda. John Kane. Levantó una mano para que esperase.

—Despliegue de las minas a las dos cero cero —finalizó el piloto.

—Entendido —dijo Cassandra, repitiendo la hora y cerrando la retransmisión.

Se incorporó y se dio la vuelta, mientras Kane levantaba el auricular de un teléfono por satélite.

—Línea codificada, llamada privada.

Cassandra tomó el auricular. *Llamada privada*. Eso podía significar que se trataba de uno de sus superiores. Ya debían haber recibido el informe de su fracaso en Mascate, en el que omitió los detalles de la misteriosa beduina desvanecida. Su informe ya resultaba suficientemente perjudicial. Por segunda vez, había fallado en el rescate del artefacto.

Respondió una voz mecánica, sintetizada para mantenerse en el anonimato. Por su flexión y tono, supo quién hablaba. El cabecilla del Gremio, sencillamente apodado como "El Patriarca". Parecía una precaución infantil, chistosa casi, pero la organización del Gremio estaba constituida por células terroristas. La información que se pasaba entre los equipos era la estrictamente necesaria, siempre bajo una autoridad independiente, que informaba tan sólo al escalón superior. Jamás había conocido al Patriarca; sólo tres personas le conocían, los tres lugartenientes que formaban el consejo en el extranjero, y Cassandra esperaba lograr ocupar uno de esos cargos algún día.

—Jefe gris —dijo la inquietante voz usando el apelativo elegido por la propia Cassandra para la operación—. Los parámetros de la misión han cambiado.

Cassandra se tensó. Había planeado al milímetro la misión, la había memorizado al detalle. Nada podía salir mal. Los motores diesel del *Shabab* explotarían de un momento a otro, y ésa sería la señal dada por las lanchas acuáticas para empezar el bombardeo. A continuación llegaría el equipo de asalto, cortando toda comunicación con el exterior, y una vez en posesión del corazón de hierro, la embarcación saltaría por los aires y se hundiría en medio del mar.

—¿Señor? El equipo de despliegue se encuentra de camino. Todo está ya en marcha.

—Improvise —entonó la voz mecánica—. Apodérese con vida de la conservadora del museo junto con el artefacto, ¿entendido?

Cassandra se mordió el labio enfurecida por aquella sorpresa. No se trataba de una simple petición. El objetivo original de hacerse con el

223

artefacto de hierro no exigía ningún parámetro con respecto a la conservación de las vidas del personal a bordo del *Shabab Oman*. Tal como lo había planeado, se trataba de agarrar el objeto y salir corriendo, algo directo, sangriento y veloz. Y ya había empezado a repasarlo todo en la cabeza.

—¿Puedo preguntar para qué la necesitamos?

—Puede resultarnos extremadamente útil en la fase dos. Nuestro experto original en antigüedades arábigas se muestra... muy poco colaborador. Y la experiencia es fundamental para lograr descubrir y asegurar la fuente de poder. Cualquier retraso significaría la derrota. No podemos prescindir de un talento que tenemos convenientemente a mano.

—Entendido, señor.

—Informe cuando finalice la operación con éxito. —Las últimas palabras sonaron ligeramente a amenaza, y al instante se cortó la comunicación.

Bajó el auricular.

John Kane esperaba a unos pasos de distancia. Cassandra se volvió hacia él.

—Cambio de planes. Alerta a tus hombres. Primero entraremos nosotros.

Fijó la vista más allá del puente del hidroplano. En la distancia, el navío rematado de luces resplandecía como un estuche de joyas en medio de los mares oscuros.

—¿Cuándo empezamos el despliegue?

—Ahora.

1:42 am

PAINTER LLAMÓ CON los nudillos a la puerta del camarote. Conocía la distribución de cada sala, tras aquellas puertas de roble escocés exquisitamente talladas. Ésa era la suite presidencial, reservada para potentados y magnates de la industria, y en ese momento, el cuarto de Lady Kensington. Tras subir a bordo había descargado información y esquemas sobre el *Shabab Oman*.

Hay que saber qué terreno se pisa... incluso en el mar.

Un asistente de camarote abrió la puerta. El hombre de avanzada edad, en pie con su pequeña estatura de un metro sesenta, desprendía la dignidad de una persona mucho más alta. Vestía de blanco, desde el pequeño gorro hasta las sandalias.

—Dr. Crowe —saludó inclinando ligeramente la cabeza—. Lady Kensington os espera.

El hombre se dio la vuelta y le indicó que le siguiera. Tras atravesar la antecámara, Painter fue conducido hasta el salón principal. La amplia sala estaba decorada con sencillez pero con elegancia. Un antiguo y enorme escritorio marroquí demarcaba los límites del estudio, revestido de estanterías llenas de libros. En el centro de la sala descansaban dos mullidos sofás, tapizados del azul de la Marina Real Británica, y flanqueados por un par de sillas de respaldo elevado, con almohadones de estilo omaní a franjas rojas, verdes y blancas, los colores de su bandera. En general, la sala constituía una mezcla entre omaní y británica que respondía a una historia compartida.

Aún así, lo más espectacular del salón era la amplísima hilera de ventanas que se abrían al oscuro océano.

Kara se encontraba de pie, ante el telón del cielo estrellado y las aguas iluminadas por la luna. Se había cambiado de ropa y llevaba un grueso vestido de algodón, sin zapatos. Se dio la vuelta cuando percibió el reflejo de Painter en la ventana.

—Eso es todo, Yanni —dijo al auxiliar para que saliera del salón.

Una vez que se hubo marchado, Kara levantó una mano y señaló los sofás.

—Te ofrecería una copa, pero este barco está tan seco como toda Arabia.

Painter cruzó el cuarto y tomó asiento mientras Kara lo hacía en una de las sillas.

—No pasa nada, no bebo alcohol.

—¿Alcohólicos anónimos?

—Elección personal —respondió arrugando la frente. Parecía que el estereotipo del indio borracho también se conocía en Gran Bretaña, y no por falta de misterio. Su propio padre solía encontrar más solaz en una botella de Jack Daniel's que en la familia y los amigos.

Kara se encogió de hombros.

Painter se aclaró la garganta.

—Mencionaste que querías ponerme al día sobre el itinerario.

—Lo encontrarás impreso y debajo de la puerta antes del amanecer.

Painter entornó los ojos.

—¿Y por qué una reunión a estas horas? —Se encontró a sí mismo observando las piernas desnudas de Kara cuando ésta cruzó las piernas. ¿Acaso existía una razón más personal? Sabía, por los informes sobre Kara Kensington, que cambia de hombres como de peinado.

—Safia —respondió para su sorpresa.

Painter parpadeó y le prestó atención.

—Me doy cuenta de cómo te mira —se produjo una larga pausa—. Es mucho más frágil de lo que aparenta.

Y más dura de lo que todos pensáis, añadió Painter para sí mismo.

—Si la estás utilizando, más vale que busques un escondrijo perdido al otro lado del mundo donde meterte después. Si tu interés es únicamente sexual, te recomiendo que te subas la cremallera, si es que estimas cierta parte importante de tu anatomía. ¿Cuál de las dos razones es?

Painter sacudió la cabeza. Por segunda vez en cuestión de horas, cuestionaban su afecto por Safia: primero, su compañera, y después, aquella mujer.

—Ninguna —respondió con más dureza de la que deseaba.

—Explícate.

Painter mantuvo el rostro impasible. No podía eludir a Kara tan fácilmente como antes hiciera con Coral. De hecho, su misión iría mucho mejor con su cooperación que con su hostilidad. Pero permaneció en silencio. Ni siquiera podía pensar en una mentira decente. Las mejores mentiras eran las más cercanas a la realidad, ¿pero cuál era la realidad? ¿Qué *sentía* por Safia?

Por primera vez se detuvo a pensar en ello. Sin duda alguna, la encontraba tremendamente atractiva: sus ojos esmeralda, su piel de café, la forma en que la más leve sonrisa iluminaba su rostro. Pero se había cruzado con muchas mujeres bonitas en la vida. ¿Qué tenía de particular aquélla? Safia era inteligente, consumada, y encontraba en ella una fuerza que los demás parecían no percibir, un interior de granito imposible de romper.

Si se paraba a pensarlo, Cassandra había sido igual de fuerte, ingeniosa y bella, pero había tardado varios años en sentirse atraído por su entonces compañera. ¿Por qué Safia había logrado estimularle en tan poco tiempo?

Tenía una sospecha, pero se negaba a admitirla... incluso para sí mismo.

Mientras miraba a través de la ventana, Painter recordó los ojos de Safia, aquella leve herida tras el brillo esmeralda. Recordó los brazos de aquella mujer alrededor de sus hombros mientras la bajaba del techo del museo, abrazada con fuerza a él, su susurro de alivio, sus lágrimas. Incluso entonces, algo en ella pedía tocarla, algo que despertaba al hombre de su interior. A diferencia de Cassandra, Safia no era sólo granito. Ella contenía un pozo de fuerza y de vulnerabilidad, lo más duro y lo más tierno a la vez.

En lo más profundo de su corazón, sabía que era aquella contradicción lo que le fascinaba por encima de ninguna otra cosa, algo que deseaba explorar en profundidad.

—¿Y bien? —insistió Kara tras su largo silencio.

La primera explosión le salvó de tener que responder.

1:55 am

OMAHA SE DESPERTÓ con el resonar de un trueno en los oídos. Se sentó, sorprendido, sintiendo aún las vibraciones en el estómago, oyendo el traqueteo del diminuto ojo de buey. Sabía que se aproximaba una tormenta. Comprobó la hora: habían transcurrido menos de diez minutos, *demasiado pronto para la tormenta.*

Danny se deslizó desde la litera superior y aterrizó en el suelo sujetándose con una mano y subiéndose los boxers con la otra.

—¿Qué diablos ha sido eso?

El sonido de unos disparos en la parte superior vino seguido de varios gritos.

Omaha apartó las sábanas. Habían dado con una tormenta... pero no la que había vaticinado el hombre del tiempo.

—¡Nos atacan!

Danny buscó las gafas en el cajón superior de un pequeño escritorio.

—¿Quién nos ataca? ¿Por qué?

—¿Cómo demonios voy a saberlo?

Omaha se puso en pie de un salto y se puso una camiseta, sintiéndose algo más protegido con la ropa puesta. Se maldijo por haber dejado la escopeta y las pistolas guardadas bajo llave arriba. Sabía lo traicioneros que podían resultar aquellos mares, plagados de piratas modernos y facciones paramilitares pertenecientes a organizaciones terroristas, que actuaban como si alta mar fuese un cofre de recompensas. Pero jamás imaginó que alguien pudiera atacar el buque insignia de la marina omaní.

Omaha abrió la puerta con cuidado unos centímetros y asomó la vista al estrecho y oscuro pasillo. En una pared se reflejaba la luz de una escalera cercana, que conducía a los dos niveles superiores y a la cubierta. Como de costumbre, Kara había asignado a Omaha y a su hermano los peores cuartos, una planta por encima del casco, un camarote para la tripulación frente a los más lujosos aposentos para los pasajeros. Al otro lado del pasillo se entreabrió otra puerta.

Omaha y su hermano no eran los únicos destinados a las peores camarotes.

—Crowe —susurró.

La puerta se abrió para revelar la figura de la compañera de Crowe. Coral Novak apareció descalza, en pantalón corto y sujetador deportivo, con la melena rubia suelta cubriéndole los hombros. Le hizo un gesto en silencio. Llevaba una daga en la mano derecha, un objeto largo de acero inoxidable resplandeciente con puño negro carbonizado, un diseño militar. La sujetaba por lo bajo, con un pulso mortal, a pesar de la descarga de disparos que se escuchaba sobre sus cabezas.

Estaba sola.

—¿Dónde está Crowe? —susurró Omaha.

Coral señaló la parte superior con un pulgar.

—Fue a ver a Kara hace veinte minutos.

El punto del que parecían proceder los disparos, pensó Omaha. El miedo estranguló su visibilidad mientras clavaba los ojos en las escaleras. Los cuartos privados de Safia y de su estudiante se encontraban bajo la suite de Kara, muy cerca del tiroteo. Se le encogía el corazón con cada disparo de rifle que escuchaba. Tenía que llegar hasta ella. Atravesó la puerta y se dirigió a la escalera.

Escucharon los pasos de unas botas en dirección a ellos.

—¿Armas? —susurró Coral.

Omaha se dio la vuelta para mostrar sus manos vacías. Les habían obligado a dejar todas las armas personales antes de embarcar.

Coral frunció el ceño y se apresuró a la base de las estrechas escaleras. Utilizó el puño de su cuchillo para romper la única bombilla que iluminaba el pasillo, sumiéndolo en una oscuridad total.

Los pasos se apresuraron hacia ellos y de repente apareció una sombra.

Coral pareció leer algo en la sombra, y cambió levemente su posición, ampliando su postura y bajando un brazo. Con una simple patada, golpeó con certeza la rodilla del hombre, que cayó en el pasillo entre gritos de dolor. Era un miembro de la tripulación, el cocinero de la galera. Su cara golpeó las planchas de madera con un crujido y rebotó hacia atrás. El hombre gimió de dolor, pero se quedó quieto y aturdido.

Coral se abalanzó sobre él con el cuchillo, insegura de su identidad.

Arriba continuaban las ráfagas de balas, pero ya sólo esporádicamente, más mortíferas y resueltas.

Omaha se dirigió a la escalera.

—Tenemos que llegar hasta los demás.

Hasta Safia.

Coral se levantó y le bloqueó el paso con un brazo.

—Necesitamos armas.

Sobre sus cabezas sonó el disparo de un rifle, poderoso en un espacio pequeño.

Todos dieron un paso atrás.

Los ojos de Coral y Omaha se encontraron; se debatía entre correr al cuarto de Safia o proceder con cautela. Y la cautela nunca había sido uno de sus valores principales. Aún así, la mujer tenía razón. Puños frente a rifles, no era el mejor de los planes de rescate.

Se dio la vuelta.

—En la bodega hay rifles y munición —explicó, señalando la trampilla del suelo que daba al compartimiento de pantoque, el casco del barco—. Creo que podremos arrastrarnos por él hasta llegar a la bodega principal.

Coral apretó el puño con que sujetaba el arma y asintió. Cruzaron hasta la trampilla, la abrieron y descendieron la corta escalera que daba al pantoque. Olía a algas, sal y resina de roble. Omaha fue el último en atravesar la trampilla.

De repente explotó otra descarga de balazos, marcada por un grito agudo. De hombre, no de mujer. Omaha se estremeció y rezó por que Safia se mantuviera agachada.

Con un profundo odio contra sí mismo, cerró la trampilla, sumiendo el espacio en la oscuridad. Bajó a ciegas la escalera, aterrizando con un pequeño chapoteo sobre el pantoque.

—¿Alguien ha traído una linterna? —preguntó, sin obtener respuesta—. Genial.

De pronto sintió que algo le pasaba sobre el pie y desaparecía chapoteando sobre el agua. Ratas.

1:58 am

Painter se asomó por una de las ventanas del barco. Sobre el agua avanzaba una moto acuática biplaza, bajo el saliente del castillo de proa. Pasó velozmente con un zumbido imperceptible, con el tubo de escape amortiguado y dejando una estela en forma de v sobre la superficie. Incluso en la oscuridad reconoció el diseño.

Un prototipo experimental diseñado por DARPA *para operaciones encubiertas.* El piloto conducía en cuclillas tras el parabrisas, mientras que el pasajero permanecía sentado más alto, manejando un rifle de asalto, giroscópicamente estabilizado en la parte posterior. Los dos utilizaban gafas de visión nocturna.

La patrullera pasó silbando. Ya llevaba contadas cuatro, y tal vez habría más rodeándoles. No distinguía sobre la superficie ningún navío de ataque, el que seguramente habría liberado allí al equipo de asalto. Lo más probable es que hubiese amarrado en uno de los flancos del navío, y que luego se hubiese alejado a una distancia segura hasta que llegase la hora de recoger de nuevo al equipo.

Volvió al interior.

Kara se ocultaba tras un sofá, más enfadada que asustada.

En cuanto se escuchó la primera explosión, Painter comprobó fuera del camarote. A través de la trampilla de cubierta, distinguió un remolino de humo y un resplandor carmesí que procedía de la parte posterior del barco.

Una granada incendiaria.

Ese breve vistazo casi le costó la vida, ya que de repente apareció por la puerta un hombre camuflado de negro, a pocos pasos de él. Painter regresó al interior mientras el tipo disparaba a la puerta. De no haber sido por el refuerzo metálico de la Suite Presidencial, habría partido por la mitad a Painter. Tras asegurar la puerta con el cerrojo, explicó a Kara la situación.

—Han tomado la sala de radio.

—¿Quién?

—No lo sé... parece un grupo paramilitar.

Painter abandonó su puesto en la ventana y se agachó junto a Kara. Sabía muy bien quién dirigía el equipo, no le cabía la menor duda. Cassandra. Las motos acuáticas eran prototipos robados a DARPA, así que debía andar por algún sitio. Seguramente se encontraría sobre la borda, dando instrucciones a su equipo. Recordó el brillo de decisión en sus ojos, la arruga doble que se le formaba entre las cejas cuando se concentraba. Se deshizo de ese pensamiento, sorprendido por una punzada repentina, algo entre furia y sensación de pérdida.

—¿Qué vamos a hacer? —preguntó Kara.

—De momento, quedarnos quietos.

Atrincherados en la suite estarían a salvo del peligro inmediato, pero los demás corrían graves riesgos. Los bien entrenados marineros omaníes solían responder con rapidez al ataque, presentando una feroz resistencia contra el enemigo. Pero los marineros a bordo eran jóvenes en su mayoría, moderadamente armados, y Cassandra conocería bien sus puntos flojos. No tardaría en hacerse con el barco.

¿Con qué objetivo?

Agachado junto a Kara, Painter cerró los ojos y respiró profundamente. Necesitaba detenerse un momento para concentrarse. Su padre le había enseñado varias salmodias de los indios Pequot, en un débil esfuerzo por imbuir a su hijo de tradiciones tribales, generalmente con aliento a tequila o cerveza. Aún así, Painter los había aprendido y los susurraba en la oscuridad cuando sus padres se peleaban, gritaban y maldecían en el cuarto contiguo al suyo. Encontraba cierto consuelo en su repetición, a pesar de que ignoraba lo que significaban, tanto de niño como de adulto.

Movía los labios en silencio mientras meditaba, evadiéndose del ruido de las balas. De nuevo imaginó a Cassandra y adivinó el propósito de su ataque: obtener lo que perseguía desde el principio, el corazón de hierro, la única prueba sólida del misterio de la explosión de antimateria. Se encontraba en el camarote de la conservadora. Su mente imaginó distintos escenarios, parámetros de la misión...

De repente lo entendió todo.

Se puso en pie de un salto.

Desde el principio le había sorprendido la falta de cuidado del asalto. ¿Para qué asaltar la sala de radio y alertar prematuramente a la tripulación? Si se tratara de un grupo mercenario ordinario, lo acusaría de falta de planificación y precisión inexperta, pero si Cassandra se encontraba detrás de todo aquello...

De repente un funesto pensamiento le atravesó las entrañas.

—¿Qué? —preguntó Kara impaciente.

El tiroteo sobre el camarote se había silenciado, lo que le permitió escuchar un zumbido revelador.

Cruzó hasta la ventana y asomó la cabeza. Cuatro motos acuáticas salieron de la oscuridad, pero ocupadas únicamente por los pilotos. Sin pasajeros. Los asientos traseros se encontraban vacíos.

—Maldición...

—¿Qué? —insistió Kara, esta vez con tono asustado.

—Es demasiado tarde.

Supo con certeza que la explosión de la granada no había marcado el *inicio* de la misión, sino el *final*.

Maldijo en silencio su estupidez. El juego había terminado sin que hubiese movido ficha siquiera. Le habían cogido totalmente fuera de guardia. Se permitió un instante de rabia, antes de concentrarse de nuevo en la situación.

El final del juego no tenía por qué constituir el final definitivo. Observó cómo las cuatro motos acuáticas se abatían en picada sobre el navío. Venían a recoger a los miembros del equipo de asalto, la retaguardia, el equipo de demolición asignado para destrozar la sala de radio. Uno de los marineros omaníes debía haberse tropezado con aquellos hombres, dando lugar al tiroteo en la cubierta.

Escuchó más balazos, pero más alejados y decididos, en la popa del barco. Un intento de retirada.

Painter vio por la ventana cómo la última moto acuática daba un amplio rodeo, cauteloso por el tiroteo. Las otras motos, las que llevaban a los hombres a cargo de los fusiles de asalto, habían desaparecido. Tampoco escuchaba signos de combate, simplemente se habían desvanecido. Seguramente con el resto del equipo, imaginó Painter. Y con la presa.

¿Pero adónde?

De nuevo registró las aguas en busca del barco de asalto principal. Debía estar ahí afuera, en algún lugar, pero sólo alcanzaba a divisar aguas oscuras. Las nubes de la tormenta cubrían el cielo, pintando de negro el horizonte. Con los dedos se aferraba al alféizar de la amplia ventana.

De repente, un leve resplandor desvió su mirada, pero no hacia la superficie del agua, sino hacia las profundidades.

Asomó más el cuerpo y miró hacia abajo.

En lo más profundo de las aguas de medianoche, algo resplandecía por debajo de la embarcación, algo que continuó deslizándose hasta alejarse. Painter frunció el entrecejo reconociendo lo que acababa de ver. Un submarino. ¿Pero por qué?

La respuesta no tardó en seguir a la pregunta.

Una vez terminada la misión, el submarino y el equipo de asalto principal desaparecían dejándolo todo limpio, sin un solo testigo.

Conocía el propósito de la presencia del submarino. Llegar en silencio sin ser detectado, dado su reducido tamaño.

—Han minado la embarcación —dijo en voz alta, calculando en su cabeza cuánto tardaría un submarino en salir de la zona de impacto.

Kara respondió algo que Painter ignoró. Corrió hacia la puerta: el tiroteo parecía haberse convertido en unos cuantos tiros esporádicos. Escuchó. No parecía que hubiese nadie cerca, por lo que descorrió el pestillo.

—¿Qué haces? —preguntó Kara por encima de su hombro, pegada a Painter pero irritada por tener que hacerlo.

—Debemos abandonar la embarcación.

Abrió la puerta de par en par. Unos pasos más allá se encontraba la apertura que conducía a la cubierta. Los vientos comenzaban a soplar con fuerza, mientras la tormenta se precipitaba sobre el *Shabab Oman*. Las velas chaqueaban con latigazos, y las cuerdas traqueteaban en los montantes.

Estudió la cubierta como si fuese un tablero de ajedrez.

La tripulación no conseguiría arrizar y sujetar las velas mayores; además, los marineros omaníes estaban inmovilizados por una pareja, no, por tres hombres ocultos tras una pila de barriles amontonados en el extremo más alejado de la cubierta. Los enmascarados contaban con la ventaja de vigilar las secciones delanteras de la embarcación. Uno de ellos apuntaba con su rifle hacia la parte elevada de la cubierta de popa, protegiendo su retaguardia.

En el suelo distinguió a un cuarto enmascarado, que yacía de bruces sobre un charco de sangre a pocos pasos de Painter.

Comprendió la situación de un solo vistazo. También ocultos tras unos barriles en ese lado de la cubierta se hallaban cuatro agentes de la patrulla omaní, los Fantasmas del desierto. Permanecían tumbados por completo y apuntando con el arma a los enmascarados. Un callejón sin salida. Debían haber sido los Fantasmas los que habían abordado a la retaguardia del equipo de asalto, inmovilizándoles para que no saltaran por la barandilla.

—Vamos —ordenó Painter a Kara, cogiéndola por el codo. La arrastró fuera de la suite hacia las escaleras inferiores.

—¿Adónde vamos? —preguntó—. ¿No hay que abandonar el barco?

No respondió. Sabía que era demasiado tarde, pero necesitaba asegurarse. Bajó las escaleras hasta el siguiente nivel, en el que un estrecho pasillo conducía a los camarotes de los invitados.

Cruzado en medio del vestíbulo, bajo la luz de una simple bombilla, yacía un cuerpo boca abajo, solo que no era el de un enmascarado.

Llevaba unos boxers y una camiseta blanca, y se percibía una pequeña marca oscura en el centro de su espalda. Un tiro, seguramente al intentar huir.

—¡Es Clay! —murmuró Kara horrorizada, pegándose de nuevo al cuerpo de Painter.

Se arrodilló junto al cuerpo del chico, pero Painter pasó sobre él, no era momento de lamentos. Se apresuró a la puerta a la que se habría dirigido el chico, en busca de un lugar donde esconderse o para avisar a los demás. Demasiado tarde.

Todos habían llegado demasiado tarde.

Painter se detuvo ante la puerta medio abierta. La luz de la lámpara iluminaba el pasillo. Prestó atención a cualquier ruido. Silencio total. Se templó, como preparación a lo que podría encontrar.

Kara planteó una sola pregunta, sabiendo lo que Painter temía.

—¿Y Safia?

2:02 am

OMAHA ALARGÓ UN brazo, mientras el barco se balanceaba debajo de él. La oscuridad del pantoque desestabilizaba su sentido del equilibrio. El agua chapoteaba bajo sus zapatos y le helaba los tobillos.

Escuchó un golpe tras él... y una maldición. A Danny no le iba mucho mejor que a él.

—¿Seguro que sabes adónde vamos? —preguntó Coral con una voz fría que retumbó en el húmedo casco del barco.

—Sí —le respondió con brusquedad.

Pero era mentira. Continuó recorriendo con la mano una pared resbaladiza hacia la izquierda, rezando por encontrar una escalera que subiera a la planta superior. La siguiente debería conducir a la bodega principal, debajo de la cubierta. O al menos eso esperaba.

Continuaron en silencio, mientras las ratas chillaban en protesta y aparentaban con sus gritos un tamaño mayor, como enormes perros mojados que se multiplicaban en la imaginación de los tres. Omaha las escuchó chapotear delante de ellos, como apilándose en una masa enojada en la popa del barco. Una vez, en un callejón de Calcuta, había visto un cadáver devorado por las ratas. No tenía ojos, ni genitales, se habían comido todas las partes blandas. Por eso odiaba las ratas.

Pero el miedo por lo que le hubiera ocurrido a Safia crecía en su interior y aumentaba su ansiedad en la oscuridad por el sonido de los tiros. En su mente se arremolinaban imágenes sangrientas demasiado terribles. ¿Por qué no le había dicho lo que sentía por ella? Le habría encantado arrodillarse a sus pies para que estuviese a salvo.

Su brazo extendido tocó algo sólido. Pasó la mano y descubrió un travesaño con clavos. ¡Una escalera!

—¡Aquí está! —exclamó con más confianza de la que sentía. No le importaba si estaba en lo cierto o no, ni adónde guiaba aquella maldita escalera. Empezó a subir.

Mientras Danny y Coral se acercaban, él subió todos los peldaños.

—Ten cuidado —le advirtió Coral.

El tiroteo continuaba, tan cercano como para mantenerse alerta.

Al llegar a la parte superior encontró el asa interior de la trampilla. Rezando para que no estuviese cerrada o bloqueada por el cargamento, la agarró y empujó hacia arriba.

La trampilla se abrió con facilidad, cayendo hacia atrás con un sonoro golpe contra un pilar de madera.

Coral le indicó con un bufido que no hiciera tanto ruido, sin palabras, con tan sólo una protesta.

La divina luz les iluminó, cegándoles tras el tiempo transcurrido en la oscuridad total. Incluso se agradecía el olor a heno recién cortado, tras el tufo a sal y moho del casco.

Una enorme sombra se movió a su derecha. Se giró y vio que se le avecinaba un inmenso caballo, el mismo semental árabe que se escapara antes. El animal sacudió la cabeza y resopló hacia él. Tenía la mirada aterrada, y elevó una pezuña amenazadora, preparado para estampar de una coz al intruso contra los establos.

Omaha regresó al interior, maldiciendo su mala suerte. Había dado con el establo del caballo, e incluso divisó otros cuantos alrededor.

Volvió a centrarse en el animal, que tiraba de la cuerda que le sujetaba. Un caballo árabe asustado siempre sería mejor que un guardia armado, pero todavía tenían que salir de allí y llegar hasta la bodega donde se almacenaban las armas.

El miedo por Safia le hacía hervir la sangre. Si había llegado hasta allí...

Confiando en que las cuerdas sujetaran al caballo, salió por la trampilla, giró sobre sí mismo tumbado en el suelo y pasó bajo la valla que encerraba al semental.

Se puso en pie y se limpió el polvo de las rodillas mientras llamaba a los demás.

—¡De prisa!

Encontró una de las mantas del caballo, con luminosos colores rojos y amarillos, y la agitó ante el animal para mantenerle distraído mientras salían los demás. El caballo relinchó al detectar sus movimientos, pero en lugar de ponerse nervioso por los intrusos, empezó a tirar de las cuerdas hacia la manta de montar.

Omaha se dio cuenta de que debía reconocer su propia manta, y que por tanto pensaba que alguien iba a prepararle para cabalgar, para salir del establo. La alarma despertó el deseo de libertad del semental.

Con cierto lamento, colocó la manta sobre la valla una vez que Danny y Coral llegaron a su lado. Los ojos asustados del caballo se cruzaron con los suyos, en busca de sosiego.

—¿Dónde están las armas? —preguntó Coral.

Omaha se dio la vuelta.

—Deberían estar allí —señaló al otro lado de la rampa que daba a la cubierta superior. Una serie de cajas apiladas de tres en tres y marcadas con la divisa de los Kensington se extendía a lo largo de la pared del fondo.

Mientras Omaha se dirigía hacia allí, agachaba la cabeza con el estallido de cada disparo, una especie de intercambio de fuego, una descarga que rebotaba de un lado al otro. Aquel partido mortal parecía provenir del exterior de las puertas dobles que bloqueaban la rampa.

Recordó la pregunta anterior de Danny. ¿Quién les atacaba? No se trataba de simples piratas, aquello parecía demasiado continuado, demasiado organizado, demasiado atrevido.

Al llegar a las cajas, buscó el listado de hojas grapadas. Él mismo se había encargado de organizar las provisiones, y sabía que había una caja con rifles y pistolas. La encontró y la abrió con una palanca.

Danny sacó uno de los rifles.

—¿Y ahora qué hacemos?

—*Tú* te quedas abajo —le ordenó Omaha, cogiendo una pistola Desert Tagle.

—¿Y tú? —preguntó de nuevo Danny.

Omaha ladeó la cabeza para escuchar los disparos mientras cargaba su arma en el suelo.

—Yo tengo que llegar hasta los demás y asegurarme de que se encuentran bien.

Pero en realidad sólo imaginaba a Safia, sonriente, más joven.

Le había fallado en otras ocasiones… pero no en aquélla.

Coral se levantó tras encontrar en la caja una pistola de su agrado. Cargó con rapidez y eficacia la recámara con balas 357 y, con un solo movimiento, colocó el cargador en su lugar. Una vez armada, se sintió más relajada, como una leona libre y dispuesta a dar caza a su presa.

Su mirada se cruzó con la de Omaha.

—Tenemos que regresar con los demás atravesando de nuevo el casco.

Se escucharon nuevos disparos en cubierta.

—Perderíamos demasiado tiempo —Omaha miró hacia la rampa, que daba directamente en el centro del tiroteo—. Tal vez haya otra posibilidad.

Coral arrugó la frente mientras escuchaba su plan.

—Espero que sea una broma —murmuró Danny.

Pero Coral asintió cuando Omaha terminó su explicación.

—Vale la pena intentarlo.

—Entonces, adelante —dijo Omaha—. Antes de que sea demasiado tarde.

10
LA TEMPESTAD
1ᚼXΣⴱⵏΣᚼXᚼꓷ

3 de diciembre, 2:07 am
Mar de Omán

Demasiado tarde.

Painter se acercó a la puerta abierta del camarote de Safia. Una lámpara resplandecía en el interior. A pesar de la urgencia y la certeza de que el navío estaba minado, dudó un instante.

Kara se encontraba tras él, junto al cuerpo de Clay, y Painter temía encontrar a Safia en la misma condición. Muerta en el suelo. Pero sabía que debía afrontar la verdad. Ella había confiado en él, y aquellas muertes eran todas culpa suya. No había prestado la atención suficiente. La misión se había desarrollado en sus narices sin que siquiera se diera cuenta.

Desde un lado, empujó la puerta para abrirla por completo, y escrutó el cuarto sin pestañear. Vacío.

Casi sin creérselo, atravesó con cautela el umbral. Lo único que quedaba de la mujer que una vez ocupara aquel camarote era el aroma a jazmín. Ningún signo de violencia. Aún así, tampoco se veía el maletín de metal que contenía el artefacto del museo.

Permaneció paralizado un momento, entre preocupado y confuso.

Escuchó un quejido tras él y se giró.

—¡Clay está vivo! —anunció Kara desde el pasillo.

Painter se precipitó hacia ellos.

Kara, arrodillada junto al cuerpo del joven, sujetaba algo entre los dedos.

—He encontrado esto clavado en su espalda.

Al acercarse a ella, Painter percibió que el pecho del chico se elevaba y descendía levemente. ¿Cómo no se había dado cuenta? Pero sabía la respuesta. Había actuado con demasiada premura, totalmente seguro de sus destinos.

Kara le ofreció el objeto, se trataba de un pequeño dardo.

—Un tranquilizante —confirmó Painter.

Volvió la mirada hacia la puerta abierta. *Tranquilizantes*. Así que necesitaban a Safia con vida. Aquello era un secuestro. Sacudió la cabeza, reprimiendo una carcajada, en parte por la astucia de Cassandra, y en parte de alivio.

Safia estaba viva. De momento.

—No podemos dejarle aquí —decidió Kara.

Painter asintió, recordando el resplandor del sumergible en las aguas oscuras y recordando la urgencia. *¿De cuánto tiempo dispondrían?*

—Quédate con él.

—¿Pero dónde...

Sin más explicaciones, Painter se apresuró hacia la cubierta baja y registró los camarotes de los demás: los hermanos Dunn y su compañera. Al igual que el de Safia, sus camarotes estaban vacíos. ¿Adónde les habrían llevado?

Más abajo descubrió a uno de los trabajadores de la galera encogido, con la nariz ensangrentada. Intentó que el hombre le siguiera de regreso arriba, pero estaba tan asustado que el miedo le paralizaba.

Painter no tenía tiempo para persuadirle, así que se abalanzó sobre la escalera.

Kara había logrado que Clay se sentara. Aún estaba atontado, no podía sostener su propia cabeza y murmuraba palabras ininteligibles.

—Vamos —Painter agarró a Clay de un brazo y le ayudó a ponerse en pie. Era como cargar con un saco de cemento.

Kara recogió sus gafas del suelo.

—¿Adónde vamos?

—Tenemos que salir de este barco.

—¿Y los demás?

—No están. Ni Safia ni ningún otro.

Painter comenzó a subir las escaleras.

Al llegar arriba, una figura se les acercó hablando a toda velocidad en árabe, demasiado rápido como para que Painter le entendiese.

—El capitán al-Haffi —le presentó Kara.

Painter tenía información sobre aquel hombre, sabía que era el jefe de los Fantasmas del desierto.

—Necesitamos la munición de las cajas de la bodega —explicó el capitán a toda velocidad—. Tenéis que esconderos.

Painter le detuvo.

—¿Cuánto tiempo podéis aguantar con las balas que tenéis?

Se encogió de hombros.

—Unos minutos.

—Debéis mantenerles rodeados, que no abandonen el barco —Painter cavilaba a toda velocidad. Dedujo que la única razón por la que todavía no habían volado en mil pedazos el *Shabab Oman* era porque el equipo de demolición todavía se encontraba a bordo. Una vez que dejaran el barco, nada evitaría que Cassandra detonara las bombas.

Painter vio una forma caída sobre el suelo. Era uno de los enmascarados, el que había visto tumbado en la cubierta. Dejó a Clay en el suelo y se acercó al hombre con la esperanza de encontrar algo que pudiera servirle de ayuda. Una radio, o cualquier cosa.

El capitán al-Haffi se unió a él.

—Le he traído hasta aquí esperando que llevara munición, o incluso una granada. —Pronunció estas últimas palabras con una amargura densa, a sabiendas de que una sola granada habría terminado con la situación de punto muerto en cubierta.

Painter registró el cuerpo y le arrancó la máscara. El hombre llevaba una radio subvocalizada. Se la arrancó y se colocó el auricular en el oído. Nada. Ni siquiera un ruido estático. El equipo había cortado la comunicación.

Siguió buscando, y al registrar el equipo de visión nocturna descubrió que el hombre llevaba una correa alrededor del pecho. Un monitor ECG.

—Maldición.

—¿Qué ocurre? —preguntó Kara.

—Suerte que no descubrieras esa granada —explicó—. Todos los hombres están equipados con monitores de estado. Matarles sería lo mismo que dejar que escaparan. Una vez que desaparezcan, tanto si dejan el barco como si mueren, los demás harán saltar en pedazos el navío.

—¿Lo harán saltar en pedazos? —repitió al-Haffi en inglés, entrecerrando los ojos.

Painter le explicó brevemente lo que había visto y las implicaciones que aquello tenía.

—Debemos abandonar el barco antes que el equipo de retaguardia. He visto un esquife detrás de popa.

—Es la lancha de salvamento del navío —confirmó el capitán.

Painter asintió. Una pequeña embarcación de aluminio.

—Pero esos infieles se encuentran entre nosotros y la lancha —añadió al-Haffi—. Tal vez podríamos ir por debajo, por el vientre del barco, pero una vez que mis hombres dejen de disparar, los otros escaparán.

Painter dejó de registrar al enmascarado y echó un vistazo a la cubierta abierta. El tiroteo había disminuido, ambos bandos se estaban quedando sin munición y no podían desperdiciar una sola bala.

Los Fantasmas se encontraban en desventaja. No podían dejar que los armados escaparan, pero tampoco podían matarles.

Otro punto muerto.

¿O tal vez no?

Giró sobre sí mismo, con una idea repentina.

Antes de poder hablar se escuchó un ruido atronador en la cubierta de popa. Volvió a asomarse y vio que la trampilla de la bodega inferior se había abierto violentamente, y un trío de caballos árabes salían por ella al galope y corcoveaban contra el viento de cubierta, rompiendo cajones y enredando las jarcias. En el caos que producían, destrozaron las bombillas y sumieron la cubierta en una oscuridad mayor.

Uno de los caballos, una yegua, arremetió directamente contra la barricada enemiga. Se escucharon varios disparos y un relinche de caballo.

En medio de la confusión apareció un cuarto caballo, galopando bajo un halo blanquecino. El semental árabe. Voló sobre la rampa y aterrizó en cubierta aporreando con los cascos las placas de madera.

Pero esta vez no cabalgaba libre y salvaje. A lomos del animal ensillado, Omaha apuntó con dos armas al enmascarado más cercano y disparó a todo lo que tenía a tiro hasta vaciar los cargadores, sin piedad alguna.

Dos hombres cayeron a su paso.

—¡No! —gritó Painter, abriendo la puerta de un empujón. Pero la descarga de fuego apagó sus palabras.

Unos movimientos en la trampilla revelaron a Coral, que se deslizaba hasta un puesto de tiro, con un rifle al hombro. Apuntó al único hombre que quedaba en pie, y que intentaba saltar al agua por encima de la barandilla.

El rifle disparó una única ráfaga y el enemigo se sacudió en el aire como si un caballo fantasma le hubiese propinado una coz. La parte izquierda de su cara desapareció en pedazos, mientras su cuerpo se deslizaba sobre la cubierta, apoyado en la baranda.

Painter suprimió un quejido. El punto muerto había llegado a su fin, y una vez muerta la retaguardia, nada evitaría que Cassandra hiciera estallar el navío.

2:10 am

CASSANDRA COMPROBÓ LA hora en su reloj mientras subía desde su Zodiac al aerodeslizador. La misión llevaba diez minutos de retraso. En cuanto subió a cubierta, el segundo al mando se acercó a ella.

John Kane gritó a dos hombres que ayudaran a subir el cuerpo que yacía boca abajo en la Zodiac, el de la conservadora del museo. Las aguas se iban picando mientras los vientos soplaban con fuerza y hacían que subir a bordo constituyera un ejercicio de equilibrio y sincronización. Cassandra subió el maletín con el artefacto.

A pesar de los contratiempos, habían logrado completar su misión.

Kane se detuvo a su lado. Parecía más una sombra que un hombre, todo vestido de negro, desde las botas hasta el pasamontañas.

—La *Aarhus* nos contactó por radio para dar luz verde hace ocho minutos. Esperan tus órdenes para detonar las minas.

—¿Qué hay del equipo de demolición? —Cassandra había oído el tiroteo en la cubierta del *Shabab*. Mientras navegaba a toda velocidad, escuchó el eco en el agua, pero el último minuto había transcurrido en silencio.

Kane sacudió la cabeza.

—Los monitores se han quedado planos.

Muertos. Cassandra recordó los rostros de sus hombres, mercenarios adiestrados.

Se escucharon unos pasos sobre la cubierta, procedentes del puesto de mando.

—¡Capitán Sánchez! —Era el encargado de la radio. Patinó hasta detenerse en la resbaladiza superficie—. ¡Volvemos a captar las tres señales!

—¿Las del equipo de demolición? —Cassandra clavó la mirada en el mar. Como para llamar su atención, se escucharon varios tiros en el *Shabab Oman*.

Volvió a mirar a Kane, que se encogió de hombros.

—Hace un momento perdimos todo contacto —informó el hombre de la radio—. Tal vez fuese una interferencia de la tormenta, pero volvemos a captar la señal con toda claridad.

Cassandra volvió a concentrarse en el mar, en las luces del otro barco, entrecerrando los ojos e imaginando a los hombres.

Kane seguía a su lado.

—¿Órdenes?

La lluvia comenzó a arreciar con su intenso repique sobre la cubierta. Apenas notaba la fuerza de las gotas en las mejillas.

—Detonad las minas.

El encargado de la radio se sorprendió, pero sabía que era mejor no preguntar. Miró a Kane, y éste asintió. Tras apretar el puño con rabia, regresó al puesto de mando.

A Cassandra le molestó aquel retraso en obedecer sus órdenes. Había notado que el hombre esperaba la confirmación de su segundo. Aunque la dirección de la operación había sido asignada a Cassandra, eran los hombres de Kane. Y acababa de condenar a muerte a tres.

No obstante, el rostro de Kane permaneció estoico, su mirada vítrea.

—Ya están muertos —le aseguró—. La nueva señal es falsa.

Kane arrugó la frente.

—¿Cómo puedes estar tan...

—Porque Painter Crowe se encuentra a bordo.

2:12 am

En cuclillas junto a los otros, Painter comprobó las correas sobre los pechos desnudos de Omaha y Danny. Los monitores de los tres hombres muertos parecían funcionar bien. El dispositivo de su propio pecho parpadeaba con regularidad, transmitiendo su impulso al barco de asalto oculto en la oscuridad.

Danny se limpió el agua de las gafas.

—¿Seguro que estas cosas no nos electrocutarán si se mojan?

—Seguro —respondió Painter.

Todo el mundo estaba reunido en cubierta: Kara, los hermanos Dunn, Coral y Clay, que se había despabilado lo suficiente como para permanecer en pie. Pero los bandazos del navío con el alto oleaje de la tormenta hacían que necesitara ayuda. A unos pasos de ellos, los cuatro patrulleros omaníes disparaban de vez en cuando los rifles para simular la anterior situación de punto muerto.

Painter ignoraba si Cassandra se tragaría aquella estratagema, pero esperaba que lo hiciera, al menos el tiempo suficiente para que abandonaran el barco. El capitán al-Haffi había movilizado a la tripulación, que ya había desatado la lancha motorizada, preparada para que subieran a bordo.

El otro bote salvavidas desatado también estaba listo para ser bajado. La tripulación de quince hombres se había reducido a diez. Como no podían perder ni un segundo, no tenían más remedio que dejar a los muertos atrás.

Painter observó el oleaje, cada vez más alto, desde una posición estratégica, para que las motos acuáticas que patrullaban no le vieran. Las olas medían ya casi cuatro metros, y las velas chasqueaban, mientras las ráfagas de lluvia barrían la cubierta. La lancha de aluminio chocó contra la popa, colgando de las cuerdas.

Y la tormenta no había estallado con toda su furia todavía.

Painter vio una de las motos acuáticas asomar sobre una ola, saltar por el aire y volver a caer sobre la superficie del mar. Se agachó instintivamente, pero no era necesario. La moto acuática se estaba alejando.

¡La moto se estaba alejando! Cassandra lo sabía...

Painter se dio la vuelta.

—¡Todo el mundo a los botes! —gritó—. ¡Ahora mismo!

2:14 am

Safia salió de su aturdimiento con el resplandor de un relámpago. Las gotas frescas de la lluvia le salpicaban la cara. Se encontraba tumbada de espaldas y empapada hasta los huesos. Se sentó, pero el mundo giraba a su alrededor. Voces. Piernas. Otro relámpago. Se encogió con el estruendo del trueno.

Sintió que su cuerpo se mecía. *Estoy en un barco.*

—Se le está pasando el efecto de los tranquilizantes —dijo alguien detrás de ella.

—Llevadla abajo.

Safia levantó la cabeza para mirar a quien había hablado. Una mujer. Se encontraba a un metro de distancia y tenía la mirada fija en el mar, además de un extraño aparato sujeto a la cabeza. Vestía totalmente de negro y llevaba el cabello trenzado en la nuca.

Conocía a aquella mujer, de repente volvieron los recuerdos. Un grito de Clay seguido de unos toquecitos en la puerta. *¿Clay?* Se negó a responder, presintiendo que algo no iba bien. Había pasado demasiados años en el límite del pánico como para no haber desarrollado una espesa capa de paranoia. Pero no le sirvió de nada. El cerrojo de la puerta cedió con la misma facilidad que si alguien abriera con la llave desde afuera.

La mujer que tenía delante de ella en ese momento apareció en el quicio de la puerta. Luego había sentido un pinchazo en el cuello. En ese momento se llevó los dedos a la parte inferior de la barbilla y notó un punto blando. Se había levantado para esconderse en el otro lado de su camarote, mientras el pánico le cerraba la visión hasta un reducido punto de láser. Finalmente, aquel punto se había desvanecido también. Luego sintió que se desplomaba, pero su cuerpo no llegó a estrellarse contra el suelo. El mundo desapareció antes.

—Dadle algo de ropa seca —dijo la mujer.

Con gran estupor, Safia reconoció aquella voz, el desdén, la pronunciación aguda de las consonantes. El techo del Museo Británico. *Dime la combinación.* ¡Era la ladrona que la atacó en Londres!

Safia sacudió la cabeza, aquello era una pesadilla, pero despierta.

Antes de poder reaccionar, dos hombres la agarraron de los brazos y la levantaron. Intentó apoyar los pies, pero éstos resbalaban en la cubierta mojada. Parecía que tuviera las rodillas de mantequilla. Algo tan simple como mantener la barbilla en alto requería de toda su fuerza de voluntad.

Safia miró más allá de la barandilla del barco. La tormenta había estallado, y el oleaje subía y bajaba en oscuros montículos semejantes al lomo de una ballena, suaves y brillantes. Percibió algunos gorros blancos, bañados de plata a causa de la escasa luz. Pero lo que llamó su atención, lo que le hizo mantener la cabeza elevada, fue la feroz devastación que observó a corta distancia.

De repente, las fuerzas le flaquearon.

Un barco ardía en medio del mar embravecido, y sus mástiles se habían convertido en antorchas gigantescas. Una de las velas se sacudía en remolinos de cenizas aún encendidas que le arrancaba el fuerte viento. Los fragmentos incendiados del casco destripado decoraban la superficie como hogueras esparcidas.

Conocía aquel barco. El *Shabab Oman*.

Se quedó sin aliento, mientras se debatía entre gritar y ceder a la desesperación. La agitada marea la enfermó de repente, y comenzó a vomitar sobre cubierta, manchando los zapatos de sus guardias.

—¡Vaya, lo que nos faltaba! —maldijo uno, tirando de ella con crueldad.

Pero los ojos de Safia seguían clavados en el mar. Le ardía la garganta.

Otra vez no... todas las personas que quiero no...

Una parte de ella sabía que merecía aquel dolor, aquella pérdida. Desde Tel Aviv, se encontraba en eterna espera, esperaba que le arrancaran todo lo que le importaba. La vida era cruel y extrañamente trágica. Nada era permanente, nada era seguro.

Las lágrimas le abrasaron las mejillas.

Safia contempló las ruinas feroces del *Shabab Oman*. Mantenía pocas esperanzas de que sus ocupantes se hubieran salvado, pero su captora borró de un plumazo aquella esperanza mínima.

—Enviad a la patrulla —ordenó—. Que maten a todo lo que se mueva.

2:22 am

PAINTER SE LIMPIÓ la sangre de un corte sobre el ojo izquierdo. Sacudía los pies para mantenerse a flote, mientras las aguas remontaban y descendían.

El cielo se deshacía en una lluvia recia, atravesada por los relámpagos. Los truenos rugían feroces.

Volvió a mirar la lancha boca abajo, que subía y bajaba sincrónicamente con él. Alrededor de la cintura, una cuerda le unía a la proa del esquife, y a su alrededor, las olas se ensortijaban como si flotara en un mar de petróleo. Pero más allá divisó hogueras salpicadas sobre el agua, que aparecían y desaparecían, mientras la figura inmensa del *Shabab Oman* se iba hundiendo, envuelta en llamas.

Se limpió de nuevo la sangre y el agua de los ojos y escrutó el agua en busca de peligros. Por la mente le cruzó una vaga idea sobre la presencia de tiburones. Sobre todo por la sangre. Pero esperaba que la tormenta mantuviera a aquellos depredadores en las profundidades.

Aún así, Painter buscaba otro tipo de depredadores. No tuvo que esperar mucho.

A la luz de los numerosos tablones flotantes incendiados, divisó una moto acuática que se acercaba, rodeándoles con un amplio círculo.

Painter se colocó las gafas de visión nocturna y se sumergió un poco más para ocultar su silueta. El mundo se disolvió en tonos verdes y blancos. Las hogueras le cegaban con su resplandor y el mar adoptó un tono aguamarina plateado. Se centró en la moto acuática. A través de las gafas, la moto brillaba con crudeza, y su faro resultaba tan luminoso como las hogueras flotantes. Cambió a la herramienta de aumento óptico. El piloto conducía agachado, y tras él, otro hombre manejaba el rifle de asalto montado, capaz de disparar cien balas por minuto.

Con aquellas gafas especiales, Painter distinguió con facilidad otras dos motos que se acercaban bordeando los restos esparcidos del barco, estrechando poco a poco el círculo. Más allá de la figura del navío en llamas se escuchó la explosión de un arma. Le siguió un grito, que terminó de inmediato, a diferencia de los disparos.

El propósito de aquellos carroñeros estaba muy claro.

Ni supervivientes, ni testigos.

Painter nadó de vuelta a la lancha boca abajo, que flotaba como un corcho en el mar enojado. Una vez cerca del casco, se sumergió. Las gafas de visión nocturna eran herméticas. Resultaba extraño lo brillante que se veía el mar a través de sus lentes. Observó las numerosas piernas que colgaban del esquife volcado.

Se coló entre ellas y emergió bajo el casco. Incluso con las gafas puestas, los detalles se veían borrosos. Contó ocho figuras agarradas a la borda y a los asientos de aluminio. El aire se había enrarecido ya a causa del miedo.

Kara y los hermanos Dunn ayudaban a Clay Bishop, que parecía ya más recuperado, a mantenerse a flote. El capitán al-Haffi había tomado posición cerca del parabrisas de la lancha, y al igual que sus dos hombres, se había quitado la capa del desierto y vestía sólo un taparrabos. El destino de los cuatro Fantasmas continuaba sin conocerse.

La explosión ocurrió justo cuando la lancha tocaba el agua. La sacudida les había lanzado a lo lejos, volcando la pequeña embarcación. Todos sufrían lesiones menores. Poco después, Painter y Coral reunieron a los demás bajo la lancha, mientras los restos del navío caían incendiados en el mar. Además, ofrecía un cobijo excelente para evitar ser vistos.

Coral le preguntó al oído.

—¿Ha enviado un equipo de limpieza?

Painter asintió.

—Esperemos que la tormenta acorte su búsqueda.

Escucharon el gruñido de una moto acuática, que aumentaba y menguaba a la vez que sus pasajeros se elevaban y caían entre el oleaje. Al momento se acentuó el ruido. La moto había virado, y se encaminaba directamente hacia ellos.

Painter tuvo un mal presentimiento.

—¡Todos bajo el agua! —avisó—. ¡Y contad hasta treinta!

Esperó hasta comprobar que todos le obedecían. Una vez que Coral se sumergió en el agua, Painter tomó aire y...

Los disparos resonaron sobre el lateral de aluminio, ensordecedores. Como piedras de granizo del tamaño de una pelota de golf sobre un tejado de hojalata. Sólo que no se trataba de granizo, sino de una ráfaga disparada desde tan cerca que las balas perforaban el doble casco de la pequeña lancha.

Painter se sumergió con rapidez, mientras un par de balas atravesaban el agua con un leve susurro. Vio a los demás bajo el esquife, con los brazos estirados hacia arriba para sujetarse. Painter esperaba que el doble casco de la embarcación y el impacto en el agua amortiguaran la velocidad de las balas, una de las cuales pasó rozándole el hombro.

Contuvo la respiración, agarrado al barco, hasta que finalizó la descarga, y a continuación sacó la cabeza del agua debajo del casco. Todavía se escuchaba cerca el motor de la moto acuática. Un trueno hizo retumbar el casco como si tañeran las campanas en sus oídos.

Omaha emergió a su lado bajo el casco, seguido de los demás, que ya no podían contener por más tiempo la respiración. Permanecieron en silencio total, a la escucha del ruido del motor y preparados para volver a sumergirse si fuera necesario.

La moto se acercó al barco, chocando contra el lateral del esquife.

Si intentaran darle la vuelta, o utilizar una granada...

Un golpe de oleaje elevó el bote y a sus ocupantes ocultos, y la moto chocó con más fuerza contra el casco, empujada por la fuerza de la tormenta. Oyeron a alguien maldecir en voz alta, poco antes de que el motor volviera a rugir y empezara a alejarse.

—Podríamos hacernos con la moto acuática —susurró Omaha con su cara pegada a la de Painter—. Tú y yo. Todavía tenemos un par de pistolas.

Painter frunció el entrecejo.

—¿Y luego qué? ¿Crees que no echarán de menos una moto acuática? Ahí afuera se encuentra la embarcación principal, sin duda más rápida que las motos. Se nos echarían encima en un abrir y cerrar de ojos.

—No lo entiendes —insistió Omaha—. Yo no hablaba de largarnos, sino de conducir esa endemoniada moto al lugar de donde viene, de acercarnos secretamente y rescatar a Safia.

Painter tenía que admitir que aquel hombre tenía agallas. Una lástima que le faltara cerebro.

—Estos tipos no son principiantes —le soltó—. Iríamos a ciegas, la ventaja la tienen ellos.

—¿Y a quién le importa cuántas puñeteras posibilidades tenemos? ¡Estamos hablando de la vida de Safia!

Painter sacudió negativamente la cabeza.

LA CIUDAD PERDIDA

—No llegarías ni a cien metros de distancia del barco principal sin ser descubierto y cosido a balazos.

Omaha se negaba a rendirse.

—Si tú no vienes, me llevo a mi hermano.

Painter trató de agarrarle la mano, pero Omaha se deshizo de ella.

—No pienso dejarla sola —Omaha se dio la vuelta y nadó hacia Danny.

Painter reconoció el dolor en la voz de Omaha, la furia. Él sentía lo mismo, el secuestro de Safia había sido culpa suya, responsabilidad suya. Una parte de él quería arremeter contra el enemigo, atacar, correr cualquier riesgo.

Pero también sabía que sería un intento en vano.

Omaha sacó la pistola.

No podía detenerle, pero sabía quién podría hacerlo. Se dio la vuelta y agarró el brazo de otra persona.

—Me importa —dijo con intensidad.

Kara intentó liberar su brazo, pero Painter no la soltó.

—¿Qué dices? —preguntó Kara.

—Tu pregunta de antes... en el camarote. *Me importa* Safia. —Resultaba duro admitirlo en voz alta, pero no tenía otra elección más que reconocer la realidad. Y verdaderamente le importaba. Tal vez no fuera amor... todavía no... pero quería saber adónde llevaba aquel sentimiento. Aquello le sorprendió tanto como a la propia Kara.

—En serio —Painter insistió—. Y la traeré de vuelta. Pero así no.

Señaló con la barbilla a Omaha.

—Así no. Lo más probable es que la maten. Safia está segura de momento, mucho más segura que nosotros, que necesitamos sobrevivir por su propio bien. Todos. Si es que queremos que tenga una oportunidad real de ser rescatada.

Kara le escuchó con atención. Como dirigente consumada, no retardó su decisión. Se giró hacia Omaha.

—Guárdate la condenada pistola, Indiana.

Más allá del casco de aluminio, la moto acuática rugió a causa del efecto Doppler; se estaba alejando.

Omaha miró en su dirección, luego perjuró y se guardó el arma.

—La encontraremos —aseguró Painter, pero dudó que el otro le oyera. Tal vez fuera mejor así. Por mucho que se lo propusiera, no sabía si podría cumplir o no su promesa. Todavía se sentía conmocionado por el asalto y la derrota. Desde el principio, Cassandra se había mantenido un paso por delante de él.

—Voy a comprobar si se han ido.

Volvió a sumergirse y se soltó de la barca. Sus pensamientos todavía se centraban en la capacidad de Cassandra para anticipar sus movimientos. Una duda comenzó a granar en su pecho. ¿Habría un traidor entre ellos?

2:45 am

OMAHA SEGUÍA AGARRADO a la borda de la lancha, subiendo y bajando con las olas. Odiaba tener que esperar en la oscuridad. Oía la respiración de los demás, pero nadie hablaba, cada uno permanecía perdido en sus propias preocupaciones.

Se aferró al marco de aluminio mientras la lancha saltaba otra ola, arrastrándoles a todos con ella.

A todos menos a una. *Safia*.

¿Por qué había hecho caso a Painter? Tendría que haber intentado hacerse con la moto acuática. ¡Al infierno con lo que pensaran los demás! La presión aumentaba en su garganta, dificultándole la respiración. Mantuvo la boca cerrada, inseguro de si la presión saldría como un grito... o como un sollozo. En la oscuridad, el pasado regresaba a él como empujado por las olas.

Se había alejado de ella.

Después de lo de Tel Aviv, algo se había muerto en Safia, arrastrando con ello todo el amor. Se había retirado a Londres. Él había intentado permanecer a su lado, pero su carrera, su pasión se encontraba en otra parte. Cada vez que regresaba a ella sentía que había perdido una parte más de su persona. Se estaba echando a perder por dentro. Se encontró a sí mismo temeroso de regresar a Londres desde cualquier rincón del mundo en el que estuviera. Se sentía atrapado. Pronto sus visitas se fueron volviendo menos frecuentes. Ella no lo notó ni se quejó. Y eso era lo que más dolía.

¿Cuándo terminó, cuándo se convirtió su amor en polvo y arena?

No lo sabía. Fue mucho antes de que terminara por admitir la derrota y le pidiera que le devolviera el anillo de su abuela. Fue durante una larga y fría cena. Ninguno de los dos había hablado; los dos sabían lo que iba a ocurrir. Su silencio dijo más que su titubeante intento de explicación.

En última instancia, ella asintió con la cabeza y se quitó el anillo. Resbaló de su dedo con facilidad. Lo colocó en la palma de su mano y le miró a los ojos. Sin pena alguna, simplemente con alivio.

Y entonces fue cuando él se marchó.

Los demás volvieron en sí cuando Painter les salpicó con el agua al regresar a nado. Se detuvo entre ellos con un suspiro de alivio.

—Creo que se han marchado. No ha habido señal de las motos en los últimos diez minutos.

Los demás murmuraron también su desahogo.

—Deberíamos dirigirnos a la costa, aquí estamos demasiado expuestos.

En la oscuridad, Omaha percibió el ligero acento de Brooklyn de Painter. Ya lo había notado antes, pero ahora chirriaba a cada palabra. Sus instrucciones sonaban a orden, seguramente tenía alguna formación militar. De oficial.

—Hay dos remos sujetos a cada lado de la barca, sólo tenemos que darle la vuelta. —Se desplazó sigilosamente entre ellos y les mostró cómo soltar los remos.

Omaha se encontró de repente con un remo en la mano.

—Nos dividiremos en dos grupos, uno hará peso a babor mientras los otros utilizamos los remos para levantar la zona de estribor. Creo que podremos darle la vuelta sin problema. Pero primero voy a desmontar el motor de la lancha, está hecho añicos y pierde combustible.

Tras coordinar unos últimos detalles, cada uno se dispuso a ocupar su lugar, sumergiéndose y saliendo de debajo del casco. La lluvia salpicaba desde el lóbrego cielo, y los vientos se habían convertido en ráfagas inciertas. Tras el rato que había pasado bajo el esquife, a Omaha la noche le pareció más clara. Los relámpagos titilaban entre las nubes, iluminando el océano, y varias de las hogueras permanecían encendidas, flotando sobre el agua. No había rastro del *Shabab Oman*.

Omaha se giró, en busca de Painter, que había nadado hasta la popa de la embarcación y trataba de quitar el motor. Omaha pensó en ayudarle, pero finalmente decidió ver cómo luchaba con el pasador de seguridad.

Tras varios intentos, Painter logró soltar el motor, que se hundió en las profundidades del mar. Sus ojos se encontraron con los de Omaha.

—Vamos a darle la vuelta a esta preciosidad.

No resultó tan sencillo como Painter describiera. Tuvieron que intentarlo cuatro veces, hasta que por fin lograron que todos se colocaran en un lateral e hicieran peso hacia abajo. Painter y Omaha, armados con los remos, levantaban el lateral de estribor. También sincronizaron la maniobra con la llegada de una ola, y finalmente consiguieron que la embarcación diese la vuelta, medio llena de agua.

Se subieron a bordo y achicaron el agua, mientras Omaha colocaba los remos en posición.

—Sigue entrando agua —dijo Kara, mientras el nivel del agua se elevaba con el peso de sus cuerpos.

—Hay agujeros de bala —respondió Danny, comprobando la superficie bajo el agua con los dedos.

—Seguid achicando, y nos alternaremos para remar y achicar, todavía nos queda mucho hasta llegar a la orilla —coordinó Painter, de nuevo con aquel regusto de mando.

—Os aviso —interrumpió el capitán al-Haffi a pecho descubierto e impertérrito—, las corrientes de esta zona son traicioneras. Debemos tener mucho cuidado con las rocas y los arrecifes.

Painter asintió e hizo un gesto a Coral hacia la proa.

Omaha fijó la vista en los últimos trozos flotantes aún ardiendo, antes de sentarse de espaldas. La costa apenas se discernía como un banco de nubes ligeramente más oscuro. Los destellos de las luces revelaban lo lejos que habían ido a la deriva.

Painter también miró alrededor del bote. Pero no eran los tiburones o la costa lo que le preocupaba. Ahí afuera se encontraban los asesinos sin escrúpulos que habían secuestrado a Safia. ¿Pero temía más por la seguridad de la chica o por su propio pellejo?

Las anteriores palabras de Painter se repetían una y otra vez en la mente de Omaha.

Me importa. Me importa Safia.

Omaha sintió que un arrebato de ira le arrancaba el frío de su ropa mojada. ¿Estaría mintiendo? Omaha aferró las manos a ambos remos y comenzó su tarea. Painter le lanzó una mirada desde la popa. Le estudió con mirada fría, tras los cristales de sus gafas de visión nocturna. ¿Qué sabían de aquel hombre? Seguro que tenía muchas cuentas que dar.

Los músculos de la mandíbula de Omaha dolían de tanto apretarla.

Me importa Safia.

Mientras remaba, Omaha no sabía lo que le enfurecía más, que aquel hombre estuviera mintiendo... o diciendo la verdad.

3:47 am

UNA HORA MÁS tarde, Painter vadeaba las aguas, a la altura de su cintura, tirando de una cuerda por encima del hombro. La playa se extendía como una tela plateada ante él, enmarcada entre acantilados rocosos. El resto de la costa se hallaba sumido en la oscuridad, a excepción de unas débiles luces a lo lejos, hacia el norte. Las inmediaciones parecían desiertas. Aún así, se mantuvo alerta. Había dado sus gafas de visión nocturna a Coral para que vigilara desde la lancha.

Al avanzar, sus pies se iban clavando en las arenas rocosas. Le ardían los muslos del esfuerzo, y le dolían los hombros de su turno en los remos. Las olas le empujaban hacia la orilla.

Sólo un poco más...

Al menos había dejado de llover. Siguió tirando de la cuerda amarrada a la embarcación hacia tierra firme. Tras él, Danny remaba mientras Painter guiaba la embarcación entre las rocas. Finalmente, la playa se abrió ante ellos, totalmente despejada.

—¡Rema con fuerza! —gritó Painter a Danny.

La cuerda se aflojó cuando Danny obedeció su orden. La lancha avanzaba hacia el frente a cada barrida de los remos. Painter, que luchaba contra las olas metido en el agua hasta las rodillas, tiró hacia adelante.

La embarcación superó una última ola y pasó por la derecha de Painter, que saltó para evitar se golpeado.

—¡Perdona! —gritó Danny mientras metía los remos.

La proa de la embarcación se clavó en la arena con un chirrido del aluminio. La ola se alejó, dejando el bote encallado en la playa.

Painter salió a gatas del agua y se puso en pie.

Los ocho pasajeros bajaron a tierra. Coral ayudó a Kara, mientras que Danny, Omaha y Clay se precipitaron aparatosamente por encima de la barca. Sólo los tres Fantasmas del desierto —el capitán al-Haffi y sus dos hombres— cayeron de pie y se dispusieron a escudriñar la playa.

Painter se alejó pesadamente del agua, empapado y con las extremidades doloridas. Cruzó el dibujo de la marea sobre la arena, y sin aliento, se dio la vuelta para ver cómo les iba a los de la lancha. Tendrían que esconderla, arrastrarla a algún lugar o enterrarla.

Una sombra se movió tras él, pero no le dio tiempo a ver el puño. Agotado por el esfuerzo, cayó rendido hacia atrás.

—¡Omaha! —gritó Kara.

Painter reconoció a su atacante al ver a Omaha sobre él.

—¿Pero qué... —Antes de que Painter terminara la frase, se encontró con que el otro se había echado sobre su garganta, y mientras con una mano le sujetaba el cuello, con la otra se disponía a propinarle otro puñetazo.

—¡Maldito hijo de perra!

Antes de que el puñetazo aterrizara en la cara de Painter, unas manos agarraron a Omaha por los hombros y tiraron de su camisa hacia atrás. Él se defendió, trató de soltarse, pero Coral le tenía bien agarrado de la camisa. La tela de algodón se desgarró a lo largo del cuello, y Painter aprovechó la oportunidad para escabullirse. El ojo izquierdo todavía le lloraba del primer puñetazo.

—¡Suéltame! —gritaba Omaha.

Coral le tiró con fuerza sobre la arena.

Kara se acercó a él por el otro lado.

—¡Omaha! ¿Qué diablos estás haciendo?

El hombre se sentó, con el rostro enrojecido.

—Ese hijo de perra sabe más de lo que nos ha contado —apuntó con el dedo hacia Coral—. Él y su compañera la amazona.

Incluso su hermano intentaba tranquilizarle.

—Omaha, éste no es momento de...

Omaha se puso de rodillas de un salto, jadeando y salpicando saliva al gritar.

—¡Claro que es momento! Hemos seguido a ese malnacido hasta aquí, y no pienso continuar hasta que no me dé respuestas. —Se puso en pie, perdiendo un poco el equilibrio.

Painter también se puso en pie, con la ayuda de Coral. Los demás se encontraban frente a ellos, como si una línea dibujada sobre la arena dividiese ambos bandos.

Kara se colocó en el centro y miró a los dos lados. Levantó una mano para calmar la situación y se giró de frente a Painter.

—Has dicho que tienes un plan. Empecemos por ahí.

Painter respiró profundamente y asintió.

—Salalah. Allí es adonde llevarán a Safia, y allí iremos nosotros.

Omaha no pudo evitar gritar.

—¿Y cómo diablos sabes todo eso? ¿Cómo puedes estar tan seguro? Podrían haberla llevado a cualquier parte... para pedir luego un rescate, o para vender el artefacto, ¿quién sabe?

—Simplemente lo sé —respondió Painter con frialdad. Dejó unos momentos de silencio antes de volver a hablar—. Los que nos han atacado no son un puñado de asaltantes al azar. Eran un equipo organizado, con un propósito definido en su asalto. Entraron sin que nadie se enterase, se llevaron a Safia, además del corazón de hierro. Sabían lo que buscaban, y sabían quién es la persona que mejor conoce el tema.

—¿Pero por qué? —preguntó Kara, deteniendo otro arrebato de Omaha con el brazo—. ¿Qué quieren?

Painter dio un paso al frente.

—Lo que nosotros queremos. Pistas sobre la verdadera ubicación de la ciudad perdida de Ubar.

Omaha perjuró en voz baja, mientras los demás miraban sin hablar.

Kara sacudió la cabeza.

—No has respondido a mi pregunta —su tono se endureció—. *¿Qué quieren? ¿Qué* pretenden ganar encontrando Ubar?

Painter se lamió los labios, pensativo.

—¡Tonterías! —gruñó Omaha, que pasó por delante de Kara.

Painter se mantuvo firme, deteniendo a Coral con un gesto. No permitiría que le diera otro puñetazo.

Omaha levantó el brazo, y el metal resplandeció bajo la tenue luz. La pistola apuntó directamente a la cabeza de Painter.

—Te estás haciendo el tonto. Responde a la pregunta de Kara. ¿Qué diablos pasa aquí?

—Omaha —le advirtió Kara, sin mucha energía en la voz.

Coral se situó a un lado, tomando posiciones para atacar el flanco de Omaha. Pero Painter le hizo otra señal para que esperase.

Omaha apretó con más fuerza el cañón del arma sobre su frente.

—¡Respóndeme! ¿Qué diablos está pasando? ¿Para quién trabajas?

Painter no tenía más elección que decir la verdad. Necesitaba la cooperación del grupo. Si había alguna esperanza de detener a Cassandra y rescatar a Safia, necesitaba la ayuda de todos, no podía hacerlo sólo con Coral.

—Trabajo para el Departamento de Defensa de Estados Unidos —admitió finalmente—. En concreto, para DARPA, el brazo de desarrollo e investigación del departamento.

Omaha sacudió la cabeza.

—¡Vaya, de fábula! Así que para los militares. ¿Y qué diablos tiene que ver esto con ellos, si vamos a una expedición arqueológica?

Kara respondió antes de que Painter abriera la boca.

—La explosión en el museo.

Omaha la miró, y a continuación miró a Painter, que asintió con la cabeza.

—Así es. No se trató de una simple explosión. Los residuos radiactivos señalan hacia una posibilidad extraordinaria —todos los ojos, excepto los de Coral, que continuaba concentrada en Omaha y en el arma, se clavaron en él—. Existe una elevaba probabilidad de que el meteorito que explotó contuviese algún tipo de antimateria.

Omaha estalló en una sonora carcajada de desdén, como si hiciera rato que la llevara conteniendo.

—*Antimateria...* ¡Menuda estupidez! ¿Acaso nos tomas por tontos?

Coral habló desde su puesto, con tono profesional, ciñéndose a los hechos.

—Dr. Dunn, Painter dice la verdad. Nosotros mismos comprobamos la zona de la explosión, donde detectamos bosones z y gluones, además de partículas en descomposición, procedentes de una interacción de materia/antimateria.

Omaha frunció el entrecejo, algo dubitativo.

—Sé que suena absurdo —continuó Painter—, pero si bajas el arma, lo explicaré con más tranquilidad.

Omaha permaneció inmóvil.

—Por el momento, esto es lo único que te ha hecho hablar.

Painter suspiró. *Valía la pena intentarlo.*

—De acuerdo, lo haremos a tu manera.

Con el arma apuntándole a la cabeza, les explicó brevemente la situación: la explosión de Tunguska en Rusia en 1908, la radiación gamma encontrada tanto allí como en el Museo Británico, las características del plasma de la explosión, y las muestras que apuntaban a que, en algún punto del desierto de Omán, existía una posible fuente de antimateria, preservada de una forma desconocida para mantener su estabilidad y evitar que reaccionara con la presencia de materia.

—Aunque ahora podría encontrarse en fase de desestabilización — terminó de explicar Painter—. Ésa es la razón por la que el meteoro explotó en el museo. Y podría volver a ocurrir aquí, por lo que el tiempo es crítico. Puede que éste sea el único momento de descubrir y mantener esa fuente de poder ilimitado.

Kara arrugó la frente.

—¿Y qué piensa hacer el gobierno estadounidense con esa fuente ilimitada de poder?

Painter leyó las sospechas en su mirada.

—Por el momento, salvaguardarla, ése es el objetivo primordial. Protegerla de aquéllos que abusarían de ella. Si ese poder cayera en las manos equivocadas...

El silencio se prolongó tras sus últimas y funestas palabras. Todos sabían que las fronteras ya no dividían el mundo tanto como las ideologías. Aunque no se había declarado, se estaba librando una nueva guerra mundial, en la que la decencia fundamental y el respeto por los derechos humanos sufrían el asalto de las fuerzas de la intolerancia, el despotismo y el fervor ciego. Y mientras que estas batallas a veces se libraban a plena vista —en Nueva York, en Irak—, la mayor de sus luchas era la invisible, la que se batallaba en secreto, la de héroes desconocidos y villanos ocultos.

Y a favor o en contra de su voluntad, el grupo reunido sobre la playa había sido arrastrado a aquella guerra.

Kara rompió el silencio.

—Y el otro grupo, los secuestradores de Safia... Son los mismos que irrumpieron en el Museo Británico.

Painter asintió.

—Eso creo.

—¿Quiénes son? —inquirió Omaha, todavía apuntándole con la pistola.

—Eso no lo sé... con toda seguridad.

—¡Mentira!

Painter levantó una mano.

—Sé con seguridad quién dirige ese grupo. Una antigua compañera con la que trabajé, un topo que se coló en DARPA. —Se sentía demasiado cansado como para ocultar su rabia—. Se llama Cassandra Sánchez, y no logré descubrir para quién trabaja. Alguna fuerza extranjera, posiblemente terroristas. Un grupo que se mueve en el mercado negro. Lo único que sé es que cuentan con una financiación poderosa, que están muy bien organizados y que utilizan métodos verdaderamente sangrientos.

Omaha se burló.

—¡Claro, y tú y tu compañera sois un par de bobalicones!

—Nosotros no matamos a gente inocente.

—¡No, ya lo sé, vosotros sois mucho *peor*! —soltó—. Vosotros dejáis que otros hagan el trabajo sucio. Sabíais que nos estábamos metiendo en la puñetera boca del lobo y mantuvisteis la boquita cerrada. Si lo hubiéramos sabido antes, habríamos estado preparados, ¡habríamos podido evitar que raptaran a Safia!

Painter no podía rebatir aquel argumento. El hombre tenía toda la razón. Les habían cogido con la guardia baja, algo que puso en peligro la misión y sus vidas.

Distraído por su propia culpabilidad, no logró reaccionar a tiempo. Omaha embistió de nuevo, empujando el cañón de la pistola sobre su frente, y haciendo que retrocediera un paso.

—Hijo de perra... ¡Todo esto es culpa tuya!

Painter percibió el dolor y la angustia en la voz de Omaha. Aquel tipo se encontraba fuera de razón. Una sensación de furia se fue apoderando del pecho de Painter; tenía frío, estaba agotado y se había hartado de ser apuntado con un arma en la cara. No sabía si tendría que deshacerse de Omaha.

Coral esperaba, tensa.

Pero la ayuda apareció por parte de una fuente inesperada.

Un estrépito de cascos irrumpió repentinamente en la playa, haciendo que todos, incluso Omaha, desviaran la mirada en aquella dirección. Éste dio un paso atrás, y bajó el arma.

—¡Dios mío...! —murmuró.

Sobre la arena galopaba una visión impresionante. Un caballo blanco, con las crines al viento, clavaba los cascos con decisión sobre la arena. El semental del *Shabab Oman*.

El caballo galopó hacia ellos, tal vez atraído por sus voces. Debía haber nadado hasta la orilla después de la explosión. Se detuvo a pocos metros de ellos, resoplando en el frío aire de la noche, acalorado. Sacudió la cabeza.

—No puedo creer que haya llegado hasta aquí —exclamó Omaha.

—Los caballos son unos nadadores excelentes —aseguró Kara, sin poder evitar el asombro en su voz.

Uno de los Fantasmas del desierto se acercó lentamente al caballo, lo palmeó y le susurró en árabe. El animal se estremeció, pero le dejó aproximarse. Agotado y asustado como estaba, agradecía que alguien le tranquilizara.

La repentina llegada del caballo deshizo la tensión. Omaha bajó la mirada al arma, inseguro de cómo había llegado hasta allí.

Kara dio un paso hacia el frente y se detuvo de cara a Painter.

—Creo que es hora de que dejemos de discutir y de culparnos unos a otros. Todos teníamos nuestras razones para venir aquí, nuestros propósitos ocultos.

Miró de reojo a Omaha, que no se atrevió a levantar la vista. Painter adivinaba los propósitos de aquel hombre. Le había quedado claro por la forma de mirar a Safia, por su rabia enfurecida de momentos antes. Seguía enamorado de ella.

Kara continuó hablando.

—De aquí en adelante, tenemos que decidir lo que vamos a hacer para rescatar a Safia. Ésa es la prioridad —se giró hacia Painter—. ¿Qué sugieres?

Painter asintió; todavía le dolía el ojo del puñetazo.

—Los demás creen que estamos muertos, y eso nos proporciona una ventaja que necesitamos mantener. Además, sabemos adónde se dirigen. Tenemos que llegar a Salalah lo antes posible. Y eso significa atravesar casi quinientos kilómetros.

Kara se quedó mirando las luces de un pueblo distante.

—Si encontrara un teléfono, estoy seguro que podría pedir al sultán que...

—No —la interrumpió—. Nadie debe saber que estamos vivos. Ni siquiera el gobierno omaní. Una sola palabra podría poner en peligro nuestra pequeña ventaja. El equipo de Cassandra consiguió raptar a Safia gracias a un ataque por sorpresa. Nosotros podemos salvarla con la misma táctica.

—Pero con la ayuda del sultán, se podría rodear Salalah y buscar...

—El equipo de Cassandra ya ha demostrado contar con numerosos recursos. Disponen de un poder significativo tanto de armamento como de personal, y eso no podría haber sucedido sin recursos por parte del gobierno.

—Y si salimos de nuestro escondite, los secuestradores no tardarán en enterarse —murmuró Omaha. Se había guardado la pistola en la cinturilla del pantalón y se frotaba los nudillos. El arrebato de furia parecía haberle tranquilizado—. En ese caso desaparecerían antes de que pudiéramos realizar ninguna acción, y perderíamos a Safia.

—Exacto.

—¿Qué hacemos, entonces? —insistió Kara.

—Buscar un medio de transporte.

El capitán al-Haffi dio un paso al frente. Painter no sabía qué le parecería aquello de ocultarse a su propio gobierno, mantenerse en la sombra, pero por otra parte, en su campo de actuación, el desierto, aquellos hombres trabajaban con total independencia. Se dirigió a Painter.

—Enviaré a uno de mis hombres al pueblo. Así no levantaremos sospechas.

El capitán debió leer algo en el rostro de Painter, alguna duda sobre su decidida disposición a ayudar al equipo.

—Han matado a uno de mis hombres. Kalil. Era el primo de mi esposa.

Painter asintió con un gesto de condolencia.

—Que Alá le acoja en su reino. —Sabía que no existía mayor lealtad que aquélla mostrada por los miembros de la propia familia o tribu de una persona.

Con una mínima reverencia de agradecimiento, el capitán al-Haffi agitó un brazo para llamar al más alto de sus dos hombres, un verdadero gigante llamado Barak. Intercambiaron unas rápidas palabras en árabe, Barak asintió y emprendió su camino.

Kara le detuvo.

—¿Cómo vas a conseguir un camión sin dinero?

Barak le respondió en inglés.

—Alá ayuda a los que se ayudan a sí mismos.

—¿Lo vas a robar?

—A tomar prestado. Es la tradición entre las tribus del desierto. Un hombre puede tomar prestado algo que necesite. Pero robarlo es un delito.

Con aquella pequeña lección de sabiduría, el hombre se encaminó hacia las luces lejanas corriendo a un paso constante y desapareciendo en la noche como un verdadero fantasma.

—Barak no nos fallará —aseguró el capitán al-Haffi—. Encontrará un vehículo lo suficientemente grande para llevarnos a todos nosotros... y al caballo.

Painter contempló la orilla rocosa. El otro Fantasma del desierto que quedaba, un joven taciturno de nombre Sharif, guiaba al semental playa adelante.

—¿Para qué llevar al caballo? —preguntó Painter, preocupado por la exposición que suponía un vehículo de gran tamaño—. Aquí hay buenos pastos, y seguro que alguien se quedaría con el caballo.

—No tenemos mucho dinero. Podemos trocarlo o venderlo, incluso usarlo como medio de transporte si es necesario. También nos servirá de tapadera para llegar a Salalah, donde todo el mundo sabe que se encuentran los establos del sultán. Despertaremos menos sospechas si llevamos al animal con nosotros. Además, el blanco da buena suerte. —Las últimas palabras las pronunció con una seriedad profunda. La suerte, entre los árabes, era más importante que tener un techo bajo el que guarecerse.

Improvisaron un pequeño campamento. Mientras Omaha y Painter encallaban la lancha tras unas rocas para ocultarla, los demás encendieron un fuego con las maderas que habían arrastrado las olas, al resguardo a sotavento que ofrecía una sección caída del acantilado. Así ocultos, la hoguera sería difícil de percibir, y ellos sólo necesitaban su calor y su luz.

Cuarenta minutos después, el chirrido de las marchas anunció la llegada de su medio de transporte, cuyos faros aparecieron tras una curva de la carretera costera. Se trataba de un camión con remolque, un viejo International 4900, pintado de amarillo y cubierto de cicatrices de óxido. La plataforma, parapetada con tablones de madera, se cerraba en la parte posterior con una portezuela abatible.

Barak saltó de la cabina.

—Ya veo que has encontrado algo *prestado* —le dijo Kara.

Él se encogió de hombros.

Apagaron el fuego. Barak también se las había arreglado para conseguir algo de ropa, vestidos y capas. Se vistieron rápidamente para ocultar su aspecto occidental, y en cuanto estuvieron preparados, el capitán al-Haffi y sus hombres subieron a la cabina, por si acaso alguien les paraba en el trayecto. Los demás montaron en la parte posterior. Tuvieron que taparle la cabeza al caballo para que se atreviera a subir por la portezuela, desplegada como rampa sobre el suelo, ataron al animal cerca de la parte delantera de la cabina, y a continuación, Painter y los demás se apiñaron cerca de la parte posterior.

Mientras el camión sorteaba los baches de la carretera costera, Painter estudiaba al semental. *El blanco da buena suerte.* Eso esperaba Painter... porque iban a necesitar toda la posible.

264

TERCERA PARTE
TUMBAS

ΧⵣBⵏ⵿⵿

II
DESAMPARADA

ꟾᴇᖴᴀᗷᴨᴀᑕᴀꟾᴀ

3 de diciembre, 12:22 pm
Salalah

Sᴀꜰɪᴀ ꜱᴇ ᴅᴇꜱᴘᴇʀᴛó en una celda, desorientada y con ganas de vomitar. El oscuro cubículo giraba una y otra vez al mover la cabeza. Emitió un gemido que le salió de lo más profundo, y en ese momento, a través de una elevada ventana, cubierta de barrotes, se colaron los rayos cegadores de la luz del día, brillantes, abrasadores.

Una oleada de náuseas se apoderó de ella.

Se tumbó de lado y arrastró la cabeza, demasiado pesada para sus hombros, hasta el borde del catre donde se encontraba. Le daban arcadas, una y otra vez. Nada. Sólo notó el sabor de la bilis cuando volvió a tenderse sin fuerzas.

Respiró profunda y lentamente hasta que las paredes dejaron de moverse.

Se dio cuenta de que tenía el cuerpo empapado en sudor, por lo que se le había pegado el fino vestido de algodón a las piernas y al pecho. El calor resultaba sofocante. Tenía los labios secos y agrietados. ¿Cuánto tiempo habría estado drogada? Recordaba al hombre con la jeringuilla. Frío, alto, vestido de negro. La había obligado a quitarse la ropa mojada a bordo de la embarcación para embutirse en un vestido caqui.

Safia observó cuidadosamente a su alrededor. El cuarto tenía las paredes de piedra y el suelo de tablones. Apestaba a cebolla frita y pies sucios, y el único mobiliario lo constituía aquel catre. La robusta puerta de roble permanecía cerrada. Con llave, sin duda.

Se quedó inmóvil durante varios minutos. Sentía que le flotaba la cabeza, a causa de las drogas que le habían dado. Aún así, el pánico se aferraba en su interior como una garra alrededor de su corazón. Estaba sola, capturada. Y los demás... Muertos. Recordó las llamas del barco en medio de la noche, reflejándose en las aguas picadas por la tormenta. La imagen se le había grabado como un fogonazo en la oscuridad. Rojo, doloroso, demasiado vívido como para apartar la mirada. Sintió que no podía respirar, que se le cerraba la garganta. Quería llorar, pero no podía; si comenzaba, no terminaría jamás.

Finalmente, arrastró las piernas y las bajó hacia el suelo, no sin gran esfuerzo y decisión, dada la inmensa presión que sentía en la vejiga. Aquella necesidad biológica le recordó que estaba viva. Se levantó, inestable y temblorosa, apoyándose con una mano sobre la pared. Sintió el frescor agradable de las piedras.

Miró hacia la ventana obstruida con los barrotes. Por el calor y el ángulo de los rayos del sol, debía ser cerca de mediodía. ¿Pero de qué día? ¿Dónde estaba? Percibía el olor del mar y de la arena, por lo que todavía seguía en Arabia. Cruzó la habitación con una intensa quemazón en la vejiga.

Cojeó hasta la ventana y levantó un brazo. ¿La drogarían de nuevo sin más? Se tocó el bultito púrpura de la parte interna del codo, donde le habían introducido la aguja. No tenía elección, la necesidad era más fuerte que la precaución. Golpeó la puerta y gritó con voz ronca.

—¡Hola! ¿Hay alguien ahí? —Repitió las mismas palabras en árabe.

Sin respuesta.

Golpeó con más fuerza; le quemaban los nudillos y sentía un extraño dolor entre los omóplatos. Se sentía débil y deshidratada. ¿La habrían dejado ahí hasta que muriera?

Por fin escuchó unos pasos, y poco después, alguien descorrió una pesada barra sujeta a la madera. La puerta se abrió, y se encontró frente al mismo hombre de antes. Era veinte centímetros más alta que ella, y vestía una camisa negra y unos tejados desteñidos. Le sorprendió ver que llevaba la cabeza afeitada, no recordaba ese detalle. Claro, porque antes llevaba una gorra. El único pelo que tenía en la cabeza eran las espesas cejas oscuras y una pequeña perilla. Pero no olvidaba aquellos ojos, azules y fríos, ilegibles, impávidos. Los ojos de un tiburón.

Se estremeció al ver como la miraba, y de repente desapareció todo el calor del cuarto.

—¿Ya te has despertado? —le dijo—. Sígueme.

Percibió un rastro de acento australiano en su voz, un acento como suavizado por muchos años de hallarse fuera del país.

—¿Adónde? Es que... necesito ir al baño.

Frunció el entrecejo y se alejó a grandes pasos.

—Sígueme.

La condujo hasta un pequeño baño, con un retrete, una ducha sin cortina y un pequeño lavabo con el grifo mal cerrado. Safia entró y alargó la mano para cerrar la puerta, insegura de si aquel hombre le permitiría un poco de intimidad.

—No tardes —dijo, cerrando la puerta por completo.

Una vez sola, revisó el baño en busca de algo que utilizar como arma o de un modo de escapar. Pero la única ventana del cuarto también estaba cerrada con barrotes. Al menos a través de ésta podía ver algo. Corrió hacia ella y miró hacia el pequeño pueblo que se extendía abajo, anidado a la orilla del mar. Numerosas palmeras y edificios blanqueados se extendían entre ella y el agua, y a la izquierda, un revoltijo de lonas y toldos de colores señalaba la existencia de un mercado. En la distancia, al otro lado de las casas, se dispersaban los retazos verdes de los bananeros, cocoteros, campos de caña de azúcar y plantaciones de papaya.

Conocía aquel lugar.

La ciudad jardín de Omán.

Salalah.

Era la capital de la provincia de Dhofar, el destino originario del *Shabab Oman*. Se trataba de una región exuberante, rematada de cataratas y ríos que alimentaban los pastos. Sólo en aquella región de Omán bendecían los vientos monzónicos la tierra con sus ráfagas de lluvia, llovizna ligera y una neblina casi continua sobre las montañas de la costa. Era un sistema climático único en el Golfo, uno que favorecía el crecimiento del extrañísimo árbol del incienso, fuente de grandes riquezas en el pasado, que habían dado lugar a la fundación de ciudades legendarias como Sumharam, Al-Balid y por último, la ciudad perdida de Ubar.

¿Para qué la habrían llevado allí los secuestradores?

Cruzó hasta el retrete y alivió su necesidad; a continuación, se lavó las manos y contempló su reflejo en el espejo. Parecía una sombra de sí misma, demacrada, tensa, con los ojos hundidos.

Pero al menos estaba viva.

Un golpe de nudillos en la puerta.

—¿Acabas ya?

Sin otra cosa que hacer, Safia se acercó a la puerta y la abrió.

El hombre asintió con la cabeza.

—Por aquí.

Se alejó, sin siquiera mirar atrás, con la seguridad plena de disfrutar del control de la situación. Safia le siguió, no tenía otra elección, pero podría decirse que eran sus piernas las que la arrastraban, la desesperanza pesaba demasiado. Bajó un tramo corto de escaleras y continuó por otro pasillo. Unos cuantos hombres de mirada dura y rifles al hombro holgazaneaban al otro lado de las puertas mientras otros montaban guardia. Por fin llegaron ante un portón.

El hombre que la guiaba llamó con los nudillos antes de abrirla.

Al entrar, Safia encontró un cuarto escasamente decorado: una alfombra raída con el color desgastado por el sol, un único sofá y dos sillas duras de madera. Un par de ventiladores batían el aire con su ronroneo, y sobre una mesita lateral se mostraba todo un despliegue de armas, equipo electrónico y un ordenador portátil. Un cable que se arrastraba hasta la ventana conectaba con una antena parabólica del tamaño de la palma de la mano, que apuntaba hacia el cielo.

—Eso es todo, Kane —dijo la mujer, alejándose del ordenador.

—Mi capitán. —El hombre saludó levemente y salió del cuarto, cerrando la puerta tras de sí.

Safia consideró la opción de arremeter contra las armas de la mesa, pero se sentía tan débil y aturdida que no llegaría ni a un paso de ellas.

La mujer se volvió hacia Safia. Llevaba unos pantalones deportivos negros, una camiseta gris y sobre ésta un blusón de manga larga, desabotonada y arremangada hasta los codos. Safia observó el bulto de la funda de una pistola en un costado.

—Siéntate —le ordenó, señalando una de las sillas de madera.

Safia obedeció con lentitud.

La mujer permaneció en pie, caminando lentamente de un lado a otro tras el sofá.

—Dra. al-Maaz, parece ser que tu reputación como experta en antigüedades de la región ha llegado a oídos de mis superiores.

Safia apenas comprendía sus palabras. De repente se encontró con los ojos clavados en el rostro de aquella mujer, en su melena negra, en sus labios. Era la misma que había intentado matarla en el Museo Británico, la misma que había orquestado la muerte de Ryan Fleming, y la que había acabado con la vida de todos sus amigos la noche anterior. Un torbellino de rostros e imágenes que se sucedían por su mente la distraía de las palabras de la mujer.

—¿Me estás escuchando?

No podía responder. Buscaba un rastro de maldad en aquella persona, algún vestigio de la capacidad para ejercer tal crueldad y salvajismo. Una marca, una cicatriz, algo que le ayudara a entender. Pero no veía nada. ¿Cómo podía ser?

La mujer dejó escapar un pesado suspiro. Rodeó el sofá y se sentó, inclinándose hacia ella, con los codos apoyados en las rodillas.

—Painter Crowe —pronunció.

El inesperado nombre sorprendió a Safia, y un brote de furia comenzó a quemarla por dentro.

—Painter... era mi compañero.

La sorpresa y la incredulidad enervaban a Safia. *No*...

—Veo que he logrado captar tu atención —una mínima sonrisa de satisfacción asomó a sus labios—. Deberías saber la verdad. Painter Crowe te estaba utilizando. A todos vosotros. Te interpuso innecesariamente en peligro. Te ocultaba... secretos.

—Mentira —dijo Safia con voz ronca a través de sus labios parcheados.

La mujer se recostó en el sofá.

—No tengo necesidad alguna de mentir. A diferencia de Painter, yo digo la verdad. El objeto con que topaste, lo que descubriste por los avatares de la mala suerte y la casualidad, podría contener la llave de un poder desconocido.

—No sé de qué hablas.

—Hablo de *antimateria*.

Safia enarcó una ceja ante la imposibilidad de lo que oía, pero la mujer continuó hablando. Le explicó la explosión en el museo, los indicios de radiación, la búsqueda de la fuente principal de aquella forma estable de antimateria. A pesar de su deseo de negar lo que escuchaba, muchas cosas comenzaban a tener sentido. Ciertas afirmaciones de Painter, su instrumental, la presión por parte del gobierno estadounidense.

—Se cree que el fragmento de meteorito que explotó en el museo —continuó— velaba las verdaderas puertas de la ciudad perdida de Ubar. Y ahí es adonde nos llevarás.

Safia sacudió la cabeza.

—Eso es absurdo.

La mujer la miró con detenimiento varios segundos, se puso en pie y recorrió el cuarto con paso lento. Extrajo algo de debajo de la mesa y eligió un dispositivo del equipo dispuesto encima. Al girarse, Safia reconoció su propio maletín.

Soltó los pasadores de la maleta y abrió la parte superior por completo. El corazón de hierro descansaba en su molde negro de espuma de poliestireno, y resplandeció con un color rojizo a la luz del sol.

—Éste es el artefacto que descubriste en el interior de una estatua que data del año 200 antes de Cristo. Y tiene el nombre de Ubar escrito en su superficie.

Safia asintió lentamente, sorprendida por el conocimiento íntimo que poseía aquella mujer. Parecía saberlo todo sobre ella.

La mujer se inclinó sobre la maleta y pasó el dispositivo de mano sobre el artefacto. El aparato comenzó a crepitar, pero no como un contador Geiger.

—Capta un indicio de radiactividad de nivel extremadamente bajo. Apenas detectable, pero idéntico al del meteorito que explotó. ¿Te contó eso Painter?

Safia recordó que había visto a Painter con un dispositivo similar en la mano. ¿Sería cierto? La desesperanza se asentó de nuevo en la boca de su estómago como una piedra helada.

—Necesitamos que continúes trabajando para nosotros —dijo la mujer, volviendo a cerrar el maletín—. Que nos guíes hasta las puertas perdidas de Ubar.

Safia se quedó mirando el maletín cerrado. Todo el derramamiento de sangre, todas las muertes... vinculadas otra vez con un descubrimiento suyo. Otra vez.

—No lo haré —murmuró.

—Lo harás... o te mato.

Safia sacudió la cabeza y se encogió de hombros. Ya no le importaba nada. Todo aquello que amaba había sido arrancado de su lado, arrancado por aquella mujer. No la ayudaría jamás.

—Seguiremos adelante contigo o sin ti. Hay muchos otros expertos en tu campo. Y además, puedo hacer que tus últimas horas resulten bastante *desagradables* si te niegas a cooperar.

Aquello logró arrancarle una débil sonrisa. ¿*Desagradable*? Después de todo lo que le había hecho pasar... Safia levantó la cabeza y se enfrentó por vez primera a los ojos de aquella mujer, algo que hasta el momento había temido hacer. No eran fríos, como los del hombre que la había conducido hasta allí. Brillaban con una ira bien arraigada, pero también con confusión. La mujer apretó levemente los finos labios.

—Haz lo que tengas que hacer —espetó Safia, percibiendo el poder de su propia desesperación. Aquella mujer no podía tocarla, no podía herirla. Habían arriesgado demasiado la noche anterior, y en ese momento, las dos conocían esa verdad.

Un mínimo destello de preocupación empañó la mirada de la otra.

Me necesita. Safia lo supo con certeza. Aquella mujer le había mentido con aquello de contar con otros expertos. No había ningún otro experto. El cuerpo de Safia se templó como el acero, asentando su resolución y deshaciéndose de la última lasitud inducida por la droga.

Una vez, hacía ya tiempo, otra mujer había aparecido de la nada y se había interpuesto en su camino, con una bomba ajustada al pecho y presa de un fervor religioso apasionado que acabó sin piedad alguna con muchas vidas. Todo por acabar con Safia.

La mujer había fallecido en la explosión de Tel Aviv, y Safia no pudo jamás enfrentarse a ella, hacerla responsable. En su lugar, aceptó el peso de toda la culpabilidad. Pero se trataba de mucho más que aquello. Safia no había sido capaz de exigir venganza por los que fallecieron a sus pies, de purgar su culpabilidad.

Ya no más.

Se enfrentó a su captora, sosteniéndole la mirada con decisión.

Recordó su deseo de haber podido detener a la mujer de Tel Aviv, de haberse encontrado con ella antes, de haber podido evitar de alguna forma la explosión, las muertes. ¿Sería cierto aquello de la antimateria? Recordó la explosión en el Museo Británico, las secuelas. ¿Qué haría una persona como aquella mujer con un poder tan inmenso? ¿Cuántos más morirían?

Safia no podía permitir que aquello ocurriera.

—¿Cómo te llamas?

La pregunta sorprendió a su captora, y esa reacción provocó un fogonazo de placer en Safia, tan brillante como el sol, doloroso y satisfactorio a la vez.

—Me has dicho que no me mentirías.

La mujer arrugó la frente y respondió despacio.

—Cassandra Sánchez.

—¿Y qué quieres que haga, *Cassandra*? —Safia disfrutaba con la irritación de la otra por el uso informal de su nombre—. Eso si coopero.

La mujer se levantó, irritada.

—En una hora partiremos a la tumba de Imran, donde se encontró la estatua que albergaba el corazón. Donde pensabas ir con los demás. Empezaremos por ahí.

Safia se puso en pie.

—Una última pregunta.

La mujer la miró socarronamente.

—¿Para quién trabajas? Dímelo, y cooperaré.

Antes de responder, Cassandra se dirigió a la puerta, la abrió e hizo una señal a su hombre, Kane, para que recogiera a la prisionera. Le habló desde el quicio de la puerta.

—Trabajo para el gobierno estadounidense.

1:01 pm

CASSANDRA ESPERÓ A que la conservadora del museo saliera y la puerta se cerrara. Le dio una patada a una papelera de cesta de palma y la envió al otro lado de la habitación, desperdigando su contenido sobre el suelo de madera. Una lata de Pepsi traqueteó hasta detenerse junto al sofá. *Hija de perra...*

Tuvo que contener sus arranques y tragarse la rabia que sentía. Esa mujer parecía destrozada, Cassandra no habría imaginado nunca que se mostrara así de astuta al final. Había percibido el cambio en su mirada, como si una lengua glaciar de poder se desplazara hasta apoderarse del interior de su prisionera. Y no había podido detenerlo. ¿Cómo había ocurrido?

Apretó los puños con fuerza, y un momento después se obligó a relajar los dedos y a sacudir los brazos.

—Zorra... —murmuró.

Pero al menos la prisionera había decidido cooperar, una victoria que tendría que satisfacer sus ansias. El Patriarca se alegraría.

Aun así, la bilis se le revolvía en el estómago, lo que agriaba su humor. La conservadora del museo presentaba más fuerza de lo que Cassandra hubiera creído. Empezó a entender el interés de Painter en aquella mujer.

Painter...

Cassandra dejó escapar un suspiro perturbador. Su cuerpo no había aparecido, y eso hacía que sintiera cierta inquietud. Si hubiera...

Alguien interrumpió sus pensamientos al llamar a la puerta. John Kane entró antes siquiera de que ella se diese la vuelta. La irritación trepó por sus nervios ante aquella descarada invasión de su intimidad, aquella falta de respeto.

—Le han llevado algo de comer a la prisionera —dijo—. Estará preparada a las catorce cero cero.

Cassandra cruzó hasta la mesa donde se encontraba el equipo electrónico.

—¿Qué tal va la función subdérmica?

—Registra a la perfección, emite una señal de rastreo clara y potente.

La noche anterior habían drogado a la prisionera y le habían implantado un microtransmisor subdérmico entre los omóplatos. El mismo dispositivo que se suponía que Cassandra había implantado en Zhang, en Estados Unidos. Para ella resultaba especialmente gratificante utilizar el propio diseño de Painter en aquel asunto. El microtransmisor actuaría como una correa electrónica al cuello de la prisionera una vez que salieran a la calle. Podrían rastrear su ubicación con un radio de quince kilómetros. Cualquier intento de escapar sería en vano.

—Muy bien —dijo Cassandra—. Que todos tus hombres estén preparados.

—Lo están —Kane se enfureció por aquella orden, pero sabía que también se jugaba el cuello si la misión fracasaba.

—¿Noticias por parte de las autoridades locales sobre la explosión del navío de anoche?

—La CNN culpa a una organización terrorista no identificada —espetó.

—¿Y qué hay de los supervivientes? ¿Algún cuerpo?

—No hay supervivientes. Los equipos de rescate han comenzado con la identificación y el recuento de cuerpos.

Cassandra asintió.

—De acuerdo. Estad preparados. Puedes irte.

Tras poner los ojos ligeramente en blanco, Kane se dio la vuelta y salió de la habitación, tirando de la puerta sin llegar a cerrarla del todo. Ella le siguió y la cerró de golpe. Echó el pestillo.

Tú sigue pinchando, Kane...Me las pagarás todas juntas.

Suspiró para deshacerse de la frustración y se dirigió al sofá, en cuyo borde se sentó. *Ningún superviviente.* Imaginó a Painter y recordó la última vez que había sucumbido a su sutil aproximación a ella, a su seducción cuidadosamente organizada. A su primer beso. Tenía un sabor dulce, al del vino de la cena que habían tomado. Sus brazos alrededor de su cuerpo. Sus labios... las manos que se deslizaban suavemente por la curva de sus caderas.

Colocó su mano en el lugar donde él había descansado la suya una vez, y se recostó en el sofá, menos resuelta que hacía un momento. Sentía más rabia que satisfacción por la misión de la noche anterior. Más nervios. Y sabía por qué. Hasta que no viera el cuerpo ahogado de Painter, o su nombre en la lista de los que el mar arrastrara a la orilla, no sabría con certeza si seguía con vida.

Deslizó la mano por su cadera, recordando el pasado. ¿Cómo podían haber cambiado tanto las cosas entre ellos? Cerró los ojos, clavándose los dedos en el vientre, odiándose por haber pensado siquiera en aquella posibilidad.

Maldito seas, Painter...

Por mucho que fantaseara con la idea, siempre terminaba mal. Es lo que el pasado le había enseñado. Primero su padre, colándose en su cama a media noche, desde que ella tenía once años, colocado de crac, prometiéndole cosas, amenazándola. Cassandra se había cobijado en los libros, había levantado un muro entre ella y el resto del mundo. Los libros le enseñaron cómo el potasio podía parar un corazón. Indetectable. En su diecisiete cumpleaños, su padre apareció muerto en su sillón reclinable. Nadie prestó atención a un pinchazo más entre tantos. Pero su madre sospechó y le cogió miedo.

Sin razón alguna para seguir en casa, se unió al ejército a los dieciocho, y encontró placer en el endurecimiento de su personalidad, en ponerse a prueba día a día. Más tarde, la oferta: entrar en un programa de tiro de las Fuerzas Especiales. Era un honor, pero no todo el mundo pensaba igual. En Fort Bragg, uno de los alistados la acorraló en un callejón, decidido a corregirla. Se abalanzó sobre ella en el suelo y le rasgó la camisa.

—Ven con papá, zorra.

Gran error. El hombre sufrió fracturas en ambas piernas, y jamás lograron reparar por completo sus genitales. Le permitieron dejar el servicio siempre y cuando mantuviera la boca cerrada.

Y ella sabía guardar secretos.

Luego apareció Sigma solicitando sus servicios. Y el Gremio. Y todo se convirtió en una cuestión de poder, otra manera de fortalecerse y hacerse más dura. Aceptó el ofrecimiento.

Entonces llegó Painter... con su sonrisa... su tranquilidad...

El dolor la atravesó por dentro. ¿Vivo o muerto?

Necesitaba saberlo. Sabía que no debía dar nada por supuesto, tenía que pensar en un plan para imprevistos. Se levantó del sofá con energía y se acercó a la mesa. El portátil estaba abierto. Comprobó la emisión del microtransmisor implantado en la prisionera e hizo clic en la herramienta de trazado de mapas del GPS. Apareció una cuadrícula tridimensional. El dispositivo de rastreo, representado por un pequeño círculo azul, indicaba que se encontraba dentro de su celda.

Si Painter seguía ahí afuera, acudiría a por ella.

Se quedó mirando la pantalla. Tal vez la prisionera pensara que había ganado la primera mano, pero Cassandra tenía una visión más amplia.

Había modificado el microtransmisor subdérmico de Painter con una novedad diseñada por el Gremio. Había significado ampliar la célula de alimentación, pero una vez hecho, la modificación permitía a Cassandra hacer explotar, en cualquier momento, un perdigón de c4 incrustado en el dispositivo, destrozar la columna vertebral de Safia, matarla con tan sólo pulsar una tecla.

Así que, si Painter seguía ahí afuera... Que viniera.

Estaba preparada para acabar con cualquier incertidumbre.

1.32 pm

TODO EL MUNDO cayó exhausto sobre la arena. El capó abierto del camión robado echaba humo sobre la estrecha carretera costera, detrás de ellos. Un arco de arena blanca se extendía hacia lo lejos, bordeado de acantilados rocosos de piedra caliza, que descendían por el otro lado de la carretera hasta el mar. Era un lugar desértico, aislado de cualquier población.

Painter miraba hacia el sur e intentaba atravesar con la mirada los casi ochenta kilómetros que quedaban hasta Salalah. *Safia tenía que estar allí*. Rezaba por que no fuese demasiado tarde.

Tras él, Omaha y los tres Fantasmas del desierto discutían en árabe sobre el compartimento del motor del vehículo, mientras los demás buscaban la sombra de los acantilados, agotados tras una larga noche de viaje por terrenos escabrosos. La superficie de acero del remolque no ofrecía ninguna protección contra los baches y agujeros de la carretera costera. Painter había dormido a ratos, pero sin lograr descansar, tan sólo con sueños agitados.

Se tocó el ojo izquierdo, tan hinchado que no podía abrirlo. El dolor le hacía concentrarse en la situación del grupo. El trayecto, aunque constante, había sido lento, limitado por el terreno y las condiciones de la vieja carretera. Y ahora la manguera del radiador había reventado.

El retraso ponía en peligro sus planes.

El crujido de la arena le hizo girarse, y encontró a Coral, vestida con aquella bata suelta que le quedaba corta y dejaba al descubierto sus tobillos desnudos. Tenía el pelo y la cara manchados del aceite del camión.

—Llevamos retraso —le dijo.

Él asintió.

—¿Cuánto?

Coral comprobó la hora en su reloj, un cronógrafo sumergible Breitlinger. Estaba considerada como una de las mejores estrategas y logistas de la organización.

—Calculo que el equipo de asalto de Cassandra llegó a Salalah hacia mediodía, y esperará lo justo para asegurarse de que nadie les culpe de la explosión del *Shabab Oman* y para tomar posiciones en la ciudad.

—¿El mejor y el peor panorama?

—El peor: Llegaron a la tumba hace dos horas. El mejor: Se dirigen a ella en este momento.

Painter sacudió la cabeza.

—No es mucho alivio.

—No, no lo es. Y no podemos engañarnos con falsas perspectivas —le miró directamente—. El equipo de asalto demostró concentración y organización. Con su victoria en el mar, seguirán adelante con una determinación renovada. Pero puede que haya una esperanza.

—¿Cuál?

—Que a pesar de su determinación, actúen con una precaución extrema.

Painter enarcó una ceja, y Coral se explicó.

—Antes mencionaste el elemento de la sorpresa, pero ésa no es nuestra baza principal. Por el informe que recibí sobre la capitán Sánchez, no es una persona que corra riesgos, y creo que procederá como si esperase que alguien la siguiera.

—¿Y eso juega a favor nuestro? ¿Cómo?

—Cuando alguien no deja de mirar atrás, tiene más posibilidades de tropezar.

—Un pensamiento muy al estilo Zen, Novak.

Se encogió de hombros.

—Mi madre era budista.

Painter la miró. La cara de póquer con que expresó aquella afirmación no le permitía saber si hablaba en broma o en serio.

—¡Venga! —llamó Omaha mientras el motor se ahogaba, arrancaba y rugía. Sonaba peor que antes, pero al menos funcionaba—. ¡Arriba todo el mundo!

JAMES ROLLINS

Se escucharon varias palabras de protesta mientras todos se levantaban de la arena.

Painter subió antes que Kara para ayudarla. Percibió un ligero temblor en sus manos.

—¿Te encuentras bien?

Ella soltó la mano y se la sujetó con la otra, sin mirarle a la cara.

—Sí, sólo estoy preocupada por Safia —buscó un rincón oscuro para sentarse.

Los demás hicieron lo mismo; el sol había empezado a calentar el metal del remolque. Omaha subió de un salto a la parte trasera mientras el gigantesco Barak cerraba la portezuela. Estaba manchado de grasa desde los codos hasta las yemas de los dedos.

—Has conseguido que arranque —dijo Danny, bizqueando mientras miraba a su hermano, no tanto por el sol como por su miopía, ya que había perdido las gafas durante la explosión. Había sido una presentación de Arabia muy dura para el joven, pero parecía llevarlo bien—. ¿Crees que el motor resistirá hasta Salalah?

Omaha se encogió de hombros a la vez que se dejaba caer junto a su hermano.

—Hemos hecho una pequeña chapuza para que la manguera deje de gotear. Puede que el motor se caliente en exceso, pero sólo nos quedan unos ochenta kilómetros. Llegaremos.

Painter deseó poder compartir su entusiasmo. Se instaló en un asiento entre Coral y Clay. El camión empezó su marcha, empujando a todos los pasajeros y arrancando un relinche preocupado del caballo. Los cascos del animal resonaron en el suelo abollado, mientras varias ráfagas de humo del tubo de escape marcaban el inicio del trayecto final hacia Salalah.

Painter cerró los ojos ante el resplandor del sol, reflejado en cada superficie. Sin esperanza de dormirse, se encontró a sí mismo pensando en Cassandra, recordando las experiencias pasadas con su antigua compañera: sesiones de estrategia, reuniones entre oficinas, varias operaciones de campo. En todos los aspectos, Cassandra había demostrado estar al mismo nivel que él. Pero había estado ciego a sus subterfugios, a su sangre fría, a su crueldad calculada. En todo eso, ella le sacaba ventaja, le ganaba como agente de campo.

Sopesó las palabras anteriores de Coral: *Cuando alguien no deja de mirar atrás, tiene más posibilidades de tropezar.* ¿Acaso le había ocurrido eso a él? Desde el atraco frustrado del museo, había sido demasiado consciente de su pasado con Cassandra, se había centrado demasiado en ella, y tal vez por eso no logró equilibrar pasado y presente. Incluso en su corazón. Tal vez fuera eso lo que le hizo mantener la guardia baja en el *Shabab Oman*. ¿Una última esperanza de bondad en Cassandra? Si había llegado a encapricharse tanto con ella, es que debía haber algo entre los dos.

Pero ahora conocía la verdad.

Un quejido de protesta desvió su atención al otro lado del camión. Clay tiraba de la capa para cubrirse las rodillas. Tenía muy poca pinta de árabe aún vestido así, con su piel blanquecina, el pelo pelirrojo afeitado y las orejas alargadas. Captó la mirada de Painter.

—¿Qué te parece? ¿Llegaremos a tiempo?

Painter sabía que, a partir de ahí, era mejor andar con la verdad por delante.

—No lo sé.

2:13 pm

Safia se colocó en el asiento trasero del Mitsubishi con tracción a las cuatro ruedas. Otros tres vehículos idénticos les seguían, componiendo entre todos un pequeño desfile funerario hacia la tumba del padre de la Virgen María, Nabi Imran.

Safia se sentó con rigidez. El vehículo olía a nuevo. La frescura del interior, el cuero negro, los embellecedores de titanio, las luces señalizadoras azuladas, todo aquello ocultaba el estado deplorable de su pasajera. Y ya no podía culpar de ello al turbio efecto de los sedantes. Su mente reproducía una y otra vez la conversación anterior con Cassandra.

Painter...

¿Quién era ese hombre? ¿Cómo podía haber trabajado una vez con Cassandra? ¿Qué significaba eso? Se sintió magullada por dentro, dolorida, al imaginar su sonrisa irónica, la forma en que su mano había tocado la suya con delicadeza, tranquilizándola. ¿Qué más le había ocultado?

Safia albergaba en su interior toda aquella confusión, incapaz todavía de enfrentarse a ella, e insegura de por qué le afectaba tanto. Apenas se conocían el uno al otro.

En su lugar, intentó centrarse en el otro comentario perturbador de Cassandra. ¿Cómo podía trabajar para el gobierno estadounidense? Aunque Safia conocía bien la naturaleza ocasionalmente implacable de la política extranjera del país, no se imaginaba a los responsables políticos abogando por aquel ataque. Incluso los hombres de Cassandra desprendían cierto aire salvaje y mercenario. Su cercanía le ponía la carne de gallina. Esos hombres no eran soldados estadounidenses ordinarios.

Y luego estaba ese tal Kane, siempre vestido de negro. Había reconocido su acento australiano. Conducía con cierta brusquedad, tomando las curvas con violencia, como si estuviese irritado. ¿Qué verdad ocultaría?

La única compañera de viaje de Safia se encontraba sentada a su lado. Cassandra observaba el paso del paisaje, con las manos en el regazo. Como un turista cualquiera. Excepto que llevaba tres armas, se las había enseñado antes, como aviso. Una en una pistolera en el hombro, otra en la parte baja de la espalda y la última amarrada al tobillo. Safia sospechaba que escondía una cuarta.

Estaba atrapada, y no le quedaba otra opción más que quedarse quieta en su asiento.

Al atravesar el centro de Salalah, Safia observó que seguían un dispositivo de GPS. Bordearon un centro turístico playero, el Hilton Salalah, atravesaron el tráfico y se dirigieron hacia el distrito municipal interior, la zona de Al-Quaf, donde les esperaba la tumba de Nabi Imran.

No se encontraba muy lejos. Salalah era un pequeño pueblo, que se cruzaba en cuestión de minutos. Las atracciones principales yacían más allá de la municipalidad, en las maravillas naturales del paisaje de alrededor: la magnificencia de la arenosa playa de Mughsal, las antiguas ruinas de Sumhurran, la multitud de plantaciones que prosperaban gracias a las lluvias monzónicas. Y un poco más hacia el interior, las verdes montañas de Dhofar se elevaban como un telón de fondo extraordinario, uno de los escasos lugares del planeta donde crecían los árboles del incienso.

Safia contempló las montañas envueltas por la calina, un lugar de misterio y riquezas eternos. A pesar de que el petróleo había sustituido al incienso como fuente principal de opulencia en Omán, este tipo de incienso continuaba dominando la economía local de Salalah. Sus tradicionales mercados al aire libre perfumaban el pueblo de agua de rosas, ámbar gris, madera de sándalo y mirra. El centro del perfume para el mundo entero. Destacados diseñadores de todos los rincones volaban hasta allí para estudiar los productos.

Aún así, el incienso había sido en el pasado el verdadero tesoro del país, superando incluso al oro. El comercio del preciado incienso había avivado el comercio omaní, haciendo que sus *dhows* navegaran hasta puntos tan al norte como Jordania o Turquía, o tan al oeste como África. Pero fue el trayecto por tierra, la Ruta del Incienso, el que se convirtió en la verdadera leyenda. Las ruinas antiquísimas jalonaban su camino, crípticas y misteriosas; las historias entrelazaban el judaísmo con el cristianismo y el Islam. Y el punto más famoso era Ubar, la ciudad de los mil pilares, fundada por los descendientes de Noé, una ciudad que se enriqueció gracias a ser el mayor abrevadero para las caravanas que atravesaban el desierto.

Ahora, milenios más tarde, Ubar había vuelto a convertirse en un foco de poder, y se había vuelto a derramar sangre para descubrir su secreto, para exponer su corazón.

Safia hizo un esfuerzo por no mirar por encima del hombro la caja plateada que descansaba en el maletero. El corazón de hierro procedía de Salalah, como una migaja de pan dejada en el camino, como un marcador hacia la verdadera riqueza de Ubar.

La antimateria.

¿Sería eso posible?

Su Mitsubishi disminuyó la velocidad y giró para continuar por una callejuela sin pavimentar. Atravesaron una tira de puestos que ofrecían dátiles, cocos y pasas al borde del camino. El vehículo pasó ante ellos despacio, y aunque Safia consideró la opción de saltar de él, de huir, tenía el cinturón de seguridad puesto, y el más mínimo movimiento para quitárselo haría que la detuvieran.

Además les seguían otros vehículos, repletos de hombres armados. Uno de ellos giró tras el Mitsubishi, pero otro continuó recto, tal vez con la intención de dar un rodeo para acordonar el final del callejón. Safia se preguntó a qué vendrían tantas medidas de seguridad. Kane y Cassandra parecían muy capaces de controlar a la prisionera, y ella sabía que no había forma de escapar.

Intentarlo sería su muerte.

En su interior ardía una rabia contenida durante mucho tiempo. No se sacrificaría innecesariamente. Les seguiría el juego, pero esperaría a que llegase su oportunidad. Miró de reojo a Cassandra. En algún momento llegaría la hora de la venganza... por sus amigos... por ella misma. Ese pensamiento la mantenía con fuerza mientras el vehículo se detenía finalmente ante unas puertas de hierro forjado.

La entrada a la tumba de Nabi Imran.

—Más te vale que no intentes huir —le avisó Cassandra, como si le leyera la mente.

John Kane habló con uno de los guardas de la puerta, apoyado perezosamente con medio cuerpo fuera de la ventana. Le entregó unos cuantos riales omaníes, y el hombre apretó un botón para que se abrieran las puertas y pudiera pasar el vehículo. Kane condujo despacio hasta el interior y aparcó.

El otro vehículo tomó posiciones junto a los puestos de fruta de la carretera.

Kane saltó del asiento y se dirigió a la parte posterior para abrir la puerta, gesto que podría haberse interpretado como un acto de caballerosidad en otras circunstancias. Pero en aquélla, no era más que una mera precaución. Le ofreció una mano para ayudarla, pero Safia la rechazó y salió por sí misma.

Cassandra dio la vuelta hasta llegar a su lado, cargada con el maletín de hierro.

—¿Y ahora qué?

Safia miró a su alrededor.

—¿Por dónde empezamos?

Se hallaban en el centro de un patio de piedra, amurallado y rodeado por pequeños jardines bien cuidados. Al otro lado del patio se elevaba una mezquita, cuyo minarete encalado destacaba cegadoramente contra el resplandor de medio día, rematado por una cúpula de un color dorado tostado. Un pequeño balcón semicircular en la parte superior marcaba el lugar desde el que el almuédano convocaba a rezar el *adhan*, la oración musulmana que se repetía cinco veces al día.

Safia ofreció su propia oración, y aunque no obtuvo más que silencio por toda respuesta, encontró en ello cierto consuelo. Dentro del patio, los sonidos del pueblo cercano enmudecían, como si el propio aire se apaciguara ente la santidad del sepulcro. Varios fieles paseaban discretamente por los alrededores, respetuosos ante la tumba que se extendía a lo largo de un lateral: un edificio alargado, de techo bajo y enmarcado con arcos, pintado de blanco y ribeteado de verde. En el interior del edificio se encontraba el sepulcro de Nabi Imran, el padre de la Virgen María.

Cassandra dio un paso y se colocó frente a Safia. Su impaciencia y su energía contenida removían el aire, dejando una estela casi palpable a su paso.

—¿Por dónde empezamos, pues?

—Por el principio —murmuró Safia y avanzó hacia delante.

La necesitaban. A pesar de ser su prisionera, no pensaba permitir que le metieran prisa. Su conocimiento era su escudo.

Cassandra caminó tras ella.

Cuando Safia llegó a la entrada del santuario, un hombre vestido con una chilaba, uno de los cuidadores de la tumba, salió al paso del grupo.

—*Salam alaikum* —les saludó.

—*Alaikum as salam* —respondió Safia.

—*As fa* —se disculpó, señalando hacia la cabeza de Safia—. Las mujeres no pueden entrar en la tumba con el cabello descubierto.

Les ofreció gratuitamente un par de pañuelos verdes.

—*Shuk ran* —Safia le dio las gracias y se colocó graciosamente la prenda. Sus dedos se movieron con una agilidad no utilizada en mucho tiempo, y encontró gran satisfacción cuando el hombre tuvo que ayudar a Cassandra a colocarse su pañuelo.

El cuidador se retiró.

—Que la paz sea con vosotros —entonó mientras regresaba a la sombra de su puesto en la galería.

—Tenemos que quitarnos los zapatos y las sandalias —dijo Safia, y señaló con la cabeza una hilera de calzado abandonado en el exterior de la puerta.

Una vez descalzos, entraron a la tumba.

El santuario era sencillamente un pasillo alargado que ocupaba toda la longitud del edificio. En un extremo se elevaba una lápida de mármol marrón, del tamaño de un pequeño altar. Sobre ésta, un par de quemadores de bronce a juego devoraban unas varillas de incienso que perfumaban el cuarto con un aroma medicinal. Pero lo que captó la atención de Safia fue la tumba que había debajo. A través del centro de la sala se extendía un sepulcro de treinta metros de longitud y medio metro de altura, cubierto con un arco iris de telas con frases del Corán impresas. El suelo que flanqueaba la tumba aparecía también cubierto de alfombras para los rezos.

—Es una tumba un tanto grande —dijo Kane en voz baja.

Un fiel se levantó de una alfombra, echó un vistazo a los visitantes y salió en silencio. Tenían todo el habitáculo para ellos solos.

Safia recorrió los treinta metros del sepulcro. Se decía que nunca se obtenía la misma medida a ambos lados, pero nunca lo había comprobado.

Cassandra la seguía, mirando a su alrededor.

—¿Qué sabes de este lugar?

Safia se encogió de hombros al llegar al extremo de la tumba y al bordearlo para regresar por el otro lateral hasta la lápida de mármol.

—Esta tumba ha sido un lugar de culto desde la Edad Media, pero el resto —con una mano señaló la cripta y el patio exterior— es relativamente nuevo.

Safia se acercó a la lápida de mármol y colocó una mano sobre la superficie.

—Aquí fue donde Reginald Kensington excavó la estatua de arenisca que contenía el corazón de hierro, hace unos cuarenta años.

Cassandra dio un paso al frente con el pequeño maletín. Rodeó el altar de piedra, y las serpientes de humo de las varillas de incienso se ondularon a su paso, como disgustadas.

Kane habló en voz alta.

—¿Y aquí está enterrado el padre de la Virgen María?

—Existe cierta controversia con respecto a esa afirmación.

Cassandra la miró de reojo.

—Explícate.

—La mayoría de las confesiones cristianas, es decir, los católicos, ortodoxos, nestorianos y jacobitas, creen que el padre de María era un hombre llamado Joaquín. Por otra parte, el Corán asegura que María descendía de una familia muy respetada, la de Imran. Lo mismo que cree la religión judía. De acuerdo con su tradición, Imran y su esposa deseaban un hijo, pero ella era estéril. Así que Imran rezó para tener un hijo varón, uno que consagrara su vida al templo de Jerusalén. Sus oraciones fueron escuchadas, y su esposa se quedó embarazada, pero de una *niña*. María. Dichosos a pesar de todo, los padres la consagraron a una vida de piedad en honor al milagro de Dios.

—Hasta que un ángel la dejó preñada.

—No exactamente, el ángel le *anunció* que estaba en cinta, pero en fin, ahí es donde las cosas se ponen peliagudas entre las religiones.

—¿Y qué hay de la estatua, la de la lápida? —preguntó Cassandra para dirigir la conversación hacia su objetivo—. ¿Por qué la colocaron ahí?

Safia permaneció en pie ante la lápida de mármol, preguntándose lo mismo, tal como llevaba haciendo desde que emprendió su viaje en Londres. ¿Por qué colocaría alguien una pista hacia Ubar en un lugar vinculado a la Virgen María, una figura venerada por tres religiones, judaísmo, cristianismo e islamismo? ¿Acaso a sabiendas de que aquel lugar sería protegido a través de los siglos? Todas las religiones tenían interés en mantener aquella tumba, y ninguna podía anticipar que Reginald Kensington fuera a excavar la estatua para añadirla a su colección en Inglaterra.

¿Pero quién colocó originalmente la estatua allí, y por qué? ¿Tal vez porque Salalah marcaba el inicio de la Ruta del Incienso? ¿Constituiría la estatua una señal, un primer marcador que condujera hasta el corazón de Arabia?

La mente de Safia barajaba varias posibilidades: la edad de la estatua, los misterios de la tumba, la veneración multirreligiosa del lugar...

Se giró hacia Cassandra.

—Necesito ver el corazón.

—¿Por qué?

—Porque tienes razón. La estatua debió ser colocada aquí por una razón.

Cassandra la miró un buen rato, luego se arrodilló sobre una de las alfombras para la oración y abrió el maletín. El corazón brillaba pálidamente en su molde de espuma negra.

Safia se agachó y extrajo el corazón, sorprendida de nuevo por su

287

peso. Al levantarse, sintió el líquido que se agitaba en el interior, pesado, como si las cámaras del corazón estuviesen llenas de plomo fundido.

Lo llevó hasta el altar de mármol.

—Se dice que la estatua se encontraba aquí. —Al girarse, varios trozos de incienso cayeron del extremo de uno de los vasos sanguíneos del corazón y se esparcieron como si fueran sal sobre el altar de mármol.

Safia sujetó el corazón contra su pecho y lo posicionó anatómicamente, con los ventrículos hacia abajo, el cayado de la aorta hacia la izquierda, como si se encontrara en su propio cuerpo. Se situó sobre la cabecera de la larga y estrecha tumba e imaginó la estatua del museo antes de que la explosión acabara con ella.

Medía casi dos metros de altura y representaba a una mujer con el pelo y la cara tapados con un pañuelo, a la manera típica de las beduinas de su época. La figura portaba un largo quemador de incienso funerario sobre el hombro, como si apuntase con un rifle.

Safia bajó la mirada hacia los fragmentos de incienso. ¿Acaso ese mismo incienso era el que una vez se quemara allí? Sujetó el corazón de hierro con un brazo, se agachó a recoger unos trozos de incienso y los colocó en un quemador cercano, a la vez que recitaba en silencio una oración por sus amigos. Al arder, el incienso desprendió un aroma fresco y dulce.

Cerró los ojos y respiró profundamente el incienso que impregnaba el aire. El aroma del pasado. Al respirar, retrocedió en el tiempo hasta antes del nacimiento de Cristo.

Imaginó el árbol que producía aquel incienso, un árbol escuálido y cubierto de maleza, con hojas pequeñas de un color gris verdoso. Imaginó a las antiguas gentes que recogían su savia, una tribu exclusiva de las montañas, tan aislada que su idioma fue el antecesor del árabe actual. Sólo un puñado de miembros de la tribu había logrado sobrevivir en el aislamiento de las montañas, viviendo a duras penas una existencia precaria. Escuchó su idioma, un sonsonete cantarín, como el gorjeo de un pájaro. Aquellas personas, los Shahra, aseguraban ser los supervivientes de los descendientes de Ubar, el linaje de los padres fundadores.

¿Habrían recogido el incienso ellos mismos?

Al respirar profundamente recordando el pasado, se sintió desvanecer, y la sala comenzó a girar a su alrededor. En un momento dado, no se sintió capaz de discernir arriba de abajo, y empezaron a flaquearle las rodillas.

LA CIUDAD PERDIDA

John Kane la sujetó del brazo con que sujetaba el corazón.

Tembló un instante en su mano... y se cayó.

El corazón golpeó el altar con un apagado ruido metálico y rodó sobre el mármol, girando sobre su superficie, tambaleándose ligeramente, como si el líquido del interior hubiera hecho que perdiera el equilibrio.

Cassandra se apresuró a cogerlo.

—¡No! —gritó Safia—. Déjalo.

El corazón giró una vez más y empezó a detenerse. Pareció mecerse un poco hacia un lado, y por fin se detuvo completamente.

—No lo toques —Safia se arrodilló y miró al corazón con los ojos a la altura de la lápida. El incienso invadía empalagosamente el ambiente.

El corazón descansaba en la posición exacta con que un momento antes lo sujetara contra su pecho: con los ventrículos hacia abajo y el cayado de la aorta hacia arriba, curvado hacia la izquierda.

Safia se puso en pie. Ajustó su propio cuerpo a la posición del corazón, como si fuera el suyo propio, y una vez colocada, corrigió la colocación de sus pies y levantó los brazos, fingiendo sujetar aquel rifle invisible entre las manos, o tal vez un quemador de incienso funerario.

Congelada en la posición de la antigua estatua, Safia observó la longitud de su brazo levantado. Apuntaba directamente a lo largo del eje de la tumba, alineado a la perfección. Safia bajó los brazos y contempló el corazón de hierro.

¿Qué posibilidades existían de que por pura casualidad se hubiera detenido en aquella posición? Recordó el chapoteo del interior, imaginó sus giros nerviosos, su leve balanceo final.

Como una brújula.

Observó la longitud de la tumba con un brazo elevado para marcar el recorrido. Su visión atravesó las paredes, salió de la ciudad y continuó más allá, hacia las distantes montañas verdosas.

Entonces lo supo.

Pero necesitaba estar segura.

—Necesito un mapa.

—¿Por qué? —preguntó Cassandra.

—Porque sé cuál es el siguiente lugar al que tenemos que ir.

12
MÁS VALE PREVENIR
ᛒᚼᚻᚷᚼ1ᛊ�006ᛊᚷᛊᚷᚤ0

3 de diciembre, 3:02 pm
Salalah

Oᴍᴀʜᴀ, ᴍᴇᴅɪᴏ ᴅᴏʀᴍɪᴅᴏ en la base del remolque del camión, sintió un traqueteo revelador bajo la plataforma. *Demonios...* La vibración fue empeorando con notas discordantes. Los que minutos antes durmieran, con las cabezas apoyadas en los laterales, en medio de un calor infernal, levantaron la mirada con gesto preocupado.

En la parte delantera del camión, el motor ronroneó una vez más y se paró con una última nube de humo negro, que se elevó sobre el vehículo desde el interior del capó, acompañada de cierto hedor a aceite quemado. El vehículo se echó a un lado de la carretera, avanzó por el arcén arenoso y se detuvo.

—Fin del trayecto —resolvió Omaha.

El semental árabe piafó, golpeando el suelo con un casco en señal de protesta.

Ya somos dos, pensó Omaha. Se levantó junto a los demás, se sacudió el polvo de la ropa y se acercó la portezuela trasera. Descorrió el pasador y la dejó caer con un ruido sordo sobre la arena.

Bajaron del vehículo, a la vez que el capitán al-Haffi y sus dos hombres, Barak y Sharif, salían de la cabina. El capó todavía echaba humo.

—¿Dónde estamos? —preguntó Kara mientras se protegía los ojos con una mano y miraba la serpenteante carretera. A ambos lados, los campos de azúcar se elevaban en densas frondosidades que oscurecían las distancias—. ¿Cuánto queda para Salalah?

—No más de tres kilómetros —respondió Omaha, encogiéndose de hombros, inseguro. Podría ser el doble de esa distancia.

El capitán al-Haffi se aproximó al grupo.

—Debemos irnos de inmediato —señaló con un brazo el humo—. La gente vendrá a ver lo que ha ocurrido.

Omaha asintió. No sería buena idea que les encontraran con una camioneta robada. Ni siquiera con una *tomada prestada*.

—Tendremos que recorrer a pie el resto del camino —afirmó Painter, que fue el último en bajar del remolque, sujetando al caballo. Había guiado al asustadizo animal por la portezuela hasta el suelo, y éste se sacudía y bailoteaba ya en tierra firme.

Mientras Painter lo acariciaba, Omaha observó que su ojo izquierdo había empezado a amoratarse, aunque parecía menos hinchado. Apartó la mirada, entre avergonzado por su anterior brote de furia y todavía algo rabioso por dentro.

Sin equipos que cargar, pronto se encontraron de camino, avanzando por el arcén de la carretera. Caminaban como una pequeña caravana, en parejas. El capitán al-Haffi abría el camino, mientras que Painter y Coral lo cerraban, sujetando al caballo.

Omaha escuchó a estos dos hablar en susurros, comentar su estrategia; redujo el paso para colocarse a su lado, se negaba a ser excluido de la discusión. Kara se dio cuenta y se unió a ellos.

—¿Cuál es el plan, una vez que lleguemos a Salalah? —preguntó Omaha.

Painter arrugó la frente.

—Debemos mantenernos ocultos. Coral y yo iremos a...

—Espera —le interrumpió Omaha—. No pienso quedarme atrás, no voy a esconderme en un hotelucho mientras vosotros dos andáis de un lado para otro.

Todos oyeron su arrebato.

—No podemos ir todos juntos a la tumba —continuó Painter—. Nos reconocerán. Coral y yo estamos entrenados para vigilar y recoger datos. Necesitamos examinar la zona, buscar a Safia, prepararnos si aún no ha llegado.

—¿Y si ya se ha ido? —preguntó Omaha.

—Eso también podemos averiguarlo, haré unas cuantas preguntas discretas.

Kara les interrumpió.

—Si se la han llevado, no sabremos adónde.

Painter la miró fijamente, y Omaha percibió que la preocupación le ensombrecía la mirada, tan oscura como el cardenal del ojo izquierdo.

—Crees que es demasiado tarde, ¿verdad? —preguntó Omaha.

—No lo sabemos con certeza.

Omaha observó el paisaje que se extendía ante ellos. En el horizonte se divisaban varios edificios, el límite de la ciudad. Demasiado lejos. Demasiado tarde.

—Alguien tiene que adelantarse —decidió Omaha.

—¿Cómo? —preguntó Kara.

Sin girarse, Omaha señaló con el pulgar por encima de su hombro.

—A caballo. Uno de nosotros... tal vez dos, podríamos cabalgar hasta el pueblo, ir directamente a la tumba y comprobar la situación. Esconderse, buscar a Safia y seguirla si se marcha.

Por única respuesta, recibió silencio.

Coral le miró.

—Es lo que estábamos discutiendo Painter y yo.

—Creo que debería ir yo —dijo Painter.

Omaha se detuvo y volvió el rostro hacia él.

—¿Y por qué demonios tú?

Painter le miró fijamente.

—Porque tú no tienes experiencia en cuanto a vigilancia, y no es momento para confiar en aficionados. Te verán, y eso tirará por la borda nuestra ventaja.

—Eso es lo que tú te crees. Tal vez no tenga ninguna formación específica, pero he pasado años realizando trabajos en lugares donde es mejor no ser visto, y soy perfectamente capaz de ocultarme si tengo que hacerlo.

Painter respondió con sequedad, sin bravuconadas.

—Pero yo soy mejor. Es mi trabajo.

Omaha cerró el puño al percibir la certeza del otro en su voz. Una parte de él quería propinarle otro puñetazo, pero la otra creía en lo que acababa de decir. Él no tenía la experiencia de Painter. ¿Qué opción

JAMES ROLLINS

ofrecía más posibilidades? ¿Cómo podía él seguir caminando cuando quería que Safia corriera? Una punzada de dolor le apretó el corazón.

—¿Y qué harás si la encuentras?

—Nada —continuó Painter—. Estudiaré los recursos y las fuerzas del grupo. Encontraré sus puntos débiles y esperaré al momento adecuado.

Kara apoyó las manos en la cadera para hablar.

—¿Y nosotros qué hacemos?

Coral respondió mientras Painter y Omaha continuaban con su enfrentamiento.

—En Salalah tenemos un piso franco, con dinero y suministros.

Sí, por supuesto, pensó Omaha.

—¿Armas? —preguntó Kara.

Coral asintió.

—Iremos allí primero, cargaremos y nos pondremos en contacto con Washington para ponerles al día. Dispondremos...

—No —interrumpió Painter—. No debe haber ninguna comunicación. Me pondré en contacto con vosotros tan pronto como pueda. A partir de ahí nos moveremos solos, sin ayuda externa.

Omaha leyó el discurso mudo intercambiado entre Painter y su compañera. Parecía que no sólo sospecharan del gobierno omaní, sino también del suyo propio. Esa mujer, Cassandra Sánchez, siempre andaba un paso por delante de ellos, por lo que debía obtener la información de algún lugar.

Los ojos de Painter volvieron a detenerse en Omaha.

—¿Estamos todos de acuerdo con este plan?

Omaha asintió lentamente, a pesar de que sentía que le clavaban una barra de acero en la nuca. Painter comenzó a girarse, pero Omaha le detuvo y se acercó un poco más a él. Sacó la pistola de debajo de la ropa y le pasó el arma.

—Si tienes oportunidad, por mínima que sea...

—No la dejaré pasar —le dijo, aceptando el arma.

Omaha dio un paso atrás, y Painter se subió al caballo. Montó sin silla, utilizando una cuerda como riendas improvisadas.

—Nos vemos en Salalah —masculló, antes de picar al animal para que iniciara el trote, pasando al instante a pleno galope, agachado sobre su lomo.

294

—Espero que sea tan buen espía como jinete —exclamó Kara.

Omaha observó a Painter desvanecerse tras una curva de la carretera. A continuación, el grupo reanudó la marcha, avanzando con lentitud, con demasiada lentitud, hacia el pueblo que les esperaba.

3:42 pm

SAFIA SE INCLINÓ sobre el mapa topográfico de la región de Dhofar, desplegado sobre el capó del vehículo. En el centro había una brújula digital y un cartabón de plástico. Alteró ligeramente la posición de la regla en el mapa y la alineó con el mismo eje que la tumba de Nabi Imran. Antes de salir de la cámara había pasado varios minutos utilizando la brújula de calibración láser para obtener las mediciones exactas.

—¿Qué haces? —le preguntó Cassandra por encima del hombro, ya por quinta vez.

Safia continuó ignorándola y se agachó más sobre el mapa, casi tocando con la nariz en el papel. *Esto es todo lo que puedo hacer sin ordenadores.* Levantó una mano.

—Un bolígrafo.

Kane le entregó uno que sacó del bolsillo interior de la chaqueta. Al levantar la vista, Safia percibió el leve reflejo de un arma oculta bajo la ropa. Tomó el bolígrafo cuidadosamente, sin mirar al hombre a los ojos. Más que Cassandra, aquel tipo la ponía nerviosa y la hacía perder su determinación.

Safia se concentró en el mapa, poniendo toda su atención en el misterio. La siguiente pista para llegar al corazón secreto de Ubar.

Dibujó una línea a lo largo del cartabón y luego lo apartó. La raya azul se extendía desde la tumba de Nabi Imran y atravesaba el paisaje. La siguió con el dedo, fijándose en el terreno que atravesaba y buscando un nombre concreto.

Tenía una ligera idea de lo que iba a encontrar.

Cuando su dedo salió de los límites de Salalah, las líneas topográficas comenzaron a multiplicarse con las ondulaciones de las colinas, y a continuación de las montañas. Siguió la raya de tinta azul hasta que cruzó un pequeño punto negro sobre la cúspide de un empinado monte. Detuvo el dedo y golpeó con la yema el lugar exacto.

Cassandra se agachó y leyó el nombre impreso bajo el dedo.

—Jebal Eitteen —miró a Safia.

—El monte Eitteen —explicó Safia, y estudió el pequeño punto negro—. Ahí se encuentra otra tumba. Y al igual que ésta, el lugar es venerado por todas las religiones: cristianismo, judaísmo e islamismo.

—¿De qué tumba se trata?

—De la de otro profeta. Ayoub. Para nosotros, Job.

Cassandra frunció el entrecejo, y Safia continuó con la explicación.

—Job aparece en la Biblia y en el Corán. Era un hombre rico, tanto en dinero como en familia, y guardaba una devoción inquebrantable a Dios. Como prueba, fue despojado de todas sus pertenencias: posesiones, hijos e incluso de su propia salud. Tan horribles eran sus aflicciones que los demás le rechazaron, y se vio obligado a vivir en soledad —dio unos toques en el mapa con el dedo—. En el monte Eitteen. Aún así, y a pesar de sus apuros, Job mantuvo su fe y su devoción. Y en pago a su lealtad, Dios ordenó a Job que golpeara el suelo con el pie. Al hacerlo, de la piedra manó una fuente para saciar la sed de Job y para lavar sus heridas, que fueron curando hasta convertirle de nuevo en un joven sano. Pasó el resto de su vida en el monte Eitteen, donde, llegado el momento, fue enterrado.

—¿Y crees que esa tumba es el siguiente paso en la ruta hasta Ubar?

—Si el *primer* indicador se erigió en esta tumba, es lógico que el siguiente se encuentre en una ubicación similar. Otra tumba, de otro personaje sagrado venerado por todas las religiones de la zona.

—En tal caso, ahí es adonde iremos.

Cassandra acercó una mano al mapa, pero Safia colocó la suya encima con rapidez, evitando que lo cogiera.

—No puedo estar segura de lo que encontraremos allí, si es que encontramos algo. He estado en la tumba de Job antes, y no he visto nada que pudiera relacionarse con Ubar. Tampoco tenemos ninguna pista sobre por dónde comenzar la búsqueda. Ni siquiera otro corazón de hierro —visualizó la manera en que el corazón se había tambaleado sobre el altar hasta alinearse como una brújula—. Podría llevarnos años descubrir la siguiente pieza del rompecabezas.

—Para esto estás tú —respondió Cassandra, arrancando el mapa de debajo de la mano de Safia y haciendo un gesto a Kane para que subiera a la prisionera al vehículo—. Para resolver el enigma.

Safia sacudió la cabeza, le parecía una tarea imposible. O al menos, es lo que quería que Cassandra pensara. A pesar de sus protestas, tenía cierta idea de cómo proceder, pero aún no sabía cómo utilizar aquel conocimiento a su favor.

Subió a la parte posterior con Cassandra y se colocó en su asiento, mientras el vehículo atravesaba en ángulo la puerta de entrada. En la calle, los vendedores comenzaban a cargar sus mercancías con la caída de la tarde. Un perro callejero, todo huesos y pellejo, vagabundeaba perezoso entre los puestos y las carretas. Levantó el hocico al paso de un caballo, que avanzaba despacio tras la hilera de puestos, conducido por un hombre cubierto de pies a cabeza con un manto beduino.

El vehículo continuó carretera abajo, en dirección al Mitsubishi aparcado en el otro extremo. La procesión continuaría a través de las estribaciones del trayecto.

Safia se fijó en el sistema de navegación por GPS del salpicadero. Las calles se desplegaban en el pequeño plano, y más allá se extendían los campos.

Y otra tumba.

Esperaba que no se tratara de la suya propia.

**4:42 pm
Monte Eitteen**

MALDITOS ESCORPIONES...

El Dr. Jacques Bertrand aplastó al intruso de negra armadura con el talón antes de acomodar la alfombra que amortiguaría las condiciones de su lugar de trabajo. No había tardado más que unos minutos en ir hasta su Land Rover a buscar más agua, pero los escorpiones ya habían invadido la sombreada oquedad del barranco. En este paisaje de tierra estéril, lleno de matorral y cantos de piedra, no se desperdiciaba nada. Ni siquiera la más pequeña sombra.

Jacques se tumbó en la oquedad, boca arriba. En el techo de aquella antigua cripta funeraria había un grabado en árabe meridional epigráfico. El paisaje de los alrededores estaba plagado de ellos, pero perdían importancia ante la tumba de Job en el monte donde trabajaba. La totalidad de la región se había convertido en un cementerio. Aquélla era la tercera cripta que documentaba ese día, y la última de aquella jornada interminable y sofocante.

Ya soñaba con regresar a la habitación de su hotel, el Salalah Hilton, para zambullirse en la piscina y degustar una copa de Chardonnay.

Decidido a terminar con su tarea, se puso manos a la obra. Pasó un pequeño pincel de pelo de camello sobre la inscripción para limpiarla una vez más. Como arqueólogo especializado en idiomas antiguos, Jacques disfrutaba de una beca para la creación de un mapa lingüístico de las antiguas caligrafías semíticas, trazando su linaje desde el pasado hasta el presente. Arameo, elamita, palmireno, nabateo, samaritano, hebreo. Los cementerios eran fuentes formidables de caligrafía escrita, de oraciones inmortalizadas, de alabanzas y epitafios.

Jacques sintió un irritante escalofrío y bajó el pincel, con la intensa sensación de sentirse observado. Se había apoderado de él una sensación primitiva de peligro. Se levantó, apoyándose sobre un codo, y miró por encima de sus piernas. La región estaba plagada de bandidos y ladrones. Pero a la sombra de la tumba de Job, un santuario casi sagrado, nadie se aventuraría a cometer un crimen, pues constituiría una sentencia de muerte. Sabiendo aquello, había dejado su rifle en el coche.

Se quedó mirando hacia el resplandor. Nada.

Aún así, introdujo los pies en el nicho. Si había alguien en el exterior con intenciones peligrosas, tal vez pudiera permanecer oculto.

Escuchó unas cuantas piedras rodar por la empinada cuesta rocosa de la izquierda. Agudizó el oído, sintiéndose atrapado.

A continuación, una sombra se deslizó por la entrada de la cripta.

Pasó sin hacer ruido, con despreocupación y pereza, pero con confianza y poder. Su pelaje rojizo, moteado de sombras, se fundió con las rocas del mismo tono.

Jacques contuvo la respiración, paralizado por el terror y la incredulidad.

Había oído historias que advertían de la presencia de las bestias de las montañas de Dhofar. *Panthera pardus nimr*. El leopardo árabe, una especie casi en extinción, aunque no lo suficiente para su gusto.

El felino inmenso pasó de largo... pero no se encontraba solo.

Un segundo leopardo entró en su campo de visión, moviéndose con más rapidez, juventud y agitación. Y luego un tercero, de zarpas enormes, amarillentas, que se abrían a cada paso.

Una manada.

Contuvo la respiración, rezando, casi cegado por el miedo, como el hombre de las cavernas, acurrucado en su pequeño agujero para evitar los peligros.

Y en ese instante apareció otra figura. Pero no era un felino.

Unas piernas desnudas, de pies descalzos, que se movían con la misma gracilidad que los leopardos.

Una mujer.

Desde su aventajado punto de vista, no podía ver más arriba de sus muslos.

Ésta le ignoró, al igual que los leopardos, y se movió con rapidez hacia la cumbre de la montaña.

Jacques se deslizó hacia afuera, como Lázaro levantándose de su tumba. Sin poder evitarlo, se puso a cuatro patas y asomó la cabeza. La mujer trepaba por una roca, siguiendo alguna ruta sólo conocida por ella. Tenía la piel de color moca, la melena de un negro brillante hasta la cintura, y caminaba desnuda, sin ningún reparo.

Pareció sentir su presencia, pero no se dio la vuelta. Él volvió a tener la poderosa sensación de estar vigilado, una impresión que burbujeaba en su interior. El miedo le invadía, pero no podía dejar de mirar.

Avanzaba entre los leopardos, en subida constante, hacia la tumba de la cima. Su cuerpo parecía resplandecer, como un espejismo de calor sobre la arena tostada por el sol.

Un chirrido atrajo su atención hacia sus propias manos y rodillas. Un par de escorpiones se escabullían entre sus dedos, y aunque no eran venenosos, su picadura resultaba dolorosa. Se quedó boquiabierto al descubrir más y más escorpiones que salían de las hendiduras y grietas, que bajaban por las paredes, que caían del techo. Cientos de ellos. ¡Un nido! Salió como pudo de la cripta, mientras sentía las picaduras, como fogonazos, en la espalda, los tobillos, el cuello, las manos.

Cayó al llegar a la salida y rodó sobre el suelo duro. Otra ronda de picaduras, como colillas encendidas, le hizo gritar y enloquecer de dolor.

Se puso en pie, sacudiendo las piernas y los brazos, y se quitó la chaqueta, a la vez que se pasaba una mano por la cabeza. Dio varias patadas en el suelo con los pies y tropezó cuesta abajo. Los escorpiones seguían escabulléndose por la entrada a la cripta.

Miró hacia arriba, seguro de haber llamado la atención de los leopardos, pero el precipicio se encontraba vacío.

La mujer y los felinos se habían desvanecido.

¡Imposible! Sin embargo, el fuego de las picaduras de escorpión había quemado toda su curiosidad. Se dio la vuelta y se alejó hacia abajo, hacia su Land Rover aparcado. Aún así, sus ojos le obligaban a mirar a veces hacia arriba, hacia el punto donde yacía la tumba de Job.

Abrió la puerta del vehículo y saltó al asiento del conductor. Había sido advertido de que abandonara el emplazamiento, tenía una pavorosa certeza.

Algo horrible estaba a punto de ocurrir allí.

**4:45 pm
Salalah**

—¡SAFIA ESTÁ VIVA! —gritó Painter tan pronto como atravesó la puerta del piso franco. Se trataba de un piso con dos habitaciones sobre una tienda de importación y exportación que bordeaba el zoco de Al-Haffa. En un local así, nadie se cuestionaba las idas y venidas de los forasteros, era parte del negocio. Los ruidos que se escuchaban en el mercadillo vecino formaban un batiburrillo de idiomas, voces y trueques. Las habitaciones olían a especias y colchones viejos.

Painter pasó por delante de Coral, que le había abierto la puerta al llamar. Había observado a los dos Fantasmas del desierto apostados discretamente delante de la casa, vigilando quién se acercaba a ella.

Los demás se encontraban en el salón, extenuados por el trayecto. En el baño contiguo se escuchaba un chorro de agua. Painter notó que faltaba Kara. Danny, Omaha y Clay tenían el pelo mojado, así que supuso que habían hecho turnos para darse una ducha rápida y quitarse el polvo y la mugre. El capitán al-Haffi había encontrado una chilaba, pero era demasiado pequeña para sus hombros.

Omaha se puso en pie cuando vio entrar a Painter.

—¿Dónde está?

—Safia y los otros abandonaban la tumba justo cuando yo llegaba. En una caravana de todo terrenos y armados hasta los dientes.

Painter cruzó hasta la mínima cocina, se inclinó hacia la pila, abrió el grifo y metió debajo la cabeza.

Omaha seguía en pie tras él.

—¿Y por qué no estás siguiéndoles?

Painter se incorporó, peinándose hacia atrás el cabello empapado. Los hilillos de agua le corrieron cuello abajo hasta la espalda.

—Lo estoy haciendo —sostuvo la mirada de Omaha con dureza, luego pasó por su lado y se dirigió a Coral—. ¿Qué equipos tenemos?

Coral señaló con la cabeza hacia la puerta que daba a la habitación de atrás.

—He pensado que sería mejor esperar a que llegaras. El teclado numérico electrónico ha resultado ser más complicado de lo que imaginaba.

—Enséñamelo.

Le condujo hasta la puerta. El piso franco era propiedad de la CIA, y se encontraba permanentemente equipado, como muchos otros que poseían por el mundo. Sigma fue informado de su ubicación cuando se organizó la misión, como apoyo en caso de que fuese necesario.

Y lo era.

Painter observó el teclado numérico electrónico, oculto bajo una cortina que Coral había apartado a un lado. En el suelo encontró dispuestas una serie de rudimentarias herramientas: un cortaúñas, cuchillas de afeitar, unas pinzas de los ojos y una lima de uñas.

—Del cuarto de baño —explicó Coral.

Painter se arrodilló ante el teclado. Coral había abierto la tapa, dejando al descubierto el cableado. Estudió los circuitos.

Coral se acercó a su lado, señalando unos cables cortados, de colores rojo y azul.

—He conseguido inhabilitar la alarma. Creo que podrás teclear sin alertar a nadie, pero me gustaría que echaras un vistazo al trabajo, este asunto es especialidad tuya.

Painter asintió. Esos teclados estaban instalados de forma que cuando alguien los utilizaba en ese piso franco, enviaban una alarma muda a la CIA para notificar la intrusión. Y eso era justo lo que Painter deseaba evitar. Al menos por el momento, o al menos no tan abiertamente. Estaban muertos... y eso deseaba que creyeran los demás durante tanto tiempo como fuera posible.

Echó un vistazo a los circuitos, siguiendo el flujo de la corriente, los cables falsos, los verdaderos... Todo parecía estar en orden. Coral había conseguido cortar la toma telefónica sin dañar ni alterar la alimentación del teclado. Para estar doctorada en física, había demostrado unas excelentes habilidades como ingeniero electrónico.

—Parece que está todo correcto.

Durante la lectura del informe previo sobre la misión, Painter había memorizado el código del piso franco. Tomó el teclado y pulsó el primero de los diez dígitos del código. Sólo tenía una oportunidad para acertar. Si introducía el código incorrecto, el teclado se bloquearía, como medida de seguridad.

Procedió con cuidado.

—Tienes noventa segundos —le recordó Coral.

Otra medida de seguridad. La secuencia debía teclearse en un tiempo determinado. Pulsó cada número con cuidado y precisión. Al llegar al séptimo en la secuencia, mantuvo el dedo en el aire. El botón parecía ligeramente más borroso que el de al lado, algo apenas perceptible. Mantuvo el dedo en alto. ¿Se estaba volviendo paranoico? ¿Estaba viendo fantasmas donde no los había?

—¿Qué ocurre? —preguntó Coral.

Para entonces, Omaha se les había unido, y también su hermano.

Painter se sentó en cuclillas a pensar, con el dedo tenso. Se quedó mirando el número nueve. No podía ser...

—Painter —le instó Coral en un susurro.

Si esperaba demasiado, el sistema se bloquearía. No podía perder ni un segundo, pero algo no iba bien. Lo olía.

Omaha se mantenía inmóvil a su lado, recordándole que el tiempo se agotaba. Si Painter quería salvar a Safia, necesitaba abrir esa puerta.

Ignorando el teclado, Painter tomó las pinzas y la lima de uñas, y con precisión quirúrgica, levantó cuidadosamente la tecla número nueve, que salió con demasiada facilidad. Entrecerró los ojos para ver mejor.

Demonios...

Tras la tecla había un pequeño chip cuadrado, con un diminuto pistón en el centro. El diminuto circuito se encontraba envuelto en un finísimo filamento metálico. Una antena. Se trataba de un microtransmisor. Si lo hubiera pulsado, se habría activado. Por la tosquedad de su integración, aquello no era diseño de fábrica.

Cassandra había estado allí.

El sudor se le metió en el ojo izquierdo. No era consciente de la humedad que se le había acumulado en la ceja.

Coral miró por encima de su hombro.

—¡Mierda! —Aquello confirmaba que había comprendido la situación.

—¡Saca a todo el mundo de aquí!

—¿Qué ocurre? —preguntó Omaha.

—¡Es una puñetera trampa! —espetó Painter, rabioso—. ¡Fuera! ¡Ahora!

—¡Coge a Kara! —ordenó Coral a Omaha señalando el baño, mientras ella se dirigía hacia los demás.

En cuanto desaparecieron, Painter se sentó ante el teclado. Una letanía de maldiciones desfilaba por su cabeza como si fuese su canción favorita. Ya venía un tiempo repitiéndola; Cassandra siempre andaba un paso por delante de él.

—¡Treinta segundos! —avisó Coral mientras cerraba la puerta del piso. Le quedaba medio minuto antes de que el teclado se bloqueara.

En medio del cuarto vacío, estudió el pequeño chip.

Solos, Cassandra, solos tú y yo.

Painter dejó la lima y cogió el cortaúñas. Deseando llevar consigo su riñonera de herramientas, se dispuso a extraer el transmisor, respirando profundamente para mantener la calma. Tocó la carcasa metálica para eliminar la electricidad estática y comenzó. Cuidadosamente extrajo el cable de alimentación de su toma a tierra, y con el mismo cuidado, limó la cobertura de plástico del cable sin romperlo. Una vez abierto el cable, le hizo el puente con las pinzas. Se escuchó un pequeño chasquido y un chisporroteo, seguidos de un ligero olor a plástico quemado.

Acababa de freír el transmisor.

Ocho segundos...

Cortó el cable del transmisor muerto y lo sacó. Lo apretó entre los dedos, sintiendo cómo sus extremos afilados se le clavaban en la palma.

Al infierno, Cassandra.

Painter terminó de pulsar los tres últimos dígitos y, a su lado, los cierres de la puerta se abrieron con un zumbido mecánico.

Sólo entonces respiró aliviado.

Se incorporó e inspeccionó el marco de la puerta antes de agarrar el pomo. Parecía estar intacto. Cassandra contaba con que el transmisor terminara el trabajo.

Giró el pomo y tiró de él. La puerta era bastante pesada, reforzada tal vez con acero. Con una muda plegaria final, abrió la puerta por completo.

Miró hacia el interior desde su puesto. Una tenue bombilla iluminaba la sala.

Mierda...

El cuarto estaba repleto de estanterías de acero, desde el suelo hasta el techo. Todas ellas vacías. Saqueadas.

Una vez más, Cassandra no se arriesgaba a dejar cabos sueltos, sólo su propia tarjeta de visita: medio kilo de explosivo C4, conectado a un detonador eléctrico. Si hubiera pulsado la tecla número nueve, habría volado todo el edificio. Atravesó el cuarto y desactivó el detonador.

La frustración le producía una dolorosa presión en la caja torácica. Quería gritar. En su lugar, regresó al cuarto anterior y avisó a los demás para que entraran.

Los ojos de Coral resplandecían al subir las escaleras.

—Nos la ha jugado —informó Painter en cuanto la vio.

Omaha, que entró pegado a los talones de Coral, preguntó:

—¿Quién?

—Cassandra Sánchez —espetó Painter—. La secuestradora de Safia.

—¿Cómo diablos conocía este piso franco?

Painter sacudió la cabeza. ¿Cómo...? Les guió hasta el cuarto vacío, entró en él y se aproximó a la bomba.

—¿Qué haces? —preguntó Omaha.

—Quedarme con los explosivos, puede que los necesitemos.

Mientras Painter se ponía manos a la obra, Omaha entró también en el cuarto antes bloqueado. Le siguió Kara, con el pelo mojado y enredado, tapada con una toalla alrededor del cuerpo.

—¿Qué hay de Safia? —preguntó Omaha—. Dijiste que la tenías localizada.

Painter terminó con el C4 y les hizo un gesto para salir de allí.

—Y la tenía. Pero ahora hay un problema. Aquí debería haber un ordenador con conexión satélite, una forma de entrar en el servidor del Departamento de Defensa.

—No entiendo —dijo Kara fríamente.

Su rostro brillaba con un tono amarillento bajo los tubos fluorescentes. Parecía agotada, lo que hizo sospechar a Painter que no eran las drogas las que le producían ese estado, sino la *falta* de éstas.

Painter les llevó a la sala principal, revisando sus planes a cada paso y maldiciendo a Cassandra a la vez. Aquella mujer se había enterado de la existencia del piso franco, había conseguido el código de acceso y les había preparado una trampa. ¿Cómo podía conocer todos sus movimientos? Repasó con la mirada los rostros de todo el grupo.

—¿Dónde está Clay? —preguntó.

—Apurando un cigarrillo en las escaleras —respondió Danny—. Encontró un paquete en la cocina.

En ese instante Clay abrió la puerta. Todos los ojos se centraron en él, y se sintió desconcertado por tal atención.

—¿Qué? —preguntó.

Kara se giró hacia Painter.

—¿Cuál es el paso siguiente?

Painter se volvió hacia el capitán al-Haffi.

—He dejado el caballo del sultán abajo, con Sharif. ¿Crees que podríamos venderlo y hacernos rápidamente con unas cuantas armas y un vehículo?

El capitán asintió con seguridad.

—Tengo varios contactos muy discretos por aquí.

—Tienes media hora.

—¿Y qué hay de Safia? —insistió Omaha—. Estamos perdiendo mucho tiempo.

—Safia está a salvo por el momento. Cassandra la necesita, de lo contrario a estas horas estaría compartiendo esa tumba con el padre de la Virgen María. Si se la han llevado es por alguna razón, y si deseamos rescatarla, la noche nos rendirá la mejor de las tapaderas. Podemos permitirnos un poco de tiempo.

—¿Cómo sabes adónde llevan a Safia? —preguntó Kara.

Painter miró a los miembros del equipo, inseguro de poder hablar con libertad.

—¿Y bien? —insistió de nuevo Omaha—. ¿Cómo diablos vas a encontrarla?

Painter cruzó hacia la puerta.

—Buscando la mejor cafetería de la zona.

5:10 pm

OMAHA ABRÍA EL paso a través del zoco de Al-Haffa. Sólo Painter le seguía, los demás se habían quedado en el piso franco para descansar y esperar a que el capitán regresara con un medio de transporte. Omaha esperaba que tuvieran algún punto al que dirigirse.

A cada paso sentía una rabia sorda que crecía en su interior. Painter había visto a Safia a pocos metros de ella... y había dejado que los secuestradores se la llevaran. La confianza del hombre en su capacidad de rastrearla había mermado en el piso franco, Omaha lo había leído en sus ojos. *Preocupación.*

Ese hijo de perra debería haber intentado rescatarla cuando tuvo oportunidad. ¡Al infierno con las posibilidades! La insufrible precaución de Painter iba a acabar con la vida de Safia, y todos sus esfuerzos serían en vano.

Omaha atravesó los puestos y casetas del mercado, sordo al griterío de los vendedores ambulantes, a la burbuja de rabia en su interior, al graznido de las ocas enjauladas, al rebuzno de los asnos. Todo se entremezclaba en una especie de ruido blanquecino.

El mercado se encontraba próximo al cierre del día, mientras el sol se hundía en el horizonte, alargando las sombras. El viento de la tarde había comenzado a soplar, haciendo crujir los toldillos; el polvo se arremolinaba entre las pilas de deshechos, el aire olía a sal y especias, y a una promesa de lluvia.

Ya había pasado la temporada de los monzones, pero los informes meteorológicos informaban de una tormenta a mitad de diciembre, un frente que avanzaba hacia el interior. Antes de que cayera la noche, llovería. La borrasca de la noche anterior no había sido más que el preludio de una serie de tormentas, y se decía que el temporal cruzaría las montañas y colisionaría con la tempestad de arena que avanzaba hacia el sur, creando así una tormenta monstruosa.

Pero Omaha se inquietaba por problemas mucho mayores que los climatológicos. Se apresuró a través del zoco. Su objetivo se hallaba en el lado opuesto, donde habían construido toda una serie de modernas instalaciones, incluyendo un Pizza Hut y un supermercado. Omaha sorteó el último de los puestos, pasó ante varias tiendas que vendían imitaciones de perfumes, quemadores de incienso, plátanos, tabaco, joyería artesanal y vestidos tradicionales de terciopelo y lentejuelas.

Por fin llegaron a la calle que separaba el zoco de la moderna franja comercial. Omaha señaló hacia el otro lado.

—Ahí está. ¿Y cómo va a ayudarte ese sitio a encontrar a Safia?

Painter se dirigió hacia la dirección señalada.

—Te lo enseñaré.

Omaha le siguió. Se quedó mirando el cartel del establecimiento: SALALAH INTERNET CAFÉ. El local estaba especializado en cafés elaborados, toda una gama de tés, capuchinos y expresos. Ese tipo de establecimientos se encontraba ya en los lugares más remotos. Bastaba con tener una conexión telefónica, y hasta en el lugar más alejado del mundo se podía navegar por Internet.

Painter entró y se acercó al mostrador, donde un inglés de pelo rubio que respondía al nombre de Axe, y que vestía una camiseta en la que se leía LIBERAD A WINONA, anotó los números de su tarjeta de crédito y de la fecha de caducidad de ésta.

—¿Te lo sabes de memoria? —preguntó Omaha.

—Uno nunca sabe cuándo puede ser atacado por los piratas en medio del mar.

Mientras el hombre utilizaba los dígitos, Omaha le preguntó de nuevo.

—Pensaba que querías mantenerte en el anonimato, ¿no crees que el hecho de utilizar tu tarjeta de crédito es muestra de que sigues con vida?

—No creo que eso importe ya mucho.

La máquina de las tarjetas electrónicas emitió un soniquete y el chico le dio su aprobación.

—¿Cuánto tiempo quieres?

—¿Tenéis conexión de alta velocidad?

—DSL, amigo, la única forma de navegar.

—Con treinta minutos tendré suficiente.

—Muy bien, la máquina de la esquina.

Painter dirigió a Omaha hasta el ordenador, un Pentium 4 Gateway. Painter se sentó, accedió a la conexión a Internet e introdujo una larga dirección IP.

—Estoy accediendo al servidor del Departamento de Defensa —le explicó.

—¿Cómo puede ayudar eso a Safia?

Continuó tecleando a toda velocidad, pasando pantallas que se actualizaban, desaparecían y cambiaban.

—A través del departamento, puedo conseguir acceso a la mayoría de los sistemas privados que se encuentren bajo el Acta de Seguridad Nacional. Mira, aquí está.

En la pantalla apareció una página con el logotipo de Mitsubishi.

Omaha leyó por encima de su hombro.

—¿Quieres comprar un coche nuevo?

Painter utilizó el ratón para navegar por el sitio web. Parecía tener acceso a todo, sorteando distintas pantallas con contraseñas encriptadas.

—El grupo de Cassandra viajaba en todo terrenos Mitsubishi. No se esforzaron mucho por ocultar sus vehículos de apoyo, y resultó bastante fácil acercarme para leer el código de identificación de uno de ellos en el callejón.

—¿El código de identificación?

—Sí. Todos los coches o camiones con sistema de navegación por GPS se encuentran en contacto continuo con los satélites, y esta forma de localización permite al conductor saber dónde se encuentra en todo momento.

Omaha empezó a comprender la situación.

—Y si conoces el código de uno de los coches, puedes acceder a los datos del vehículo para saber dónde se encuentra.

—Eso espero.

En ese instante apareció una pantalla en que se solicitaba el código de identificación del vehículo. Painter lo tecleó sin mirar siquiera sus dedos. Pulsó la tecla intro y se recostó en el asiento. Le temblaba ligeramente la mano, e intentaba disimularlo cerrando el puño.

Omaha adivinó lo que le pasaba por la mente. ¿Habría recordado el código con precisión? ¿Y si los secuestradores habían deshabilitado el GPS? Había tantas cosas que podían salir mal...

Pero al cabo de un momento, en la pantalla apareció un mapa digital de Omán, enviado desde un par de satélites geosincrónicos que orbitaban muy por encima de ellos. En un pequeño cuadro se leían unos datos de longitud y latitud: la ubicación en movimiento del todo terreno.

Painter suspiró con alivio, seguido de Omaha.

—Si supiéramos dónde se encuentra Safia...

Painter hizo clic en la herramienta de zoom y apuntó al centro del mapa. Ante ellos apareció la población de Salalah, y una pequeña flecha azul que marcaba la ubicación del vehículo más allá de su delimitación, en dirección al interior.

Painter se acercó a la pantalla.

—No...

—¡Demonios, han salido de Salalah!

—Deben haber encontrado algo en la tumba.

Omaha se giró hacia él.

—¡Entonces tenemos que irnos, ahora mismo!

—Pero no sabemos *adónde* se dirigen —le recordó Painter, que siguió estudiando la pantalla—. Tengo que seguirles hasta que se detengan.

—Pero avanzan por la carretera principal, podemos darles alcance.

—No sabemos si tomarán algún desvío, recuerda que van en todo terrenos.

Omaha no sabía qué hacer: escuchar el consejo práctico de Painter o robar el primer vehículo que encontrara y acelerar en dirección a Safia. ¿Pero qué haría entonces? ¿Cómo podría ayudarla?

Painter le agarró del brazo, lo que provocó que Omaha cerrase el otro puño. Painter le miró fijamente.

—Necesito que pienses, Omaha. ¿Por qué pueden haber salido de Salalah? ¿Adónde podrían dirigirse?

—¿Cómo diablos voy a...

Painter aferró su mano sobre el brazo del otro.

—Tú eres tan experto en esta región como Safia, sabes en qué carretera se encuentran, sabes qué puede haber de camino. ¿Existe algo por esa zona hacia lo que pudiera apuntar la tumba de Salalah?

Omaha sacudió la cabeza, negándose a responder. Estaban perdiendo el tiempo.

—¡Demonios, Omaha! Por una vez en tu vida, deja de reaccionar y *piensa*.

Omaha soltó el brazo con brusquedad.

—¡Déjame en paz! —Pero no se marchó. Permaneció, tembloroso, ante el ordenador.

—¿Qué puede haber allá afuera? ¿Adónde se dirigen?

Omaha echó otro vistazo a la pantalla, incapaz de mirar a Painter, temeroso de amoratarle el otro ojo. Se detuvo a considerar sus preguntas, aquel rompecabezas. Observó la flecha azul, que avanzaba serpenteante en dirección a las estribaciones.

¿Qué habría descubierto Safia? ¿Adónde se encaminaban?

Pensó en todas las opciones arqueológicas posibles, todos los emplazamientos existentes en aquella antigua tierra: santuarios, cementerios, ruinas, cuevas, dolinas... Había tantas... No había más que darle una patada a una piedra para encontrar un fragmento de historia.

Omaha se acercó a la pantalla y observó la flecha azul en movimiento.

—Unos veinticinco kilómetros más adelante hay un desvío. Si lo toman, sé adónde se dirigen.

—Eso significa que tendremos que esperar un poco más —dijo Painter.

Omaha se sentó ante el ordenador.

—Pues parece que no tenemos otra elección.

5:32 pm

Painter compró más tiempo en otro ordenador y dejó que Omaha siguiera el progreso del todo terreno en el monitor. Si pudieran adivinar la dirección de Cassandra, podrían dirigirse hacia allí, y al menos les quedaría una pequeña esperanza.

A solas en su ordenador, Painter accedió al servidor del Departamento de Defensa nuevamente. Ya no había razón para intentar mantener su anonimato, había dejado demasiados rastros electrónicos. Además, teniendo en cuenta la trampa del piso franco, Cassandra sabía que continuaba con vida... O al menos lo fingía.

Por esa razón tenía que volver a entrar en la página del Departamento.

Introdujo su contraseña privada y accedió a su sistema de correo electrónico. Tecleó la dirección de su superior, Sean McKnight, director de Sigma. Si había alguien en quien podía confiar, ése era Sean. Necesitaba informarle sobre los acontecimientos, hacerle saber el estado de la operación.

Tecleó con rapidez en la pequeña ventana del correo, relatando un breve resumen de lo ocurrido. Destacó el papel de Cassandra, la posibilidad de que hubiese un topo en la organización. Era imposible que Cassandra conociera la existencia del piso franco y del código electrónico del equipo sin información interna.

Terminó el correo de esta manera:

Insisto nuevamente en que investigue la situación desde allí. El éxito de esta misión dependerá de que logremos cortar el flujo de información. No confíe en nadie. Intentaremos rescatar a la Dra. al-Maaz esta noche. Creemos saber que el grupo de Cassandra lleva a la doctora a...

Painter hizo una pausa, respiró profundamente y continuó tecleando:

...a la frontera con Yemen. Nos dirigiremos de inmediato hacia allí para intentar evitar que crucen la frontera.

Painter se quedó mirando el correo, atónito ante la posibilidad.

Omaha le hizo un gesto desde el otro ordenador.

—¡Han tomado el desvío de la carretera local!

Painter pulsó el botón de envío. El correo se desvaneció, pero no su sensación de culpabilidad.

—Vamos —Omaha se dirigió a la salida—. Tenemos que acortar la distancia.

Painter le siguió. Ya en la puerta, se giró y echó un último vistazo a la terminal de trabajo. Rezó por estar equivocado.

13
LAS HUELLAS
DEL PROFETA

ⵜⵏⵏⵢⵌⵉⵏⵏ
ⵀⵉⵏⵏⵛⵜⵡⵉⵅⵏ

3 de diciembre, 5:55 pm
Montañas de Dhofar

Safia observaba el exterior a través de la ventanilla mientras el todo terreno serpenteaba a lo largo de los cambios de rasante y las cuestas de las gigantescas colinas. Tras abandonar la carretera principal, el asfalto había dado paso a la gravilla, que terminaba por desintegrase hasta convertirse en un sencillo camino de tierra rojiza. Avanzaban con lentitud, atentos a los pronunciados acantilados que se precipitaban desde el lado izquierdo del camino.

Más abajo el valle se extendía, ensombrecido por tonalidades de un verde exuberante, hasta deshacerse en manchas allá donde el sol se ponía por el oeste. Los baobabs se dispersaban por la cuesta, con sus tamaños monstruosos y sus troncos retorcidos, con un aspecto más prehistórico que el de los especímenes del mundo moderno. Por todas partes, la tierra se extendía bañada en tonos esmeralda y sombras cordiales. Una cascada de agua resplandecía plateada entre dos colinas lejanas, iluminada por el sol de la tarde.

Si Safia entrecerraba los ojos, casi podía imaginar encontrarse de vuelta en Inglaterra.

La exuberancia de aquellos terrenos se debía a los vientos monzónicos anuales, el *khareef*, que barría las estribaciones y montañas con una llovizna húmeda y continua desde junio hasta septiembre. Incluso en ese momento de la puesta de sol, había empezado a soplar un viento regular que zarandeaba con suavidad el vehículo en que viajaban. El cielo había adoptado un tono gris pizarra, cubierto de nubes espumosas que se abrazaban a las colinas más elevadas.

Habían sintonizado la radio en una cadena local de noticias durante su ascenso, para que Cassandra escuchara los informes sobre la operación de rescate del *Shabab Oman*. Todavía no habían encontrado ningún superviviente, y los mares se hallaban de nuevo picados a causa del próximo sistema tormentoso. Pero lo que dominaba los partes meteorológicos era la noticia de que la feroz tempestad de arena continuaba barriendo el sur a través de Arabia, dirigiéndose como un tren de mercancías hacia el desierto de Omán, y dejando a su paso una estela de destrucción.

Aquel clima salvaje se correspondía con el humor de Safia: oscuro, amenazante, impredecible. Sentía una fuerza que crecía en su interior, por debajo del esternón, como una tempestad en una botella. Permanecía tensa, con un cosquilleo continuo por dentro que le vaticinaba un inminente ataque de ansiedad, pero ya no tenía miedo, sólo una certeza resuelta. No le quedaba nada, por tanto no había nada que perder. Recordaba los años transcurridos en Londres. Todo se reducía a lo mismo. Había buscado cierto consuelo al reducirse a sí misma a la nada, al aislarse, al apartarse de todo. Y en ese momento, por fin, lo había logrado. Se sentía vacía, reducida a un solo propósito: detener a Cassandra. Aquello le bastaba.

Cassandra seguía perdida en sus pensamientos, inclinándose ocasionalmente hacia los asientos delanteros para hablar en murmullos con John Kane. Hacía unos minutos había sonado su teléfono móvil, y había respondido lacónicamente, girándose ligeramente hacia el otro lado y hablando en susurros. Safia escuchó el nombre de Painter. Intentó oír algo más, pero la mujer hablaba demasiado bajo, y el murmullo de la radio le impidió entender nada más. A continuación Cassandra colgó, realizó un par de llamadas y se hundió en un tenso y palpable silencio. Parecía irradiar oleadas de furia.

De ahí en adelante, Safia se concentró en el paisaje exterior, en busca de lugares donde podría ocultarse, tratando de recordar el trayecto, por si acaso fuera necesario.

Tras diez minutos de lento avance, apareció una colina, con la cumbre bañada de luz. La campana dorada de una torre baja encumbrada en lo más alto resplandecía al sol del atardecer.

Safia se enderezó. La tumba de Job.

—¿Es allí? —Cassandra se agitó en su asiento, con los ojos fijos en la cima.

Safia asintió, percibiendo que no era un buen momento para provocar a su captora.

El todo terreno rodó por la última cuesta abajo, rodeó los pies de la colina y comenzó un largo ascenso hacia la cumbre, a través de recodos y rasantes. Un grupo de camellos holgazaneaban junto a la carretera mientras su vehículo se aproximaba a la tumba de la parte superior. Los animales estaban arrodillados sobre sus patas huesudas, descansando con tranquilidad. Un puñado de hombres se cobijaba a la sombra de un baobab, miembros de las tribus de las colinas. Los ojos de los animales y de los hombres siguieron el paso de los tres vehículos.

Tras una última curva, el complejo amurallado de la tumba apareció ante ellos. Consistía en un pequeño edificio de color beis, una mezquita pintada de cal del mismo tamaño y un precioso jardín de arbustos y flores nativas. La zona de aparcamiento no era más que un tramo más ancho de tierra, desértico a esas horas de la tarde.

Al igual que antes, Kane aparcó el coche, bajó y abrió la puerta de Safia. Ella salió del vehículo y estiró el cuello rígido, a la vez que Cassandra se unía a ellos y el resto de hombres bajaba de los otros dos coches. Todos vestían ropa civil: pantalones caquis y Levis, camisas de manga corta y camisetas polo. Pero todos llevaban el mismo chaleco con el logotipo de Sunseeker Tours, una talla más grande de lo normal para ocultar las pistoleras. Se dispersaron en un instante hasta formar un cordón informal cerca de la carretera, con un fingido interés en los jardines y los muros. Dos de ellos llevaban prismáticos con los que registraban la zona en círculos.

A excepción del camino que conducía hasta allí, el resto de accesos lo constituían las caras escarpadas y casi verticales de las colinas, por donde no sería fácil huir a pie.

John Kane paseó entre sus hombres, asintiendo y moviendo la cabeza con las instrucciones de último minuto. Una vez que terminó, se volvió hacia Safia.

—¿Por dónde empezamos?

Safia se dirigió vagamente hacia la mezquita y la cripta. *De una tumba a otra tumba*. Dirigió el camino a través de la apertura de la pared.

—Este lugar parece desierto —comentó Kane.

—Debe haber un vigilante por ahí —sugirió Safia, y señaló la cadena de acero que descansaba en un solo lado de la entrada. Todavía no habían cerrado la tumba.

Cassandra hizo una señal a dos de sus hombres.

—Registrad las proximidades.

La pareja obedeció y desapareció.

Cassandra se dirigió hacia el interior, con Safia y Kane detrás de ella. Entraron en el patio que se abría entre la mezquita y la pequeña cripta beis. En la parte trasera, cerca de la tumba, había un pequeño conjunto de ruinas antiguas. Una antigua sala de oración, que supuestamente constituía los restos de la casa de Job.

Al acercarse comprobaron que la puerta de la tumba se encontraba abierta, sin candado, al igual que la puerta principal.

Safia se detuvo a la entrada.

—Puede que esto lleve un poco de tiempo. No tengo la más ligera idea de por dónde empezar a buscar la siguiente pista.

—Como si lleva toda la noche.

—¿Vamos a quedarnos aquí? —Safia no logró suprimir la sorpresa en su voz.

Cassandra le dirigió una expresión férrea.

—Tanto tiempo como sea necesario.

Safia recorrió el patio con la mirada. Rogó por que el vigilante hubiese olvidado cerrar el lugar y ya se hubiera marchado. Temía escuchar un disparo en cualquier momento. ¿Y si más tarde llegaba algún peregrino? ¿Cuánta gente más tenía que morir?

Safia se encontraba en medio de un conflicto. Cuanto antes obtuviese Cassandra lo que deseaba, menos posibilidades habría de que muriesen más inocentes. Pero aquello significaba ayudarla, algo que Safia se negaba a hacer.

Sin otra elección, cruzó el patio y entró en el sepulcro. Tenía una idea de lo que necesitaba encontrar, pero no sabía dónde podría estar oculto.

Se detuvo un instante. La tumba era menor que la de Nabi Imran, y totalmente cuadrada. Las paredes estaban pintadas de blanco, y el suelo, de verde. Un par de esterillas persas para la oración flanqueaban el montículo de la sepultura, también cubierto de paños de seda con pasajes del Corán. Bajo las telas, tan sólo la tierra en la que se decía que yacía enterrado el cuerpo de Job.

Safia rodeó lentamente el montículo. No había ninguna lápida de mármol, como en la tumba de Imran, tan sólo varios quemadores de incienso de cerámica, ennegrecidos por su uso frecuente, y una pequeña bandeja donde los visitantes podían dejar dinero y obsequios. El cuarto no contaba con ningún otro adorno, a excepción de un gráfico colgado de la pared, donde se leían los nombres de los profetas: Moisés, Abraham, Job, Jesús y Mohamed. Safia esperó no tener que visitar todas esas tumbas de camino a Ubar. Terminó de nuevo en la entrada, sin descubrir nada.

Cassandra habló desde la puerta.

—¿Y qué hay del corazón de hierro? ¿Podemos usarlo aquí? —Al igual que antes, había traído con ella el maletín plateado, que depositó junto a la puerta.

Safia sacudió la cabeza, presintiendo que en aquel lugar el corazón no les serviría de mucho. Salió de la cámara, deslizándose entre Cassandra y Kane.

Al salir se dio cuenta de que había entrado a la tumba con los zapatos puestos, y sin haberse cubierto la cabeza. Frunció el entrecejo.

¿Dónde andaría el vigilante?

Echó un vistazo a los alrededores, temerosa de la seguridad de aquel hombre, y esperando de nuevo que ya se hubiese marchado. Se había levantado un viento que correteaba por el patio, enredando una fila de azucenas plantadas. El lugar parecía desértico, como desplazado en el tiempo.

Y aún así, Safia sentía algo extraño... algo que no sabría nombrar, una especie de esperanza. Tal vez fuese la luz, que lo bañaba todo, desde la mezquita cercana hasta los bordes de las paredes, incluso la gravilla aplastada del sendero del jardín, destacando los detalles más inhóspitos, como un negativo plateado colocado ante una luz brillante. Tenía la sensación de que, si esperaba lo suficiente, todo se le revelaría con plena claridad.

Pero no tenía tiempo que perder.

—¿Ahora qué? —insistió Cassandra a sus espaldas.

Safia se dio la vuelta. Junto a la entrada observó una pequeña puerta metálica fijada en el suelo. Se agachó sobre su manivela, sabiendo a ciencia cierta lo que encontraría al otro lado.

—¿Qué haces? —preguntó Cassandra.

—Mi trabajo —Safia no se molestó en ocultar su desdén, demasiado cansada como para preocuparse de no provocar a su captora. Levantó la portezuela.

Debajo encontró una fosa poco profunda, de tan sólo unos 40 centímetros, excavada en la piedra. En la parte inferior había un par de huellas petrificadas: las de un enorme pie descalzo de hombre, y la del casco de un caballo.

—¿Qué es esto? —preguntó Kane.

Safia procedió a explicarlo.

—Si recordáis la historia que os conté sobre Job, padecía una enfermedad hasta que Dios le ordenó que golpeara el suelo con el pie, y de ahí brotó una fuente curativa —señaló la huella en la fosa de piedra—. Se supone que ésta es la huella de Job, cuando golpeó el suelo con el pie.

Señaló el agujero en el suelo.

—Y ahí es donde empezó a manar la fuente, procedente del agua de los pies de la montaña.

—¿El agua subió montaña arriba? —preguntó Kane.

—De lo contrario, no sería un milagro.

Cassandra se fijó en la huella del casco de caballo.

—¿Y qué tiene que ver el casco con el milagro?

Safia enarcó una ceja mientras se fijaba en la marca. También era de piedra.

—Sobre el casco no había oído nada —murmuró.

Pero algo se activó en su memoria.

Las huellas petrificadas de un caballo y un hombre.

¿No le sonaba familiar?

318

Por toda la región corrían cientos de historias sobre hombres o bestias que se convertían en piedra, algunas de éstas, relacionadas con Ubar. Intentó recordar. Dos de esas historias, que aparecían en la colección de *Las mil y una noches* ("La ciudad petrificada" y "La ciudad de latón"), relataban el descubrimiento de una ciudad perdida en el desierto, un lugar tan despiadado que estaba maldito, y sus habitantes, congelados por sus pecados, petrificados o convertidos en latón, según la historia. Aquélla era una clarísima referencia a Ubar. Pero en la segunda historia, los cazatesoros no habían dado con la ciudad condenada por accidente, sino que habían seguido las pistas y señales que les llevaron hasta la entrada.

Safia recordó la señal más significativa de esta historia, una escultura de latón. Describía a un hombre a caballo, que portaba una lanza con una cabeza empalada en la punta. En la cabeza aparecía una inscripción, que conocía de memoria, ya que había dado lugar a extensas investigaciones por parte de Kara con respecto a los misterios de Arabia:

Oh, tú que vienes hasta mí, si no conoces el camino que lleva hasta la Ciudad de latón, frota la mano del jinete, y él girará, después se detendrá, y en la dirección que apunte, procede, pues te conducirá hasta la Ciudad de latón.

Hasta Ubar.

Safia reflexionó sobre el pasaje. Una escultura metálica que se mueve al tocarla para señalar hacia el siguiente punto. Recordó el corazón, que se alineó como una brújula sobre el altar de mármol. El parecido era asombroso.

Y ahora, aquello.

Miró hacia la fosa. Un hombre y un caballo. Petrificados.

Safia observó que ambas huellas señalaban en la misma dirección, como si el hombre caminara por el monte con el animal. ¿Sería aquella la siguiente dirección? Frunció el entrecejo, sintiendo que la respuesta era demasiado fácil, demasiado obvia.

Bajó de nuevo la portezuela y se quedó inmóvil.

Cassandra se acercó hasta ella.

—Estás pensando en algo.

Safia afirmó con la cabeza, perdida en el misterio. Caminó en la dirección de las pisadas, recorriendo el camino que el profeta habría andado con su caballo muchos siglos atrás. Llegó a la entrada de un pequeño emplazamiento arqueológico situado tras la tumba principal, y separado del edificio más nuevo por un estrecho callejón. Las ruinas constituían una estructura anodina de cuatro paredes medio derrumbadas, sin techo, que trazaban una pequeña cámara de tres metros de anchura. Parecía haber formado parte de una casa de mayor tamaño, ya desaparecida. Atravesó el umbral y pasó al interior.

Mientras Kane guardaba la entrada, Cassandra la siguió.

—¿Qué es este lugar?

—Una antigua sala de oración —Safia contempló los cielos oscurecidos por la puesta de sol, a continuación pasó por encima de una alfombra que había en el suelo.

Caminó hasta donde los dos muros mostraban unas hornacinas rudimentarias construidas en su piedra, para orientar a los oradores sobre la dirección en la que rezar. Sabía que la más nueva estaba orientada hacia la Meca. Se dirigió hacia la otra hornacina, la más antigua.

—Aquí es donde rezaba el profeta Job —murmuró Safia más para sí misma que para Cassandra—. Siempre de cara a Jerusalén.

Al *noroeste*.

Safia se colocó en la hornacina y se dio la vuelta, hacia la dirección por la que había venido. A través de la penumbra, divisó la tapa metálica de la fosa. Los pasos dirigían directamente hasta allí.

Estudió la hornacina. Construida en un sólido muro de arenisca procedente de la zona, se había convertido en una serie de bloques de piedras sueltas, deterioradas por el paso del tiempo. Tocó la pared interior de la hornacina.

Arenisca... como la escultura donde hallamos el corazón de hierro.

Cassandra llegó a su altura.

—¿Qué es lo que no nos has dicho aún? —Sintió el cañón de una pistola contra el costado, justo debajo de la caja torácica.

Con la mano apoyada contra la pared, se volvió hacia Cassandra. No fue la pistola lo que le hizo hablar, sino su propia curiosidad.

—Necesito un detector de metales.

6:40 pm

Aᴌ ᴄᴀᴇʀ ʟᴀ noche, Painter se desvió de la carretera principal por un camino de gravilla. Una señal verde escrita en árabe leía ᴊᴇʙᴀʟ ᴇɪᴛᴛᴇᴇɴ 9 ᴋᴍ. El vehículo botó al pasar de la superficie de asfalto a la de piedras. Painter no redujo la marcha, y salpicó una lluvia de guijarros a la carretera principal. La gravilla resonaba en el hueco de las ruedas, como una ametralladora automática, aumentando la ansiedad del conductor.

Omaha se encontraba en el asiento del copiloto, armado y con la ventana medio bajada.

Tras él, su hermano Danny.

—Recuerda, este trasto no tiene tracción a las cuatro ruedas —sus dientes rechinaban tanto como el vehículo.

—No podemos arriesgarnos a reducir la velocidad —respondió Painter—. Cuando estemos más cerca, avanzaremos con cuidado, con las luces apagadas, pero de momento tenemos que ganarles terreno.

Omaha gruñó su aprobación.

Painter pisó el acelerador al llegar a una pendiente muy inclinada. El vehículo coleó, pero Painter lo mantuvo en su lugar. No era un medio de transporte preparado para aquellos terrenos, pero no tenían otra elección.

Al regresar del Internet Café, Painter encontró al capitán al-Haffi esperando con una furgoneta Volkswagen Eurovan. Coral examinaba el resto de la compra: tres rifles Kalashnikov y un par de pistolas Heckler & Koch de 9 mm, todo ello a cambio del semental del sultán. Y a pesar de que las armas estaban en buenas condiciones, y les habían provisto de suficiente munición, Painter no habría elegido esa furgoneta. Pero el capitán no sabía que tenían que abandonar la ciudad, y dado que no disponían de mucho tiempo, descartaron la posibilidad de buscar un medio de transporte alternativo.

Aún así, en la furgoneta cabían todos. Danny, Coral y dos de los Fantasmas del desierto se habían sentado atrás, todos apretujados; Kara, Clay y el capitán al-Haffi estaban en la tercera fila. Painter había intentado disuadirles de que fuesen con él, pero no tenía mucho tiempo para insistir. Los demás querían ir con él, y por desgracia, sabían demasiado. Salalah ya no era un lugar seguro para ellos. Cassandra podría enviar a un asesino para silenciarles en cualquier momento. Era imposible saber hasta dónde alcanzaban sus conexiones, y Painter ya no sabía en quién confiar. Así que tenían que permanecer unidos como una piña.

La furgoneta botó con un cambio de rasante, y el recorrido de los faros cegó con su luz a un camello inmenso, de pie en medio del camino. El animal miró fijamente a la furgoneta, mientras Painter pisaba el freno a fondo. Se detuvieron a tiempo.

El camello observó el vehículo con los ojos rojos, brillantes, y lentamente recorrió el resto del trayecto hasta cruzar el camino. Painter tuvo que salirse al arcén para adelantar al animal. Una vez adelantado, aceleró de nuevo, pero tuvo que volver a frenar a los quince metros. Otra docena de camellos ocupaba el camino, cruzando sin orden alguno con toda tranquilidad.

—Pítales —sugirió Omaha.

—¿Para alertar a Cassandra de nuestra presencia? —rebatió Painter con desdén—. Alguno de vosotros tendrá que bajar y abrir camino entre los animales.

—Yo conozco a los camellos —dijo Barak, bajando del vehículo.

En cuanto sus pies tocaron la gravilla, un puñado de hombres salieron de detrás de las rocas y de las sombras, apuntando con rifles hacia la furgoneta. Painter observó movimiento a través del espejo retrovisor: había dos hombres más en la parte posterior. Iban vestidos con túnicas polvorientas hasta los tobillos y turbantes oscuros.

—Bandidos —escupió Omaha, buscando el arma que guardaba en la pistolera.

Barak permaneció junto a la puerta abierta de la furgoneta, con las manos en alto, lejos de su arma.

—No son bandidos —susurró—. Son los Bait Kathir.

Los nómadas beduinos eran capaces de distinguir entre las tribus a cien metros de distancia, por la forma en que se enroscaban los turbantes, por el color de las túnicas, por la montura de los camellos o por su forma de llevar los fusiles. Aunque Painter desconocía esa habilidad, sí que se había informado sobre las tribus locales del sur de Arabia: Mahra, Rashid, Awamir, Dahm, Saar. También conocía a los Bait Kathir, un grupo recluido y aislado, propenso a mostrarse afrentados con la más mínima excusa, que vivía en las montañas y en el desierto. Podían resultar muy peligrosos si se les provocaba, y muy protectores con respecto a sus camellos, incluso más que con sus mujeres.

Uno de los hombres dio un paso al frente, un hombre desgastado por el sol y la arena, no más que piel y huesos. Los dos hombres intercambiaron una serie de palabras, información sobre el tiempo, la tempestad que amenazaba el desierto, el fuerte temporal pronosticado, los numerosos beduinos que huían de las arenas, o *ar-rimal*, las penalidades del camino, los camellos que habían perdido.

Barak presentó al capitán al-Haffi. Todos los habitantes del desierto conocían a los Fantasmas. Un murmullo se extendió entre el resto de hombres, que terminaron por bajar los rifles.

Painter había salido de la furgoneta y se encontraba a un lado. Un forastero. Esperó a las presentaciones y al intercambio de noticias. Por lo que parecía, si es que seguía la conversación correctamente, la bisabuela de Sharif había trabajado en la película *Lawrence de Arabia*, con el abuelo del jefe de la banda. Con tal vínculo, las voces comenzaron a sonar más entusiasmadas.

Painter se dirigió al capitán al-Haffi.

—Pregúntale si han visto los todo terrenos.

El capitán asintió, adoptó un tono de voz más serio y planteó la pregunta. Los asentimientos de cabeza le dieron respuesta. Su jefe, llamado Sheikh Emir ibn Ravi, les informó de que los vehículos habían pasado hacía unos cuarenta minutos.

—¿Y han regresado? —instó Painter en árabe, infiltrándose poco a poco en la conversación.

Tal vez su piel morena, ambiguamente étnica, ayudara a aliviar la desconfianza hacia su persona como forastero.

—No —respondió el jeque, a la vez que señalaba con la mano hacia las tierras más elevadas—. Se encuentran en la tumba de Nabi Ayoub.

Painter miró fijamente el camino. Así que todavía se encontraban allí. Omaha apareció por la puerta abierta del copiloto. Había escuchado la conversación.

—Ya basta —instó—. Vámonos.

Los Bait Kathir habían comenzado a apartar los camellos de la carretera, entre gruñidos de protesta y eructos de los animales.

—Esperad —interrumpió Painter, volviéndose hacia el capitán al-Haffi—. ¿Cuánto dinero nos queda de la venta del caballo?

El capitán se encogió de hombros.

—Un puñado de riales, nada más.

—¿Suficiente para comprar o alquilar unos cuantos camellos?

El capitán le miró fijamente.

—Camellos. ¿Para qué? ¿Como tapadera?

—No, para acercarnos a la tumba unos cuantos de nosotros.

El capitán asintió y se giró hacia el jeque. Los dos cabecillas hablaron con rapidez.

Omaha se acercó a Painter.

—La furgoneta es más rápida.

—Por estos caminos, no *mucho* más. Y con los camellos será más fácil aproximarnos a la tumba sin alertar al grupo de Cassandra. Estoy seguro de que vio a los miembros de la tribu al subir, así que su presencia no le extrañará, lo considerará casi como parte del paisaje.

—¿Y qué hacemos cuando lleguemos allí?

Painter ya tenía un plan en mente, y se lo explicó a Omaha. Para cuando acabó, el capitán al-Haffi había llegado a un acuerdo con el jeque.

—Nos prestará sus camellos —informó.

—¿Cuántos?

—Todos —el capitán no tardó en responder a la mirada de sorpresa de Painter—. Es impropio de un beduino negarse a la petición de un invitado. Pero nos impone una condición.

—¿Cuál?

—Le expliqué nuestro deseo de rescatar a una mujer del grupo que se encuentra en la tumba. Están dispuestos a ayudarnos. Para ellos será un honor.

—Además les encanta utilizar las armas —añadió Barak.

Painter se mostraba reacio a ponerles en peligro, pero Omaha no compartía sus reservas.

—Tienen armas. Si queremos que tu plan funcione, cuanto mayor sea nuestro arsenal, tanto mejor.

Painter tuvo que darle la razón. Una vez aceptados los términos, el jeque esbozó una amplia sonrisa y congregó a sus hombres, que comenzaron a cinchar las sillas, a preparar los camellos para que resultara fácil subirse a ellos y a pasarse la munición como si se tratara de una fiesta.

Painter reunió a su grupo bajo la luz de los faros del vehículo.

—Kara, quiero que te quedes en la furgoneta.

Ella abrió la boca para protestar, pero no le sirvió de nada. Tenía la cara empapada en sudor, a pesar del viento y el frío de la noche.

Painter la interrumpió.

—Necesitaremos ocultar la furgoneta fuera del camino, y subir con ella a mi señal. Clay y Danny se quedarán contigo, con un rifle y una pistola. Si fallamos, y Cassandra intenta huir con Safia, vosotros seréis los únicos capaces de seguirles.

Kara arrugó la frente, pero asintió.

—Más vale que no falléis —añadió con ferocidad. Pero incluso aquel arranque parecía ponerla a prueba.

Danny, que deseaba unirse al grupo, discutía a un lado con su hermano.

Omaha se mantuvo firme.

—Si ni siquiera llevas ni las puñeteras gafas. Acabarás metiéndome un balazo en el culo por error —apoyó una mano sobre el hombro de su hermano pequeño antes de continuar—. Además, cuento contigo aquí. Eres la última esperanza si tenemos problemas. No puedo arriesgarme a perderla de nuevo.

Danny asintió y se retiró.

Clay, por su parte, no tenía ninguna objeción por quedarse atrás. Se mantuvo a un paso de ellos, con un cigarrillo consumiéndose entre sus dedos. Estaba al límite de su capacidad para resistir todo aquello.

Una vez decidido todo, Painter se volvió hacia los camellos.

—¡Arriba!

Omaha le siguió.

—¿Has montado alguna vez en camello?

—No —Painter le dirigió una mirada rápida.

Por primera vez en todo el día, Omaha sonreía de oreja a oreja.

—Esto va a ser divertido.

7:05 pm

Bañada por la luz de dos focos, Cassandra observaba a uno de los hombres de Kane agitar el detector de metales sobre la pared posterior de la hornacina. Al pasarlo justo por el centro, el detector zumbó, anunciando el descubrimiento. Cassandra se tensó y se giró hacia Safia.

—Sabías que encontraríamos algo, ¿cómo?

Safia se encogió de hombros.

—El corazón de hierro se encontraba junto a la tumba de Imran, oculto en una escultura de arenisca. Y señalaba hacia aquí. Hacia la cumbre de las montañas. Era lógico que la siguiente señal fuera similar a la primera. El único misterio era *dónde* estaría ubicada.

Cassandra miró fijamente la pared. A pesar de la furia frustrada que sentía contra la conservadora del museo, la realidad es que había demostrado serles de gran utilidad.

—¿Y ahora qué?

Safia sacudió la cabeza.

—Tendremos que abrir el muro, extraer lo que haya del interior de la piedra —se volvió para mirar a Cassandra cara a cara—. Debemos ser extremadamente cuidadosos. Un mal movimiento y podríamos dañar el objeto enterrado. Nos llevará días extraerlo.

—Tal vez no —Cassandra se dio la vuelta y se alejó, dejando a Safia bajo la vigilancia de Kane.

Salió de la sala de oración y se encaminó hacia el coche, siguiendo el sendero de gravilla blanca a través de los jardines en penumbra. Al pasar junto a la entrada de la tumba, percibió de reojo el parpadeo de una sombra.

Con un movimiento fluido, Cassandra se arrodilló, sacó el arma de su pistolera y se puso en guardia, alimentada por los reflejos y la cautela. Cubrió la entrada y esperó varios segundos. El viento agitaba las hojas de las palmeras bajas. Agudizó el oído.

Nada. Ni un solo movimiento procedente de la tumba.

Se levantó con suavidad, manteniendo la pistola fija en la entrada. Avanzó hacia allí, apartándose del camino de gravilla para caminar por la tierra silenciosa. Llegó a la puerta, cubrió un lado de la sala, se asomó y registró el otro lado. Las ventanas traseras dejaban entrar el reflejo de las potentes luces de trabajo del exterior.

El montículo de la sepultura se encontraba en sombras. No había ningún tipo de mobiliario, ningún lugar donde esconderse. La tumba estaba vacía.

Salió de allí y guardó el arma. Habría sido un juego de luces y sombras. Tal vez alguien hubiera pasado por delante de uno de los focos de trabajo.

Con un último vistazo, regresó a la senda, y con pasos decididos se dirigió a los vehículos, reprendiéndose a sí misma por asustarse de las sombras.

Pero al fin y al cabo, tenía razones para mostrarse alerta.

Apartó de su mente ese pensamiento al llegar al todo terreno. Los vehículos no sólo transportaban a los hombres de Kane, sino que cargaban con toda una selección de dispositivos arqueológicos. A sabiendas de que el objetivo de la misión era la búsqueda de un tesoro, el Gremio le había facilitado un amplio despliegue de herramientas habituales: palas, picos, martillos neumáticos, cepillos, tamices. Pero también habían incluido un conjunto de dispositivos novedosos, incluyendo un sistema de radar de penetración terrestre, y un enlace aéreo al sistema LANDSAT por satélite. Éste último era capaz de ahondar hasta dieciocho metros bajo la arena para obtener un mapa topográfico de lo que hubiera debajo. Se acercó hacia el lugar donde se había descargado el material para sacar el detector de metales. Sabía exactamente qué herramienta necesitaba.

Utilizó una palanca para abrir la caja apropiada, cuyo interior estaba recubierto de espuma de poliestireno para proteger el equipo, un diseño del Gremio basado en un proyecto de investigación de DARPA. Parecía un arma, pero con forma acampanada al final del cañón. La culata cerámica resultaba bastante voluminosa, lo suficientemente grande como para introducir la batería que cargaba el dispositivo.

Cassandra rebuscó en la caja, encontró la unidad de la batería y la colocó en su lugar. El objeto pesaba bastante. Se lo echó al hombro y se dirigió de vuelta a la sala de oración.

Dispersos por todo el perímetro, los hombres de Kane permanecían atentos a cualquier movimiento. No se permitían ni un segundo de relajación, ni una sola broma. Kane les había entrenado bien.

Cassandra siguió el sendero del jardín hasta llegar a su objetivo. En cuanto entró, Kane observó lo que llevaba en los brazos, y un destello de regocijo le asomó a los ojos.

Safia, que se encontraba acurrucada ante la hornacina, se dio la vuelta. Había marcado con tiza un rectángulo en la pared, de treinta centímetros de ancho y cerca de un metro de alto.

—Las lecturas proceden de esta zona —anunció la conservadora del museo mientras se ponía en pie.

Frunció el entrecejo al ver el dispositivo con que cargaba Cassandra.

—Un láser por ultrasonido —explicó a Safia—, para excavar en las rocas.

—Pero...

—Aparta —Cassandra se colocó la unidad cómodamente sobre un hombro y apuntó con el cañón acampanado de la unidad a la pared.

Safia dio un paso a un lado.

Cassandra pulsó un botón cercano a su pulgar derecho, el equivalente a un seguro. Al tocarlo, disparó hacia delante unos haces diminutos de luz carmesí, como el agua que sale por el rociador de la ducha. Cada uno de los haces era un láser de tamaño reducido, enfocado a través de unos cristales alternos de alexandrita y erbio. Cassandra apuntó con el arma a la sección marcada con tiza. Los puntos del láser formaron un círculo perfecto sobre la pared.

Apretó el gatillo, y el dispositivo comenzó a vibrar en el hombro de Cassandra, mientras el conjunto de los diminutos láser giraba y giraba, cada vez con más rapidez. Se concentró en la pared, a la vez que miraba por encima del cañón.

Cuando el rayo carmesí tocó la pared, la piedra comenzó a desintegrarse en una nube de polvo y sílice. Durante décadas, los dentistas habían utilizado aparatos ultrasónicos para desintegrar el sarro de los dientes, y ese mismo principio era el que seguía aquel dispositivo, solo que intensificado por la energía concentrada de los lásers. La piedra continuó disolviéndose bajo la luz.

Cassandra deslizó lentamente el haz del arma de un lado a otro de la pared, eliminando la arenisca capa a capa. Aquel aparato deshacía el granito, la piedra más dura. Y además, resultaba inocuo sobre la piel, en el peor de los casos podía dejar una especie de quemadura solar.

Continuó trabajando sobre la pared, mientras la arena y el polvo llenaban aquella sala de oración y el viento se encargaba de mantenerla relativamente despejada. Al cabo de tres minutos, había excavado una franja de aproximadamente diez centímetros de profundidad en la pared.

—¡Para! —gritó Safia, levantando un brazo.

Cassandra soltó el gatillo y movió el arma hacia arriba.

Safia se limpió la arena de la cara y se acercó a la pared. El viento se encargó de arrastrar los restos de polvo a la vez que se agachaba ante la hornacina.

Cassandra y Kane se unieron a ella, y este último dirigió la luz de su linterna al cubículo excavado en la pared. Un fragmento de metal desprendía destellos rojizos en las profundidades del agujero.

—Hierro —aseguró Safia, con cierto tono de sorpresa en la voz, entre orgullosa e incrédula.

—Como el corazón.

Cassandra se apartó y bajó el dispositivo de nuevo a la altura de la hornacina.

—Pues veamos qué premio oculta esta puñetera caja sorpresa.

Apretó el gatillo, concentrándose en la zona que bordeaba el artefacto de hierro.

Los lásers giratorios convertían la arenisca en polvo, erosionando una capa tras otra. Cada vez se veía una parte mayor del artefacto, iluminado por el resplandor carmesí. Los detalles comenzaron a percibirse mejor: una nariz, una ceja poblada, la comisura de unos labios.

—Es una cara —anunció Safia.

Cassandra continuó su laboriosa tarea, deshaciendo la piedra como si fuera lodo y dejando al descubierto un rostro, que parecía salir de la piedra en dirección a ellos.

—¡Dios mío! —murmuró Kane, aproximando la linterna al busto semienterrado en la pared. El parecido era demasiado sorprendente como para resultar casual.

Kane miró a Safia.

—¡Eres tú!

7:43 pm

PAINTER OBSERVABA EL valle que les separaba de Jebal Eitteen desde el lomo del camello. Sobre la cima de la colina, la tumba resplandecía bajo un cielo sin luna. Sus gafas de visión nocturna realzaban el resplandor, y convertían la tumba en el faro luminoso de un puerto.

Estudió el terreno, un emplazamiento fácilmente defendible. Sólo había una entrada: el camino de tierra que serpenteaba hasta la cara sur del monte. Ajustó la herramienta de aumento de visión. Ya llevaba contados catorce enemigos, pero ni rastro de Safia. Debía encontrarse dentro del complejo.

O al menos eso esperaba.

Tenía que estar viva... porque la alternativa era impensable.

Se levantó las gafas especiales e intentó cambiar a una posición más cómoda sobre el camello, sin conseguirlo.

El capitán al-Haffi guiaba a otro de los animales a su derecha, y Omaha se encontraba a su izquierda, ambos con expresión tan relajada como si se encontraran sentados en un cómodo sillón. La montura, varias capas de madera sobre una esterilla de hojas de palmera, ofrecía muy poca amortiguación, colocada en la cruz del animal, delante de la joroba. Para Painter era un verdadero dispositivo de tortura, diseñado por un árabe sádico. Al cabo de media hora, se sentía como si estuviera partido en dos.

Con un gesto de incomodidad, Painter señaló hacia la cuesta.

—Nos aproximaremos en grupo a la ladera del valle. Luego necesitaré diez minutos para tomar posiciones, y para entonces, subid todos poco a poco hacia la tumba por el camino. Haced mucho ruido. Una vez que lleguéis a la última rasante, parad y haced como que os preparáis para pasar allí la noche. Encended una hoguera, eso les cegará si intentan usar las gafas de visión nocturna. Dejad que pasten los camellos, el movimiento facilitará que toméis posiciones disimuladamente. Y luego, esperad a mi señal.

El capitán al-Haffi asintió y pasó las instrucciones a los demás, avanzando con mayor lentitud para ponerse a la altura de todos los de la fila.

Coral ocupó el lugar del capitán junto a Painter. Se inclinó un poco hacia adelante en su silla, con la cara tensa. Al parecer, tampoco estaba muy contenta con su método de transporte.

Cruzó los brazos por delante de la silla.

—Tal vez yo debería hacerme cargo de la operación. Tengo más experiencia con los temas de infiltración —bajó la voz—, y estoy menos implicada personalmente.

Painter se agarró con fuerza a la silla mientras el animal continuaba adelante.

—Lo que sienta por Safia no va a interferir en mi trabajo.

—Me refería a Cassandra, tu antigua compañera —Coral enarcó una ceja—. ¿Estás intentando demostrar algo? ¿Estás utilizando la energía de esa demostración en esta operación?

Painter miró hacia la tumba, resplandeciente sobre la colina cercana. Cuando había observado el complejo para estudiar el terreno y el personal, una parte de él también había buscado a Cassandra. Lo había orquestado todo desde el incidente del Museo Británico, y aún así, todavía no le había visto la cara. ¿Cómo reaccionaría al verla? Había traicionado, matado, secuestrado... ¿todo en nombre de qué causa? ¿Qué le había hecho ponerse en contra de Sigma, de él? ¿O acaso había algo más?

No tenía respuestas a esas preguntas.

Miró las luces fijamente. ¿Acaso la razón para llevar a cabo aquella misión tenía que ver, en parte, con ella? ¿Para verla con sus propios ojos? ¿Para mirarla de frente?

Coral rompió el silencio.

—No le des ningún margen. No tengas piedad ni vaciles un solo instante. Actúa con frialdad, o lo echarás todo a perder.

Él permaneció en silencio mientras los camellos continuaban con su lento y doloroso descenso hasta los pies del valle. Según bajaban por el camino de tierra, la vegetación resultaba más abundante. Los elevados baobabs formaban doseles arbolados, y los inmensos tamarindos, plagados de flores amarillas, descollaban como centinelas. Por todas partes colgaban lianas que se enredaban con los jazmines.

El grupo se detuvo en aquella parte del poblado bosque.

Los jinetes bajaron de los camellos, y uno de los Bait Kathir se acercó al camello de Painter, para hacer que el animal se arrodillara.

—Farha, krr, krr... —recitaba el hombre mientras Painter se preparaba.

Farha, que significa alegría, era el nombre del camello, pero para Painter, no había nada más lejos de la realidad. La única alegría que podía imaginar era la de bajar de su joroba.

El camello se agachó bajo el cuerpo de Painter, primero balanceándose hacia atrás y después apoyándose en los cuartos traseros. Él se mantuvo bien sujeto, con las piernas apretadas en torno al animal, una hembra, que finalmente se dejó caer sobre los corvejones delanteros hasta descansar plácidamente en el suelo.

Painter bajó del animal, con las piernas temblorosas y los muslos cargados. Dio unos torpes pasos hacia el frente, mientras el miembro de la tribu arrullaba al camello y le besaba en el hocico, a lo que el animal respondía con ciertos borboteos. Se decía que los Bait Kathir amaban a sus camellos más que a sus esposas. Y la verdad es que así parecía ser con aquel tipo.

Sacudió la cabeza y se acercó a los demás. El capitán al-Haffi se encontraba de cuclillas, junto a Sheikh Emir, planificando sobre la tierra del camino la distribución de los hombres, que iluminaba con una pequeña linterna de mano. Sharif y Barak observaban a Omaha y Coral preparar sus rifles Kalashnikov. Cada uno de ellos llevaba una pistola Águila del Desierto israelí como arma de apoyo.

Painter se tomó un momento para comprobar sus propias armas, un par de Heckler & Koch. En medio de la oscuridad, extrajo los cargadores de 9mm, de siete balas cada uno. Tenía dos cargadores más, ya preparados, en su cinturón. Una vez satisfecho, volvió a guardarse las armas, una en la pistolera del hombro, la otra en la cintura.

Omaha y Coral se acercaron a él mientras se ajustaba una pequeña bolsa con más instrumentos a la cintura. No comprobó su contenido, ya que la había preparado él mismo en Salalah.

—¿Cuándo empiezan a correr los diez minutos? —preguntó Omaha, mostrando el cronómetro que llevaba en la muñeca y apretando un botón para iluminar la esfera.

Painter sincronizó su reloj con el Breitlinger de Coral.

—Ahora.

Los ojos azules de Coral denotaban preocupación cuando cruzó la mirada con la de él.

—Mantente frío, comandante.

—Como el hielo —susurró.

Omaha le bloqueó el paso cuando se giró en dirección a la ladera que subía hasta la tumba.

—No vuelvas sin ella —la frase sonó tanto a súplica como a amenaza.

Painter asintió, consciente de la ambigüedad, y se encaminó ladera arriba.

Diez minutos.

8:05 pm

Safia trabajaba bajo la luz de un par de focos, piqueta y pincel en mano, para extraer el artefacto del bloque de arenisca. La fuerza del viento había aumentado, y removía la arena y el polvo, atrapado entre las cuatro paredes de la sala de oración sin techo. Safia se sentía como una estatua, cubierta de restos de arenisca.

Con la caída de la noche, la temperatura había descendido precipitadamente. Los relámpagos centelleaban por el sur, cada vez más próximos, acompañados de ocasionales truenos graves, una clara promesa de lluvia.

Safia limpió con un pincel y las manos enguantadas el polvo del artefacto, temerosa de arañarlo. Un busto femenino de tamaño real resplandeció bajo las luces, y sus ojos abiertos la miraban cara a cara. Safia sintió miedo de aquella mirada, y se concentró en su trabajo manual.

Cassandra y Kane susurraban a sus espaldas. Ella quería utilizar el láser para acabar de liberar el artefacto de la roca, pero Safia se había negado, instándole a actuar con precaución para no dañar la figura, pues temía que el láser estropeara los detalles.

Retiró el último fragmento de piedra, intentando no fijarse en los rasgos del busto, pero no pudo evitar mirar de reojo. La figura mantenía un parecido notable con su propio rostro, como una visión de ella misma tal vez más joven, a los dieciocho años. Pero era imposible, debía ser una mera coincidencia racial. Simplemente representaba a una mujer del sur de Arabia, y, como nativa de esa zona, Safia podía mostrar cierto parecido, a pesar de ser mestiza.

Aún así, la inquietaba. El artefacto ocupaba la parte central del rectángulo de tiza marcado en la hornacina de la pared. La lanza de hierro rojo aparecía en posición vertical, con el busto clavado en ella, como un solo objeto. Aunque aquella visión la turbaba, la sorpresa de Safia no era tan grande. Históricamente, tenía sentido.

—Si tardas mucho más —interrumpió sus pensamientos Cassandra—, voy a volver a usar el maldito láser.

Safia alargó la mano y comprobó la presión de la roca sobre el objeto de hierro, que bailó ligeramente entre sus dedos.

—Dame un minuto —continuó trabajando.

Kane se giró, proyectando su sombra bailarina sobre la pared.

—¿Seguro que tenemos que sacarlo de la piedra? Tal vez indica la dirección correcta.

—Señala hacia el sureste —respondió Safia—, de vuelta a la costa. No creo que ésa sea la dirección, me parece que hemos dado con otro rompecabezas.

Con aquellas palabras, el pesado busto quedó libre de la piedra y se volcó hacia adelante. Safia lo sujetó con el hombro.

—Ya era hora —gruñó Cassandra.

Safia se incorporó, sujetando el busto por la lanza de la parte inferior con las manos enguantadas. Era bastante pesado. Acercó el objeto de hierro a su oído, y escuchó el ligero chapoteo del interior. *Como el corazón*. Estaba relleno de aquel misterioso líquido pesado.

Kane le arrebató el artefacto y lo levantó como si fuera una mazorca de maíz.

—¿Qué hacemos con esto?

Cassandra señaló con la linterna.

—A la tumba, como en Salalah.

—No —interrumpió Safia—, esta vez no.

Pasó junto a Cassandra en dirección a la salida. Pensó en atrasar la búsqueda, pero escuchaba el tintineo de las campanas de los camellos en el valle. No muy lejos de allí había un campamento de beduinos, y si a alguno de ellos se le ocurría acercarse...

Safia se apresuró hacia la portezuela de la fosa junto a la entrada de la tumba. Se arrodilló y la abrió. Cassandra iluminó con su linterna el agujero, donde se veían las dos huellas en la piedra. Safia recordaba la historia de aquellas huellas: el cuento del jinete de latón con una lanza en la mano, una lanza con una cabeza clavada en el extremo superior.

Miró por encima del hombro de Cassandra a Kane, que sujetaba el artefacto. Tras siglos y siglos oculta, había conseguido hallar aquella lanza.

—¿Y ahora qué? —preguntó Cassandra.

En la fosa sólo había otro elemento, y éste debía aportar alguna prueba: el agujero del centro de la fosa.

Según la Biblia y el Corán, a través de aquel agujero había manado la fuente mágica, la fuente que producía milagros. Safia rezó por que se produjera otro milagro más.

334

Señaló el agujero.

—Colócalo ahí.

Kane se sentó a horcajadas, posicionó la empuñadura de la lanza y la colocó sobre el agujero.

—Encaja a la perfección.

Se incorporó. La lanza permanecía en pie, firmemente sujeta. El busto miraba en dirección al valle.

Safia caminó alrededor del artefacto. Al inspeccionarlo, los cielos comenzaron a salpicar una leve lluvia, que tamborileó en la tierra y en la piedra con un ritmo hosco.

Kane soltó un gruñido.

—¡Vaya, lo que faltaba! —Se sacó una gorra del bolsillo y se tapó con ella la cabeza pelada.

Al cabo de un momento, la lluvia comenzó a arreciar.

Safia dio una segunda vuelta a la figura, esta vez más pensativa.

Cassandra compartía su preocupación.

—Parece que no ocurre nada.

—Es porque se nos escapa algo. Pásame la linterna.

Safia se quitó los guantes sucios y extendió la mano para coger la linterna, que Cassandra le entregó con cierta renuencia.

Safia se puso en cuclillas e iluminó toda la extensión de la lanza, cuyo mango mostraba varias estrías labradas. ¿Serían puramente decorativas u ocultarían algún significado? No tenía ni idea. Se levantó y permaneció inmóvil detrás del busto. Kane había colocado la lanza con el rostro señalando hacia el sur, hacia el mar, claramente en la dirección equivocada.

Sus ojos regresaron al busto, y al fijarse en la nuca de la cabeza, observó unos pequeños signos caligráficos en la base del cuello, ensombrecidos por el nacimiento del pelo. Acercó el haz de la linterna. Los caracteres se habían oscurecido a causa de los residuos de polvo, pero la lluvia los había limpiado, dejando claro el dibujo de cuatro caracteres.

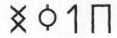

Cassandra observó su atención en la caligrafía.

—¿Qué significa?

Safia tradujo, con expresión concentrada.

—Es el nombre de una mujer. *Biliqis*.

—¿Es la mujer del busto?

Safia no sabía que responder, demasiado asombrada ante aquel descubrimiento. *¿Podría ser cierto?* Dio un paso hacia el rostro de la mujer y estudió sus facciones.

—De ser así, este descubrimiento tiene una importancia trascendental. Biliqis era una mujer venerada por todas las religiones. Una mujer perdida en un universo de mitos y misterios. Se decía que era medio humana, medio espíritu del desierto.

—Nunca había oído ese nombre.

Safia se aclaró la garganta, todavía estupefacta por el descubrimiento.

—Biliqis es más conocida por su título: la Reina de Saba.

—¿La de la historia del Rey Salomón?

—Entre muchos otros cuentos.

La lluvia seguía tamborileando sobre la estatua, cuyo rostro pareció comenzar a llorar a causa de los hilos de agua que le corrían por las mejillas.

Safia se aproximó y limpió las lágrimas del rostro de la reina.

Al tocarlo, el busto se movió como si se deslizara sobre hielo. Se balanceó en un giro completo, antes de detenerse con una suave ondulación, mirando en dirección opuesta.

Hacia el noreste.

Safia clavó la mirada en Cassandra.

—El mapa —ordenó ésta a Kane—. Tráeme el mapa de inmediato.

14
SAQUEADORES
DE TUMBAS

ㅕㅕ◇ⅢΣㅕㅕ◇(Σㅕ
ㅏΣ✕Ⅲ𝖡ⴖㅕㅕ

3 de diciembre, 08:07 pm
Jebal Eitteen

PAINTER MIRÓ EL reloj. Un minuto más.

Se tumbó boca abajo a la sombra de una higuera, resguardado por una acacia. La lluvia tamborileaba sobre la copa del árbol. Se había colocado lejos del extremo derecho de la carretera, eligiendo cuidadosamente el camino cerca de un escarpado acantilado que apuntaba a su objetivo. Desde ahí tenía una vista despejada del aparcamiento.

Los guardias, con sus cazadoras azules y con las capuchas puestas para no mojarse, podían ver fácilmente en la oscuridad, con las gafas de visión nocturna acopladas. La mayoría estaba apostada cerca de la carretera que conducía hasta allí, y unos pocos se habían dispersado lentamente alrededor. Le había costado unos valiosos minutos deslizarse hasta su posición, avanzando a medida que los guardias iban y venían.

Painter tomó varias bocanadas de aire, lentas pero firmes, para prepararse. Estaba a tan sólo treinta metros del todo terreno más próximo. Repasó el plan, visualizándolo y redefiniéndolo. Cuando todo estuviese en marcha, no tendría tiempo de pensar, sólo de actuar.

Miró el reloj. Ya era la hora.

Se incorporó despacio hasta ponerse de cuclillas y permaneció agachado, sin moverse. Aguzó el oído, intentando obviar la lluvia. Nada. Miró de nuevo su reloj. Habían pasado diez minutos. ¿Dónde estaban...?

En ese instante lo oyó. Una canción, entonada por un puñado de voces, surgió del valle a sus espaldas. A través de sus gafas de visión nocturna, el mundo aparecía en sombras verdes, aunque más abajo resaltaban afilados fragmentos de luz. Linternas eléctricas y focos. Vio que los Bait Kathir comenzaban a ascender por la carretera con paso lento pero seguro, cantando a medida que avanzaban.

Painter centró su atención en el lugar donde se hallaba el complejo de la tumba.

Los guardias habían percibido la agitación de los miembros de la tribu y habían tomado posiciones poco a poco, concentrándose en la carretera. Dos hombres desaparecieron entre los arbustos que la flanqueaban y continuaron por el abrupto camino.

Cuando las fuerzas de asalto se hubieron alejado de los todo terrenos aparcados, Painter pasó a la acción. Salió de su escondrijo, aún agachado, y recorrió los treinta metros que le separaban del vehículo más cercano, conteniendo la respiración y esquivando el ruidoso salpicar de los charcos, sin levantar ninguna alarma.

Al alcanzar el primer todo terreno, se escondió detrás mientras abría la grasienta cremallera de su riñonera. Sacó los explosivos c4 que había preparado y envuelto en celofán, e introdujo uno en el hueco de la rueda del vehículo, cerca del depósito de gasolina. Painter agradeció secretamente el regalo que le había hecho Cassandra, al colocar los explosivos. No hacía más que devolverle lo que era suyo.

Agachado, se apresuró hacia el otro todo terreno para colocar el segundo explosivo. Dejó el tercer vehículo intacto, y comprobó que las llaves estuvieran en el contacto. Esta precaución era una práctica muy común en una operación especial. Cuando las cosas se complican, no resulta agradable tener que perseguir al conductor que lleva las llaves.

Satisfecho, examinó toda la situación. Los guardias seguían centrados en el grupo de camellos y de hombres que se aproximaba.

Se giró y se apresuró hacia el muro de escasa altura que rodeaba el complejo de la tumba. Alcanzó la línea de todo terrenos entre él y los guardias. Detrás, oyó gritos que venían de abajo, discutiendo alegremente en árabe. Habían dejado de cantar. Una pareja de camellos gimoteaba tristemente, acompañada del tintineo de las campanillas de los jaeces. Los beduinos ya habían ascendido media colina.

Tenía que darse prisa.

Painter saltó el murete. Sólo tenía un metro y medio de altura. Había escogido un lugar aislado, detrás de la mezquita. Caminó haciendo más ruido del que pretendía, pero la lluvia lo mitigó con el estruendo de un trueno.

Hizo un alto. La luz, procedente del patio delantero del edificio, iluminaba ambos lados de la mezquita con una luz cegadora a través de sus gafas de visión nocturna. Distinguió unos murmullos, pero la lluvia ahogaba cualquier percepción posible. No tenía ninguna pista sobre el número de personas que podía haber allí.

Agachándose para ocultar su figura detrás de la pared, se deslizó por la parte trasera de la mezquita, atento a las sombras. Llegó a una puerta y probó la manivela. Cerrada. Podría forzar la puerta, pero a costa de hacer demasiado ruido. Prosiguió, por si veía alguna ventana u otra vía por donde entrar. Se habría expuesto demasiado si hubiese intentado alcanzar el patio central directamente desde alguno de los laterales del edificio. No había donde ponerse a cubierto y además había demasiada luz. Necesitaba un camino a través de la mezquita, un camino para acercarse aún más. Para secuestrar a Safia ante las narices de Cassandra, era preciso estar cerca de la acción. Alcanzó el lado más alejado de la mezquita. Tampoco tenía ventanas. ¿A quién se le ocurriría construir un lugar sin ventanas traseras? Se detuvo en un jardincillo descuidado. Dos palmeras datileras lo protegían.

Painter miró hacia arriba. Una de las palmeras se alzaba hasta la pared de la mezquita, haciendo sombra en el borde del tejado, que era plano. Si pudiese escalar la palmera... alcanzar el tejado...

Se quedó mirando las ramas de dátiles que colgaban debajo de las frondas.

No iba a ser un salto fácil, pero tenía que correr el riesgo.

Respirando hondo, saltó lo más alto que pudo, abrazando el tronco y escalándolo con los pies. La corteza no ofrecía donde agarrarse, por lo que terminó por caer y aterrizar con el trasero en el barro.

Cuando empezó a escalar de nuevo, percibió dos cosas, ambas ocultas detrás de un seto que flanqueaba el muro trasero. Una escalera de aluminio... y una mano pálida.

Painter se quedó petrificado.

La mano no se movía.

Se acercó arrastrándose, apartando los arbustos. La escalera estaba apoyada sobre el muro trasero, junto con un par de tijeras de jardín. Por supuesto, debía haber un modo de alcanzar los dátiles.

Tenía que haber buscado una escalera.

Se acercó al cuerpo tendido en el suelo.

Era un árabe de avanzada edad, vestido con una *dishdasha* ribeteada con hilo de oro. Parecía más bien un miembro de la plantilla de la tumba, alguna clase de vigilante. Yacía en el barro, inmóvil. Painter le colocó dos dedos en el cuello. Aún estaba caliente. Notó su débil pulso. Seguía vivo, pero estaba inconsciente.

Painter se enderezó. ¿Le había disparado Cassandra uno de sus dardos? ¿Pero para qué iba a arrastrarlo hasta allí y esconderlo? No tenía sentido, pero no tenía tiempo de resolver el misterio.

Cogió la escalera, se aseguró de que los guardias no le vieran y la apoyó contra el muro trasero de la mezquita. La escalera apenas llegaba al borde del tejado.

Era suficiente.

Subió apresuradamente los escalones. Mientras lo hacía, miró por encima del hombro. Vio que los guardias se habían desplazado para bloquear por completo la carretera. Cuesta abajo, observó las luces y las antorchas de la tribu de los Bait Kathir mientras se agrupaban en torno a un pequeño sendero que descendía. Se habían detenido y empezaban a acampar. Le llegaron algunas voces en árabe a lo lejos; sus hombres fingían ser nómadas preparando un campamento para pasar la noche.

Al llegar al final de la escalera, Painter se agarró al extremo del tejado y se encaramó con esfuerzo, enganchando una pierna en el borde y rodando para no ser visto.

Aún agachado, se apresuró a través del tejado hacia el minarete junto a la fachada principal. A tan sólo unos pasos del borde del tejado, un balcón abierto rodeaba la torre, desde donde se llamaba a los fieles a la oración. Le resultó fácil alcanzar la barandilla y saltar por encima de ella.

Painter se agachó bordeando el balcón. Desde allí tenía vista de pájaro sobre el patio. Como había demasiada luz para sus gafas de visión nocturna, se las quitó y estudió el plan.

A través del camino, el pequeño conjunto de ruinas resplandecían a la luz.

Una linterna yacía abandonada cerca de la entrada de la tumba vecina, y su brillo iluminaba una lanza metálica plantada en el suelo. Estaba coronado por una especie de busto.

Le llegaron unas voces de abajo, procedentes de la comunidad de la tumba. La puerta que daba al patio estaba abierta. En el interior brillaban las luces.

Escuchó una voz familiar.

—Indícanoslo en el mapa.

Era Cassandra. A Painter se le cerró el estómago con violencia.

Pero entonces Safia contestó:

—No tiene sentido. Podría estar en cualquier lugar.

Painter se agachó más todavía. Gracias a Dios que seguía con vida. Una oleada de alivio y renovada preocupación invadió su cuerpo. ¿Cuánta gente había con ella? Pasó unos minutos estudiando las sombras a través de las deslustradas ventanas. Resultaba difícil de determinar, pero no parecía que hubiese más de cuatro personas en el cuarto. Miró hacia el patio por si divisaba más guardias. Seguía tranquilo. Por lo visto, todos estaban en el edificio central, resguardados de la lluvia.

Si se movía con rapidez...

Cuando iba a girarse, alguien salió de la entrada de la tumba, un hombre alto y musculoso vestido de negro. Painter se quedó completamente rígido, por miedo a ser visto.

El hombre se caló el gorro hasta los ojos y se sumergió en la lluvia. Cruzó y se arrodilló ante la lanza.

Painter observó que el hombre asía la parte superior de ésta y paseaba despacio sus dedos por ella. *¿Qué diablos estaba haciendo?* Al llegar a la cima de la caña, el hombre se quedó parado y corrió hacia la tumba, quitándose el gorro.

—Sesenta y nueve —dijo mientras desaparecía en su interior.

—¿Estás seguro? —Era de nuevo Cassandra.

—Sí, totalmente seguro.

Painter no se arriesgó a esperar más. Se sumergió a través del arco para alcanzar las escaleras de la torre que bajaban en espiral hasta la mezquita. Se colocó las gafas de visión nocturna e inspeccionó la oscura escalera.

Parecía tranquila.

Sacó la pistola y quitó el seguro.

Atento a los guardias, avanzó con un hombro pegado a la pared, apuntando con la pistola hacia el frente. Siguió bajando la corta espiral, examinando la sala de oraciones de la mezquita mientras descendía. Alumbrada de verde, la habitación estaba vacía, las esterillas para el rezo, apiladas al fondo. Salió y se acercó a la entrada opuesta.

Las puertas exteriores estaban abiertas. Se levantó las gafas y se acercó cautelosamente a la entrada. Se agachó hacia un lado. Un pequeño pórtico se extendía a lo largo de la fachada. Directamente delante, tres escalones conducían al patio. A ambos lados, una corta pared de estuco enmarcaba el porche, coronada por vanos arqueados.

Painter se detuvo a inspeccionar la zona.

El patio estaba vacío y se oían voces en el camino.

Si corría hacia la tumba y se escondía fuera de la entrada principal...

Painter hizo varios cálculos mentales. Para que todo saliera bien, la rapidez era esencial. Se enderezó, empuñando con firmeza la pistola.

Pero un ruido leve le dejó clavado en su sitio. Venía de detrás.

Le dominó una sensación de escalofriante terror.

No estaba solo.

Se dio la vuelta para vigilar, apuntando con la pistola hacia los escalones de la mezquita. Desde la oscuridad dos sombras le acechaban, unos ojos que brillaban a la luz que se llegaba del patio. Salvajes y hambrientos.

Leopardos.

Tan sigilosos como la noche, los dos felinos le rodearon.

08:18 pm

—INDÍCAMELO EN EL mapa —dijo Cassandra.

La arqueóloga estaba arrodillada en el suelo de la tumba. Había desplegado el mismo mapa de antes, en el que una línea azul directa conducía de la primera tumba de la costa a la de las montañas. Ahora una segunda línea, esta vez roja, apuntaba al noroeste, cruzando las montañas hasta una gran extensión virgen del desierto, el Rub al-Khali, el vasto Sector Vacío de Arabia.

Safia movió la cabeza, recorriendo con un dedo la línea que se alejaba hasta adentrarse en el desierto.

—No tiene sentido. Podría estar en cualquier lugar.

Cassandra observaba fijamente el mapa, suspirando. Estaban buscando una ciudad perdida en el desierto. Tiene que estar en algún punto de esa línea, ¿pero dónde? La línea atravesaba por el centro la vasta extensión. Podría estar en cualquier lugar.

—Hay algo que se nos sigue escapando —dijo Safia, reclinándose sobre los talones y frotándose las sienes.

Alguien llamó a Kane por radio, interrumpiéndoles. Habló por el micro subvocálico.

—¿Cuántos? —Una larga pausa—. De acuerdo, pero no les quites ojo. Mantenlos alejados. Comunícame cualquier cambio.

Cassandra le miró cuando hubo terminado.

Kane se encogió de hombros.

—Esas ratas del desierto que vimos a un lado de la carretera han vuelto. Están acampando donde nos los topamos antes.

Cassandra percibió la preocupación en el rostro de Safia. La mujer temía por la seguridad de sus compatriotas. *Bien.*

—Ordena a tus hombres que disparen a cualquiera que se acerque.

Safia se puso tensa al oír esas palabras.

Cassandra apuntó al mapa.

—Cuanto antes resolvamos el misterio, antes nos largaremos de aquí.

Aquello metería prisa a la arqueóloga.

Safia miró hoscamente el mapa.

—Tiene que haber algún indicador de distancias en el artefacto. Algo que se nos haya escapado. Una manera de determinar hasta qué distancia hay que seguir esta línea roja.

Safia cerró los ojos, meciéndose un poco. Luego se paró bruscamente.

—¿Qué? —preguntó Cassandra.

—La lanza —contestó, mirando hacia la puerta—. He constatado estrías en su caña, marcas de muescas. Pensé que serían meramente decorativas. Pero en tiempos pasados, a veces se grababan las medidas con muescas.

—¿Entonces piensas que el número de marcas podría significar una distancia?

Safia asintió con la cabeza e hizo ademán de levantarse.

—Tengo que contarlas.

Cassandra desconfió de la mujer. Sería muy fácil mentir y llevarles por mal camino. Necesitaba asegurarse.

—Kane, sal y cuenta el número de marcas.

Kane hizo una mueca, pero obedeció, calándose el gorro empapado.

Cuando se hubo marchado, Cassandra se inclinó hacia el mapa.

—Ésta debe de ser la ubicación final. Primero la costa, luego la montaña y ahora el desierto.

Safia se encogió de hombros.

—Probablemente tengas razón. El número tres es importante en las religiones antiguas. Ya sea la trinidad del Dios cristiano, el Padre, el Hijo y el Espíritu Santo, o la antigua trinidad celestial: la luna, el sol y el lucero del alba.

Kane apareció en la entrada, sacudiéndose la lluvia del gorro.

—Sesenta y nueve.

—¿Estás seguro?

—Completamente seguro —le respondió, frunciendo el ceño.

—Sesenta y nueve —repitió Safia—, debe ser correcto.

—¿Por qué? —preguntó Cassandra, fijando de nuevo su atención en la conservadora mientras ésta se inclinaba sobre el mapa.

—El seis y el nueve —dijo Safia, explicando el mapa— son múltiplos de tres. Justo lo que estábamos diciendo. También son secuenciales. Un número mágico.

—Y yo que siempre he pensado que "sesenta y nueve" significaba otra cosa —sugirió Kane.

Haciendo oídos sordos, Safia continuó con su trabajo, midiendo con un goniómetro y ayudándose de una calculadora. Cassandra no le quitaba ojo.

—Está a sesenta y nueve millas a lo largo de la línea roja. —Safia trazó un circulo en el lugar concreto—. Aquí en el desierto.

Cassandra se agachó, cogió el transportador y comprobó de nuevo las mediciones. Se quedó mirando fijamente el círculo rojo, reteniendo en su cabeza la longitud y la latitud.

—¿Así que ésta es en teoría la ubicación de la ciudad perdida?

Safia afirmó con la cabeza. Seguía mirando el mapa.

—Es lo más que puedo decir.

Cassandra frunció el ceño; tenía la sensación de que la mujer se guardaba algo para sí misma. Casi podía verla haciendo cálculos mentales.

La agarró por la muñeca.

—¿Qué estás ocultando?

De repente sonó un disparo cercano, cercenando cualquier otra palabra.

Podía ser un tiro al aire. Podía ser uno de los beduinos disparando su rifle. Pero Cassandra no tenía dudas. Se dio la vuelta.

—Painter...

08: 32 pm

Painter no pudo controlar el primer disparo al resbalar hacia atrás en la entrada de la mezquita y caer al patio. La esquina de una pared desapareció en una lluvia de yeso. Dentro, los leopardos se apartaron, esfumándose entre las sombras de la mezquita.

Painter se arrojó a un lado, cubriéndose detrás de la media tapia del porche. *Estúpido*. No tenía que haber disparado. Había reaccionado por un instinto de supervivencia, algo que no iba con él. Pero le había dominado cierto terror ante la proximidad de los leopardos, como si algo hubiese hecho sonar de forma discordante el nervio más profundo de su cerebro.

Y ahora ya había destapado el elemento sorpresa.

—¡Painter! —El grito procedía del lateral de la tumba.

Era Cassandra.

Painter no osó moverse. Los leopardos rondaban en el interior, Cassandra en el exterior. ¿La dama o el tigre? En este caso, ambos significaban la muerte.

—¡Sé que has venido a buscar a la mujer! —gritó Cassandra en medio de la lluvia.

El estruendo de un trueno acentuó sus palabras.

Painter permaneció quieto. Era imposible que Cassandra supiera desde dónde había disparado. Se la imaginó escondida en la tumba, gritando desde la entrada. Ella no se atrevía a salir a espacio abierto. Sabía que estaba armado, aunque no sabía dónde se hallaba.

¿Cómo podía sacarle provecho a esa circunstancia?

—Te doy diez segundos para salir con los brazos en alto y las manos en alto. Si no, mataré a la prisionera.

Tenía que pensar rápido. Descubrirse ahora sólo significaría su muerte y la de Safia.

—¡Sabía que vendrías, Crowe! ¿Creías realmente que me iba a tragar que te dirigías a la frontera de Yemen?

Painter se quedó acobardado. Había enviado el correo electrónico sólo pocas horas antes, con información falsa, a través de un servidor de seguridad a su jefe. Había sido una prueba. Como temía, el mensaje había llegado completo a Cassandra. Le invadió un sentimiento de desesperación. Eso sólo podía significar una cosa: la traición de Sigma empezaba por lo más alto.

Sean McKnight... su propio jefe.

¿Acaso por esa razón Sean le había emparejado con Cassandra en la misión anterior?

Parecía imposible.

Painter cerró los ojos y respiró profundamente, sintiendo su aislamiento.

Se hallaba ahí sólo, desconectado. No podía contactar con nadie ni creer en nadie. Extrañamente, este pensamiento sólo le infundó ánimo. Tuvo una vertiginosa sensación de libertad. Tenía que confiar en sí mismo y sus recursos más inmediatos.

Eso sería suficiente.

Painter alcanzó su riñonera y cogió su radiotransmisor.

Un trueno ronco, gutural, reverberó. La lluvia caía con más fuerza.

—Cinco segundos, Crowe.

Todo el tiempo del mundo...

Apretó el botón del transmisor y salió rodando por las escaleras.

08:34 pm

A SETENTA METROS DE allí Omaha se sobresaltó cuando las explosiones simultáneas hicieron saltar por los aires los dos todo terrenos, tan luminosas como el resplandor de un ataque aéreo, iluminando la negra noche. La detonación le presionó los oídos, retumbando en su tórax.

Era la señal de Painter. Había conseguido llegar hasta Safia.

Poco antes, Omaha había escuchado un único disparo, que le aterrorizó. Ahora las llamas y los escombros se precipitaban hacia el aparcamiento. Había varios hombres en el suelo, cubiertos de lodo, dos de ellos ardían, bañados en gasolina.

Era el momento de actuar.

—¡Ahora! —gritó Omaha, pero el grito sonó minúsculo en sus propios oídos.

El fuego de fusilería seguía tamborileando el bosque a ambos lados de Omaha. Además, los destellos de unos cuantos proyectiles chispeaban desde una elevada loma que dominaba el aparcamiento, procedentes de un par de francotiradores de los Bait Kathir.

Sobre la tumba, dos vigilantes habían logrado levantarse del suelo. De repente, una sacudida expulsó sus cuerpos hacia atrás. Les habían disparado.

Otros guardias buscaron refugio, reaccionando con aguda destreza. No se trataba de simples aficionados. Retrocedieron hacia los muros del recinto, buscando cobijo rápidamente.

Omaha bajó los prismáticos.

En lo alto del cerro, los dos todo terrenos quemados iluminaban el aparcamiento. La detonación había desplazado el tercer vehículo unos metros, y los tanques de gasolina en llamas habían salpicado el lodo y el capó del coche, humeante bajo la lluvia. Se suponía que Painter tenía que utilizar el vehículo para escapar. Ya debería estar ahí.

¿Dónde se había metido? ¿A qué esperaba?

Un grito ululante llegó hasta Omaha, acompañado de un sonido de campanillas. Una docena de camellos se diseminaban cuesta arriba. Entre ellos avanzaban más Bait Kathir, que abrieron fuego desde la línea de árboles.

Ahora contestaron unos disparos. Un camello rugió, cayendo sobre una de sus rodillas y resbalando en el barro. Una explosión desgarró la ladera a la izquierda de Omaha, dejando un fulgor de fuego y ramas de árboles rotas, hojas humeantes y lodo de la acequia.

Una granada.

Y entonces, un nuevo sonido.

Procedía del profundo barranco de la derecha.

Mierda...

Cinco helicópteros pequeños aparecieron en el horizonte, tan veloces y diminutos como mosquitos. Vehículos individuales. Tan sólo aspas, motor y piloto, como trineos voladores. Los focos barrían el suelo, sazonando la zona con disparos automáticos.

Los camellos y hombres huían por todas partes.

Omaha cerró el puño. La muy zorra les había estado esperando. Debía de tener una fuerza de apoyo a la espera, una emboscada. ¿Cómo se había enterado?

Coral y Barak se acercaron a Omaha.

—Painter va a necesitar ayuda —siseó Coral—. No puede alcanzar el vehículo de escape, es muy arriesgado.

Omaha alzó la vista hacia el grupo, ahora una carnicería de cuerpos y camellos. Desde el bosque, disparaban a los helicópteros, obligándoles a ascender aún más. Pero continuaron zigzagueando sobre el recinto, vigilándolo a fondo.

Todo el plan se había ido al cuerno.

Pero Safia estaba allá arriba, y Omaha no pensaba dejarla sola otra vez.

Coral sacó la pistola.

—Voy a entrar.

Omaha la cogió del brazo. Sus músculos eran cables de acero. Se mantuvo firme, sin aceptar negativas.

—Esta vez vamos todos.

08:35 pm

KARA MIRABA FIJAMENTE su rifle Kalashnikov apoyado en las rodillas. Con los dedos correteando sin control por la culata, le costaba mucho concentrarse. Sentía los ojos demasiado cargados, su cabeza amenazaba con una migraña y las náuseas se apoderaban de su estómago.

Soñaba con una pastillita naranja.

A su lado, Clay se peleaba con el motor para que arrancase. Giraba la llave una y otra vez, sin conseguirlo. Danny se encontraba en el asiento de atrás con el único revólver.

La explosión había iluminado las colinas al norte como si fuese el alba. Era la señal de Painter. El eco de los disparos se había escuchado como fuegos artificiales entre los dos valles intermedios.

—¡Vaya mierda de vehículo! —maldijo Clay, golpeando el volante con la mano.

—Lo has ahogado —dijo Danny en tono áspero desde atrás.

Kara miró fijamente por la ventana del pasajero. Todavía se vislumbraba un brillo rojizo al norte. Había empezado. Si todo iba bien, los otros correrían cuesta abajo en uno de los todo terreno de los secuestradores, y el resto del grupo se dispersaría por las colinas. Los Bait Kathir conocían muchas rutas a través de las frondosas montañas.

Pero parecía que algo iba mal.

Quizás no fuese más que el agotamiento extremo reflejado en el rostro de Kara, cada vez más patente. Sus ojos dejaban entrever el dolor. Hasta la luz del cuadro de mandos se le clavaba con un brillo doloroso.

—Vas a agotar la batería —advirtió Danny, cuando Clay ahogó de nuevo el motor—. Déjalo reposar por lo menos cinco minutos.

Un zumbido inundó todo el cerebro de Kara, como si su cuerpo fuera una antena, sintonizando interferencias. Tenía que moverse. No aguantaba más tiempo sentada. Abrió el pestillo y sacó medio cuerpo por la puerta, blandiendo su rifle.

—¿Qué estás haciendo? —le interpeló Clay, asustado.

No contestó. Salió a la carretera. Habían ocultado la furgoneta debajo de las ramas de un tamarindo. Cruzó el claro y caminó una corta distancia por la carretera, lejos de la vista de la furgoneta.

Los tiros seguían retumbando.

Kara los ignoró, su atención se centraba en algo más cercano.

En la carretera, frente a Kara, había una anciana; parecía que la estaba esperando. Vestía una larga túnica del desierto, con la cara oculta tras un velo negro, y con sus huesudos dedos sujetaba un bastón de madera nudosa, extremadamente lisa y brillante.

Kara se estremeció, antes de que las interferencias en su cabeza por fin sintonizaran una frecuencia más adecuada. El dolor y las náuseas se esfumaron. Por un momento, se sintió aliviada, ingrávida.

La mujer la miraba, sin más.

Kara sintió como sus sentidos se adormecían, pero no opuso resistencia. El fusil resbaló de sus entorpecidas manos.

—Ella te necesitará —dijo finalmente la mujer, volviendo la cara.

Kara siguió a la extraña, moviéndose como en un sueño.

A la altura del tamarindo, oyó que intentaban arrancar sin éxito el motor de la furgoneta.

Kara siguió caminando, dejando atrás la carretera y descendiendo el frondoso valle. No se resistió, aunque no era probable que hubiese podido hacerlo.

Sabía quién la necesitaba.

08:36 pm

Habían obligado a Safia a arrodillarse, con las manos sobre la cabeza. Cassandra estaba agachada detrás de ella, presionándole el cráneo con una pistola y apuntando con otra hacia la entrada. Ambas estaban frente a la puerta principal, inmovilizadas por la tensión, en el extremo más alejado de la habitación. Había un marcado montículo entre ellas y la salida.

Con la explosión, Cassandra había apagado las luces y había mandado a Kane salir por una ventana trasera. Para escrutar los alrededores. Y para dar caza a Painter.

Safia cerró los dedos de la mano. ¿Sería posible? ¿Estaría Painter vivo todavía, en algún lugar ahí fuera? Si eso era cierto, ¿habrían sobrevivido los demás? No pudo contener las lágrimas. De cualquier modo, no estaba sola. Painter tenía que estar afuera.

Aún se oían disparos más allá del complejo.

Los incendios iluminaban la noche de sombras y tonos carmesí.

Escuchó el latido de los helicópteros, los disparos del tiroteo.

—Deja que nos vayamos —suplicó Safia—. Ya sabes dónde está Ubar.

Cassandra permaneció callada en la oscuridad, dirigiendo toda su atención hacia la puerta y las ventanas. Safia no sabía si habría escuchado siquiera su súplica.

Les llegó el ruido de alguien arrastrándose detrás de la puerta.

Alguien se acercaba. ¿Painter o Kane?

Una sombra grande atravesó la entrada, alumbrada un instante por la única linterna eléctrica que quedaba en el patio.

Un camello.

Era una visión irreal que avanzaba lenta y tranquilamente, calado por la lluvia. Al pasar, una mujer apareció de pie en el marco de la puerta principal, desnuda. Parecía relucir en el brillo carmesí de los fuegos cercanos.

—¡Tú! —exclamó Cassandra.

En una mano, la extraña llevaba la caja de plata que contenía el corazón de hierro, que se encontraba justo fuera de la puerta.

—¡Ni se te ocurra, zorra! —dijo Cassandra, y disparó dos veces, rozando la oreja izquierda de Safia.

Lanzando un grito por el efecto del hiriente sonido de la explosión, Safia cayó sobre una de las alfombras destinadas a la oración. Salió rodando escalera abajo, hacia el montículo.

Cassandra la siguió, todavía apuntando hacia la puerta.

Safia estiró el cuello, le retumbaba la cabeza. La entrada volvía a estar vacía. Miró de reojo a Cassandra, que había adoptado la postura del tirador, apuntando con ambas pistolas hacia la puerta abierta.

Safia vio su oportunidad. Asió una punta de la alfombrilla, que ahora compartía con Cassandra, y con un rápido movimiento, tiró de la alfombrilla.

Desprevenida, Cassandra perdió el equilibrio y dio un traspié.

Se disparó una de las pistolas.

Cayó yeso del techo.

Cuando Cassandra resbaló hacia atrás, Safia saltó por encima del montículo y salió rodando hacia la puerta. En la entrada, dio un salto hacia el umbral.

Otra explosión.

En pleno vuelo, Safia notó un golpe en el hombro, que la empujó. Cayó contra el suelo y patinó en el barro. Le quemaba el hombro. Había recibido un disparo. Presa del pánico, reaccionando por puro instinto, rodó hacia un lado, fuera de la entrada.

La lluvia la empapaba.

Avanzó con dificultad hacia la esquina, empujando un seto para penetrar el angosto paseo entre la tumba y las ruinas de la sala de oración.

En cuanto halló refugio, una mano que salió de detrás de la oscuridad le tapó con fuerza la boca, haciéndose daño en los dientes.

08:39 pm

Painter se encontraba junto a Safia, pegado a ella.

—Quédate quieta —le susurró al oído, apoyado contra el muro de las ruinas.

Safia se estremeció entre sus brazos.

Había estado escondido ahí durante los últimos minutos, controlando el patio, intentando dilucidar la manera de alejar a Cassandra. Pero su antigua socia parecía atrincherada, paciente, dejando que su equipo hiciera el trabajo por ella mientras esperaba el premio. Los focos de los helicópteros suspendidos en el aire cruzaban el patio, inmovilizándolo. Una vez más, Cassandra se había burlado de él, guardándose el as de una fuerza aérea, seguramente enviada aquí de antemano.

Todo parecía desesperanzador.

Poco antes había observado un camello deambulando bajo la lluvia, aparentemente ajeno a los disparos, moviéndose con firme determinación para cruzar por delante de su escondite y desaparecer delante de la tumba. Luego, una lluvia de tiros y Safia había llegado rodando.

—Tenemos que alcanzar el muro trasero del complejo —susurró, indicando el callejón.

Demasiados disparos procedían de la parte delantera. Tenían que probar por las escarpadas faldas traseras, para intentar refugiarse. La soltó, pero ella se aferraba a él.

—Quédate detrás de mí —le urgió.

Girándose, Painter fue siguiendo el camino casi en cuclillas, dirigiéndose hacia la parte trasera del complejo, donde las sombras se espesaban. Lanzó una mirada glacial a través de sus gafas de visión nocturna, una mirada cauta y tensa. Apuntando con la pistola. Nada se había movido. El mundo se definía en matices verdosos. Si pudieran alcanzar el muro lejano que rodeaba el complejo...

Dando un paso más, vio el paseo iluminado, con un brillo cegador a través de las gafas, que le quemaba la cuenca de los ojos. Se quitó las lentes.

—No te muevas.

Painter se quedó helado. Un hombre, tendido sobre el muro de las ruinas, con una linterna en una mano y una pistola en la otra, le apuntaba directamente.

—Ni se te ocurra hacer el menor movimiento —le avisó el hombre.

—Kane —gimió Safia a sus espaldas.

Painter maldijo en silencio. El hombre les había estado esperando en lo alto del muro, espiando desde arriba, aguardando a que entrara en su área de visión.

—Tira el arma.

Painter no tenía elección. Si se negaba, le dispararía allí mismo. Dejó caer la pistola de los dedos.

Una nueva voz resonó afiladamente a sus espaldas, procedente de la entrada del callejón. Cassandra.

—Dispara.

08:40 pm

OMAHA SE AGACHÓ detrás de Coral en cuanto ésta examinó el cuerpo en el suelo. Barak les cubría con su rifle. Estaban escondidos en un extremo del aparcamiento, esperando la ocasión para salir corriendo a cielo descubierto.

Sujetando su Águila del Desierto, Omaha trató de contener su corazón desbocado dentro del pecho. Se sentía incapaz de respirar el oxígeno suficiente. Un minuto antes, había oído disparos de pistola en el complejo.

Safia...

Delante, el aparcamiento seguía ardiendo por los tanques de gasolina en llamas. Un par de helicópteros sobrevolaban sus cabezas, sus reflectores entrecruzaban un diseño mortal. Ambos bandos habían llegado a un punto muerto. Sólo algunos tiros fortuitos rompían la calma.

—Vamos —dijo Coral, levantándose, aún a la sombra de las ramas de la higuera salvaje.

Sus ojos miraban hacia el cielo. Vio otro par de helicópteros sobrevolando la zona.

—Prepárate a salir corriendo.

Omaha frunció el ceño; entonces vio la granada que llevaba en la mano, la que le había cogido al vigilante muerto a sus pies.

Coral quitó la arandela de la granada y salió al exterior, con toda la atención puesta en el cielo. Echó el brazo hacia atrás, apoyándose en una sola pierna como un lanzador de béisbol. Permaneció en esa postura durante un segundo.

—¿Qué estás haciendo? —preguntó Omaha.

—Gimnasia —contestó—: análisis vectorial, cronometraje, ángulo de subida. —Lanzó la granada con un movimiento cruel de todo su cuerpo.

Omaha la perdió enseguida de vista en medio de la oscuridad.

—¡Corre! —gritó Coral, siguiendo el impulso de su sacudida.

Antes de que Omaha pudiese siquiera moverse, la granada explotó por encima de ellos con un fogonazo brillante, iluminando el vientre de la nave monoplaza. La sacudida de la detonación balanceó salvajemente su reflector, y la metralla destrozó el aparato. Una pieza debía de haber golpeado el tanque de gasolina. El helicóptero estalló con una intensa luz rojiza.

—¡Corre! —repitió Coral, instando a Omaha a moverse.

Barak ya le pisaba los talones a Coral.

Omaha empezó a correr. Llovían escombros por el lado derecho. Una pieza del rotor impactó en el suelo con un sonido sordo, y a continuación, la masa en llamas colisionó contra el límite donde ya no crecía vegetación boscosa, escupiendo fuego y humo negro.

Prosiguió su vuelo a través del complejo. El resto de helicópteros se había desviado, dispersándose como una bandada de cuervos espantados.

Por delante, Coral había llegado al único todo terreno. Se deslizó hasta el asiento del conductor. Barak tiró de la puerta trasera, cediéndole el asiento del copiloto a Omaha.

En cuanto cerró la puerta, el motor del vehículo despertó a la vida con un rugido. Omaha apenas había abierto la puerta cuando Coral arrancó y apretó el acelerador. Omaha se torció el brazo, y tuvo que correr y saltar adentro.

Coral no tenía tiempo para rezagados.

Cayó en el asiento a la vez que explotaba una ráfaga de rifle. Omaha la esquivó, pero el disparo no procedía del enemigo.

Desde el asiento trasero, Barak había quitado la luna del techo. Rompió el cristal de seguridad hecho añicos con el codo, y luego sacó el cuerpo por la abertura, rifle en mano. Al instante comenzó a disparar, al tiempo que Coral luchaba con la dirección del vehículo, ya que los neumáticos resbalaban en el barro.

El vehículo patinó, girando bruscamente hacia la puerta abierta del muro del complejo. Las ruedas se hundieron en el barro, y el todo terreno no conseguía salir de allí.

Otro helicóptero apareció en el horizonte, con las palas considerablemente torcidas. Por la parte delantera escupió una lengua de fuego automático que se aproximaba directamente al vehículo cubierto de lodo. Iba a partirles en dos.

Coral agarró la palanca de cambio, metió marcha atrás y apretó el acelerador. El todo terreno aumentó finalmente la tracción, acelerando hacia atrás mientras las balas caían como cuchillas a centímetros del parachoques.

Se les acercaba otro helicóptero.

Barak abrió fuego al aire, y el reflector del helicóptero saltó en mil pedazos. Pero la nave seguía avanzando hacia ellos.

Aún marcha atrás, Coral giró las ruedas, y el coche coleó en el barro.

—Omaha, ¡a tu izquierda!

Mientras Barak se ocupaba del helicóptero, uno de los guardias había decidido aprovechar la distracción. El hombre apareció con un rifle en el hombro. Omaha se inclinó hacia atrás en su asiento, y el todo terreno giró de cara al hombre. Sin otra alternativa, Omaha disparó su Águila del Desierto a través del cristal parabrisas. Apretó el gatillo dos veces más. El cristal de seguridad aguantó, aunque se fracturó en una especie de telarañas.

El guardia se escabulló.

El todo terreno encontró tracción en el barro y se alejó por el complejo, aún marcha atrás. Estirando el cuello para mirar en todas las direcciones, Coral maniobró con destreza el vehículo, dirigiéndolo hacia la puerta del complejo marcha atrás, y perseguida por los helicópteros.

—¡Aguanta!

08:44 pm

Inmóvil en el callejón, Safia permanecía entre Painter y Cassandra, y delante, Kane les apuntaba con el arma. Casi se les cortó a todos la respiración cuando oyeron la explosión del helicóptero a sus espaldas.

—¡Dispara! —repitió Cassandra, obcecada.

—¡No! —Safia intentó avanzar hacia Painter, para cubrirle. El hombro le ardía cada vez más, y le corría la sangre por el brazo—. Si le matas, no te ayudaré, y jamás descubrirás el secreto de Ubar.

Painter la apartó hacia atrás, protegiéndola de Kane.

Cassandra se abrió camino a través del seto.

—Kane, te he dado una orden.

Safia dirigió la mirada hacia el punto entre los dos agresores armados, advirtiendo un desplazamiento de sombras detrás del hombre. De repente, algo que se encontraba agazapado se levantó, mostrando unos ojos salvajes.

Painter se quedó rígido junto a Safia.

Con un rugido, el leopardo saltó sobre Kane. Se disparó su pistola, y Safia sintió que el tiro le rozaba la oreja y encallaba en el barro con un ruido sordo. El hombre y el felino rodaron por el muro, hasta la sala de oraciones.

Painter se agachó, cogió a Safia por el brazo y la colocó detrás de él mientras se giraba para enfrentarse a Cassandra. Tenía una segunda pistola en la mano que le quedaba libre.

Disparó.

Cassandra saltó hacia atrás, hundiéndose entre los arbustos. La bala había errado, perforando la esquina de la tumba. Se agachó a un lado.

Desde el otro lado de la puerta, se escuchaban gritos sangrientos y agudos, que imposibilitaban distinguir al hombre de la bestia.

Las balas rebotaban en los muros de piedra de arenisca mientras Cassandra devolvía los tiros, agachada cerca de la esquina, y disparando a través de los arbustos. Painter empujó a Safia contra al muro de la tumba, fuera de la línea directa de fuego... al menos por el momento.

—¡Corre hacia el muro exterior! —la urgió, empujándola hacia el callejón.

—¿Y tú?

—Cassandra nos seguirá. La pendiente está demasiado expuesta.

Intentaba mantener a raya a Cassandra.

—Pero tú...

—¡Maldita sea! ¡Corre!

La empujó con más fuerza.

Safia avanzó por el callejón dando un traspiés. Cuanto antes se pusiera a salvo, antes podría escapar Painter, o eso pensó para sus adentros, justificándose. Pero una parte de ella sabía que corría simplemente para salvar su propia vida. A cada paso, sentía un dolor punzante en el hombro, en protesta por su huida cobarde. Aún así, siguió avanzando.

Continuaba el intercambio de tiros.

Las vecinas ruinas de la sala de oraciones se encontraban inmersas en una quietud mortal, ignorándose el destino de Kane. Se oían más disparos en el aparcamiento. Un helicóptero relampagueaba a vuelo raso, azotando la lluvia con su rotor aerodinámico.

Al llegar al final del callejón, Safia se adentró por los húmedos jardines hacia el muro más alejado. Sólo tenía un metro y medio de altura, pero con el hombro herido, pensó que no lograría saltarlo. De repente, algo se movió hasta acercarse a ella. Parecía el mismo camello que poco antes se paseara tranquilamente ante la puerta de la tumba. De hecho, llevaba la misma acompañante: la mujer desnuda.

Sólo que ahora iba montada sobre el camello.

Safia no sabía si confiar en la extraña, pero si Cassandra le había disparado, aquella mujer tenía que estar de su parte. *Los enemigos de mis enemigos son mis amigos.*

Cuando Safia alcanzó el muro, la extraña le ofreció su brazo y comenzó a hablarle. No era ni árabe ni inglés. Pero Safia lo entendía, no porque hubiese estudiado el idioma, sino porque éste parecía traducirse por sí solo en su mente.

—Bienvenida, hermana —dijo la extraña en arameo, la lengua muerta de aquellas tierras —.Que la paz sea contigo.

Safia extendió la mano para agarrar la de la mujer, y los dedos de ambas se entrelazaron con fuerza. Sintió que se elevaba sin hacer el menor esfuerzo, a pesar del fuerte dolor en su brazo herido. Se le escapó un grito. La oscuridad redujo su visibilidad a un punto minúsculo.

—Paz —repitió con suavidad la mujer.

Safia sintió que la palabra la envolvía, llevándose el dolor y el mundo con ella. Se desplomó sobre el suelo.

08:47 pm

PAINTER EXTRAJO LA débil pantalla de la ventana que había junto a su cabeza y, apoyando la espalda contra el muro de la tumba, disparó dos veces la pistola para mantener a raya a Cassandra.

Con una mano abrió por completo la ventana. Menos mal que no la habían dejado cerrada. Miró hacia el callejón y vio a Safia desmayada en una esquina.

Painter se arrodilló, disparó de nuevo, quitó el cargador y buscó otro en su cinturón, colocándolo con un movimiento rápido y seguro.

Cassandra volvió a disparar, y la bala se clavó en el muro, a la altura de su pierna.

¿Dónde estaba ese otro maldito leopardo cuando más lo necesitaba?

Painter devolvió un disparo y enfundó el arma. Sin mirar de nuevo, se puso en pie de un salto, se lanzó por la ventana y cayó mediante una voltereta indecorosa en la tumba.

A continuación, rodó sobre sus pies, mientras sus ojos distinguían un montículo central cubierto. Se apoyó en la pared y dio una vuelta por el sepulcro, pistola en mano, apuntando a la puerta. Al cruzar por delante de la ventana trasera, sintió una brisa húmeda.

De modo que así es como saltó sobre mí ese malnacido.

Painter echó un vistazo a través de la ventana y percibió cierto movimiento fuera.

Pegado al muro se acercaba un camello, que descendía la larga pendiente con una mujer desnuda sobre su lomo, que aparentemente lo guiaba con sus rodillas. En sus brazos llevaba a otra mujer, desmayada, inmóvil.

—Safia...

El camello y las jinetes desaparecieron de su vista. Un par de leopardos saltaron desde los oscuros jardines hasta el muro y siguieron de lejos al camello.

Antes de poder decidir si seguirles o no, Painter oyó un roce en la puerta. Se dio la vuelta con un movimiento rápido y encontró que una sombra tapaba la entrada.

—¡Esto no ha terminado, Crowe! —le gritó Cassandra.

Painter tenía la pistola preparada.

Un nuevo rugido llegó a sus oídos. Un vehículo, y avanzaba como un bólido hacia él.

Se oyeron disparos. Reconoció la réplica de un Kalashnikov. Alguien de su grupo. La sombra de Cassandra se esfumó, retrocediendo y alejándose de su vista.

Painter se precipitó hacia la puerta, encañonando la pistola. Percibió un mapa deshecho en el suelo. Se agachó y lo cogió, estrujándolo con la palma de la mano.

Ya en el patio, uno de los Mitsubishi avanzaba por los jardines, trazando surcos desiguales, con una figura asomada al capó. La boca de un arma, que apuntaba hacia el cielo, centelleó. Barak.

Painter examinó el resto del patio. Parecía vacío. Cassandra se había escondido, de momento desarmada. Salió de la tumba y agitó el estrujado mapa.

Al verle, el conductor del Mitsubishi aceleró, pareciendo embestirle con el parachoques trasero. Se lanzó de nuevo adentro para evitar ser golpeado. El todo terreno derrapó en su parada, raspando la pintura de los laterales. La puerta del asiento trasero se encontraba justo delante de la tumba.

Divisó a Coral en el asiento del conductor.

—¡Sube! —gritó Barak.

Painter miró hacia atrás, a la ventana trasera de la tumba. *Safia...*

Aunque no había podido cogerla, al menos había conseguido escapar del peligro inmediato, y eso bastaría por ahora.

Girándose, alcanzó rápidamente la manivela, se zambulló en el interior y cerró la puerta con un movimiento seguro.

—¡Vamos! —ordenó a los que iban delante.

Coral apretó el acelerador del todo terreno y el vehículo salió disparado a toda velocidad.

Un par de helicópteros intentaban darles caza, mientras Barak les disparaba desde su privilegiado puesto. El todo terreno corría hacia la puerta abierta. Coral se inclinó para mirar más de cerca a través del parabrisas roto.

Salieron del complejo, botaron por encima de un surco de fango, momentáneamente en el aire, para volver a atascarse en el lodo. Las ruedas giraron, atrapadas, pero el todo terreno aceleró hacia la carretera y consiguió introducirse en el refugio del frondoso bosque.

Desde la parte delantera, Omaha se giró a mirarlo, con ojos perdidos.

—¿Dónde está Safia?

—Se ha marchado. —Painter movió la cabeza, imperturbable—. Se ha marchado.

15
A TRAVÉS DE LAS
MONTAÑAS

ⵣ ⵅ ⵛ ⵀ ⵥ ⵙ ⵀ ⵂ ⵙ ⵌ ⵀ ⵀ
ⵞ ⵔ ⵌ ⵅ ⵀ ⵔ ⵀ ⵀ

4 de diciembre, 12:18 am
Montañas de Dhofar

Safia despertó de un sueño con la sensación de caer. Agitó los brazos, presa de un pánico tan familiar como su propia respiración. Un espasmo agónico le atravesó el hombro.

—Cálmate, hermana —le dijo alguien al oído—. Yo te sujeto.

El mundo giró hasta que Safia consiguió centrar la mirada, inmersa en la oscuridad de medianoche. Estaba apoyada contra el lomo de un camello echado, que rumiaba con indiferencia. A su lado apareció una mujer, que la sujetaba con un brazo por debajo del hombro sano.

—¿Dónde...? —murmuró, pero parecía tener sellados los labios. Intentó, en vano, mover las piernas.

Poco a poco, la memoria fue regresando. La lucha en la tumba, los disparos, las imágenes. Una cara. Painter. Se estremeció en brazos de aquella mujer. ¿Qué había ocurrido? ¿Dónde estaba?

Por fin tuvo la fuerza suficiente para ponerse en pie, apoyándose con pesadez en el camello. Safia observó que le habían vendado la herida del hombro, para evitar que sangrara. Le dolía a cada movimiento.

La mujer de su lado, envuelta en sombras, parecía ser la que la había rescatado, solo que ahora vestía una túnica.

—La ayuda está en camino —le susurró.

—¿Quién eres? —se obligó a preguntar, a la vez que notaba repentinamente el frío de la noche.

Se encontraba en una especie de gruta selvática. La lluvia había cesado, pero todavía caían gotas del dosel superior. Las palmeras y los tamarindos se elevaban a su alrededor, entre lianas y jazmines que tapizaban los árboles y perfumaban el ambiente.

La mujer permaneció en silencio, pero señaló con la mano hacia una luz que perforaba la frondosidad de la selva, acercándose brillante entre las plantas enredadas. Alguien se aproximaba con una linterna o una pequeña lámpara de aceite.

Safia sintió la necesidad de huir, pero su cuerpo se encontraba demasiado débil como para obedecer. La mujer apretó el brazo alrededor de su hombro, como si hubiese leído el miedo en su corazón, pero no parecía que intentara retenerla, sino tranquilizarla.

Al cabo de unos instantes, los ojos de Safia se aclimataron a la oscuridad que la rodeaba, y consiguió reconocer que tras esa frondosidad de parras, enredaderas y pequeños arbustos se ocultaba un acantilado de piedra caliza. Tales cavernas y pasadizos poblaban las Montañas de Dhofar, formadas por el goteo incesante de los riachuelos que dejaban los monzones, y que se filtraban a través de la caliza.

Cuando la luz llegó a la entrada del túnel, Safia divisó tres figuras: una anciana, una niña, de unos doce años, y una joven, que, de no ser por la edad, podría haber sido gemela de la que caminaba a su lado. Todas ellas vestían túnicas con la capucha a la espalda.

Como elemento decorativo, las tres mostraban un tatuaje de color rubí en el rabillo del ojo izquierdo. Una lágrima. Incluso la niña, que portaba la lámpara de aceite.

—La que se hallaba perdida —entonó la mujer de su lado.

—Ha regresado a casa —finalizó la anciana, apoyándose en un bastón. Llevaba los cabellos canosos trenzados en la nuca, pero su rostro, a pesar de las arrugas, parecía lleno de vida.

A Safia le resultaba difícil mirarla a los ojos, aunque tampoco lograba girar la cabeza.

—Sé bienvenida —le dijo la anciana, haciéndose a un lado.

La otra mujer ayudó a Safia a atravesar la entrada. Una vez en el interior, la niña guió el camino, con la linterna en alto. La anciana las siguió, al ritmo de su cayado. La tercera mujer salió del túnel y se dirigió hacia el camello echado.

Safia se dejó dirigir hacia adelante, en silencio. Pero tenía tantas preguntar que no pudo contenerse.

—¿Quiénes sois? ¿Qué queréis de mí? —Su voz sonó petulante incluso a sus propios oídos.

—Tranquila —le susurró la anciana desde atrás—. Estás a salvo.

Por ahora, añadió Safia en silencio. Había observado la larga daga que llevaba colgada del cinturón la mujer que había salido del túnel.

—Nuestra *hodja* responderá a todas tus preguntas.

Safia se sobresaltó. Una *hodja* era una hechicera tribal, siempre mujer.

Eran las guardas del conocimiento, curanderas, adivinas. *¿Quién era aquella gente?* En su lento caminar, percibió un continuo aroma a jazmín en el aire, un aroma que la tranquilizaba, que le recordaba a su hogar, a su madre. Le imprimía seguridad.

Aún así, el dolor del hombro herido la ayudaba a centrarse. Miró hacia atrás; la tercera mujer había regresado, cargada con dos paquetes que portaba el camello. En una mano, el maletín plateado, algo maltrecho, que albergaba el corazón de hierro. Y sobre su hombro descansaba la lanza de hierro con el busto de la Reina de Saba.

Le habían robado a Cassandra los dos artefactos.

El corazón de Safia comenzó a palpitar con fuerza, a la vez que se le cerraba la visión. ¿Quiénes eran aquellas ladronas? ¿La habían rescatado o estaba de nuevo secuestrada?

El túnel se extendía bajo las profundidades de la montaña, a través de cuevas y pasadizos laterales, torciendo hacia un lado u otro. No tardó en desorientarse. ¿Adónde la llevaban?

Finalmente el aire pareció refrescarse, perfumado con un aroma a jazmín aún más rico. El fondo del pasaje, del que provenía la corriente, estaba iluminado. Al girar una curva, el túnel se abrió en una inmensa caverna.

Safia entró en ella.

No era una caverna, sino una especie de anfiteatro colosal. En el techo se percibía una pequeña apertura hacia los cielos, por la que fluía una cascada de agua tintineante hasta un pequeño estanque que se encontraba en la parte inferior. A su alrededor contó cinco hogueras, como las puntas de una estrella, que iluminaban la vegetación en flor que coronaba aquel espacio. Las enredaderas pendían del techo, algunas de ellas llegando a tocar la parte más baja de aquel anfiteatro.

Safia reconoció la geología. Se trataba de una de las numerosas dolinas que poblaban la región. Las más profundas se encontraban en Omán.

Safia se quedó boquiabierta.

Descubrió más figuras cubiertas con túnicas, sentadas o caminando por la cámara. Habría unas treinta. La caverna iluminada le recordó a la cueva del cuento de Alí Babá.

Solo que aquellos cuarenta ladrones eran ladronas.

De todas las edades.

Safia se sintió de repente débil, a causa de la caminata. La sangre le corría brazo abajo, y el resto de su cuerpo comenzaba a temblar.

Una figura se puso en pie junto a una de las hogueras.

—¿Safia?

Centró la vista en aquella mujer, que no iba vestida como las demás. Safia no comprendía su presencia allí.

—¿Kara?

1:02 am
Base aérea de Thumrait, Omán

Cassandra se agachó sobre el mapa que decoraba la superficie de la mesa que había en la oficina del capitán. Con ayuda de un mapa de la región, había conseguido recrear el mapa de la conservadora del museo. Con un rotulador de punta fina azul, había trazado una línea desde la tumba en Salalah hasta la otra en las montañas, y en color rojo, otra línea desde la tumba de Job al desierto abierto. Había marcado con un círculo rojo el punto de destino, la ubicación de la ciudad perdida.

Su posición en ese momento se encontraba tan sólo a cincuenta kilómetros de distancia.

—¿Cuánto tiempo necesitará para preparar los suministros? —preguntó.

El joven capitán se lamió los labios. Era el jefe del almacén del ala expedicionaria Harvest Falcon, la fuente de suministros y material bélico para las bases y tropas de las Fuerzas Aéreas estadounidenses en la región. Llevaba una lista en una carpeta con un pisapapeles, de la que fue tachando objetos.

—Las tiendas, los equipos, las raciones, el combustible, el agua, las medicinas y los generadores están siendo cargadas en los helicópteros de transporte ahora mismo. Recibirán todo a las siete cero, cero, tal como ha ordenado.

Cassandra asintió.

El hombre continuaba con el ceño fruncido mientras estudiaba el lugar de despliegue.

—Pero estarán en medio del desierto, y aquí en la base aérea no dejan de llegar refugiados cada hora. No entiendo cómo puede ayudar la colocación de un campamento de avance allí.

Una ráfaga de viento arrastró los guijarros de la parte superior del edificio.

—Limítese a cumplir lo que le he ordenado, capitán Garrison.

—A sus órdenes —pero no parecía estar muy de acuerdo, sobre todo al mirar por la ventana y ver a un centenar de hombres comprobando las armas, descansando junto a los bultos, con uniformes pardos, sin insignia.

Cassandra le dejó con sus dudas y se dirigió a la puerta. El capitán había recibido órdenes de altos cargos de Washington para que ayudara a preparar el equipo de aquella mujer. El Gremio había preparado la tapadera: el equipo de Cassandra era una unidad de búsqueda y rescate, cuya misión consistía en ayudar a los refugiados que huían de la tempestad de arena que se avecinaba. Contaban con cinco todo terrenos, provistos de enormes ruedas para la arena, un tractor M4 de dieciocho toneladas y velocidad máxima para el desierto, un par de helicópteros Hueys de transporte y otros seis monoplaza, cada uno de ellos cargado en un camión con tracción a las cuatro ruedas y remolque abierto. El equipo de tierra partiría en menos de treinta minutos, y ella les acompañaría.

Al salir del almacén del capitán, Cassandra comprobó la hora en su reloj. Se esperaba que la tempestad de arena estallara en la región en ocho horas. Según los informes, el viento soplaría en ráfagas de hasta ciento treinta kilómetros por hora. Pero allí, en el punto en que las montañas se encontraban con el desierto, el viento ya había empezado a soplar.

Y se encaminaban hacia el núcleo de la tempestad, no tenían otra opción. Según el mando del Gremio, al parecer existía cierto tipo de antimateria en peligro de desestabilización, y podría autodestruirse antes de ser descubierto. Aquello no debía ocurrir, así que tenían que adelantar los planes.

Cassandra observó los cielos oscuros y vio un avión cisterna vc10 británico tocar tierra en la distancia, iluminado por las luces de aterrizaje. El día anterior, el mando del Gremio había enviado hombres y equipos adicionales. El Patriarca lo había coordinado todo con ella personalmente tras el tiroteo de la noche anterior. Había sido toda una suerte conseguir ubicar la ciudad perdida antes de perder a Safia. Aunque a regañadientes, con un descubrimiento de tal calibre el Patriarca había quedado satisfecho.

Pero ella no.

Recordó a Painter agachado en el callejón entre las ruinas y la tumba. Su mirada afilada, las arrugas de su frente a causa de la concentración, sus movimientos rápidos, pivotando de una pierna a la otra mientras lo escudriñaba todo, arma en mano. Tendría que haberle disparado por la espalda cuando tuvo ocasión. Se arriesgaba a herir a Safia, pero al fin y al cabo había terminado por perderla. Aún así, Cassandra no había disparado. Incluso cuando Painter se giró hacia ella, se había detenido una fracción de segundo, replegándose en lugar de seguir adelante.

Apretó el puño. Había dudado. Se maldijo a sí misma tanto como a Painter, pero aquel error no volvería a repetirse. Se quedó mirando los kilómetros y kilómetros de asfalto y gravilla.

¿Vendría?

Había advertido que robó el mapa durante su escapada, junto con uno de los vehículos, el suyo propio, que encontraron más tarde abandonado y desprovisto de todo el equipo, oculto en el bosque, a varios kilómetros carretera abajo.

Pero Painter tenía el mapa; no cabía duda de que acudiría.

Ahora sí que estaba preparada, contaba con suficiente armamento y personal como para formar un ejército. Que se atreviera a venir...

No dudaría una segunda vez.

De un edificio anexo cercano a los vehículos aparcados, su centro de comando temporal, apareció una figura. John Kane avanzó a zancadas hacia ella, con la pierna izquierda entablillada. Frunció el entrecejo al llegar a su altura. Tenía la parte izquierda de la cara sellada con pegamento quirúrgico, que le daba un tono azulado. Debajo del pegamento, las huellas de las zarpas que le habían acuchillado las mejillas y la garganta destacaban ennegrecidas por la tintura de yodo. Los ojos le brillaban más de lo habitual bajo las luces de sodio, la bruma de la morfina.

Se había negado a quedarse atrás.

—La limpieza se completó hace una hora —le dijo, guardándose el micro de la radio—. Todos los activos han sido retirados de la zona.

Cassandra asintió. No habían dejado ninguna huella de su implicación con el tiroteo de la tumba: cuerpos, armas, incluso los restos del helicóptero VTOL monoplaza.

—¿Alguna noticia sobre el equipo de Crowe?

—Desaparecido, dispersado por las montañas. Hay huellas de camellos por todas las carreteras de las montañas. Además la vegetación es muy espesa en la profundidad de los valles, esas ratas se han retirado a algún escondrijo.

Cassandra esperaba una respuesta así. El tiroteo había dejado a su equipo con una cantidad limitada de hombres para llevar a cabo una búsqueda más exhaustiva. Tenían que encargarse de sus propias bajas y limpiar la zona antes de que las autoridades respondieran al feroz ataque. Ella misma fue evacuada en el primer transporte aéreo, mientras informaba por radio al Gremio sobre la operación, restando importancia al caos y destacando su descubrimiento de la verdadera ubicación de la ciudad de Ubar.

La información le había salvado la vida.

Y sabía a quién se lo debía.

—¿Qué hay de la conservadora del museo? —preguntó.

—Mis hombres están patrullando las montañas, todavía no hay rastro suyo.

Cassandra frunció el entrecejo. El microtransmisor que había implantado en Safia tenía un alcance de dieciséis kilómetros. ¿Por qué no habían logrado captar su señal? Tal vez fuese a causa de las interferencias de las montañas. O quizás por el sistema tormentoso. En cualquier caso, terminaría por aparecer. La encontraría.

Cassandra imaginó el pequeño perdigón de C4 incorporado en el transmisor. Tal vez Safia había logrado escapar... pero podía darse por muerta.

—Vámonos —dijo.

1:32 am
Montañas de Dhofar

—Buena chica, Safi —murmuró Omaha.

Painter se movió inquieto desde su posición en la carretera. ¿Qué habría descubierto? Con sus gafas de visión nocturna, había estudiado el camino de tierra. La furgoneta Volkswagen se encontraba aparcada debajo de una arboleda.

Omaha y los demás estaban reunidos en la parte posterior del vehículo, con la puerta trasera abierta. Omaha y Danny se encontraban inclinados sobre el mapa que él había cogido en el emplazamiento de la tumba.

A su lado, Coral hacía inventario de los suministros robados del todo terreno de Cassandra.

En su descenso desde la tumba se habían encontrado con Clay y Danny, frenéticos por la desaparición de Kara. Habían encontrado su rifle en la carretera, pero ni rastro de ella. La habían llamado una y otra vez sin obtener respuesta, y con Cassandra y los helicópteros pisándoles los talones, no habían podido esperar mucho más. Mientras Painter y Omaha la buscaban, los demás se apresuraron a sacar los suministros del todo terreno para meterlos en la furgoneta, antes de lanzar el primer vehículo por una pronunciada pendiente. Painter temía que Cassandra les localizara por el GPS, tal como él había hecho.

Además, ella desconocía la furgoneta, una pequeña ventaja a su favor.

Así que se habían marchado, esperando que Kara mantuviera la cabeza agachada.

Painter caminaba ahora de un lado a otro del camino, inseguro de su decisión. No habían hallado su cuerpo, ¿adónde habría ido Kara? ¿Acaso su desaparición tenía algo que ver con los efectos de la falta de drogas? Respiró profundamente. Tal vez fuera mejor así. Sin ellos, Kara tendría más posibilidades de sobrevivir. Aún así, Painter continuaba inquieto.

Al otro lado, Barak compartía un cigarrillo con Clay, dos hombres totalmente opuestos en cuanto a estatura, complexión y filosofía, pero unidos por su afición al tabaco. Barak conocía bien las montañas y les había guiado a través de una serie de carreteras llenas de surcos, bien camufladas. Habían conducido con las luces apagadas, a la velocidad máxima que les permitía su seguridad, deteniéndose cuando oían que se aproximaba un helicóptero.

En ese momento sólo eran seis: él y Coral, Omaha y Danny, Barak y Clay. Seguían sin saber nada sobre el destino del capitán al-Haffi, dispersado con el resto de los Bait Kathir en su huída. Sólo esperaban que se encontraran bien.

Tras tres horas de atribulada conducción, se detuvieron a descansar, reagruparse y planear qué hacer a continuación. Lo único que tenían eran las marcas de tinta en el mapa.

Omaha enderezó la curvatura de la espalda en la furgoneta con un crujido que se escuchó en todo el camino.

—Ha engañado a esa zorra.

En medio de la quietud y la oscuridad del valle, Painter caminó hacia el resto de su equipo.

—¿A qué te refieres?

Omaha le hizo un gesto con la mano.

—Mira esto.

Painter se unió a él. Al menos, la agresividad de Omaha hacia él se había serenado. Durante la ruta anterior, Painter les había relatado la historia de los leopardos, el tiroteo y la intervención de aquella extraña mujer. Omaha terminó por aceptar que, dado que Safia se encontraba lejos de Cassandra, la situación había mejorado.

Omaha señaló el mapa.

—Veamos, ¿qué me dices de esta línea roja?

—Safia encontró otra pista en la tumba de Job.

—¿El poste de metal con el busto clavado?

—Supongo que sí, pero eso da igual ahora. Mira esto. Safia marcó un círculo a lo largo de la línea roja. En medio del desierto. Como si se dirigieran hacia allí a continuación.

—La ubicación de Ubar —Painter tuvo un presentimiento preocupante. Si Cassandra también lo conocía...

—No, no es la ubicación de Ubar —dijo Danny.

Omaha asintió.

—Lo he medido. El círculo está marcado a sesenta y nueve millas de la tumba de Job, a lo largo de esta raya roja.

Painter les había hecho un resumen de todos los detalles, incluyendo que oyó al hombre algo mencionar el número sesenta y nueve cuando medía algo en la lanza.

—Coincide con el número que oí —dijo Painter.

—Pero lo calcularon en millas, millas *actuales* —continuó Omaha.

—¿Y?

Omaha le miró como si la respuesta fuera obvia.

—Si el artefacto que encontraron en la tumba de Job databa de la misma época que el corazón de hierro, una razón bastante posible, en tal caso estamos hablando del año 200 antes de Cristo, más o menos.

—De acuerdo —respondió Painter, aceptando el hecho.

—En aquella época, la milla estaba definida por los romanos. Y un pie romano equivale sólo a once pulgadas y media, unos treinta centímetros. ¡Safia lo sabe de sobra! Y ha hecho que Cassandra piense que son millas actuales, ha enviado a esa zorra a perder el tiempo a otra parte.

—¿Y cuál es la distancia real? —preguntó Painter, acercándose más al mapa.

A su lado, Omaha se mordía la uña del pulgar mientras realizaba un rápido cálculo mental.

—Sesenta y nueve millas romanas equivalen a poco más de sesenta y tres millas modernas, unos cien kilómetros.

—Eso es —coincidió Coral, que también había realizado el cálculo.

—Así que Safia les envió unos diez kilómetros más allá de la verdadera ubicación —pensó Painter—. No es tanto.

—En el desierto —rebatió Omaha—, diez kilómetros pueden significar lo mismo que mil.

Painter no quiso echar por tierra el orgullo que Omaha mostraba hacia Safia, pero sabía que Cassandra no tardaría en darse cuenta del engaño. En cuanto se diese cuenta de que estaba en el lugar equivocado, empezaría a hacer consultas hasta que alguien le resolviera el misterio. Painter calculó que Safia les había dado un día, o como máximo dos, de ventaja.

—¿Y en qué punto del mapa está la verdadera ubicación? —preguntó Painter.

Omaha sacudió la cabeza, entusiasmado.

—Veamos —en un momento ajustó los hilos y alfileres, midiendo y comprobando de nuevo las mediciones. Enarcó una ceja—. Esto no tiene sentido.

Por fin clavó un alfiler en el mapa.

Painter se inclinó sobre el papel y leyó el nombre atravesado por la aguja.

—Shisur.

Omaha sacudió la cabeza y habló con cierta consternación.

—Otra pérdida de tiempo.

—¿A qué te refieres?

Omaha continuó mirando el mapa con cara de enfado, como echándole la culpa.

Danny respondió por su hermano.

—Shisur es el lugar donde Nicolas Clapp y otros colegas descubrieron las antiguas ruinas de Ubar en 1992 —Danny miró a Painter—. Allí no hay nada. Toda esta persecución no nos lleva más que a un lugar ya descubierto y registrado a fondo.

Painter no aceptaba aquella respuesta.

—Debe haber algo.

Omaha soltó un puñetazo sobre el mapa.

—Yo mismo he estado allí, es un punto muerto. Tanto peligro, tanta sangre... ¡Para nada!

—Pero seguro que hay algo que todo el mundo ha pasado por alto —insistió Painter—. La gente pensaba que esas dos tumbas anteriores ya habían sido registradas a fondo, pero en cuestión de días se han realizado nuevos descubrimientos.

—Safia ha realizado nuevos descubrimientos —añadió Omaha agriamente.

Nadie habló durante un buen rato.

Painter se centró en las palabras de Omaha, y poco a poco las piezas empezaron a encajar.

—Acudirá allí.

Omaha se volvió hacia él.

—¿De qué estás hablando?

—De Safia. Mintió a Cassandra para evitar que encontrara Ubar. Pero al igual que nosotros, ella sabe adónde conducen las pistas verdaderamente.

—A Shisur. A las antiguas ruinas.

—Exacto.

Omaha frunció el entrecejo.

—Pero como te hemos dicho, allí no hay nada.

—Y como tú has dicho, Safia ha descubierto pistas que nadie había encontrado antes. Pensará que tal vez pueda hacer lo mismo en Ubar, y acudirá allí con la intención principal de evitar que Cassandra obtenga lo que pueda haber allí.

Omaha respiró profundamente y con rabia.

—Tienes razón.

—Eso será si le dejan ir —dijo Coral, que se encontraba a un lado—. ¿Qué hay de la mujer que se la llevó? La de los leopardos.

Barak respondió, con la voz ligeramente avergonzada.

—He oído historias sobre esas mujeres. Las cuentan las tribus de las arenas en el desierto, alrededor de las hogueras. Guerreras del desierto. Más espíritus que humanas. Dicen que pueden hablar con los animales, y que se desvanecen cuando lo desean.

—Ya, claro —puntualizó Omaha.

—La verdad es que había algo extraño en aquella mujer —reconoció Painter—. Y no creo que sea la primera vez que nos hemos cruzado con ella.

—¿A qué te refieres?

Painter señaló a Omaha con la cabeza.

—Tus secuestradores, en Mascate. En el mercado viste a una mujer.

—¿Qué? ¿Piensas que es la misma mujer?

Painter se encogió de hombros.

—Tal vez una del mismo grupo. En todo esto hay alguien más, estoy seguro. No sé si se trata de las guerreras que ha mencionado Barak o de algún grupo que intenta ganar dinero fácil. De cualquier forma, se han llevado a Safia por alguna razón. De hecho, puede que sean las mismas que intentaron raptarte, Omaha, por el afecto de Safia hacia ti. Para utilizarte como rehén.

—¿Rehén para qué?

—Para que Safia les ayude. También vi el maletín plateado sobre el lomo del camello. ¿Para qué se llevarían el artefacto, sin una buena razón? Todas las pistas apuntan hacia Ubar.

Omaha sopesó sus palabras, asintiendo con la cabeza.

—Entonces, allí iremos. Mientras esa zorra está entretenida, esperaremos a que aparezca Safia.

—Y registraremos el lugar entretanto —añadió Coral. Señaló con la cabeza el material apilado—. Aquí hay una unidad de radar por penetración, excelente para buscar bajo la arena. Y tenemos un par de granadas, rifles adicionales, y algo más que no sé lo que es.

Levantó un arma que parecía como un rifle con el extremo final del cañón acampanado. Por el brillo de sus ojos, estaba deseosa de probarlo.

Todo el mundo se giró hacia Painter, como esperando su consentimiento.

—Pues claro que vamos a ir —dijo.

Omaha le dio una palmadita en el hombro.

—Por fin estamos de acuerdo en algo.

1:55 am

SAFIA SE ABRAZÓ a Kara.

—¿Qué estás haciendo aquí?

—No estoy segura —Kara temblaba abrazada a Safia. Tenía la piel húmeda y pegajosa.

—¿Y los demás? He visto a Painter.... ¿Qué hay de Omaha, de su hermano...?

—Por lo que sé, están todos bien. Pero yo no estuve con ellos durante el tiroteo.

Safia tuvo que sentarse, sentía las piernas débiles, las rodillas como de goma. La caverna se movía ligeramente a su alrededor. El tintineo del agua que caía por la catarata desde el agujero en el techo sonaba como un millón de campanillas plateadas, y el fuego de las hogueras la deslumbraba.

Se dejó caer sobre una manta junto al fuego, pero no sentía el calor de las llamas.

Kara la siguió hasta que se sentó.

—¡Tu hombro! ¡Estás sangrando!

Un disparo. Safia no sabía si había pronunciado o sólo pensado aquellas palabras.

Se aproximaron tres mujeres, con los brazos cargados de objetos: un cuenco con un líquido humeante, ropa doblada, un brasero cubierto y un objeto fuera de lugar, una caja con la cruz roja de los botiquines. Una mujer anciana, aunque no la que la había guiado hasta allí, les seguía con un largo bastón. Su imagen quedaba exaltada por el fuego de las hogueras. La anciana tenía los hombros encorvados, el cabello blanco cuidadosamente peinado y trenzado por detrás de las orejas. Dos rubíes le adornaban los lóbulos, haciendo juego con el tatuaje de la lágrima.

—Túmbate, hija —entonó la anciana, en inglés—. Deja que veamos tus heridas.

Safia no tenía energía para negarse, pero al menos Kara velaría por ella. No le quedaba más remedio que confiar en que su amiga la protegería si fuera necesario.

Despojaron a Safia de su blusa. A continuación, humedecieron el vendaje sucio con una cataplasma humeante de aloe y menta, y poco a poco se lo fueron quitando. Safia sentía que le estaban despellejando el hombro. Dejó escapar un grito ahogado y se le oscureció la visión.

—Le estáis haciendo daño —avisó Kara.

Una de las tres mujeres se arrodilló y abrió el botiquín médico.

—Tengo una ampolla de morfina, *hodja* —dijo.

—Deja que vea la herida —la anciana se agachó, ayudada por las otras.

Movieron a Safia para que el hombro quedara al descubierto.

—La bala ha atravesado el hombro limpiamente. Es una herida poco profunda. Bien, no tendremos que operar. Una infusión de té de mirra dulce aplacará su dolor. Y dos comprimidos de Tylenol con codeína. Ponedle un gotero intravenoso en el brazo bueno, con un litro de suero.

—¿Y qué hay de la herida? —preguntó la otra mujer

—La cauterizaremos, vendaremos el hombro y le pondremos el brazo en cabestrillo.

—Sí, *hodja*.

Incorporaron a Safia. La tercera mujer llenó un tazón de té caliente y se lo pasó a Kara.

—Ayúdale a beber, le dará fuerza.

Kara obedeció, aceptando el tazón con ambas manos.

—Y tú bebe también algún trago —dijo la anciana a Kara—, te aclarará la cabeza.

—Dudo que sea lo suficientemente fuerte.

—Las dudas no te servirán de nada aquí.

Kara bebió un sorbito del té, hizo una mueca de repulsión y a continuación se lo ofreció a Safia.

—Deberías beber un poco, tienes muy mala cara.

Safia aceptó un sorbo entre los labios. El calor de la infusión fluyó por el frío abismo de su estómago. Pidió otro sorbo, y le ofrecieron a la vez dos comprimidos.

—Son para el dolor —le susurró la más joven de las tres mujeres. Todas parecían hermanas, con unos años de diferencia.

—Tómatelas, Safi —le instó Kara—. O me las tomaré yo misma.

Safia abrió la boca, aceptó los medicamentos y los tragó con otro sorbo de té.

—Ahora túmbate mientras nos encargamos de tus heridas —dijo la *hodja*.

Safia se dejó caer sobre las mantas, con el cuerpo ya más templado.

La *hodja* se agachó sobre la manta a su lado, con una gracilidad que defraudaba a su edad. Dejó el bastón con el que se ayudaba para caminar sobre sus rodillas.

—Descansa, hija. Quédate tranquila —colocó una mano sobre la de Safia.

Una agradable sensación de sueño se apoderó de ella, disipando todo el dolor de su cuerpo y dejándola en un estado de flotamiento. Safia percibía el aroma a jazmín que impregnaba la caverna.

—¿Quiénes... quiénes sois? —preguntó Safia.

—Somos tu madre, pequeña.

Safia se estremeció, negando aquella posibilidad, casi ofendida. Su madre había muerto. Aquella mujer era demasiado mayor, debía estar hablando metafóricamente. Antes de poder siquiera reprenderla, se le cerró la visión. Sólo un puñado de palabras la siguieron en su letargo.

—Todas nosotras. Somos *todas* tu madre.

2:32 am

Kara observó cómo el grupo de mujeres atendía a Safia, que yacía apoltronada sobre las mantas. Le introdujeron un catéter en una vena y lo conectaron a un gotero intravenoso del que colgaba una bolsita de solución salina, sostenido en lo alto por una de las enfermeras de Safia. Las otras dos lavaron y embadurnaron la herida del hombro de Safia, que tenía un tamaño menor que el de una monedita de diez centavos. Esparcieron sobre la herida una generosa cantidad de un polvo cauterizador, tintada a continuación de yodo, cubierta con una gasa de algodón y por último expertamente vendada.

Safia se retorcía de vez en cuando, pero continuaba dormida.

—Aseguraos de que mantenga el brazo en cabestrillo —pidió la anciana, que observaba el trabajo de las demás—. Cuando se despierte, haced que beba otra taza de té.

La *hodja* levantó el cayado, lo apoyó sobre el suelo y se ayudó de él para levantarse. A continuación, miró a Kara.

—Ven conmigo. Mis hijas cuidarán de tu hermana.

—No la voy a dejar sola —Kara se acercó más a su amiga.

—Estará en buenas manos. Ven. Es hora de que encuentres lo que llevas tanto tiempo buscando.

—¿A qué te refieres?

—A las respuestas sobre tu vida. Ven o quédate, como prefieras, para mí no tiene mayor importancia —la anciana aporreó el suelo con el bastón—. No pienso discutir contigo.

Kara echó un vistazo a Safia, y, a continuación, fijó la mirada en la anciana. *Respuestas sobre tu vida.*

Se levantó lentamente.

—Como le ocurra algo... —Pero ni siquiera sabía a quién amenazar. Las enfermeras parecían tener buen cuidado de su amiga.

Kara asintió con la cabeza y partió detrás de la *hodja*.

—¿Adónde vamos?

Ignorando la pregunta de Kara, la *hodja* continuó avanzando. Abandonaron la tintineante catarata y las hogueras, y se introdujeron en la penumbra que bordeaba la cámara.

Kara miraba a su alrededor, recordando vagamente cómo había entrado en la caverna. Había estado consciente, pero era como si se hubiera estado moviendo a través de una neblina agradable, avanzando con pesadez tras un grupo similar de ancianas tribales. Tras abandonar la furgoneta, había caminado cerca de una hora, a través de un bosque en sombras, hasta un antiguo pozo seco, al que llegó al entrar por una estrecha apertura en la roca. Habían descendido en espiral hasta la ladera de la montaña, caminando durante un buen rato. Una vez que llegó a la caverna, Kara fue abandonada junto al fuego. Le dijeron que esperase allí, mientras que la neblina de su cabeza comenzaba a disiparse. Y eso provocó que regresaran el dolor de cabeza, los temblores y las náuseas, como una manta de plomo sobre su cuerpo. Apenas lograba moverse, así que descartó la idea de intentar huir a través de aquel laberinto de túneles. Todas las preguntas que planteó quedaron sin responder.

Y tenía tantas.

Clavó la mirada en la espalda de la anciana que avanzaba delante de ella. *¿Quiénes eran aquellas mujeres? ¿Qué querían de ella y de Safia?*

Llegaron a una apertura del túnel en un muro, donde les esperaba una niña con una lámpara de aceite plateada, como una de ésas que se frotan para convocar a un genio. En un extremo de la lámpara ardía una pequeña llama. La pequeña, de no más de ocho años, vestía una túnica que le quedaba demasiado grande, pues se pisaba el borde inferior con los deditos de los pies. Abrió los ojos como platos al ver a Kara, como si estuviese delante de un ser extraterrestre. Pero no mostraba miedo, sino curiosidad.

La *hodja* asintió al ver a la niña.

—Vamos, Yaqut.

La pequeña se dio la vuelta y avanzó arrastrando los pies por el túnel. *Yaqut* era el término árabe para la palabra rubí. Era el primer nombre que escuchaba en aquel lugar.

Miró a la *hodja* que caminaba a su lado.

—¿Cómo te llamas?

La anciana terminó por mirarla, con aquellos ojos verdes resplandecientes a la luz de la lámpara.

—Tengo muchos nombres, pero el que me dieron es Lu´lu. Creo que en tu idioma significa perla.

Kara asintió.

—¿Todas tus mujeres tienen nombres de joyas?

No hubo respuesta. Continuaron descendiendo en silencio detrás de la niña, pero Kara percibió el asentimiento de la mujer. En la tradición árabe, los nombres de joyas se utilizaban para un tipo muy concreto de personas.

Esclavos.

¿Por qué elegirían aquellas mujeres esos nombres, si en realidad parecían mucho más libres que el resto de las árabes?

La pequeña abandonó el túnel para adentrarse en una cámara de piedra caliza. Era un habitáculo frío, con las paredes húmedas centelleantes a la luz de la lámpara. En el suelo de la caverna divisó una alfombra para la oración, amortiguada por una especie de cama de paja. Al otro lado de ésta, observó un altar bajo de piedra negra.

Kara sintió que un escalofrío helado recorría todo su cuerpo. ¿Para qué la habrían llevado hasta allí?

Yaqut caminó hasta el altar, lo rodeó y se agachó, desapareciendo de su área de visión.

De repente, las llamas chisporrotearon con luminosidad detrás de la piedra. Yaqut había utilizado su lámpara de aceite para prender fuego a una pequeña pila de madera. Kara percibió el aroma a incienso y queroseno de la madera, perfumada y aceitada para que se encendiera con facilidad. El queroseno ardió con rapidez, dejando paso a la dulzona fragancia del incienso.

Cuando las llamas devoraron la pequeña hoguera, Kara se dio cuenta de su error. El oscuro altar no era opaco, sino cristalino, como un bloque de obsidiana negra, pero más traslúcido. El brillo de las llamas resplandecía a través de la piedra.

—Ven —entonó Lu´lu, y guió a Kara hasta la alfombra para la oración—. Arrodíllate.

Kara, agotada por la falta de sueño y temblorosa por la fuga de adrenalina de su sistema, tanto natural como artificialmente provocada, se hundió agradecida sobre la blanda alfombra.

La *hodja* permaneció detrás de ella.

—Esto es lo que llevas tanto tiempo buscando —señaló con el cayado hacia el altar.

Kara fijó la mirada en el bloque de piedra traslúcida. De repente, abrió los ojos con sorpresa mientras la madera ardía detrás del altar, resplandeciendo a través de éste.

Tampoco era piedra opaca... sino *puro cristal*.

Las llamas alumbraron el interior, iluminando el corazón del bloque de cristal. Dentro de él, como si se tratara de una mosca atrapada en un fragmento de ámbar, percibió una figura humana, ennegrecida hasta los huesos, con las piernas flexionadas en posición fetal, pero con los brazos extendidos en agonía. Kara había visto una figura similar, con gesto agónico, en las ruinas de Pompeya. Una figura convertida en piedra, enterrada y petrificada bajo la lava ardiente de la antigua erupción del Vesubio. En la misma posición de tortura mortal.

Pero lo peor de todo vino cuando Kara fue consciente de por qué había sido llevada hasta allí.

Respuestas a su vida.

Se derrumbó sobre la alfombra, apoyándose en las manos y sintiendo de repente que su cuerpo pesaba demasiado. *No...* Las lágrimas le nublaron la vista. Sabía quién estaba enterrado en el corazón de aquel bloque de cristal, preservado en su agonía.

Un grito escapó de su boca, desgarrando todo en su interior: su fuerza, su esperanza, su visión, incluso sus ganas de vivir. Se quedó sencilla y dolorosamente vacía.

—Papá...

3:12 am

Safia despertó con la música y la calidez que la envolvían. Se encontraba tumbada sobre una suave manta. Despertó sobresaltada, pero al instante languideció. Escuchó la dulce melodía de las cuerdas de un laúd, acompañada por el sonido aflautado de un instrumento de lengüeta, evocador y solitario. El resplandor de las llamas de la hoguera baiﻻteaba en el techo, entre los drapeados de flores y enredaderas. El tintineo del agua constituía el contrapunto de la música.

Sabía dónde estaba. No había despertado al presente, sino a una especie de vaga pesadez embotada, producida por la codeína que había ingerido. Escuchaba voces que hablaban a su alrededor en tonos bajos, entre pequeñas risotadas ocasionales, las de alguna niña jugando cerca de ella.

Se incorporó con lentitud, ganándose una queja malhumorada de su hombro. Pero era un dolor sordo, más parecido a una molestia interna que a una aguda punzada. Se sentía desmesuradamente descansada. Comprobó su reloj; había dormido poco más de una hora, pero se sentía como si llevase días enteros descansando. Se sentía relajada y reposada.

Una joven dio un paso hacia ella, se arrodilló y le ofreció un tazón caliente.

—La *hodja* desea que bebas esto.

Safia aceptó el té con la mano del brazo sano. El otro estaba colocado en cabestrillo sobre su vientre. Dio un par de sorbos agradecidos y percibió una manifiesta ausencia.

—¿Y Kara, mi amiga?

—Cuando termines de beber la infusión, te llevaré con la *hodja*. Te está esperando, con tu amiga.

Safia asintió. Bebió el té tan rápido como pudo sin quemarse la lengua. El calor de la infusión templó su cuerpo. Dejó el tazón vacío sobre el suelo y trató de incorporarse.

Su escolta le ofreció una mano para ayudarla, pero Safia no la aceptó, ya que se sentía lo suficientemente firme como para levantarse sola.

—Por aquí.

Safia fue conducida al extremo más alejado de la caverna, y a continuación descendieron por otro túnel. Su guía la orientaba con seguridad, linterna en mano, a través de los pasajes laberínticos.

Safia se dirigió a ella.

—¿Quiénes sois?

—Somos las Rahim —respondió ésta con formalidad.

Safia tradujo la palabra. *Rahim* era el equivalente en árabe al término "útero". ¿Serían una tribu de mujeres beduinas, amazonas del desierto? Pensó en aquel nombre. También tenía un trasfondo de divinidad, de renacimiento y continuidad.

¿Quiénes eran?

Ante ellas apareció una luz, un resplandor procedente de una caverna lateral. Su escolta se detuvo a pocos pasos de la entrada, e hizo un gesto a Safia para que continuara.

Safia sintió por primera vez, desde que despertara, cierta sensación de inquietud. Entró en la cueva. El aire pareció espesar, dificultando la respiración. Se concentró en inspirar y expirar, en un intento por dominar su inquietud. Al adentrarse en aquel espacio, escuchó un sollozo desconsolado y entrecortado.

Kara...

Safia olvidó sus miedos y se apresuró hacia el fondo de la caverna, donde encontró a Kara desplomada sobre una esterilla. La *hodja* más anciana se encontraba arrodillada a su lado, meciendo a Kara con afecto. Sus ojos verdes se encontraron con los de Safia.

Safia se abalanzó hacia su amiga.

—Kara, ¿qué ocurre?

Kara levantó el rostro, con los ojos hinchados y las mejillas empapadas. No tenía palabras. Extendió un brazo para señalar una roca enorme, detrás de la cual ardía una hoguera. Safia reconoció que se trataba de un bloque de cristal, creado a partir de arenas fundidas y endurecidas posteriormente. Había encontrado fragmentos así en zonas donde había estallado un rayo en el suelo. Los antiguos pueblos los reverenciaban, los consideraban como joyas, objetos sagrados, piedras de oración.

No comprendía a qué se refería Kara, hasta que percibió una figura en el interior del cristal.

—No puede ser...

Kara respondió con voz ronca.

—Es... es mi padre.

—¡Kara! —Las lágrimas inundaron los ojos de Safia. Se arrodilló al otro lado de Safia. Reginald Kensington también había sido como un padre para ella. Comprendía la pena de su amiga, pero la confusión la destrozaba por dentro—. ¿Cómo...? ¿Por qué...?

Kara miró a la anciana, demasiado abrumada como para articular palabra. La *hodja* le dio una palmadita a Kara en la mano.

—Como ya he explicado a tu amiga, Lord Kensington no es ningún desconocido para nuestro pueblo. Su historia conduce hasta aquí tanto como las vuestras. Él entró en las arenas prohibidas el día en que falleció. Había sido avisado de que no lo hiciera, pero eligió ignorar el aviso. Y no fue el azar lo que le llevó hasta aquellas arenas. Buscaba Ubar, al igual que su hija. Sabía que aquellas arenas se encontraban próximas a su ubicación, y no lograba alejarse de ellas.

—¿Qué le ocurrió?

—Acercarse a las arenas de Ubar es arriesgarse a sufrir la furia de un poder que ha permanecido oculto durante milenios. Un poder y un lugar que estas mujeres guardamos. Él había oído hablar de ese lugar, y no resistió la tentación. Aquélla fue su condena.

Kara se incorporó al oír esas palabras.

—¿Qué poder es ése?

La *hodja* sacudió la cabeza con gesto negativo.

—No lo sabemos. Las Puertas de Ubar llevan cerradas a nosotras dos milenios. Lo que haya detrás de las puertas, se ha perdido en el tiempo. Nosotras somos las Rahim, las últimas de sus guardianas. Los conocimientos se han ido trasmitiendo de boca en boca, una generación tras otra, pero existen dos secretos jamás trasmitidos tras la destrucción de Ubar, dos secretos que la reina de Ubar no comunicó nunca a nuestro linaje. Tan inmensa fue la tragedia que decidió sellar la ciudad, y con los muertos, quedaron también enterrados esos dos secretos: el lugar donde se encuentran las llaves de las puertas y el poder oculto bajo las arenas, en el corazón de Ubar.

Cada una de las palabras que la anciana pronunciaba despertaba un millar de preguntas en la mente de Safia. *Las Puertas de Ubar. Las últimas guardianas. El corazón de la ciudad perdida. Las llaves ocultas.* Pero de repente, comenzó a sentir un cosquilleo en su interior.

—Las llaves... —murmuró—. El corazón de hierro.

La *hodja* asintió.

—Las llaves que guían hasta el corazón de Ubar.

—Y la lanza con el busto de Biliqis, la Reina de Saba.

La mujer inclinó la cabeza con una reverencia.

—Ella era la madre de todas nosotras. La primera en la casa real de Ubar. No podía por menos que adornar la segunda llave.

Safia recordó la historia de Ubar. La ciudad había sido fundada alrededor del año 900 antes de Cristo, el mismo periodo en que vivió la Reina de Saba. Ubar era una ciudad próspera, hasta que colapsó en una sima que destruyó la población, hacia el año 300 después de Cristo. Pero la existencia de la casa gobernante se hallaba bien documentada.

Safia tenía una pregunta.

—Pensaba que el Rey Shaddad, el bisnieto de Noé, fue el primer gobernante de Ubar. Incluso existía un recluido clan de beduinos, los Shahra, que aseguraban ser descendientes de este rey.

La anciana negó con la cabeza.

—El linaje de los Shaddad estaba formado únicamente por administradores. El linaje de Biliqis era el de los verdaderos gobernantes, un secreto conocido únicamente por los más leales y dignos de confianza. Ubar otorgó sus poderes a la reina, la eligió, y le permitió dar a luz a un linaje poderoso y seguro. Un linaje continuado hasta el día de hoy.

Safia recordó el rostro en el busto. Las jóvenes de aquel grupo se parecían increíblemente a aquella imagen. ¿Acaso había permanecido puro ese linaje durante dos mil años? Movió negativa e incrédulamente la cabeza.

—¿Estás diciendo que el linaje de vuestra tribu desciende directamente de la Reina de Saba?

La *hodja* realizó otra reverencia con la cabeza.

—Es más que eso... mucho más —levantó la mirada hacia ella—. Nosotras *somos* la Reina de Saba.

3:28 am

Kara se sentía enferma, con ganas de vomitar, pero no a causa del síndrome de abstinencia; de hecho, desde la llegada a aquellas cuevas, se sentía algo mejor, los temblores iban disminuyendo poco a poco, como si le hubieran hecho algo en la cabeza. Sin embargo, en ese instante sufría de algo muchísimo peor que la falta de anfetaminas. Se sentía destrozada, abatida, devastada. Toda esa historia de ciudades perdidas, poderes misteriosos y linajes antiguos no significaban nada para ella. Tenía los ojos clavados en los restos de su padre, cuya boca se había congelado en un rictus de agonía.

Las palabras de la *hodja* le habían bloqueado la mente.

Buscaba Ubar, al igual que su hija.

Kara recordó el día en que su padre falleció, la caza que le había regalado por su dieciséis cumpleaños. Siempre se había preguntado por qué la habría llevado a aquella zona del desierto. Había zonas de caza mucho más cerca de Mascate, ¿por qué volar hasta la base aérea de Thumrait, recorrer kilómetros y kilómetros en los Land Rovers para después comenzar la caza en aquellas motos de arena? ¿Habría utilizado su cumpleaños como excusa para recorrer aquellas tierras?

La furia se agolpaba en el pecho, tan ardiente como la hoguera de detrás del fragmento de cristal. Pero no era una ira localizada. Estaba enfadada con aquellas mujeres, que le ocultaron ese secreto durante tanto tiempo, con su padre, por haber destruido su vida en una persecución mortal, consigo misma, por haber seguido sus pasos... Incluso con Safia, por no haberla detenido nunca, ni siquiera a sabiendas de que aquella búsqueda la estaba destrozando por dentro. El fuego de su rabia quemó los posos de su malestar.

Kara se sentó y se giró hacia la *hodja*, interrumpiendo su lección de historia con palabras de amargura.

—¿Por qué buscaba mi padre Ubar?

—Kara... —comenzó Safia, en tono consolador—. Seguro que eso puede esperar.

—No —respondió con tono cortante—. Quiero saberlo ahora.

La *hodja* permaneció imperturbable, aceptando la furia de Kara como un simple junco agitado por el viento.

—Tienes derecho a preguntar. Para eso estáis las dos aquí.

Kara apretó el rostro, desde los labios hasta las cejas.

La mujer paseaba su mirada entre Kara y Safia.

—Lo que el desierto se lleva, también lo devuelve.

—¿Qué quieres decir? —preguntó Kara con brusquedad.

La *hodja* suspiró.

—El desierto se llevó a tu padre —señaló con un gesto el bloque horripilante—. Pero te dio una hermana.

Miró a Safia.

—Safia ha sido siempre mi mejor amiga.

A pesar de su furia, la voz de Kara temblaba de emoción. La realidad y la profundidad de sus palabras, pronunciadas en voz alta, conmovieron su corazón dolorido con más impacto del que había imaginado. Intentó controlarse, pero no lo consiguió.

—Safia es más que tu amiga. Es tu hermana, tanto en alma... como en cuerpo —la *hodja* levantó el bastón y señaló el cuerpo sepultado en el cristal—. Ése es tu padre... *y el de Safia.*

La *hodja* miró de frente a las dos mujeres aturdidas.

—Sois hermanas.

3:33 am

La mente de Safia no lograba comprender lo que decía aquella mujer.

—Imposible —dijo Kara—. Mi madre murió cuando me dio a luz.

—Compartís un mismo padre, no una misma madre —aclaró la *hodja*—. Safia es hija de una mujer de nuestro pueblo.

Safia sacudió la cabeza. Eran hermanas de padre. La paz que había experimentado momentos antes, al despertar, se había roto en mil pedazos. Durante todos aquellos años, la única información que conocía de su madre es que había fallecido en un accidente de autobús cuando ella tenía cuatro años. No sabía nada de su padre. Ni siquiera entre los vagos recuerdos de su infancia anterior al orfanato, visiones nebulosas, aromas, un susurro al oído, jamás había habido una figura paterna. Lo único que le quedaba de su madre el apellido, al-Maaz.

—Calmaos las dos —la anciana levantó una mano hacia cada una de las mujeres—. Esto es un regalo, no una maldición.

Sus palabras aplacaron un poco el latido desbocado del corazón de Safia, como quien coloca la mano sobre un diapasón repiqueteante. Pero no se atrevía a mirar a Kara, se sentía avergonzada, como si su presencia ensuciara de algún modo el recuerdo de Lord Kensington. La mente de Safia regresó al día en que salió del orfanato, un día terrorífico, pero esperanzador. Reginald Kensington la había elegido a ella, una pequeña mestiza, entre el resto de niñas, y la había llevado a su casa, le había preparado una habitación propia. Kara y Safia se habían unido al instante. ¿Acaso a tan tierna edad habían reconocido un vínculo secreto, la dicha natural de lo familiar? ¿Por qué Reginald Kensington no les había desvelado aquel secreto?

—Ojalá lo hubiera sabido... —dejó escapar Kara, alcanzando con su mano la de su amiga.

Safia levantó la mirada. No leyó en los ojos de Kara odio ni culpabilidad; la furia de un momento antes parecía sofocada. Lo único que percibía era alivio, esperanza, y amor.

—Tal vez sí lo sabíamos... —murmuró Safia, abrazando a su hermana—. Tal vez siempre lo supimos en lo más profundo de nosotras.

Las lágrimas empezaron a fluir en los rostros de las dos. Y de esa forma, dejaron de ser amigas para convertirse en *familia*.

Permanecieron abrazadas durante un buen rato, hasta que las preguntas las forzaron a separarse. Kara no soltó la mano de Safia.

La *hodja* habló.

—Vuestra historia compartida se remonta al descubrimiento, por parte de Lord Kensington, de la estatua en la tumba de Nabi Imran. Su hallazgo fue extremadamente importante para nosotras. La estatua databa de la fundación de Ubar, y había estado enterrada en una tumba vinculada a una mujer milagrosa.

—¿La Virgen María? —preguntó Safia.

La anciana asintió.

—Como guardianas, un miembro de nuestra tribu tenía que acercarse y examinar el objeto funerario. Se decía que las llaves de las puertas de Ubar aparecerían cuando llegara el momento adecuado. Así que enviamos a Almaaz.

—Al-Maaz —corrigiendo la diferencia en la pronunciación.

—*Almaaz* —repitió con firmeza la *hodja*.

Kara apretó la mano de Safia.

—Todas estas mujeres tienen nombres de joyas. La *hodja* se llama Lu´lu. Perla.

Safia abrió los ojos desmesuradamente.

—*Almaaz*. ¿El nombre de mi madre significaba Diamante? En el orfanato pensaron que era su apellido, al-Maaz. ¿Qué ocurrió?

La *hodja*, Lu´lu, sacudió la cabeza con una mueca de cansancio.

Al igual que muchas de nuestras mujeres, tu madre se enamoró. Para investigar el descubrimiento de la estatua, se permitió acercarse demasiado a Lord Kensington... y permitió también que él se acercara a ella. Se enamoraron locamente el uno del otro. Y al cabo de unos meses, engendró en su vientre un hijo, de la manera habitual en todas las mujeres.

Safia frunció el entrecejo ante aquella extraña frase, pero no la interrumpió.

—El embarazo hizo que tu madre cayera presa del pánico. Teníamos prohibido que una de nosotras engendrara un hijo de las entrañas de un hombre. Huyó de Lord Kensington y regresó a nosotras. La cuidamos hasta que dio a luz, pero una vez que tú nacieras, sabía que tenía que abandonarnos. Tú, hija de una mezcla de sangre, no eras una Rahim pura. —La *hodja* se tocó el tatuaje de la lágrima, el símbolo del rubí de la tribu. Safia no lo tenía—. Tu madre te crió lo mejor que pudo en Khaluf, en la costa omaní, no lejos de Mascate. Pero el accidente te dejó huérfana.

»Durante todo ese tiempo, Lord Kensington no dejó de buscar a tu madre... y al bebé que seguramente había engendrado. Recorrió Omán de arriba abajo, gastó una fortuna en ello, pero cuando una de nuestras mujeres no desea ser vista, es imposible encontrarla. La sangre de Biliqis nos ha bendecido de muchas formas.

La anciana bajó la vista hacia su bastón.

—Cuando nos enteramos de que habías quedado huérfana, no podíamos abandonarte. Averiguamos dónde te encontrabas e informamos de ello a Lord Kensington. Se le partió el corazón al saber del destino de Almaaz, pero lo que el desierto se lleva, también lo devuelve. Y le devolvió una hija. Te recogió y te llevó a su casa, a su familia. Supongo que esperaba a que las dos fueseis lo suficientemente mayores como para comprender las complejidades del corazón antes de revelaros el secreto, que teníais la misma sangre.

Kara se agitó, sentada sobre la alfombra.

—El día de la caza... mi padre me dijo que tenía algo muy importante que decirme. Algo que, una vez cumplidos los dieciséis, ya era lo suficientemente mujer como para comprender —tragó saliva con dificultad, y continuó, con la voz entrecortada—. Yo pensé que se refería a algo de la universidad. No... no...

Safia le apretó la mano.

—No pasa nada. Ahora lo sabemos.

Kara levantó la mirada, impregnada de confusión.

—¿Pero por qué continuó con la búsqueda de Ubar? No lo entiendo.

La *hodja* suspiró.

—Es una de las muchas razones por las que no podemos relacionarnos con los hombres. Tal vez fuera un susurro en la almohada, un fragmento de historia compartida entre dos amantes. Pero tu padre se enteró de la existencia de Ubar. Y buscó la ciudad perdida, tal vez como manera de acercarse a la mujer que había perdido. Pero Ubar es peligrosa. La carga de su custodia resulta muy pesada.

Como para demostrarlo, la anciana se levantó, no sin un esfuerzo considerable.

—¿Y qué vamos a hacer nosotras ahora? —preguntó Safia, poniéndose en pie con Kara.

—Os lo diré de camino —anunció la mujer—. Nos queda mucho por recorrer.

—¿Adónde vamos? —preguntó Safia.

La pregunta pareció sorprender a la *hodja*.

—Tú eres una de nosotras, Safia. Tú nos has traído las llaves.

—¿El corazón y la lanza?

La anciana asintió y comenzó su camino.

—Después de dos milenios de espera, por fin vamos a abrir las Puertas de Ubar.

CUARTA PARTE
LAS PUERTAS DE UBAR

ᛏᚼᚼᚕᛉᛃᚴᚷᚼᚼᚴᛃᛉᚕᚼᚼᚴ

16

ENCRUCIJADA

ΣⱵⴱCΥθΥⴶⴷⵂⴷ

4 de diciembre, 5:55 am
Montañas de Dhofar

Mientras los cielos comenzaban a iluminarse por el este, Omaha disminuyó la velocidad de la furgoneta al llegar a la parte superior del desfiladero. La carretera, si es que aquella vía plagada de piedras y socavones podía llamarse carretera, continuaba su descenso por el lado más alejado. Le dolía la parte baja de la espalda de los baches constantes y del traqueteo de los últimos quince kilómetros.

Omaha se detuvo por completo. La carretera coronaba el último puerto a través de las montañas. De ahí en adelante, las tierras altas descendían hasta convertirse en salinas y llanuras de gravilla. Por el espejo retrovisor observó los campos de verdes brezos, salpicados de ganado, extenderse hasta donde alcanzaba la vista. La transición resultaba tremendamente abrupta.

A ambos lados de la furgoneta, un paisaje lunar de rocas rojizas, interrumpido por árboles descuidados y de corteza roja, marcaba la curva del viento que soplaba por aquel paso. *Boswellia sacra*. Los excepcionales y preciados árboles del incienso, fuente de riqueza en eras pasadas.

Cuando Omaha frenó, Painter, que dormitaba en el asiento del copiloto, se golpeó la cabeza contra el cristal.

—¿Qué ocurre? —preguntó con la mirada empañada y una mano sobre la pistola que descansaba en su regazo.

Omaha señaló hacia el frente. La carretera descendía a través de un uadi, el lecho seco de un río, un recorrido rocoso, traicionero y apto únicamente para vehículos con tracción a las cuatro ruedas.

—De aquí en adelante, es cuesta abajo —dijo Omaha.

—Conozco este lugar —interrumpió Barak desde la parte posterior. Aquel hombre parecía no dormir nunca, susurrando direcciones a Omaha mientras atravesaban las montañas—. Estamos en el uadi de Dhikur, el Valle del Recuerdo. Los acantilados de ambos lados son antiguos cementerios.

Omaha metió la primera marcha.

—Pues esperemos que no se convierta en el nuestro.

—¿Por qué hemos seguido este camino? —preguntó Painter.

En la tercera fila de asientos, Coral y Danny se revolvieron, desplomados uno sobre el otro. Se sentaron correctamente y prestaron atención a la respuesta. Clay roncaba levemente junto a Barak, con la cabeza desplomada hacia atrás y perdido en su propio mundo.

Barak respondió a la pregunta de Painter.

—Sólo los miembros de la tribu local de los Shahra conocen esta ruta que baja desde las montañas hasta el desierto. Todavía recogen el incienso de los árboles de esta zona de la manera tradicional.

Omaha no había conocido nunca a ningún miembro del clan de los Shahra. Era un grupo muy dado a recluirse, con medios tecnológicos de la Edad de Piedra y anclado aún en la tradición. Su lenguaje, estudiado en profundidad, no se parecía al árabe moderno, sino más bien a un sonsonete aflautado, que además contenía ocho sílabas fonéticas adicionales. Con el paso del tiempo, la mayoría de los lenguajes pierden esos sonidos, que se van refinando hasta madurar por completo. Pero con esas sílabas adicionales aún activas, el idioma Shahri estaba considerado como uno de los más antiguos de toda Arabia.

No obstante, lo más peculiar era que los Shahra se llamaban a sí mismos el Pueblo de 'Ad, por el Rey Shaddad, primer gobernante de Ubar. Según la tradición oral, descendían de los habitantes originarios de Ubar, los que huyeron tras su destrucción en el año 300 después de Cristo. De hecho, tal vez Barak les estuviese guiando por la misma ruta de Ubar que el pueblo de 'Ad usara una vez para huir de su destrucción, un pensamiento escalofriante, ensombrecido por las sepulturas que plagaban la zona.

Barak finalizó.

—Al llegar a la parte baja del uadi, sólo quedarán treinta kilómetros para llegar a Shisur. No está tan lejos.

Omaha comenzó el descenso en primera marcha y avanzando a cinco kilómetros por hora. De haber ido a más velocidad, se habría arriesgado a que el vehículo resbalase por el pedregal de pizarra y guijarros sueltos. A pesar de toda su precaución, la furgoneta derrapaba con demasiada facilidad, como si avanzaran sobre hielo. Al cabo de media hora, las manos de Omaha humedecían el volante a causa de la tensión.

Pero al menos el sol comenzaba a asomar en el cielo, como una rosa grisácea en el horizonte.

Omaha reconoció este color, signo de la aproximación de una tempestad, que llegaría a la zona en unas horas. Los vientos procedentes de las arenas ya soplaban en el uadi, bramando contra la poco aerodinámica furgoneta.

Cuando Omaha giró una curva ciega del lecho del río aparecieron ante él dos camellos y un par de beduinos con toga. Frenó con demasiada brusquedad, el vehículo coleó por la parte posterior y golpeó de costado una pila precaria de bloques de piedra junto al camino. El metal se combó y los bloques se volcaron.

Clay se despertó con un bufido.

—Adiós a nuestro depósito de colisión —se quejó Danny.

Los dos camellos, cargados de abundantes fardos y cestas amarrados con correas, gorjearon una protesta y sacudieron la cabeza mientras pasaban junto a la furgoneta atascada. Parecía que llevaban a lomos toda una casa.

—Refugiados —afirmó Painter, moviendo la cabeza al ver a otros camellos, mulas y caballos cargados de forma parecida, que avanzaban por el cauce seco del río—. Huyen de la tempestad.

—¿Estáis todos bien? —preguntó Omaha, que forcejeaba con la palanca del cambio de marchas y con el embrague. La furgoneta dio un bandazo, se balanceó y finalmente comenzó a avanzar de nuevo.

—¿Con qué nos hemos chocado? —preguntó Coral, fijándose en las piedras amontonadas.

Danny señaló otras pilas de piedras similares, que salpicaban el cementerio que les rodeaba.

—Trilitos —respondió—. Antiguas piedras utilizadas para la oración.

Cada trilito estaba formado por tres losas, apoyadas unas sobre otras hasta formar una pequeña pirámide.

Omaha continuó descendiendo, cuidadoso de no acercarse a las piedras, lo que dificultó aún más el avance, que se complicaba según descendían por el lecho del río seco.

La gente huía del desierto en manadas.

—Creía que habías dicho que nadie conocía este camino de las montañas —cuestionó Painter a Barak.

El árabe se encogió de hombros.

—Cuando te enfrentas a la madre de todas las tempestades, huyes hacia tierras más altas, *cualquier* tierra más alta. Imagino que habrá gente en todos los lechos secos, porque las carreteras principales estarán incluso peor.

Habían ido escuchando los informes periódicos por radio, cuando les llegaba algo de cobertura. La tempestad había aumentado de tamaño, era ya tan grande como el litoral oriental, y azotaba con unos vientos de ciento treinta kilómetros por hora, cargados de polvo de arena, la de las dunas cambiantes, que parecían gorros blancos en medio de un mar castigado por la tormenta.

Y aquello no era lo peor. El sistema de altas presiones de la costa había comenzado a deslizarse hacia el interior. Las dos tempestades chocarían en el desierto omaní, una rara combinación de condiciones que desataría la mayor de las tempestades jamás vista.

A pesar del amanecer, el horizonte del norte permanecía cubierto en una especie de oscuridad ahumada. Según descendían por la carretera de la montaña, la tempestad aumentaba de tamaño, como un maremoto elevándose en el mar.

Por fin alcanzaron la parte baja del uadi. Los acantilados se elevaban a ambos lados, sobre bancos de arena salada.

—Bienvenidos al Rub al-Khali —anunció Omaha—. El Sector Vacío de Arabia.

El nombre no podía ser más acertado.

Ante ellos se extendía una inmensa planicie de gravilla gris, batida por las líneas pictográficas de los bancos de arena, de un color blanco azulado. Más allá, las protuberancias rojizas marcaban el límite de las interminables extensiones de dunas que barrían Arabia. Desde su posición estratégica divisaban el resplandor rosado, castaño, púrpura y carmesí de las arenas, como una paleta multicolor.

Omaha observó el indicador del combustible. Con suerte, les llegaría para alcanzar Shisur. Miró al Fantasma del Desierto, su único guía.

—Treinta kilómetros, ¿verdad?

Barak se recostó en su asiento y se encogió de hombros.

—Más o menos.

Sacudiendo la cabeza con gesto negativo, Omaha se volvió hacia el frente e inició la marcha por las llanuras. Otro puñado de gente abatida trataba de avanzar, no sin dificultades, hacia las montañas. Los refugiados no mostraban ningún interés en la furgoneta que se dirigía hacia la tempestad, una verdadera locura.

En la autocaravana reinaba un silencio total. Todos los ojos estaban clavados en la tormenta, y el único sonido que se escuchaba era el crujir de la arena y la gravilla bajo los neumáticos. Como el terreno parecía menos peligroso, Omaha se arriesgó a acelerar hasta cincuenta kilómetros por hora.

Pero desafortunadamente, la fuerza del viento parecía incrementar cada kilómetro, arrastrando la arena de las dunas a su paso. Tendrían suerte si al llegar a Shisur aún les quedaba algo de pintura en la carrocería.

Danny terminó por romper el hielo.

—Cuesta creer que esto fuera una inmensa sabana, ¿verdad?

Clay bostezó.

—¿De qué hablas?

—Esta zona no siempre fue un desierto. Los mapas por satélite muestran la presencia de antiguos lechos de río, lagos y corrientes bajo la arena, lo que sugiere que Arabia estuvo una vez cubierta de pastos y bosques, plagada de hipopótamos, búfalos y gacelas. Un auténtico Edén viviente.

Clay contempló el árido paisaje.

—¿Cuánto tiempo hace de eso?

—Unos veinte mil años. Aún se encuentran objetos neolíticos de aquella época: cuchillas de hachas, puntas de flechas, rascadores de pieles —Danny señaló con la cabeza los páramos—. Luego llegó un periodo de hiperaridez que terminó por secar Arabia y convertirla en un páramo desértico.

—¿Por qué? ¿Qué desencadenó ese cambio?

—No lo sé.

Una voz distinta intervino en la conversación, respondiendo a la pregunta de Clay.

—El cambio climático se produjo a causa de los Ciclos de Milankovitch.

La atención de todos giró hacia Coral Novak.

—Periódicamente, la Tierra se *tambalea* en su órbita alrededor del sol. Ese tambaleo, o "ciclos orbitales", desencadenan cambios climáticos descomunales, como la desertización de Arabia y partes de la India, África y Australia.

—¿Y qué puede causar que la Tierra se tambalee? —insistió Clay.

Coral se encogió de hombros.

—Podría ser algo tan simple como la precesión, los cambios periódicos naturales de la órbita. O tal vez algo más grave, como una inversión de la polaridad de la Tierra, algo que ha ocurrido miles de veces en la historia de la geología. Quizás incluso un cambio en la velocidad de rotación del núcleo de níquel de la Tierra. Nadie lo sabe con certeza.

—Fuese como fuese —concluyó Danny—, éste es el resultado.

Ante ellos, las dunas se habían convertido en inmensos montículos de arena rojiza, algunos de hasta doscientos metros de altura. Entre las dunas se veía la grava del suelo, que creaba rutas caóticas, serpenteantes, llamadas "las calles de las dunas". Resultaba muy fácil perderse en el laberinto de callejuelas, pero la ruta más directa sobre las dunas podía acabar con el más duro de los vehículos, un riesgo demasiado grande.

Omaha apuntó al frente, mientras dirigía su pregunta a Barak y le miraba a través del espejo retrovisor.

—Tú sabes cómo salir de aquí, ¿verdad?

El gigantesco árabe volvió a encogerse de hombros, su respuesta habitual para todo.

Omaha fijó la mirada en las elevadas dunas. Más allá de ellas, un muro de arena batida se elevaba en el horizonte, como la pantalla de humo de un pasto en llamas avanzando hacia ellos.

No había tiempo para equivocarse de ruta.

7:14 am

SAFIA CAMINABA JUNTO a Kara por otro túnel. Las Rahim se habían dispersado, y marchaban delante y detrás de ellas, en grupos, transportando lámparas de aceite en la oscuridad. Llevaban andando más de tres horas, deteniéndose con regularidad para beber o descansar. El hombro de Safia comenzaba a doler, pero no protestaba.

La totalidad del clan se encontraba en marcha, incluso las niñas más pequeñas.

Una nodriza caminaba unos pasos por delante, acompañada de seis niñas, de edades comprendidas entre los seis y los once años. Las mayores llevaban de la mano a las pequeñas. Al igual que el resto de las Rahim, las niñas también vestían hábitos con capuchas.

Safia estudió a las pequeñas, que la miraban por el rabillo del ojo de vez en cuando. Parecían hermanas. Ojos verdes, melena negra, piel tostada. Incluso sus sonrisas tímidas lucían los mismos hoyuelos encantadores.

Y mientras que las adultas variaban en aspectos leves, como su constitución delgada o más robusta, o el cabello largo o corto, los rasgos básicos resultaban sorprendentemente similares.

Lu´lu, la *hodja* de la tribu, mantenía el paso de las demás. Tras anunciarles que se encaminaban hacia las Puertas de Ubar, se había marchado para organizar la partida del clan. Como guardianas de Ubar durante siglos, ningún miembro de las Rahim se quedaría atrás en un momento tan trascendental.

Una vez en camino, había guardado silencio, para que Kara y Safia hablaran de la revelación de su relación como hermanas. Todavía parecía irreal. Durante toda una hora, ninguna de las dos había hablado, perdidas en sus propios pensamientos.

Kara fue la primera en interrumpir el silencio.

—¿Dónde están los hombres? —preguntó—. Los padres de estas criaturas. ¿Se nos unirán más adelante?

Lu´lu frunció el entrecejo y miró a Kara.

—No hay hombres, eso está prohibido.

Safia recordó el anterior comentario de la *hodja*, sobre cómo el nacimiento de Safia había sido algo prohibido. ¿Acaso necesitaban permiso

JAMES ROLLINS

para ello? ¿Por qué se parecían todas tanto? ¿Tal vez se debía a un intento de eugenesia para mantener la pureza de su sangre?

—¿Sólo sois vosotras? —preguntó Kara.

—Las Rahim llegamos a contarnos por centenares —explicó Lu'lu
con tranquilidad—. Ahora somos treinta y seis. Los dones que nos transmitió Biliqis, la Reina de Saba, se han ido debilitando, haciéndose más y
más frágiles. Muchas veces nuestros hijos nacen muertos, y otras mujeres incluso pierden el don. El mundo se ha vuelto tóxico para nosotras.
La semana pasada, por ejemplo, una de nuestras ancianas, Mara, perdió
su bendición al acudir al hospital de Mascate, no sabemos por qué.

Safia arrugó la frente.

—¿A qué *don* te refieres?

Lu'lu suspiró.

—Te lo diré porque eres una de nosotras. Has sido puesta a prueba, y
hemos encontrado restos de las bendiciones de Ubar en ti.

—¿Puesta a prueba? —preguntó Kara, mirando brevemente a Safia.

Lu'lu asintió.

—En un momento dado, ponemos a prueba a todas mestizas del clan.
Almaaz no fue la primera en dejar a las Rahim, en dormir con un hombre,
en renunciar a su linaje por amor. Nacieron más niñas, pero pocas de ellas
tienen el don —colocó una mano sobre el codo de Safia—. Cuando nos
enteramos de que habías sobrevivido milagrosamente al atentado terrorista de Tel Aviv, sospechamos que tal vez tu sangre tuviera algún poder.

Safia se sobresaltó por la mención del atentado. Recordaba los artículos de los periódicos, que calificaban de milagrosa su supervivencia.

—Pero abandonaste el país antes de que pudiéramos hacerlo, para no
volver jamás. Te creímos perdida. Luego nos enteramos del descubrimiento de la llave. En Inglaterra. En el museo que supervisabas. ¡Tenía
que ser una señal! —La voz de la anciana se tiñó de fervor y esperanza.

—Cuando regresaste, te buscamos —Lu'lu miró hacia las profundidades del túnel y bajó la voz—. Al principio intentamos secuestrar a tu
prometido para utilizarle y lograr que vinieras a nosotras.

Kara soltó una exclamación de asombro.

—¡Sois las que intentaron secuestrarle!

—No le falta talento al chico —aseguró la anciana con una sonrisa a
medias—. Ahora entiendo por qué le entregaste tu corazón.

398

Safia sintió una punzada de vergüenza.

—Y cuando fracasasteis con lo del secuestro, ¿qué hicisteis?

—Como no podíamos traerte hacia nosotras, decidimos llegar hasta ti. Te pusimos a prueba de otra forma —miró a Safia—. Con la serpiente.

Safia se detuvo en el túnel, recordando el incidente en la bañera, en la propiedad de Kara.

—¿Vosotras metisteis la víbora en el agua?

Lu´lu se detuvo con Kara. Varias mujeres las adelantaron.

—Esas criaturas tan sencillas reconocen a quienes poseen el don, a las que han sido bendecidas por Ubar. Jamás harían daño a esas mujeres, sólo buscan la paz junto a ellas.

Safia sentía aún la víbora sobre su pecho desnudo, como si descansara sobre una roca al sol, tranquila. Pero luego entró la asistenta y gritó, lo que hizo que la serpiente intentara atacarla.

—¡Podríais haber matado a alguien!

Lu´lu les hizo un gesto para continuar caminando.

—Tonterías. No somos tan estúpidas como para seguir ancladas en las viejas tradiciones. La víbora no tenía dientes. No corriste ningún riesgo.

Safia continuó descendiendo por el túnel en silencio, totalmente aturdida.

Pero Kara no lo estaba.

—¿Qué es todo eso del don? ¿Qué se supone que tenía que sentir la víbora en Safia?

—Las que poseemos la bendición de Ubar tenemos la capacidad de proyectar nuestro deseo más allá de las mentes de otros. Los animales son especialmente susceptibles, se rinden a nuestros deseos, obedecen a nuestras órdenes. Y cuanto más sencillo sea el animal, más fácil es de controlar. Mirad.

Lu´lu se acercó al muro lateral, donde se abría un pequeño agujero junto al suelo de tierra. Abrió las manos. Un leve zumbido flotó sobre la cabeza de Safia. De repente, del agujero surgió un pequeño ratón de campo, moviendo los bigotes y saltando, dócil como un gatito, sobre la palma de la mano de la *hodja*. Lu´lu lo acarició con un dedo, antes de dejarle ir de nuevo. El animalillo corrió a su madriguera, sorprendido de encontrarse en el exterior.

—Estas sencillas criaturas son muy fáciles de influenciar —Lu´lu señaló a Kara con la cabeza mientras continuaba descendiendo por el túnel—, al igual que las mentes debilitadas por el abuso.

Kara apartó la mirada.

—Sin embargo, tenemos muy poco control sobre la mente despierta del hombre. Lo máximo que podemos hacer es enturbiar sus percepciones cuando nos encontramos a corta distancia, ocultar nuestra presencia durante un corto periodo de tiempo... y aún así, sólo bajo nuestra propia forma. Incluso la ropa es difícil de disimular. Es mejor hacerlo desnudas y en las sombras.

Kara y Safia se miraron, demasiado asombradas como para hablar. Se trataba de una especie de telepatía, de poder mental.

Lu´lu se recolocó la capa.

—Y por supuesto, el don puede utilizarse sobre una misma, una concentración de deseo hacia tu propio interior. Ésa es la mayor de nuestras bendiciones, la que asegura el linaje de la Reina Biliqis, la primera y la última de nosotras.

Safia recordó historias de la Reina de Saba, historias que se narraban en Arabia, en Etiopía y en Israel. Muchas implicaban elementos extravagantes, como alfombras mágicas, pájaros habladores e incluso el teletransporte. Y las más importantes aseguraban que el Rey Salomón podía hablar con los animales, tal como la hodja les había asegurado. Safia recordó el leopardo que atacó a John Kane. ¿De veras podían aquellas mujeres controlar a tales bestias? ¿Era ese talento la fuente de todos los imaginativos relatos sobre la Reina de Saba?

Kara habló en medio del silencio.

—¿Y qué ocurre si dirigís ese poder hacia vuestro interior?

—La mayor de las bendiciones —repitió Lu´lu con un toque de nostalgia en la voz—. Maduramos una criatura, una que nace sin contacto con el hombre.

Kara y Safia se miraron asombradas.

—El alumbramiento de una virgen... —susurró Kara.

Como la Virgen María. Safia sopesó aquella revelación. *¿Acaso por eso la primera llave, el corazón de hierro, estaba oculto en la tumba del padre de María? Como una especie de confirmación. Una virgen dentro de otra.*

Lu´lu continuó.

—Pero nuestros alumbramientos no resultan un parto cualquiera. La criatura que sale de nuestro cuerpo *es* parte de nuestro cuerpo, nacido para continuar nuestro linaje.

Safia sacudió la cabeza.

—¿Qué quieres decir?

Lu´lu levantó el cayado y señaló al resto de mujeres, que caminaban delante y detrás de ellas, como un clan indivisible.

—Somos todas la misma mujer; hablando en términos modernos, somos genéticamente idénticas. La mayor de las bendiciones es el don de mantener la pureza de nuestra descendencia, de producir una nueva generación en nuestro propio vientre.

—Clones —afirmó Kara.

—No —contrarrestó Safia, que había entendido lo que la *hodja* intentaba describir.

Se trataba de un proceso reproductor hallado en algunos insectos y animales, especialmente en las abejas.

—Partenogénesis —confirmó Safia en voz alta.

Kara parecía confusa.

—Es una forma de reproducción por la que una hembra puede producir un óvulo cuyo núcleo intacto contiene su propio código genético, que crece y se convierte en un duplicado genéticamente idéntico de la madre.

Safia miró hacia ambos extremos del túnel. Todas aquellas mujeres...

De alguna manera, su don telepático les permitía autorreproducirse, mantenerse genéticamente intactas. *Reproducción asexual*. Recordó que uno de sus profesores de biología en Oxford les había explicado que la reproducción asexual era un fenómeno relativamente extraño para los cuerpos. Que normalmente, la célula de un cuerpo se dividía para producir un duplicado exacto de ella misma. Sólo las células germen de los ovarios y testículos se dividían de manera que podían producir células únicamente con la mitad de su código genético original (óvulos en la mujer, espermatozoides en el hombre), permitiendo así la mezcla del material genético. Pero si una mujer pudiera, por puro deseo, detener la división celular en su óvulo no fertilizado, la cría que resultara de ello sería un duplicado exacto de la madre.

Madre...

A Safia se le cortó la respiración. Se detuvo a mirar los rostros que la rodeaban. Si lo que Lu´lu acababa de decir era cierto, si su madre era miembro de ese clan, todas aquellas mujeres eran su madre. Su madre en todas las posibles reencarnaciones: desde un bebé recién nacido, mamando del pecho de su madre, hasta la joven que caminaba cogida de la mano de su hermana mayor, y hasta la anciana que caminaba a su lado.

Safia comprendió entonces las crípticas palabras anteriores de la *hodja*.

Todas nosotras somos tu madre.

No se trataba de una metáfora, sino de un hecho verídico.

Antes de que Safia pudiera hablar o moverse, dos mujeres pasaron junto a ella. Una portaba el maletín plateado que protegía el corazón de hierro, la otra, la lanza de hierro con el busto de la Reina de Saba.

Safia prestó atención al rostro de hierro de la estatua. El rostro de Saba. El rostro de todas aquellas mujeres.

Aquel entendimiento repentino se apoderó de Safia, hasta casi cegarla. Tuvo que apoyarse en el muro del túnel.

—Saba...

Lu´lu asintió.

—Ella es la primera y la última. Ella es todas nosotras.

Safia recordó también otras palabras anteriores de la *hodja*.

Nosotras somos *la Reina de Saba.*

Observó a todas aquellas mujeres, vestidas con túnicas iguales, llevaban reproduciéndose a sí mismas desde los inicios de la historia, y su código genético procedía de una sola mujer, la primera en dar a luz de esa manera a una hija, de regenerarse a sí misma.

Biliqis, la Reina de Saba.

Miró a la anciana a los ojos, los mismos ojos verdes de la fallecida reina. El pasado, vivo en el presente. La primera y la última.

¿Cómo era posible aquello?

En ese instante se escuchó un grito a la cabeza de la fila de mujeres.

—Hemos atravesado las montañas —dijo la *hodja*—. Ven. Las Puertas de Ubar nos esperan.

402

7:33 am

Painter se protegió los ojos para mirar hacia la furgoneta parada, al sol del amanecer, a los muros de arena que les rodeaban. No sería el mejor lugar para quedar atrapado cuando llegara la tempestad. Se imaginó aquellas dunas montañosas derramándose sobre ellos en una cascada poderosa contra las rocas.

Tenían que seguir adelante, y de inmediato.

Minutos antes, la furgoneta había avanzado a toda velocidad por una planicie de arena, bordeando las dunas como una tabla de surf. Las "calles" de gravilla por las que habían avanzado terminaron por desvanecerse, y tuvieron que continuar a través de arenas endurecidas.

Sólo que no toda la arena estaba igual de *endurecida*.

—Un revolcadero de camellos —comentó Barak, que observaba de rodillas el lado trasero de la furgoneta. Tanto los neumáticos delanteros como los traseros estaban clavados hasta el eje—. La arena está muy suelta, y es bastante profunda, casi como las arenas movedizas. Los camellos las utilizan para limpiarse el cuerpo.

—¿Podemos excavar hasta sacar la furgoneta? —preguntó Omaha.

—No hay tiempo —interrumpió Painter.

Barak asintió.

—Además, cuanto más cavemos, más se hundirá el vehículo.

—En tal caso, habrá que cargar con lo que podamos y continuar a pie.

Danny se quejó, sentado en la arena.

—La próxima vez tenemos que elegir con más atención nuestros medios de transporte. Primero, aquella camioneta que se caía a trozos, y ahora este trasto.

Painter se alejó unos pasos, con demasiada energía nerviosa acumulada, o tal vez fuese la electricidad del aire, alguna nube de carga estática adelantada a la tempestad.

—Voy a trepar esa duna, a ver si logro divisar Shisur. No creo que esté a más de un par de kilómetros. Entretanto, vaciad la furgoneta. Armas, equipos, todo.

Painter se encaminó hacia la duna, y Omaha se apresuró tras él.

—No necesito ayuda —dijo Painter, haciéndole un gesto para que se alejara.

Pero Omaha empezó a trepar tras él, atravesando la arena con cada pisada, como si quisiera castigarla. Los dos hombres avanzaban por la cima de la duna, una subida más dificultosa de lo que Painter había previsto.

Omaha se acercó a Painter.

—Lo siento.

Painter enarcó una ceja en gesto de confusión.

—Por lo de la furgoneta —murmuró Omaha—. Tendría que haber visto que esas arenas estaban sueltas.

—No tiene importancia, a mí también me habría ocurrido.

Omaha continuó subiendo.

—Sólo quería decirte que lo siento.

Painter percibió que la disculpa de Omaha cubría más campos que el del vehículo atascado.

Finalmente llegaron a la cresta afilada de la duna, que se deshizo bajo sus pies, derramando un río de arena por la otra cara.

El desierto mostraba una quietud cristalina. Ni el gorjeo de un pájaro, ni el vuelo de un insecto. Incluso el viento se había detenido momentáneamente, en esa calma que suele preceder a la tormenta.

Painter se quedó boquiabierto al contemplar cómo las dunas se extendían hasta el horizonte. Pero lo que más llamó su atención fue el muro en forma de remolino que se divisaba al norte, un huracán de arena. Las nubes oscuras parecían nubarrones tormentosos, con leves destellos azulados. Descargas estáticas, como los rayos.

Necesitaban ponerse a cubierto con urgencia.

—Allí —señaló Omaha con la mano—. En ese grupo de palmeras.

Painter observó una mancha verdosa a menos de un kilómetro de distancia, enterrada entre las dunas y bastante difícil de divisar.

—El oasis de Shisur —explicó Omaha.

No estaban lejos.

Al girarse, un leve movimiento captó su mirada. En el cielo, a contraluz del sol matutino del este, observó una especie de mosquito negro volador. Se colocó las gafas de visión nocturna, ajustando las lentes telescópicas.

—¿Qué es?

—Un helicóptero de transporte, de las Fuerzas Aéreas estadounidenses. Probablemente de Thumrait. Está descendiendo en círculos para aterrizar.

—¿Una misión de rescate por la tempestad?

—No. Es Cassandra —Painter escuchó la voz de su antigua compañera en su cabeza. *¿Creías realmente que me iba a tragar que te dirigías a la frontera de Yemen?* Una confirmación más de que el grupo de Cassandra tenía los dientes y las garras bien clavados en Washington. ¿Cómo esperaba Painter poder ganar así? No contaba más que con cinco personas, y casi ninguna con formación militar.

—¿Estás seguro de que es ella?

Painter observó el rotor del helicóptero descender sobre la arena y desaparecer entre las dunas.

—Sí. Ése es el punto marcado en el mapa, diez kilómetros más allá del verdadero objetivo.

Painter se levantó las gafas. Cassandra se encontraba demasiado cerca como para sentirse tranquilo.

—Tenemos que marcharnos de inmediato —decidió.

Sin más demora, se encaminó duna abajo. Los dos hombres se deslizaron sobre la arena para llegar antes a la parte inferior. Una vez allí, echó un rápido vistazo al material apilado. Era mucho peso, pero no se atrevía a dejar atrás nada que pudiesen necesitar.

—¿Distancia? —preguntó Coral.

—Menos de un kilómetro —respondió Painter.

Entre todos se extendieron las miradas de alivio. Pero Coral se hizo a un lado, percibiendo la tensión de su superior.

—Cassandra ya ha llegado —le dijo—. Se encuentra hacia el este.

Coral se encogió de hombros.

—Eso es bueno. En cuanto llegue la tempestad, se quedará atrapada. Eso podría darnos un día o dos, sobre todo si el sistema de alta presión, la esperada megatempestad, revienta encima de nosotros.

Painter asintió y respiró profundamente. Coral tenía razón. Tal vez aún tuvieran alguna oportunidad.

—Gracias —le murmuró.

—No hay de qué, comandante.

Dividieron rápidamente el material. Painter y Omaha cargaron con la caja más pesada, que contenía la unidad de penetración del suelo por radar. Resultaba monstruosamente pesada, pero si conseguían llegar a las ruinas para buscar un tesoro enterrado, necesitarían aquel aparato.

Una vez preparados, emprendieron la ruta, bordeando una duna inmensa, con una altura de dos campos de fútbol, y a continuación atravesaron otras más pequeñas por la parte superior. El sol continuaba calentando la arena y el aire. Poco después, su ritmo se convirtió en un avance arrastrado, cuando se les acabó la adrenalina y sus huesos acuciaron el agotamiento extremo.

Pero por fin treparon una duna baja y descubrieron un grupo de modernas construcciones de hormigón ligero, varias estructuras de madera y una mezquita pequeña en el valle, a pocos metros de ellos. La aldea de Shisur.

Al descender hacia el valle, el rojo infinito del Rub´ al-Khali quedó interrumpido por un renacer de verde. Las acacias crecían junto a los edificios, los abrojos de flor amarilla se extendían por la arena, junto a los matorrales de palmito. Las hojas frondosas y las ramas en flor de los enormes árboles de la mimosa caían hasta el suelo, formando agradables arboledas de sombra. Y las omnipresentes palmeras datileras se elevaban sobre el paisaje.

Tras la caminata por el desierto, donde sólo habían encontrado un puñado de arbustos descuidados y lánguidos brotes de juncia, el oasis de Shisur constituía todo un Edén.

En el pueblo no se percibía ni un solo movimiento, parecía desierto. Los vientos volvían a azotar el paisaje con el avance de la tempestad. Los remolinos de polvo centrifugaban arrastrando los desperdicios que encontraban por el suelo, y las cortinas de tela se agitaban a través de las ventanas abiertas.

—Aquí no hay nadie —resolvió Clay.

Omaha dio un paso al frente para escudriñar la pequeña aldea.

—Han sido evacuados. Aunque la verdad es que este lugar suele estar bastante abandonado fuera de temporada. Shisur es principalmente un apeadero para los beduinos de la errante tribu de los Bait Musan, en sus constantes idas y venidas. Con el descubrimiento de las ruinas a las afueras del pueblo, el turismo comenzó a llegar hasta aquí, convirtiendo Shisur en una especie de pueblo algo más permanente, pero la verdad es que es un lugar de temporada.

—¿Y dónde están las ruinas exactamente? —preguntó Painter.

Omaha señaló hacia el norte, donde se divisaba una pequeña torreta de piedra, que se iba desmenuzando sobre los bancos de arena.

Painter pensó en un principio que se trataba de una simple roca de arenisca, una de las muchas que salpicaban las mesetas del desierto. Pero al fijarse en ella, notó que se trataba de piedras apiladas para conformar una estructura, una especie de torre de vigilancia.

—La ciudadela de Ubar —explicó Omaha—. Es el punto más elevado, las ruinas se encuentran bajo tierra, fuera de vista.

Emprendió la marcha a través del pueblo vacío.

Los demás iniciaron el tramo final hasta un lugar guarecido, avanzando en contra del viento perseverante con las caras vueltas hacia un lado para evitar las mordientes ráfagas de arena.

Painter permaneció quieto un momento más. Por fin habían logrado llegar hasta Ubar, pero... ¿qué encontrarían allí? Clavó la mirada en el peligro que les acechaba desde el norte. La tempestad cubría el horizonte, desdibujando el resto del mundo. Incluso en aquel corto instante de observación, se podía ver cómo la tempestad iba devorando el desierto.

Las chispas de electricidad estática bailoteaban en el punto en que la tempestad se encontraba con la arena. Observó en particular una enorme descarga con forma redondeada que rodó sobre la cara de una duna, como un globo empujado por el viento. Se desvaneció al instante, como si se lo hubiera tragado la arena. Sabía qué era lo que acababa de ver.

Un rayo globular.

El mismo fenómeno que provocó la explosión del meteorito en el Museo Británico.

Habían vuelto al punto de partida.

Una voz le sobresaltó por encima de su hombro.

—El genio azul de las arenas —dijo Barak, que también había observado el fenómeno—. Las tempestades hacen salir al genio.

Painter miró a Barak, preguntándose si aquel hombre creía de verdad en esos espíritus malignos o si sólo utilizaba una historia increíble para explicar aquel fenómeno.

Barak pareció entender la pregunta muda.

—Sean lo que sean, nunca traen nada bueno. —Con estas palabras, partió cuesta abajo, en dirección a los demás.

Durante un momento más largo, Painter estudió la monstruosa tempestad, con los ojos doloridos por la fuerza de la arena. Aquello no había hecho más que comenzar.

Al encaminarse cuesta abajo, su mirada se perdió hacia el este. Ni un solo movimiento. La forma redondeada de las dunas lo ocultaba todo, como un mar inmenso de arena. Pero Cassandra y su equipo esperaban al otro lado.

Tiburones... esperando a su presa.

8:02 am

SAFIA NO HABÍA imaginado aquel medio de transporte, no de una tribu cuya sangre se remontaba hasta la Reina de Saba. Su buggy, aquella curiosa moto utilizada en la arena, escalaba las caras de las dunas con sus enormes ruedas de excelente tracción. Saltó por encima de la cresta de la duna, permaneció en el aire unos segundos y aterrizó con solidez sobre el otro lado. Los neumáticos y los amortiguadores redujeron el impacto.

Aún así, Safia se agarraba con fuerza, con el brazo sano, a la barra que había delante de ella, como si fuera uno de esos pestillos de seguridad de las atracciones de feria. Kara se sujetaba de la misma forma, con los nudillos blancos por la tensión. Las dos vestían túnicas del desierto, con la capucha echada y sujeta con un pañuelo alrededor de la parte inferior de la cara, que les resguardaba a la vez del sol y del viento hiriente. También llevaban gafas polarizadas para protegerse los ojos.

Lu´lu se encontraba en la parte delantera, sentada junto a la conductora, una joven de dieciséis años llamada Jehd. La conductora, o piloto, según el momento, mantenía los labios apretados con firmeza, con cierto brillo de emoción en la mirada.

Les seguían el resto de buggys, cada uno cargado con cinco mujeres del clan. Se entrecruzaban para evitar la lluvia de arena que escupían los vehículos de delante. A cada lado, flanqueando los buggys, avanzaba una docena de motos de arena, provistas de neumáticos con cámara de protección, que seguían la estela de los vehículos mayores y saltaban por lo alto de las dunas.

La velocidad de la caravana se debía a la pura necesidad.

La tempestad se dirigía hacia ellas desde el norte como un bólido disparado.

Al salir del laberinto de túneles subterráneos, Safia se encontró al otro lado de las Montañas de Dhofar, al límite del Rub´ al-Khali. Habían cruzado por debajo de toda la cadena montañosa, a través de antiguos canales de ríos subterráneos, excavados por el agua en la roca caliza.

A la salida les esperaban los buggys y las motos. Kara había preguntado por el medio de transporte, suponiendo que viajarían en camellos. Pero Lu´lu les había dicho: *Puede que nuestras raíces daten de tiempos muy antiguos, pero vivimos en el presente.* Las Rahim no habían pasado la totalidad de sus vidas en el desierto, sino que, al igual que la Reina de Saba, había recorrido otras tierras; las mujeres habían estudiado e incluso prosperado. Ahora poseían cuentas bancarias, carteras de valores, posesiones inmobiliarias y futuros de crudo.

El grupo se dirigía en ese momento hacia Shisur, intentando adelantar a la tempestad.

Safia no había mostrado ningún inconveniente a aquella presteza. No sabía cuánto tiempo más funcionaría la artimaña que había utilizado para engañar a Cassandra; si querían descubrir Ubar antes que ella, necesitarían hasta la más mínima ventaja.

Lu´lu y las demás mujeres contaban con que Safia las guiara. En palabras de la propia *hodja*: *Las claves se te revelaron por sí mismas, y lo mismo ocurrirá con las Puertas.* Safia rezaba por que así fuera. Para llegar hasta allí había utilizado su intuición y sus conocimientos, y esperaba que la experiencia acumulada le ayudase en el resto del camino.

En el asiento delantero, Lu´lu sacó un walkie-talkie Motorola, escuchó un instante y luego respondió. Pero las palabras se perdieron entre el ruido de los motores y los torrentes de viento. Una vez terminada su conversación, se volvió hacia Safia todo lo que el cinturón de seguridad le permitió.

—Puede que tengamos problemas —gritó Lu´lu—. La avanzadilla que enviamos nos informa de que una pequeña banda de extranjeros ha entrado en Shisur.

A Safia se le subió el corazón a la garganta. *Cassandra...*

—Tal vez sólo busquen cobijo. La avanzadilla también encontró una vieja furgoneta atascada en un revolcadero de camellos.

Kara se inclinó hacia adelante.

—Esa furgoneta... ¿era una Volkswagen azul?

—¿Por qué?

—Podrían ser nuestros amigos, los que nos están ayudando.

Kara miró a Safia, con los ojos inundados de esperanza.

Lu´lu levantó el walkie-talkie de nuevo y mantuvo una breve conversación. A continuación asintió y se volvió hacia ellas.

—Era una autocaravana azul.

—¡Son ellos! —exclamó Kara—. ¿Cómo han sabido adónde nos dirigíamos?

Safia sacudió negativamente la cabeza. Parecía imposible.

—De todas formas, debemos tener cuidado. Tal vez Cassandra o sus hombres les hayan capturado.

Incluso si se tratara de sus amigos, una nueva sensación de miedo se apoderó de Safia. ¿Quién habría sobrevivido? Painter había intentado rescatarla, lo había arriesgado todo por ella y se había quedado atrás para cubrir su huida. ¿Habría conseguido salir de aquella trampa? Había escuchado el tiroteo mientras se alejaba de la tumba.

Todas las respuestas se hallaban en Shisur.

Tras otros diez minutos de recorrido a toda velocidad, la diminuta aldea de Shisur apareció por encima de la ondulación de las dunas, en un mínimo valle frondoso rodeado de desierto. El minarete de la pequeña mezquita del pueblo resaltaba entre el alboroto de chozas y pequeñas construcciones de hormigón ligero. Los buggys se detuvieron ante las últimas dunas. Unas cuantas mujeres bajaron de sus vehículos y treparon hasta la cima de las arenas. Se tumbaron en el suelo, vestidas con túnicas del color de la arena, y prepararon sus rifles de francotirador.

Temiendo una descarga accidental de tiros, Safia bajó del buggy, seguida por Kara. Subió hasta la cima de la duna, avanzando sobre las manos y las rodillas por precaución.

En la aldea no se percibía ningún movimiento. ¿Habrían oído los motores de los vehículos y se habrían puesto a cubierto, por miedo a quien se aproximara?

Safia recorrió el área con la mirada.

Hacia el norte, las ruinas cubrían unas seis hectáreas, rodeadas de unos muros que se venían abajo por el desgaste de las arenas. Varias torretas de vigilancia interrumpían los muros a intervalos regulares, como cilindros de piedra sin techo, de un piso de altura. Pero lo más llamativo de las ruinas era la ciudadela central, una estructura de tres pisos de altura, construida con piedras apiladas. El castillo reposaba sobre una colina baja que dominaba sobre una grieta profunda e inmensa en el suelo. El agujero abarcaba casi la totalidad del suelo del interior, y el fondo yacía en sombras.

Safia sabía que las ruinas de la fortaleza de la colina no eran más que la mitad de la estructura original. La otra mitad se encontraba en la parte inferior del agujero. Se destruyó con la apertura de la dolina de debajo, que hundió secciones de los muros y la mitad del castillo. La explicación a la tragedia era que se había producido por la incesante bajada del nivel freático.

Bajo la ciudad había una cisterna natural de piedra caliza. Cuando el agua del interior descendió a causa de las sequías o el uso excesivo, dejó una caverna subterránea vacía que terminó por hundirse, engullendo la mitad de la ciudad.

Un movimiento llamó la atención de Safia de nuevo hacia la aldea, a cincuenta metros de distancia.

En el quicio de una puerta apareció una figura, vestida con un *dishdasha* y con la cabeza cubierta con el tradicional pañuelo omaní. Levantó una taza en el aire.

—Acabo de poner la cafetera en el fuego. Si te apetece una taza de café recién hecho, mueve el trasero y baja hasta aquí.

Safia se puso en pie, reconociendo aquella risa desenfadada. Omaha...

Sintió tal alivio en su interior que, sin pensarlo, echó a correr cuesta abajo hacia él, con los ojos bañados en lágrimas. Cuando se dio cuenta de lo que hacía, la profundidad de aquella reacción la sorprendió.

Tropezó al llegar al camino de grava.

—¡Detente ahí mismo! —le advirtió Omaha, dando un paso atrás.

De repente, de detrás de las ventanas y puertas cercanas aparecieron varios rifles.

Una trampa...

Safia se detuvo, asombrada y herida. Pero antes de poder reaccionar, una figura saltó desde su escondite tras un muro bajo, la agarró y le dio

JAMES ROLLINS

la vuelta. Un puño la sujetó por el pelo y tiró de ella hacia atrás, dejándole el cuello al descubierto. Sintió algo en la piel de esa zona.

Una larga daga resplandeció ante sus ojos, oprimiéndole la garganta,
y una voz le susurró, con una ferocidad de hielo, que la congeló aún más
que el cuchillo de la garganta:

—Te has llevado a una de los nuestros.

Omaha apareció junto a su hombro de repente.

—Te hemos visto venir, jamás olvidaría el rostro de una persona que
intenta secuestrarme.

—¿Qué habéis hecho con la doctora al-Maaz? —le susurró la voz al
oído, oprimiendo la daga con más fuerza.

Safia se dio cuenta de que llevaba la cara cubierta por el pañuelo y las
gafas. Pensaban que era una de las otras mujeres, tal vez bandidas. Con
la respiración entrecortada por el miedo, levantó una mano y se quitó
las gafas y el pañuelo.

Omaha reaccionó tardíamente. Se quedó mirando a Safia a la cara, a
continuación arremetió contra Painter para apartar su brazo y liberarla.

—¡Dios mío! ¡Safi...! —La abrazó con fuerza.

Safia notó un dolor ardiente en el hombro.

—¡Omaha, mi brazo!

El joven se apartó de ella, a la vez que los otros se asomaban a las
ventanas y puertas.

Safia miró detrás de ella y encontró a un hombre, con la daga en la
mano. Painter. Ni siquiera había reconocido su voz. Le costaba mucho
reconciliar ese hombre con la imagen que tenía de él. Todavía sentía la
cuchilla en el cuello, el puño que la había agarrado del pelo.

Painter retrocedió un paso. Su rostro mostraba alivio, pero sus ojos
azules brillaban con una emoción casi demasiado salvaje. Vergüenza y
lamento. Apartó la mirada hacia la pendiente de la duna.

En ese momento aparecieron las motos y los buggys alineados, revo-
lucionando los motores. Las Rahim se habían preparado para acudir a
rescatarla. Un puñado de mujeres, todas vestidas como Safia, aparecieron tras las esquinas de los edificios cercanos, con rifles al hombro.

Kara apareció corriendo cuesta abajo, agitando los brazos.

—¡Todo el mundo tranquilo! —gritó—. ¡Ha sido un malentendido!

Omaha sacudió la cabeza.

—Esa mujer no necesita quitarse la capucha y el pañuelo, reconocería ese alarido de mando a la legua.

—Kara... —dijo Painter, asombrado—. ¿Pero cómo...?

Omaha se volvió hacia Safia.

—¿Te encuentras bien?

—Sí, estoy bien —consiguió vocalizar.

Kara se unió a ellos y se quitó el pañuelo.

—Dejadla tranquila —les hizo un gesto para que se apartaran—. Haced un poco de sitio para que respire.

Omaha se echó hacia atrás y señaló con la cabeza hacia la cuesta de la duna. Las Rahim habían comenzado a descender, cautelosamente.

—¿Y quiénes son tus amigos?

Kara se encogió de hombros.

—Eso costará un poco más de explicar.

8:22 am
En pleno desierto

CASSANDRA ENTRÓ EN la tienda de campaña, un modelo de supervivencia del ejército estadounidense, diseñado para soportar vientos de hasta ciento treinta kilómetros por hora. La había reforzado con un escudo contra viento y arena en la parte de barlovento.

El equipo también estaba preparado. Los camiones de transporte más grandes habían sido posicionados a modo de parabrisas.

En su tienda, Cassandra se sacudió la arena de la ropa. Llevaba un sombrero de ala ancha atado por detrás de las orejas, y la cara cubierta con un pañuelo. Los vientos azotaban las filas de tiendas de campaña con fuerza, chasqueando la tela con cólera y haciendo que la arena se colara por el suelo de éstas en gruesas capas. La tempestad rugía como un tren de mercancías.

Acababa de regresar de inspeccionar el despliegue, para asegurarse de que los helicópteros monoplaza estuviesen bien amarrados a tierra. Sus hombres ya habían colocado las balizas del GPS para fijar sus posiciones, coordinándolas con los satélites de órbita fija. En breve debían aparecer los datos en su sistema cartográfico computerizado.

A Cassandra le quedaban un par de horas antes de que la electricidad estática de la tempestad amenazara los equipos electrónicos, obligándole a apagarlos. Tiempo suficiente para interceptar los datos del satélite LANDSAT, en proceso de intercepción de las balizas del GPS. El radar del satélite tenía la capacidad de ahondar casi veinte metros bajo la arena, una indicación de por dónde empezar a excavar. En cuanto la tempestad pasara de largo, su equipo se pondría a trabajar con excavadoras y palas. Para cuando alguien se enterara de la excavación, ya habrían desaparecido.

Ése era el plan.

El interior de la tienda de Cassandra era espartano. Un catre y una manta de lana. El resto de la tienda lo constituía un elaborado sistema de comunicación por satélite. Tenía el resto de dispositivos electrónicos en mochilas y bolsas de almacenamiento.

Cruzó hasta el ordenador portátil y utilizó el catre a modo de asiento. Conectó con JPL en Houston y tecleó la autorización necesaria para acceder a los datos de LANDSAT. El pase debería haberse completado hacía cinco minutos. Los datos la estaban esperando. Tecleó el código e inició la descarga.

Una ver terminada, se sentó a mirar la pantalla, que poco a poco se fue llenando con una fotografía del desierto. Observó sus vehículos, tiendas e incluso la letrina móvil. Era el pase de reconocimiento. Una alineación perfecta.

La segunda imagen comenzó a cargarse en la pantalla del portátil, un escaneado más profundo.

Cassandra se inclinó hacia la imagen.

El terreno mostraba una conformación diferente, revelando el lecho de roca bajo la arena. Se trataba de fósiles de tiempos antiguos, conservados en la piedra caliza. Aunque la mayoría del terreno era plano, se percibía un antiguo cauce de río en una esquina de la pantalla, que terminó por abrir en el antiguo lecho de un lago, enterrado bajo aquel emplazamiento.

Cassandra estudió el paisaje, una fotografía de otra época.

No percibió nada destacado. Ni cráteres de meteorito, ni ningún artefacto intrigante.

Se incorporó en su posición. Se lo enviaría a un par de geólogos que trabajaban para el Gremio. Tal vez pudieran darle más datos.

Un sonido llamó su atención, y se dio la vuelta.

John Kane entró cojeando.

—Hemos captado la señal de la doctora al-Maaz.

Cassandra se giró por completo para mirarle de frente.

—¿Cuándo y dónde?

—Hace ocho minutos. Nos costó varios minutos más fijar su posición. La señal intermitente apareció a quince kilómetros hacia el oeste. Cuando conseguimos triangularla, se había detenido; ahora se encuentra a unos diez kilómetros de aquí.

Se acercó hasta el mapa extendido sobre la mesa de trabajo de Cassandra y señaló un punto con el dedo.

—Justo aquí.

Cassandra se inclinó para leer el nombre.

—Shisur. ¿Qué hay allí?

—Le he preguntado a uno de los técnicos de Thumrait. Dice que ahí es donde se encontraron las antiguas ruinas de Ubar, en los años noventa.

Cassandra se quedó mirando el mapa. Sus líneas de color rojo y azul aún parecían frescas. El círculo rojo marcaba su posición actual. Colocó el dedo sobre el círculo y lo movió, retrocediendo a lo largo de la línea roja.

Pasaba por encima de Shisur.

Cerró los ojos. Recordó de nuevo la expresión de la conservadora del museo cuando ella misma dibujó el círculo. Había continuado estudiando el mapa, con los ojos distantes, como calculando en su cabeza.

—¡Maldita zorra! —El dedo de Cassandra se cerró hasta formar un puño. La furia la poseía por dentro, pero en lo más profundo sintió una llamarada de respeto.

John Kane la miraba con el entrecejo fruncido.

Cassandra se fijó en la imagen del LANDSAT.

—Aquí no hay nada, nos la ha jugado. Estamos en la ubicación equivocada.

—¿Cómo?

Se volvió hacia Kane.

—Reúne a los hombres. Nos vamos. Quiero los camiones en movimiento en menos de diez minutos.

—Pero la tempestad...

—¡Al infierno! Tenemos tiempo suficiente. Nos vamos, no podemos permitir quedarnos aquí bloqueados —continuó con las instrucciones para Kane—. Dejad el equipo, las tiendas, los suministros. Coged sólo las armas.

Kane echó un vistazo a la tienda.

Cassandra se giró hacia uno de los maletines. Lo abrió de golpe y extrajo un radiotransmisor digital de mano. Lo puso en marcha, eligió la frecuencia adecuada y buscó la correspondencia con el transmisor implantado en Safia.

Tenía un dedo sobre el botón del transmisor. Un movimiento y la bala de C4 implantada en el cuello de la mujer explotaría, sesgándole en dos la columna y matándola al instante. Sintió una necesidad poderosa de apretar aquel botón. Pero tal vez aún necesitara de sus habilidades. Decidió apagar la unidad.

No fue la compasión lo que detuvo su mano. Safia había demostrado sus destrezas para resolver acertijos, y quizás aún pudieran hacer uso de esa capacidad. Pero lo que más le hizo detenerse fue que no sabía si Painter se encontraría a su lado o no.

Aquello era importante.

Cassandra quería que Painter viera a Safia morir.

17
LA CERRADURA
ⴸⵀⴱⴱⴲⴲⵀⵝⵎⴲⵀ

4 de diciembre, 9:07 am
Shisur

Sᴀꜰɪᴀ ꜱᴇ ᴄᴏʟᴏᴄó perfectamente las gafas de protección.

—¿Tiene todo el mundo su equipo?

—Parece que no falta nada —dijo Clay junto al marco de la puerta. Tenían cubiertas con tablas las ventanas del edificio de adobe. Habían elegido esta casa en particular porque tenía una puerta maciza capaz de resistir el vendaval. También se abría hacia el sur, apartada del ataque directo de la tempestad.

A través del hueco de la puerta, Safia pudo ver que el claro cielo de la mañana había desaparecido, oscurecido por la arena que arrastrada por el viento había convertido el entorno en un inquietante crepúsculo. Nubes de polvo oscurecían el sol. Más cerca de ellos, ríos de zigzagueante arena corrían por las callejuelas a ambos lados de la casa, arremolinándose frente a la puerta. Aquello no era más que la vanguardia de la tempestad. Porque, más lejos, el núcleo de la tempestad de arena se agitaba y rugía, como una bestia enfurecida, avanzando a través del desierto.

No les quedaba mucho tiempo.

Safia clavó la mirada en el grupo reunido en la destartalada habitación. La mayoría de los edificios de Shisur estaban abiertos o sin echar la llave en la cerradura. Antes de marcharse, los residentes ocasionales habían arrancado todo de las paredes, desnudas ahora hasta el enlucido, sin dejar ⟍

nada que se pudiera robar, salvo unos pocos cacharros de barro medio rotos, un plato sucio y agrietado en el fregadero, y un puñado de escorpiones de un tono verdusco pálido. Hasta las cortinas se habían llevado.

—Todos vosotros tenéis un sitio asignado donde buscar —dijo Safia que había clavado un mapa en la pared.

Había dividido la zona en cinco secciones, una para cada uno de los detectores de metales recuperados de las ruinas del barracón de trabajo. Tenían radios Motorola para mantenerse en contacto. Todos ellos, menos las niñas más jovencitas, tenían asignada una cuadrícula del mapa para ayudar en la búsqueda e iban armados de picos, azadas y palas.

—Si detectáis algo, marcadlo. Dejad que vuestros compañeros lo desentierren. En marcha. No dejéis de buscar.

Todos asintieron con la cabeza, admitiendo sus órdenes. Los buscadores iban enfundados en una especie de túnica de un tono sepia especial para el desierto que les había entregado Lu'lu. Llevaban la cara cubierta y los ojos resguardados tras unas gafas protectoras. Era como si se estuvieran preparando para una búsqueda submarina.

—Si encontráis algo significativo, decidlo por la radio. Iré a verlo. Y acordaros de esto... —Con el brazo extendido, dio unos golpecitos sobre el reloj de pulsera—. Dentro de cuarenta y cinco minutos debemos volver aquí. Lo más fuerte de la tempestad va a pasar sobre nosotros poco antes de una hora. Aguantaremos lo peor de la tempestad aquí, examinaremos cualquier cosa que encontremos y nos iremos cuando el viento se calme. ¿Alguna pregunta?

Nadie levantó la mano.

—Entonces, vamos allá.

Los treinta buscadores salieron a enfrentarse a la tempestad. Dado que la ciudadela era el punto más lógico en el que buscar las Puertas de Ubar, Safia dirigió a la mayoría de los componentes del equipo a las ruinas de la fortaleza, para que centraran en ellas su atención. Painter y Clay arrastraban el radar cuya señal podía penetrar bien en el terreno. Barak llevaba el detector de metales colgado del hombro como si fuera un fusil. Tras él, Coral y Kara iban cargadas de herramientas para excavar. En último lugar les seguían Lu'lu y Jehd, la conductora del buggy. Las Rahim habían formado equipos entre ellas para emprender la búsqueda en el resto de cuadrículas.

Safia dio la vuelta a la esquina del edificio de adobe e inmediatamente sintió la enorme fuerza del viento, que le hizo retroceder. Era como si la mano rugosa y abrasadora de un dios furioso la empujara hacia atrás. Inclinó el cuerpo adelante, contra el viento, y avanzó hacia las puertas de entrada a las ruinas.

A pesar de todo, advirtió que Painter estaba estudiando a la *hodja*. Todos habían intercambiado sus respectivos relatos al reunirse, lo que les había puesto sobre ascuas. Naturalmente, el relato de Safia fue el más sorprendente y al parecer el más fantástico: el de una secreta tribu de mujeres, dotadas de extraños poderes mentales a causa de cierta fuente en el centro de Ubar, cuyo linaje se remontaba a la Reina de Saba. Aunque los ojos de Painter estaban cubiertos por las gafas de protección y el rostro envuelto en el pañuelo de explorador, su postura expresaba dudas y desconfianza. Mantenía un paso cansino entre Safia y la *hodja*.

Atravesaron la aldea en sí y traspasaron las puertas de madera que daban entrada a las ruinas. Cada equipo se encaminó a la cuadrícula que le había sido asignada. Omaha y Danny levantaron los brazos para saludar al encaminarse hacia la dolina situada bajo la ciudadela. Con su experiencia en tareas de campo, los dos hombres supervisarían la búsqueda en la dolina. La sima era otro punto donde se podría producir un hallazgo significativo, ya que un extremo de la imponente fortaleza se había desplomado en aquella hondonada.

Aun así, Omaha no se había mostrado muy satisfecho con la tarea que se le había asignado. Desde la llegada de Safia la seguía como su propia sombra, se sentaba junto a ella y rara vez apartaba sus ojos de ella, lo que hizo que ella sintiera un arrebato ante tantas atenciones, mitad turbación y mitad irritación. Pero comprendía el alivio que Omaha demostró al encontrarla viva, y no le molestaban sus atenciones.

Painter, por otra parte, se mostraba distante de ella, desapasionado y cínico. Se mantuvo ocupado, escuchando el relato de Safia sin evidenciar reacción alguna. Algo había cambiado entre ellos y se había vuelto embarazoso. Ella sabía lo que era. Se contuvo para no frotarse el cuello con la mano, donde él había puesto la daga, descubriendo una faceta de sí mismo, un aspecto feroz, más aguzado que la daga. Ninguno de los dos sabía cómo reaccionar. Ella quedó muy conmocionada, inquieta. Él se encerró en sí mismo.

419

Centrándose en el misterio que allí se daba, Safia dirigió a su equipo por un sendero empinado hacia la fortaleza de la colina. A medida que subían, toda la red de ruinas se iba revelando ante ellos. Había transcurrido una década desde que Safia viera aquellas ruinas por última vez. Antes únicamente estaban la ciudadela, tan deteriorada que sólo era un montón de piedras, y un pequeño trozo de la muralla. Ahora, los arqueólogos habían retirado las arenas que cubrían todo el baluarte y lo habían rehecho parcialmente, junto con las recias bases de las siete torres que en tiempos guardaron las murallas.

Incluso la dolina de casi diez metros de profundidad se había excavado y examinado a fondo.

Pero era la ciudadela lo que más atención había recibido. Las piedras amontonadas se habían vuelto a ensamblar como un rompecabezas. La base del castillo era de forma cuadrangular, de unos treinta metros por cada lado, y sobre ella se alzaba su redonda atalaya.

Safia se imaginaba a los centinelas recorriendo los parapetos, recelosos de los merodeadores y al tanto de las caravanas que se acercaban. Por debajo de la fortaleza había florecido una ciudad muy activa: los mercaderes pregonaban sus mercancías de alfarería artesanal, paños teñidos, alfombras de lana, aceite de oliva, cerveza de palma y licor de dátiles; los canteros y albañiles trabajaban para construir muros más altos; y por toda la ciudad los perros ladraban, los burros rebuznaban y los niños corrían entre los puestos del mercado alegrando todo con sus risas. Por fuera de los muros, unos campos bien regados llenaban de colores el suelo con cultivos de sorgo, algodón, trigo y cebada. Había sido un oasis de comercio y vida.

Los ojos de Safia se volvieron hacia la dolina, recordando... Recordando que un mal día todo aquello se acabó. Una ciudad destruida. Gentes que huían de ella presas de un terror supersticioso. Y así fue como Ubar se desvaneció con el paso de las arenas y de los años.

Pero todo eso estaba en la superficie. Las narraciones sobre Ubar calaban mucho más profundamente, relatos de poderes mágicos, reyes tiránicos, enormes tesoros, una ciudad de mil columnas.

Safia miró a las dos mujeres, una anciana y una joven, gemelas idénticas separadas por décadas. ¿Qué coherencia podían tener los dos relatos de Ubar, el místico y el mundano? Las respuestas estaban escondidas allí, Safia estaba segura.

Al llegar a la puerta que daba acceso a la ciudadela levantó la vista hacia la fortaleza.

Painter encendió una linterna y proyectó un haz de luz en el oscuro interior de la ciudadela.

—Debemos empezar nuestra búsqueda.

Safia cruzó el umbral. Tan pronto como entró en la fortaleza, el viento cesó por completo y se atenuó el distante estruendo de la tempestad de arena.

Lu'lu se unió a ella entonces.

Barak las siguió, poniendo en funcionamiento el detector de metales. Inicio un barrido tras ella como si quisiera borrar sus huellas de la arena.

A siete pasos de la entrada se abría una cámara sin ventanas, una caverna hecha por el hombre. Las ruinas del muro trasero formaban un montón irregular de piedras.

—Barre el suelo con el detector —dijo Safia a Barak.

El talludo árabe asintió con la cabeza y empezó a buscar cualquier artefacto que pudiera estar oculto.

Painter y Clay montaron el radar tal como ella les había indicado para que su señal pudiera penetrar bien en el suelo.

Safia recorrió con la luz de su linterna las paredes y el techo. No tenían adorno alguno. En otro momento, alguien había encendido una hoguera de campamento allí. El hollín manchaba el techo.

Safia fue recorriendo todo el suelo buscando pistas. Barak iba y volvía atento al detector de metales con el que buscaba por las paredes y el suelo. Como la sala era pequeña no necesitó mucho tiempo. Pero acabó con las manos vacías. Aquel trasto no produjo ni un solo pitido.

Safia se paró en medio de la sala. Esta cámara era el único sanctasanctórum que todavía quedaba. La torre que se alzaba sobre él se había desplomado, destruyendo cuantas salas había por encima.

Painter activó el radar de penetración en el suelo y encendió su monitor portátil. Clay entró en la sala arrastrando lentamente sobre el suelo de piedra arenisca el trineo rojo del radar, del que tiraba como un buey uncido al yugo. Safia se inclinó para examinar la imagen del barrido, más acostumbrada a leer los resultados. Si había algunas salas secretas a modo de sótano, su imagen se evidenciaría en el radar.

Pero la pantalla siguió oscura. Nada. Roca viva. Pura piedra caliza.

Safia se irguió. Si había algún corazón secreto en Ubar, tenía que estar bajo tierra. ¿Pero dónde?

Tal vez Omaha tendría más suerte con su equipo.

Safia levantó su radio.

—Omaha, ¿me oyes?

Una breve pausa.

—Sí, dime. ¿Has encontrado algo?

—Nada. ¿Hay algo en el foso?

—Estamos a punto de acabar con el barrido, pero no hemos visto nada hasta el momento.

Safia torció el gesto. Éstos eran los dos mejores sitios en los que se podía esperar una respuesta. Allí había estado el centro espiritual de Ubar, su sede real. La anciana reina desearía tener un acceso inmediato al corazón secreto de Ubar. Habría mantenido cerca de él la entrada.

Safia se volvió hacia Lu'lu.

—Mencionaste que, después de la tragedia, la reina selló Ubar y dispersó sus llaves.

Lu'lu asintió con la cabeza.

—Hasta el momento en que Ubar esté dispuesta para abrirse de nuevo.

—Así pues, la puerta no se destruyó cuando se abrió la dolina. —Eso era tener suerte. Demasiada suerte. Reflexionó un instante, presintiendo una pista.

—Tal vez deberíamos traer las llaves aquí —dijo Painter.

—No. —Ella descartó esta posibilidad. Las llaves sólo serían importantes una vez que se encontrara la puerta. Pero, ¿dónde, sino en la ciudadela?

Painter suspiró con los brazos cruzados.

—¿Qué tal si volvemos a regular el radar? Aumentando la intensidad penetraríamos más en el terreno...

Safia negó con la cabeza.

—No, no, estamos enfocando mal todo esto. Demasiada tecnología punta. Eso no va a resolver este rompecabezas.

Painter hizo un leve gesto de desagrado. La tecnología era su especialidad.

—Estamos enfocándolo desde un punto de vista demasiado moderno. Detectores de metales, radar, cuadrículas, planos en los que situar las cosas... Todo esto ya se hizo antes. La puerta, para conservarse bien todo este tiempo, tiene que estar dentro del paisaje natural. Oculta a plena vista. O de otra manera la habríamos encontrado antes. Tenemos que dejar de guiarnos por las herramientas y empezar a pensar con la cabeza.

Al terminar de hablar vio que Lu'lu tenía la vista clavada en ella. La *hodja* tenía las facciones de la reina que había sellado Ubar. ¿Pero compartían ambas la misma naturaleza?

Safia imaginó a Reginald Kensington envuelto para siempre en cristal, un símbolo del dolor y el tormento. La *hodja* se había mantenido en silencio todos estos años. Debía haber desenterrado el cuerpo, llevándoselo a su guarida de las montañas, donde lo escondió. Sólo el descubrimiento de las llaves de Ubar había roto el silencio de la mujer y liberado su lengua para que revelara sus secretos. Había una despiadada resolución en todo esto.

Y si la anciana reina había sido como la *hodja*, habría protegido Ubar con esa misma resolución despiadada, una falta de compasión que rayaba en la crueldad.

Safia sintió que se le helaba la sangre en las venas al recordar su pregunta inicial. *¿Cómo resistió la puerta el hundimiento de la dolina?* Conocía la respuesta. Cerró los ojos consternada ante lo que ahora imaginaba. Había estado contemplando esto de una manera completamente errónea. Al revés. Ahora todo tenía sentido, todo era angustioso.

Painter debió advertir su repentina turbación.

—¿Safia...?

—Sé cómo se selló la puerta.

9:32 am

Painter regresó apresuradamente del edificio de adobe. Safia le había mandado ir a toda prisa a traer el escáner Rad-X, que había formado parte del equipamiento del todo terreno de Cassandra. Aparentemente Cassandra había llegado a demostrar su funcionamiento a Safia allá en Salalah, enseñándole que el corazón de hierro mostraba un signo revelador de desintegración de antimateria, para convencer a Safia de la verdadera razón de esa búsqueda.

Junto con el escáner, Painter había descubierto una caja llena de equipo de análisis, más avanzado de lo que él estaba acostumbrado a ver, y que produjo un destello de codicia en los ojos de Coral cuando ésta vio todo aquel equipo. Su único comentario fue:

—Bonitos juguetes.

Painter cargó con toda la caja. Safia iba detrás de algo.

La tempestad lo zarandeó cuando cruzó la puerta de madera para entrar en las ruinas. La arena aguijoneaba todo centímetro de piel descubierta y el viento agitaba su pañuelo de explorador y su túnica. Se inclinó para resistir mejor el viento. El día se había convertido en crepúsculo. Y aquello no era más que el borde del frente de la tempestad.

Hacia el norte, el mundo terminaba en un muro de oscuridad, solamente roto por el crepitar de unos azulados destellos. Cargas estáticas. Painter podía oler la electricidad en el aire. La NASA había hecho estudios para un proyecto de misión a Marte a fin de juzgar cuál sería el comportamiento del equipo y de los hombres en tales tempestades de arena. El polvo y la arena no eran lo más peligroso para los equipos electrónicos, sino la extremada carga estática en el aire, formada por una combinación de aire seco y energía cinética. Suficiente para quemar en pocos segundos los circuitos y crear dolorosas lesiones en la piel. Y esta tempestad estaba formando ahora un gigantesco torbellino de electricidad estática.

Que estaba a punto de pasar por encima de ellos.

Painter se encaminó hacia la colina baja, avanzando trabajosamente a través del viento y de las ráfagas de arena. Cuando llegó a ella, en vez de subir tomó el empinado camino hacia abajo que llevaba a lo más profundo de la dolina. La profunda hondonada se extendía de este a oeste a lo largo de su eje mayor. En el extremo occidental la ciudadela se asentaba en lo alto de la colina, manteniéndose vigilante sobre la dolina.

Safia y su equipo se agazaparon al otro lado, en el extremo oriental de la sima. Para entonces, las Rahim se habían agrupado, también, en el borde de la hondonada. La mayoría de las mujeres estaban tumbadas boca abajo para minimizar su exposición al viento.

Desentendiéndose de ellas, Painter se deslizó cuesta abajo por el arenoso sendero. Al llegar al fondo, echó a correr con todas sus fuerzas.

Safia, Omaha y Kara se inclinaron sobre el monitor de la unidad de radar para exploración subterránea. Safia dio unos golpecitos con el índice sobre la pantalla.

—Justo aquí. Mirad esa cavidad. Sólo está a un metro de la superficie.

Omaha se incorporó.

—Clay, empuja el radar medio metro hacia aquí. Así, ya está bien—. Volvió inclinarse de nuevo sobre el monitor.

Painter se unió a ellos.

—¿Qué habéis encontrado?

—Una cámara —dijo Safia.

Omaha frunció el ceño.

—Sólo son los restos del antiguo pozo. Hace mucho que se secó. Estoy seguro de que ya está documentado por otros investigadores.

Painter se acercó más cuando Omaha pulsó un botón del monitor, en cuya pantalla apareció un vago corte transversal en tres dimensiones del terreno por debajo del radar. Era de forma cónica, estrecho en la parte superior y más ancho en el fondo.

—Sólo tiene unos tres metros de anchura máxima —dijo Omaha—. Nada más que una parte no desplomada aún de la cisterna original.

—Parece una cavidad ciega — afirmó Kara.

Safia se levantó.

—No, no lo es—. Miró fijamente a Painter—. ¿Has traído el detector de radiación?

Painter levantó la caja.

—Aquí está.

—Pasa el escáner.

Painter abrió la caja, insertó la varilla de detección en la base de escáner Rad-x y lo activó. La aguja roja se fue moviendo adelante y atrás, regulándolo. La parpadeante lucecilla verde se convirtió en un brillo continuado.

—Todo listo.

Se movió lentamente en círculo. ¿Qué sospechaba Safia?

La aguja roja se mantuvo inmóvil en el punto cero.

—Nada — replicó.

—Ya te dije que... —empezó Omaha.

Safia le interrumpió.

—Comprueba ahora la cara del risco —dijo señalando el muro de piedra—. Acércate.

Painter hizo lo que le decían, manteniendo el escáner por delante de él, como si fuera una varilla de zahorí. La arena se arremolinaba dentro de la hondonada, un pequeño terreno erosionado por el viento que penetraba dentro de ella. Se inclinó sobre el escáner al llegar a la pared del risco. Desplazó la varilla de detección sobre el frente rocoso, en su mayoría piedra caliza.

La aguja se agitó levemente sobre el dial.

Sujetó con mayor firmeza el escáner, protegiéndolo del viento con su propio cuerpo. La aguja se paró por fin. Era una lectura muy débil, que apenas había movido la aguja, pero *era* una lectura positiva.

—¡Aquí hay algo! —grito por encima del hombro.

Safia le replicó con un gesto.

—Tenemos que excavar donde está el trineo del radar. A un metro de profundidad. Hasta que abramos la cámara.

Omaha miró el reloj.

—Sólo nos quedan otros veinte minutos.

—Podemos hacerlo. Sólo se trata de arena amontonada y piedras pequeñas. Si varias personas cavan al mismo tiempo...

Painter asintió, animado por un nuevo estímulo.

—Adelante.

En menos de un minuto, un corro de excavadores estaba en plena faena.

Safia se mantuvo apartada, balanceando el brazo en el cabestrillo.

—¿Estás dispuesta a explicarte? —dijo Omaha.

Safia asintió con la cabeza.

—Tenía que estar segura. Hemos estado pensando en todo esto de una manera totalmente errónea. Todos sabemos que la dolina se abrió bajo el pueblo de Ubar y destruyó la mitad de la ciudad, y que sus gentes huyeron de él empujados por un temor supersticioso de la ira de Dios. Después de ese desastre, la última reina de Ubar selló su corazón, para proteger sus secretos.

—¿Y qué? —preguntó Kara, de pie tras las *hodja*.

—¿No te parece extraño que la puerta se salvara precisamente durante la devastación que se produjo aquí? Que cuando las gentes huían, la reina se quedara atrás y realizara todos estos actos secretos: sellar la puerta de tal manera que nunca haya sido descubierta, forjar y ocultar las llaves en lugares sagrados en aquellos tiempos.

—Bueno, supongo que sí —dijo Kara.

Omaha se alegró visiblemente.

—Ya te entiendo —miró a los excavadores y luego a Safia, tomándola por su brazo ileso—. Hemos estado enfocando esto completamente al revés.

—¿Se molestará alguien en explicarnos todo esto a nosotros, simples mortales? —preguntó Painter, irritado por la agudeza de Omaha.

Omaha se explicó.

—La cronología tiene que estar mal. Es lo de la gallina y el huevo. Hemos creído que la dolina era la *razón* por la que se selló Ubar.

—Consideradlo ahora bajo una nueva luz —añadió Safia—. Como si vosotros fuerais la reina. ¿Qué significaría tal desastre para la casa real? La auténtica riqueza de Ubar, la fuente de su poder, estaba en otro lugar. La reina podía haber reconstruido la ciudad, así de sencillo. Tenía riqueza y poder suficientes para ello.

Omaha metió baza, como si formara un equipo con Safia.

—La ciudad no era importante. Sólo era una máscara que ocultaba la verdadera Ubar. Una fachada nada más. Una herramienta.

—A la que se dio un uso nuevo —interrumpió Safia—. Un medio para ocultar la puerta.

Kara movió la cabeza a todas luces tan confundida como Painter.

Omaha suspiró.

—Algo aterró ciertamente a la reina, lo suficiente para apartarla de la riqueza y el poder de Ubar, obligándola a vivir junto con sus descendientes una existencia nómada al borde de la civilización. ¿De verdad creéis que una simple dolina como ésta lo habría hecho?

—Supongo que no —dijo Painter, dándose cuenta de la creciente excitación entre Safia y Omaha, que se encontraban en su elemento. Él quedaba excluido, como simple observador desde fuera. Sintió el escozor de los celos.

Safia retomó el hilo.

—Algo aterrorizó a la familia real, tanto como para que quisiera aislar Ubar del resto del mundo. No sé qué suceso sería, pero la reina no actuó temerariamente. Caed en la cuenta de lo metódicos que fueron después sus preparativos. Hizo unas llaves, las ocultó en lugares sagrados para el pueblo, envolviéndolas en secretos. ¿Suena esto a respuesta irracional? Todo fue debidamente calculado, planificado y ejecutado. Como lo fue su primer paso para sellar Ubar.

Safia miró a Omaha.

Éste llenó el último hueco.

—La reina hizo deliberadamente que la dolina se viniera abajo.

Un momento de perplejo silencio siguió a la frase.

—¿Destruyó su propia ciudad? —preguntó finalmente Kara—. ¿Por qué?

Safia asintió con la cabeza.

—La ciudad sólo era un medio para un fin. La reina hizo de ella su uso final: Enterrar la puerta de Ubar.

Omaha recorrió con la vista todo el perímetro.

—El acto tuvo también una finalidad psicológica. Ahuyentó a las gentes y las aterró hasta tal punto que jamás se volvieran a acercar. Sospecho que la propia reina difundió algunos de los embustes acerca de la ira de Dios. ¿Qué mejor manera de colgar un religioso cartelón de "prohibido el paso" en estas tierras?

—¿Cómo has llegado a esa conclusión? —preguntó Painter.

—Sólo ha sido una conjetura —dijo Safia—. Y tenía que probarla. Si la dolina se usó para enterrar algo, es indiscutible que algo debe haber aquí abajo. Como los detectores de metales no descubrieron nada, o el objeto estaba a mucha profundidad o era algún tipo de cámara.

Painter volvió a mirar a los excavadores.

Safia continuó.

—Al igual que con los enterramientos, la reina encubrió pistas tras símbolos y mitos. Incluso la primera llave. El corazón de hierro simbolizaba el corazón de Ubar. Y en la mayoría de las poblaciones el corazón de su comunidad es el pozo. Así pues, ella ocultó las Puertas de Ubar en el pozo, las enterró en la arena, al igual que el corazón de hierro que quedó sellado en arenisca, y luego hundió la dolina encima de todo aquello.

—Ahuyentando a la gente —susurró Painter quien, tras aclarar la voz, habló más claramente—. Pero, ¿qué hay del rastro de radiaciones?

—Se necesitaría dinamita para hundir esta dolina —respondió Omaha.

Safia asintió con la cabeza.

—O alguna forma de explosión de antimateria.

Painter miró a Lu'lu. La *hodja* se había mantenido estoicamente silenciosa todo el tiempo. *¿Habían utilizado sus ancestros esa clase de fuerza?*

La anciana se agitó, aparentemente advirtiendo la atención que le prestaba. Tenía los ojos ocultos tras las gafas de protección.

—No. Eso es pura difamación. La reina, nuestra antepasada, no sacrificaría a tantas personas inocentes sólo por ocultar el secreto de Ubar.

Safia se aproximó a ella.

—Jamás se encontraron restos humanos en la dolina o en torno a ella. Debió encontrar alguna manera de despejar la ciudad. Una ceremonia o algo así. Luego hundió la sima. Dudo de que alguien muriera aquí.

La *hodja* seguía sin mostrarse convencida, apartándose incluso de Safia.

Un grito surgió de entre los excavadores.

—¡Hemos encontrado algo! —gritó Danny.

Todas las miradas se volvieron hacia él.

—Venid a verlo antes de que excavemos más.

Painter y los otros se hicieron a un lado. Coral y Clay se apartaron de ellos, y Danny señaló su pala.

En el centro del agujero en forma de trinchera, la oscura arena rojiza parecía haberse convertido en nieve.

—¿Qué es esto? —preguntó Kara.

Safia se acercó, puso una rodilla en tierra y pasó la mano sobre la superficie.

—No es arena —levantó la mirada hacia los demás—. Es resina de olíbano.

—¿Qué? —preguntó Painter.

—Incienso, como suelen llamarlo —aclaró Safia, levantándose—. Lo mismo que encontramos taponando el corazón de hierro. Una costosa forma de cemento. Han taponado la parte alta de la cámara oculta como un corcho tapa una botella.

—¿Y por debajo? —preguntó Painter.

Safia se encogió de hombros.

—Sólo hay una forma de averiguarlo.

9:45 am

Cassandra sujetó firmemente su ordenador portátil mientras que el tractor oruga m4 de alta velocidad pasaba por encima de otra pequeña duna. El vehículo de transporte parecía un oscuro Winnebago apoyado sobre un par de cadenas de tanque, y a pesar de sus dieciocho toneladas de peso, avanzaba por el terreno con la eficiencia de un bmw por una autopista alemana.

Mantenía una marcha razonable, respetando el terreno y el mal tiempo. La visibilidad era casi nula, de pocos metros por delante. La arena arrastrada por el viento barría la cresta de las dunas. El cielo se había oscurecido, las nubes habían desaparecido y el sol no era más que una pálida luna por encima de ellos. Por nada del mundo quería que el tractor oruga se quedara atascado porque, si esto ocurriera, jamás lo podrían liberar. Así pues, avanzaban con mucho cuidado.

Tras ella los otros cinco todo terrenos avanzaban sobre la huella del tractor a medida que éste iba abriendo una senda en el desierto. Por detrás iban los remolques con las aeronaves monoplaza bien sujetas a ellos.

Echó un vistazo al reloj de la esquina de la pantalla del ordenador portátil. Aunque habían necesitado sus buenos quince minutos para poner en marcha la caravana, ahora estaban haciendo muy buenos tiempos. Llegarían a Shisur en otros veinte minutos.

Mantuvo la vista sobre las dos ventanas abiertas en la pantalla. Una era la señal en tiempo real de un satélite de la Administración Nacional de la Atmósfera y del Mar, que seguía la marcha de la tempestad de arena. No dudaba de que llegarían al refugio del oasis antes de que la tempestad les alcanzara de lleno, aunque por los pelos. Y más preocupante era el hecho de que el sistema costero de altas presiones se estaba desplazando hacia el interior, y que llegaría a colisionar con aquella tempestad del desierto en unas pocas horas. Todas las furias del infierno se desatarían allí durante un buen rato.

La otra ventana del monitor presentaba otro mapa de la zona, un esquema topográfico de este rincón del desierto. Mostraba todo edificio y estructura de Shisur, incluidas las ruinas. Un pequeño anillo giratorio azul, del tamaño de la goma de borrar de un lapicero, relucía en el centro de las ruinas.

La doctora Safia al-Maaz.

Cassandra miró fijamente el destello azulado. *¿Qué estás tramando?* Aquella mujer la había hecho perder el rumbo, apartándola del premio que perseguía. Safia había pensado en birlárselo a Cassandra delante de sus propias narices, usando la tempestad como tapadera. Chica lista. Pero la inteligencia sola no basta para llegar al final del camino. La fuerza material tiene la misma importancia. Sigma le había enseñado a emparejar la fuerza corporal con la fortaleza mental. *La suma de todos los hombres.* El lema de Sigma.

Cassandra iba a enseñar esa lección a la Dra. Al-Maaz.

Puedes ser muy lista, pero yo tengo la fuerza.

Miró el retrovisor en el que se podía ver la hilera de vehículos militares. Dentro, un centenar de hombres armados con el más moderno de los arsenales militares y electrónicos. Directamente detrás, en la plataforma de transporte de los tractores, viajaban John Kane y sus hombres. Los fusiles se irguieron a medida que se realizó el letal sacramento de una revista final de armas. Eran los mejores de los mejores, su guardia pretoriana.

Cassandra miró adelante según el tractor oruga avanzaba inevitablemente al frente. Trataba de penetrar con la vista en la profundidad del sombrío paisaje barrido por el viento.

La Dra. al-Maaz podría descubrir allí el tesoro.

Pero al final sería Cassandra quien se lo llevaría.

Volvió a fijar la mirada en la pantalla del ordenador portátil. La tempestad iba devorando el mapa de la región, consumiendo todo en su avance. Sobre la imagen de la otra ventana, el plano de la ciudad y las ruinas resplandecía en la tenue luz de la cabina.

De pronto, Cassandra se alarmó. El anillo azul había desaparecido del mapa.

La Dra. al-Maaz se había esfumado.

9:35 am

SAFIA COLGABA DE la escala de espeleología. Levantó la vista hacia Painter que estaba por encima de ella y la linterna de éste la cegó. Recordó repentinamente aquel momento en el museo en el que ella colgaba del techo de vidrio y él estaba por debajo animándola a que esperara la seguridad que él le proporcionaría. Sólo que ahora los papeles se habían cambiado. Él estaba encima y ella debajo. Sin embargo, y una vez más, era ella la que colgaba por encima de una caída.

—Sólo unos pocos peldaños más —dijo él, con el pañuelo agitándose en torno a su cuello.

Safia miró a Omaha que estaba debajo y mantenía lo más quieta posible la escala.

—Ya te tengo.

Pequeños trozos de incienso cayeron en torno a ella. Los pies de Omaha pisaban sobre trozos de mayor tamaño, y el aire de la cámara subterránea estaba impregnado de su aroma. Sólo habían necesitado unos pocos minutos de trabajo con los picos para perforar la cueva de forma cónica.

Una vez que se abrieron camino, Omaha bajó una vela encendida a la cueva, tanto para comprobar la existencia de oxígeno como para alumbrar el interior. Luego bajó por la escala plegable para inspeccionar por sí mismo la cámara. Esperó a quedar plenamente satisfecho antes de permitir que Safia bajara. Con el hombro herido, ésta tuvo que sacar el brazo izquierdo del cabestrillo y soportar la mayor parte de su peso con el brazo derecho.

Hizo como pudo el resto del descenso. La mano de Omaha llegó a su cintura y Safia se apoyó en ella agradecida, mientras él la ayudaba a llegar al suelo.

—Estoy bien —dijo a Omaha cuando éste mantuvo una mano sobre el hombro de Safia.

Él la retiró entonces.

Todo estaba mucho más silencioso, apartado del viento, y Safia sentía algo así como una ligera sordera.

Para entonces, Painter bajaba por la escala con rápidos movimientos. Al poco tiempo tres linternas iluminaron las paredes.

—Es como estar dentro de una pirámide —dijo Painter.

Safia asintió con la cabeza. Tres toscas paredes inclinadas hacia arriba para coincidir en el orificio superior.

Omaha se arrodilló en el suelo y pasó los dedos por él.

—Piedra arenisca —dijo Safia—. Las tres paredes y el suelo.

—¿Es significativo esto? —preguntó Painter.

—No es natural. Las paredes y el suelo son placas labradas de piedra arenisca. Esta estructura la ha hecho el hombre. La han construido sobre un lecho de roca caliza, supongo. Luego fueron echando arena sobre el exterior y cuando la tuvieron cubierta taponaron el orificio de la parte superior y cubrieron todo con más arena suelta.

Omaha miró hacia arriba.

—Y para asegurarse de que nadie la encontrara por accidente, hundieron la dolina encima y, al mismo tiempo, asustaron a toda la gente con cuentos de fantasmas.

—¿Pero por qué lo hicieron? —preguntó Painter—. ¿Qué se supone que es esto?

—¿No es evidente? —replicó Omaha con una sonrisa que sorprendió a Safia. Sus gafas protectoras le colgaban bajo la barbilla y tenía el pañuelo y la capucha echados hacia atrás. Hacía dos días que no se afeitaba y una barba incipiente le cubría las mejillas y el mentón. El pelo, revuelto, formaba mechones irregulares en su cabeza. Safia se había olvidado del aspecto que él ofrecía en el campo. Medio salvaje, indomable. Estaba en su elemento natural, como un león en la sabana.

Todo aquello le vino a la memoria sólo con la sonrisa de él.

En tiempos también ella había sido igualmente salvaje y desinhibida, su compañera, amante, amiga y colega. Y luego ocurrió lo de Tel Aviv...

—¿Qué es evidente? —preguntó Painter.

Omaha extendió un brazo.

—Esta estructura. Hoy mismo has visto una de éstas.

Painter frunció el ceño.

Safia sabía que Omaha trataba de sonsacar algo, no por malicia sino por el simple placer de inquietarle.

—Nos dimos de narices con una de éstas, pero mucho más pequeña, cuando bajamos de las montañas.

Los ojos de Painter se abrieron de par en par recorriendo con la vista aquel espacio.

—Aquellas piedras para la oración.

—Un trilito —dijo Omaha—. Estamos *dentro* de un trilito gigantesco.

Safia sospechaba que Omaha quería ponerse a dar saltos, presa de un entusiasmo contagioso. Ella misma no podía quedarse quieta.

—Tenemos que bajar las llaves aquí.

—Y de la tempestad, ¿qué? —previno Painter.

—Al diablo con la tempestad —dijo Omaha—. Tú y los otros podéis iros y esconderos en el pueblo. Yo me quedo.

Dicho aquello, clavó los ojos en Safia.

Ésta asintió con la cabeza.

—Tenemos un buen refugio aquí. Si alguien baja los artefactos de hierro, agua y unas pocas provisiones, Omaha y yo veremos qué se puede hacer. Podríamos resolver el rompecabezas para cuando haya pasado lo peor de la tempestad. De lo contrario, perderíamos todo un día.

Painter suspiró.

—Yo también me quedaré.

Omaha le hizo un gesto de despedida.

—Crowe, no nos sirves de mucho. Usando tus propias palabras de antes, éste es el terreno de *mi* especialidad. Armas, operaciones militares... eso es lo tuyo. Aquí sólo sirves para ocupar sitio.

La expresión de los ojos azules de Painter no presagiaba nada bueno y, por ello, Safia puso una mano conciliadora sobre su brazo.

—Omaha tiene razón. Tenemos radiotransmisores por si necesitamos algo. Alguien tiene que asegurarse de que todos estemos a salvo cuando nos caiga encima la tempestad.

Con evidente contrariedad, Painter empezó a subir por la escala al tiempo que pasaba su mirada de Safia a Omaha, y luego hacia la parte superior.

—Decidme por radio lo que necesitéis.

Luego hizo que salieran todos los demás, llevándolos de nuevo el refugio de las casas de adobe.

Safia cayó repentinamente en la cuenta de lo sola que se encontraba con Omaha. Lo que había parecido tan natural un momento atrás, ahora parecía extraño e incómodo, como si el aire se hubiera enrarecido súbitamente allí. La cámara parecía haberse estrechado y resultaba claustrofóbica. Tal vez no fuera una idea tan brillante lo que pensaban hacer.

—¿Por dónde empezamos? —preguntó Omaha dándole la espalda.

Safia volvió a colocar el brazo en el cabestrillo.

—Estamos buscando pistas.

Se echó atrás y pasó la luz de la linterna arriba y abajo por cada una de las paredes, que parecían idénticas en tamaño y forma. La única marca era un pequeño orificio cuadrado abierto a medio camino a lo alto de una pared, acaso un lugar en el que colocar una lámpara de aceite.

Omaha levantó del suelo un detector de metales.

Safia le hizo un gesto para que volviera a dejarlo en el suelo.

—Dudo que eso vaya a...

Tan pronto como él lo encendió, el detector emitió un pitido. Omaha arqueó las cejas.

—Para que luego digan de la suerte del principiante...

Pero a medida que pasaba el aparato por otras partes del suelo, el detector seguía emitiendo su pitido, como si el metal estuviera por todas partes. Luego lo levantó por las paredes de piedra arenisca. Más pitidos.

—Pues vamos bien —reconoció Omaha, dejando caer el detector sin más búsqueda—. Estoy empezando a coger manía a esa vieja reina.

—Que nos ha escondido una aguja en un pajar.

—Todo esto debe haber resultado muy profundo para los detectores de superficie. Es momento de recurrir a la técnica de antaño.

Omaha sacó un cuaderno y un lápiz. Con una brújula en la mano empezó a trazar un croquis del trilito.

—¿Qué hacemos con las llaves?

—Veamos, ¿qué sabemos de ellas?

—Si son de la época del hundimiento de Ubar, ¿cómo fueron a parar a una estatua de 200 años antes de Cristo? ¿O a la tumba de Job? Ubar se hundió en el año 300 después de Cristo.

—Mira en torno a ti —dijo Safia—. Eran artesanos hábiles en el trabajo de la piedra arenisca. Deben haber encontrado esos lugares sagrados, equilibrando cualquier fuente de energía que exista dentro de las llaves. Antimateria o lo que sea. E incrustaron los artefactos en elementos ya existentes en las tumbas: la estatua en Salalah, el muro de las oraciones en la tumba de Job. Luego los volvieron a sellar con piedra arenisca con una habilidad tal que hizo indetectable su trabajo artesanal.

Omaha asintió con la cabeza y siguió con su croquis.

El zumbido de la radio sobresaltó a ambos. Era Painter.

—Safia, tengo los artefactos. Voy a volver para llevaros agua y un par de raciones de comida. ¿Necesitáis algo más? El viento se está poniendo infernal.

Ella recapituló, mirando las paredes en torno a ella y entonces cayó en la cuenta de algo que les podría venir bien. Se lo dijo a Painter.

—Está bien. Os lo llevaré.

Al cerrar la conexión, vio que Omaha tenía la mirada fija en ella. Volvió a centrarse apresuradamente en su bloc de notas.

—Esto es lo mejor que puedo hacer —musitó y le mostró el diagrama.

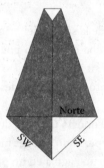

—¿Alguna opinión al respecto? —preguntó ella.

—Bueno, según la tradición las tres piedras del trilito representan la trinidad celestial. *Sada, Hird* y *Haba.*

—La luna, el sol y el lucero del alba —dijo Safia, nombrándolos tal como se los conoce hoy en día—. Una trinidad venerada por las primeras religiones de la región. Una vez más, la reina no dispensó un tratamiento preferente a unas u otras creencias.

—¿Pero qué piedra representa a cada uno de los cuerpos celestiales? —preguntó Omaha.

Safia hizo un gesto que tenía tanto de afirmación como de duda.

—¿Por dónde empezamos?

—Por la mañana diría yo. El lucero del alba aparece al amanecer en el cielo del sureste —Omaha dio unos golpes en la pared adecuada—. Esto parece bastante evidente.

—Lo que nos deja las otras dos paredes —dijo Safia, asumiendo el control de la situación—. Ahora bien, la pared norte está alineada a lo largo del eje este-oeste, a la derecha completamente.

—El recorrido que hace el sol a lo largo del día.

—Incluso ese pequeño orificio cuadrado en la pared norte podría representar una ventana, para dejar que entrara la luz del sol —se animó Safia.

—Entonces eso nos deja esta última pared como representación de la luna —Omaha dio unos pasos hacia la pared suroeste—. No sé por qué ésta representa la luna, pero Sada era la deidad predominante para las tribus del desierto de Arabia. Así que debe ser significativo.

Safia asintió. En la mayoría de las culturas el sol era la principal divinidad, primordial, dador de vida, cálido. Pero en los ardientes desiertos era letal, despiadado e implacable. Y por el contrario, la luna, Sada era la más reverenciada por su refrescante toque. La luna traía lluvias y se representaba por medio de un toro con sus cuernos en forma de medialuna. Cada cuarta fase de la luna se denominaba *Il* o *Ilah,* que con el paso de los años llegó a conocerse como un término que valía como Dios. En hebreo, *El* o *Elohim.* En árabe, *Alá.*

La luna era primordial.

—Pero esa pared está completamente desnuda —dijo Omaha.

Safia se acercó a él.

—Tiene que haber algo. —Se unió a la búsqueda. La superficie era rugosa, marcada de hoyos en algunos sitios.

Una lluvia de arena anunció la llegada de Painter.

Omaha subió hasta la mitad de la escala y pasó los suministros a Safia, que los esperaba abajo.

—¿Cómo van las cosas por ahí? —inquirió Painter al tiempo que les entregaba un bidón de cinco litros de agua.

—Poco a poco —dijo Safia.

—Pero estamos haciendo progresos —apostilló Omaha.

Painter se inclinó para hacer frente al viento. Sin la carga que antes llevaba, parecía como si la próxima ráfaga de viento huracanado fuera a tirarlo por tierra. Omaha volvió a bajar por la escala. Rociones de arena arrastrada por el viento le siguieron.

—Vuelve deprisa al refugio —gritó Safia, preocupada por la seguridad de Painter.

Éste le dedicó un saludo y se abrió camino en aquella galerna arenosa.

—¿Por dónde íbamos? —preguntó Omaha.

10:18 am

Una vez fuera de la dolina, Painter luchó contra la tempestad. Había caído una noche lúgubre. El polvo ocultaba el sol, tiñendo de rojo el mundo. La visibilidad sólo le permitía ver a unos cuantos palmos de la cara. Tenía las gafas de visión nocturna bien ajustadas, pero incluso con ellas no ganaba más allá de un metro adicional de visión. Apenas si vio las puertas cuando las atravesó a trompicones.

Entre los edificios de la aldea, la arena fluía sobre sus pies empujada por el viento, como si fuera agua de un riachuelo sobre cuyo lecho estuviera caminando. Sus ropas chisporroteaban con la electricidad estática. La notaba en el aire. Tenía la boca estropajosa y los labios agrietados y resecos.

Por fin se encontró protegido, al abrigo de su refugio. Libre ya de las feroces mordeduras de la tempestad, se sentía plenamente capaz de recuperar el aliento. La arena se agitaba en violentos remolinos que se arrastraban sobre los techos de los edificios. Caminaba con una mano apoyada en las paredes de adobe.

Unos pies frente a él, una figura difuminada en los pliegues de la oscuridad, un fantasma que cobraba forma. Un fantasma que esgrimía un fusil. Era una de las exploradoras de las Rahim, de guardia. No la había visto hasta que casi tropezó con ella. Le hizo un saludo al pasar. No obtuvo respuesta. Pasó junto a ella camino de la puerta.

Una extraña sensación le hizo detenerse y mirar atrás. Se había vuelto a marchar, se había desvanecido.

¿No era más que cosa de la tempestad, o era una parte de su capacidad para fundirse con el entorno, para oscurecer la percepción? Painter se quedó de pie frente a la puerta. Había escuchado el relato de Safia, pero parecía demasiado descabellado para creerlo. Como demostración de su capacidad mental, la *hodja* había puesto en el suelo un escorpión verde y le había hecho trazar ochos sobre el polvo, una y otra vez, dando

438

la apariencia de controlarlo. ¿Se trataba de algún truco? ¿Cómo los encantadores de serpientes?

Cuando iba a agarrar el pomo de la puerta, el viento tomó un cariz algo diferente. El rugido se había hecho tan constante que ya casi no lo oía más. Pero durante un momento se levantó un rumor más profundo, un sonido arrastrado por el viento, que no creado por el viento en sí. Se quedó inmóvil, escuchándolo de nuevo, tratando de romper el velo de la arrolladora arena. La tempestad siguió con su constante bramido. El rumor no se repitió.

¿Era de nuevo cosa de la tempestad? Miró hacia el este. Estaba seguro de que el ruido había venido de aquella dirección. Abrió de golpe la puerta y se precipitó al interior, empujado en parte por el viento.

La sala estaba llena de cuerpos. Oyó llorar a una niña arriba. No tuvo dificultad en encontrar a Coral entre las mujeres, un iceberg en un oscuro mar. Se levantó desde la posición de piernas cruzadas en que estaba. Había estado limpiando una de sus pistolas.

Al advertir su preocupación, se acercó a él con paso rápido.

—¿Qué va mal?

10:22 am

TODOS LOS CAMIONES se concentraron al abrigo de una duna, alineados como si esperaran el inicio de un desfile. Los hombres se acurrucaban en el relativo refugio de los vehículos, pero los detalles se difuminaban en la penumbra. Estaban a medio kilómetro de distancia de Shisur.

Cassandra recorrió a pie las filas en compañía de Kane. Llevaba gafas de visión nocturna, uniforme caqui de campaña y un poncho con capucha de color arena sujeto con un cinturón.

Kane avanzaba con una mano cubriendo el auricular de su radio, escuchando un informe. Una sección de veinte soldados había salido diez minutos antes.

—De acuerdo. Quedad a la espera de nuevas órdenes.

Bajó la mano y se inclinó hacia Cassandra.

—El equipo ha llegado a las afueras del pueblo.

—Haz que rodeen la zona. Tanto la ciudad como las ruinas. Que ocupen puestos ventajosos desde los que puedan disparar. Quiero que no salga de allí persona o cosa alguna.

—De acuerdo. —Volvió a hablar en el micrófono de solapa, dando órdenes.

Siguieron hasta la retaguardia de la columna, en donde seis camiones remolque cargaban con las aeronaves monoplaza. Los helicópteros estaban cubiertos por lonas y amarrados a sus soportes para transporte. Llegaron hasta los dos últimos camiones. Los hombres estaban soltando los cables que sujetaban los helicópteros, y una de las lonas salió volando, arrastrada por el viento.

Cassandra torció el gesto al verlo.

—¿Y estos son tus dos mejores pilotos? —preguntó Cassandra a Kane, cuando él dejó de hablar por la radio.

—Más les vale que lo sean, esos hijos de perra. —Los ojos de Kane estaban pendientes de la tempestad.

La vida de Cassandra y Kane dependían ahora del éxito de esta misión. El fracaso en la tumba había puesto a ambos en una situación bastante delicada. Ahora tenían que rehabilitarse ante el mando del Gremio. Pero más que eso, Cassandra detectó una cualidad idiosincrásica en aquel hombre, un nuevo salvajismo, menos humor, una furia más arraigada. Le habían vencido, mutilado y marcado. Nadie le hacía eso a John Kane y vivía para contarlo.

Llegaron al grupo de camiones remolque.

Cassandra encontró a los pilotos esperando. Se encaminó hacia ellos. Tenían los cascos de vuelo recogidos bajo el brazo, y de ellos colgaban los cables que les pasarían lso datos del radar. Volar con este tiempo obligaba a hacerlo con instrumentos nada más. No había visibilidad alguna.

Se pusieron firmes una vez que la reconocieron, lo que no dejaba de ser difícil, pues todo el mundo iba embozado y envuelto en ponchos.

Cassandra los miró de arriba a abajo.

—Gordon, Fowler. Creéis que podéis hacer volar a vuestros pajarracos en este aire, a pesar de la tempestad?

—Sí, mi capitán —reconoció Gordon. Fowler asintió con la cabeza—. Hemos acoplado filtros electrostáticos para la arena en la admisión de los motores y hemos cargado software para tempestades de arena en nuestro programa de radar. Estamos preparados.

Cassandra no vio temor en sus rostros, aunque el viento rugía con toda la furia del infierno. En realidad, ambos se mostraban decididos y entusiasmados, como dos surfistas dispuestos a cabalgar sobre olas gigantescas.

—Tenéis que manteneros en constante contacto conmigo, personalmente —dijo Cassandra—. Ya conocéis mi canal de comunicaciones.

Gestos afirmativos por parte de ambos.

—Uno explorará el pueblo y el otro las ruinas. Kane tiene un parche informático que descargará en vuestros ordenadores de a bordo. Os ayudará a captar la señal del objetivo primordial. El objetivo no debe sufrir, y repito que *no* debe sufrir daño alguno.

—Entendido —susurró Gordon.

—Cualquier otro elemento hostil ha de ser abatido en cuanto sea detectado —concluyó Cassandra.

Gestos afirmativos de nuevo.

Cassandra se apartó.

—Entonces, a volar esos pajarracos.

10:25 am

OMAHA OBSERVÓ A Safia arrodillarse y apartar arena del suelo con una mano. Le resultaba difícil concentrarse. Había olvidado lo maravilloso que era trabajar junto a ella. Advirtió las minúsculas gotas de sudor sobre su frente, la manera en que entornaba el ojo izquierdo cuando estaba intrigada, la mota de polvo en su mejilla. Ésta era la Safia que siempre había conocido... antes de Tel Aviv.

Safia siguió apartando arena.

¿Habría alguna esperanza para ellos?

Levantó la vista hacia él al ver que se había detenido.

Omaha se agitó y aclaró la voz.

—¿Qué haces? —preguntó y se acercó al sitio que ella estaba barriendo con la mano—. ¿Te ha entrado la manía de la limpieza?.

Safia se sentó y dio unas palmadas sobre la pared inclinada sobre su cabeza.

—Éste es el lado sureste. La losa del trilito que representa al lucero del alba, que sale cada día en los cielos surorientales.

—Claro, ya te lo dije. ¿Y qué?

Safia había estado trabajando en silencio los diez últimos minutos, colocando los pertrechos que Painter había llevado allí, muy metódicamente, como era su forma habitual de hacer las cosas. Había dedicado la mayor parte de este tiempo a examinar las llaves. Siempre que él trataba de interponer una pregunta, ella levantaba la palma de la mano.

Safia reanudó su barrido.

—Ya hemos determinado qué pared corresponde a cada cuerpo celestial, luna, sol o lucero del alba, pero ahora tenemos que decidir qué *llaves* corresponden a estos cuerpos celestes.

Omaha asintió con la cabeza.

—Vale, ¿qué te parece?

—Tenemos que pensar en un contexto de tiempos antiguos. Algo que Cassandra no hizo al aceptar las millas modernas como equivalentes a las romanas. La respuesta radica en eso.

Safia volvió a mirarle, sondeándole. Él miró a la pared, decidido a resolver el rompecabezas.

—El lucero del alba no es en realidad una estrella. Es un *planeta*. Venus, para ser exactos.

—Identificado y bautizado por los romanos.

Omaha se enderezó y luego se volvió para observar los artefactos.

—Venus era la diosa romana del amor y la belleza. —Se arrodilló y tocó la lanza de hierro con el busto de la Reina de Saba sobre ella—. Y aquí tenemos una auténtica belleza.

—Eso es lo que imaginé. Así pues, al igual que en la tumba de Job, debe haber un lugar donde insertarla. Un agujero en el suelo.

Ella continuó su búsqueda.

Él la imitó, pero buscó en otro sitio.

—Te has equivocado —dijo—. Lo importante es la *pared*, no el suelo.

Pasó la mano sobre la superficie y siguió con su razonamiento, disfrutando del encaje de las ideas para la resolución del rompecabezas.

—Es la losa que representa al lucero del alba, así que es en la losa donde se encontrará...

Sus palabras se interrumpieron cuando con los dedos descubrió un profundo hoyo en la pared. A la altura de la cintura en la losa. Parecía natural, fácil de pasar por alto en la sombría oscuridad. Hundió en él todo el índice. Se quedó allí como si estuviera tapando con su dedo el agujero de un barril de agua.

Safia se levantó junto a él.

—Lo encontraste.

—Trae el artefacto.

Safia se inclinó y asió la lanza de hierro. Omaha sacó el dedo del orificio y ayudó a insertar en él el extremo de la lanza. Fue un proceso difícil debido a la inclinación de la pared. Pero acabaron por acertar con la inclinación correcta y la lanza se fue introduciendo más y más a fondo. Todo el mástil de la lanza quedó enterrado hasta que sólo quedó fuera el busto, que ahora colgaba de la pared como una especie de trofeo humano.

Safia lo manipuló un poco más.

—Mira qué hendidura tiene la pared en este lado. Coincide con la mejilla del busto. —Giró la estatua y lo empujó hasta dejarlo en su lugar.

—Encaja perfectamente.

Safia dio unos pasos atrás.

—Como una llave en su cerradura.

—Fíjate hacia dónde mira ahora nuestra reina de hierro.

Safia siguió la mirada de la reina.

—La pared de la luna.

—Ahora el corazón —dijo Omaha—. ¿Corresponde a la pared del sol o de la luna?

—Yo diría que a la del sol. La luna era la deidad predominante de la región. Su suave luz traía vientos frescos y el rocío de la mañana. Pienso que sea lo que sea lo siguiente que busquemos, la llave o clave final, estará asociado con esa pared.

Omaha se encaminó hacia la pared norte.

—Así pues, el corazón pertenece a esta pared. El sol. La amante rigurosa.

Safia examinó al artefacto.

—Una diosa con corazón de hierro.

Omaha levantó el artefacto. Sólo había un sitio en el que colocarlo. En la pequeña ventana recortada en la cara de la losa norte. Pero antes de ponerlo en su sitio, pasó los dedos a lo largo del alféizar, teniendo que ponerse de puntillas para tentar el suelo del nicho.

—Hay unas hendiduras difusas aquí. Como en la pared.

—Un asiento para el corazón.

—Una cerradura y su llave.

Necesitaron varias tentativas para encontrar el ajuste entre la superficie del corazón de hierro y las hendiduras en la piedra arenisca. Al final, lo encajaron en su sitio. Se mantuvo derecho. El extremo taponado con resina de incienso apuntaba hacia la pared de la luna.

—De acuerdo, yo diría que ésa es una losa importante —dijo Omaha—. ¿Y ahora qué?

Safia pasó las manos sobre la última pared.

—Aquí no hay nada.

Omaha giró lentamente en círculo.

—Nada que podamos ver en la oscuridad.

Safia le devolvió la mirada.

—Luz. Todos los cuerpos celestiales iluminan. El sol brilla. El lucero del alba brilla.

Omaha la miró de soslayo.

—Pero, ¿sobré qué brillan?

Safia se movió hacia atrás. Volvió a comprobar la superficie de la pared anormalmente rugosa, como una especie de paisaje lunar lleno de cráteres.

—Linternas —musitó.

Cada uno de ellos tomó una del suelo. Safia se apostó junto al busto engarzado. Omaha lo hizo junto al corazón colocado en la ventana.

—Hágase la luz.

Sosteniendo la linterna por encima de la cabeza, Omaha dirigió el haz de luz como si fuera luz solar que entrara por la ventana, inclinándolo de tal forma que incidiera sobre la extremidad engarzada.

—El sol brilla a través de una ventana alta.

—Y el lucero del alba brilla bajo en el horizonte —dijo Safia, arrodillándose junto al busto y orientando su haz de luz en la dirección en que miraba el busto.

Omaha miró hacia la pared de la luna, iluminada débilmente por las dos luces desde ángulos diferentes. Las imperfecciones de la pared creaban sombras y grietas. Una forma se empezó a dibujar sobre la pared, modelada por aquellas sombras.

Omaha echó un vistazo.

—Parece la cabeza de un camello. O acaso la de una vaca.

—¡Es un toro! —Safia miró a Omaha con ojos brillantes como ascuas—. Sada, la diosa de la luna, se representa como un toro, debido a los cuernos en forma de media luna del animal.

Omaha estudió las sombras.

—Pero entonces, ¿dónde están los cuernos del toro?

Al animal no le salía nada junto a las orejas.

Safia señaló los aparejos.

—Acércame eso mientras yo sostengo la linterna.

Omaha colocó su linterna en la ventana, dejándola junto al corazón de hierro. Cruzó hacia los aparatos y tomó el que parecía una escopeta, sólo que con un extremo acampanado como una antena parabólica. Safia había pedido a Painter que se lo trajera. Estaba ansioso por ver dónde encajaba.

Se lo entregó a Safia y ocupó el puesto de ésta con la linterna. Ella se desplazó al centro de la sala y apuntó el láser de excavación. Un círculo de luz roja apareció sobre la pared y ella lo fijó sobre la figura de sombras, entre las orejas.

Apretó el gatillo del aparato. La luz roja empezó a girar y la piedra caliza comenzó a desmoronarse inmediatamente a medida que la energía del láser hacía vibrar la estructura cristalina. Arena y polvo se desprendían a impulsos del láser. También lo hacían unas partículas más brillantes. Escamas metálicas, al rojo vivo.

Virutas de hierro. Omaha cayó en la cuenta entonces de por qué el detector de metales no dejaba de emitir pitidos. Los arquitectos de aquel rompecabezas habían mezclado virutas de hierro con la arena de la roca.

De nuevo sobre la pared, el haz del láser actuó como un tornado, deshaciendo la piedra caliza como si fuera polvo suelto. Con la linterna todavía encendida, Omaha vio cómo avanzaba el láser. Poco a poco, un brillo más reluciente se fue haciendo visible dentro de la piedra.

Una masa de hierro.

Safia siguió trabajando, moviendo el láser arriba y abajo. En cuestión de minutos apareció el arco de unos cuernos, justo por encima de la imagen de las sombras.

—Definitivamente, es un toro —admitió Omaha.

—Sada —musitó Safia, bajando el arma—. La luna.

Se acercó y tocó la forma de cuernos embutidos, como para asegurarse de que eran reales. Una lluvia de chispas azules surgió del contacto.

—¡Qué diablos...!

—¿Estás bien?

—Sí —le contestó, chasqueando los dedos—. No es más que una descarga de electricidad estática.

De todas formas, dio un paso atrás, estudiando los cuernos grabados en la pared.

La verdad era que los cuernos aparecían como una medialuna muy aguzada, que sobresalía de la roca. La arena y el polvo formados por la excavación se agitaban dentro de la cámara a medida que el viento por encima se hacía más intenso y parecía soplar directamente hacia abajo a través de la abertura del techo.

Omaha miró hacia arriba. Por encima de la dolina, los cielos eran oscuros, pero algo todavía más oscuro agitaba el aire y descendía a toda velocidad. Repentinamente, lanzó un potente haz de luz hacia abajo.

¡No...!

10:47 am

Safia se encontró asida por la cintura y apartada a un lado. Omaha la arrastró a la oscuridad por debajo de las losas inclinadas.

—¿Qué diablos te pasa?

Antes de que pudiera terminar, un potente haz de luz penetró por la abertura superior proyectando una columna de brillo a través del centro de la cámara del trilito.

—Un helicóptero —le gritó Omaha al oído.

Safia pudo oír ahora el difuso batir de los rotores contra el ronco rugido de la tempestad.

Omaha la sujetó con firmeza.

—Es Cassandra.

La luz desapareció a medida que el foco se desplazaba. Pero el ronroneo de los rotores de los helicópteros persistía. Todavía seguía por allí, buscando en medio de la tempestad.

Safia se arrodilló con Omaha. Cuando el foco desapareció, la cámara parecía más oscura.

—Tengo que alertar a Painter —dijo Safia.

Se arrastró hasta la radio Motorola. Cuando sus dedos alcanzaron la superficie del aparato, otra chispa eléctrica saltó desde la radio hasta la punta de sus dedos, como la picadura de una avispa. Echó atrás la mano. Sólo entonces cayó en la cuenta del aumento de electricidad estática. La sintió en la piel, como pulgas sobre su carne. El pelo le chisporroteaba cuando miró a Omaha.

—Safia, ven aquí.

Omaha tenía los ojos abiertos de par en par. Dio la vuelta hacia ella, manteniéndose en las sombras. Su atención no estaba en el helicóptero, sino fija en el centro de la cámara.

Safia se acercó a él y unieron las manos, lo que produjo otra descarga en ambos, al tiempo que se les erizaban los cabellos.

En el centro de la cámara, un resplandor azulado se agitaba allí donde el haz de luz del helicóptero había incidido antes. Relucía, en medio del aire, con unos bordes espectrales. Se fundía con cada soplo, girando hacia dentro.

—Electricidad estática —dijo Omaha—. Mira las llaves.

Los tres artefactos de hierro, corazón, busto y cuernos, desprendían un rojizo resplandor.

—Están captando la electricidad estática del aire. Actúan como pararrayos para la carga estática de la tempestad de ahí arriba, aportando potencia a las llaves.

El resplandor azulado se fue transformando en una nube chispeante en el centro de la sala. Se agitaba conforme a su propio viento, revolviéndose en su sitio. Las llaves brillaban cada vez más. El aire crepitaba. Arcos de carga estática saltaban de cada pliegue de capa o pañuelo.

Safia se estremeció ante tal espectáculo. La piedra arenisca era un excelente aislante no conductor. Al liberar los cuernos de la piedra se debía haber completado algún tipo de circuito entre los tres. Y la cámara estaba actuando como una botella magnética que atrapaba las energías.

—Tenemos que largarnos de aquí de inmediato —sentenció Omaha.

Safia siguió observando el fenómeno, embelesada. Estaban presenciando algo que se había puesto en marcha milenios atrás. ¿Cómo iban a salir del atolladero?

Omaha la tomó por el codo, apretando con los dedos.

—¡Safi, las llaves! Son como el camello de hierro en el museo, se está formando una bola de fuego terrorífica.

Safia volvió a recordar rápidamente el video del Museo Británico. El rojizo resplandor del meteorito, el turbio halo del globo de plasma... Omaha tenía razón.

—Me parece que acabamos de activar una bomba aquí abajo —dijo Omaha, poniendo a Safia de pie y llevándola hacia la escala plegable—. ¡Y está a punto de explotar!

Cuando puso el pie en el primer peldaño, el mundo se volvió cegadoramente brillante. Safia se estremeció, rígida en su sitio, como un venado deslumbrado por los focos del cazador furtivo.

El helicóptero había vuelto y se cernía amenazador sobre ellos.

La muerte les esperaba arriba... con tanta certeza como abajo.

18
BAJO TIERRA
ⴱⴰⴱⵓⵅⵢⵥⵛⵛⴰ

4 de diciembre, 11:02 am
Shisur

Pᴀɪɴᴛᴇʀ ʏᴀᴄíᴀ ᴛᴜᴍʙᴀᴅᴏ en la azotea del edificio de hormigón, con la capa metida entre las piernas y los extremos del pañuelo por dentro de la ropa. No quería que ningún fleco de su vestimenta delatara su posición.

Esperaba que el helicóptero diera otra vuelta de reconocimiento por la ciudad para dispararle, ya que era de suponer que el aparato estuviera equipado con visión nocturna. El destello incandescente de los disparos revelaría su situación. Aguardaba con el rifle de francotirador Galil pegado a la mejilla y apoyado sobre un bípode. El arma israelí, que le prestó una Rahim, era capaz de acertar un disparo a la cabeza a trescientos metros. Pero no con aquella tempestad, no con tan poca visibilidad. Necesitaba que el helicóptero se acercara.

Painter permaneció tumbado a la espera.

El helicóptero debía estar arriba en alguna parte, al acecho. Un cazador aéreo oculto en la tempestad. Cualquier movimiento y abriría fuego con su metralleta doble.

Painter divisó el resplandor en la profundidad de la tempestad, en dirección a las ruinas. Era un segundo helicóptero. Ojalá que Safia y Omaha permanecieran con la cabeza agachada. Antes había tratado de ponerse en contacto con ellos por radio, cuando comenzó a sospechar el peligro, pero algo bloqueó la señal. Puede que fueran interferencias procedentes de la carga estática de la tempestad. Intentó alcanzarles a pie, pero los helicópteros estaban ojo avizor ante cualquier cosa que se moviera.

Si había pájaros en el aire, no podía tratarse de una mera rueda de reconocimiento. Cassandra había aprendido algo de su error y había decidido movilizar todas sus fuerzas.

La radio del coche emitía con un rumor estático el canal que se había quedado abierto. Las palabras surgieron del sonido blanco.

—Comandante. —Era Coral, que enviaba un mensaje desde el campo—. Tal y como sospechaba, vienen por todas partes. Están rastreando edificio a edificio.

Painter tapó el transmisor y confió en que la tempestad mantuviera la privacidad de esas palabras.

—¿Y los niños y las mujeres mayores?

—Están listos. Barak espera la señal.

Painter escrutó los cielos.

—¿Dónde estás?

Era preciso eliminar al helicóptero para tener alguna oportunidad de burlar la soga que aprisionaba la ciudad. El plan consistía en alejarse de las ruinas por el oeste y recoger a Safia y a Omaha por el camino cuando la tempestad se desatara por completo. A pesar de que ésta empeoraba a cada minuto, no podía cubrir su retirada. Si dejaban las ruinas atrás, quizás Cassandra se sintiera suficientemente satisfecha y no se esforzara tanto por perseguirles. Si pudieran regresar a las montañas...

Painter sintió cómo la furia crecía en su interior. Odiaba tener que replegarse y conceder la victoria a Cassandra en ese lugar. Sobre todo, tras el descubrimiento de la cámara secreta en el interior de la dolina. Estaba convencido de que Cassandra trasladaría allí un potente equipamiento de excavación. Había algo ahí abajo. Las Rahim eran la prueba viviente de un hecho extraordinario. Su única esperanza era huir con Safia y que Cassandra se retrasara lo suficiente para que le diera tiempo a alertar a alguien de Washington, alguien en quien pudiera confiar.

Y esa persona no era alguien de la estructura de mando de Sigma.

La ira aumentó dentro de él y le provocó un ardor en el vientre. Ya había tenido suficiente. Todos ellos habían tenido de sobra.

Su mente regresó a Safia. Aún podía sentir el latido de su corazón bajo la hoja que apretó contra su cuello. Recordó cómo luego ella le miró a los ojos, como si se tratase de un extraño. Pero ¿qué esperaba de él? Ése era su trabajo.

A veces hay que tomar decisiones difíciles, e incluso realizar acciones más duras.

Como ahora.

Según el informe de Coral sobre las tropas que se aproximaban a los alrededores de la ciudad, estarían cercados en pocos minutos. Ya no podía esperar más a que el helicóptero apareciera, tendría que atraerlo.

—Novak, ¿el conejo está preparado para correr?

—Así es, a tus órdenes, comandante.

—Suéltalo.

Painter esperó, aguardaba los disparos; con un ojo miraba a través de la lente telescópica y con el otro acechaba el cielo. Una luz resplandeciente irrumpió en la ciudad, procedente de una puerta abierta. Los detalles se desdibujaban, pero, a través de sus prismáticos de visión nocturna, la luz adquiría un aspecto brillante. Una máquina emitía un gemido ronco.

—Deja que corra —ordenó Painter.

—El conejo está suelto.

Desde el edificio, estalló otro ciclón de arena. Su paso sólo se evidenciaba por un resplandor que se desplazaba velozmente por el callejón, entre los edificios. Se movía en zigzag por el entramado de calles. Painter escrutó el cielo, tanto a los lados como encima de él.

Y entonces apareció, abalanzándose como un tiburón.

Las metralletas del helicóptero despidieron fogonazos contra la tempestad.

Painter apuntó con el rifle, ayudado por la fuente de los disparos, y apretó el gatillo. El culatazo le golpeó en el hombro como la coz de una mula. No esperó. Lanzó otros tres disparos, los oídos le zumbaban.

Entonces vio la llamarada. Un segundo después, una explosión iluminó la tempestad. Los restos inflamados saltaron en todas direcciones, pero el trozo más grande cayó por un camino empinado hasta dar con un edificio, iluminándose con mayor fuerza y estrellándose en la carretera.

—¡Adelante! —gritó Painter por la radio.

Se colgó el rifle al hombro y cayó rodando por el borde del tejado. La mullida arena amortiguó la caída. Por todas partes, escuchó los motores de los vehículos rugir preparados, las luces de los faros se encendieron. Las motos y los buggys irrumpieron desde los callejones, cobertizos y entradas de los edificios. Una moto pasó rozando a Painter, con una mujer inclinada sobre el manillar, y otra, que iba sentada detrás, cargada con un rifle en el hombro. Las mujeres iban dejando una estela a su paso mientras se cubrían las espaldas.

Kara apareció por una entrada con una niña en brazos. Otros la seguían. Barak ayudaba a una anciana y a otras dos que se sujetaban mutuamente. Clay y Danny llevaban a una niña cogida de cada mano. No se escuchaba ni un gemido de ninguna de ellas. Ni siquiera de Clay.

—Seguidme —dijo Painter antes de salir.

Se colgó de nuevo el rifle del hombro, pero asió una pistola con cada mano.

Al dar la vuelta a la esquina del refugio, sonó una descarga de disparos procedentes de las ruinas. A través de la penumbra, entrevió un reflector. Era el segundo helicóptero.

—¡Dios mío! —dijo Kara tras de ellos, pues sabía lo que esos disparos significaban.

Habían encontrado a Safia y a Omaha.

11:12 am

—¡CORRE! —gritó OMAHA mientras huían hacia el fondo de la dolina, aunque sus palabras nunca llegaron a sus propios oídos. El estrépito de las armas resultaba ensordecedor. Empujaba a Safia por delante de él, y corrían cegados por el remolino de arena, perseguidos por una doble línea de balas que mascaba el pavimento.

Justo delante apareció la escarpa occidental de la dolina, cubierta por las sombras de las ruinas de la ciudadela. El talud terminaba en un crestón encovado. Si pudieran llegar al interior del borde de la roca, fuera de la línea directa de fuego, podrían refugiarse.

Safia corría a un brazo de distancia de él, algo incómoda por el portafusil y el fuerte viento que le enredaba la capa entre los pies. La arena les cegaba. Ni siquiera habían tenido tiempo para guardar las gafas de visión nocturna.

Momentos antes habían decidido que el helicóptero era el menor de los males. El polvorín de la cámara de trilitos significaba una muerte segura, así que optaron por correr.

El estruendo de las armas incrementó según se acercaba a sus espal-das el helicóptero.

La única razón por la que aún seguían vivos era la tempestad de arena. El piloto trataba por todos los medios de mantener el aparato en el aire, que se zarandeaba como un colibrí en un vendaval. La tempestad parecía zafarse de los propósitos del piloto.

Huían en busca de refugio, pero corrían a ciegas.

Omaha pensaba que las balas le harían pedazos, pero, si se diera el caso, aunque fuera con su último aliento, pondría a Safia a salvo.

No fue necesario.

De pronto, los disparos se extinguieron, como si el aparato se hubiera quedado sin municiones. El repentino silencio llamó la atención de Omaha por detrás de su hombro, aunque los oídos aún le pitaban. El reflector del helicóptero se desvió y el aparato se batió en retirada.

Como iba mirando hacia atrás, tropezó con una piedra y se cayó estrepitosamente.

—¡Omaha!

Safia regresó para ayudarle. Él la apartó.

—¡Corre a refugiarte!

Omaha la siguió cojeando con el tobillo ardiente de dolor, torcido, distendido, aunque esperaba que no estuviera roto. Se maldijo por la estupidez que acababa de cometer.

El helicóptero se retiró hasta el otro lado de la dolina. Les había perdonado la vida, de lo contrario, no lo habrían conseguido. Pero, ¿por qué había vuelto atrás? ¿Qué demonios estaba pasando?

11:13 am

—¡ÁGUILA UNO, NO dispares al maldito objetivo! —gritó Cassandra por la radio mientras daba un puñetazo al reposabrazos de su asiento del tractor oruga M4. Tenía la mirada fija en el círculo azul de la pantalla de su portátil, que indicaba la posición del transmisor de la conservadora. Momentos antes, había comenzado a parpadear.

Los disparos habían obligado a Safia a salir de su escondite.

Águila Uno respondió, la voz del piloto sonaba entrecortada:

—He tenido que parar. Hay dos y no sé cuál de ellos es el objetivo.

Cassandra había reaccionado a tiempo. Se imaginó al piloto cargándose a la mujer. La conservadora era su mejor baza para descubrir rápidamente todos los secretos del lugar y huir con el tesoro. Y aquel estúpido piloto casi acaba con ella.

—Déjalos a los dos —ordenó—. Vigila el agujero del que han salido.

Cualquier cueva en la que se hubiera metido la conservadora debía ser importante.

Cassandra se acercó a la pantalla para observar mejor el destello azul. Safia seguía en la dolina gigante. Daba igual adónde fuera, Cassandra la encontraría. Aunque la mujer se adentrara en otra cueva, Cassandra descubriría la entrada.

Se dirigió al conductor del tractor, John Kane:

—Vamos para allá.

Con el motor aún encendido, empujó la palanca de cambio. El tractor dio una sacudida y comenzó a ascender lentamente por la duna que les separaba del pueblo de Shisur. Cassandra se había sentado en la parte trasera y posaba con firmeza una mano sobre el portátil.

Cuando alcanzaron la cima de la duna, el morro del tractor se sacudió en el aire y luego cayó sobre la otra ladera. Ante ellos apareció el valle de Shisur, aunque no se veía más allá de un par de metros con los faros de xenón del vehículo. La tormenta se tragaba el resto.

Tan sólo algunos destellos brillantes indicaban la ubicación de la ciudad. También se escuchaban vehículos circulando. El fuego abierto entre sus tropas y alguna facción desconocida continuaba con el enfrentamiento.

A lo lejos, se podían escuchar ecos de disparos esporádicos.

El capitán de la tropa de asalto había informado por radio:

—Parece que son todo mujeres.

No tenía sentido. Cassandra aún recordaba a la mujer a la que había perseguido a través de los callejones de Mascate. La que desapareció ante sus ojos. ¿Existiría alguna relación?

Cassandra sacudió la cabeza. Ya no importaba. Aquella era la batalla final y no pensaba tolerar que nadie frustrara sus planes.

Mientras contemplaba el espectáculo de luces en la oscuridad, cogió la radio y se dirigió al jefe de la artillería:

—Batería de asalto, ¿estáis en posición?

—Sí, mi capitán. Listos para encender las velas cuando lo ordene.

Cassandra consultó el portátil. El círculo azul del transmisor seguía en la dolina. Todo lo demás estaba tranquilo. Buscaran lo que buscaran, debía encontrarse entre las ruinas donde se encontraba la conservadora.

Cassandra alzó la mirada y observó el resplandor que provocaban las luces temblorosas de Shisur. Levantó el aparato de radio, llamó a las tropas de asalto y ordenó la retirada. Luego volvió a ponerse en contacto con el capitán de artillería.

—Arrasad la ciudad.

11:15 am

Mientras Painter guiaba a los demás lejos del poblado por la entrada a las ruinas, escuchó el primer silbido, que atravesó el rugido de la tormenta.

Se tambaleó cuando el primer proyectil alcanzó el pueblo. Una bola de fuego estalló en el cielo e iluminó la tempestad y una parte de la población durante unos instantes. El estruendo reverberó en su abdomen. Escuchó gritos a su alrededor, y luego más silbidos inundaron el aire.

Misiles y morteros.

Nunca hubiera sospechado que Cassandra poseyera semejante arsenal en sus manos.

Painter buscó a tientas la radio:

—¡Coral, a cubierto!

La ventaja de la sorpresa provocada con la repentina aparición de los vehículos escondidos se había esfumado. Había llegado la hora de evacuar.

Todas las luces de los vehículos de la población se habían extinguido. Bajo la protección de la oscuridad, las mujeres se refugiaron en las ruinas. Cayeron más misiles, que estallaron en salvajes espirales de fuego avivadas por el viento.

—¡Coral! —gritó por la radio.

No hubo respuesta.

Barak lo agarró del brazo.

—Saben dónde está el punto de encuentro.

Painter se dio la vuelta. Volvió a sentir más sacudidas en el estómago.

En la dolina, se habían silenciado los disparos procedentes del segundo helicóptero. ¿Qué estaba ocurriendo?

11:17 am

SAFIA SE ACURRUCABA junto a Omaha bajo uno de los pliegues de la roca. Las bombas provocaban el desprendimiento de pequeñas piedras de las ruinas de la ciudadela situada en la cima de la torca, sobre sus cabezas.

Hacia el sur, el cielo se había enrojecido por las explosiones. Otro estallido reverberó a través del rugido de la tormenta. Estaban destruyendo la ciudad. ¿Habrían tenido tiempo los demás para escapar? Safia y Omaha habían olvidado las radios en la cámara de trilitos. No podían saber de ningún modo qué suerte habían corrido los demás: Painter, Kara...

Recostado junto a ella, Omaha soportaba el mayor peso de su cuerpo sobre el pie derecho. Le había visto caer cuando huían. Se había torcido el tobillo.

Omaha farfulló a través del pañuelo:

—Podrías seguir corriendo.

Estaba agotada y le dolía el hombro.

—El helicóptero...

Aún rondaba por la dolina. El foco se había apagado, pero podían oírlo. Seguía un circuito cerrado sobre la arena que les mantenía presos.

—El piloto ha interrumpido el ataque. Seguramente está medio cegado por la tempestad. Mantente pegada a la pared y corre todo lo que puedas... Yo puedo tirar al aire desde aquí.

Omaha conservaba la pistola.

—No me iré sin ti —susurró Safia. Su afirmación no era del todo altruista. Le apretó la mano para sentir su fuerza.

Él trató de liberar su mano.

—Olvídalo. Lo único que haría sería entorpecer tu huída.

Ella le asió aún más fuerte.

—No... No *puedo* dejarte atrás.

De repente, él comprendió el significado profundo de sus palabras: era puro pánico. Él la abrazó. Safia necesitaba sentir su fortaleza y Omaha se la mostró.

El helicóptero inspeccionaba el terreno desde lo alto. De repente, el tintineo del rotor sonó más alto. Se dirigía hacia el centro de la dolina. No lo podían ver, pero sí intuir su trayectoria por los golpes que iba dando.

Se reclinó hacia Omaha. Había olvidado la amplitud de sus hombros y lo bien que se sentía entre ellos. Mirando por encima del hombro de él, Safia descubrió una luz azul parpadeante que atravesaba la dolina, un juego de luces.

—¡Dios mío!

Se agarró a Omaha aún con más fuerza.

—Safi —cuchicheó Omaha cerca de su oído—. Después de lo de Tel Aviv...

La explosión suprimió cualquier palabra que pudiera venir después. Un muro de aire abrasador les empujó contra la pared, haciéndoles caer de rodillas. Se produjo un enorme resplandor; acto seguido, desapareció cualquier tipo de visión.

Las piedras llovían a su alrededor. Sonó un crujido tremendo sobre sus cabezas. Una roca inmensa golpeó el saliente que les refugiaba y se precipitó contra la arena. Cayeron más piedras, un torrente de rocas. Prácticamente cegada, Safia sintió algo bajo sus rodillas. Un movimiento de tierras.

La ciudadela se estaba viniendo abajo.

457

11:21 am

PAINTER HABÍA ALCANZADO el borde de la dolina cuando se produjo la explosión. El único aviso había sido un centelleo azul que provenía del fondo de la hondonada. A continuación, una columna de fuego azul cerúleo manó de la abertura de la cámara iluminando todos sus rincones y empujando la tempestad con su destello y su soplo ardiente.

La tierra tembló bajo sus pies.

Sintió cómo la ráfaga de aire abrasador, confinado por las paredes de la profunda dolina, le golpeaba la cara hacia arriba, aunque la corriente posterior le tiró al suelo.

Escuchó lamentos a su alrededor.

La columna de fuego cerúleo alcanzó de pleno al último helicóptero, lanzándolo hacia el firmamento y haciéndolo voltear. El depósito del combustible explotó, produciendo una llamarada roja que ascendió de manera espectacular hacia el cielo. Los restos del helicóptero se esparcieron, pero no en pedazos, sino en forma de chorro líquido de fuego fundido. El aparato se derritió al completo con un baño de cobalto incandescente.

Después, desde el borde meridional de la dolina, Painter contempló las ruinas de la ciudadela, que pendían precariamente por encima del borde occidental, y de las que se desprendían algunas partes hacia el interior de la fosa. Debajo, iluminadas por las bolas de fuego que se iban apagando, dos figuras yacían sobre el suelo amenazadas por una lluvia de rocas.

11:22 am

ALGO ATURDIDO, OMAHA cubrió a Safia con su cuerpo. Ella tenía un brazo bajo los hombros de él. Trataban de protegerse de la arena. Los ojos le lloraban por la quemadura residual de las retinas, pero la visión regresó paulatinamente. Primero vio un leve resplandor azulado. Luego, sombras oscuras que caían a su alrededor y cubrían la arena, algunas de ellas incluso rebotaban. Era una lluvia de piedras, una maldición bíblica.

—¡Tenemos que ponernos a salvo! —gritó Safia. Su voz sonaba como si estuviera bajo el agua.

Algo le golpeó la pierna buena por detrás. Ambos estaban tirados en la arena. Un sonido profundo retumbaba a sus espaldas, por encima de ellos, un dios enfadado.

—¡Se está derrumbando!

11:23 am

PAINTER CORRIÓ APRESURADAMENTE por el sendero de la dolina.

A su izquierda, la mitad de la ciudadela se precipitaba hacia el abismo en medio de un alarmante crujido y un terrible estruendo, vertiendo rocas y arena al fondo de la fosa. Painter había presenciado un deslizamiento de lodo durante una tormenta de lluvia, toda una ladera licuada. Aquello era lo mismo, solo que un poco más lento, ya que la roca se resiste algo más.

En medio de la oscuridad de la tempestad, divisó a Safia y Omaha, que avanzaban poco a poco para tratar de huir de la avalancha que se aproximaba lentamente hacia ellos. Volvieron a caerse cuando Omaha recibió otro golpe en el hombro y rodó por el suelo.

Painter no les alcanzaría a tiempo.

Escuchó un gruñido ronco a sus espaldas:

—¡Fuera de mi camino!

Alguien le tiró a tierra. Una luz se encendió y le apuntó a la cara. Estaba cegado, pero un segundo le bastó para reaccionar.

La moto de arena se deslizó por su lado cuesta abajo, arrojando gravilla y arena a su paso. Se desvió de la senda a tres metros del fondo, la rueda delantera se elevó en el aire mientras la trasera seguía girando. Aterrizó rebotando y retorciéndose en la arena, para luego continuar avanzando.

Painter siguió descendiendo por el sendero.

Había reconocido a la conductora inclinada sobre el manillar. Era Coral Novak, protegida por una capa y unas gafas. La capucha caída dejaba su cabello rubio al viento.

Painter fue tras ella, mientras observaba cómo la motocicleta rodaba junto a la avalancha. El faro alumbraba de un lado a otro conforme Coral iba sorteando los obstáculos. Cuando alcanzó a la pareja, frenó derrapando. La oyó gritar:

—¡Agarraos fuerte!

Luego salió disparada huyendo de la lluvia de piedras con Omaha y Safia sujetos a la parte posterior del asiento, con las piernas colgando.

Lograron apartarse de las rocas deslizantes.

Painter alcanzó el fondo, a salvo del tumulto de piedra y arena. Cuando llegó, todo había pasado. El colapso entre la colina y la fortaleza se había detenido, y el abrupto precipicio se había transformado en una suave pendiente.

Bordeando el amplio delta de arena y rocas volcadas, Painter corrió hacia la moto, que se había parado. Safia se encontraba ya de pie, Omaha se aguantaba con una mano al asiento y Coral se había bajado de la motocicleta.

Todos ellos permanecieron observando el agujero que se mostraba ante ellos. Desprendía un extraño vapor como si se tratase de la entrada al infierno. Ahí era por donde la cámara de trilitos se abriera en una ocasión, pero ahora, la apertura sólo medía tres metros de ancho, y el agua salía a borbotones. El faro de la moto iluminó la superficie húmeda. Ante la mirada de Painter, el agua desapareció repentinamente, secándose en un momento. El hecho que acababa de acontecer hizo enmudecer a todos.

11:23 am

CASSANDRA TENÍA LA mirada clavada en el parabrisas del tractor M4. Un minuto antes, habían observado cómo un resplandor azul se elevaba hacia el cielo desde algún punto situado justo delante de ellos.

En dirección a las ruinas.

—¿Qué demonios ha sido eso? —preguntó Kane desde el asiento del conductor.

El tractor se detuvo a cien metros. A su izquierda, decenas de fragmentos en llamas ardían por todo el pueblo, y justo delante de ellos, las ruinas habían desaparecido de nuevo en la penumbra, perdidas en la tempestad.

—Eso no lo ha hecho ninguno de nuestros morteros —dijo Kane.

Ni que lo jures. Cassandra estudió su portátil. La luz del transmisor de la conservadora seguía en la pantalla, aunque ahora parpadeaba como si hubiera algún tipo de interferencia. ¿Qué estaba ocurriendo?

Trató de comunicarse por radio con la única persona que lo podía saber.

—Águila Uno, ¿me recibes?

Esperó una respuesta que no se produjo.

Kane sacudió la cabeza:

—Los dos pájaros han caído.

—Ordena que despeguen otros dos helicópteros. Quiero cobertura aérea.

Kane titubeó. Cassandra sabía por qué estaba preocupado. La tempestad, aunque ya golpeaba con fuerza, sólo acababa de comenzar. Lo peor aún estaba por llegar. El frente costero procedente del sur que venía de camino auguraba un empeoramiento de las condiciones meteorológicas en cuanto los dos frentes chocaran. Puesto que sólo contaban con seis helicópteros vtol, volar otros dos significaba poner en peligro la mitad de sus fuerzas aéreas.

Sin embargo, Kane comprendió que era necesario. No podían arriesgarse a mantener sus recursos, era todo o nada. Transmitió la orden de Cassandra a través de su propia radio. A continuación, la miró sin mediar palabra, a la espera de nuevas instrucciones.

Ella apuntó hacia adelante con la cabeza:

—Vamos a entrar.

—¿Esperamos a que los pájaros hayan levantado el vuelo?

—No, estamos armados. —Miró por encima del hombro a los hombres que iban sentados en el compartimento trasero, el comando de Kane—. Y contamos con suficiente apoyo terrestre. Ahí abajo está ocurriendo algo, lo huelo.

Él asintió, cambió de marcha y puso el tractor en movimiento. El viejo trasto avanzó sin prisa hacia las ruinas.

11:26 am

SAFIA SE APOYÓ sobre una rodilla y alargó la mano hacia uno de los bordes del agujero. Comprobó la temperatura con la palma. El viento la arrastraba, la arena se arremolinaba, pero no con tanta fiereza como antes. La tempestad había amainado levemente, una pausa momentánea, como si la explosión hubiese minado la fuerza del ciclón.

—¡Cuidado! —dijo Omaha detrás de ella.

Safia observó el agujero bajo sus pies. El agua seguía retrocediendo, aunque pareciera imposible. Cuando toda el agua se esfumó, apareció una rampa de cristal, que giraba en forma de espiral hasta la profundidad. La cámara de trilitos desapareció. Ahora sólo había *cristal*, enroscado como un sacacorchos hacia el fondo.

Las puertas de Ubar.

Safia acercó con cuidado la mano al exterior de la rampa hasta casi rozar el cristal. Las gotas de agua aún brillaban de modo radiante sobre la superficie oscura al reflejar la luz del faro de la moto.

No quemaba.

Safia se atrevió a tocar el cristal negro con el dedo. Seguía caliente, muy caliente, pero no quemaba. Posó toda la palma de la mano.

—Es sólido —dijo—. Sigue enfriándose, pero la superficie está dura.

Le dio un golpe para demostrarlo. De pie, levantó una pierna y colocó un pie sobre la rampa. Aguantaba su peso.

—El agua debe de haberla enfriado hasta solidificarla.

Painter avanzó hacia ella.

—Tenemos que salir de aquí.

Coral hablaba aún montada sobre la moto. Habló por la radio.

—Comandante, las Rahim están reunidas. Podemos salir en cuanto lo ordenes.

Safia se giró hacia el borde superior de la dolina, pero se perdía en la oscuridad. Miró por el cuello de la espiral de cristal.

—Esto es lo que hemos venido a buscar.

—Si no nos marchamos ahora, Cassandra nos encerrará aquí dentro.

Omaha se unió a ellos:

—¿Hacia dónde vamos?

Painter apuntó hacia el oeste.

—Al desierto, donde podremos protegernos con la tempestad.

—¿Estás loco? El vendaval no ha hecho más que empezar. Lo peor aún está por llegar. ¿Te imaginas esa maldita megatempestad en medio del desierto? —Omaha sacudió la cabeza—. Prefiero enfrentarme a esa bruja.

Safia se imaginó a Cassandra, la frialdad de su comportamiento, la ausencia de piedad en su mirada. Fuera cual fuera el misterio que se escondía bajo sus pies, sería explotado por Cassandra y sus hombres, algo que Safia no podía permitir.

—Yo voy a bajar —dijo para zanjar la discusión.

—Estoy contigo —añadió Omaha—. Al menos estaremos alejados de la tempestad.

Se produjo otra nueva ráfaga de disparos procedente del borde de la dolina.

Todos se agacharon y se dieron la vuelta.

—Parece que están decidiendo por nosotros —murmuró Omaha.

Coral y Painter dieron instrucciones por sus respectivas radios.

A lo largo del borde de la cima se encendieron luces, faros de motos. Se oyó el rumor de los motores y los vehículos comenzaron a descender apresuradamente por las empinadas paredes.

—¿Qué están haciendo? —preguntó Omaha.

—Alguna de ellas ha descubierto el túnel —contestó Painter apartando su radio y con expresión preocupada.

Safia se imaginó que sería la *hodja*. Con Ubar al descubierto, las Rahim no huirían. Defenderían el lugar con sus vidas. Lu'lu estaba haciendo bajar a toda la tribu. Incluso un par de buggys de arena brincaban por la empinada cuesta de la roca.

Los vehículos se aproximaron a su posición, y la súbita irrupción de disparos se extinguió. Coral les explicó, con la radio en la mano:

—Una avanzadilla del bando enemigo ha ocupado una posición privilegiada, pero ya han sido despachados.

Safia percibió el respeto con el que la mujer hablaba. Las Rahim habían puesto a prueba su entereza con aquella escaramuza.

En pocos segundos, buggys y motos cargadas con mujeres se plantaron en la arena. El primer buggy traía a caras conocidas: Kara, Danny y Clay. Barak les seguía en una moto.

Kara saltó del carro antes que los demás. El viento se estaba volviendo a embravecer, arrancando los pañuelos y haciendo volar las capas. Kara llevaba una pistola en la mano.

—Hemos visto cómo se aproximaban unas luces —dijo mientras apuntaba en dirección contraria al este—. Son muchos, con camiones grandes. Al menos un helicóptero ha despegado, he visto su foco un instante.

Painter apretó el puño.

—Cassandra ha puesto en marcha su última jugada.

La *hodja* avanzó a empujones entre la muchedumbre.

—Ubar se ha abierto. Nos protegerá.

Omaha echó un rápido vistazo al agujero.

—Da igual, yo me quedo con la pistola.

Painter miró hacia el este.

—No tenemos elección. Todos abajo, que nadie se separe. Transportad todo lo que podáis. Armas, municiones, linternas.

La *hodja* se dirigió a Safia con la cabeza.

—Tú serás nuestra guía.

Safia miró hacia la espiral de cristal oscuro y, por un momento, dudó de su propia decisión. Le costaba respirar. Si sólo se tratara de su propia vida, el riesgo sería aceptable, pero había otras vidas involucradas.

Sus ojos se posaron en un par de niñas que se aferraban a las manos de Clay. Parecían tan aterrorizadas como el hombre que se encontraba en medio de las dos. A pesar de todo, Clay las sujetaba con firmeza.

Safia no podía ser menos. Dejó que el corazón le rugiera en los oídos, pero trató de apaciguar su respiración.

Un nuevo ruido irrumpió, arrastrado por una ráfaga de viento. Era el estruendo ronco de un motor, algo grande. El borde oriental se iluminó.

Cassandra había llegado.

—¡Vamos! —gritó Painter cuando cruzó la mirada con la de Safia—. Abajo, rápido.

Asintiendo con la cabeza, Safia se dio la vuelta y comenzó el descenso.

Oyó cómo Painter le decía a Coral:

—Necesito tu moto.

11:44 am

Cassandra observó el círculo azul que indicaba la señal del transmisor. Cerró el puño. La conservadora había comenzado una nueva huída.

—Vamos para allá —dijo Cassandra apretando los dientes—. Ahora.

—Ya casi estamos.

De la penumbra surgió, iluminado por los faros, un muro de piedra desmoronado, barrido por la arena; era más sombra que materia. Habían llegado a la ruinas.

Kane la miró:

—¿Qué hacemos?

Cassandra apuntó hacia una abertura en la pared, junto a una torre desquebrajada.

—Que salgan todos tus hombres y rastreen las ruinas. No quiero que nadie abandone la sima.

Kane redujo la velocidad del tractor para que los miembros de su equipo de asalto pudieran lanzarse por las puertas laterales y caer rodando por los escalones. Veinte hombres armados hasta los dientes, diseminados en la tempestad, desaparecieron por la abertura de la pared.

Kane siguió avanzando con el tractor a paso de tortuga.

El vehículo arrasó los cimientos de piedra del antiguo muro y se introdujo en el interior de la ancestral población de Ubar. Los faros del tractor no alcanzaban a iluminar más de un metro mientras la tempestad gemía y lanzaba gruesas gotas de arena.

La dolina apareció ante sus ojos, oscura y silenciosa. Había llegado la hora de poner fin a todo aquello. El tractor frenó, pero mantuvo los faros encendidos.

Los hombres se tiraron cuerpo a tierra alrededor del borde de la dolina y se sirvieron de la cobertura de las rocas y las ruinas caídas. Cassandra esperó a que el grupo tomara posición desplegándose por ambos flancos hasta rodear la dolina. Escuchó sus conversaciones por radio con voces subvocalizadas a través de los micrófonos de garganta.

—Cuadrante tres en posición.

—Mangosta en la torre.

—Granadas RPG preparadas.

Cassandra pulsó la tecla Q en el teclado y veintiún triángulos rojos afloraron en el mapa esquemático. Todos los miembros del comando disponían de un localizador pegado al uniforme. Sobre la pantalla, siguió las maniobras del equipo, sin precipitarse, con eficiencia y celeridad.

Kane dirigía a sus hombres desde el tractor. Estaba de pie con las manos sobre el cuadro de mandos, inclinado hacia adelante para ver a través del parabrisas.

—Ya están todos en sus puestos. No se percibe ningún movimiento abajo, todo está oscuro.

Cassandra sabía que Safia estaba allí, escondida bajo tierra.

—Iluminadlo.

Kane transmitió la orden.

A lo largo de todo el borde circular, una docena de focos de luz que portaban los soldados irrumpió, apuntando hacia el orificio. La sima brilló en medio de la tempestad.

Kane escuchó un momento por el auricular de la radio y luego habló:

—No hay enemigos a la vista, Sólo motos y buggys.

—¿Se ve alguna entrada de caverna por ahí?

Kane asintió con la cabeza:

—Donde están aparcados los vehículos hay un agujero. La imagen por vídeo debe estar transmitiéndose ahora por el canal tres.

Cassandra colocó otra pantalla sobre su portátil para ver las imágenes de vídeo en tiempo real. La visión apareció temblorosa, punteada y vibrante. Interferencias estáticas. Un resplandor de carga eléctrica bailaba sobre la antena inclinada, que estaba atada al exterior del tractor. La tempestad azotaba con su máxima potencia.

Cassandra se acercó a la pantalla en la que se veían imágenes sinuosas del fondo de la sima. Motos de arena con grandes ruedas y un sinfín de buggys Sidewinder. Pero todas abandonadas. ¿Dónde estaría la gente? La imagen tembló al centrarse en un agujero oscuro de unos tres metros de diámetro. Parecía una excavación reciente que reflejaba el brillo de los focos. Era la entrada de un túnel. Y todos los conejos se habían escondido en la madriguera.

La imagen de vídeo se perdió, se volvió a centrar y luego desapareció definitivamente. Cassandra contuvo una maldición. Tenía que verlo por sí misma. Cerró nerviosa la ventana de la pantalla y observó las tropas de Kane desplegadas en el mapa esquemático. Habían rodeado el área.

Cassandra se desabrochó el cinturón.

—Voy a echar un vistazo. Mantén el cerco.

Avanzó a empujones hasta el compartimento posterior y abrió una compuerta lateral. El viento la golpeó hacia atrás dándole una bofetada en toda la cara. Se enfrentó al vendaval con una mueca, se cubrió la boca y la nariz con un pañuelo y se lanzó al exterior. Utilizó la oruga del tractor como escalón para saltar a la arena.

Caminó hacia la parte delantera del tractor sujetándose en la oruga. El viento la azotaba. Ahora apreciaba más la labor de los hombres de Kane. Dentro del vehículo, el despliegue parecía aceptable: rápido, eficaz y sin torpezas. Ahora le resultaba extraordinario.

Cassandra se colocó delante del tractor, ente los dos faros, para seguir el rastro de la luz hasta el interior de la dolina. Sólo le apartaban unos pocos pasos del borde, pero cuando lo alcanzó apenas podía oír el bramido del tractor en medio del estruendo de la tempestad.

—¿Cómo va todo, mi capitán? —preguntó Kane a través de su auricular.

Ella se arrodilló y miró hacia abajo. La sima se extendía ante sus ojos. Justo al otro lado, en la parte más alejada de la dolina, había una roca caída recientemente que aún se deslizaba muy poco a poco. Una avalancha fresca. ¿Qué demonios había ocurrido? Desvió la mirada hacia la roca que tenía debajo de ella.

La entrada del túnel le devolvió su mirada, como un ojo brillante, traslúcido.

Cristal.

Se le aceleró el pulso con aquella visión. Aquélla debía ser la entrada a cualquiera que fuera el tesoro que se escondía dentro. A continuación observó los vehículos aparcados. No iba a consentir que le robaran el trofeo.

Se tocó el micrófono de garganta.

—Kane, quiero que un equipo completo esté listo para adentrarse en el túnel dentro de cinco minutos.

No hubo respuesta.

—¡Kane! —gritó más alto dándose la vuelta.

Los faros del tractor parpadearon.

Se apartó a un lado, embargada por la sospecha.

Avanzó un poco, sólo entonces vio un objeto volcado al abrigo del muro, abandonado y medio cubierto de arena. Una moto de arena. Sólo había una persona así de inteligente.

11:52 am

El CUCHILLO LE cruzó la cara. Painter rodó por el suelo y giró el rostro para evitar un golpe fatal en el ojo. La daga le rajó la mejilla hasta el hueso.

La furia y la desesperación alimentaron la fuerza de Painter. A pesar de la hemorragia, aprisionó con las piernas las del otro hombre y con el brazo derecho le agarró del cuello. El maldito atacante era fuerte como un toro y ofrecía toda la resistencia que podía, pero Painter le inmovilizó atrapando el brazo con el que sujetaba el puñal.

Cuando escaló por la puerta lateral del tractor, que Cassandra había dejado convenientemente abierta, reconoció al hombre. Painter había permanecido oculto, escondido bajo la arena apilada junto al muro ruinoso. Cinco minutos antes, había salido de la dolina con la moto a una velocidad vertiginosa y había alcanzado el agujero en la pared. Sabía que las fuerzas de Cassandra entrarían por ese lugar con sus vehículos.

Aunque no esperaba encontrarse con semejante armatoste: un monstruo de veinte toneladas. Era como un autobús con pie de tanque. En cualquier caso, serviría mejor a sus propósitos que un camión corriente.

Había salido de su escondite, protegido por la tempestad, cuando el tractor se detuvo. Se había agazapado entre las orugas posteriores. Tal y como esperaba, la atención estaba centrada en la dolina.

Luego Cassandra descendió del vehículo, dejándole vía libre. Con la puerta abierta, Painter había podido introducirse en el compartimento posterior, pistola en mano.

Desgraciadamente, su contrincante, John Kane, debió descubrir el reflejo de Painter por el retrovisor. A pesar de su pierna entablillada, le quitó la pistola de la mano dándole patadas con la otra. Luego forcejearon los dos en el suelo.

Painter no le dejaba respirar. Kane trató de romperle la nariz a Painter dando cabezazos hacia atrás, pero Painter evitó el golpe y, en su lugar, tiró de la cabeza del hombre hacia atrás para que se diera con el suelo de metal. Se oyó un quejido.

Repitió la misma acción tres veces. El hombre se movía con dificultad. Painter siguió agarrándole del cuello con el brazo. Sólo entonces se percató de que la sangre se esparcía por el suelo metálico. Nariz rota.

El combate había finalizado y Painter dejó al hombre en el suelo. Se levantó y retrocedió dando tumbos. Si el leopardo no hubiera ablandado antes a esa fiera, jamás podría haber ganado la pelea.

Avanzó hasta el asiento del conductor, pisó el embrague y le dio gas al tractor. El gigante pesado marchó entre crujidos con una agilidad sorprendente. Painter comprobó el terreno y dirigió el vehículo en la trayectoria correcta: hacia la dolina.

De repente, las balas acribillaron al tractor por el lateral. Eran armas automáticas. Le habían descubierto. El ruido resultaba ensordecedor.

Painter siguió adelante sin inmutarse. El tractor estaba blindado y había cerrado la compuerta lateral. Llegó hasta el borde de la dolina, pero continuó la marcha. La descarga de disparos continuaba, como piedras contra una lata. La parte delantera del tractor atravesó el borde de la dolina.

Eso era bueno para Painter. En un momento de confianza, abandonó el asiento. El tractor disminuyó la velocidad pero siguió avanzando por la dolina. La parte delantera cayó al desmoronarse el borde. El suelo se inclinó.

Painter luchaba por alcanzar la puerta trasera para saltar antes de que se estrellara y perdiera ventaja sobre los hombres de Kane. Pero una mano le agarró del pantalón, provocando que sus pies se levantaran del suelo. Cayó con dureza, el golpe le dejó hecho polvo.

Kane agarró a Painter con una fuerza inconcebible. Painter no tenía tiempo para aquello, el suelo se iba inclinando progresivamente. Dio una patada con el talón del pie que acertó en la nariz rota de Kane. La cabeza del hombre salió despedida hacia atrás y su tobillo volvió a quedar libre.

Painter gateó y brincó por el suelo en pendiente, como si estuviera escalando una montaña de acero. Parte del equipamiento y el engranaje se arrastró hacia adelante y dio a parar contra él. Sintió una fuerte sacudida. La gravedad se había apoderado del tractor. Las orugas se deslizaban por la piedra, a punto de estrellarse.

De un salto, Painter asió la manivela de la trampilla posterior. Desgraciadamente, se abría hacia afuera y no podía empujarla. Usó los dedos, la pantorrilla, pero sólo consiguió abrirla un palmo. El viento hizo el resto: la tempestad se apoderó de la puerta y la arrojó a lo lejos. Painter fue después, su cuerpo fue arrastrado al exterior. Debajo de él, el tractor se sumergió en la dolina. Consiguió dar una patada y, gracias al efecto de salto de rana, alcanzó el borde del precipicio con los brazos extendidos.

Lo hizo por los pelos, y dio con el estómago contra el borde de la sima. Echó el torso sobre el suelo con las piernas colgando en la fosa, y clavó los dedos en la tierra en busca de sujeción. Un golpe estrepitoso sonó bajo sus pies. Avistó unas figuras que se aproximaban hacia él, pero no le alcanzarían a tiempo.

De repente empezó a resbalar hacia abajo, sin nada a lo que agarrarse. Las orugas del tractor habían hecho papilla el borde. Por un momento, tan sólo consiguió asirse a una piedra enterrada bajo el polvo, pero eso le permitió tomarse un respiro, colgado de una mano con la mirada fija en el fondo.

Diez metros más abajo, el tractor se había incrustado por la parte delantera en el orificio de cristal, con lo que se había generado en la boca del túnel un tapón de veinte toneladas de metal abollado. Perfecto.

Su reciente adquisición se había echado a perder. Painter cayó dando tumbos por la fosa. En la distancia, escuchó pronunciar su nombre. En ese momento se golpeó el hombro con un saliente de roca, rebotó y se precipitó contra el suelo cubierto de trozos de piedra y metal.

QUINTA PARTE
FUEGO BAJO TIERRA

◇▥ Σ⅂○∏⚹∏○Ⅹ⅄Ϲ((⚹

19
EN EL AMOR Y EN
LA GUERRA

ƐʇƐ1ʎᗷoↄↄↄƐʇ
1ʎ⅂▥Ɛↄↄʎ

4 de diciembre, 12:02 pm
Bajo tierra

Safia bajó apresuradamente por la rampa en espiral, encabezando a los demás. El estallido sobre sus cabezas les sumió en el pánico. Los escombros caían rodando desde arriba: cristales, piedras, incluso una llanta de metal rota. Ésta última había rodado como el aro de un niño, dando botes por la rampa, camino de las profundidades, a través del grupo de gente en plena huida.

Omaha lo siguió con la linterna hasta que desapareció. El ruido de arriba se desvaneció, perdiéndose en un eco lejano.

—¿Qué ha ocurrido? —preguntó Safia.

Omaha sacudió la cabeza.

—Painter, supongo.

Kara marchaba por el otro lado.

—Barak y Coral han vuelto atrás para comprobar de qué se trataba.

Detrás de ellos avanzaban Danny y Clay, con el equipo cargado a la espalda. Ambos llevaban linternas. Clay sujetaba la suya con las dos manos, como si fuera una cuerda de salvamento. Safia dudaba de que alguna vez volviera a ofrecerse voluntario para una expedición de campo.

Tras ellos marchaban las Rahim, igualmente cargadas con víveres y bultos. Solamente alumbraban con unas pocas linternas. Lu'lu, enfrascada en una discusión con otra de las ancianas, las dirigía. Habían perdido a seis mujeres durante el combate y el bombardeo. Safia percibió una profunda tristeza en sus ojos. Una niña sollozaba detrás. Al estar tan aisladas las Rahim, cualquier muerte debía ser devastadora para ellas. Eran menos de una treintena, una cuarta parte de ellas, niñas y ancianas.

De repente, el suelo cambió bajo sus pies, pasando de vidrio áspero a piedra. Safia miró hacia abajo según descendían por la rampa en espiral.

—Arenisca —dijo Omaha—. Hemos llegado al final de la explosión.

Kara alumbró con su linterna hacia atrás, luego hacia delante.

—¿Ha provocado todo esto la explosión?

—Una especie de onda expansiva —respondió Omaha, aparentemente poco impresionado—. La mayor parte de esta rampa en espiral ya debía estar aquí. La cámara en forma de trilito sirvió de tapón, y la bomba se limitó a destaparlo.

Safia sabía que Omaha estaba simplificando las cosas. Siguió adelante. Si habían pasado del cristal a la piedra, el final debía estar cerca. La arenisca bajo los pies todavía estaba húmeda. ¿Qué ocurriría si lo que habían encontrado no era más que un pasaje inundado? Tendrían que volver atrás... enfrentarse a Cassandra.

Un gran alboroto llamó su atención. Coral y Barak corrieron hasta ellos. Safia se detuvo junto con los demás.

Coral señaló hacia atrás.

—Ha sido Painter, ha lanzado un camión contra la entrada.

—Un camión enorme —aclaró Barak.

—¿Qué se sabe de él? —preguntó Safia.

Coral se humedeció los labios, frunciendo el ceño con preocupación.

—Ni rastro de él.

Safia miró por encima del hombro de la mujer, buscando.

—Eso no mantendrá a Cassandra lejos de nosotros para siempre. Ya he oído a unos hombres excavando ahí arriba —Coral se inclinó hacia delante—. Painter nos ha conseguido un poco de tiempo, vamos a utilizarlo.

Safia respiró lo más profundamente que pudo. Coral tenía razón. Se giró y continuó bajando. Nadie habló durante la siguiente vuelta de la rampa en espiral.

—¿A qué profundidad estamos? —preguntó Kara.

—Yo diría que a unos sesenta metros —respondió Omaha.

A la siguiente vuelta se abrió una caverna, aproximadamente del tamaño de dos plazas de garaje. La luz de sus linternas se reflejó en un pozo de agua que había en el centro. Se agitaba suavemente, con la superficie cubierta de neblina. Un chorro de agua caía del techo.

—La fuente de la cámara de agua —supuso Omaha—. La onda expansiva ha debido succionarla hacia arriba, como si fuera leche que sube por una pajita.

Todos entraron en la caverna. Un pretil de piedra remataba el borde del pozo.

—Mirad —Kara dirigió su linterna hacia una puerta que se encontraba en el lado más apartado.

Rodearon el pozo.

Omaha colocó la palma de la mano en la superficie de la puerta.

—Hierro también. Seguro que lo fundían por aquí cerca.

Había una manivela, pero una barra atravesaba de un lado al otro el marco de la puerta.

—Para mantener la cámara cerrada a presión —dijo Coral tras de ellos—.

Para mantener el vacío explosivo.

Señaló con un movimiento de cabeza hacia el pozo de agua.

Por encima de ellos, se oyó el eco de un estallido.

Omaha agarró la barra que cerraba la puerta y tiró de ella. No se movió.

—Maldita sea. Está atascada —se limpió las manos en la capa—. Y pringosa de aceite.

—Para que resistiera la corrosión —comentó Danny. Intentó ayudarle, pero los dos hermanos tampoco consiguieron nada—. Necesitamos una palanca o algo así.

—No —dijo la *hodja* por detrás de ellos. Se abrió paso a un lado del grupo con su bastón y se detuvo junto a Safia—. Las cerraduras de Ubar sólo puede abrirlas una Rahim.

Omaha se limpió las manos de nuevo.

—Señora, adelante, inténtelo.

Lu´lu golpeó la barra con su bastón.

—Se necesita a una persona bendecida por Ubar, alguien que lleve la sangre de la primera reina, para poner en funcionamiento estos artefactos sagrados —la *hodja* se volvió hacia Safia—. Alguien que posea los dones de las Rahim.

—¿Yo? —dijo Safia.

—Te pusimos a prueba —le recordó Lu´lu—. Y las llaves te respondieron.

Safia se acordó de la lluviosa tumba de Job. Se acordó de cómo había esperado a que la lanza y el busto señalasen hacia Ubar. Al principio no ocurrió nada, pero llevaba puestos los guantes de trabajo. Kane había colocado la lanza en el agujero, sin que se moviera. No fue hasta que ella secó la lluvia que corría como lágrimas por la mejilla de la estatua con sus dedos desnudos. No ocurrió nada hasta que la *tocó*.

Entonces se había movido.

Y los cuernos en forma de media luna del toro. No había ocurrido nada hasta que ella los examinó, desatando su electricidad estática. Había puesto en marcha la bomba con el roce de un dedo.

Lu´lu le indicó con un movimiento de cabeza que se adelantase.

Safia, aturdida, dio un paso al frente.

—Espera. —Coral sacó algo de un bolsillo.

—¿Qué es eso? —le preguntó Omaha.

—Estoy probando una teoría —dijo ella—. Antes estuve estudiando las llaves con parte del equipo electrónico de Cassandra.

Coral hizo un gesto para que Safia continuara.

Inspirando profundamente, Safia se acercó y agarró la barra con su mano buena. No sintió nada especial, ningún chispazo. Tiró de la barra, que se levantó sin la menor dificultad. Sorprendida, retrocedió un paso.

—Maldita sea —gritó Omaha.

—Vaya, te ha impresionado —dijo Kara.

—Debo haberla aflojado.

Coral negó con un movimiento de cabeza.

—Es una cerradura magnética.

—¿Qué? —preguntó Safia.

—Esto es un magnetómetro —Coral levantó el dispositivo que tenía en la mano—. Mide las cargas magnéticas. La polaridad de esa longitud de hierro ha cambiado cuando la has tocado.

Safia miró fijamente la barra.

—¿Cómo...?

—El hierro es altamente conductivo y reactivo al magnetismo. Si frotas una aguja con un imán le traspasas la carga magnética. De alguna manera, estos objetos responden a tu presencia, a alguna energía que tú emites.

Safia recordó el movimiento del corazón de hierro sobre el altar de la tumba de Imran. Se había movido como una brújula, alineándose a lo largo de algún eje.

Arriba sonó otro estallido.

Omaha dio un paso adelante.

—Sea como sea, vamos a utilizarla.

Con la barra ya suelta, agarró la manivela y tiró. Las bisagras engrasadas se movieron con facilidad. La puerta se abrió y dio paso a una oscura escalera descendente, tallada en la piedra.

Después de cerrar y bloquear la puerta, Omaha abrió camino con la linterna, Safia caminaba a su lado, y el resto del grupo les seguía.

El pasadizo era recto, aunque con mucha pendiente. Se prolongaba hacia abajo otros treinta metros y desembocaba en una caverna cuatro veces mayor que la primera. En esa cámara también había un pozo, oscuro y vidrioso. El aire desprendía un extraño olor, no sólo a humedad, sino también a ozono, el olor que acompaña a las tormentas de gran aparato eléctrico.

Pero nada de esto retuvo la atención de Safia más de un instante.

A pocos pasos avistó un muelle de piedra que se adentraba en el agua. Al final del mismo flotaba un precioso *dhow* de madera, un barco de vela árabe, de unos diez metros de eslora. Sus costados relucían aceitados, deslumbrantes bajo los destellos de sus linternas. Las barandillas y los mástiles estaban decorados con panes de oro, y las velas, inservibles allí pero aun así presentes, se hallaban plegadas y atadas.

Cuando el grupo se reunió, se escucharon murmullos de asombro.

A la izquierda, un ancho túnel de agua se adentraba en la oscuridad.

En la proa del *dhow* se erguía la figura de una mujer, desnuda de cintura para arriba, con los brazos castamente cruzados sobre el pecho y el rostro mirando hacia el túnel inundado.

Incluso desde allí, Safia reconoció el semblante de la figura.

La Reina de Saba.

—Hierro —dijo Omaha a su lado, llamando su atención. Alumbró con la linterna la cabeza de la figura del barco. La estatua estaba esculpida totalmente en hierro. Avanzó hacia el muelle—. Parece que vamos a navegar de nuevo.

12:32 pm

EN EL FONDO de la dolina, Cassandra miraba fijamente el cuerpo mutilado. No sabía como sentirse. Lástima, ira, un cierto temor. No tenía tiempo para pensar en ellos. En su lugar, puso su mente a maquinar cómo sacar partido de aquello.

—Sacadle a la superficie, metedle en un saco mortuorio.

Los dos soldados sacaron el cadáver del que fuera su jefe de entre los restos del tractor. Otros subían y bajaban por el extremo opuesto, salvando todo lo que podían encontrar, colocando las cargas para apartar con una voladura los restos del vehículo accidentado. Varios hombres retiraban los escombros del camino, utilizando los buggies.

Un par de soldados desenrollaron un largo cable a través de un hueco entre los restos.

Todo parecía en orden.

Cassandra se acercó a la moto de arena y la montó. Se ajustó el pañuelo y las gafas de protección y se encaminó hacia arriba. Pasarían otros quince minutos hasta que las cargas estuvieran colocadas. Aceleró el ritmo y subió rápidamente para salir de la dolina.

Cuando llegó al borde, la fuerza de la tempestad de arena, que se había hecho más fuerte, le hizo volcar. Intentó ganar tracción, lo consiguió, y condujo hasta el centro de mando, cobijada dentro de uno de los pocos edificios de adobe que todavía quedaban en pie, rodeado de camiones aparcados.

Derrapó para frenar, apoyó la moto contra la pared y se bajó.

Entró de golpe por la puerta.

Había hombres heridos sobre mantas y catres, muchos por el tiroteo con el extraño equipo de Painter. Cassandra había oído los informes sobre las habilidades de combate de las mujeres, cómo parecían surgir de la nada y desaparecían exactamente de la misma manera. No había ni una sola estimación de cuántas eran.

Pero ahora se habían ido todas, habían bajado por el agujero.

Cassandra se acercó a un catre. Un médico atendía a un hombre inconsciente, rematando una última sutura en la laceración de la mejilla. El médico no podía hacer nada con la enorme hinchazón que se le veía en la frente.

Painter podría tener las siete vidas de un gato, pero en esta ocasión no había caído de pie. Se había dado un golpe tremendo en la cabeza. La única razón de que aún siguiera con vida era la arena suelta que había a lo largo del borde de la dolina, que había amortiguado su caída.

Por la aviesa mirada de los hombres se adivinaba que no apreciaban tanto la buena suerte de Painter. Todos conocían el sangriento final que había tenido John Kane.

Cassandra se detuvo a los pies del catre.

—¿Cómo está?

—Conmoción cerebral leve. Pupilas uniformes y reactivas. Este hijo de perra sólo ha perdido el conocimiento.

—Pues despiértale, dale a oler esas sales.

El médico suspiró, pero obedeció. Tenía otros hombres, sus propios hombres, a los que atender. Pero Cassandra todavía estaba al mando. Y todavía tenía que hacer uso de Painter.

12:42 pm

—¿Entonces qué hacemos? —preguntó Omaha—. ¿Remar? ¿Salir y empujar?

Desde la proa de la embarcación, miró atrás. Toda la compañía había subido al fantástico *dhow*. Barak se encorvó sobre el timón del barco. Clay se arrodilló y rascó el pan de oro. Danny y Coral parecían estar estudiando la estructura del timón, inclinándose por la popa y mirando fijamente hacia abajo. Las Rahim se dispersaron por el barco para examinar otros detalles.

El *dhow* resultaba todavía más impresionante visto de cerca. Los panes de oro adornaban la mayor parte de todas las superficies. Los pomos estaban adornados con madreperlas. Los candeleros eran de plata maciza. Incluso las maromas llevaban hebras de oro tejidas en ellas. Era una falúa real.

A pesar de su belleza, no parecía demasiado práctica como embarcación para navegar. No a menos que de repente soplara un fuerte viento. Detrás de Omaha, Kara y Safia permanecían de pie en la proa, flanqueando el busto de hierro de la Reina de Saba. La *hodja* se apoyaba en su bastón.

—Vamos, tócala —pidió Kara a Safia. La *hodja* le había recomendado lo mismo.

Safia tenía su brazo bueno cruzado bajo el cabestrillo y en su cara se percibía un gesto de preocupación.

—No sabemos lo que ocurrirá.

En sus ojos, Omaha vio el destello de la erupción de la cámara de trilitos. Safia observó a la nueva tripulación del *dhow*. Temía ponerles en peligro, especialmente por su propia mano.

Omaha avanzó hasta ponerse a su lado y posó una mano en su hombro.

—Safi, Cassandra va a bajar hasta aquí a disparar todas sus armas. Personalmente, prefiero jugarme el tipo con esta dama de hierro que con esa zorra de corazón de acero.

Safia suspiró. Él sintió que ella se relajaba bajo la palma de su mano, rindiéndose por fin.

—No me sueltes —susurró ella. Avanzó y tocó el hombro de la estatua de hierro, de la misma manera que Omaha le estaba tocando a ella. Cuando la palma de la mano de Safia hizo contacto, Omaha notó que un ligero escalofrío eléctrico le recorría el cuerpo. Safia pareció no darse cuenta.

No ocurrió nada.

—No creo que yo sea la persona adecuada para...

—No —dijo Omaha, interrumpiéndole—. Mantente firme.

Él sintió un ligero temblor bajo los pies, como si las aguas bajo el barco hubieran empezado a hervir. Lentamente, el barco empezó a moverse.

Giró en redondo.

—¡Soltad amarras! —gritó a los otros.

Las Rahim se movieron rápidamente, soltando las amarras y las cuerdas.

—¿Qué ocurre? —preguntó Safia, que mantenía la palma de la mano en su sitio.

—Barak, ¿tienes el timón?

Cerca de la popa, el hombre lo confirmó agitando un brazo.

Coral y Danny corrieron hacia delante. La espigada mujer arrastraba una gran maleta.

La velocidad del barco aumentó ligeramente. Barak les dirigió hacia la bocana abierta del túnel inundado. Omaha levantó la linterna y la encendió. El haz de luz se perdió en la oscuridad.

¿Hasta dónde llegará? ¿Adónde conducirá?

Sólo había una manera de descubrirlo.

Safia temblaba bajo la palma de la mano de Omaha, que se acercó más, hasta pegar su cuerpo al de ella. Safia no protestó, inclinándose hacia atrás ligeramente. Omaha podía leer sus pensamientos. El barco no había explotado. Todos estaban a salvo, de momento...

Coral y Danny se inclinaron de nuevo sobre el costado del barco, alumbrando con sus linternas.

—¿Hueles el ozono? —dijo ella al hermano de Omaha.

—Claro.

—Mira cómo el agua desprende vapor cuando toca el hierro.

Sus ojos se llenaron de curiosidad.

—Chicos, ¿qué estáis haciendo? —preguntó Omaha.

Danny se echó hacia atrás, con la cara sofocada.

—Investigación.

Omaha puso los ojos en blanco. Su hermano siempre sería un loco de la ciencia.

Coral se irguió.

—En el agua se está produciendo algún tipo de reacción catalítica. Creo que la desencadenó la doncella de hierro. Está generando algún tipo de fuerza propulsora —se inclinó sobre la barandilla de nuevo—. Quiero comprobar el agua.

Danny asintió, como un cachorro moviendo la cola.

—Buscaré un cubo.

Omaha les dejó con su proyecto de ciencias. En este momento, lo único que le preocupaba era saber hacia dónde se dirigían. Se dio cuenta de que Kara le estaba mirando... no, les miraba a él y a Safia.

Al verse sorprendida mirando, Kara desvió la atención hacia el oscuro túnel.

Omaha se dio cuenta de que la *hodja* hacía lo mismo.

—¿Sabes adónde nos lleva? —preguntó a la anciana.

Ésta se encogió de hombros.

—Hacia el verdadero corazón de Ubar.

Se hizo un silencio en el barco según avanzaban bajando por la larga y oscura garganta. Omaha miraba hacia arriba, tal vez esperando ver el cielo de la noche. Pero no allí.

Allí navegaban a muchos metros por debajo de las arenas.

12:45 pm

Painter se despertó sobresaltado, jadeando, ahogándose y con los ojos ardiendo.

Intentó sentarse pero le empujaron hacia atrás. Su cabeza repicaba como una campana. Le molestaba la luz. La habitación le daba vueltas. Giró hacia un lado y vomitó por el borde del catre. Su estómago se retorcía una y otra vez.

—Veo que estás despierto.

Aquella voz congeló el febril dolor de su cuerpo. A pesar del destello y el dolor que le causaban las intensas luces, miró a la mujer que estaba a los pies de su cama.

—Cassandra.

Estaba vestida con un uniforme de faena de color pardo, con un poncho hasta las rodillas, atado con cinturón. Un sombrero le colgaba de un cordón por la espalda, y llevaba un pañuelo al cuello. Su piel brillaba a la luz, pero sus ojos resplandecían todavía con más intensidad.

Él intentó sentarse, mas dos hombres le sujetaron por los hombros.

Cassandra les ordenó retirarse.

Painter se sentó lentamente. Las armas le apuntaban.

—Tenemos varios asuntos que discutir —Cassandra se agachó sobre una de sus rodillas—. Esa pequeña proeza tuya me ha costado la mayor parte de mi equipo electrónico. Aunque logramos salvar unas cuantas cosas, como mi ordenador portátil. —Señaló al ordenador que estaba sobre una silla plegable. Mostraba un mapa de la región vía satélite de SeaWIFS, con imágenes en directo de la tempestad de arena.

Painter vio que los datos meteorológicos se desplazaban. El sistema de altas presiones de la costa del Mar de Omán finalmente había cruzado las montañas. Debía chocar con la tempestad de arena en las dos próximas horas. Una tempestad de mil demonios, tanto en el mar como en tierra.

Pero a nadie le importaba eso ahora.

—No pienso decirte nada —espetó él.

—No recuerdo haberte preguntado ninguna cosa.

Él le hizo un gesto de mofa. Incluso eso le dolía.

Cassandra se volvió hacia el ordenador y pulsó varias teclas. La pantalla mostró una proyección de la zona: ciudad, ruinas, desierto. Era monocromática, excepto por un pequeño círculo de color azul, de 6 milímetros de diámetro, que giraba lentamente. Por debajo de él, las coordenadas a lo largo de los ejes X, Y y Z iban cambiando. Imagen en directo. Él sabía perfectamente lo que estaba mirando, la señal de un microtransmisor, un sistema diseñado por sus propias manos.

—¿Qué has hecho?

—Se lo implantamos a la Dra. al-Maaz. No queremos perderle el rastro.

—La transmisión... bajo tierra... —Pasó un mal rato intentando desenredar la lengua.

—Encontramos hueco suficiente entre los escombros para bajar una antena. Una vez que pudimos soltar suficiente cable, captamos su señal. Debe haber buena acústica allí abajo. Hemos bajado los amplificadores de transmisión. Podemos seguirle la pista en cualquier parte.

—¿Por qué me estás contando todo esto?

Cassandra regresó a su cama. Tenía un pequeño transmisor en la mano.

—Para informarte de una pequeña modificación en tu diseño. Al parecer, que con un poco más de batería, puedes hacer estallar una bolita de C4. Te puedo mostrar el esquema.

Painter se quedó helado.

—Cassandra, ¿qué has hecho? —Visualizó la cara de Safia, su tímida sonrisa.

—En el transmisor hay c4 suficiente para destrozar la columna vertebral de alguien.

—No habrás...

Ella enarcó una ceja, gesto que a él solía excitarle y acelerarle el pulso. Pero en este momento, le aterrorizó.

Painter apretó un puñado de hojas.

—Te diré lo que quieres saber.

—Qué cooperativo. Pero, una vez más, Painter, no recuerdo haberte hecho ninguna pregunta —cogió el transmisor y miró fijamente a la pantalla—. Ha llegado el momento de castigarte por tu pequeña proeza de hoy.

Apretó el botón.

—¡No!

Su grito se perdió en una terrible explosión. Parecía que le hubiese explotado el corazón. Se quedó sin habla al comprenderlo.

Cassandra sonrió mirándole, deliciosamente satisfecha.

Las risas de los hombres de la sala fueron cada vez más groseras, con poco sentido del humor.

Ella sujetó el dispositivo.

—Lo siento, creo que me he equivocado de transmisor. Éste controlaba las cargas situadas en los restos del tractor. Mis expertos en demolición me han prometido que los explosivos abrirán un paso hacia el túnel. Todo lo que se necesita ahora es un poco de limpieza. Podremos entrar dentro de una media hora.

A Painter todavía le dolía el corazón y le palpitaba en la garganta.

Cassandra sacó un segundo transmisor.

—Éste es el bueno. Conectado con el transmisor de Safia. ¿Lo intentamos de nuevo?

Painter se limitó a agachar la cabeza. Seguro que lo haría. Ubar estaba abierto, así que Cassandra ya no necesitaba los conocimientos de Safia.

Cassandra se arrodilló más cerca de él.

—Ahora que tengo toda tu atención, tal vez podamos charlar un poco.

1:52 pm

Safia pasaba el rato sin hacer nada, con una mano sobre el busto de hierro y la cadera apoyada contra la barandilla del barco. ¿Cómo podía estar tan asustada y tan cansada al mismo tiempo? Había transcurrido media hora desde que todos oyeran la explosión, que provenía de la rampa en espiral.

—Suena como si Cassandra se abriera paso a golpes —había dicho Omaha.

Para ese momento, su barco había avanzado bastante túnel abajo. Aun así, la tensión había aumentado. Muchas linternas señalaban hacia atrás, sin ver a nadie. Safia se podía imaginar la frustración de Cassandra cuando descubriera que se habían ido y se enfrentara a un túnel inundado.

Tendrían que nadar un buen trecho si Cassandra y su equipo querían seguirles.

Aunque el avance del *dhow* era tan sólo un poco más rápido que un paseo enérgico, ya habían navegado durante más de una hora. Tenían que estar por lo menos a nueve o diez kilómetros de distancia, en lo que era una lenta pero auténtica fuga.

A cada momento que pasaba, todo el mundo se relajaba un poco más. ¿Quién podía garantizar que Cassandra lograría despejar de escombros la entrada de la rampa?

Aun así, Safia no podía dejar de sentir otro temor, uno más próximo a su corazón.

Painter.

¿Qué le habría ocurrido? Muerto, capturado, perdido en la tempestad. Parecía que no había ninguna posibilidad esperanzadora.

Detrás de Safia, unas cuantas Rahim cantaban suavemente, con tristeza, llorando su muerte. Arameo de nuevo. El corazón de Safia respondió, afligido.

Lu´lu se movió para llamar su atención.

—Nuestro antiguo idioma, el idioma de la última reina, está muerto, pero todavía lo hablamos entre nosotras.

Safia escuchaba, transportada a otro tiempo.

Cerca de ella, sentados en la tablazón de cubierta, Kara y Omaha dormían con la cabeza agachada.

Barak, de pie junto al timón, seguía el serpenteo suave del cauce. Tal vez, en tiempos, el pasaje habría formado parte de un antiguo sistema fluvial subterráneo.

A unos pasos de distancia, Coral estaba sentada con las piernas cruzadas, inclinada sobre un conjunto de equipos, que funcionaban mediante batería. Su cara se iluminaba con el destello de la pantalla. Danny le ayudaba, arrodillado a su lado, con el rostro cerca del suyo.

Por detrás de ellos, los ojos de Safia encontraron a un último miembro de su grupo.

Clay descansaba apoyado contra la barandilla de estribor, mirando adelante. Barak y él habían compartido un cigarrillo hacía un momento, uno de los pocos que quedaban en el paquete del árabe. Clay tenía aspecto de necesitar otro.

Se dio cuenta de la atención de ella y se aproximó.

—¿Cómo te mantienes en pie? —preguntó ella.

—Lo único que puedo decir es que más me habría valido sacar buenas notas —su sonrisa fue sincera aunque un poco débil.

—No sé —bromeó ella—. Siempre se puede mejorar.

—De acuerdo. Es la última vez que me clavan un dardo en la espalda por ti —suspiró, mirando a la oscuridad—. Pero cuánta agua hay ahí abajo...

Safia recordó el miedo que él tenía al mar, rememorando una conversación similar en la barandilla del *Shabab Oman*. Ahora aquello parecía muy lejano.

Danny se puso en pie y se estiró.

—Coral y yo estábamos hablando de eso, de la enorme cantidad de agua que hay ahí abajo. Hay mucha más de la que se puede atribuir a la lluvia o a la capa freática.

Omaha se volvió, hablando con la cabeza agachada. No había estado durmiendo, solamente reposando.

—Entonces ¿de dónde viene, experto?

Coral respondió.

—La ha generado la Tierra.

Omaha levantó la cabeza.

—¿Cómo dices?

—Desde la década de 1950, se ha sabido que hay más agua dentro de la Tierra que la que se puede explicar recurriendo al ciclo hidrológico de evaporación y lluvia en la superficie. Ha habido muchos casos de grandes manantiales de agua encontrados a bastante profundidad dentro de la Tierra. Acuíferos gigantescos.

Danny interrumpió.

—Coral... la Dra. Novak me ha contado el caso de un manantial que se encontró durante las excavaciones para la construcción del Hospital Harlem en Nueva York. Manaba agua a un régimen de nueve mil litros por minuto. Se necesitaron toneladas de cemento para generar la suficiente presión para tapar el manantial.

—¿Y de dónde demonios sale todo esta agua nueva?

Danny hizo un gesto con la mano a Coral.

—Tú lo sabes mejor.

Ella suspiró, claramente interesada con la interrupción.

—El ingeniero y geólogo Stephen Reiss, propuso que ese agua *nueva* se forma habitualmente dentro de la Tierra mediante la combinación elemental de hidrógeno y oxígeno, generados en el magma. Que un kilómetro cúbico de granito, sometido a la presión y temperatura adecuadas, tiene capacidad para generar treinta mil millones de litros de agua. Y que tales reservas de aguas *magmáticas* o *generadas por la Tierra* son abundantes bajo la corteza, interconectadas en un extenso sistema acuífero, que rodea el globo.

—¿Incluso bajo los desiertos de Arabia? —preguntó Omaha, medio en broma.

—Seguramente. Reiss, hasta que murió en 1985, tuvo más de cincuenta años de éxito encontrando agua en lugares donde otros geólogos habían predicho abiertamente que sería imposible. Incluyendo los Pozos de Eilar en Israel, que continúan produciendo suficiente agua para una ciudad de cien mil personas. Hizo lo mismo en Arabia Saudí y en Egipto.

—Entonces, ¿crees que toda esta agua de abajo podría formar parte de ese sistema?

—Tal vez —Coral abrió una pequeña puerta de una de sus máquinas. Safia percibió una ligera niebla que salía de ella. Una especie de nevera. Pescó un diminuto tubo de ensayo con unas pinzas y lo agitó. Lo que Coral estaba viendo le hizo fruncir el entrecejo.

—¿Qué ocurre? —le preguntó Danny, al descubrir su reacción.

—Pasa algo extraño con este agua.

—¿Qué quieres decir?

Le mostró el tubo de ensayo.

—He estado intentando congelarla.

—¿Y?

Ella sujetaba el tubo de ensayo de plástico.

—En el frigorífico de nitrógeno, he bajado la temperatura del agua hasta treinta grados bajo cero. Y aun así no se ha congelado.

—¿Cómo? —Omaha se inclinó más cerca.

—No tiene sentido. En un congelador, el agua acaba cediendo su energía calorífica ante el frío y se solidifica. Bueno, este agua sigue irradiando calor y no se solidifica. Es como si tuviera una cantidad ilimitada de energía almacenada en ella.

Safia tenía la mirada fija más allá de la barandilla del *dhow*. Todavía podía oler el ozono. Recordaba el ligero vapor que se formaba en el agua en torno al hierro.

—¿Todavía tienes el escáner Rad-x entre el equipo?

Coral asintió con la cabeza, abriendo los ojos.

—Claro.

La física montó la unidad de barra y base. La pasó sobre el tubo de ensayo. Sus ojos dijeron lo que había encontrado antes de que hablase.

—Aniquilación de antimateria.

Se puso en pie de golpe y mantuvo el escáner sobre la barandilla, moviéndose de la medianía del barco hacia el lugar que ocupaba Safia en la proa.

—Es más fuerte a cada paso.

—¿Qué demonios significa eso? —preguntó Omaha.

—El magnetismo del hierro está desencadenando cierta aniquilación de antimateria.

—¿Antimateria? ¿Dónde?

Coral miró a su alrededor.

—Estamos navegando a través de ella.

—Eso es imposible. La antimateria se aniquila a sí misma en contacto con cualquier materia. No puede estar en el agua. Se habría aniquilado con las moléculas del agua hace mucho tiempo.

—Tienes razón —dijo Coral—. Pero no puedo desestimar las lecturas. De alguna manera, el agua está enriquecida con antimateria.

—¿Y es eso lo que está impulsando el barco? —pregunto Safia.

—Tal vez. De alguna manera el hierro magnetizado ha activado la aniquilación de antimateria localizada en el agua, convirtiendo su energía en una fuerza motriz, que nos impulsa.

—¿Qué pasa con la posibilidad de que todo se desestabilice? —preguntó Omaha.

Safia se puso tensa. Recordó la explicación de Painter acerca de cómo la radiación de la desintegración de los isótopos de uranio podría haber provocado la explosión del museo. Recordó la imagen de los huesos humeantes del guarda del museo.

Coral miraba fijamente a su escáner.

—No estoy leyendo ninguna radiación alfa o beta, pero no puedo decirlo con seguridad —la física regresó a su puesto de trabajo—. Necesito hacer más estudios.

La *hodja* habló por primera vez. Había pasado por alto la excitación y se limitó a mirar adelante.

—El túnel se acaba.

Todas las miradas se volvieron a ella. Incluso Coral se puso en pie.

Por delante, un suave destello de luz bailaba, creciendo y menguando. Era suficiente para saber que el túnel terminaba unos 10 metros más adelante. Siguieron navegando. En el último metro, el techo del túnel se dentaba como las fauces de un tiburón.

Nadie habló.

El barco salió del túnel y entró en una descomunal cámara subterránea.

—¡Madre de Dios! —exclamó Omaha.

2:04 pm

CASSANDRA TENÍA EL auricular del teléfono vía satélite pegado a la oreja izquierda y se tapaba la derecha con la mano para disminuir el atronador ruido de la tempestad. Estaba en el segundo piso del edificio de adobes que albergaba el centro operativo de su comando. La tempestad se había desatado entre las cenizas de la ciudad. La arena batía las ventanas protegidas con tablones.

Según escuchaba, caminaba de un lado para otro. La voz, alterada digitalmente, hacía muy difícil la escucha. El jefe del Gremio insistía en el anonimato.

—Jefe gris —continuó el Patriarca—, pedir un tratamiento tan especial durante esta tempestad pone en riesgo nuestra operación en el desierto, por no decir al Gremio al completo.

—Sé que puede parecer exagerado, señor, pero hemos encontrado el objetivo. Estamos a escasos pasos de la victoria. Podemos estar fuera de Shisur incluso antes de que termine la tempestad. Eso si logramos hacernos con los suministros de Thumrait.

—¿Y qué garantía puede darme de que tendrá éxito?

—Me juego la vida en ello.

—Jefe gris, tu vida siempre ha estado en juego. El mando del Gremio ha estudiado tus recientes fallos. Si se produjera algún inconveniente más en estos momentos tendríamos que reconsiderar seriamente la necesidad de tus servicios en el futuro.

Hijo de perra, pensó Cassandra para sí misma. Se esconde tras su nombre en clave, sentado detrás de un maldito escritorio, y tiene el descaro de cuestionar mi competencia. Pero Cassandra conocía una manera de salvar su última dificultad.

—Señor, en este caso estoy segura de la victoria, pero también querría pedirle que después de que todo pase pueda limpiar mi nombre. Se me asignó un lugarteniente para mi equipo. No fue elección mía. John Kane ha hecho mal las cosas y ha minado el espíritu de lucha en mi comando. Fue *su* falta de seguridad la que provocó este retraso y su propia muerte. Yo, por otra parte, pude dominar y apresar al saboteador, un miembro clave de la Fuerza Sigma de DARPA.

—¿Tienes a Painter Crowe?

Cassandra frunció el ceño por la familiaridad tras aquel tono.

— Sí, señor.

—Muy bien, jefe gris, después de todo no me había equivocado al depositar mi confianza en ti. Tendrás tus suministros. Cuatro tractores blindados conducidos por efectivos del Gremio están ya en camino, como habíamos hablado.

Cassandra se mordió la lengua. Así que toda esta intimidación sólo era para aparentar.

—Gracias, señor —dijo forzadamente, pero fue un esfuerzo baldío. El Patriarca ya había colgado. También ella colgó el teléfono pero siguió caminando de un lado a otro de la habitación un par de veces más, respirando profundamente.

Había estado tan segura de la victoria cuando consiguió volar el tractor y sacarlo fuera del agujero... Había disfrutado atormentando a Painter, hundiéndole para que acabase hablando. Ahora sabía que los demás no planteaban una amenaza real. Un puñado de combatientes con experiencia, pero también muchos civiles, niñas y ancianas.

Después de que se retiraran los escombros, la propia Cassandra había bajado por el agujero, dispuesta a la victoria, tan sólo para descubrir el río subterráneo. Encontró un muelle de piedra, por lo que los demás habían encontrado alguna embarcación con la que alejarse a golpe de remos.

Tenía que trazar planes alternativos... una vez más.

Había tenido que contar con el apoyo del Patriarca, pero a pesar de su frustración, la llamada no pudo salir mejor. Había encontrado una cabeza de turco para sus errores pasados y pronto dispondría de todo lo que necesitaba para garantizar su victoria bajo la arena.

Ya más calmada, Cassandra se dirigió a las escaleras. Supervisaría los últimos preparativos. Bajó los peldaños de madera y entró en lo que se había habilitado como sala de hospital temporal. Se acercó al médico al mando y le hizo un gesto con la cabeza.

—Tendrás todos los suministros que necesitas. Los camiones llegarán en dos horas.

El médico parecía aliviado. Los otros hombres la escucharon y la alegría fue en aumento.

Echó un vistazo a Painter, medio sedado, aturdido en la cama. Había dejado el ordenador portátil cerca de su cama. La luz azul del transmisor de Safia brillaba en la pantalla.

Un recordatorio.

Cassandra llevaba el dispositivo en su bolsillo, una garantía adicional para el buen comportamiento y la cooperación de Painter.

Comprobó el reloj. Pronto habría terminado todo.

2:06 pm

Kara estaba de pie en la proa con Safia. Sujetaba la mano libre de su hermana mientras ésta de alguna manera impulsaba el *dhow* con su tacto. Lo habían logrado, habían encontrado lo que su padre había buscado durante tantos años.

Ubar.

El *dhow* salió del túnel y entró en una enorme caverna, con una altura de unos treinta pisos por encima de sus cabezas, y que se extendía casi dos kilómetros. Una laguna respetable que llenaba la caverna hasta profundidades desconocidas.

A medida que avanzaban por el lago subterráneo, las linternas alumbraban en todas direcciones, hacia el exterior del *dhow*. No era necesaria iluminación adicional. De un lado al otro del techo, los destellos eléctricos de cobalto formaban arcos de aspecto dentado, mientras que unas nubes gaseosas de bordes irregulares giraban con un fuego interior, como espectros que subían y bajaban.

Energía estática atrapada. Probablemente captada de la tormenta de la superficie.

Pero el fogoso despliegue fue lo que menos llamó su atención. Su brillo se reflejaba y deslumbraba por todas las superficies: la laguna, el techo, las paredes.

—Es todo cristal —dijo Safia, mirando arriba y alrededor.

Toda la caverna era una gigantesca burbuja de vidrio enterrada bajo la arena. Incluso divisó unas dispersas estalactitas de cristal que colgaban del techo. Arcos azulados recorrían las estalactitas, como arañas eléctricas.

—Escoria —dijo Omaha—. Arena fundida y solidificada, como la rampa.

—¿Qué puede haber formado esto? —preguntó Clay.

Nadie se aventuró a hacer conjeturas, mientras el *dhow* seguía su trayecto.

Coral miró hacia la laguna.

—Toda esta agua.

—Debe estar generada por la Tierra —murmuró Danny—. O en tiempos lo estuvo.

Coral parecía no escucharle.

—Si toda está enriquecida con antimateria...

La posibilidad les sumió en un aterrador silencio. Se limitaron a observar el juego de energías de un lado a otro del techo, reflejado en las tranquilas aguas.

De repente, Safia lanzó un grito ahogado. Quitó la mano del hombro del busto de hierro y se tapó la boca.

—Safia, qué...

Kara lo vio entonces. Al otro lado del lago apareció una orilla entre la oscuridad; surgía de las aguas y se extendía hacia la pared del fondo. Cientos de pilares de cristal negro se levantaban desde el suelo hasta el techo, de todos los tamaños. Robustas columnas, finas agujas y espirales con giros imposibles.

—Las mil columnas de Ubar —susurró Safia.

La proximidad permitió que se revelaran por sí mismos varios detalles adicionales, iluminados por los destellos reflejados del despliegue eléctrico. De la oscuridad, surgía una ciudad, centelleante, brillante, reluciente.

—Todo cristal —murmuró Clay.

La milagrosa ciudad ascendía por la orilla, prolongándose hasta la parte superior de la pared trasera, dispersa entre los pilares. A Kara le recordó las ciudades al borde del mar que se encontraban a lo largo de la costa de Amalfi, con el aspecto de las piezas de una construcción de juguete desparramadas colina abajo.

—Ubar —anunció la *hodja* a su lado.

Kara miró atrás precisamente cuando todas las Rahim se arrodillaban en cubierta. Habían regresado a casa después de dos milenios. Una reina lo había abandonado; ahora regresaban treinta.

El *dhow* se detuvo cuando Safia levantó la mano, arrebatada por el momento.

Omaha se acercó a Safia, rodeándola con un brazo.

—Más cerca.

Ella tocó de nuevo el hombro de hierro. La embarcación navegó otra vez, moviéndose suavemente hacia la antigua ciudad perdida.

Barak avisó desde el timón.

—¡Otro muelle! ¡Veré si puedo dirigirme allí!

El *dhow* viró hacia el saliente de piedra.

Kara observaba fijamente la ciudad a medida que se acercaban. La luz de las linternas acortaba la distancia, añadiendo iluminación adicional. Los detalles resultaban más claros.

Aunque las casas tenían paredes de cristal, contaban con adornos de plata, oro, marfil y tejas de cerámica. Un palacio cerca de la orilla mostraba un mosaico que parecía hecho de esmeraldas y rubíes. Una abubilla. Este pájaro crestado fue un importante elemento en muchos relatos sobre la Reina de Saba.

Todos estaban abrumados.

—¡Reduce la velocidad! —gritó Barak según se aproximaban al muelle.

Safia dejó de tocar la estatua de hierro y el avance del *dhow* se redujo de inmediato. Barak deslizó la embarcación fácilmente junto al muelle.

—Amarrad la falúa —dijo.

Las Rahim se pusieron de nuevo en pie. Las mujeres saltaron al muelle de arenisca y anudaron los cabos en amarraderos de plata, atando el otro extremo al *dhow* real.

—Estamos en casa —dijo Lu´lu. Las lágrimas le empañaron la mirada.

Kara ayudó a la anciana a regresar al centro de la embarcación de manera que pudiera bajar al muelle. Una vez en tierra firme, la *hodja* hizo gestos a Safia para que se acercara a ella.

—Tienes que guiarnos. Tú nos has traído de vuelta a Ubar.

Safia se mostró reacia, pero Kara le dio un codazo.

—Hazle ese pequeño favor a la anciana.

Respirando profundamente, Safia saltó del *dhow* y guió al grupo hacia la cristalina orilla de Ubar. Kara marchaba detrás de Safia y Lu´lu. Aquél era su momento. Incluso Omaha trató de controlarse para no echar a correr, aunque iba moviendo la cabeza a derecha e izquierda, intentando ver más allá de los hombros de las dos mujeres.

Alcanzaron la orilla, alumbrando su avance con todas las linternas.

Kara miraba hacia arriba y a su alrededor. Distraída, chocó con la espalda de Safia. Ella y la *hodja* se detuvieron en seco.

—¡Dios mío...! —gimió Safia.

Lu´lu, en silencio, cayó de rodillas.

Kara y Omaha las adelantaron y contemplaron el horror al mismo tiempo. Omaha se estremeció. Kara dio un paso atrás.

Unos metros más adelante, un esqueleto, un cuerpo momificado, sobresalía del suelo. Su parte inferior estaba todavía hundida en el vidrio. Omaha dirigió el haz de su linterna más allá de la calle. Había otros cuerpos dispersos, medio enterrados en la calzada. Kara divisó un brazo disecado que asomaba por el cristal, como si su dueño se hubiera ahogado en un mar negro. Parecía la mano de un niño.

Todos se habían ahogado en el vidrio.

Omaha avanzó todavía un poco más, antes de saltar a un lado. Señaló con la linterna justo al punto hasta el que había caminado. La luz penetró en el vidrio, revelando una figura humana enterrada debajo, quemada hasta los huesos, acurrucada dentro del cristal bajo sus pies.

Kara no podía parpadear. Era idéntica a la de su padre.

Finalmente se cubrió la cara y se volvió.

Omaha habló a sus espaldas.

—Creo que hemos descubierto la verdadera tragedia que sacó de aquí a la última reina de Ubar, haciendo que sellara el lugar y lo maldijera para siempre —regresó con los demás—. Esto no es una ciudad. Es una tumba.

20
BATALLA BAJO LA ARENA

∏ ⅄ Χ ⅄ 1 1 ⅄ ∏ ⅄ ∏ ○ 1 ⅄ ⅄ (Σ Γ ⅄

4 de diciembre, 3:13 pm
Shisur

Painter miró hacia el otro lado de la improvisada sala médica. Los sedantes de la inyección le enturbiaban la cabeza, pero gran parte del efecto comenzaba a desaparecer, lo que le permitía pensar con mayor claridad. Aún así, se guardó ese hecho para sí mismo.

Vio a Cassandra entrar en la sala, con dificultades a causa de la fuerza de la tempestad. Un remolino de arena entró con ella, y tuvo que empujar con el hombro para cerrar la puerta.

Painter había escuchado lo suficiente como para saber que su intento de capturar a los demás había terminado en una metedura de pata. Pero no disponía de más detalles. No obstante, por la confianza de los pasos de Cassandra, y por la forma en que parecía mantener la moral alta, supo que no había sido derrotada por completo. Como siempre, aquella mujer tenía otro plan.

Ella percibió su atención adormilada, se aproximó hasta él y se dejó caer sobre un catre cercano. Su guardia personal, sentado junto a Painter, se enderezó. La jefa estaba delante. Cassandra sacó una pistola y la colocó sobre su regazo.

¿Habría llegado su final?

Por el rabillo del ojo, Painter consiguió divisar el diminuto círculo azul en la pantalla del portátil; al menos Safia continuaba con vida. Se había alejado de Shisur, en dirección norte. La pantalla de las coordenadas mostraba que continuaba bajo tierra, a unos noventa metros de profundidad.

Cassandra hizo un gesto al guardia para que se fuera.

—¿Por qué no sales a fumarte un cigarro? Yo vigilaré al prisionero.

—Sí, mi capitán, gracias. —Se dio la vuelta antes de que su superiora cambiase de idea. Painter percibió un matiz de miedo en la voz del hombre. Imaginaba cómo llevaría las cosas Cassandra, con intimidación y puño de hierro.

Cassandra estiró los brazos y las piernas.

—Bien, Crowe...

Painter apretó el puño bajo las sábanas. No le serviría de mucho, ya que tenía uno de los talones esposado a la pata del catre, y además ella se encontraba fuera de su alcance.

—¿Qué quieres ahora, Sánchez? ¿Regodearte?

—No. Sólo quería informarte de que tu captura parece haber despertado el interés de mis superiores. De hecho, es posible que gracias a ti haya conseguido ascender varios escalones en la pirámide de mando del Gremio.

Painter frunció el ceño. No había venido a regodearse, sino a alardear.

—¿El Gremio? Así que ésa es la organización que te firma las nóminas.

—¿Qué quieres que te diga? El sueldo no está nada mal —Se encogió de hombros—. Más paquetes de beneficios, un buen plan de pensiones, tu propio escuadrón de la muerte... ¿Cómo no me iba a interesar?

Painter notó la combinación de confianza y escarnio en su voz. Mala señal. Sin duda, tenía un plan en mente para obtener la victoria final.

—¿Para qué te uniste a ese Gremio? —le preguntó.

Cassandra bajó la mirada hacia él, amarrado al viejo catre. Su voz se volvió pensativa, a la vez que mucho más mezquina.

—El verdadero poder sólo se encuentra en los que están dispuestos a saltarse todas las reglas para conseguir sus objetivos. Las leyes y las normas no hacen más que cegar y entorpecer. Sé muy bien lo que significa no tener ningún poder.

Su mirada regresó al pasado. Painter percibió un pozo de dolor detrás de aquellas palabras, pero el hielo volvió a templar su voz.

—Al final conseguí la libertad cruzando límites que pocos se atreverían a cruzar. Y más allá, lo que encontré fue poder. Jamás volveré al pasado... ni siquiera por ti.

Painter reconoció la inutilidad de intentar razonar con ella.

—Intenté avisarte de que no siguieras por ese camino —continuó Cassandra—. Si incordias demasiado al Gremio, suelen devolver la coz. Y además, parece que tienen particular interés en ti.

Painter había oído hablar del Gremio. Una organización estructurada a partir de células terroristas, una asociación flexible y con una jerarquía en las sombras. Operaba a escala internacional, sin afiliación nacional específica, aunque se decía que había surgido de las cenizas de la antigua Unión Soviética, una combinación de mafiosos rusos y antiguos agentes de la KGB. Pero posteriormente, el Gremio se disolvió, más allá de las fronteras, como el arsénico en el té, y poco más se supo de ellos. Excepto que eran sangrientos y que no tenían ningún escrúpulo. Sus objetivos resultaban tan sencillos como el dinero, el poder y la influencia. Si conseguían acceso a la fuente de antimateria, su poder no encontraría límites. Serían capaces de chantajear a las naciones, de vender muestras a potencias extranjeras o terroristas... El Gremio se convertiría en una organización imparable e intocable.

Se detuvo un instante a estudiar a Cassandra. ¿Hasta dónde se habría introducido la garra del Gremio en Washington? Recordó el correo electrónico de prueba que envió. Al menos conocía a uno de los peces gordos. Se la habían jugado bien. Apretó el puño con más fuerza.

Cassandra se inclinó hacia delante, apoyando los codos en las rodillas.

—Cuando todo esto acabe, te voy a empaquetar, con un bonito lazo alrededor del cuello, y te voy a enviar a la dirección del Gremio. Ellos se encargarán de machacarte el cerebro como un cangrejo tritura a un pez muerto.

Painter sacudió la cabeza, sin saber siquiera lo que estaba negando.

—He visto en persona los métodos utilizados en sus interrogatorios —continuó Cassandra—. Un trabajo impresionante. Se trataba de un tipo, un agente del MI5, que había intentado infiltrarse en la célula del Gremio en la India. El tipo quedó tan destrozado que lo único que pudo vocalizar fueron unos cuantos lloros lastimeros, como si fuera un cachorro magullado. Aunque la verdad es que yo no había visto nunca cómo se le arranca a un hombre la cabellera, con electrodos taladrados en el cráneo. Fascinante, de veras. ¿Pero para qué te cuento todo esto? Ya lo experimentarás por ti mismo.

Painter jamás habría imaginado la profundidad de la depravación y la malicia de aquella mujer. ¿Cómo podía no haberse dado cuenta de aquel abismo de corrupción? ¿Cómo es que estuvo a punto de entregarle su corazón? Conocía la respuesta. De tal palo, tal astilla. Su padre se había casado con una mujer que terminó por apuñalarle hasta la muerte. ¿Cómo no se había dado cuenta aquel hombre del alma asesina oculta en la mujer a la que había entregado su corazón, con la que dormía noche tras noche, la madre de su propia hijo? ¿Acaso se trataba de una especie de ceguera genética transmitida de generación en generación?

Sus ojos se desviaron hacia el punto azul de la pantalla del ordenador. *Safia*. Sintió un manantial de cálidas sensaciones en su interior. No era amor, al menos no todavía, tras un periodo de tiempo tan corto. Pero era algo mucho más profundo que el respeto y la amistad. Barajó aquella posibilidad, aquel potencial de su interior. Existían mujeres bondadosas, con un corazón tan genuino como el suyo propio. Y él podía amarlas.

Volvió a mirar a Cassandra, y sintió lástima por ella.

Ésta debió percibir algo en su rostro; había esperado derrota, pero en su lugar, lo que encontró fue resolución y calma. La confusión asomó a los ojos de Cassandra, y Painter vio el destello de algo más profundo.

Angustia.

Aunque sólo fue un levísimo destello.

En un abrir y cerrar de ojos, la rabia se apoderó del resto de emociones. Cassandra se puso en pie de un salto, con la pistola en la mano. Él se limitó a mirarla fijamente. Que le disparase si quería. Aquello sería mejor que ser entregado a sus superiores.

Cassandra emitió un sonido entre risa y desdén.

—Te guardaré para el Patriarca. Aunque puede que acuda como espectadora.

—¿El Patriarca?

—Es la última cara que verás en tu vida. —Dio media vuelta y se largó.

Painter escuchó el filo del miedo tras sus últimas palabras, tan similar a las del guardia que había salido poco antes. Miedo a su superior, alguien implacable y con puño de acero. Painter se sentó y permaneció inmóvil sobre el catre.

Los restos del efecto de los sedantes desaparecieron en una repentina llamarada. *El Patriarca.* Cerró los ojos ante la posibilidad. En ese mismo instante, supo con toda certeza quién dirigía el Gremio, o al menos, quién guiaba la mano de Cassandra.

Y era mucho peor de lo que había imaginado.

4:04 pm

—ÉSTE DEBE SER el palacio de la reina —sugirió Omaha.

Desde el otro lado del patio de cristal negro, Safia observaba con atención la inmensa estructura, mientras Omaha barría con la luz de su linterna la superficie de la elevada estructura abovedada. La base era cuadrada, pero se encontraba coronada por una torre redonda de cuatro pisos de altura, con almenas en la parte superior. Arcos de cristal pardo decoraban la torre, dando paso a balcones que se abrían hacia la parte inferior de la ciudad. Zafiros, diamantes y rubíes decoraban las barandas y los muros. Los techos, de oro y plata, relucían con resplandores azulados que se reflejaban en el techo de la caverna.

Aún así, Safia lo observaba con ojo crítico.

—Es un duplicado de la ciudadela en ruinas de la parte superior. Fijaos en las dimensiones, en la estructura de la base, todo coincide.

—Dios mío, Safi, tienes razón. —Omaha dio un paso y se internó en el patio.

El espacio estaba amurallado a ambos lados, con una inmensa apertura arqueada en la parte delantera.

Safia miró a sus espaldas. El palacio, y no cabía duda de que se trataba del palacio de la reina, se alzaba en lo más elevado del muro de la caverna, cerca de la parte posterior de la ciudad, los restos de Ubar, que se extendían por caminos y callejuelas serpenteantes, descendiendo hasta terrazas interiores por escaleras y rampas. Los pilares se elevaban por todas partes.

—Echemos un vistazo al interior —dijo Omaha. Avanzó, seguido de Clay.

Kara ayudó a Lu'lu a caminar. La *hodja* ya se había recuperado de la sorpresa inicial.

Aún así, en su trayecto hasta ese lugar se habían encontrado con innumerables cuerpos momificados, enterrados en el vidrio, la mayoría de ellos sólo en parte, y algunos de ellos se veían completamente consumidos. Todo alrededor, en cada esquina, sus poses agonizantes surgían del cristal como árboles macabros y esqueléticos, miembros momificados. Sus posturas hablaban de un suplicio más allá de toda comprensión. Una mujer, congelada dentro de un muro de cristal, inmersa en él casi por completo, había tratado de proteger a su criatura, elevándola en el aire como si de una ofrenda a Dios se tratara. Mas su súplica no había sido atendida. El bebé se encontraba dentro del cristal también, por encima de la cabeza de la madre. Por todas partes observaron imágenes tan amargas como aquélla.

Ubar debió contar en su día con una población cercana al millar de habitantes. La élite de la ciudad de la superficie. Realeza, clérigos, artesanos que se habían ganado el favor de la reina. Todos muertos.

Aunque la reina había sellado el lugar, y aunque jamás volvió a hablarse de él, debió escaparse alguna palabra suelta en algún momento de la historia. Safia recordaba dos historias de *Las mil y una noches*: "La ciudad de Bronce" y "La ciudad petrificada". Las dos narraciones hablaban de una ciudad cuya población quedó congelada en el tiempo, convirtiéndose en latón o en piedra. La realidad era mucho peor que los cuentos.

Omaha continuó por la entrada del palacio.

—Podría llevarnos décadas estudiar todo esto, y me refiero a la maestría del trabajo en el cristal.

—Ubar reinó durante mil años. Tenía una fuente de poder a mano, diferente a todo lo visto hasta entonces... o hasta ahora. La humanidad descubriría un uso para semejante poder. No quedaría sin explotar. Toda esta ciudad es una muestra de la resolución humana —explicó Kara.

Safia tenía dificultades para igualar el entusiasmo de su amiga y hermana. Aquella ciudad era una necrópolis, una ciudad de muertos, no un legado de recursos, sino de agonía y horrores.

Durante las dos horas anteriores, el pequeño grupo había subido por la ciudad, explorándola en busca de respuestas a la tragedia. Pero llegaron a la cumbre sin encontrar ninguna pista.

Los demás permanecieron abajo. Coral seguía trabajando a la orilla del lago, realizando misteriosas mezclas químicas con la ayuda de Danny, que había descubierto una nueva pasión por la Física... o tal vez por la física rubia de un metro ochenta. Coral parecía encontrarse enfrascada en algo. Antes de que Safia y los demás se marcharan, Coral había pedido algo muy extraño: un par de gotas de sangre de ella y de varias Rahim. Safia le había preguntado la razón, pero Coral se había negado a explicar el por qué de su extraña petición, y se había enfrascado en el trabajo de inmediato.

Entretanto, Barak y el resto de las Rahim se extendieron en busca de algún medio para escapar de aquella tumba.

Omaha dirigía el grupo por el patio del palacio.

En el centro de aquel espacio abierto, una gigantesca esfera de hierro, de más de un metro de diámetro, descansaba sobre un lecho de cristal negro, esculpido con forma de mano. Safia rodeó la figura para observarla. Representaba claramente el toque de la reina sobre los artefactos de hierro, fuente de poder de aquel entorno.

Safia notó que Lu'lu también estudiaba la figura, pero no con la reverencia de antes, sino con horror.

Continuaron avanzando.

Cruzaron ante otra escultura, esta vez realizada en piedra caliza, posada sobre un pedestal de cristal para flanquear uno de los lados de la entrada arqueada del palacio. Safia levantó la mirada hacia la figura con capa, que portaba en una mano una lámpara alargada en alto. Parecía gemela de la que una vez ocultara el corazón de hierro, solo que los detalles de ésa no se veían tan desgastados. Resultaba verdaderamente impresionante, los pliegues perfectos de la ropa, la pequeña llama de arenisca en lo más elevado de la lámpara, los suaves rasgos de su rostro, el de una mujer joven. Safia sintió una punzada de renovado entusiasmo.

Miró al otro lado de la entrada. Sobre el suelo descansaba otro pedestal de cristal negro, pero sin estatua.

—La reina la tomó de aquí —dijo Safia—. Su propia estatua... para ocultar la primera llave.

Omaha asintió.

—Y la enterró en la tumba de Nabi Imran.

Kara y Lu´lu se detuvieron ante los arcos de entrada. Kara iluminó el interior con su linterna.

—Eh, vosotros dos, deberíais ver esto.

Safia y Omaha se unieron a ellas. Más allá de la entrada se abría un corto vestíbulo. Kara iluminó con el haz de luz las paredes, que le devolvieron un resplandor de ricos tonos de barro: habanos, cremas, rosados, sombras, entremezclados con salpicaduras de añil y turquesa.

—Es arena —dijo Kara—, arena mezclada con el cristal.

Safia había visto aquellas obras de arte antes, pinturas realizadas con arena de distintos colores y preservadas tras un cristal, solo que en ese caso, las obras se encontraban *dentro* del cristal. Cubría las paredes, el techo, el suelo, y representaba un oasis en medio del desierto. En la parte más elevada, un sol resplandecía con rayos de arena dorada, arremolinada con el azul y el blanco del cielo. A los lados aparecían dos palmeras datileras y, en la distancia, una tentadora charca de aguas de un azul cristalino. Las dunas rojizas cubrían una pared, realizadas con tal sutileza de tonos y sombras que invitaban a caminar por ellas. Bajo sus pies, arena y piedra. Arena verdadera incorporada en el interior del cristal.

El grupo no pudo evitar seguir adelante. Tras los horrores de la parte baja de la ciudad, aquel vestíbulo constituía un bálsamo para el corazón. La entrada, de unos cuantos escalones, conducía a una cámara con corredores cubiertos de arcos que se adentraban hacia lo más profundo. Una escalinata se elevaba hacia la derecha, dando acceso a los niveles superiores.

Y a todo alrededor, la arena incrustada en el cristal moldeaba vistas panorámicas del desierto, el mar y las montañas.

—¿Sería así como estaba decorada la antigua ciudadela? —se preguntó Omaha—. ¿Creéis que la reina intentaba recrear la morada de piedra, convirtiendo el cristal en arenisca?

—Tal vez se tratara de un asunto de privacidad —continuó Safia—. Cualquier luz en el interior habría revelado los movimientos de la reina.

Avanzaron por aquel espacio y encontraron una sala que llamó la atención de todos ellos. Safia se detuvo a estudiar las pinturas de arena del lado opuesto a la entrada, el primer elemento decorativo que uno observaba al entrar.

Se trataba de un fragmento de desierto, una puesta de sol que alargaba las sombras bajo un cielo oscurecido y teñido de añil. Observó la silueta de una especie de torre plana en la parte superior, que le resultaba ligeramente familiar. Descubrió también otra figura envuelta en un manto, que se acercaba con una lámpara en la mano. Desde la parte superior de la estructura, una cascada de arena brillante, como rayos de luz, se derramaba hacia abajo. Los fragmentos de cuarzo y sílice mezclados con la arena relucían como diamantes.

—El descubrimiento de Ubar —explicó Lu´lu—. Es una imagen que ha pasado de generación en generación. La reina de Saba, de niña y perdida en el desierto, encuentra cobijo, y recibe las bendiciones del desierto.

Omaha se acercó a la espalda de Safia.

—Esa estructura con los rayos de luz que emanan de su interior también parece la ciudadela.

Safia comprendió entonces por qué el edificio le resultaba familiar. Se trataba de una interpretación rudimentaria, en comparación con los detalles de las otras obras. A ambos lados, las pinturas de las paredes mostraban la Ubar de arriba y la de abajo. El palacio y la ciudadela destacaban por su tamaño. Safia cruzó entre ellos.

Se detuvo ante la representación de una Ubar subterránea, toda ella realizada con arenas negras y añiles, una estampa asombrosa por la viveza de sus detalles. Incluso podía observar las dos estatuas que flanqueaban la entrada. El único detalle del patio era la figura de la niña envuelta en el manto. La reina de Ubar. Tocó la figura con los dedos, intentando comprender a su ancestro.

Existían demasiados misterios, y muchos de ellos jamás llegarían a descubrirse.

—Deberíamos regresar a la base —decidió Kara.

Safia asintió y, a regañadientes, iniciaron el camino de vuelta, en dirección a la parte baja. Una serpenteante vía pública conducía desde el lago hasta el palacio. Safia caminaba junto a la *hodja*, a quien Kara ayudaba a bajar las escaleras. Omaha iluminaba con la linterna el recorrido. Ninguno se atrevía a iluminar directamente los horrores que les rodeaban.

Mientras caminaban, el silencio de la ciudad caía sobre sus hombros con toda la presión de la eternidad, una sensación generalmente reservada para las iglesias, mausoleos y profundidades cavernosas. El aire olía a humedad, con cierto hedor eléctrico. Safia había pasado una vez junto a un accidente de tráfico acordonado, en el que una línea eléctrica había caído al suelo en medio de la lluvia. Uno de los cables se había cortado y chisporroteaba bajo la llovizna. El olor del aire le recordó aquel episodio, e hizo que se sintiera incómoda, recordando las sirenas, la sangre y la tragedia repentina.

¿Qué les ocurriría a ellos?

4:25 pm

OMAHA OBSERVABA A Safia avanzar junto a la *hodja* por una curva de aquel camino de vidrio. Parecía una sombra de sí misma. Él deseaba acercarse a ella, confortarla, pero temía que sus atenciones no fuesen bienvenidas. Había visto aquella mirada en sus ojos. La de después de Tel Aviv. El deseo de hacerse un ovillo y aislarse del mundo. Aquella vez no fue capaz de consolarla, y en ese momento tampoco.

Kara se acercó a Omaha. La totalidad de su cuerpo mostraba un agotamiento extremo. Sacudió la cabeza con gesto negativo y le habló en voz baja.

—Todavía te quiere.

Omaha dio un pequeño traspiés, logró controlarse y volvió a iluminar el camino con la linterna.

Kara continuó hablándole.

—Lo único que tienes que hacer es pedirle perdón.

Omaha abrió la boca para decir algo, aunque cambió de idea y la cerró.

—La vida es dura, pero el amor no tiene por qué serlo —pasó de largo junto a él e impostó ligeramente la voz—. Sé un hombre por una maldita vez en tu vida, Indiana.

Omaha se detuvo y bajó la linterna a un lado, demasiado aturdido como para moverse. Tuvo que obligar a sus piernas entumecidas a avanzar. El resto del camino de vuelta a la parte baja de la ciudad se mantuvo en silencio.

Por fin divisaron el lago, al final de una larga bajada. Omaha agradeció la compañía. Barak no había regresado aún de su búsqueda, pero la mayoría de las Rahim sí. Pocas habían sido capaces de soportar la visión de la necrópolis durante mucho tiempo. Sus expresiones se habían ensombrecido ante la estampa de su antiguo hogar.

Danny divisó a Omaha y corrió hacia él.

—La doctora Novak ha realizado unos descubrimientos muy intrigantes, venid a verlo.

El grupo de Omaha le siguió hasta el embarcadero. Coral había construido una especie de laboratorio temporal. Levantó el rostro demacrado hacia ellos. Una de las piezas de su equipo se había convertido en una masa fundida, que todavía humeaba y olía a goma quemada.

—¿Qué ha ocurrido? —preguntó Safia.

Coral sacudió la cabeza.

—Un accidente.

—¿Qué has descubierto? —le preguntó Omaha.

Coral giró una pantalla de cristal líquido hacia ellos. La ventana principal, abierta en la pantalla, mostraba varios esquemas. Sus primeras palabras llamaron la atención de todo el grupo.

—La prueba de que la existencia de Dios puede encontrarse en el agua.

Omaha enarcó una ceja.

—¿Te importaría elaborar un poco más esa respuesta? ¿O es la única conclusión a la que has llegado? Como las frases filosóficas de las galletas de la suerte.

—No se trata de filosofía, sino de hechos. Empecemos por el principio.

—Hágase la luz.

—No hay que ir tan lejos, Dr. Dunn. Química básica. El agua está compuesta por dos átomos de hidrógeno y uno de oxígeno.

—H_2O —dijo Kara.

Un gesto de asentimiento.

—Lo curioso del agua es que se trata de una molécula curvada.

Coral señaló el primero de sus esquemas en la pantalla.

—Esta curva es la que otorga al agua su ligera polaridad. Una carga negativa en el átomo de oxígeno. Una carga positiva en los lados del hidrógeno. La curva también permite que el agua adopte formas inusuales. Como el hielo.

—¿Qué tiene de extraño el hielo? —preguntó Omaha.

—Si dejaras de interrumpir... —Coral le dedicó un gesto de enfado.

—Indiana, déjala terminar.

Coral dio las gracias a Kara con un asentimiento.

—Cuando la materia se condensa de *gas* a *líquido* y a *sólido*, se vuelve cada vez más compacta, ocupando menos espacio, haciéndose más densa. Pero el agua no. El agua alcanza su máxima densidad a cuatro grados centígrados. Antes de congelarse. Cuando el agua se congela, esa peculiar molécula curvada adopta una inusual forma cristalina, con numerosos espacios vacíos en su interior.

—Hielo —murmuró Safia.

—El hielo es menos denso que el agua, mucho menos denso. Por eso flota en la superficie del agua. De no ser así, no existiría la vida en la Tierra. El hielo que se forma en la superficie de los lagos y océanos se hundiría constantemente, aplastando toda la vida que hubiera debajo, y por tanto destruyendo la posibilidad de que cualquier forma de vida inicial prosperase. El hielo flotante también aísla a los cuerpos acuáticos, protegiendo la vida en lugar de destruirla.

—¿Y qué tiene que ver todo eso con la antimateria? —insistió Omaha.

—Ahora lo explico. Tengo que destacar primero las curiosas propiedades de la molécula del agua y su propensión a formar extrañas configuraciones. Porque hay otra manera de hacer que el agua se alinee consigo misma. Ocurre constantemente en el agua normal, pero dura nanosegundos. Es demasiado inestable en la Tierra. Sin embargo, en el espacio el agua forma y mantiene esa forma inusual.

Coral señaló el siguiente esquema.

—Ésta es una representación bidimensional de veinte moléculas de agua, que conforman una configuración compleja. Un dodecaedro pentagonal.

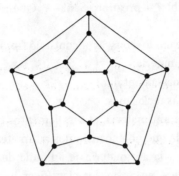

—Pero es mejor visualizarlo en tres dimensiones. —Coral señaló el tercer esquema.

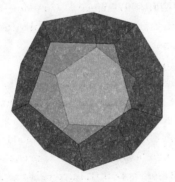

—Parece una enorme esfera hueca —dijo Omaha.

Coral asintió.

—Exacto. Esta formación se conoce como fulereno, nombre que procede de su inventor, Buckminster Fuller.

—Estos fulerenos se encuentran en el espacio —dijo Safia—. Pero duran muy poco en la Tierra.

—Se trata de un problema de estabilidad.

—¿Y por qué nos cuentas todo esto? —preguntó Kara.

Danny realizó un cómico baile hacia adelante y hacia atrás sobre sus talones, detrás de todos ellos, y señaló al lago.

—El agua está repleta de esos fulerenos, estables e inalterables.

—Buena parte del agua —coincidió Coral.

—¿Cómo es posible? —preguntó Safia—. ¿Qué hace que se mantengan estables?

—Lo que hemos venido a buscar —continuó Coral, fijando la mirada en el agua—, la antimateria.

Omaha se acercó a la pantalla.

Coral pulsó varias teclas más.

—La materia y la antimateria, al ser elementos opuestos, se atraen entre sí, razón por la que no encontramos antimateria en la Tierra. La materia lo es todo, y la antimateria se aniquila de inmediato. En los laboratorios del CERN, en Suiza, los científicos han logrado producir partículas de antimateria, suspendidas en cámaras magnéticas de vacío durante cierto tiempo. Los fulerenos actúan de la misma forma.

—¿Cómo puede ser? —Omaha se inclinó sobre el hombro de Coral, que ampliaba el siguiente esquema.

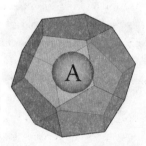

—Porque los fulerenos tienen la capacidad de actuar como cámaras magnéticas microscópicas. En el centro de estas esferas hay un espacio totalmente hueco, al vacío. Y ahí es donde sobrevive la antimateria —señaló la A del interior de la figura del diagrama—. La antimateria, a cambio, se beneficia del fulereno. Dado que atrae las moléculas de agua, hace que la esfera se comprima lo suficiente como para estabilizar el fulereno. Y al estar totalmente rodeado de moléculas de agua, el átomo de antimateria se mantiene en suspensión en el centro, incapaz de tocar la materia.

Coral miró al grupo.

—Antimateria estabilizada —indicó Omaha.

Coral suspiró.

—Estable hasta que recibe una buena sacudida eléctrica, o entra en contacto con un imán poderoso, o con la radiación. Cualquiera de estas opciones desestabilizaría la balanza. El fulereno se desmorona, la antimateria entra en contacto con la molécula de agua y se auto aniquila, liberando una carga exponencial de energía. —Echó un vistazo a las ruinas humeantes de una de sus máquinas.

—La respuesta a una fuente de energía ilimitada.

—¿Cómo llegó hasta aquí esta antimateria? —preguntó Kara.

Danny asintió.

—Estábamos hablando de eso antes de que llegarais, y se nos había ocurrido una posibilidad. ¿Recuerdas, Omaha, que en la caravana hablamos de que el *tambaleo* de la Tierra hizo que esta región pasara de ser una frondosa sabana a un desierto?

—Hace veinte mil años —puntualizó su hermano.

—La Dra. Novak piensa que tal vez un meteorito de antimateria, lo suficientemente grande como para sobrevivir al atravesar la atmósfera, cayó en la península Arábiga, explotó y quedó enterrado en un lecho de piedra caliza porosa, que creó esta burbuja cristalina bajo tierra.

Coral intervino, mientras los demás observaban boquiabiertos la caverna.

—La explosión debió romper un sistema de agua generada por la Tierra, haciendo que su efecto se derramara por los canales de las profundidades. Literalmente, sacudiendo el mundo, lo suficiente como para afectar a la polaridad de la Tierra, o tal vez para variar el giro de su núcleo magnético. Ocurriese como ocurriese, cambió el clima local, y convirtió el Edén en un desierto.

—Y mientras se producía todo ese cataclismo, se formó la burbuja de cristal —Danny continuó con la explicación—. La explosión y el calor del impacto desataron una generación violenta de neblina, junto con la expulsión de átomos y subpartículas de antimateria. Cuando este espacio se enfrió, sellado e independiente de todo lo demás, el agua se condensó alrededor de los átomos de antimateria y formó los fulerenos, estabilizados y protegidos. Y este lugar permaneció imperturbable durante miles y miles de años.

—Hasta que alguien encontró el puñetero sitio —añadió Omaha.

Imaginó a una tribu de nómadas, que tal vez dieran con aquel descubrimiento en busca de agua. Seguramente no tardaron en enterarse de las extrañas propiedades del agua, una fuente de energía en aquella época lejana. Así que debieron protegerla, ocultarla, y tal como Kara había mencionado antes, la ingenuidad humana halló una forma de aprovecharla. Omaha recordó los cuentos de Arabia: alfombras voladoras, magos y hechiceros con poderes increíbles, objetos encantados de todas las formas y tamaños, genios que concedían deseos milagrosos. ¿Acaso todos ellos llegaron a saber de aquel misterio?

—¿Y qué hay de las llaves y los otros objetos? —pregunto—. Mencionaste algo sobre el magnetismo.

Coral asintió.

—No puedo ni imaginar el nivel de tecnología que poseía aquella gente. Tenían acceso a una fuente de poder que hoy en día tardaría décadas en ser comprendida por completo. Pero ellos la conocían lo suficiente como para crear estas obras de cristal y arenisca, esas reacciones magnéticas tan complejas.

Kara observó la ciudad con atención.

—Tuvieron mil años para perfeccionar su arte.

Coral se encogió de hombros.

—Apuesto a que el líquido del interior de las llaves procede de este lago. Los fulerenos contienen una pequeña carga. Si la carga de todos ellos pudiera dirigirse en una dirección, el objeto de hierro se imantaría. Y dado que los fulerenos del interior están alineados con el campo magnético del hierro, permanecerían estables y no se aniquilarían en ese campo.

—¿Qué nos dices del camello de hierro del museo? —preguntó Safia—. El que explotó.

—Una reacción en cadena de energía pura —respondió Danny—. El rayo globular debió ser atraído por el hierro y por la extraña polaridad de su núcleo acuoso. Tal vez incluso fuera arrastrado al interior. Fijaos en el techo de esta caverna, intercepta la electricidad estática de la tempestad.

Omaha miró hacia arriba y observó las chispas eléctricas, que brillaban con un resplandor más intenso del habitual.

Danny terminó la explicación.

—Así que la tormenta de Londres pasó su electricidad al hierro, le transfirió su energía de un solo golpe. Demasiado fuerte. El efecto, dramático y descontrolado, dio lugar a la explosión.

Coral se removió en su asiento, inquieta.

—Apuesto a que la explosión ocurrió únicamente porque la solución de antimateria se había desestabilizado ligeramente a causa de los átomos de uranio del hierro. La radiación los excitó y aumentó la fragilidad de la configuración de los fulerenos.

—¿Y qué hay de este lago? —murmuró Omaha, echando un vistazo al agua.

Coral frunció el entrecejo.

—Mis instrumentos son demasiado rudimentarios para un análisis en profundidad. No he detectado radiación, pero eso no significa que no la haya. Tal vez en algún punto del lago. Tendremos que bajar más equipos, llegado el momento.

Clay habló por vez primera, con los brazos cruzados sobre el pecho.

—¿Entonces qué ocurrió en el año 300 después de Cristo? ¿Por qué todos esos cuerpos están enterrados en el cristal? ¿Por una explosión?

Coral sacudió la cabeza negativamente.

—No lo sé, pero no hay rastros de ninguna explosión. Tal vez se tratara de un accidente, de un experimento que salió mal. En este embalse yace un poder desconocido —Coral echó un rápido vistazo a la ciudad, antes de volverse hacia Safia—. Dra. al-Maaz, hay algo más que deberías saber.

Safia desvió su atención hacia la física.

—Se trata de tu sangre —continuó Coral.

Antes de que pudiera ofrecer más datos, un ruido hizo que todos los ojos miraran hacia el lago. Escucharon un débil silbido, un silbido que les dejó congelados al aumentar de potencia con rapidez y brusquedad.

Motos acuáticas.

Al otro lado del lago, un resplandor voló por las alturas, iluminando las aguas carmesí y reflejándose en las paredes y el techo. Un segundo resplandor saltó hacia arriba.

Pero no, no era un resplandor. Era algo que caía hacia la ciudad... hacia ellos.

—¡Un cohete! —gritó Omaha—. ¡Todos a cubierto!

4:42 pm

Painter esperaba su oportunidad.

La sala de adobe temblaba con el castigo de la tempestad contra las puertas, las ventanas obstruidas con tablones y los tapajuntas del techo. El ruido parecía el de un animal hambriento tratando de devorar la construcción, intentando colarse dentro, implacable, decidido y enloquecido por la sed de sangre. Aullaba con frustración y bramaba con todas sus fuerzas.

En el interior, alguien había conectado la radio. Sonaban las Dixie Chicks. Pero la música resultaba casi imperceptible ante la arremetida de la tempestad.

Y se estaba colando en su refugio.

Por debajo de la puerta se filtraba la arena en delgados chorros ensortijados, como si fueran serpientes. A través de las hendiduras de las ventanas, la tempestad jadeaba y escupía ráfagas de polvo, ya casi continuas.

El aire del cuarto se había enranciado, y apestaba a sangre y yodo.

Los únicos que quedaban allí eran los heridos, un médico y dos guardias. Media hora antes, Cassandra se había marchado con todos los demás para realizar el asalto subterráneo.

Painter miró la pantalla del portátil. El pequeño círculo azulado continuaba girando, y ubicando a Safia a diez kilómetros al norte de allí, bajo la arena.

Esperaba que el resplandor significara que continuaba con vida. Pero sabía que el transmisor no moriría con Safia, sino que continuaría transmitiendo, con lo cual no podía estar seguro de nada. Aún así, por las coordenadas cambiantes que aparecían en la pantalla, Safia se encontraba en movimiento. Debía confiar en que continuara con vida.

¿Pero por cuánto tiempo?

El tiempo se le echaba encima con un peso físico. Había oído la llegada de varios tractores oruga M4 desde la base aérea de Thumrait, cargados de suministros y armamento, justo cuando estallaba lo peor de la tempestad. Aún así, el grupo había logrado superar a la esperada megatempestad.

Además de los nuevos suministros, otra treintena de hombres se había sumado a las fuerzas de Cassandra. Hombres de mirada dura, descansados y completamente equipados. Habían irrumpido en la sala como si fueran los dueños del lugar. Más miembros de élite del Gremio. Sin pensarlo un segundo, se habían quitado la ropa llena de arena para embutirse en unos trajes de neopreno negros.

Painter lo había observado todo desde su camastro.

Algunos le dedicaron varias miradas amenazantes. Al parecer, se habían enterado de la muerte de John Kane, y parecían dispuestos a arrancarle la piel a tiras. Pero no tardaron en marcharse, desapareciendo en la tempestad. A través de la puerta abierta, Painter divisó una moto acuática transportada hacia el agujero.

Trajes de neopreno y motos acuáticas. ¿Qué habría encontrado allí Cassandra?

Continuó trabajando bajo las sábanas. Le habían desnudado hasta dejarle en calzoncillos, con un tobillo esposado a la pata del armazón de la cama. Sólo tenía un arma: la aguja indicadora de un condensador, de tres centímetros de longitud, que había logrado robar de una pila de material médico desechado, cuando minutos antes, los dos guardias se distrajeron al abrir el viento la puerta.

La había ocultado con rapidez.

Se incorporó ligeramente para alcanzar su pie.

El guardia, que holgazaneaba en el catre de al lado, levantó la pistola que descansaba sobre la parte interior de su codo.

—Vuelve a tumbarte.

Painter obedeció.

—Me pica la pierna.

—No es mi problema.

Painter suspiró. Esperó a que el guardia desviara la atención y no le mirara. Pasó el pie libre sobre el esposado. Había conseguido sujetar la aguja entre el dedo gordo del pie y el siguiente, y trataba de introducir la aguja en el pequeño cerrojo, algo extremadamente complicado de realizar con los dedos de los pies y sin ver nada.

Pero el que la sigue, la consigue.

Cerró los ojos y continuó moviendo la aguja disimuladamente bajo las sábanas.

Por fin sintió una satisfactoria disminución de la presión en el tobillo atrapado. Libre. Se quedó quieto y miró hacia el guardia.

¿Y ahora qué?

4:45 pm

CASSANDRA SE HALLABA en cuclillas en la proa de la Zodiac. El motor al ralentí ronroneaba detrás de ella. Enfocaba con los prismáticos de las gafas de visión nocturna la orilla lejana del lago. Tres resplandores pendían sobre la ciudad de cristal, iluminándola en todo su alcance. A pesar de la situación, Cassandra no podía por menos que sentirse asombrada.

Al otro lado del lago se escuchaba un estallido constante de cristales.

Un lanzagranadas escupió otro proyectil, que se elevó en arco sobre las seis motos acuáticas. Explotó en las profundidades de la ciudad, con un resplandor que la cegó a través de las lentes de los prismáticos. Los bajó. Las bengalas bañaban la ciudad en tonos carmesí y anaranjados. El humo se elevaba en el aire en calma, mientras que en la parte superior de la cueva, la energía crepitaba y se arremolinaba en una vorágine añil.

La destrucción de aquel lugar irradiaba una hermosura sublime.

Otras cuantas granadas propulsadas formaron varios arcos sobre la superficie del agua, derrumbándose sobre la ciudad y destrozando pilares de vidrio que caían como secuoyas taladas.

Verdaderamente magnífico.

Cassandra extrajo el localizador portátil de un bolsillo de su chaqueta de combate y miró la pequeña pantalla de cristal líquido. El círculo azulado brillaba, alejándose de su posición en busca de tierras más elevadas.

La descarga de artillería pretendía tan sólo ablandarlos.

Corre mientras puedas. La diversión no ha hecho más que comenzar.

4:47 pm

SAFIA SUBÍA CON los demás por una estrecha escalinata serpenteante. Las explosiones resonaban a todo alrededor, amplificadas por la burbuja de vidrio. El humo volvía el aire irrespirable. Corrían a través de la oscuridad, con las linternas apagadas.

Omaha se mantenía a su lado y ayudaba a Lu´lu. Safia llevaba de la mano a una niña, aunque no servía de gran consuelo para la pequeña. A cada explosión, Safia se encogía, temiendo que hubiera llegado el final, esperando que la burbuja de cristal se viniera abajo. Los deditos de la niña se aferraban a los suyos.

Los demás avanzaban por delante y por detrás de ellas. Kara ayudaba a otra de las ancianas, mientras que Danny, Clay y Coral les seguían, al cuidado de más niñas. Varias Rahim habían desaparecido en las callejuelas y terrazas, y se encontraban tumbadas sobre el suelo en posición de francotirador. Otras simplemente se habían desvanecido para proteger la retaguardia.

Safia observó cómo una mujer daba varios pasos hasta internarse en un callejón en sombras y desaparecía ante sus ojos. Tal vez fuese un efecto óptico del vidrio y las sombras... o tal vez una demostración de aquel *don* del que Lu´lu le había hablado. El don de nublar la percepción y desaparecer.

El grupo llegó a la parte superior de la escalinata. Safia miró a sus espaldas y observó una visión panorámica de la ciudad y de la costa. Las bengalas iluminaban la cueva, cubriéndola de tonos carmesí.

Junto al lago, el barco real había quedado reducido a un esqueleto de madera humeante. El muelle de piedra se hallaba destrozado, y el vidrio de la orilla, salpicado de agujeros.

—El bombardeo se ha detenido —dijo Omaha.

Safia se dio cuenta de que estaba en lo cierto, a pesar de que ella todavía oía las explosiones en su cabeza.

En el lago, las fuerzas de Cassandra se adentraban entre la ciudad. Las motos de agua y las lanchas se aproximaban en ángulo a la orilla, al unísono, como un equipo aéreo. Y más cerca, a lo largo de la propia orilla, otra tira de vehículos acuáticos se encontraba próxima a tocar tierra, avanzando en forma de v.

Safia miró con más atención y observó varios hombres con trajes de neopreno sobre tablas motorizadas. Llegaron a la orilla, se adentraron en tierra firme con el impulso de las tablas sobre el agua y tomaron posiciones en cuclillas, con los rifles en la mano. Otros ya habían desaparecido por los callejones.

En la parte inferior estalló un tiroteo, como una batalla de luciérnagas ruidosas, un intercambio de artillería entre las fuerzas de Cassandra y las Rahim. Fue breve, poco más que un ladrido de perros enfadados. Otra granada salió disparada de una de las motos de agua y explotó en el punto de donde había surgido el tiroteo. Los vidrios saltaron en mil pedazos resplandecientes.

Safia rezó por que las Rahim ya hubieran huido. Disparar y echar a correr, ésa era su única posibilidad. Cassandra les superaba con creces, tanto en número como en armamento. ¿Pero adónde podían dirigirse? Se encontraban atrapados en la burbuja cristalina. Hasta el *dhow* estaba destrozado.

Observó las motos de agua y las barcas llegar a la orilla y descargar más hombres, que se abrirían paso por la ciudad destrozando todo lo que encontraran.

Sobre sus cabezas, las bengalas comenzaban a debilitarse, hundiéndose en la ciudad hecha añicos. Y su pérdida de intensidad oscureció Ubar, iluminada ya únicamente por las nubes de fuego azulado del techo, que sumían la ciudad en sombras de color índigo.

Safia miró hacia arriba. El crepitar de la energía y las espirales de las nubes gaseosas habían aumentado con ferocidad, como encolerizadas por la destrucción.

Estalló otro tiroteo en algún punto de la ciudad.

—Tenemos que continuar avanzando —dijo Omaha, instándola a continuar.

—¿Adónde? —preguntó Safia volviéndose hacia él.

Sus miradas se encontraron. Omaha no sabía qué responder.

4:52 pm

LA TEMPESTAD CONTINUABA aporreando el edificio de adobe, haciendo que todo el mundo tuviese los nervios a flor de piel. La arena y el polvo lo cubrían todo, se colaban por todas las grietas y huecos. Los vientos bramaban en el exterior.

Los informes de campo que se escuchaban por la radio y que describían la batalla librada bajo tierra no ayudaban mucho a Painter. Parecía una derrota clara. La superioridad de las fuerzas de Cassandra barría el terreno, encontraba poca resistencia y disfrutaba de aquel caos.

Y a los chicos que había allí no se les permitía jugar.

—¡Apaga esa maldita música de las Dixie Chicks! —gritó el guardia.

—¡Que te jodan, Pearson! —replicó el médico mientras colocaba un vendaje absorbente.

Pearson se volvió hacia él.

—Escúchame, maldito perro...

El segundo guardia había regresado e intentaba llenar un vaso de papel con agua del barril, que volcaba hacia un lado para llenarlo.

Painter sabía que no se le presentaría una oportunidad mejor.

Rodó del catre casi sin hacer ruido, se apoderó del arma del guardia, retorciéndole la muñeca salvajemente, y le metió dos balazos en el pecho.

El impacto lanzó al hombre hacia el colchón de detrás.

Painter adoptó una posición de disparo, con una rodilla en el suelo, y apretó el gatillo tres veces, todas en dirección de la cabeza del otro guardia; dos de las balas dieron en el blanco. El hombre cayó al suelo, manchando de sangre y sesos la pared a sus espaldas.

Con un salto, Painter se incorporó. Esperaba que el rugido de la tempestad hubiese acallado los disparos. Recorrió la habitación apuntando con el arma. La ropa y las armas de los heridos se encontraban apiladas fuera del alcance inmediato de los demás. Tan sólo quedaba el médico.

Painter clavó los ojos en el hombre, mientras comprobaba por el rabillo del ojo el resto de la sala. Sobre el colchón, Pearson balbucía, medio desangrado.

Painter se dirigió al médico.

—Si intentas hacerte con un arma, eres hombre muerto. Pero a este hombre aún puedes salvarle la vida. Tú eliges. —Retrocedió hasta el portátil, lo buscó a tientas con la mano, lo cerró y se lo metió bajo el brazo.

El médico mantenía las manos en el aire, con las palmas hacia él.

Painter no bajó la guardia ni un instante. Se aproximó de espaldas a la puerta, alcanzó la manivela y la abrió de par en par. Los fuertes vientos por poco le envían de vuelta al fondo del cuarto, pero contuvo su acometida y empujó en su contra hasta lograr salir al exterior. No se molestó en cerrar la puerta. Una vez afuera, giró sobre sus talones y echó a correr en dirección a los tractores detenidos.

Se abría paso entre la arena y el viento, descalzo y vestido únicamente con unos calzoncillos boxers. La arena le arañaba como si fuera fibra metálica. Mantuvo los ojos cerrados, ya que era imposible ver nada. La arena le impedía respirar y le atoraba la garganta cada vez que intentaba inspirar.

Avanzaba con la pistola por delante, y su otra mano se aferraba al portátil. Éste contenía los datos que necesitaba: información sobre el Gremio y sobre Safia.

El arma chocó contra una superficie metálica.

El primero de los tractores. Por mucho que le hubiese gustado subirse a él, continuó adelante. Aquel vehículo monstruoso estaba inmovilizado por los que tenía detrás. Oyó el motor del vehículo al ralentí, seguramente lo habrían dejado en marcha para cargar la batería, y rezó por que hubieran hecho lo mismo con los demás.

Continuó a lo largo de la fila de vehículos, con tanta rapidez como le era posible.

Escuchó vagamente unas palabras tras él. Alguien había dado la voz de su huida.

Painter trataba de avanzar contra los vientos de la tempestad apoyando el hombro sobre el dibujo de la rueda de oruga de los tractores. Por fin alcanzó el último de aquella fila, cuyo motor ronroneaba como un gatito feliz, un gatito de veinte toneladas.

Se deslizó hacia un lado y encontró la puerta, difícil de abrir con el viento en contra. No era un trabajo a realizar con una sola mano, así que introdujo la pistola bajo la goma de sus boxers, que se dejaron caer por el peso del arma, y colocó el portátil en el dibujo de la rueda. Así logró por fin abrir la portezuela lo justo como para deslizarse al interior, no sin antes agarrar el ordenador.

Una vez adentro, cerró la puerta de golpe y bajó el pestillo. Apoyó la espalda contra el cristal de ésta y escupió la arena que tenía acumulada en la boca. Se frotó los ojos y se sacudió el polvo de las cejas y pestañas.

De repente, una ráfaga de balas acribilló el vehículo, y Painter sintió las vibraciones de los proyectiles en la espalda. Se tiró hacia un lado. *Aquí nunca parece terminar la diversión.*

Se deslizó hasta sentarse en el asiento del conductor y tiró el portátil al otro asiento. La tempestad se arremolinaba más allá del parabrisas, sumiendo la tarde en una noche permanente. Encendió los faros, y su visibilidad aumentó a un par de metros más. No estaba mal.

Metió la marcha atrás y aceleró.

Se batió en retirada en esa dirección, confiando en que, si había algo ahí afuera, la mole del tractor oruga pasaría por encima.

Le llegaron más ráfagas de balas, como si un puñado de niños le estuviera apedreando.

Aceleró cuando notó que salía de las ruinas chamuscadas de Shisur. Escapó hacia el desierto marcha atrás. Más adelante ya pensaría en otras marchas, por el momento, aquélla le iba bien.

Al mirar un instante hacia el parabrisas, percibió el resplandor de dos brillos gemelos en la oscuridad, en dirección a la ciudad.

La persecución daba comienzo.

5:00 pm

MIENTRAS LOS OTROS descansaban brevemente, Omaha contemplaba el palacio de la reina. La colosal estructura había logrado escapar al bombardeo inicial. Tal vez pudieran tratar de ocultarse en su torre.

Sacudió la cabeza negativamente al momento.

Una idea atractiva, pero poco práctica. Su única posibilidad era continuar en movimiento. Pero se les estaba acabando la ciudad, no quedaban más que unos cuantos callejones y construcciones bajas detrás del palacio.

Echó un vistazo a la parte inferior de la ciudad. Las luces intermitentes indicaban que continuaba el fuego esporádico, cada vez menos frecuente y más cercano. La defensa de las Rahim se había debilitado y no resistiría mucho tiempo más.

Omaha sabía que estaban condenados. Nunca se había considerado a sí mismo pesimista, sino pragmático. Miró a Safia. Aun con su última bocanada de fuerza, la mantendría a salvo.

Kara se acercó a su lado.

—Omaha...

Él la miró. Nunca le llamaba por su nombre. Su rostro denotaba un agotamiento extremo, tenía los ojos hundidos y las arrugas marcadas por el miedo. Al igual que él, presentía que se aproximaba el final.

Kara señaló hacia Safia con la cabeza, y le habló en un suspiro.

—¿A qué diablos estás esperando? Por todos los santos... —Se hizo a un lado y se dejó caer junto a la pared del patio.

Omaha recordó las palabras anteriores de Kara. *Todavía te ama.*

A pocos pasos de él se encontraba Safia. La vio arrodillada junto a la niña, sujetando las manitas de la pequeña entre las suyas propias. Su rostro resplandecía con el brillo del techo, como una Madonna con el Niño.

Se acercó un poco a ella... y un poco más. Las palabras de Kara se repetían en su cabeza. *La vida es dura, pero el amor no tiene por qué serlo.*

Safia no levantó la mirada, pero se dirigió a él.

—Éstas son las manos de mi madre —pronunció con una tranquilidad que desafiaba a su situación. Miró a la niña a los ojos—. En todas estas mujeres aún vive mi madre. Toda una vida, desde bebé hasta anciana, de principio a fin.

Omaha apoyó una rodilla en el suelo, delante de ella. La miró a la cara, mientras ella estudiaba a la pequeña. Aquella mujer le cortaba la respiración, literalmente.

—Safia —comenzó en voz baja.

Ella le miró, con los ojos brillantes.

—Cásate conmigo.

Safia parpadeó varias veces.

—¿Qué...?

—Te quiero. Siempre te he querido.

Ella volvió la cara hacia otro lado.

—Omaha, las cosas no son tan sencillas...

Él le tocó la barbilla suavemente con un dedo, e hizo que la girase de nuevo hacia él.

—Sí lo son, claro que sí.

Safia intentó volverse de nuevo, pero él no la dejó escapar. Se acercó más a ella.

—Lo siento.

Los ojos de la mujer aumentaron de brillo, pero no de alegría, sino por la proximidad de las lágrimas.

—Me abandonaste...

—Lo sé. No sabía qué hacer. Pero el que te abandonó era un niñato —bajó la mano y tomó la suya—. Y ahora es un hombre el que se arrodilla ante ti.

Safia le miró a los ojos, indecisa.

Un movimiento por detrás de Safia llamó la atención de Omaha. De repente, varias figuras salieron de las sombras, bordeando la esquina del palacio. Hombres. Una docena.

Omaha se puso en pie de un salto y se colocó delante de Safia.

Una figura avanzó hacia él de entre la penumbra.

—¡Barak! —Omaha no lograba comprender la situación. Aquel gigantesco árabe llevaba desaparecido desde antes del ataque.

Un puñado de hombres siguió a Barak, todos ataviados con ropa del desierto, y conducidos por una figura que se apoyaba en una muleta.

El capitán al-Haffi.

El jefe de los Fantasmas del Desierto hizo una señal a sus hombres para que avanzaran. Entre ellos se encontraba Sharif, tan sano como cuando Omaha le viera por última vez en la tumba de Job. Había sobrevivido al tiroteo sin un solo rasguño. Sharif y los demás hombres se dispersaron calle abajo, armados con rifles, lanzagranadas y pistolas.

Omaha se quedó mirando sus movimientos.

No sabía lo que estaba ocurriendo, pero a Cassandra le esperaba una buena sorpresa.

5:05 pm

Lo único que quedaba era limpiar la zona.

Cassandra tenía un pie sobre el pontón de su lancha. Escuchaba por el canal abierto cómo varios equipos barrían la ciudad por cuadrantes, acabando con los restos de la resistencia. Clavó los dedos en el localizador electrónico. Sabía con exactitud en qué punto de la ciudad se encontraba Safia.

Cassandra pensaba dejar que la conservadora del museo correteara como un ratoncillo mientras sus hombres acababan con la limpieza, con su resistencia. Quería a esa zorra con vida. Sobre todo tras saber que Painter había escapado.

Tuvo que contener un grito de frustración.

Les cortaría los testículos a todos sus hombres como no capturaran a Painter.

Respiró profundamente varias veces. No había mucho más que hacer allí. Se aseguraría de tener el control de aquel lugar, le arrancaría sus secretos, y para ello necesitaba a Safia con vida. Una vez que la tuviera en sus manos, podría jugar su carta contra Painter. Un pequeño as en la manga.

De repente, una explosión desvió su atención de vuelta a la ciudad. Le sorprendió que sus hombres tuvieran que hacer uso de otra granada. Observó cómo el proyectil atravesaba el aire.

Parpadeó al comprobar su trayectoria.

¡Mierda!

Saltó desde su posición y corrió hacia la orilla. Las suelas de goma de sus zapatillas se adherían al tosco vidrio del suelo. Se lanzó tras una pila de escombros en el momento en que la granada explotaba en el lugar exacto donde se encontrara antes sobre la lancha.

La explosión la ensordeció, produciéndole dolor en los oídos y picor en los ojos. El agua, cargada de fragmentos de cristal, se elevó por los aires con el estallido. Cassandra se lanzó al suelo y rodó sobre el vidrio, mientras una lluvia de cristales rotos se abalanzaba sobe ella. Se cubrió la cabeza con los brazos. Los fragmentos rebotaban contra el vidrio, le rasgaban la ropa y la piel, escocían como una llovizna de fuego.

Una vez que terminó la lluvia mortífera, se puso en pie y contempló la ciudad. ¿Acaso alguien había arrebatado a sus tropas un lanzagranadas?

Otros dos proyectiles dibujaron sus arcos en el aire, y nuevas ráfagas de fuego automático se escucharon desde una docena de puntos distintos.

¿Qué diablos estaba ocurriendo?

5:07 pm

Mientras las explosiones y las balas retumbaban al fondo, Safia miraba al capitán al-Haffi apoyado en la muleta. La sorpresa de su aparición había dejado a todos sin habla.

El capitán clavó la mirada en Lu´lu. Tiró a un lado la muleta y apoyó una rodilla en el suelo. Comenzó a hablar en árabe, pero en un dialecto que pocos habían oído pronunciar. Safia tuvo que esforzarse por reconocer aquel sonsonete.

—Alteza, perdonad a vuestro siervo por llegar tan tarde.

Hizo una reverencia con la cabeza.

La *hodja* se encontraba tan aturdida como los demás, tanto por su llegada como por aquella pose.

Omaha se colocó junto a Safia.

—Están hablando en Shahran.

La mente de Safia comenzó a centrifugar. Los Shahra eran el clan de la montaña cuyo linaje descendía del Rey Shaddad, el primer gobernante de Ubar... o mejor dicho, el consorte de su primera reina.

Barak habló al oír a Omaha.

—Somos el clan de los Shahra.

El capitán al-Haffi se puso en pie, y otro hombre le ofreció la muleta.

Safia comprendió en ese momento lo que acababa de presenciar: el reconocimiento formal del linaje del rey ante su reina.

El capitán al-Haffi les hizo un gesto para que le siguieran, y continuó en el idioma de todos.

—Mi intención era sacaros de aquí, pero lo único que puedo ofreceros es cobijo. Espero que mis hombres y vuestras mujeres logren detener a esos malhechores. Venid.

Les guió alrededor del palacio hasta la parte trasera. Todos le siguieron.

Omaha caminaba junto a Barak.

—Así que eres un Shahra.

El hombre asintió.

—Por eso conocías esa puerta trasera de las montañas, a través del cementerio. Dijiste que sólo los Shahra conocían esa ruta.

—El Valle del Recuerdo —entonó Barak con formalidad—. Las tumbas de nuestros ancestros, los que tuvieron que abandonar Ubar.

El capitán al-Haffi cojeaba junto a Lu´lu. Kara ayudaba a la anciana por el otro lado, mientras continuaba la conversación.

—¿Y por eso os ofrecisteis voluntarios en esta misión? ¿Por vuestros vínculos con Ubar?

El capitán realizó otra pequeña reverencia.

—Disculpad la artimaña, Lady Kensington. Pero los Shahra no revelamos nuestros secretos a los de fuera. No es nuestra forma de actuar. Somos guardianes de este lugar, tanto como las Rahim. Es la carga que nos encomendó la última reina de Ubar, junto antes de que los dos linajes iniciaran caminos distintos. Al igual que dividió las llaves, también dividió las dos líneas reales, y cada una mantuvo sus propios secretos.

Safia paseaba la mirada entre las dos casas de Ubar, unidas de nuevo después de tantos siglos.

—¿Y qué secreto guardasteis vosotros? —inquirió Omaha.

—La antigua ruta de Ubar. La que recorrió la primera reina. Se nos prohibió que la abriésemos hasta que alguien volviera a caminar por la ciudad.

—Una puerta trasera —resumió Omaha.

Safia debería haberlo imaginado. La reina que selló Ubar tras la terrible tragedia era demasiado meticulosa. Contaba con un plan de contingencia sobre otro, y los utilizó para los dos linajes.

—Entonces, ¿existe una forma de salir de aquí? —preguntó Omaha de nuevo.

—Sí, a la superficie. Pero no hay escapatoria. La furia de la tempestad de arriba hace que cruzar la bóveda de Ubar resulte extremadamente peligroso. Por eso nos ha costado tanto llegar hasta aquí, una vez que Barak nos informó de que las puertas habían sido abiertas.

—Bueno, más vale tarde que nunca —sentenció Danny a sus espaldas.

—Sí, pero ahora azota la zona una nueva tempestad, que se eleva desde el sur. Salir a esas arenas constituiría la muerte de cualquiera.

—Así que estamos atrapados —espetó Omaha.

—Hasta que la tempestad amaine. No nos queda otro remedio que resistir hasta entonces.

Con aquel pensamiento aleccionador, cruzaron las últimas callejuelas hasta llegar a la pared del fondo de la caverna. Parecía sólida, pero el capitán al-Haffi continuó adelante. En ese momento, Safia lo vio. Una fractura recta en la pared de vidrio, angulada hacia el interior, por lo que resultaba difícil de percibir.

El capitán al-Haffi les guió hacia la entrada.

—Hasta la superficie hay que subir ciento cincuenta escalones. El pasaje servirá de cobijo para las niñas y las mujeres.

—Y de *trampa* si no logramos mantener a raya a Cassandra. Todavía nos supera en número y armas.

El capitán al-Haffi pasó la mirada por el grupo.

—A mis hombres no les vendría mal un poco de ayuda, de cualquiera que sepa manejar un arma.

Safia vio a Danny y Coral aceptar varias armas que se encontraban ocultas en un hueco de la grieta. Incluso Clay dio un paso al frente y extendió la mano.

Se dio cuenta de que Safia le miraba con sorpresa.

—Es que necesito un sobresaliente —fue todo lo que dijo antes de hacerse a un lado. Le centelleaban los ojos de miedo, pero no se echó atrás.

Omaha fue el último.

—Yo tengo una pistola, pero podría utilizar otra más.

El capitán al-Haffi le entregó un M-16.

—Bueno, esto servirá.

Safia avanzó un paso hacia él antes de que se alejara.

—Omaha... —No había respondido a su pregunta de antes. ¿Acaso

527

aquellas palabras no habían sido más que una confesión en el lecho de muerte, a sabiendas de que estaban condenados a perecer allí?

Él le sonrió.

—No tienes que decir nada. Te he dicho lo que siento. Pero todavía no me he ganado tu respuesta —comenzó a alejarse—. Espero que al menos me permitas intentarlo.

Safia se abalanzó sobre él y le rodeó el cuello con los brazos, a la vez que le hablaba al oído.

—Sí que te amo... Pero no sé... —No pudo terminar la frase, que quedó pendida entre los dos.

Él la abrazó con fuerza.

—Yo sí que lo sé. Y esperaré a que te decidas.

Una discusión entre Kara y el capitán al-Haffi les obligó a separarse.

—¡No permitiré que salga a luchar, Lady Kensington!

—Soy perfectamente capaz de utilizar un arma.

—En tal caso, llévese una para las escaleras, tal vez le haga falta.

Kara no podía ocultar su irritación, pero el capitán estaba en lo cierto. Quizás la última batalla se librara en las escaleras de la gruta.

El capitán al-Haffi le puso una mano en el hombro.

—Tengo una deuda con su familia, y espero poder saldarla hoy.

—¿A qué te refieres? —preguntó Kara.

Él agachó la cabeza; su voz se tiñó de un tinte acongojado y pudoroso.

—Ésta no es la primera vez que presto un servicio a vuestra familia. Cuando era joven, un chico, en realidad, me ofrecí voluntario a ayudaros a vos y a vuestro padre.

Kara no comprendía nada.

—Me llamo Habib.

Kara ahogó un grito y retrocedió un paso.

—El guía del día de la caza... ¡Eras tú!

—Se suponía que yo debía protegeros, dado el interés de vuestro padre en Ubar. Y fracasé. El miedo no me dejó seguiros el día en que os adentrasteis en las arenas prohibidas. Pero cuando vi que los *nisnases* se dirigían hacia vos, eché a correr en vuestra dirección, aunque ya era demasiado tarde. Os recogí de la arena y os llevé a Thumrait. No sabía qué más podía hacer.

Kara se había quedado estupefacta. Safia se encontraba entre ambos. El círculo se había completado, de principio a fin, de regreso a aquellas arenas.

—Por ello, dejad que os proteja ahora... ya que no logré hacerlo en el pasado.

Kara no pudo más que asentir. El capitán se dio la vuelta para marcharse, pero Kara aún tenía algo que decirle.

—No eras más que un niño.

—Ahora soy un hombre —se volvió de nuevo y siguió a los demás de vuelta a la ciudad.

Safia escuchó en aquellas palabras el eco de las de Omaha.

La *hodja* paseó la mirada entre las que quedaban.

—Todavía no ha acabado todo. —Con aquellas crípticas palabras, se introdujo en la gruta—. Aún debemos recorrer el camino de nuestra antigua reina.

21
EL VIGÍA DE LA TEMPESTAD

Σ1ᚷΥᒋΥ⑂ᕼΣ1⑂
ΧΣΒ⊓Σ⑂Χᚦᕼ

4 de diciembre, 5:30 pm
Shisur

S<small>E ENCONTRABAN</small> A SUS ESPALDAS.

Painter veía el leve resplandor de las luces de sus perseguidores en medio de la tempestad de arena. Se inclinó hacia delante, esforzándose por ganar toda la velocidad posible, que era de unos cincuenta kilómetros por hora. Y en la vorágine de la tempestad, aquello se convertía en una persecución a velocidad vertiginosa.

Comprobó los retrovisores laterales y vio que un camión le seguía por cada lado. Logró divisar el contorno de sus cazadores: dos camiones de plataforma, cargados. A pesar de sus cargas, avanzaban más rápido que él, pero también tenían que lidiar con la geografía del terreno. Él, por su parte, dirigía el tractor de veinte toneladas en dirección recta, abalanzándose sobre todo lo que encontraba a su paso, una duna tras otra.

La arena desdibujaba la visión. Si aquello fura una ventisca de nieve, la describiría como la más tenaz de las tormentas blancas.

Painter había accionado el modo de crucero, y comprobaba a la vez el resto de dispositivos. Había una antena parabólica, pero no sabía cómo utilizarla. Lo que sí que encontró fue la radio. Su plan inicial había sido el de aproximarse a la base aérea de Thumrait hasta poder contactar con las Fuerzas Aéreas Reales de Omán. Esperaba que alguien le escuchara. Si había alguna posibilidad de rescatar a los demás, tenía que revelar su tapadera y alertar al gobierno local.

Pero los camiones le habían obligado a dirigirse en dirección opuesta a la base, hacia las profundidades de la tempestad. No tenía posibilidad de dar la vuelta porque los otros vehículos eran demasiado rápidos.

Mientras coronaba una duna monstruosa, una explosión tronó a su izquierda. La metralla y la ola de arena golpearon ese lado de su vehículo como una bofetada del mismísimo Dios.

Una granada propulsada.

Por un momento, escuchó un atronador sonido chirriante bajo la oruga del tractor. Painter se estremeció, pero el vehículo siguió adelante, aplastando aquello que intentaba obstruir su marcha. Continuó subiendo la larga cuesta de la duna.

Otra explosión, esa vez directamente detrás de él. El ruido resultaba ensordecedor, pero la coraza armada del tractor demostró lo que valía... o en ese caso, su acero de policarbonato y fibras de Kevlar. Muy bien, que dispararan lo que quisieran. El viento y la tempestad terminaría por desviar su objetivo, y la coraza del tractor haría el resto.

En ese instante sintió un bandazo escalofriante.

La rueda de oruga del tractor continuaba girando, pero la velocidad disminuía. El M4 empezó a resbalar. De repente se dio cuenta del objetivo de las bombas: sus perseguidores no intentaban cargarse el vehículo, sino hacer que perdiera pie.

Estaban bombardeando la cuesta de la duna para provocar una avalancha. La totalidad de la cuesta se deslizaba hacia abajo, arrastrando con ella el tractor. Desactivó el modo de crucero, apretó el embrague y cambió a una marcha menor. A continuación, pisó a fondo el acelerador para intentar ganar tracción en la cuesta.

No hubo suerte, simplemente se hundió en la arena suelta.

Painter frenó, hizo colear el extremo trasero del vehículo y metió marcha atrás. Retrocedió a toda velocidad, nadando sobre las olas arenosas de la avalancha. Giró el tractor hasta ponerlo en posición paralela a la cuesta, en peligrosa inclinación. Tenía que esforzarse por mantener el tractor en su sitio para que no se desplomara.

Dejó la marcha en punto muerto, frenó y volvió a meter primera. El tractor avanzó de nuevo hacia delante, haciendo surf cuesta abajo, a lo largo del flanco de la duna. Así encontró tracción y *velocidad*. Se apresuró hasta la parte inferior. Los camiones intentaban darle caza, pero llegaron a la arena suelta y tuvieron que disminuir la velocidad.

Painter llegó al final de la duna y la bordeó.

Había conseguido escapar a la estratagema de aquellos perros.

Colocó de nuevo el tractor en dirección recta y cambió otra vez a modo de crucero.

Soltó el volante y comprobó que siguiera su curso. A continuación, pasó a la parte trasera del vehículo para buscar un lanzagranadas. Lo cargó, colocó el largo cañón sobre su hombro y se aproximó a la escotilla trasera.

Abrió la portezuela de un golpe. La arena se internó en el vehículo, pero no con demasiada ferocidad, dado que avanzaba en la misma dirección que el viento. Se volvió hacia atrás y fijó la mirilla, a la espera de divisar alguno de los vehículos o sus luces, que bordeaban la última duna en dirección a él.

—Venga, venid con papá... —murmuró mientras apuntaba.

Centró la mirilla y accionó el gatillo. El lanzador explotó con gran estruendo, y Painter sintió la estela de aire caliente de la granada propulsada.

Observó su cola de fuego, como una estrella fugaz.

Los perseguidores también la vieron y viraron su trayectoria. Pero era demasiado tarde, al menos para uno de ellos. La granada explotó, y Painter se alegró de ver la llamarada iluminar el aire y estallar en una bola inmensa y brillante, que terminó por desaparecer en la arena.

El otro vehículo se había desvanecido. Con suerte, en su apuro por evitar el proyectil, tal vez hubiera volcado entre las dunas. Pero Painter se mantendría alerta.

Regresó a su asiento y comprobó los dos retrovisores laterales. Todo oscuro.

Se permitió un momento para respirar y abrió el ordenador portátil robado. Los píxeles se cargaron lentamente e iluminaron la pantalla poco a poco. Rezó por que la batería durara lo suficiente. Cuando apareció un nuevo esquema de la zona, Painter clavó la mirada en la pantalla.

Dios mío, el punto azul había desaparecido.

El pánico se apoderó de él, pero justo entonces, el pequeño anillo azulado reapareció. A la alimentación del dispositivo le había costado un minuto más localizarlo y mostrarlo en pantalla. Safia seguía transmitiendo. Comprobó sus coordenadas, todavía cambiantes. Estaba en movimiento. Viva. Esperaba que los demás hubiesen corrido la misma suerte.

Tenía que llegar hasta ella... hasta todos ellos. Aunque no podía extraerle el transmisor implantado, ya que contaba con un dispositivo de autodestrucción en caso de ser extirpado, a no ser que se desactivara previamente, al menos podría sacar a Safia del alcance de Cassandra y buscar más tarde un equipo quirúrgico y de demolición.

Mientras observaba la pantalla, se dio cuenta de que sólo cambiaban las coordenadas del eje z, el que medía la elevación o la profundidad. El número negativo iba en disminución, se aproximaba a cero.

Safia estaba *subiendo*. Las coordenadas del eje z alcanzaron el cero y pasaron a los números positivos. No sólo había alcanzado la superficie, sino que Safia estaba *subiendo* más arriba.

¿Qué diablos ocurría?

Comprobó la posición de la conservadora. Se encontraba a 8,3 kilómetros de él. Dado que ya se encaminaba en su dirección, sólo tenía que ajustar ligeramente su curso para llegar hasta ella.

Incrementó la velocidad otros cinco kilómetros más por hora, un ritmo suicida en tales condiciones.

Si Safia había encontrado una puerta trasera, Cassandra no tardaría en dar con ella también. Tenía que llegar hasta Safia y los demás lo antes posible. Volvió la mirada hacia la luz azul en la pantalla. Sabía que, posiblemente, habría otra persona controlando la misma transmisión.

Cassandra. Y todavía tenía el detonador portátil.

5:45 pm

SAFIA ASCENDÍA POR la interminable escalinata oscura, seguida por los demás, que subían de dos en dos, con niñas, ancianas y mujeres heridas. Kara llevaba su propia linterna, con la que iluminaba la gruta, proyec-

534

tando la sombra de Safia por delante de ésta. Trataban de poner tanta distancia como pudieran entre ellas y la guerra desatada abajo. Todavía les llegaban los ecos de la lucha, un tiroteo constante.

Safia se esforzaba por no escucharlo. Subía los escalones siguiendo la pared con una mano. Arenisca. Los escalones se veían desgastados por las innumerables sandalias y pies descalzos que los habrían recorrido. ¿Cuántas personas habrían pasado por esa gruta? Imaginó a la propia Reina de Saba recorriendo la escalinata en la piedra.

Mientras subía, sintió que el tiempo se estrechaba, que el pasado y el presente se fundían en uno. Más que en ningún otro lugar, el pasado y el presente se desdibujaban en Arabia. La historia no se hallaba muerta ni enterrada bajo los rascacielos y el asfalto, ni siquiera atrapada entre las paredes de un museo. Allí la historia permanecía viva, estrechamente vinculada con la tierra, entremezclada con sus piedras.

Bajó la mano.

Lu´lu se unió a ella.

—Te oí conversar con tu amado.

Safia no quería hablar del tema.

—No es mi... eso fue antes de que...

—Los dos adoráis esta tierra —continuó la *hodja*, ignorando su intento de protesta—. Habéis dejado que se interpusiera demasiada arena entre vosotros. Pero no es más que polvo, y puede barrerse a un lado.

—No es tan fácil.

Safia bajó la mirada al dedo en que un día luciera su anillo de compromiso. Desapareció, como todas sus promesas. ¿Cómo iba a confiar en que estaría a su lado cuando le necesitara? *El que te abandonó era un chico. Y ahora es un hombre el que se arrodilla ante ti.* ¿Podía creer en sus palabras? Por otro lado, recordaba el rostro de Painter. La forma de agarrar su mano, su respeto mudo, su manera de confortarla, incluso la agonía de su mirada cuando la asustó con la daga.

Lu´lu habló de nuevo, como si le hubiese leído la mente.

—Hay muchos hombres de corazón noble. Algunos tardan un poco más en dejarlo ver.

Safia sintió que le afloraban las lágrimas.

—Necesito más tiempo... para pensar en todo.

—Has tenido tiempo suficiente. Al igual que todas nosotras, has pasado demasiado tiempo a solas. Hay que tomar las decisiones... antes de que no nos quede ninguna.

Como prueba, a poca distancia de ellas, las ráfagas de la tempestad rugieron sobre la apertura de la parte superior.

Safia sintió un soplo de aire en la mejilla, y se dejó llevar por aquella grata sensación. Después de tanto tiempo bajo tierra, necesitaba salir de aquella prisión de roca. Aunque fuese un momento para aclarar su mente.

—Voy a comprobar el estado de la tempestad —murmuró Safia.

—Voy contigo —dijo Kara, a un paso de ella.

—Yo también —añadió la *hodja*—. Quiero ver con mis propios ojos lo que la primera reina contempló. La entrada original a Ubar.

Las tres mujeres avanzaron por el último trayecto de escaleras. Los vientos se endurecieron, la arena se arremolinaba sobre sus cabezas. Se colocaron las capuchas, los pañuelos y las gafas.

Safia alcanzó la cumbre, una grieta abierta en la piedra. Kara apagó su linterna, ya que la tempestad era más brillante que el oscuro pasadizo.

La salida se encontraba a un metro de ella. Safia vio una palanca junto a la apertura, y más allá del umbral, una enorme roca lisa que bloqueaba parte del camino.

—Esa roca debía de ocultar la salida —dijo Kara.

Safia asintió. Los hombres del capitán al-Haffi debían de haber usado la palanca para desplazar la inmensa roca lo suficiente como para poder entrar al pasadizo. Tal vez, si resistieran hasta que pasara la tempestad, podrían escapar por allí y encerrar a Cassandra adentro.

El viento llenó a Safia de esperanza.

Incluso desde allí, la tempestad se veía menos negra de lo que recordaba en Shisur. Tal vez comenzara a ceder.

Safia se asomó por la grieta, pero permaneció cobijada tras la roca. La arena cubría el sol y sumía el paisaje en un crepúsculo de polvo. Percibía el resplandor del sol, como una pálida luna a través de la tormenta.

—La tempestad parece menos severa —dijo Kara, confirmando la evaluación inicial de Safia.

Lu´lu discrepaba.

—No os dejéis engañar, las arenas de Ubar son traicioneras. Ésa es la verdadera razón por la que las tribus evitan esta zona, la apodan de maldita, embrujada por los demonios y los genios de las arenas.

La *hodja* las guió al exterior.

Safia la siguió mientras el viento trataba de arrebatarle el pañuelo y la capa. Miró a su alrededor. Se encontraban sobre un cerro, a unos diez o doce metros de altura sobre la planicie del desierto. Se trataba de una de las numerosas prominencias rocosas que se elevaban entre las dunas. Las tribus nómadas las apodaban "vigías de las arenas".

Safia avanzó varios pasos más para examinar su posición. Reconoció la forma del cerro, la misma que aparecía en la pintura de arena y cristal del palacio. Ahí se había descubierto la primera entrada a Ubar casi tres milenios antes. Miró a su alrededor. Tanto la ciudadela como el palacio de la reina mostraban motivos decorativos de aquel cerro. El más preciado de todos los vigías de las arenas.

Más allá, la tempestad llamó la atención de Safia. Las nubes arremolinadas en la zona resultaban un tanto extrañas. A menos de dos kilómetros, la tempestad se oscurecía en bandas que rodeaban la planicie. Safia oía el rugido distante de los vientos.

—Es como si estuviésemos en el ojo del huracán —comentó Kara.

—Es Ubar —añadió la *hodja*—. La ciudad atrae a la tempestad.

Safia recordó que, durante un corto instante tras la apertura de las puertas con las llaves, la tempestad había parecido menos intensa.

Kara se aproximó peligrosamente al borde, lo que inquietó a Safia.

—Deberías alejarte de ahí —le avisó Safia, temerosa de que un golpe de viento la lanzara por encima de la orilla.

—Por este lado hay un camino, una especie de sendero de cabras. Tal vez pueda bajar hasta allí. Veo unos camiones a menos de cuarenta metros, deben de ser el medio de transporte de los hombres del capitán al-Haffi.

Safia se acercó a ella. No se imaginaba descendiendo por aquel camino en medio de unos vientos tan huracanados e imprevisibles.

Lu´lu estaba de acuerdo.

—Arriesgarnos por ahí supondría la muerte.

Kara miró a la *hodja*. Su expresión le aseguró que el descenso resultaba extremadamente peligroso, pero Kara estaba resuelta a intentarlo.

—Tu padre desatendió las advertencias de estas arenas, como tú pretendes hacer ahora, incluso después de todo lo que has visto.

Sus palabras irritaron a Kara aún más.

—¿Qué puedo temer?

Lu'lu extendió los brazos a su alrededor.

—Ésta es la tierra de los *nisnases*.

Safia y Kara conocían bien aquel término. Los fantasmas negros de las arenas. Los *nisnases* habían sido los causantes de la muerte de Reginald Kensington.

Lu'lu señaló hacia el suroeste, donde se agitaba un remolino, un tornado de arena. Resplandecía en la oscuridad, con chispas de carga estática. Brilló un instante con mayor intensidad y se desvaneció.

—He visto un demonio de arena como ése antes —dijo Kara.

Lu'lu asintió.

—Los *nisnases* producen una muerte ardiente.

Safia imaginó el cuerpo torturado de Reginald Kensington, insertado en el vidrio. Le recordó a los ciudadanos momificados de la caverna. ¿Qué conexión tendrían?

Otro de aquellos demonios apareció por el este, y otro más por el sur. Parecían nacer en la arena y elevarse hacia las alturas. Safia había visto miles de remolinos, pero nunca tan resplandecientes de energía estática.

Kara miró el terreno que se extendía ante ella.

—Aún así, no creo que...

Justo delante de ellas se elevó un tremendo muro de arena, que surgió en el borde mismo del cerro. Las tres cayeron hacia atrás.

—¡Un *nisnase*! —exclamó Lu'lu.

El remolino se formó al borde del cerro, girando desenfrenado en una columna sinuosa. Kara y la *hodja* retrocedieron, pero Safia permaneció en pie, hipnotizada.

Inmensas oleadas de carga estática barrían la longitud del remolino, en una vorágine que se alzaba de la tierra al cielo. Se le hinchó la capa, pero no por los vientos, sino por la electricidad del aire, que chisporroteaba en su piel, en su ropa y en su pelo. Era una sensación dolorosa, pero en cierta forma, fascinante. Le dejaba el cuerpo frío y la piel caliente.

Exhaló, sin darse cuenta de que había contenido la respiración.

Dio un paso al frente, lo suficientemente cerca como para ver la anchura total del remolino serpenteante. La energía continuaba lamiendo la columna con vigor. Observó a aquel demonio de arena centrarse alrededor de uno de los tres vehículos. Desde su ubicación aventajada, Safia vio cómo la arena que rodeaba al camión adoptaba la forma del torbellino bajo la superficie del vehículo.

Se asustó al notar que algo le tocaba el brazo. Era Kara. Había reunido el suficiente valor como para acercarse a observar. Kara encontró la mano de Safia, y ésta sintió en su tacto que su hermana revivía una antigua pesadilla.

Las arenas se tornaron negras. Arena fundida, convertida en cristal.

El *nisnase*.

Las energías del torbellino restallaron con salvajismo e iluminaron la totalidad de la columna. Desde su posición, las dos mujeres fueron testigos de cómo el camión se hundía en un charco de vidrio líquido, lentamente, mientras los neumáticos se derretían y explotaban. Después se escuchó un estruendo monstruoso de energía estática y el demonio se desmoronó; un instante antes de que se desvaneciera, Safia contempló cómo el vidrio adoptaba un color tan negro como el del vacío total. El camión desapareció como por arte de magia. El agujero negro se internó en las profundidades derretidas de la arena, y un último soplo de viento lo cubrió de arena, desdibujando cualquier huella de lo ocurrido.

El fantasma había desaparecido.

Un instante después, escucharon una explosión amortiguada, que elevó ligeramente la arena de la zona.

—El depósito de combustible —dijo Kara.

Levantaron la mirada y observaron que muchos otros remolinos salpicaban el paisaje al azar. Habría al menos una docena.

—¿Qué ocurre? —preguntó Kara.

Safia movió negativamente la cabeza. El muro de la tempestad que las rodeaba también se había oscurecido, cerrándose sobre el cerro, aproximándose por todas las direcciones.

Lu´lu miró a su alrededor con terror.

—Es el otro sistema tormentoso, procedente de la costa. Se están alimentando el uno del otro, creciendo y agravándose.

—La megatempestad —resolvió Safia—. Se está formando a nuestro alrededor.

Cada vez aparecían más torbellinos danzantes sobre la arena, que resplandecían con llamaradas crecientes. Un paisaje aterrador e infernal. La tempestad incrementó en ferocidad y negrura, aullando a su alrededor.

Moverse por aquellas arenas invitaba a la muerte.

Safia escuchó un sonido en dirección a su mano, procedente de la radio.

La extrajo del bolsillo. Omaha le había pedido que dejara el canal abierto por si necesitaba contactar con ella.

Una voz susurraba entre las cargas estáticas.

—Safia... si... oyes...

Kara se acercó a ella.

—¿Quién es?

Safia se llevó la radio al oído.

—...voy... camino... Safia... oírme?

—¿Pero quién...? —preguntó Kara.

De repente, Safia abrió los ojos de par en par.

—¡Es Painter! ¡Está vivo!

Una pausa en medio de la carga estática de la tempestad permitió que su voz les llegase claramente durante un instante.

—Estoy a tres kilómetros de tu posición. ¡Resiste, voy de camino!

Las interferencias interrumpieron la comunicación.

Safia pulsó el botón de respuesta y se llevó la radio a la boca.

—Painter, si puedes oírme, no vengas. ¡Repito, no vengas! ¿Me oyes?

Soltó el botón. Interferencias. No le había oído.

Clavó la mirada en las profundidades de la tempestad, las llamas y los vientos huracanados.

Aquellas tierras amenazaban con la muerte a quien las atravesara... y Painter se encontraba de camino.

6:05 pm

CASSANDRA SE AGACHÓ junto a dos de sus hombres. El tiroteo retumbaba a su alrededor. Después de que la granada la pillara por sorpresa, Cassandra se había internado en la refriega, entre las ruinas de la ciudad.

La lucha continuaba, aunque su equipo mantenía un progreso estable. Con la vista clavada en la mirilla de su rifle, Cassandra esperaba. Ante ella se alzaba un grupo de casas bajas, envueltas en tonos plateados y esmeralda bajo sus gafas de visión nocturna. Había activado el dispositivo de infrarrojos y observaba una masa rojiza moverse tras una pared de vidrio, cerca de una esquina. Un enemigo.

Estudió la silueta. Su objetivo cargaba con un tubo al hombro, que resplandecía como un pequeño sol ardiente. Era uno de los lanzagranadas. Había dado órdenes a sus hombres para que centraran su atención en aquellos objetivos. Tenían que reducir los dispositivos de largo alcance del enemigo.

Junto a la pared, su objetivo dio la vuelta y salió al exterior, apuntando con el lanzagranadas.

Cassandra centró la mirilla sobre la parte más incandescente del cuerpo de su enemigo, la cabeza. Apretó el gatillo una sola vez. Con eso le bastaba.

A través de los infrarrojos contempló la rociada de fuego hacia el exterior.

Un tiro limpio.

Pero un último reflejo de los dedos enemigos había disparado el lanzador.

Cassandra observó la granada explotar a lo lejos, con una luz cegadora. Se tiró de espaldas, atónita, a la vez que el proyectil volaba sobre su cabeza, apuntando a un lugar distinto de su objetivo, mientras el cuerpo del otro caía hacia atrás.

Perdió de vista la granada que se elevaba hacia el techo, al entremezclarse su luz con la de las descargas eléctricas de la parte superior. Desactivó la capa de infrarrojos y pasó al modo de visión nocturna. A través de sus lentes, el techo seguía resplandeciendo, aunque de manera más violenta, cubriendo la totalidad de la cúpula. Los pequeños arcos eléctricos la atravesaban como rayos mortíferos.

Al otro lado del lago estalló la granada. Había dado contra el muro de la pared opuesta de la ciudad. Cassandra centró la visión telescópica.

¡Mierda! No le daban ni un respiro.

La granada había explotado sobre el túnel de acceso a la caverna, y una sección del cristal de la pared se había desprendido sobre éste. Se derrumbó ante la entrada, sellando el túnel.

La salida había quedado bloqueada.

Se dio la vuelta hasta yacer sobre su estómago. El equipo de la superficie les sacaría de allí antes o después, pero la preocupación más inminente era hacerse con el control, capturar a Safia y obtener el tesoro buscado. Colocó de nuevo la lente de infrarrojos.

Hora de volver a la caza.

Sus dos hombres se habían adelantado para comprobar el cadáver del enemigo y arrebatarle el lanzagranadas. Esperaban para seguir adelante.

Cassandra se detuvo para comprobar el localizador electrónico.

Safia se encontraba a poca distancia. Los triángulos rojos de su equipo iban cerrándole el paso, rodeando el círculo azul desde todas las direcciones.

Satisfecha, Cassandra estaba a punto de volver a guardar el dispositivo cuando la lectura de la elevación del círculo llamó su atención. No tenía sentido.

Cassandra levantó la vista hacia el techo deslumbrante. Si la lectura era correcta, Safia se encontraba en la superficie. ¿Acaso había otra salida?

Activó el micrófono de su garganta y envió una alerta general por el canal abierto, para que llegara a todos sus hombres.

—¡Cercad a la presa! ¡De inmediato! ¡No dejéis a nadie con vida!

Cassandra se puso en pie y se unió a sus hombres.

—Acabemos con esto de una vez por todas.

6:10 pm

OMAHA ESCUCHÓ EL grito del capitán al-Haffi en árabe.

—¡Retroceded hacia las escaleras! ¡Retirada total hacia la salida!

Omaha se encontraba agachado junto a Coral, Danny y Clay. Habían tomado posiciones dentro del patio del palacio. Una granada explotó a veinte metros de ellos, y aplastaron la espalda contra la pared para protegerse.

—Tenemos que irnos de aquí —dijo Clay.

—Me encantaría —aseguró Omaha—, pero díselo a los dos tipos que hay detrás de esa esquina.

Se encontraban acorralados. Minutos antes, Omaha y Clay habían llegado corriendo al patio desde una dirección, y Danny y Coral desde la otra, ambos equipos perseguidos por los comandos de Cassandra. En ese momento, los cuatro se hallaban rodeados.

Un callejón sin salida.

Solo que los soldados tenían una ventaja: sofisticados dispositivos de visión que parecían capaces de adivinar sus movimientos.

—Deberíamos retirarnos hacia el interior del palacio —dijo Coral, mientras insertaba un cargador nuevo en su pistola—. Desde allí tendremos más posibilidades de perderles.

Omaha asintió. Se apresuraron hacia la entrada del palacio.

—¿Y qué hay del capitán al-Haffi y los demás? —preguntó Clay—. Podrían irse sin nosotros.

Omaha se agachó, apoyó una rodilla en el suelo y apuntó hacia el patio. Coral cubrió su flanco, con Danny y Clay a sus espaldas.

—¿Irse adónde? —preguntó Omaha—. Prefiero arriesgar la vida aquí que en un pasadizo. Al menos aquí tenemos espacio para...

El tiro rebotó en la pared junto a su oído, y los fragmentos de cristal roto se le clavaron en ese lado de la cara.

—Maldita sea...

Otra ráfaga de balazos ametralló la pared. Omaha se tiró al suelo junto a Coral, mientras Danny y Clay se retiraban hacia la sala del fondo. La única razón por la que Omaha seguía con vida era que la estatua de hierro y vidrio con forma de mano, que sujetaba la esfera en el centro del patio, había bloqueado un tiro directo.

Al otro lado del patio aparecieron los soldados, con un lanzagranadas al hombro con el que apuntaban hacia la puerta del palacio. Seguían lloviendo las balas. El fuego de represión para los soldados de artillería, un movimiento con muchas agallas. Algo debía haber puesto sobre aviso a las tropas de Cassandra en los últimos minutos.

Coral se dio la vuelta y apuntó con la pistola al hombre que cargaba con el lanzagranadas. Pero fue demasiado lenta.

A diferencia de los dioses de arriba.

Desde el techo, un latigazo de energía restalló en el suelo cerca del hombre durante unas décimas de segundo, hiriendo con su luz las retinas de todos. No se trataba de un rayo, sino de un arco de energía entre el suelo y el techo. Tampoco abrió un cráter, ni siquiera derrumbó al hombre.

Sus consecuencias fueron mucho peores.

El cristal donde el soldado apoyaba los pies se metamorfoseó, pasó de sólido a líquido, cambió de estado en un abrir y cerrar de ojos. El soldado cayó en una charca de vidrio líquido hasta el cuello. El grito desgarrado que escapó de sus pulmones fue un sonido sólo escuchado en las profundidades de los infiernos, el bramido mortal de un hombre quemado vivo.

Se cortó al instante.

La cabeza del hombre cayó hacia atrás, mientras de la boca se le escapaba una última exhalación de humo.

Muerto.

El cristal volvió a solidificarse, y el fuego de represión murió con el hombre. Sus compañeros habían presenciado el incidente.

En la distancia continuaba la lucha, cuyas explosiones resonaban en medio de la quietud de aquel grupo. Omaha levantó la mirada. El techo ardía, cubriendo la totalidad de la cúpula, mientras otros arcos de energía saltaban entre el suelo y el techo. En algún lugar de aquel camino se escuchó un grito idéntico al anterior.

—Ha vuelto a ocurrir —dijo Coral.

Omaha clavó los ojos en el hombre muerto y enterrado en el vidrio. Sabía lo que aquello significaba.

La muerte, con toda su ferocidad, había regresado a Ubar.

6:12 pm

PAINTER SALTÓ SOBRE su asiento cuando el tractor de veinte toneladas voló sobre una pequeña duna. En ese momento no veía nada. La anterior visibilidad de varios metros se había reducido a la punta de su nariz. Conducía a ciegas, podría dirigirse directamente hacia el borde de un precipicio sin saberlo.

Minutos antes, la tempestad había arreciado con una violencia renovada. La embestida de los vientos llegaba en forma de puños gigantescos que golpeaban sin piedad el tractor. A Painter le latía con fuerza la cabeza a causa de las sacudidas.

Aún así, avanzaba a ciegas, con la única guía del círculo azul en la pantalla.

Safia.

No tenía ni idea de si le habría escuchado por radio o no, pero Safia no se había movido desde que trató de contactar con ella. Todavía se encontraba en la superficie, de hecho a unos doce metros por encima de la superficie. Debía haber alguna colina por delante, por lo que tendría que reducir la velocidad cuando se acercara.

Por el rabillo del ojo percibió un leve reflejo en el espejo retrovisor lateral. Era el segundo vehículo de persecución, que seguía al tractor gracias a la potencia de sus faros. El cazador debía estar tan cegado como él, y supuso que se limitaba a seguir el rastro sobre la arena, dejando que fuese Painter quien tropezara con los obstáculos.

Un ciego guiando a otro.

Painter continuó adelante, sin pensar en cambiar su rumbo. Los vientos endurecieron su azote repentinamente, y el tractor osciló por un instante sobre el lateral de las ruedas de oruga, antes de volver a desplomarse sobre la arena. Por todos los santos...

Sin saber por qué, se le escapó una risotada, la diversión inconsciente del condenado. Al instante, los vientos se detuvieron, como si alguien hubiese apagado el ventilador.

El tractor rodó por arenas más tranquilas, y hasta los cielos pasaron de una luz de media noche a otra de atardecer tardío. El aire seguía cargado de arena, de hecho, los vientos no habían dejado de soplar al completo, pero su velocidad había disminuido a una décima parte de la de un momento antes.

Volvió a mirar por el espejo retrovisor. Un muro de negrura le impedía la visibilidad. Debía haber atravesado el corazón del torbellino, saliendo al otro lado de éste.

Siguió mirando, sin encontrar ni rastro de las luces anteriores, perdidas en la oscuridad total. Tal vez el brío final del vendaval se hubiera tragado a aquel bastardo.

Se centró en el camino que le quedaba por delante.

Su vista alcanzaba a ver casi cuatrocientos metros. En la distancia, divisó la silueta de las rocas, un cerro testigo. Echó un vistazo al portátil. El resplandor azulado se encontraba justamente encima.

—Ahí estás...

Apretó el acelerador del vehículo.

Se preguntaba si Safia podría verle. Alcanzó la radio con una mano, sin quitar ojo al trayecto. Por toda la región se observaban pequeños tornados que se agitaban como serpientes, uniendo los cielos con el desierto. Resplandecían con un extraño brillo de color cobalto. El suelo crepitaba por las cargas de energía estática. La mayoría se encontraban más o menos quietos en su zona, pero otros cuantos barrían el desierto a su antojo. Su proximidad a uno de ellos le permitió ver cómo se deslizaba por la cara de una duna, aspirando la arena a su alrededor. Por donde pasaba, dejaba una estela de arena negra, un garabato sigiloso, el dibujo de una pluma manejada por los dioses de la tempestad.

Painter arrugó la frente. Jamás había visto un fenómeno así.

Pero aquello no era asunto suyo. Tenía preocupaciones más apremiantes. Se llevó la radio a la boca.

—Safia, si me oyes, dímelo. Ya deberías poder verme.

Esperó la respuesta. No sabía si Safia todavía llevaría su radio. Era la frecuencia con la que había sintonizado el transmisor del tractor.

De repente el receptor emitió un ruido.

—... ainter! ¡Vete! ¡Aléjate!

¡Era Safia! Y parecía estar en problemas.

Volvió a pulsar el botón del transmisor.

—¡No pienso irme, tengo que...

Un arco de electricidad saltó del receptor de la radio a su oído. Painter dejó escapar un grito y tiró la radio. Olía a pelo quemado.

Comenzó a sentir una ola de carga estática en el vehículo, mientras todas las superficies soltaban pequeñas descargas. Apoyó las manos en la cubierta de caucho del volante. El portátil chisporroteó antes de emitir un sonoro crujido. La pantalla se apagó.

Escuchó el sonido de una sirena, atronadora y persistente.

Pero no era una sirena... ¡Era la bocina de un camión!

Miró por el espejo retrovisor lateral y vio cómo el camión perseguidor saltaba por los aires, atravesando la negra pared de la tempestad. Los vientos finales azotaron la parte posterior del vehículo, haciendo oscilar el bastidor del vehículo, a punto de volcarlo.

Y entonces quedó libre. Cayó sobre la arena, primero sobre los neumáticos de un lado, y después sobre los cuatro. Botó, derrapó y dio un giro completo. Pero al menos había salido del núcleo de la tempestad.

Painter perjuró aquella aparición.

El conductor debía estar tan asombrado de seguir con vida como Painter de verle. El vehículo quedó al ralentí. Parecía salido del infierno: un neumático estaba pinchado, el parachoques se había doblado en forma de sonrisa de acero, la lona que protegía la carga se había desplazado a un lado y colgaba de unas cuantas cuerdas restantes.

Painter clavó el pie en el acelerador, avanzando a más velocidad y agrandando la distancia entre ambos vehículos. Recordó el bombardeo de granadas. Necesitaba un poco de espacio para respirar, ya se preocuparía después del camión, que le seguía como un perro cojo a la máxima velocidad que podía alcanzar.

Painter activó el modo de crucero y se preparó para disparar.

Ante él se extendía todo un bosque de demonios de arena que se arremolinaban peligrosamente en la penumbra de la tarde. Parecían estar en movimiento. Frunció el entrecejo al ver que avanzaban al unísono, como un ballet sobrenatural.

Y en ese momento lo sintió. Una sacudida familiar en la arena. La misma sensación que cuando se produjo la avalancha en la cara de la duna. La arena se movía debajo del vehículo.

Pero se encontraba en una superficie plana.

Los torbellinos bailaban a su alrededor, cargados de electricidad estática centelleante, y al desierto se le ocurría hundirse bajo sus pies. Contra todas las previsiones, el tractor de veinte toneladas se estaba clavando en el fango. Su velocidad disminuyó, y Painter sintió que el vehículo coleaba. El tractor dio un giro imprevisto, arrastrado por fuerzas desconocidas, para quedar después atrapado, detenido.

Su ventanilla lateral apuntaba hacia el camión perseguidor, que avanzaba hacia él sobre sus anchos y nudosos neumáticos para la arena. Hasta que ésta se convirtió en polvo bajo las ruedas... y el vehículo se hundió hasta las llantas... después hasta los ejes.

Una ciénaga.

Tanto la presa como el cazador se encontraban atrapados, como dos moscas en el ámbar.

Solo que su ámbar seguía fluyendo. Lo sintió por debajo. La arena seguía moviéndose.

6:15 pm

Safia terminó por dejar la radio. No podía hacer otra cosa más que contemplar con horror la situación, junto a Kara y Lu'lu. El paisaje parecía extraído de una pesadilla, como un cuadro de Salvador Dalí. El mundo se derretía a sus pies.

Levantó la vista hacia los terroríficos torbellinos y sus cargas eléctricas mortales, hacia los borrones y las estelas negras que dejaban los demonios de la arena. Las nubes de polvo resplandecían a causa de la energía que seguía fluyendo en su interior, alimentada por las serpenteantes columnas de arena y carga estática.

Pero aquello no era lo peor.

Hasta adonde le alcanzaba la vista, la totalidad del suelo del desierto había comenzado a girar en un torbellino de proporciones gigantescas, que se agitaba alrededor de la burbuja enterrada de Ubar. El cerro de arenisca no era más que una roca en la corriente. Pero había otros guijarros de menor tamaño: el tractor de Painter y el otro camión, atrapados en la arena revuelta.

Los remolinos se aproximaban hacia los vehículos, entremezclando la arena con el fuego líquido.

Se escuchó un crujido a la izquierda, y un fragmento del cerro se desprendió sobre la arena, como un glaciar en medio del mar.

—No podemos quedarnos aquí —dijo Kara—. Esta isleta va a caerse en pedazos.

—Painter... —susurró Safia. Sus ropas despidieron chispas a causa de las descargas al acercarse al borde del cerro. Aquel hombre había acudido a rescatarla, de camino a su propia condena. Tenían que hacer algo.

—Está solo —dijo Kara—. No podemos ayudarle.

La radio volvió a sonar en su mano. Había olvidado que la llevaba.

—Safia, ¿me oyes? —Era Omaha.

Levantó el aparato.

—Sí, estoy aquí.

Su voz sonaba distante, como de otro planeta.

—Aquí abajo está pasando algo muy extraño. La electricidad estática está formando arcos por todas partes que derriten el cristal. ¡Esto es un cataclismo, no os mováis de ahí!

—¿Podéis llegar hasta aquí? ¿Hasta las escaleras?

—No. Danny, Clay, Coral y yo estamos en el palacio.

Un movimiento llamó su atención hacia la boca del túnel, por la que vio aparecer a Sharif.

Kara se aproximó hacia él.

—Nos hemos batido en retirada hacia las escaleras —dijo el árabe jadeante—. El capitán al-Haffi intenta mantener a raya al enemigo. Deberíais...

Se le cortó la voz ante la repentina visión del desierto. Abrió los ojos de par en par.

Otro ruido marcó un nuevo desprendimiento de rocas; el cerro se estaba viniendo abajo.

—Que Alá nos ayude —rezó Sharif.

Kara le hizo un gesto.

—Más le vale, porque nos estamos quedando sin lugares donde escondernos.

6:16 pm

CASSANDRA CONOCIÓ EL verdadero terror por primera vez en mucho tiempo. La última vez que había experimentado aquella sensación fue de niña, cuando escuchaba los pasos de su padre hacia su cuarto a media noche. Aquello era igual, un pánico que congelaba su interior y le convertía la médula espinal en hielo. La respiración se volvía un talento casi olvidado.

Se guareció en una diminuta construcción de vidrio, parecida a una pequeña capilla, del tamaño adecuado para que una persona se arrodillara a rezar. Su única entrada era una puerta baja ante la que había que agachar la cabeza. No tenía ventanas. A través de la puerta veía extenderse la parte baja de la ciudad.

Cassandra observaba los continuos arcos de descargas eléctricas. Los que restallaban contra el lago ganaban en intensidad antes de ser absorbidos de nuevo hacia el techo, con un resplandor más intenso, como si la tempestad de arriba se alimentase de las aguas de abajo.

Sin embargo, cuando golpeaban el vidrio ocurría algo muy distinto.

La superficie absorbía la extraña energía, y se convertía en un charco líquido durante un breve instante, antes de volver a solidificarse.

Había visto a uno de sus hombres sucumbir bajo uno de aquellos rayos. Se había ocultado tras una pared, cuando el arco estalló contra su superficie. El hombre atravesó el muro líquido al perder el apoyo, pero éste se solidificó de nuevo, dejando medio cuerpo del hombre a cada lado del muro. La parte central de su tronco se había carbonizado hasta los huesos. Incluso sus ropas se habían prendido fuego, convirtiendo al hombre en una antorcha humana a ambos lados de la pared de vidrio.

La lucha se había detenido en toda la ciudad. Los hombres se habían apresurado en busca de cobijo.

Al ver los cuerpos momificados de sus compañeros, temían acabar igual.

La caverna se había sumido en un silencio mortífero, sólo interrumpido por tiros ocasionales cercanos al muro posterior, donde el enemigo de Cassandra se había aislado en alguna especie de pasadizo. Disparaban a todo aquel que se aproximaba a ellos.

Cassandra aferraba con la mano el dispositivo electrónico. Observó la disposición de los triángulos rojos. Sus hombres. O mejor dicho, los que quedaban. Los contó. De los cincuenta del equipo de asalto, tan sólo quedaban una docena. Vio desaparecer otro de los triángulos, a la vez que sobre la ciudad se escuchaba un grito desgarrador.

La muerte acechaba a sus hombres.

Cassandra sabía que su cobijo no era seguro, pues había visto cuerpos momificados en el interior de algunas casas.

La clave parecía ser el movimiento. Quizás la carga estática de la sala era tal que cualquier movimiento atraía a los rayos, que se lanzaban como puñales sobre su presa.

Así que Cassandra decidió quedarse muy, muy quieta. Como hiciera de niña en su cama. Entonces no le ayudó en absoluto, y dudaba que en ese momento le sirviera de mucho. Se hallaba atrapada.

6:17 pm

OMAHA SE ENCONTRABA tumbado sobre el suelo de la entrada al palacio. El silencio ejercía presión sobre él. Más allá del patio, la tempestad de fuego empeoraba. Los rayos crepitaban como tenedores brillantes. La cúpula de la caverna resplandecía como la corona de un sol entre azulado y blanquecino.

Omaha observaba la imagen y pensaba en la muerte, tan próxima ya.

Al menos le había dicho a Safia que la amaba. Se iría en paz, debía contentarse con aquel pensamiento. Miró hacia el techo y rezó por que Safia se encontrara a salvo. Había radiado un corto mensaje describiendo el caos en la caverna.

La muerte acechaba tanto en la superficie como en las profundidades.

Doble elección.

Coral se encontraba a su lado, estudiando la tormenta eléctrica.

—Nos encontramos dentro del transformador más inmenso del mundo.

—¿A qué te refieres?

Hablaban en susurros, como temerosos de llamar la atención del gigante adormilado.

—La caverna de cristal, con su solución de antimateria cargada de energía, está actuando como un superconductor aislado de proporciones monstruosas. Absorbe la energía como ocurrió con el camello de hierro del museo. En este caso, recoge la energía estática de la tempestad de arriba, atrayéndola bajo tierra. Pero como la energía de la cámara va creciendo y superando cierto umbral, es necesario que se deshaga del exceso de energía, como ocurre con los rayos en una tormenta. Sólo que ésta va dirigida desde la tierra hacia el cielo, disparando sus inmensas descargas hacia arriba y creando esas explosiones momentáneas de torbellinos mortales en la superficie del desierto.

—Como si drenara la batería —dijo Omaha—. ¿Pero qué está ocurriendo aquí?

—Una tormenta en una botella. La megatempestad de arriba está introduciendo demasiada energía aquí abajo, y la burbuja no puede descargarla con suficiente rapidez, por lo que una parte de esa energía es escupida de nuevo.

—Para deshacerse de ella.

—Para redistribuir su carga —corrigió Coral—. El cristal es un fantástico conductor. Lo que hace es coger el exceso de energía que no puede descargarse hacia la superficie y pasarla a la tierra de debajo. El cristal captura la energía y la dispersa. Es como un ciclo que mantiene la carga distribuida uniformemente por toda la burbuja de vidrio, y no sólo en la cúpula. Un equilibrio de energía que estabiliza el lago durante la tempestad.

—¿Y qué hay de esas charcas de cristal fundido?

—No creo que sea cristal *fundido*. Al menos, no exactamente.

Omaha miró en su dirección de manera inquisitiva.

—¿Qué quieres decir?

—Es cristal en estado *líquido*. ¿Has visto alguna vez un cristal antiguo? ¿Te has fijado en esas vetas que distorsionan ligeramente su claridad? La gravedad afecta al cristal como a un líquido, tirando de él lentamente hacia abajo.

—¿Y qué tiene eso que ver con lo que está ocurriendo aquí abajo?

—Los rayos de energía no están fundiendo el cristal. Están cambiando su estado, rompiendo instantáneamente todos los enlaces internos, licuando el cristal hasta un punto cercano a lo gaseoso. En cuanto la energía se dispersa, vuelve a solidificarse. Pero durante una décima de segundo, alcanza un estado salvaje entre líquido y gaseoso. Por eso no fluye, sino que mantiene su forma esencial.

Omaha esperaba que esa discusión llevara a alguna solución.

—¿Y hay algo que podamos hacer al respecto?

Coral negó con la cabeza.

—No, Dr. Dunn. Me temo que estamos jodidos.

6:19 pm

La feroz explosión llamó la atención de Painter hacia el cerro. Un camión aparcado cerca de la loma de arenisca saltó por los aires, vomitando combustible en llamas. Uno de los demonios de arena pasó sobre él, dejando un reguero vaporoso de arena negra.

Cristal fundido.

Las sinuosas columnas de carga estática parecían descargar cantidades astronómicas de energía recalentada, que abrasaba el paisaje a su paso.

Painter recordó la advertencia de Safia por radio, antes de que se cortara. Había intentado avisarle, pero él no la escuchó.

Y en ese momento se encontraba atrapado en el interior del tractor, que comenzaba a girar lentamente en un inmenso remolino de arena agitada. Durante los últimos cinco minutos, lo había arrastrado en un arco amplísimo, haciendo que girase despacio sobre su sitio, como un planeta que orbitara alrededor del sol.

A su alrededor danzaba la muerte. Por cada torbellino que estallaba con una aguda descarga de energía eléctrica, otros tres se creaban en su lugar.

Era cuestión de tiempo que uno de ellos cruzara por su camino, o peor aún, se abriera debajo del vehículo. Mientras giraba, divisó el otro camión, en situación idéntica a la suya. Otro diminuto planeta, como una luna.

Painter revisó las arenas que les separaban con la mirada y encontró una sola posibilidad. Sería la carrera del diablo, pero al menos le parecía mejor idea que seguir allí sentado, esperando a la muerte. Si tenía que morir, prefería hacerlo con las botas puestas. Bajó la mirada hacia su cuerpo desnudo. Sólo llevaba unos calzoncillos. De acuerdo, tendría que olvidarse de lo de llevar las botas puestas.

Se levantó y pasó a la parte posterior del vehículo. Debería correr todo lo que pudiera.

Sólo cogió la pistola... y una navaja.

Con tal breve preparación, se acercó a la portezuela trasera. Tenía que ser rápido. Empleó unos segundos en respirar profundamente, y a continuación, abrió la puerta.

La amplitud del desierto entró en erupción repentinamente a pocos metros de distancia. Otro demonio surgió de la arena, transmitiéndole su latigazo de energía estática. Se le electrizó el cabello de la cabeza y empezó a chisporrotearle. Esperaba que no se le prendiera fuego.

Se alejó deprisa de esa puerta, se le había acabado el tiempo ahí.

Se aproximó a la portezuela lateral, la abrió y saltó.

Al caer sobre la arena, se hundió hasta las pantorrillas. La arena estaba increíblemente suelta. Miró por encima de su hombro y vio al demonio abalanzarse sobre el tractor, crepitando por la energía. Olía a ozono y despedía una ola de calor intensa.

Pies de pluma, avanzad como la espuma.

Era una rima que su padre solía susurrarle al oído cuando le pillaba entretenido con algo. *No, papá... no hay que entretenerse, hay que avanzar.*

Painter sacó los pies de la arena y corrió bordeando la parte delantera del tractor. El remolino se desplazó hacia él, atraído por el movimiento.

Divisó el camión. Cincuenta metros. Medio campo de fútbol.

Corrió en su dirección.

Pies de pluma, avanzad como la espuma.

Siguió corriendo, mientras repetía la rima como un mantra en su cabeza.

Al otro lado de la arena vio abrirse la puerta del camión. Sobre el escalón de subida al vehículo apareció el soldado y le apuntó con el rifle. Prohibido el paso.

Por suerte, Painter ya llevaba su arma preparada. Disparó una bala tras otra, no había razón alguna para ahorrar proyectiles, así que siguió apretando el gatillo. Por fin, el conductor cayó hacia atrás, con los brazos en el aire.

Una explosión a sus espaldas empujó a Painter hacia delante con una bofetada de calor abrasador. Cayó con la cara sobre la arena. Escupiéndola, se puso en pie y siguió corriendo.

Miró brevemente atrás y vio el tractor volcado sobre un lateral, en llamas; el depósito había explotado a causa del calor del demonio centrífugo, que se había aproximado demasiado al vehículo. Painter continuó su huida mientras una lluvia de combustible salpicaba la arena.

Pero siguió corriendo como empujado por el mismísimo diablo.

Al llegar al camión, saltó hacia la puerta lateral, utilizó el cuerpo del conductor como peldaño y se impulsó hacia la plataforma del camión, cayendo de espaldas. La lona todavía estaba sujeta por las cuerdas. Utilizó la navaja para cortarlas. Estaban tensas, y se partieron como las cuerdas de una guitarra. Desplazó a un lado la lona y las cuerdas, para exponer lo que había debajo.

Lo que había visto desde el tractor.

Uno de los helicópteros monoplaza, una especie de trineo volador.

Estos pies de pluma han encontrado sus alas.

6:22 pm

SAFIA ESCUCHÓ LAS explosiones entrecortadas de una pistola.

Painter...

Estaba acurrucada en el interior del pasadizo de la escalera, con Kara y Lu´lu a su lado. Había estado sopesando alguna forma de escapar de aquella catástrofe. Sentía que había una respuesta no lejos de su alcance, una pista que había pasado por alto, bloqueada por el miedo. Pero el miedo era un viejo amigo. Respiró profundamente varias veces, inhalando calma y exhalando tensión.

Se detuvo a pensar en aquel misterio.

Recordó sus pensamientos de camino a la superficie. Cómo el pasado y el presente se entremezclaban de numerosas maneras. Cerró los ojos. Casi podía sentir que la respuesta se encontraba en su interior, como una burbuja en el agua.

Luego escuchó los disparos, seguidos de una explosión. Como la que se había producido en el camión del capitán al-Haffi minutos antes.

Safia corrió al exterior, a la superficie del cerro. Una bola de fuego se hinchó en el aire y desapareció en manos del viento. El tractor yacía volcado de lado.

Dios mío... Painter...

Divisó una figura desnuda sobre el otro camión más pequeño.

Kara se unió a ella.

—¡Es Crowe!

Safia se aferró a aquella esperanza.

—¿Estás segura?

—Sí, aunque necesita un buen corte de pelo.

La figura se subió a algo que había en la parte trasera del camión.

En ese instante, Safia vio cómo se extendían los rotores plegables del aparato. Escuchó un gañido distante, y los rotores comenzaron a girar. ¡Un helicóptero!

Kara suspiró.

—Desde luego, este hombre tiene recursos para todo, no lo voy a negar.

Safia observó que un pequeño remolino, uno de ésos que garabateaban sobre las dunas, giraba en amplio arco en dirección al camión.

¿Lo habría visto Painter?

6:23 pm

Painter se encontraba tumbado sobre el trineo del monoplaza, con los mandos junto a sus brazos, uno para cada mano. Los accionó para acelerar la velocidad de los rotores. Durante su formación en las Fuerzas Especiales, había volado distintos tipos de helicópteros, pero nunca uno como aquél.

Tampoco podía ser muy diferente.

Giró al máximo al acelerador de la derecha. No ocurrió nada. Probó con el de la izquierda. Tampoco. De acuerdo, tal vez sí que eran diferentes.

Giró los dos aceleradores de los mandos a la vez y el monoplaza se elevó en el aire. Mantuvo los mandos accionados y aceleró en un arco irregular, azotado por los vientos. Las sonoras batidas de los rotores coincidían con los latidos de su corazón, rápidos y furiosos.

Mientras la nave giraba, observó un remolino próximo a sus pies. Resplandecía y escupía fuego como un demonio recién salido del infierno.

Painter accionó los mandos y se inclinó hacia la derecha, hacia la izquierda, hacia el frente.

Hacia el frente funcionó.

Pero tomó velocidad hacia abajo, como si se deslizara por una pendiente nevada. Intentó elevarse de nuevo antes de clavarse en la arena, manejando los pedales de mano. Rodó hacia la izquierda, intentó enderezar la dirección y finalmente consiguió elevar el morro de la aeronave.

En ese momento observó que se dirigía directamente hacia un torbellino monstruosamente gigantesco.

Así que trató de elevarse más aún, hacia la derecha, y consiguió dar un giro sobre sí mismo, volando *todavía* hacia el remolino. Sintió que el estómago se le daba la vuelta. Tiró del mando izquierdo, detuvo el giro y evitó por pelos al demonio de arena.

Pero mientras se alejaba, el remolino escupió un arco de energía estática, que le alcanzó. Painter sintió su latigazo desde las uñas de los pies hasta las cejas.

Y la aeronave también lo sintió.

De repente, se cortó la alimentación. Los instrumentos giraron a su antojo, y la nave comenzó a caer en picado, mientras los rotores giraban en vano. Apagó todos los sistemas y trató de conectar de nuevo el aparato. Se escuchó un leve gañido, pero el motor se caló.

Ante sí tenía el cerro, por lo que intentó dirigir el aparato hacia allí lo mejor que pudo... hacia la escarpada ladera.

Intentó de nuevo conectar los sistemas y, esa vez, el motor se accionó, tal vez ayudado por el giro de los rotores. Accionó ambos mandos a la vez.

La aeronave se elevó, cada vez más cercana al precipicio.

—Vamos... —murmuró con los dientes apretados.

Al acercarse al cerro, divisó su cima, y trató de elevar la nave unos centímetros más. El trineo de aterrizaje de la nave rozó el borde del cerro, volcando el aparato hacia un lado, con lo que los rotores golpearon las rocas y se partieron.

El compartimento del monoplaza saltó por los aires y aterrizó boca abajo sobre la superficie. Painter se golpeó la cabeza contra el suelo, pero sobrevivió. Un golpe de suerte.

Abrió la escotilla lateral y cayó a un lado, jadeando sobre la roca y sorprendido de seguir con vida.

Safia se apresuró hacia él.

Kara la siguió, con la mirada clavada en Painter y los brazos cruzados.

—Buen intento, pero ¿has oído alguna vez la frase "de la sartén al infierno"?

Painter se sentó.

—¿Qué diablos ocurre aquí?

—Debemos llegar a un sitio seguro —dijo Safia mientras le ayudaba a ponerse en pie.

—¿Adónde? —preguntó Kara mientras ayudaba a Painter por el otro lado—. La tempestad de arena desgarra el desierto, y bajo tierra, Ubar está en llamas.

Safia se enderezó.

—Sé dónde podemos cobijarnos.

22
TEMPESTAD DE FUEGO

ⵝⵉⴱⵎⵉⴻⵏⵝⵉⴻⵍⵉⵙⵢⴾⵎⵉⵠⵎ

4 de diciembre, 6:45 pm
Shisur

Safia permaneció con el capitán al-Haffi en la base de las escaleras. Fijó la mirada en la vorágine añil que se enroscaba sobre el inmenso habitáculo arqueado. Cegador. Las descargas de energía azulada arponeaban toda la cámara, bifurcándose por su totalidad. Lo más inquietante era su silencio absoluto. Ni un solo trueno.

—¿A qué distancia queda el palacio? —preguntó al capitán.

—A unos cuarenta metros.

Volvió a mirar a la escalinata. Las Rahim se habían reducido a catorce adultas y las siete niñas originales. La docena de hombres del capitán al-Haffi había pasado a ocho, pero ninguno de ellos parecía dispuesto a entrar de nuevo en Ubar, con aquel fuego arrasador eléctrico sobre sus cabezas.

Sin embargo, estaban decididos a seguir a Safia.

Ella miró hacia el camino que debían recorrer. El menor paso en falso significaba una muerte feroz.

—¿Estás segura de lo que vas a hacer? —preguntó Kara a sus espaldas, flanqueada por Lu´lu y Painter.

—Tan segura como me es posible —respondió Safia.

Painter había tomado prestada la capa de uno de los Shahran, pero todavía estaba descalzo. Tenía los labios apretados.

A lo lejos, en el pasaje que dejaban atrás, resonaban las piedras que se iban desmoronando. La preparación había tardado más de lo que a Safia le hubiera gustado. Las secciones superiores de la escalinata ya se estaban desplomando.

—Confías demasiado en esa vieja reina —insistió Painter.

—Ella supervivió al cataclismo, al igual que la línea del rey. Durante la última hecatombe, el linaje real estuvo a salvo, y fueron los únicos que se salvaron. ¿Cómo lo lograron?

Safia se giró y vació la capa doblada que sujetaba en la mano. Vertió arena en el suelo para cubrir el cristal delante de ella.

—La arena es un magnífico aislante. El palacio real de Ubar está cubierto de pinturas realizadas con arena, en los suelos, paredes y techos. La mezcla de tanta arena con el vidrio debe hacer de toma de tierra frente a las ráfagas de energía estática, protegiendo a los que se encuentren encima —dio un par de golpecitos con el dedo en su radio—. Como ha hecho hasta el momento con Omaha, Coral, Danny y Clay.

Painter asintió. Safia leyó respeto y confianza en sus ojos, y esa sólida fe en ella le aportó la fuerza que necesitaba. Una vez más, él era una verdadera roca cuando ella necesitaba agarrarse a algo.

Safia se dio la vuelta y miró la larga fila de personas. Cada una de ellas sujetaba una carga de arena, amontonada en capas y camisas; incluso las niñas llevaban calcetines llenos de arena. El plan era derramar arena a lo largo del sendero hasta el palacio, donde se cobijarían de la tempestad.

Safia levantó la radio.

—¿Omaha?

—Dime, Safi.

—Vamos para allá.

—Tened cuidado.

Bajó la radio y pisó sobre el suelo cubierto de arena. Ella les guiaría. Avanzando hacia el frente, utilizaba una bota para extender la arena todo lo posible sin que dejara de ser un buen aislante. Una vez que llegó al final, Painter le entregó su bolsa de arena. Vació la arena nueva por otro segmento del suelo, extendiendo el sendero arenoso, y continuó adelante.

Sobre su cabeza, el techo de la caverna ardía con fuego de color cobalto.

Seguía con vida, por tanto estaba funcionando.

Safia avanzó sobre la arena. Tras ella, la cadena iba aumentando, pasándose una bolsa de arena tras otra.

—Fijaos bien en dónde pisáis —les advirtió Safia—. Aseguraos de que haya arena bajo vuestros pies en todo momento. No toquéis las paredes, y tened cuidado con las niñas.

Vertió más arena. La estela se extendía desde el muro posterior, girando en las esquinas, descendiendo por las escaleras, a lo largo de las rampas.

Safia miró hacia el palacio. Se iban aproximando, pero a paso de tortuga.

Las cargas estáticas estallaban ya de forma continua sobre sus cabezas, atraídas por sus movimientos, agitando el campo magnético que estabilizaba el lugar, fuese cual fuese. Pero el vidrio de los lados alejaba las descargas, como un pararrayos. Su camino se mantenía a salvo.

Safia descargaba la arena de una capa cuando escuchó un grito tras ella.

Sharif había resbalado, varios metros atrás, en uno de los escalones cubiertos de arena y, para mantener el equilibrio, se había apoyado en un muro cercano, con la intención de empujarse para no caer.

—¡No! —gritó Safia.

Demasiado tarde.

Como la acometida de un lobo hambriento sobre un corderillo indefenso, un azote de fulgor azulado saltó hasta el muro sólido, derritiéndolo al instante. Sharif cayó de cabeza en el vidrio, que se solidificó alrededor de sus hombros. Su cuerpo sufrió varios espasmos, pero no se escuchó ningún grito, ya que tenía la cabeza atrapada en el vidrio. Falleció de inmediato. Las puntas de su capa se prendieron fuego.

Las niñas gritaron y ocultaron la cara en las capas de sus madres.

Barak se adelantó desde atrás, pasando a las mujeres, con una máscara de dolor en el rostro. Safia miró a las niñas y adultas.

—Mantened la calma —dijo Safia—. Hay que seguir avanzando.

Tomó otra bolsa de arena; le temblaban las manos. Painter se adelantó y le quitó la bolsa.

—Deja que te ayude.

Safia asintió y retrocedió un paso, hasta Kara.

—Ha sido un accidente —le dijo ésta—, no es culpa tuya.

La mente de Safia lo comprendía, pero no su corazón.

Aún así, no permitió que aquello la paralizase. Siguió a Painter, pasándole los sacos de arena y avanzando poco a poco.

Por fin rodearon la pared del patio. Ante ellos, la entrada de palacio apareció iluminada. Omaha se encontraba bajo los arcos de la entrada, linterna en mano.

—Os he dejado encendidas las luces del porche, chicos —les hizo un gesto para que avanzaran.

Safia tuvo que resistirse para no correr hacia él. Pero aún no se encontraban a salvo. Continuaron al mismo ritmo fijo, bordeando la esfera de hierro que descansaba sobre su cuna. Por fin, la estela de arena llegó a la entrada.

Painter dejó que Safia pasara primero. Dio un paso hacia la entraba y se lanzó a los brazos de Omaha. Él la levantó en brazos y la llevó a la sala principal.

Safia no objetó. Estaban a salvo.

7:07 pm

Cassandra había observado la procesión sin moverse, apenas sin respirar. Sabía que cualquier movimiento significaría su muerte. Safia y Painter habían pasado a pocos metros de su pequeño cobijo de vidrio.

Ver a Painter había sido una sorpresa. ¿Cómo podía encontrarse allí?

Pero no reaccionó. Mantuvo su ritmo respiratorio constante, inmóvil como una estatua. Sus muchos años de entrenamiento en las Fuerzas Especiales y en las operaciones de campo le habían enseñado maneras de permanecer quieta y en silencio, y en ese momento, tuvo que hacer uso de todas ellas.

Cassandra sabía que Safia se acercaba, había seguido su progreso, moviendo únicamente los ojos hacia su localizador, y también había visto desaparecer en él el último triángulo rojo. Se había quedado sola. Pero aún no había acabado todo.

Cassandra había observado, asombrada, cómo Safia regresaba desde la parte superior de la caverna, pasando muy cerca de ella.

Un camino de arena. Aquella mujer había logrado averiguar cuál era el único refugio seguro de la cueva: la gran torre que se encontraba a quince metros de ella. Cassandra escuchó las voces alegres de los demás al llegar a su santuario.

Permaneció absolutamente inmóvil.

El reguero de arena se encontraba a sólo dos metros de su posición. Dos grandes zancadas. Moviendo sólo los ojos, miró hacia el techo. Y esperó, con todos los músculos de su cuerpo tensos, preparándose a sí misma.

En ese momento, un rayo estalló en el suelo, a tres metros de donde se encontraba.

Lo suficientemente cerca.

Cassandra saltó, atravesando la puerta, y confiando en el viejo dicho de que "un rayo nunca cae dos veces en el mismo punto". No tenía otra máxima en la que creer.

Uno de sus pies tocó el suelo y tomó impulso para saltar; el siguiente pie ya aterrizó en la arena. Se puso en cuclillas. A salvo.

Respiró profundamente varias veces, medio sollozando de alivio, y se permitió aquel instante de debilidad. Lo necesitaría para armarse de valor a continuación. Esperó a que el corazón dejara de latirle desbocado, a que pasaran los temblores.

Por fin, su cuerpo se calmó. Estiró el cuello, como un gato al despertar.

Volvió a inspirar, muy despacio, e inspiró con el mismo ritmo. A continuación, de vuelta al trabajo.

Se levantó y sacó el detonador inalámbrico. Comprobó que no estuviese estropeado, ni que los cables hubieran sufrido daños. Todo parecía en orden. Levantó una lengüeta, pulsó el botón rojo, volvió a bajar la lengüeta y la sujetó con el dedo.

El interruptor de la muerte.

En lugar de pulsar un botón para hacer estallar el chip que Safia tenía insertado en el cuello, lo único que tenía que hacer era levantar el dedo de la lengüeta.

Una vez preparada, se guardó el arma en la pistolera.

Era hora de saludar a los vecinos.

7:09 pm

Sentado sobre el suelo, Painter contemplaba la abarrotada sala. Coral ya le había puesto al día sobre todo lo ocurrido, sus teorías y sus preocupaciones. Y ahora descansaba sentada a su lado, comprobando su arma.

Al otro lado de la sala, Safia se encontraba con su grupo. Sonreían y soltaban alguna leve carcajada de vez en cuando. Eran una nueva familia. Safia había encontrado en Kara a una hermana, en Lu´lu, a una madre. ¿Y qué había de Omaha? Se encontraba junto a ella, sin tocarla, pero a su lado. Painter observaba cómo Safia se inclinaba ligeramente hacia el hombre, casi tocándole, pero sin hacerlo.

Coral continuó limpiando su arma.

—A veces hay que seguir adelante.

Antes de que Painter pudiera siquiera responder, una sombra apareció por su derecha, en la entrada.

De repente, Cassandra apareció en la sala, pistola en mano. Se mostraba tranquila, despreocupada, como si viniera de dar un paseo por el parque.

—Vaya, qué acogedor —dijo.

Su aparición sorprendió a todos, y sacaron las armas con rapidez.

Cassandra no reaccionó. Su pistola apuntaba al cielo, pero sujetaba en la mano un dispositivo muy familiar.

—¿Es así como saludáis a vuestra vecina?

—¡Que nadie dispare! —espetó Painter, ya en pie—. ¡Quietos!

Incluso avanzó hasta colocarse ante Cassandra, a modo de escudo.

—Veo que has reconocido el interruptor de la muerte —dijo a sus espaldas—. Si yo muero, la pobre Dra. al-Maaz perderá su hermosa cabecita.

Omaha oyó aquellas palabras. Ya se había colocado delante de Safia para protegerla.

—¿De qué habla esa zorra?

—¿Por qué no se lo explicas, Crowe? Me refiero a que el transmisor es diseño *tuyo*.

Se volvió hacia Cassandra.

—El transmisor sí... pero la bomba *no*.

564

—¿Qué bomba? —preguntó Omaha, entre asustado e irritado.

Painter explicó la situación.

—Cuando Cassandra tenía a Safia bajo custodia, le implantó un diminuto dispositivo de localización. Pero lo modificó con una mínima cantidad de c4. Lo que sostiene en la mano es el detonador. Si levanta el dedo del disparador, explotará.

—¿Por qué no nos lo dijiste antes? —preguntó Omaha—. Podríamos habérselo quitado.

—Si lo intentas, explotará también —respondió Cassandra—. A menos que yo lo desactive primero.

Painter pasó la mirada de Cassandra a Safia.

—Esperaba poder llevarte a un lugar seguro, donde un equipo quirúrgico y de demolición pudiera extraértelo.

Su explicación no sirvió para sofocar el horror de la mirada de la mujer. Y Painter sabía que en parte, era culpa suya. Aquél era su trabajo.

—Ahora que somos buenos amigos —continuó Cassandra—, os pido que tiréis todas las armas al patio. Todas. Ahora. Estoy seguro de que el Dr. Crowe se asegurará de que así sea. Cualquier truco y levantaré el dedo para freír a alguien. Y no queremos que eso ocurra, ¿verdad, chicos?

Painter no tenía elección, así que tuvo que obedecer las órdenes de Cassandra. Rifles, pistolas, cuchillos y dos lanzagranadas, todas las armas fueron apiladas en el patio. Cuando Coral tiró su arma a medias de montar junto a las demás, se quedó junto a la entrada, con los ojos clavados en el techo de la caverna. Painter siguió su mirada.

—¿Qué ocurre? —le preguntó.

—La tempestad. Ha empeorado mucho desde que llegamos. Demasiado —señaló hacia la parte superior—. La energía no se drena con suficiente rapidez, se está desestabilizando.

—¿Qué significa eso?

—Que la tempestad está fabricando un barril de pólvora descomunal allá arriba —se volvió hacia Painter—. Este lugar va a saltar por los aires.

7.22 pm

DESDE EL BALCÓN de la segunda planta del palacio, Safia contemplaba con los demás la vorágine. El techo de la caverna ya no se veía. Las agitadas nubes de carga estática habían comenzado a girar lentamente por la cúpula, formando un vórtice de electricidad estática. En el centro se observaba un pequeño pico, y cada vez iba descendiendo más, como el embudo de un tornado que se dirigía hacia el lago de antimateria.

—Novak tiene razón —dijo Cassandra. Estudiaba el fenómeno a través de sus gafas de visión nocturna—. La totalidad de la cúpula se está llenando de nubes eléctricas.

—Es por la megatempestad —explicó Coral—. Debe ser mucho más fuerte que la antigua tempestad que dio lugar al cataclismo hace dos mil años, y está arrollando la capacidad del interior. No puedo evitar pensar que cierta cantidad de agua del lago pueda estar desestabilizada, como el contenido del camello de hierro.

—¿Qué va a ocurrir? —preguntó Safia.

Coral procedió a explicarlo.

—¿Has visto alguna vez la explosión de un transformador sobrecargado? Es capaz de arrancar todo un poste eléctrico de cuajo. Ahora imagina un transformador del tamaño de esta caverna, uno con un núcleo de antimateria. Calculo que tiene capacidad para hacer volar por los aires la totalidad de la península Arábiga.

Aquel nefasto pensamiento les sumió en un silencio total.

Safia observaba cómo se arremolinaba el vórtice de energía. El embudo del centro continuaba descendiendo, lenta e inexorablemente. Un miedo primitivo le recorrió la columna vertebral.

—¿Y qué podemos hacer? —la pregunta procedía de una persona inesperada. Cassandra. Se levantó las gafas de visión nocturna—. Tenemos que detenerlo.

Omaha se mofó.

—Como si te importara mucho.

—No quiero morir, no soy tan descerebrada.

—Ya. Sólo diabólica —murmuró Omaha.

—Prefiero el término "oportunista" —desvió la atención hacia Coral—. ¿Y bien?

Coral sacudió negativamente la cabeza.

—Necesitamos una toma de tierra —dijo Painter—. Si esta burbuja de vidrio es el aislante de tanta energía, necesitamos encontrar la manera de hacer añicos el interior de la burbuja, conectar a tierra la tempestad eléctrica, y enviar su energía al subsuelo.

—No es una mala teoría, comandante —dijo Coral—. Sobre todo si pudiéramos romper el vidrio de debajo del lago, para que el agua cargada de antimateria se drene hasta el sistema de agua original, generado por la Tierra. No sólo se disiparía la energía, sino que disminuiría el riesgo de una reacción en cadena de antimateria. El agua enriquecida se diluiría, sin más, hasta el punto de resultar impotente.

Safia percibió un atisbo de esperanza. Pero no duró más allá de las siguientes palabras de Coral.

—El gran problema de ese plan es la aplicación práctica. No contamos con una bomba lo suficientemente grande como para volar el fondo del lago.

Durante los siguientes minutos, Safia escuchó las discusiones sobre posibles dispositivos explosivos, sabiendo que tenía uno implantado en su propio cuello, sabiendo lo que ocurrió en Tel Aviv, y en el Museo Británico. Las bombas habían marcado los giros en su vida. ¿Por qué no dejar que marcaran también su final? La idea debería haberla aterrado, pero se encontraba mucho más allá del miedo.

Cerró los ojos.

Había escuchado en parte las distintas ideas barajadas, desde el uso de los lanzagranadas hasta el fragmento de C4 en su cuello.

—No tenemos nada lo suficientemente fuerte —dijo Coral.

—Sí lo tenemos —rebatió Safia, abriendo los ojos. Recordó la explosión en el Museo Británico. Señaló hacia la parte baja del patio—. No es un camello, pero podría funcionar.

Los demás miraron hacia el punto al que señalaba.

La enorme esfera de hierro que descansaba sobre la palma de vidrio.

—Podemos hundirla en el lago —explicó Safia.

—La carga de profundidad más grande del mundo —asintió Danny.

—¿Y cómo sabes que explotará al igual que el camello? —preguntó Coral—. Tal vez se esfume, sin más. No todos estos artefactos funcionan de la misma manera.

—Te lo mostraré —dijo Safia.

Se dio la vuelta y se encaminó a la planta inferior. Una vez en la sala principal, señaló las dos paredes con las pinturas de arena.

—En el lugar opuesto a la entrada se encuentra la primera Ubar, una interpretación de su descubrimiento. Y en aquel muro se encuentra la descripción de la Ubar de arriba. Su rostro al mundo. Esta pared, por supuesto, es el verdadero corazón de Ubar, su ciudad de pilares de vidrio —tocó la pintura del palacio—. Los detalles son asombrosos, incluso los de las estatuas de arenisca que guardan la entrada. Pero en esta imagen aparecen las *dos* estatuas.

—Porque una se usó como recipiente para la primera llave —dijo Omaha.

Safia asintió.

—Esta imagen fue realizada antes de la destrucción, evidentemente. Pero fijaos en que falta una cosa. No aparece la esfera de hierro. Ni la palma de vidrio. En el centro del patio de esta pintura se encuentra la reina de Ubar. Un punto de prominencia e importancia. *X* marca el punto exacto, hablando en otros términos.

—¿Qué quieres decir? —preguntó Cassandra.

Safia tuvo que tragarse una respuesta desdeñosa. Su esfuerzo por salvar a sus amigos, por salvar Arabia, también salvaría a Cassandra. Safia continuó, sin cruzar la mirada con aquella mujer.

—La simetría resultaba fundamental en aquella época. El equilibrio en todas las cosas. El nuevo objeto se colocó en un punto que coincide con la posición de la reina en la interpretación de la pintura. Un punto de distinción. Por tanto, debe ser importante.

Omaha se giró, clavando la mirada en la entrada a la esfera de hierro.

—Incluso la palma está colocada en una posición muy concreta. Si enderezáramos la muñeca de la mano, sería como lanzar la bola hacia el lago.

Safia les miró de cara.

—Es la última llave de la reina. Un dispositivo de seguridad. Una bomba preparada para destruir el lago si fuese necesario.

—¿Estás segura? —preguntó Painter.

—¿Qué nos cuesta probar? —rebatió Omaha—. O funciona, o no funciona.

Coral se encontraba cerca de la entrada.

—Si vamos a probar tu idea, más vale que nos demos prisa.

Safia y los demás se apresuraron hacia la entrada.

En el centro de la caverna, una nube con forma de embudo luminoso se retorcía hacia abajo. Y en la parte inferior, el lago de antimateria había comenzado a arremolinarse, justo debajo del vórtice del techo.

—¿Qué hacemos primero? —preguntó Painter.

—Tengo que colocar las manos sobre la esfera —explicó Safia—, para activarla, como el resto de llaves.

—Pues vamos a rodar esa bola —decidió Omaha.

7:35 pm

OMAHA SE ENCONTRABA de pie sobre el reguero de arena del patio. Le había costado un minuto desviar la arena para que alcanzara la esfera. Safia se hallaba ante el globo de hierro rojo de un metro de diámetro.

Los cielos rugían sobre ella.

Safia se aproximó a la esfera. Se frotó las palmas, y a continuación, las introdujo entre los dedos de vidrio de la escultura.

Omaha vio que su hombro se resistía un poco, por el dolor que le causaba la herida de la bala. Pero se mordió el labio inferior y posó ambas manos sobre la esfera.

Tan pronto como su piel tocó el metal, un destello azul crepitante se arqueó sobre la superficie de hierro. Safia salió despedida hacia atrás con un grito.

Omaha la cogió en sus brazos y le ayudó a ponerse en pie sobre la arena.

—Gracias.

—No hay problema, cielo. —Le pasó un brazo por encima de los hombros y le ayudó a volver al palacio. Ella se apoyó en él. Se estaba bien así.

—El temporizador de la granada está establecido en dos minutos —informó Painter—. Todos a cubierto.

Había colocado la carga explosiva en la base de la escultura. El plan era hacer explotar la esfera.

La gravedad se encargaría del resto. La avenida que se extendía más allá del palacio llegaba hasta el lago. *A propósito*, había dicho Safia. *La bola de hierro, una vez liberada, rodará por sí misma hasta el lago.*

Omaha ayudó a Safia a entrar en la sala principal.

Un resplandor cegador llameó detrás de ellos, proyectando sus sombras en la pared posterior de la sala. Omaha dio un grito ahogado, temiendo que fuera la granada.

Echó a Safia hacia un lado, pero no se produjo explosión alguna.

—Ha sido sólo un rayo de electricidad estática —dijo Coral, frotándose los ojos—, ha debido estallar sobre la bola.

Safia y Omaha se dieron la vuelta. En el patio, la superficie de hierro resplandecía con energía azulada. Observaron la superficie de vidrio derretirse lentamente, ladeándose un poco. La mano dejó caer la bola sobre el suelo del patio, y ésta osciló ligeramente, antes de comenzar a rodar con lentitud hacia la entrada de arcos.

Pasó de largo y continuó rodando.

Coral suspiró.

—Hermoso.

Omaha no había percibido jamás tanto respeto en una sola palabra. Asintió.

—Esa reina habría sido muy buena jugando a los bolos.

—¡Al suelo! —Painter apartó a todos a un lado, empujando con el brazo a Omaha a la altura del cuello.

La explosión resultó ensordecedora. Los fragmentos de vidrio roto salpicaron la habitación desde el exterior del patio. La granada de Painter había estallado según lo previsto.

Tras la explosión, Omaha cruzó la mirada con Painter.

—Buen trabajo —dio unas palmaditas a Painter en el hombro—. Buen trabajo.

—¡Está rodando! —gritó Danny desde arriba.

Subieron corriendo hasta el balcón de la planta superior, donde se había reunido ya todo el mundo.

Omaha se abrió hueco con Safia.

El curso de la esfera de hierro resultaba fácil de seguir. Sus movimientos atraían los rayos de la parte superior, que estallaban una y otra vez contra el halo añil de la bola. Botó, rodó y avanzó por la avenida real.

A pesar de las descargas que recibía, continuó su descenso hacia el lago.

—Se está autoactivando —dijo Coral—. Está aportando energía propia.

—Se está convirtiendo en una carga de profundidad —añadió Danny.

—¿Y si explota antes de tocar el lago? —preguntó Clay, retrocediendo un paso y preparándose para esconderse en el palacio al menor signo de problemas.

Coral negó con la cabeza.

—Mientras se encuentre en movimiento *a través* del agua, lo único que hará será dejar un rastro de aniquilación. La reacción terminará tan pronto como la bola continúe moviéndose.

—Pero cuando se detenga, en el fondo del lago... —comenzó Danny.

Coral terminó la frase.

—El peso del agua sobre la esfera ejercerá presión sobre el objeto estacionario y desatará una reacción en cadena. Lo suficiente como para encender la mecha de nuestra carga de profundidad.

—Y entonces... *buuum* —resolvió Danny.

—Exacto, *buuum* —coincidió Coral.

Todos los ojos se posaron sobre la bola resplandeciente.

Todos los ojos la vieron llegar a mitad del recorrido, rodar por una rampa, golpear una pila de vidrios caídos a causa del bombardeo de Cassandra y... *detenerse*.

—Mierda —murmuró Danny.

—Exacto, mierda —coincidió Coral.

7:43 pm

Safia se encontraba con los demás en el balcón, tan consternada como ellos. A su alrededor se barajaban las posibles opciones.

—¿Y si utilizamos el lanzagranadas? —preguntó Cassandra, mirando a través de sus gafas de visión nocturna.

—¿Para activar aún más la bomba de antimateria cargada de energía? —dijo Omaha—. Sí, buena idea.

571

—Y si por error fallas la pila de vidrios, le darás a otra columna y sus pedazos bloquearán el resto del camino hasta el lago. De momento sólo está atascada. Si pudiéramos hacerla rodar unos centímetros...

Cassandra suspiró. Safia observó que el dedo de la mujer aún continuaba apretado sobre el transmisor, protegiéndolo del alcance de los demás. Definitivamente, Cassandra era una mujer centrada en sus tareas. Con todo lo que estaba ocurriendo, todo el peligro que les acechaba, no dejaba perder su última carta, la guardaba por si tuviera ocasión de jugarla más tarde, para usarla si las cosas salieran bien. Era una luchadora empecinada.

Pero, por otro lado, también lo era Safia.

Clay se cruzó de brazos.

—Lo que necesitamos es que alguien baje y le dé un buen empujón a la esfera.

—Inténtalo tú mismo —respondió Cassandra con cierto desdén—. Al primer movimiento que hagas, estarás nadando en vidrio derretido.

Coral se movió, inquieta, profundamente perdida en sus pensamientos.

—Claro... Lo que atrae los rayos es el movimiento, como el de la bola.

—O como los de mis hombres —añadió Cassandra.

—Los rayos deben verse atraídos por los cambios en alguna especie de campo electromagnético —Coral miró hacia abajo—. ¿Y si alguien pudiera moverse a través del campo *sin ser visto*?

—¿Cómo? —preguntó Painter.

Coral miró a la *hodja* y al resto de las Rahim.

—Ellas pueden desaparecer de la vista cuando quieren.

—Pero no es físico —contrarrestó Painter—, es sólo un efecto que producen sobre la mente del espectador, le nublan la visión.

—Sí, ¿pero cómo lo hacen?

Nadie respondió a la pregunta.

Coral miró a su alrededor, antes de enderezarse.

—Ah, olvidé comentároslo.

—¿Lo sabes? —preguntó Painter.

Coral asintió, miró a Safia un instante y a continuación apartó la mirada.

—He estudiado su sangre.

Safia recordó que Coral había estado a punto de explicarles algo al respecto, cuando las fuerzas de Cassandra comenzaron el ataque. ¿De qué se trataría?

Coral señaló hacia la caverna.

—Al igual que el lago, el agua de las células rojas de la sangre de las Rahim, o todas sus células y fluidos, imagino, está plagada de fulerenos.

—¿Tienen antimateria en su interior? —preguntó Omaha.

—No, claro que no. Aunque sus fluidos tienen la capacidad de mantener la misma configuración que el fullereno en el agua. Supongo que esa capacidad proviene de algún tipo de mutación en su ADN mitocondrial.

Safia comenzó a sentirse asustada.

—¿Qué?

Painter tocó el brazo de Coral.

—Un poco más despacio.

Coral suspiró.

—Comandante, ¿recuerdas el informe sobre la explosión de Tunguska en Rusia? Se produjeron mutaciones en la flora y fauna de toda la zona. La tribu indígena de los Evenk desarrolló anomalías genéticas en la sangre, sobre todo en los factores de su Rh —extendió el brazo hacia la tempestad rugiente—. Lo mismo que aquí. Durante quién sabe cuántas generaciones, la población residente ha estado expuesta a la radiación gamma. Luego se produjo un fenómeno completamente casual. Una mujer desarrolló una mutación, pero no en su ADN, sino en el ADN de sus mitocondrias celulares.

—¿Mitocondrias? —preguntó Safia, intentando recordar sus bases de biología.

—Son pequeños orgánulos que se encuentran en el interior de las células, flotando en el citoplasma, como pequeños motores productores de energía celular. Digamos que son las pilas de las células, usando una analogía rudimentaria. Pero tienen un ADN propio, independiente del código genético de la persona. Se cree que en algún momento, las mitocondrias fueron algún tipo de bacterias absorbidas por las células de los mamíferos durante su evolución. El pequeño fragmento de ADN es un resto de la antigua vida independiente de las mitocondrias. Y dado que éstas sólo se encuentran en el citoplasma de las células, las mitocondrias del óvulo de una madre se convierten en las mitocondrias del hijo. Por eso sólo se da en la línea de la reina.

Coral pasó la mano ante las Rahim.

—¿Y esas mitocondrias mutaron a causa de la radiación gamma? —preguntó Omaha.

—Sí. Es una mutación menor. Las mitocondrias todavía producen la energía de las células, pero también producen una pequeña chispa que mantiene activa la configuración de los fulerenos, proporcionándoles un poco de energía. Imagino que el efecto tiene algo que ver con los campos energéticos de esta cámara. Las mitocondrias están sintonizadas con ella, alinean la carga de los fulerenos para que coincida con la energía de este lugar.

—¿Y esos fulerenos cargados otorgan a estas mujeres poderes mentales? —preguntó Painter, incrédulo.

—Un noventa por ciento del cerebro es agua —explicó Coral—. Si cargas ese sistema de fulerenos, puede ocurrir cualquier cosa. Hemos comprobado la capacidad de las mujeres para afectar a los campos magnéticos. Esta transmisión de fuerza magnética, dirigida mediante la voluntad y el pensamiento humanos, parece ser capaz de afectar al agua del cerebro de criaturas menores, y de alguna forma, al nuestro. Afecta a nuestra voluntad y nuestra percepción.

Coral paseó la mirada por las Rahim.

—Y si la enfocan hacia su interior, la fuerza magnética es capaz de detener la meiosis de sus propios óvulos, produciendo un óvulo autofertilizado. Reproducción asexual.

—Partenogénesis —susurró Safia.

—De acuerdo —interrumpió Painter—. Incluso aunque aceptásemos todo eso, ¿cómo puede esta historia ayudarnos a salir de este embrollo?

—¿No has escuchado nada de lo que he dicho? —preguntó Coral, echando un vistazo por encima de su hombro hacia el vórtice de la tempestad superior, y después al lago agitado. Se les estaba acabando el tiempo, no les quedaban más que unos minutos—. Si un miembro de las Rahim se concentra, es capaz de sintonizarse con la energía, alterar la fuerza magnética para adaptarla al campo magnético detectado. Y así podría caminar sin peligro.

—¿Pero cómo?

—Mediante su voluntad de volverse invisible.

—¿Quién estaría dispuesta a probar suerte? —preguntó Omaha.

La *hodja* dio un paso al frente.

—Yo estoy dispuesta. Presiento la certeza de sus palabras.

Coral respiró profundamente, se relamió los labios y habló.

—Me temo que eres demasiado débil. Y no me refiero a físicamente... al menos no con exactitud.

Lu´lu frunció el entrecejo, a lo que Coral se explicó.

—Dada la cólera de la tempestad, las fuerzas de ahí afuera son intensas. La experiencia no es suficiente. Es necesario que sea una mujer extremadamente rica en fulerenos.

Coral se dio la vuelta y miró a Safia cara a cara.

—Como sabes, contrasté tu sangre con la de las Rahim, incluyendo a la *hodja*. Ellas sólo tienen una décima parte de los fulerenos que aparecen en tus células.

Safia arrugó la frente.

—¿Cómo puede ser? Yo sólo soy una Rahim a medias.

—Sí, pero tienes la mitad correcta. Tu madre era una verdadera Rahim. Y fueron *sus* mitocondrias las que pasaron a tus células. Existe una condición en la naturaleza, llamada "vigor híbrido", por el que el cruce entre líneas diferentes produce una cría más fuerte que el cruce de dos miembros de la misma línea una y otra vez.

Danny asintió desde su lugar.

—Los chuchos están más sanos que los perros de pura raza.

—Tú tienes sangre nueva —concluyó Coral—. Y a tus mitocondrias les gusta.

Omaha dio un paso hasta colocarse junto a Safia.

—¿Quieres que *ella* camine hasta la esfera atascada?

Coral asintió.

—Creo que es la única que podría lograrlo.

—¡Al diablo con esa idea! —espetó Omaha.

Safia le apretó el codo.

—De acuerdo, lo haré.

8:07 pm

OMAHA OBSERVABA A Safia, de pie sobre el reguero de arena. Se había negado a dejarle acompañarla. Estaba sola, con la *hodja*. Él la esperaba en la entrada, y Painter velaba a su lado. A él tampoco parecía agradarle la decisión de Safia. En ese punto, los dos estaban unidos.

Pero la elección se encontraba en manos de Safia.

Su argumento resultó irrefutable: *O funciona, o morimos de todas formas.*

Así que ambos hombres esperaban en la puerta.

Safia prestaba atención.

—No es difícil —explicaba la *hodja*—. Volverse invisible no es un asunto de concentración de la voluntad, sino de dejar libre tu voluntad.

Safia arrugó la frente. Pero las palabras de la *hodja* coincidían con las de Coral. Las mitocondrias hacían que los fulerenos cargados se alinearan con el compás energético del habitáculo. Lo único que tenía que hacer era dejar que se adaptaran a su alineación natural.

La *hodja* levantó una mano.

—En primer lugar, tienes que quitarte la ropa.

Safia la miró con sorpresa.

—La ropa afecta a tu capacidad para volverte invisible. Si esa científica está en lo cierto, la ropa podría interferir con el campo que generan nuestros cuerpos. Más vale prevenir que curar.

Safia se soltó la capa, apartó a un lado las botas y se quitó la blusa y los pantalones. En ropa interior, se volvió hacia Lu´lu.

—Licra y seda. Esto se queda puesto.

Lu´lu se encogió de hombros.

—Ahora relájate. Encuentra un punto de paz y comodidad.

Safia respiró profundamente varias veces. Tras años y años de ataques de pánico, había aprendido muchos métodos de concentración. Pero todo parecía mínimo, una miseria, en comparación con la presión que le rodeaba.

—Debes tener fe —continuó la *hodja*—. En ti. En tu sangre.

Safia inspiró profundamente. Volvió a mirar hacia el palacio, hacia Omaha y Painter. En las miradas de los dos percibió su necesidad de ayudarla. Pero ésa era su senda, la que debía recorrer a solas. Su corazón lo sabía.

Se volvió hacia el frente, asustada pero decidida. En el pasado se había derramado demasiada sangre. En Tel Aviv... en el museo... en el largo trayecto hasta llegar allí. Ella había llevado a toda aquella gente hasta ese punto. Ya no podía seguir escondiéndose. Tenía que recorrer aquella senda.

Safia cerró los ojos y dejó que las dudas se fueran disipando de su interior.

Era su senda.

Estabilizó la respiración, hasta controlarla con un ritmo natural.

—Muy bien, pequeña, ahora toma mi mano.

Safia buscó tras ella la mano de la anciana y agarró su palma, agradecida y sorprendida de su fuerza. Continuó relajándose. Los dedos de la *hodja* se aferraron a la mano de Safia, tranquilizándola, y ella reconoció un tacto mucho tiempo olvidado. Era la mano de su madre. De aquella conexión surgió una calidez que se apoderó de su interior.

—Da un paso al frente —le susurró la *hodja*—. Confía en mí.

Era la voz de su madre, calmada, firme, tranquilizadora.

Safia obedeció. Sus pies descalzos pasaron de la arena al vidrio, primero uno, después el otro. Se apartó de la senda de arena, con un brazo hacia atrás, sujetando la mano de su madre.

—Abre los ojos.

Lo hizo, respirando de manera uniforme, sintiendo la calidez del amor maternal en lo más profundo de su alma. Pero antes o después, tendría que soltarla. Soltó poco a poco su mano y dio otro paso. La calidez permanecía en su interior. Su madre se había ido, pero su amor continuaba en ella, en su sangre, en su corazón.

Continuó avanzando mientras la tempestad rugía con bramidos de fuego y vidrio.

En paz.

*

Omaha se encontraba de rodillas. Ni siquiera sabía cuándo había caído. Había visto a Safia alejarse, resplandeciente, aún presente pero etérea. Al pasar bajo la sombra de los arcos de la entrada, se desvaneció por completo un instante.

Contuvo la respiración.

A continuación reapareció, más allá de los campos del palacio, como una brizna, avanzando hacia abajo con ritmo constante, su figura perfilada por la luz añil de la tempestad.

Las lágrimas le empañaron la mirada.

El rostro de Safia, levemente plasmado en su silueta, desprendía una expresión de satisfacción. Si hubiera tenido la oportunidad, habría pasado el resto de su vida asegurándose de que jamás perdiera esa mirada.

Painter se retiró, retrocediendo tan mudo como una tumba.

Painter subió las escaleras hasta el segundo nivel para dejar a Omaha a solas. Cruzó hasta el lugar donde se reunía el grupo. Todos los ojos observaban el avance de Safia por la parte baja de la ciudad.

Coral le miró con expresión preocupada.

Y con razón.

El vórtice de cargas centrífugas se aproximaba a la superficie del lago. Debajo, las aguas continuaban agitadas, arremolinándose, y en el centro, iluminado por el fuego de la parte superior, un pico de agua se elevaba lentamente, como un remolino invertido. La energía de la parte superior y la de la parte inferior trataban de alcanzarse.

Si se tocaban, sería el fin de todo: de ellos mismos, de Arabia, tal vez del mundo entero.

Painter se centró en el fantasma de una mujer que avanzaba reposadamente a lo largo de callejuelas iluminadas por la tempestad, como si tuviese todo el tiempo del mundo. Al atravesar las sombras, se desvanecía por completo. Él deseaba que estuviese segura, pero también que caminara más rápido. Su mirada saltaba de la tempestad a la mujer.

Omaha apareció tras ellos, desde su puesto había perdido de vista a Safia. Le brillaban los ojos de temor, de esperanza, y por mucho que Painter se negara a verlo, de *amor*.

Painter desvió su atención de nuevo hacia la caverna.

Safia casi había llegado a la esfera.

—Vamos... —gemía Omaha.

Una emoción compartida por todos.

Safia bajó las escaleras con cuidado. Debía fijarse en dónde ponía el pie, ya que el paso de la esfera de hierro había hecho pedazos los escalones. Los fragmentos de vidrio se amontonaban por la escalera, clavándose en sus talones y sus dedos.

Ignoró el dolor, manteniendo la calma y respirando de manera constante.

Ante ella apareció la esfera de hierro, cuya superficie resplandecía con un aura azulada. Se acercó a ella y estudió qué era lo que obstruía su descenso: una sección destruida del muro. Tenía que hacer rodar la bola medio metro hacia la izquierda, para que continuara con su descenso. Echó un vistazo al resto del trayecto, limpio hasta entrar en el lago. No había ningún objeto que pudiera obstaculizar de nuevo la ruta de la esfera. Lo único que tenía que hacer era girarla. Aunque resultaba pesada, no dejaba de ser una esfera perfecta. Un buen empujón la haría rodar.

Se preparó junto a ella, colocó bien las piernas, levantó las manos, respiró profundamente una vez más y empujó.

El shock eléctrico del hierro cargado se apoderó de ella, arqueando todo su cuerpo, hasta los talones. El impulso de su convulsión consiguió empujar la esfera hasta liberarla.

Pero cuando su cuerpo perdía el contacto con la bola, un último golpe de energía restalló contra ella como un látigo, lanzándola hacia atrás con fuerza. Su cabeza se golpeó contra el muro de detrás. El mundo se oscureció, y sintió que se sumía en la nada.

¡Safia...!

Omaha no podía respirar. Había visto el arco brillante de energía y había sido testigo de cómo éste la lanzaba a un lado como si fuera una muñeca de trapo. Aterrizó sobre una pila de fragmentos abollados, ya no etérea, sino de nuevo con su forma humana. No se movía.

¿Inconsciente, electrocutada o muerta?

Dios mío...

Omaha dio la vuelta de repente, pero Painter le sujetó del brazo.

—¿Adónde diablos crees que vas?

—Tengo que llegar hasta ella.

Painter apretó la mano sobre el brazo del otro.

—La tempestad te matará antes de que avances dos pasos.

Kara se unió a ellos.

—Omaha... Painter está en lo cierto.

Cassandra continuaba junto a la baranda del balcón, observándolo todo a través de sus gafas especiales.

—Siempre que no se mueva, no atraerá a los rayos. Claro, que no estoy segura de que sea un lugar seguro cuando la esfera entre en el lago. Es un espacio totalmente abierto.

Y la bola continuaba rodando.

Los rayos eléctricos apuñalaban la esfera una y otra vez.

—¡Tengo que intentarlo! —insistió Omaha, soltándose de Painter y corriendo escaleras abajo.

Painter le seguía pegado a sus talones.

—¡Maldita sea, Omaha! ¡No tires tu vida por la borda!

—¡Es mi vida! —contrarrestó Omaha, aterrizando en la planta inferior.

Resbaló hasta la entrada y se dejó caer sobre su trasero. Se sacó las botas. Su talón izquierdo, en el que se había producido antes un esguince, se quejó por el brusco tratamiento.

Painter frunció el entrecejo.

—No se trata sólo de tu vida. ¡Safia te ama, si de veras te importa esa mujer, no lo hagas!

Omaha se sacó un calcetín.

—No voy a tirar mi vida por la borda. —Se puso de rodillas junto a la entrada y recogió con las manos puñados de arena del sendero, que volcó en el interior del calcetín.

—¿Qué haces?

—Zapatos de arena —Omaha se sentó y se coló los calcetines, moviendo la arena del interior para que cubriera la totalidad de las plantas de sus pies.

Painter miraba asombrado sus acciones.

—¿Por qué no...? Safia no habría tenido que...

—Se me acaba de ocurrir. La necesidad es la puñetera madre de todos los inventos.

—Voy contigo.

—No hay tiempo —respondió Omaha, señalando los pies descalzos de Painter—. No llevas calcetines.

Salió corriendo, resbalando y manteniendo el equilibrio sobre el sendero de arena. Llegó hasta el vidrio y siguió corriendo. No confiaba en su plan tanto como había mostrado a Painter, pero la energía eléctrica restallaba a su alrededor y el pánico alimentaba su carrera. La arena le hacía daño en los dedos de los pies. Su tobillo le ardía a cada paso.

Pero siguió corriendo.

Cassandra tenía que dar cierto crédito a aquellos tipos. La verdad es que tenían agallas. Siguió el vuelo inconsciente de Omaha a través de las callejuelas. ¿Había algún hombre que amara con tanto corazón?

Percibió el regreso de Painter, pero evitó mirar hacia él.

¿Le habría dejado yo que me amase así?

Cassandra observó los últimos botes de la esfera, que ya rodaba en dirección al lago envuelta en un manto de energía de color cobalto. Tenía un trabajo que terminar. Consideró todas sus opciones, sopesó las posibilidades en caso de que sobrevivieran al siguiente minuto. Mantuvo el dedo sobre el botón.

Vio a Painter con la mirada clavada en Safia, mientras Omaha llegaba hasta la chica.

Tanto Painter como ella habían perdido el juego.

A lo lejos, y con el impulso de un último bote, la esfera aterrizó ruidosamente sobre las aguas del lago.

Omaha llegó hasta Safia, que yacía inmóvil en el suelo. Los rayos restallaban en nubes de fuego a su alrededor, pero él sólo tenía ojos para ella.

Notó que su pecho se elevaba y descendía ligeramente. ¡Estaba viva!

Desde el lago se escuchó el estruendo de la esfera sobre las aguas del lago, como alguien que cae de plancha en una piscina.

La carga de profundidad acababa de activarse.

No había tiempo, necesitaban ponerse a cobijo.

Tomó a Safia en brazos y se dio la vuelta. Tenía que evitar que tocara ninguna superficie. Con su cuerpo boca abajo y la cabeza de Safia apoyada sobre su hombro, avanzó hacia la puerta abierta de una casa y se metió adentro. Tal vez no le protegiera de los rayos de energía estática, pero no sabía lo que podría ocurrir cuando la esfera llegara al fondo del lago, y un techo sobre sus cabezas le parecía buena idea.

El movimiento despertó a Safia, que gimió débilmente.

—Omaha...

—Estoy aquí, cielo... —Se agachó, meciéndola sobre sus rodillas y guardando el equilibrio sobre los calcetines llenos de arena—. Estoy aquí.

※

Al mismo tiempo que Omaha y Safia se desvanecían en el interior de una casa, Painter observó que una columna de agua se disparaba hacia el aire, después de que la esfera de hierro golpeara la superficie del lago, como si hubiera caído desde lo más alto del Empire State Building. El agua se disparó hacia el techo, en una cascada hacia el exterior, cuyas gotas de agua se inflamaban en contacto con el resplandor de la tempestad, cayendo de nuevo a tierra como fuego líquido.

La aniquilación de la antimateria.

El torbellino del lago se arremolinó con una agitación mayor. La tromba de agua comenzó a sacudirse.

Por encima, el vórtice de carga estática continuaba su descenso mortífero.

Painter se concentró en el lago.

El torbellino se calmó de nuevo, y la agitación de las aguas se fue alejando con las fuerzas de la marea.

No ocurría nada más.

El fuego del penacho tocó la superficie del lago e incendió las aguas, que al momento se apagaron, restableciendo su estado equilibrado. A la naturaleza le gusta el equilibrio.

—La esfera debe seguir en movimiento —dijo Coral—, en busca del punto más bajo del fondo del lago. Cuanto más profunda sea el agua, mejor. La enorme presión ayudará a desatar la reacción en cadena localizada y dirigirá sus fuerzas hacia abajo.

Painter se volvió hacia ella.

—¿Alguna vez dejas de hacer cálculos?

Ella se encogió de hombros.

—No, ¿por qué?

Danny se encontraba junto a Coral.

—Y si la esfera llega al punto más bajo, también será el mejor lugar para que el vidrio se rompa sobre la cisterna generada por la Tierra, así el agua del lago se drenará por el agujero abierto.

Painter sacudió negativamente la cabeza. Eran tal para cual.

Cassandra se tensó junto a Kara. Ellos cinco eran los únicos que quedaban en el balcón; Lu´lu había conducido a las Rahim hacia otras salas del fondo, en la planta inferior. El capitán al-Haffi y Barak habían guiado al puñado de Shahra que quedaban con vida.

—Algo pasa —dijo Cassandra.

En medio del lago, una especie de parche de aguas negras resplandecía con un brillo carmesí. Pero no era un reflejo. El resplandor procedía de las profundidades, de un fuego que ardía bajo el agua. En el medio segundo que tardó en mirar, el resplandor estalló en todas las direcciones, con una explosión ensordecedora.

La totalidad del lago se elevó varios palmos, antes de volver a caer sobre su lecho, formando un oleaje en el centro del agua que se extendió con velocidad hacia las orillas. La tromba de agua colapsó.

—¡Todos al suelo! —gritó Painter.

Demasiado tarde.

Una extraña fuerza, no atribuida al viento ni a la sacudida, explotó hacia afuera, aplastando las aguas del lago, barriéndolas en todas las direcciones, empujando por delante un muro de aire extremadamente abrasador.

Les golpeó.

JAMES ROLLINS

Painter, que bordeaba una esquina en ese instante, observó que un brillo cegador se le echaba encima. Su cuerpo fue lanzado ferozmente a través de la sala, como elevado sobre alas de fuego. A otros, la fuerza les golpeó de lleno, estrellándoles de espaldas contra la pared del fondo, en una maraña humana. Painter mantuvo los ojos cerrados con fuerza. Le ardían los pulmones con cada inspiración.

Y entonces terminó.

El calor se desvaneció.

Painter se puso en pie.

—¡A cobijo! —gritó, agitando en vano un brazo.

El temblor se produjo sin avisar, a excepción de un trueno ensordecedor, como si la Tierra se hubiera partido en dos. A continuación, el palacio se elevó varios palmos del suelo, para caer de nuevo al instante, tirando a todos a tierra.

El estruendo empeoró. La torre se sacudió, inclinándose hacia un lado primero, después hacia el otro. Se escuchó un ruido de vidrios resquebrajados. Una planta superior de la torre comenzó a desmoronarse. Los pilares se rajaban, haciéndose después mil añicos que saltaban hacia la ciudad y hacia el lago.

Durante todo ese tiempo, Painter se mantuvo tumbado en el suelo.

Escuchó un crujido sordo junto a su oído, y se volvió para ver cómo se desplomaba la totalidad del balcón más allá de los arcos de la entrada. Vio un brazo caer tras él.

Cassandra. La onda no la había empujado hacia el interior, como a los demás, sino que la había aplastado contra la pared exterior del palacio.

Y había caído con el balcón. En la mano sujetaba todavía el detonador.

Painter se arrastró hacia ella.

Al llegar al borde, miró hacia abajo y vio a Cassandra extendida sobre una alta pila de vidrios rotos. Su caída no había sido muy alta. Se encontraba boca arriba, aferrando el detonador contra el pecho.

—¡Aún lo tengo! —gritó con voz quebrada, pero Painter no sabía si era una amenaza o una frase tranquilizadora.

Se puso en pie.

—Espera —le dijo él—, voy a ayudarte.

—No...

584

Una descarga eléctrica cayó directamente sobre el punto donde se apoyaba Cassandra, abrasándole los dedos de los pies y fundiendo el vidrio de debajo. Cayó en una charca hirviendo, hasta los muslos, antes de que el vidrio se solidificara alrededor de sus piernas.

No gritó, a pesar de que su cuerpo se convulsionó de dolor. Su capa se prendió fuego. Todavía sujetaba el detonador en el puño, pegado a su cuello. Dejó escapar un suspiro final.

—¡Painter...!

Él divisó una parte del patio cubierta de arena y saltó hacia ella, aterrizando estrepitosamente con el tobillo torcido, resbalando sobre la arena. Pero no fue nada. Se puso en pie al instante y se abalanzó hacia ella por el mínimo sendero de arena.

Cayó a su lado de rodillas. Percibía el olor de su carne chamuscada.

—Cassandra... Dios mío...

Ella extendió el transmisor hacia él, con cada arruga de su rostro retorcida en agonía.

—No puedo más, cógelo...

Él agarró su puño, cubriéndolo con toda la mano.

Ella relajó los dedos y confió en que Painter mantuviese el dispositivo apretado. Se derrumbó sobre él, con los pantalones prendidos. De las partes donde la piel entraba en contacto con el vidrio manaba sangre, de un rojo demasiado intenso, arterial.

—¿Por qué? —le preguntó él.

Ella mantuvo los ojos cerrados, negando con la cabeza.

—... te debo...

—¿Cómo?

Abrió los ojos y se encontró con los de Painter. Movió los labios en un susurro.

—Ojalá hubieras podido salvarme.

Painter sabía que se refería a la época en que eran compañeros. Cerró los ojos, y su cabeza se desplomó sobre el hombro de Painter.

Él la sujetó.

Así, abrazada a Painter, Cassandra se fue.

✳

JAMES ROLLINS

Safia despertó en brazos de Omaha. Percibió el olor del sudor en su cuello, sintió el temblor de sus brazos, aferrado con fuerza a ella. Estaba
agachado, en equilibrio sobre sus talones, acunándola en su regazo.

¿Qué hacía Omaha allí? ¿Dónde se encontraban?

De repente, recuperó la memoria.

La esfera... el lago...

Safia intentó separarse un poco, y su movimiento sobresaltó a Omaha. Éste perdió ligeramente el equilibrio, pero consiguió mantenerlo.

—Safi, no te muevas.

—¿Qué ha ocurrido?

Tenía la expresión tensa.

—No mucho. Pero veamos si has salvado Arabia. —La levantó en brazos y avanzó hacia la puerta.

Safia reconoció el lugar, el punto donde la esfera se había atascado.
Miraron los dos hacia el lago, cuya superficie aún giraba en un remolino.
El techo aún crepitaba con las nubes de energía estática.

A Safia se le hundió el corazón.

—No ha cambiado nada.

—Cielo, te has perdido un torbellino de fuego y un temblor monu-
mental. —Como para rematar sus palabras, una pequeña réplica de
la sacudida anterior vibró a su alrededor. Omaha retrocedió un paso,
pero el temblor se detuvo. Volvió la mirada hacia el lago. —¡Mira la
orilla!

Safia giró la cabeza. El nivel del agua había disminuido unos veinte
metros, dejando una marca sucia alrededor del lago.

—¡Está bajando el nivel!

Omaha estrechó a Safia en sus brazos.

—¡Lo has conseguido! El lago se está drenando por una de esas cister-
nas subterráneas de las que hablaba Coral.

Safia levantó la mirada hacia la tempestad estática, que también disminuía de proporciones al haber conectado a masa. Echó un vistazo al
resto de la ciudad, que comenzaba a sumirse en la oscuridad. Después
de tanta destrucción, afloraba un rescoldo de esperanza.

—No hay rayos, creo que la tempestad eléctrica ha pasado.

—No pienso correr ningún riesgo. —La levantó un poco más en sus
brazos, y comenzó a ascender la cuesta hacia el palacio.

586

Safia no protestó, pero notó al instante que Omaha cojeaba a cada paso.

—¿Qué te ocurre? —le preguntó, abrazada a su cuello.

—Nada, sólo se me ha metido un poco de arena en los zapatos.

Painter le vio acercarse.

Omaha llevaba a Safia a caballo.

Painter les llamó cuando alcanzaron el patio.

—Ya puedes bajar a Safia, la descarga eléctrica ha terminado.

Omaha pasó ante él y continuó.

—Cuando atraviese el umbral de la puerta.

Pero no lo logró. Las Rahim y los Shahra se abalanzaron sobre ellos en el patio, felicitándoles y dándoles las gracias. Danny besó a su hermano. Debió decirle algo sobre Cassandra, porque Omaha miró hacia el cuerpo tendido.

Painter lo había cubierto con una capa. Además, había logrado desactivar el detonador y desconectar el transmisor. Safia estaba a salvo.

Estudió al grupo. A pesar de las contusiones, cortes y quemaduras, habían logrado sobrevivir a la tempestad de fuego.

Coral se enderezó. Cogió uno de los lanzagranadas y le acercó la hebilla de un cinturón. Se pegaron. Percibió que Painter la estaba mirando.

—Está imantado —le dijo, apartándose a un lado—. Se ha producido un extraño fenómeno de impulso magnético. Intrigante.

Antes siquiera de que Painter pudiera responder, otro temblor sacudió el palacio, con una fuerza suficiente como para hacer explotar otro pilar, debilitado por la sacudida principal. Se sintió por toda la ciudad, con un estruendo ensordecedor, que hizo a todos conscientes del peligro que todavía corrían.

Aún no estaban a salvo.

Como para enfatizar aquel pensamiento, desde debajo del vidrio se escuchó un tremendo rumor, acompañado al momento por un ruido que aumentaba de potencia, como si bajo ellos pasara un tren subterráneo.

Nadie se movió, pero todos contuvieron la respiración.

Y entonces se produjo aquel fenómeno.

Un géiser rugiente entró en erupción en el centro del lago, disparado hacia el techo, con una altura de tres plantas y el grosor de un árbol de doscientos años.

Justo antes, el lago se había vaciado hasta convertirse en una charca, de un cuarto de su tamaño original. Unas grietas monstruosas comenzaron a rajar el vidrio del fondo, como la cáscara de un huevo.

El agua volvía a manar.

El grupo contempló los acontecimientos en medio del asombro.

—Las sacudidas deben haber destrozado las fuentes subterráneas generadas por el planeta —comentó Danny—. Un acuífero global.

El lago comenzó a llenarse a una velocidad vertiginosa.

—¡Este lugar se va a inundar! —espetó Painter—. ¡Tenemos que salir de aquí!

—Del fuego al agua —gruñó Omaha—. Las cosas se ponen cada vez mejor.

Safia reunió a las niñas, y salieron apresuradas del palacio. Los jóvenes Shahra ayudaron a las ancianas Rahim.

Para cuando llegaron a la base de la escalinata oculta, el lago había vuelto a su nivel original y comenzaba a desbordarse sobre la parte baja de la ciudad. El géiser continuaba escupiendo agua.

Iluminados por los haces de unas cuantas linternas, los hombres más fuertes avanzaban hacia arriba, apartando rocas y piedras que obstruían el camino en algunos puntos, para abrir paso a los demás.

El resto del grupo esperaba y les seguía como podían, subiendo con la mayor rapidez posible, gateando por debajo de rocas bloqueadas. Los más fuertes ayudaban a los más débiles.

Por fin se escuchó un grito de alegría desde la parte superior. *¡Hurra!*

Safia sintió alivio al oírlo.

¡La libertad!

El grupo se apresuró escaleras arriba. Painter esperaba en la apertura de la roca, y ayudó a Safia a salir al exterior. Señaló con el brazo en una dirección y se volvió para ayudar a salir a Kara, que venía detrás.

Safia apenas reconoció el cerro. Se había convertido en un montón de escombros caídos. Miró a su alrededor. El viento soplaba con fuerza, pero la tempestad había finalizado, la tormenta eléctrica de abajo había absorbido su energía. Sobre su cabeza brillaba la luna, bañando el mundo en plata.

El capitán al-Haffi le hizo un gesto con el haz de la linterna para que siguiera un sendero que descendía a través de las ruinas, e indicó el camino a los demás. El éxodo continuó monte abajo.

El grupo avanzó por la cuesta hasta pasar de las rocas a la arena. El remolino que había barrido el desierto había provocado un desnivel de kilómetros. Pasaron ante los chasis carbonizados de los tractores y camiones. El paisaje se dibujaba salpicado de fragmentos de arena fundida, aún humeantes en medio de la noche.

Painter corrió hacia uno de los tractores, desapareció en su interior y apareció de nuevo tras unos segundos, con un ordenador portátil bajo el brazo. Parecía roto, con la carcasa chamuscada.

Safia enarcó una ceja, preguntándole con ese gesto sobre el rescate de aquel objeto, pero él no prestó ninguna explicación.

Continuaron avanzando por el desierto. Tras ellos, el agua comenzaba a desbordarse por los restos del cerro, inundando lentamente el desnivel inferior.

Safia caminaba junto a Omaha, mientras los demás hablaban en voz baja. Observó que Painter avanzaba solo.

—Dame un segundo —dijo Safia, apretando con su mano la de Omaha antes de soltarla.

Se acercó hasta Painter y caminó a su lado. Él la miró, con ojos sorprendidos.

—Painter yo... yo quería darte las gracias.

Él sonrió levemente.

—No tienes por qué dármelas. Es mi trabajo.

Continuó a su lado, a sabiendas de que Painter alojaba en su interior un pozo de emociones. Se lo leía en la mirada, incapaz de enfrentarse a la suya.

Safia miró un instante a Omaha, después se volvió hacia Painter de nuevo.

—Yo... nosotros...

Painter suspiró.

—Safia, lo entiendo.

—Pero...

Él la miró a la cara, con los ojos azules enturbiados, pero decididos.

—Lo entiendo. De veras —señaló a Omaha con la cabeza—. Y es un buen hombre.

Safia quería decirle un millón de cosas.

—Ve con él —se susurró Painter con una dolorosa sonrisa final.

Sin palabras que pudieran confortarle de algún modo, Safia se encaminó hacia Omaha.

—¿De qué iba todo eso? —le preguntó él, intentando que su tono sonara despreocupado, y fracasando miserablemente.

Ella volvió a cogerle de la mano.

—Me estaba despidiendo.

El grupo terminó de subir la pendiente del desnivel de arena. Tras ellos se había formado un lago inmenso, que inundaba casi la totalidad del cerro.

—¿Deberíamos preocuparnos de si el agua contiene antimateria? —preguntó Danny, cuando se detuvieron en el borde superior del desnivel.

Coral hizo un gesto negativo.

—Los complejos de los fulerenos de antimateria son más pesados que el agua ordinaria. Y dado que el lago se ha drenado en este manantial inmenso, los fulerenos deben estar hundidos en lo más profundo. Con el paso del tiempo, se diluirán en el descomunal sistema acuífero subterráneo, hasta aniquilarse por completo, sin causar ningún daño.

—Así que todo ha terminado —resolvió Omaha.

—Al igual que nuestros poderes —añadió Lu´lu, de pie entre Safia y Kara.

—¿A qué te refieres? —preguntó Safia, sorprendida.

—A que los dones han desaparecido. —Su voz no detonaba lamento, sólo una sencilla aceptación.

—¿Estás segura?

Lu´lu asintió.

—Ha ocurrido en otras ocasiones, a otras mujeres. Ya te lo dije. Es un don muy frágil, que se daña con gran facilidad. Debió suceder algo

590

durante los temblores. Lo sentí, fue como una ráfaga de viento en el interior de mi cuerpo.

Las demás Rahim asintieron.

Safia había permanecido inconsciente todo aquel tiempo.

—Es el impulso magnético —explicó Coral, que había escuchado el comentario—. Una fuerza así de intensa tiene la capacidad de desestabilizar los fulerenos, de hacer que se desmoronen.

Coral dirigió la siguiente pregunta a Lu'lu.

—Cuando una de las Rahim pierde sus dones, ¿regresan alguna vez?

Lu'lu sacudió negativamente la cabeza.

—Interesante —comentó Coral—. Para que las mitocondrias propaguen los fulerenos en las células, necesitan usar unos cuantos fulerenos como patrón, como semillas, al igual que los del óvulo original fertilizado. Pero si acabas con todos ellos, las mitocondrias no son capaces de generarlos por sí mismas...

—Así que los poderes han desaparecido por completo —repitió Safia con cierta consternación. Se miró las palmas de las manos, recordando la calidez y la sensación de paz. *Todo había desaparecido...*

La *hodja* tomó su mano y la apretó con la suya. Safia percibió la distancia del tiempo transcurrido, desde aquella niña asustada y perdida en el desierto, que buscaba cobijo entre las rocas, hasta las mujeres en pie tras ella.

No, tal vez aquella magia no hubiese desaparecido por completo.

La calidez y la paz experimentadas anteriormente no tenían nada que ver con los dones, sino con el contacto humano. El calor de la familia, la paz de una misma, de su certeza. Y eso constituía un don sin igual para cualquier persona.

La *hodja* se llevó un dedo al rubí en forma de lágrima que brillaba junto a su ojo izquierdo. Habló con voz calmada.

—Las Rahim lo llamamos *el Lamento*. Lo llevamos en representación de la última lágrima derramada por nuestra reina, antes de abandonar Ubar, una lágrima vertida por todos los que fallecieron, por ella misma, por todos los que vendrían después para sobrellevar su carga —Lu'lu bajó el dedo—. Esta noche, bajo la luz de la luna, le cambiamos el nombre. A partir de ahora se llamará simplemente *Farah*.

Safia tradujo la palabra.

—Dicha...

Un asentimiento.

—La primera lágrima vertida por la dicha de nuestra nueva vida. Por fin nos hemos deshecho de nuestra carga. Ya podemos salir de las sombras y caminar de nuevo bajo la luz del sol. Nuestro tiempo de vida en penumbra ha finalizado.

La expresión de Safia debió reflejar cierto abatimiento. La *hodja* le hizo darse la vuelta.

—Recuerda, pequeña, la vida no es un camino en línea recta. La vida llega en ciclos. El desierto se lleva unas cosas y devuelve otras —soltó su mano y se acercó al nuevo lago que crecía más abajo—. Ubar se ha ido, pero el *Edén* ha regresado.

Safia paseó la mirada por las aguas iluminadas bajo la luna.

Recordó la Arabia perdida en el pasado, la anterior a Ubar, antes de que cayera el meteorito. Una tierra cubierta por sabanas inmensas, bosques frondosos, ríos abundantes. Una tierra rebosante de vida. Observó el fluir del agua sobre las arenas de su tierra natal; el pasado se solapaba con el presente.

¿Sería cierto?

El Jardín del Edén... ¿podría renacer?

Desde atrás, Omaha pegó su cuerpo al de Safia y la abrazó.

—Bienvenida a casa —le susurró al oído.

EPÍLOGO

ΣπϘ1oᴛo

8 de abril, 2:45 pm
Cuartel General de DARPA
Arlington, Virginia

Pᴀɪɴᴛᴇʀ ᴄʀᴏᴡᴇ ꜱᴇ encontraba a las puertas de la oficina, observando al vigilante destornillar la placa. El letrero había estado allí desde los comienzos de la Fuerza Sigma. Una mezcla de sentimientos se arremolinaban en su interior: orgullo y satisfacción, sin duda, pero también rabia y cierta vergüenza. No había sido su intención ganarse aquel puesto en tan terribles circunstancias.

La placa cayó de la puerta.

DIRECTOR SEAN MCKNIGHT

El antiguo director de Sigma.

El vigilante la tiró a la basura y tomó la nueva placa, negra y plateada, del escritorio de la secretaria. La colocó contra la puerta y utilizó su destornillador eléctrico para fijarla en su lugar. Dio un paso atrás.

—¿Qué tal? —preguntó el hombre, levantándose la gorra ligeramente.

Él asintió, con la mirada fija en el letrero.

Director Painter Crowe.

El director de la siguiente generación de la Fuerza Sigma.

Tenía que jurar su cargo en media hora. ¿Cómo iba a poder sentarse detrás de aquel escritorio?

Pero era su obligación. Era una orden presidencial. Después de todo lo ocurrido en Omán, DARPA se había visto agitado de pies a cabeza. El jefe del Gremio era un miembro de su propia organización. Painter había regresado de Omán trayendo consigo no sólo sospechas, sino pruebas. Los expertos lograron recuperar los datos del disco duro del portátil de Cassandra, donde encontraron una pista que confirmó las afirmaciones de Painter.

El Patriarca había sido descubierto.

Su plan para corromper a Sigma quedaba interrumpido.

Por desgracia, se pegó un tiro en plena boca antes de poder ser detenido. Sin duda alguna, su pérdida constituyó un duro golpe para el Gremio, pero éste era como la mítica hidra multicéfala. Si se le cortaba la cabeza, no tardaría en crecer una nueva.

Painter estaría preparado cuando ese momento llegara.

El sonido de unos zapatos llamó su atención. Painter se dio la vuelta. Una amplia sonrisa se le dibujó en el rostro y extendió la mano.

—¿Qué está haciendo aquí, señor?

Sean McKnight le estrechó la mano.

—Las viejas costumbres nunca mueren. Quería asegurarme de que te encuentres a gusto.

—Todo bien, señor.

McKnight asintió y dio una palmadita a Painter en el hombro.

—Dejo Sigma en buenas manos.

—Gracias, señor.

Sean dio un paso adelante, vio el viejo letrero en la papelera y se agachó para cogerlo. Se lo metió en el bolsillo interior de la chaqueta.

Painter enrojeció de turbación, pero Sean se limitó a sonreír y a arreglarse la chaqueta.

—Por los viejos tiempos —se alejó a grandes pasos—. Nos vemos en la ceremonia de juramento.

Ese día, los dos jurarían sus nuevos cargos.

Mientras que Painter pasaría a ocupar el puesto de Sean, éste ocuparía la vacante de la dirección que había dejado el almirante Tony Vicar, "el Tigre".

El Patriarca.

El muy hijo de perra había sido tan engreído como para utilizar un nombre codificado que derivaba de su propio apellido. Vicar. Un miembro del clero.

En Omán, Painter casi habría jurado que el traidor era Sean. Pero cuando se dio cuenta de que Cassandra hablaba del Patriarca, cayó en la cuenta de su error. Dos hombres le habían encomendado aquella misión: Sean McKnight y el Almirante Tony Vicar. Como era natural, Sean había informado de las noticias de Painter a Vicar, su jefe, pero era éste quien se encontraba en comunicación con Cassandra.

Los datos del ordenador portátil confirmaron la conexión.

Vicar había intentado usurpar Sigma por sí mismo. Cassandra era su topo y espía principal. Ya desde Foxwoods, se le había ordenado orquestar y facilitar el paso de secretos militares a los chinos a través de Xin Zhang. El propósito era dejar en situación embarazosa a la jefatura de Sigma. Ese fallo habría servido como palanca para echar de la oficina a Sean McKnight, de manera que Vicar pudiese nombrar a alguien leal al Gremio para ese puesto.

Pero todo había acabado.

Clavó la mirada en la puerta cerrada. De ahí en adelante, comenzaba un nuevo capítulo de su vida.

Pensó en el largo camino que le había llevado hasta allí. Todavía guardaba la carta en el bolsillo. Una vez en pie, la sacó. Pasó los dedos por los bordes planos de aquel sobre color crema. Su nombre aparecía grabado claramente en la parte delantera. Lo había recibido la semana anterior. Si no contaba con el valor suficiente para afrontar aquello, jamás se atrevería a cruzar la puerta que tenía ante sí.

Abrió la carta y extrajo su contenido. Una tarjeta de papel de vitela traslúcido, con textura de algodón y cenefas barbadas. Bonita.

De su interior se deslizó una nota. La recogió y le dio la vuelta.

No faltes...
—Kara

Con una sonrisa, y sacudiendo ligeramente la cabeza, abrió la invitación y la leyó. Una boda en junio. Que tendría lugar a la orilla del Lago

Edén, el nuevo lago de agua dulce de Omán. Los doctores Omaha Dunn y Safia al-Maaz.

Suspiró. No le había dolido tanto como esperaba.

Pensó en los demás, en todos aquéllos que le habían llevado hasta aquella puerta. Coral ya se encontraba en una nueva misión en la India. Danny y Clay, amigos íntimos, se encontraban de excavaciones... en la India también. La elección del lugar había sido idea de Danny. Los Shahra y las Rahim habían unido sus clanes, motivo de gran alegría en Omán. Y un nuevo *Shabab Oman* se encontraba en construcción. Kara supervisaba las tareas, a la vez que financiaba la reparación del Museo Británico. Painter había leído en la revista *People* que se la relacionaba con un joven doctor, alguien a quien había conocido durante su rehabilitación.

Volvió a mirar la nota de Kara. *No faltes...*

Tal vez pudiera asistir.

Pero primero tenía que atravesar aquella puerta.

Painter dio un paso al frente, agarró la manivela, respiró profundamente y abrió la puerta.

De camino a una nueva y grandiosa aventura.

NOTA DEL AUTOR

Tal como he realizado en previas ocasiones, me gustaría compartir con el lector unos cuantos hechos y ficciones que forman parte de este libro. Espero que, al hacerlo, consiga interesar a alguien para que explore los temas y lugares citados con mayor detalle.

En primer lugar está el concepto de la antimateria. ¿Es mera ciencia-ficción? Ya no. Los laboratorios del CERN en Suiza han conseguido crear partículas de antimateria, y han conseguido además mantenerlas estables durante cortos periodos de tiempo. La NASA y los Laboratorios Fermi National también han explorado el desarrollo de instrumentos relacionados con la antimateria, incluyendo lo que se llama la trampa de Penning, un dispositivo para el almacenamiento y transporte de la antimateria.

En cuanto a los meteoritos de antimateria, se ha postulado que existen en el espacio, aunque dicha existencia continúe siendo teórica. La hipótesis de que la explosión de Tunguska, en Rusia, se produjo a causa de un pequeño meteorito de antimateria es una de las numerosas explicaciones barajadas. No obstante, los efectos descritos (la naturaleza inusual de la explosión, los impulsos electromagnéticos, las mutaciones en flora y fauna) sí que se atienen a los hechos verdaderos.

Con respecto a los temas relacionados con el agua: todos los procesos químicos descritos en la obra se basan en hechos reales, incluyendo la característica formación de los fulerenos. El tema del agua magmática, o generada por la Tierra, se fundamenta también en el trabajo del geólogo Stephen Reiss, entre muchos otros.

De vuelta al tópico de Arabia, la geología de la región es extraordinaria. Hace veinte mil años, los desiertos de Omán fueron frondosas sabanas cubiertas de ríos, lagos y corrientes. La vida salvaje era abundante, y los cazadores del Neolítico vagaban por sus tierras. La desertización de la región ha sido atribuida, tal como explico en la novela, a una condición natural llamada "ciclos orbitales", o "Ciclos de Milankovitch". Fundamentalmente, se trata de un "tambaleo" en la rotación de la tierra que se produce en intervalos periódicos.

La mayoría de los datos arqueológicos e históricos de Omán son reales, incluyendo la tumba de Nabi Imran en Salalah, la de Ayoub (Job) en las montañas y, por supuesto, las ruinas de Ubar, en Shisur. El lector curioso, o el viajero de sillón, encontrará fotografías de todos estos lugares en mi sitio web (www.jamesrollins.com). Y para aquél que desee leer más sobre el descubrimiento de Ubar, recomiendo encarecidamente la lectura de la obra *The Road to Ubar*, de Nicolas Clapp.

Pasemos a detalles menores. En primer lugar, la recluida tribu de los Shahra continúa existiendo en las Montañas de Dhofar, y asegura ser el clan descendiente de los reyes de Ubar. Todavía hablan un dialecto considerado el más antiguo de Arabia. El buque insignia omaní, el *Shabab Oman*, es un barco de verdad (perdón por el soplo). Y hablando de soplar información, el camello de hierro que explotó al principio de la obra reside en algún lugar del Museo Británico. Sano y salvo... al menos por ahora.

JAMES ROLLINS

JAMES ROLLINS (CHICAGO, 1961) creció en Illinois y en Canadá. Tras licenciarse en Veterinaria por la Universidad de Missouri abrió su propia clínica en Sacramento, California, hasta que tras el éxito de sus primeros libros, decidió cerrarla para consagrarse al oficio de escritor, actividad que alterna con sus dos grandes aficiones, el submarinismo y la espeleología.

Rollins es autor de ocho novelas de aventuras y acción, de las cuales las tres últimas pertenecen a la serie que tiene por protagonista a Sigma, el cuerpo de operaciones especiales encubiertas de los EE.UU. *La Ciudad Perdida* es el primer libro de esta serie.

En la actualidad está considerado junto con Clive Cussler como uno de los mejores escritores de misterio y aventuras, y probablemente sea uno de los autores estadounidenses de mayor futuro dentro de ése género.

OTROS TÍTULOS EN ESTA COLECCIÓN

La sangre de los mártires
David Hewson

La villa de los misterios
David Hewson

Cuadrado perfecto
Reed Farrel Coleman

El último puente
Elizabeth Becka

Reptilia
Thomas Thiemeyer

La sombra de Lucifer
David Hewson

En preparación

Sumisión
Kathryn Fox

Leyendas
Robert Littell

La Ciudad Perdida

descubra mucho más en:

http://www.nausicaa.es/ubar.html

información sobre el libro, el autor, y un fascinante juego
con el que podrá conseguir fantásticos premios